玉宸缘

上

墨染胭脂【作品】

新世界出版社

图书在版编目（CIP）数据

玉宸缘 : 全2册 / 墨染胭脂著. -- 北京 : 新世界出版社, 2016.5

ISBN 978-7-5104-5659-6

Ⅰ.①玉… Ⅱ.①墨… Ⅲ. ①言情小说－中国－当代 Ⅳ.①I247.5

中国版本图书馆CIP数据核字（2016）第075790号

玉宸缘

作　　者：墨染胭脂
策划编辑：张铁成
责任编辑：袁　静
责任印制：李一鸣　黄厚清
出版发行：新世界出版社
社　　址：北京西城区百万庄大街24号（100037）
发 行 部：（010）6899 5968　（010）6899 8733（传真）
总 编 室：（010）6899 5424　（010）6832 6679（传真）
http://www.nwp.cn
http://www.newworld-press.com
版 权 部：+8610 6899 6306
版权部电子信箱：frank@nwp.com.cn
印　　刷：三河市南阳印刷有限公司
经　　销：新华书店
开　　本：710mm×980mm　1/16
字　　数：465千字　印张：34
版　　次：2016年5月第1版　2016年5月第1次印刷
书　　号：ISBN 978-7-5104-5659-6
定　　价：65.00元（全二册）

玉宸缘

[目录]上

CONTENTS

第一章	嫁入宫门	1
第二章	肆意凌辱	17
第三章	代为侍寝	31
第四章	雨夜罚跪	44
第五章	情难自禁	58
第六章	太后邀约	72
第七章	静思园劫	86
第八章	侍寝夜乱	101
第九章	偷窥被逮	114
第十章	保持距离	125
第十一章	醋意朦胧	140
第十二章	不伦之名	154
第十三章	险境脱身	169
第十四章	有意刁难	183
第十五章	身死心死	198
第十六章	情深入骨	212
第十七章	失而复得	228
第十八章	并榻而眠	242
第十九章	地宫患难	256
第二十章	再见无期	271

玉宸缘

[目录]下

CONTENTS

第二十一章	身怀有孕	285
第二十二章	生死未卜	297
第二十三章	另嫁他人	310
第二十四章	霸道抢婚	324
第二十五章	命在旦夕	336
第二十六章	夺妻计策	346
第二十七章	恢复容貌	356
第二十八章	厮守三日	369
第二十九章	宫门涉险	383
第 三 十 章	铃兰花葬	397
第三十一章	休书难拟	409
第三十二章	情毒情解	419
第三十三章	设计陷害	433
第三十四章	捉奸成双	446
第三十五章	迫不及待	457
第三十六章	满门抄斩	467
第三十七章	互相折磨	479
第三十八章	临盆在即	489
第三十九章	诀别之夜	503
第 四 十 章	阔别经年	523

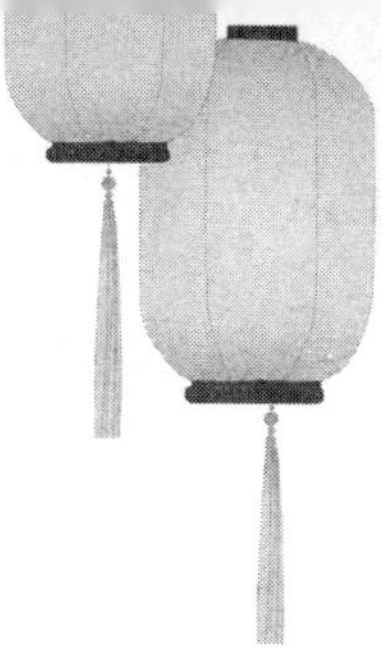

第一章　嫁入宫门

初春季节，天依旧寒冷，令西岩国都城平添了几分萧索。

当朝丞相薛晟的小女儿玉凝被选召入宫为妃。这一日，薛晟早早地就携薛府上下候在大门口，等候宫里的迎亲队伍。

丞相府一隅，玉凝院落，门里门外均有层层侍卫把守，万不敢在玉凝进宫前有什么闪失。

突然，一抹儿红色身影在众目睽睽之下飘然落在院子里。来人是名男子，身形高大，从额头到左脸下方有道红疤，看上去狰狞可怕。

众侍卫把红衣男子层层围在中间，纷纷掏出长剑，指着红衣男子。

“你是什么人？胆敢擅闯丞相府，活腻了不成？”侍卫张诚率先开口喝道。

红衣男子拔出腰间的弯刀，冷声道：“独行人，柳一刀，来此取薛玉凝首级。”

闻言，众侍卫脸色大变。柳一刀——江湖中令人闻风丧胆的无情杀手。传闻他杀人手法狠辣，喜一刀砍下猎物的首级，并且从未失过手。因此，江湖人称“夺命一刀”。只是，这一次，他为什么要杀大门不出二门不迈的薛家小姐？

张诚挡在柳一刀身前，长剑一指，“少口出狂言，有我在此，你休想动我家小姐一根汗毛！”大喊一声，然后飞身跃起，持剑刺向柳一刀心口。

“自不量力。”柳一刀嗤笑着，刀光剑影中挥起手里的弯刀，刹那间，只见血珠从刀尖滴落，张诚的头颅便已滚落在地，血从断掉的脖子处如注般向四周喷出。

见状，众侍卫大骇，慌忙向后连退数步。柳一刀步步逼近玉凝厢房，众侍卫虽然手持长剑，却纷纷让开一条路来，因为谁都不想成为下一个张诚。

厢房门敞着一条小缝，门口粉雕玉琢般的人儿惊恐地睁大双眼，紧紧盯着那红衣刺客。

丫头冬儿急急说道：“小姐，不要看了，快躲起来吧！”

原来这玉般美人不是别人，正是薛家小姐玉凝。

玉凝赶紧把房门关上，慌忙地在房间里四下寻找可以躲藏的地方。

柳一刀推门进屋，只见两名女子正狼狈地往衣柜里钻，不由面露凶残之色，狠厉地说道："不要再白费力气了，薛玉凝，今天就是你的死期。"

玉凝无助地蹲坐在地上，裹在红色嫁衣下的瘦弱身躯正因为害怕而剧烈地颤抖着。

冬儿挡在玉凝身前，强抑着心中的恐惧，厉声说道："你休想伤害我家小姐，不然，我家老爷一定会要了你的狗命。"

玉凝不明白，素未谋面，柳一刀为什么要取她性命，并且要选在她入宫的前一刻？

"就凭你一个丫头，也想阻止我？"柳一刀的嘴角勾起一抹儿轻蔑的笑意，仅以掌风就把冬儿震出数步之外。

随即，冬儿口吐鲜血，应声倒地。

"冬儿……"玉凝慌忙爬到冬儿身边，摇着冬儿的手臂，"冬儿，你怎么样？"

"小姐别怕，不要哭……冬儿会保护你……"冬儿与玉凝说罢，便猛地起身，抱住柳一刀的双腿，又对玉凝喊："小姐，快跑！"

玉凝泪眼模糊，缓缓站起身。

"愚蠢的丫头。"柳一刀运气到手心，抬手朝缠在腿上的冬儿头顶一掌拍下。

"啊……"然而，发出痛呼声的却是玉凝。

"小姐，为什么不跑？为什么要救我？"

原来刚才那一掌并未落在冬儿头顶，而是被突然冲过去的玉凝挡下，玉凝左肩被击中，肩骨被震断。

玉凝已面无血色，用微弱的声音说道："你能为救我不顾生命之危，我又怎能弃你于不顾呢？"

"小姐……"冬儿哽咽。

柳一刀眼里闪过一丝诧异，他本以为被吓得瑟瑟发抖的玉凝会哭着逃跑，却没料到她竟有如此胆识，似乎，这个猎物有几分意思。

玉凝吃力地坐起身，把冬儿护在身后，怒目逼视着柳一刀，凛然说道："你要杀的人是我，放过我的丫头。"

"跟我走。"谁知，柳一刀却意外地将玉凝擒在手中，飞快地闪身出了相府。

两刻钟后，城郊客栈。

厢房内，玉凝手扶伤肩，缩在床沿上，紧紧盯着不远处坐在桌边喝酒的柳一刀，以及他腰间那把发着寒光的弯刀。

方才，柳一刀把她带到这家客栈，将她扔在床铺上之后，就一直独自喝着酒。

"宫里有人给我五万两黄金，买你的项上人头。"许久，柳一刀幽幽地开了口。

乍然听到柳一刀的话语，玉凝很吃惊，竟然是皇宫里的人要杀她，随即疑惑地问道："宫里？是……皇上要杀我吗？"

柳一刀突然生气地把酒杯摔烂在地，猛然起身来到玉凝身前，恶狠狠地说道："看到我脸上这条伤疤了吗？"

玉凝看着他脸上那条三四寸长的狰狞疤痕，微微点点头。

“怎么？害怕？我的脸变成这副模样，全是拜那狗皇帝所赐，我与他有不共戴天之仇，所以不会帮他卖命，要杀你的自是另有其人。”

玉凝得知要杀她的不是自己即将要嫁的男人——那个当朝皇帝，而是另有其人，原本紧绷的心，缓缓地放了下来。

“知道我为什么不在薛府杀你，而是把你带到客栈来吗？”

玉凝警惕地看着柳一刀，没有回答。

“因为，在杀你之前，我要解决一件私人恩怨。”柳一刀继续说道。

“我们素昧平生，何来私人恩怨？”

“两年前，狗皇帝抢我的女人，毁我的面容。”柳一刀眼中的愤怒与仇恨甚是浓重，“这次，宫里有人出天价让我杀你，当我知道我要杀的人是狗皇帝的女人那一刻，我知道，报仇的时候到了。”说着，手指猥琐地划过玉凝白净嫩滑的小脸。

玉凝厌恶地别开脸，问道：“你想怎么样？”

柳一刀一把将玉凝推倒在床上，冷声说道：“那狗皇帝对我的女人做了什么，我就对你做什么。”

玉凝惊慌地朝床里侧退去，直到后背抵到了墙壁，才颤声哀求道：“你不要过来……如果你放过我，我可以让家父给你更多的黄金……”

“很可惜，我宁可不要黄金，也要报那狗皇帝夺爱之仇。”柳一刀长臂一伸，把玉凝整个人扯了过来，猛地撕开她身上鲜红的嫁衣，瞬时，玉凝贴身的白色肚兜露了出来。

玉凝用尽全身力气极力挣扎，羞愤地捶打着柳一刀，苦苦哀求着，“放开我，求求你……不要这样……”

本就想要报复的柳一刀，此刻，又拥着怀中温软如玉的娇躯，让他停手，怎么可能？反而猛地撕烂了玉凝的裙子。

就在这时，一道寒彻骨髓的清冷嗓音响起，“放开她，或者，你活腻了？”

原来，房间里竟不知何时多了个人。那人一身黑袍，身形挺拔，脸上戴了一张鬼面具，正手持长剑指着柳一刀的咽喉。

“你是什么人？”柳一刀暗暗吃惊，他竟然没有察觉有人进入房间，并且即便几步之隔，他也不能感觉到眼前鬼面人的气息，这鬼面人的内力已然到了登峰造极的境界。

玉凝赶忙坐起身，拉好衣衫，委屈地将脸埋在膝盖里啜泣起来。

鬼面人因玉凝的哭声而眉心若有似无地蹙了一下，随即，淡淡地对那刀客说道：“要你命的人。”

“口出狂言！今天，我就让你尝尝我夺命一刀的厉害。”柳一刀被激怒，拔出弯刀猛地砍向鬼面人喉头。

鬼面人身形一闪，轻松避开柳一刀的进攻，还不忘讥讽道：“闻名江湖的夺命一刀，不过如此，真叫人失望。”

“不可能！你不可能躲得过我这一刀。”柳一刀不可置信地怒吼着，接着，又砍了第二刀第三刀，甚至使出一招百刀连斩，可皆被鬼面人轻松避开了。

几个回合下来，鬼面人已没了耐心，一个旋身，清冷的剑尖便已插进柳一刀心口几分，“你输了。”

柳一刀错愕，鬼面人的动作太快，他根本没有来得及反应，就已被鬼面人刺中要害。突然，他挥开胸前长剑，拉过玉凝挡在身前，将弯刀架在了玉凝纤细的脖子上，大喊道：“不，我还没输，放我走，不然我杀了这女人！”

玉凝的脖子已然被刀刃划破，她双目圆睁，把最后一丝生的希望寄托在了眼前的鬼面人身上。

谁知，鬼面人睨了眼玉凝，随后对柳一刀淡淡地说道：“做不到，你必须死。”

言下之意，他不可能放过柳一刀。

突然，鬼面人吐出两个字：“低头。”

只见鬼面人手中长剑猛然划过，玉凝眼前飘过几缕断发，架在她颈项上的弯刀倏然落地，发出闷响，接着，便是东西滚落的声音。

玉凝低头的刹那，“啊……”的一声尖叫出声，倒退数步，瘫软在地上。原来柳一刀已头颅落地，一命呜呼了。多么讽刺，江湖上令人闻风丧胆的夺命一刀，竟然就这样被他人如此轻松地取了首级。

鬼面人走到玉凝身前，轻轻开口道：“你很聪明。”

刚才他那句“低头”是说给玉凝的，而她也意会了。

玉凝现在想来心里直后怕，“如果，我没有意会你的意思，你那一剑还会不会挥出？”

如果她没有低头，那么她断掉的就不仅仅是几缕头发了。

“我从不回答假设性的问题。”鬼面人抬起玉凝受伤的左臂，上下活动着。

“痛……”玉凝痛呼。

“忍一忍，骨头错位了，不及时接骨，手臂就废了。”

玉凝无奈地点头。

鬼面人熟稔地帮玉凝接完骨。玉凝试着抬起左臂，虽还有些痛，但却可以活动自如了。

“谢谢公子救命之恩，不知怎么称呼公子，我好让家父略备薄礼……”

“不必，我并非要救你，只是你现在还不能死。”鬼面人冷声打断玉凝的话。

“我不明白公子的意思。”

“你不必懂，有人不想让你进宫，而我却偏要把你送到皇帝身边去。”鬼面人语气稍顿，又说道，“我已派人给薛府送了消息，不久就会有人来这里接你。”

言毕，鬼面人朝门边踱去。

玉凝急忙问道：“公子，……我们还会再见面的，对吗？”

她心里有种强烈的感觉，那就是，他们一定还会再见面。

鬼面人停下脚步，语气冰冷，“下次见面，我会亲手杀了你。”话音未落，便已没了踪影，只留下一头雾水的玉凝久久地愣在原地……

鬼面人走后，薛晟将玉凝从客栈接回薛府，玉凝终究还是赶上了宫里的迎亲队伍。

而被选入宫的女子除了玉凝之外，还有另外四人。

她们分别是：礼部侍郎之次女，尤怜之；太后的两个侄女，陈念柔和陈念巧；还有尚书之独女，刘丹蝶。

随迎亲队伍浩浩荡荡地进宫后，玉凝并未被安排直接面圣，而是转乘小轿，被人抬到名为新秀阁的院落里。

院子里已站了四名女子。

玉凝想，想必这几位便是一起被选入宫的高官之女吧。当朝天子不长情，这已不是什么秘密。想必，皇上早已忘了还有她玉凝这等人物了。

尚书之女刘丹蝶愤愤不平地抱怨道：“让我们来这里做什么？连个端茶倒水的人都没有，难道不知道我们将来的身份吗？”

陈念柔道：“对呀，这完全是没把咱们放在眼里。”

陈念巧道：“难道是皇上的哪个女人故意刁难咱们？”

玉凝只静静地站着听着，并不言语，因为言多必失。而年龄最小的尤怜之，也没有说话，只微微蹙着眉头，好有兴趣地打量着玉凝。

院落的门被打开，一个老嬷嬷领着两名宫女走了进来。

“老奴苏嬷嬷，见过几位小主。”老嬷嬷礼貌地向几位小主请着安，

而刘丹蝶却气愤不已，“老东西，是你让我们来这里的？”

“小主叫老奴什么？”老嬷嬷高挑着声音问道。

刘丹蝶乃当朝尚书大人的独女，一向骄纵跋扈，又岂会害怕一个老嬷嬷。于是，仍旧继续说着，“我说老东西，你叫我们来这里做什么？”

“吉祥、如意，给我教训这个不知天高地厚的丫头。”苏嬷嬷气定神闲地命令着身后的两个丫鬟。

随即，吉祥钳制住刘丹蝶的双臂，如意抬手狠狠地甩了刘丹蝶几巴掌。

刘丹蝶气恼着道：“你们竟然敢打我？不知道我是谁吗？小心我改日奏明皇上，砍了你们的脑袋。”

玉凝、尤怜之、陈念柔和陈念巧四人心里都十分惊讶，一名当差嬷嬷竟敢这么教训一个主子？

“各位小主，老奴奉太后娘娘之命，接下来这三天给你们做宫中礼仪的训导。老奴不管你们在家有多么娇惯，来到宫里都把你们的小姐架子收起来，不然，太后娘娘可是有话在先，老奴可以先斩后奏。要是哪位小主出了什么意外，死在这里，也不是没有可能的。各位听明白了吗？”

“明白。”玉凝心底直犯怵，随着众人低声道。

苏嬷嬷瞪视刘丹蝶，故意问：“你呢？明白吗？”

刘丹蝶虽多有不满，可却敌不过内心的恐惧，连连点头回应，“是，明白。”

午膳时分，众小主被苏嬷嬷召集在大厅内。因为有了刘丹蝶挨巴掌这一前车之鉴，谁都不敢再造次。

“各位小主一路辛苦了。如意，给各位小主倒茶。”

如意依次给众小主斟茶。

苏嬷嬷慢慢绕着餐桌踱步，边走边说：“这茶是属国进贡的上等碧螺春，宫里有位主子素来喜欢喝这种茶。这是老奴给各位小主的一个提示。”

几个女子心里都暗暗觉得那位爱喝碧螺春的主子应该就是皇上。这提示怕是要教几个女孩讨好皇上的。

苏嬷嬷走到玉凝身后，趁人不备往她手里塞了张字条，然后又开口说道：“各位小主，请喝茶。”

玉凝打开手里的字条，赫然几字映入眼帘：茶水有毒，勿饮。

玉凝大惊，苏嬷嬷既然只偷偷塞给她字条，这就说明，不能堂而皇之地告诉大家茶里有毒。于是玉凝灵机一动，端起茶杯故意手下一滑，将茶水洒在桌子上，顿时，桌面升起一层白沫。

尤怜之最先反应过来，“茶水有毒，大家都不要喝。”

可为时已晚，陈念柔已喝了茶。毒性发作很快，茶水刚下肚她就口吐白沫，抽搐几下便死了。

玉凝、尤怜之和刘丹蝶吓得抱作一团，而陈念巧则痛哭出声。

只听苏嬷嬷说：“来人啊，陈念柔小主不堪训导的严苛，服毒自尽，派人把她的尸首送回家吧。”

玉凝脑中一团乱，毒药到底是来害谁的？苏嬷嬷知道茶水有毒，为何还要大家喝茶？为何入宫为妃变得这样诡异？

不过，有一点是可以肯定的，那就是苏嬷嬷救了她一命。玉凝有种感觉，苏嬷嬷是有意帮她的，而苏嬷嬷是太后的人，那么，是否说明是太后在暗中帮她？

当晚，仅剩下四个女子留在新秀阁。苏嬷嬷让几名小主在此培养姐妹感情，不过，四人经历了白天的事情，都没有心情聊天，晚上便早早地各自回房歇息了。

谁知，夜半时分，却出了怪事。

玉凝睡得昏昏沉沉的，朦朦胧胧间听到女人的啜泣声，以及硬物碰撞发出的清脆声响。

不时还有女子的哭喊声传来，“皇上……我要见皇上……”

玉凝猛地睁开双眼，清醒过来，抱着被褥缩到床角不敢动弹。

只是那声音越来越清晰，“皇上……我要见皇上……”

这时候，叩、叩、叩响起三声敲门声，玉凝感到头皮发麻，深夜里的敲门声显得格外刺耳。

玉凝壮着胆子问："谁在外面？"

"玉凝姐姐，是我，怜之。"

玉凝听到是尤怜之，便舒了口气，下床去开门。

尤怜之跑进来抱住玉凝，紧张地说道："玉凝姐姐，我好害怕，我可否和你一起睡？"

玉凝关上房门，拉尤怜之进被窝里，用被子蒙着头，才轻声开口道："怜之，你也听到怪声了，是不是？"

"嗯，声音好近，好像就在院子里一样，我一个人好怕……"尤怜之有些哽咽。

"我也好害怕。别哭，咱们两个人在一起，不会有事的。"

就这样，两个女孩用被子蒙着头，抱作一团，睡了一夜。

翌日晨，早膳罢。

苏嬷嬷道："各位小主有何疑问，尽管问。"

刘丹蝶早已没有了昨天的刁蛮模样，反而态度恭敬道："苏嬷嬷，昨天晚上我四人都听到奇怪的声音，这院子是不是不干净？"她避免说闹鬼这两个字，因为她们四个还要在这里住两夜。

苏嬷嬷故意曲解刘丹蝶的意思，"这院子每天都有人打扫，可干净得一尘不染呢。你们昨天听到的怪声来自旁边的院落，随我来。"

一行人来到一处破落的院子，里面有许多披头散发、表情呆滞、身穿白衣袍的女人。她们一会哭一会笑，嘴里还不时地说着什么。

"苏嬷嬷，这里是什么地方？"玉凝不解。

"这里是皇宫中最凄凉的地方——冷宫。这些女人也曾深受宠爱过，不过因为惹怒皇上，所以被打入冷宫，你们昨天听到的怪声就是她们的声音。而老奴也想借此，让你们长个心眼，小心陪伴皇上，因为，圣上性情不好揣摩。如果，有朝一日在这里看到你们其中的谁，老奴一点都不会觉得奇怪。"苏嬷嬷说着，似乎别有深意地看向玉凝。

当然，玉凝不明白苏嬷嬷眼神中的意思。

冷宫对面是一个叫做静思园的院子，门紧闭着。院墙上栖着几只尖嘴的白色大鸟，在寒风里悠闲地打着盹。

刘丹蝶好奇地追问："苏嬷嬷，静思园是什么地方？"

苏嬷嬷低语道："妃子犯了大错，就会被皇上关到那里去思过，被罚'静思'是宫中最重的刑罚。"

"思过算什么严重的惩罚？嬷嬷不免危言耸听了。与思过比起来，我觉得被打入冷宫才更可怕。"刘丹蝶不以为然地反驳道。

苏嬷嬷推开静思园的门，"你们四个随我进来。"

玉凝等四人跟着苏嬷嬷走进去，这是个普通的院子，院子中间有一块宽大的白布隔着，只能看到半个院落。玉凝四下打量，她周边不远处，也有几只尖嘴的白色大鸟正在地上啄着什么黑乎乎的东西。

苏嬷嬷轻轻击掌，白布后面轰然飞起一群白色大鸟，朝天空四下飞散。

“这里怎么这么多大鸟？”不知谁问道。

苏嬷嬷吩咐道：“来人啊，把白布掀开。”

两名侍卫听命便飞身跃起将院中白布掀开，瞬时间，几名女子的尖叫声划破天际。

原本掩在白布下的院落里有几排高大的十字形木桩，而每个木桩上都有一架尸骨，玉凝意识到，昨晚上听到的硬物碰击的声音，想必就是人骨风干后掉落在地上，和地上的一层白骨碰击的声音。

玉凝脑海里突然想到白色的大鸟吃食的画面，她惊恐地抬起眼睛，正好与木桩上一具女尸的眼睛处对视个正着。

而那具女尸却突然睁开双眼，玉凝吓得连连倒退几步。

那木桩上的女人还没有死，她诡异地笑了，冷冷地说道：“你不要这样同情地看着我，因为不久就会轮到你们，皇上是个魔鬼，不久你们也会被他遗弃。哈……”那笑声绝望而凄厉。

刘丹蝶尖叫着跑了出去，之后是陈念巧，玉凝也转身欲逃，可尤怜之太害怕，转身的时候摔在地上，哭了起来。玉凝闻声，赶忙回去把尤怜之扶起来，二人搀扶着跑出去。

须臾后，苏嬷嬷对几名惊魂未定的女子说道：“里面架子上的都是皇上以前极为宠爱的妃子，不过这些女人个个恃宠而骄，所以被脱光衣物送来这里静思。如果三天后还能活下来，皇上就会宽恕她们的罪行，不过，院子里常年都养着白色的食肉大鸟，并且从来不喂饱它们，往往来这里的妃子都会成为白鸟的食物。”

皇上是这样心狠手辣的人？玉凝心里怎么也不肯相信。

苏嬷嬷挑眉，似是安慰般说道：“只要你们小心伺候，也许不会被送来这里。”

陈念巧咂舌，“什么叫也许？难道皇上就没有一个宠爱的人？难道他对所有妃子都这样残忍？”

“自然不是，在这宫中皇上宠爱之人有两个。跟我来，我带你们四下走走，熟悉一下宫中的环境。”

玉凝和尤怜之拉着手，跟在众人后面。

忽听前面一阵呼声，玉凝望去，原来是一池望不到边际的湖水，湖中满是荷花，阳光下，更显得纤尘不染。

刘丹蝶伸手想采一朵莲花。

“不想死，就不要采这荷花，太后娘娘独享这些荷花。她老人家有令在先，折花者，一律绞死。”苏嬷嬷警告道。

刘丹蝶闻言立刻将手缩了回去。

“嬷嬷，什么叫‘独享’？”玉凝不能够把“独享”理解成爱赏荷花的意思。

“太后娘娘的这些荷花自然不是用来观赏的，而是用来食用的。用荷花制成糕点，可以延年益寿，永葆青春。”苏嬷嬷解释道。

这时，从湖面传来笙箫鼓乐，一艘奢华的龙舟进入众人视线。

“是皇上，船上坐的是皇上吗？”刘丹蝶大喜。

“正是，阳光大好，皇上带恨生娘娘来游湖了。而这位恨生娘娘，就是皇上宠爱的妃子之一。恨生娘娘，你们不要招惹，皇上曾有令，恨生娘娘斩杀妃子，不需要经过他的首肯。在这里我再给你们一个提示，恨生娘娘一向不喜欢皇上喜欢的女人。”

玉凝凝望着远处的龙舟，似有一丝失神，船上人影绰绰，舞女衣裙飘渺。他……真的在船上吗？

陈念巧又问道：“那另一个是谁？你不是说皇上宠爱的妃子有两人吗？”

“随我来。”苏嬷嬷引众人踱去。

玉凝又依依不舍地望了眼龙舟，才跟众人而去，却未察觉龙舟深处一双深邃的眼瞳正注视着她离去的方向。

须臾，几人来到一座高高架起的、宽一丈有余的拱桥上面，苏嬷嬷说：“各位小主，请往桥下看。”

众女子来到拱桥栏杆处，向下望去，桥下的景致真的很美。这是一个像是南方水乡的街道，所有的建筑物都建在水上：石板路、小河，河两边有酒家、客栈、茶馆、玉器古玩店、绸缎店、点心铺，当真和一条街道一样。

“这里是锦州街。皇上极宠的另一位妃子——映雪娘娘，来自我国的鱼米之乡锦州。来到宫里之后，常常思乡，皇上不忍，于是大兴土木，命人修建了这条街道。听说，这条街道和映雪娘娘故乡所居的街道是一样的。”

陈念巧发出艳羡的声音，“皇上对映雪娘娘真好。我一定要得到皇上的宠爱，成为皇上宠爱的第三人。”

刘丹蝶又问：“那为什么……恨生娘娘不杀映雪娘娘？不是说恨生娘娘不喜欢皇上爱的女人吗？”

苏嬷嬷轻声解释道：“那是因为，映雪娘娘是唯一一个为皇上诞下龙嗣的女子。”

玉凝心里一疼。皇上他……已为人父？

这天，苏嬷嬷讲了许多宫中的礼仪。晚上玉凝沐浴罢，边往房间走，脑海里边想着几个问题：有毒的茶本来是要毒死她的，只是她被苏嬷嬷所救，而陈念柔则误饮茶水，毒发身亡。只是为什么太后娘娘对自己的亲生侄女不闻不问？冷宫和静思园无不彰显皇上为人的无情，可为何他对恨生娘娘的纵容，还有对映雪娘娘的体贴又都说明他并非无情。

多年后，现在的他究竟是怎样一个男人？

玉凝带着万千思绪，回到房间，转身关起房门。突然脖子上一凉，一把剑猝不及防地横在脖子前，男人的粗喘声在耳后响起，“不要出声，不然我用这把剑刺穿你的喉咙，明白了吗？”

玉凝不敢轻举妄动，仅点点头。男子把剑从她脖子上移开，玉凝回过身，见面前男人身穿黑衣并且黑布蒙面，他捂着胸口，手指上都是血，显然受伤了。

“仔细搜，一个角落都不能放过，刺客一定在这附近。”

“新秀阁的各位小主请把门打开，新秀阁有刺客闯入，我们奉命搜查。”

院中响起侍卫搜查的声响。

玉凝慌张地看向黑衣人，他眼睛里闪过一丝慌乱，而玉凝却下意识地相信眼前的男子并非恶人。她拉起黑衣人的衣袖，来到床边，低声道：“你钻被窝里，外面我想办法应对。”

黑衣人眼里闪过错愕，但终究还是跳上床铺。玉凝放下床帏，走去开门。

玉凝的房间在最靠近院子门的地方，要搜自然是第一个就搜她的房间。她打开房门，院子里灯火通明，满是侍卫，而她房门前，站着两个人，一个身着侍卫服，英武不凡；另一个是名小公公，十七八岁的年纪，面容清秀，一副笑脸迎人。

“这位小主，我是御前侍卫邢掣，皇上被刺客所伤，微臣奉命搜查刺客，不知小主有没有见到可疑的人？”邢掣道。

玉凝没有迟疑，爽快答道：“未曾见到，我已睡下了，方才听到外面的声响才起身来开门的。”

邢掣凝视了玉凝片刻，“为保小主安全，请容臣进去查看一下。”说着，便要迈步进门。

玉凝手臂一横，微急道：“放肆，我等是皇上的人，闺房岂是男子任意可以进去的？”

邢掣停下脚步，“小主所言极是，在下进去确实不便。”

闻言，玉凝稍稍松了一口气。

哪承想，邢掣却扭头对旁边的小太监说：“月公公，你去。”

玉凝慌了，如果是个阉人要进去查看，她还有什么理由阻拦。

“是。”月公公一脚便迈过门槛，欲朝厢房里走去。

“且慢。”就在此刻，却有人出声阻止。

几人闻声，查看来人，原来是苏嬷嬷。

苏嬷嬷走至玉凝门前，礼貌地开口道：“邢大人，月公公，不知二位信不信得过老奴？如果信得过，就让老奴帮二位一查究竟。”

月公公道：“不必麻烦。”

邢掣却道：“月公公，相信苏嬷嬷一定不会包庇这位小主的，她一定比咱们仔细。”

玉凝隐约觉得邢掣话里有话，意思像是说苏嬷嬷想除掉她。

随后邢掣对苏嬷嬷道：“苏嬷嬷请。”

苏嬷嬷到房间里仔细搜查了每一个角落，当然，也包括床铺。

玉凝一颗心已经悬到了嗓子眼儿。

随后，苏嬷嬷回到门前，意味深长地瞟了玉凝一眼，开口道：“小主，还请以后把床铺整理干净，皇上不喜欢邋遢的女子。邢大人，这里没有异样，老奴这就去下一个房间查看。”

“多有打扰，这位小主还请早些休息。”邢掣转身欲走。

“邢大人且慢。”玉凝道。

“何事？”

玉凝犹豫片刻，终究还是开口问：“皇上的伤势如何？”

“小主不必担心，皇上只是手臂受了点小伤，明天你们面见圣上的计划不会改变。”邢掣把玉凝的话理解成她是担心明天无法面见圣上。

之后几人便一同朝尤怜之的房间走去。玉凝关起房门，心还在猛烈地跳动着。她站在门后听了很久，直到院子里没有了任何响动，确定所有的侍卫都退去后，才稍稍放下心来。

苏嬷嬷又一次救了她。

玉凝来到床边，那名黑衣人已起身坐在了床沿上。

玉凝走到床边从枕头下拿出一瓶药，这是她治肩伤所用的药。她把药递给黑衣人道：“这药可以止血，抹上吧。”

黑衣人接过药，往伤口上撒了些，说道：“来你这里，果然没有来错。”

“……你不是无意间闯进来的？”玉凝惊异道。

“我是特意躲来你房间的。”黑衣人若有所思般回答。

玉凝却扑哧一笑。

黑衣人挑眉，“你不害怕？”

“怕你吗？不，我不怕，如果你要杀我，早就动手了。”

“那你笑什么？”

“我在笑，昨天遇到一个鬼面人，今天又遇到一个黑衣蒙面人。是不是与皇宫沾上点关系的男子都不能以真面目示人呢？”玉凝打趣地说道。

“我一向以真面目示人。”黑衣人说着，就把脸上的蒙面拉了下来。

玉凝盯着黑衣人的面容不禁呆住了。

“我的脸有哪里不对吗？”

玉凝脸一红，知道自己失态了，忙开口解释，“不，没有，只是公子长得真好看，比女子还要秀美几分。”

“叫我凌懿轩就好。”黑衣人微微一笑。

玉凝甚是吃惊，凌是皇姓，莫非眼前的男子是皇族之人？

“你是宫里的人？为何……要刺杀皇上？”

凌懿轩把蒙面再次拉到脸上，走到窗边，淡然说道：“我有我的原因。你大可以去告密。”

“我不会告密。虽然不知道为何，可我相信你有不得已的苦衷。”

凌懿轩低语道：“你是个有趣的人，我已期待下次和你见面了呢。”

“你伤害皇上，是皇上的敌人，那么也就是我的敌人，下次我不会再包庇你。”玉凝认真道。

玉凝突然想到鬼面人那句没有丝毫情感的话“下次见面，我会亲手杀了你”。不禁黯然神伤道："还是说，凌公子下次见面也要杀了我？"

凌懿轩认真思量后却说："正相反，我会保护你。"

"保护我？为什么？"

"我也不知道答案，所以，在我找到答案之前，我都会保护你。"

玉凝还想再问些什么，只是，这时候却突然响起了敲门声。

玉凝转头看着门的方向，警惕地问："谁？"

"玉凝姐姐，我一个人睡害怕。"

玉凝听到来人是尤怜之后，回头想让凌懿轩先走，却发现窗户已打开，而凌懿轩早已不见了踪影。

玉凝把尤怜之迎进来。两个女孩躺在被窝里，露着小脑袋，说起了悄悄话。

"玉凝姐姐，明天就要见到皇上了，我好紧张。你说皇上会喜欢我吗？"

玉凝看着尤怜之希冀的小脸，安慰着她，"怜之这么漂亮，皇上当然会喜欢你。"

"姐姐，你有喜欢的人吗？"尤怜之眨巴着水灵灵的大眼，天真地问。

玉凝想起十年前的那个午后，便甜甜地回了一句，"有。"

尤怜之一时来了兴趣，爬起身，继续追问："喜欢一个人是什么感觉呀？"

"喜欢一个人，就是希望时时见到他，即便那人不在身边，你也会时时想着他。为了他的开心而欣喜，为了他的哀伤而难过……"

"姐姐，你懂得好多哦！"尤怜之受教般说道。

玉凝脸色嫣红，有些不好意思地说："臭丫头，是你先问我的！快睡觉啦，明天还要起早。"

这一夜，外面依旧是女人的凄惨哭叫声，还有骨头碰撞的声音，不过两个女孩在一起作伴，倒也没有觉得害怕。

翌日。

怪事接着发生。

尚书之女，刘丹蝶在房里悬梁自尽，并留下遗书注明：她是自杀，而非他杀。

仅剩下玉凝、尤怜之和陈念巧三人去养心殿面圣。

殿外，苏嬷嬷对刚刚下轿的三名小主说道："我就送你们到这里了。宫中的情况你们现在也多少了解一些了。接下来你们的命运如何，就看你们自己了。另外，我再给你们一点提示，如果皇上问你叫什么名字，那就是要你今晚侍寝的意思。"

这时，大殿传唤，"皇上有旨，宣各位小主觐见。"

陈念巧第一，尤怜之第二，玉凝最后，三人就这样一字排开，朝大殿里走去。苏嬷嬷突然拉住玉凝的手臂，凑在她耳边低语了一句，"记住，一会儿进去，千万不要直视皇上的眼睛，不然就是死罪。"

玉凝心中一紧，这是苏嬷嬷第三次帮她。苏嬷嬷是太后的人，想来的确是太后在暗中帮她。

进入养心殿内，三名女子跪在下人准备的软垫上。

玉凝虽低着头，可她知道几步之外宝座上的男人，就是他——当朝天子凌烨宸。

“抬起头来。”一个好听且威严的男声在大殿中响起。

玉凝心里一阵紧张，这是十年后，她第一次听到他的声音。不能否认的，只听到他的声音，她心里便已卷起惊涛骇浪。

缓缓抬起头，凌烨宸身着一袭黑色锦袍，金色的龙纹彰显至尊霸气和威武张扬。他慵懒地斜靠在龙椅上，给人一种不可忽视的存在感。

玉凝无奈一笑，原来对同一个人可以动心两次。

凌烨宸并非独自一人，他脚边软榻上，侧卧着一名娇美的女子。女子身着红色薄纱，像只慵懒的猫，妖冶得如同狐媚。她柔弱无骨地卧在凌烨宸的腿上，把玩着凌烨宸腰间悬挂着的龙纹玉佩。

玉凝心想：这女子的地位不一般。

凌烨宸站起身，缓步踱来。先在尤怜之身前停住脚步，轻声言语，“素闻礼部侍郎的二女儿有西岩国第一美人之称，今日一见，果然名不虚传。”

尤怜之忙细声回应，“谢皇上夸奖。”

凌烨宸之后踱步到玉凝的身前。玉凝低垂眼脸，直到凌烨宸抬起她的下巴，她都自始至终低垂双眼。玉凝如此这般，不单单是因为苏嬷嬷交代不能直视他的双眼，更因为她怕从他眼中看到打量陌生人的神色。

凌烨宸静静打量着玉凝，之后放开她的下巴，未作言语。

玉凝心里失落，他果然还是忘了她了。

凌烨宸来到陈念巧身前，开口询问：“母后的远房兄长，家有一对双生女儿，怎么不见另一位？”

陈念巧忙磕头，按照苏嬷嬷交代的回答，“姐姐身染疾病，昨日病终了。”

凌烨宸扶起陈念巧来，“真可惜，朕还想如果有一双美人伴在左右，倒是一桩美事。”

陈念巧红着脸飞快地睥向凌烨宸的脸，只这一眼，她便已心慌意乱，“皇上，妾身以后一定代姐姐好好侍奉皇上。”

凌烨宸柔声道：“如此甚好。”

下一刻，那妖冶的红衣女子走到凌烨宸身边，推开陈念巧，而后倚在凌烨宸怀里，娇嗔着言语，“皇上，臣妾不喜欢这个女人。”

凌烨宸嘴唇微微勾起，玩味一笑，他手指轻抚妖冶女子的绝美脸颊，宠溺地说道：“爱妃既然不喜欢，那朕自是不能留她了。”

陈念巧听罢，不由得脸色大变。加上玉凝和尤怜之，三个女孩子脑海里同时出现了一个人的名字——恨生。

陈念巧慌忙跪地，连忙求饶：“皇上饶命。”

凌烨宸语气颇为揶揄道：“家有恶妻，朕也爱莫能助啊。”

玉凝紧紧攥着手，难道皇上真的如此纵容恨生娘娘？仅因她一句不喜欢，就要杀陈念巧？更何况，陈念巧还是太后的侄女，难道皇上都不用顾忌和太后的母子感情吗？

“皇上好坏，人家才不是恶妻。”恨生娇嗔，随即走到皇帝身近的御前侍卫邢掣身边，“邢大人，你的剑借我一用。”

邢掣脸色颇为郁结，他这把剑不知被恨生娘娘借去了结过多少妃子的性命了，无奈也只能抽出长剑递给恨生。

恨生用剑尖托起陈念巧的下巴，满是厌恶地说道：“丑死了，就凭你也想伺候皇上？你说我是一剑刺到你心脏呢？还是先毁你的容，然后再慢慢折磨你？”

陈念巧满脸恐惧，连连摇头道：“不要杀我，我姑姑是太后娘娘，你杀了我，她不会放过你的。”

恨生一巴掌打在陈念巧的脸上，骂道：“我最恨别人威胁我，管你姑姑是谁！”

言毕，便双手握住剑柄，一剑刺穿陈念巧的心脏。只见陈念巧口喷鲜血，眼睛不可置信地恐怖圆睁，不一会就毙了命。

玉凝和尤怜之吓得尖叫出声，看着眼前陈念巧的尸体，两个女孩抱在一起，瑟瑟发抖。

凌烨宸低笑着把恨生拥在怀里，“现在开心了？”眼尾却睥向颤抖不止的玉凝。

恨生鼓起腮帮子，佯装生气，不理凌烨宸。见那陈念巧的血粘在她的绣鞋上，便调皮道：“臣妾的鞋脏了，皇上帮臣妾擦。”

在场的丫鬟奴才一向知道皇上纵容恨生娘娘，可听到这话，还是吃了一惊。世人有谁有胆量让皇上帮其擦鞋？

玉凝愣在当场，恨生娘娘当真如此放肆？

然而，让所有人震惊不已的是，凌烨宸闻言却缓缓蹲下身，准备用衣袖帮恨生擦拭绣鞋。

玉凝看着这一幕，心里不免有种酸涩，难道他爱恨生已到这种地步？

尤怜之突然出声，“皇上不要！皇上乃一国之君，怎么可以帮一个妃子擦鞋？”

凌烨宸颇为意外地打量着尤怜之。

尤怜之正巧望进皇帝的双眼，她如同见到稀奇之物般，心底一震，皇上的眼睛怎是琥珀色的？而且她根本无法移开视线，仿佛被那双眼眸吞没了心智一样。

玉凝察觉到尤怜之的异样，忙拉她的衣袖道：“怜之，快低下头，不要看皇上的眼睛。”

尤怜之却好似已经入魔了，根本不为所动，死死地盯着皇帝的双眼。

凌烨宸显然不悦被人这样逼视，确切地说，不仅仅是不悦，更是盛怒。

恨生幸灾乐祸般说道：“这下，有人要遭殃了。”

凌烨宸冷冷地勾起嘴角，吩咐道：“月公公，赐毒酒。”

“是。”月下捏起尤怜之的两颊就要灌毒酒。

玉凝挥手把酒杯打落在地，将尤怜之护在身后，“皇上请开恩，怜之不是故意要冒犯圣驾，还请皇上念在她本是好意的份上，饶她不死。”

凌烨宸眼底升起玩味之色，高挑眉毛、勾起嘴角反问：“朕为何要听你求情？”

“因为皇上是贤明的君王。怜之虽是皇上的妃子，但也是皇上的子民，臣妾相信皇上不会伤害自己的子民。”

凌烨宸甚是不屑，像是要故意为难玉凝一样回了一句，“好牵强的理由。不过，朕给你个机会，你和你身后的女人只能活一个，你怎样选择？”

玉凝低下头，坦诚直言道：“回皇上，臣妾不想死。但臣妾也不能不顾怜之，所以，请皇上开恩。”

“有意思。”凌烨宸把一边看好戏的恨生拥在怀里，“恨生，你来帮朕出个主意，朕该怎么处理这件事呢？处理不好，可就要背上不爱子民的罪过了。”

“皇上，这样如何？让臣妾打丞相家千金五鞭，要是她还活着呢，就饶了她们二人，要是她被我打死了……”恨生眼里闪过狠毒之色，“那就送她身后那女人一道见阎王。”

凌烨宸的目光落在玉凝单薄的身体上，“这样的条件，你愿意接受吗？”

“玉凝姐姐救我！”尤怜之哭着祈求。

玉凝咬咬唇，勇敢地望进凌烨宸眼底，坚毅地答道：“臣妾接受。”

凌烨宸冷声道：“来人啊，把鞭子呈上来。”

随即，宫女呈来鞭子。

恨生像是突然想到什么似的，又补充了一句，“啊，丞相家千金，我忘记给你介绍了，我手里的鞭子是命人专门定做的，我给它起名叫牙鞭。”

玉凝抬眼便见恨生手中的鞭子上布满锋利的刀片。

恨生把玩着手中的牙鞭，“好心”解释道：“之所以叫牙鞭，是因为鞭子打在身上，刀片会陷在肉里，轻轻一捞就能拽下你身上的肉来。这鞭子制好还没用过呢，你是我第一个试验品，真是恭喜你啊。”

玉凝不禁手冒冷汗，她刚才还在想，自己身子虽弱，可五鞭子好赖应该可以承受得来。可如今，她不确定自己能否承受。但为了两个人的性命，她无奈，也只能赌一把。

嗖一声，恨生猛地扬起鞭子。

“且慢。”

这两字却是出自皇帝之口。

“皇上，你……何以出声阻止？”恨生心底一酸，难道皇上不舍？

玉凝心里一暖，他……或许还记得她。

凌烨宸目光锁着玉凝，缓缓开口道：“来人啊，帮丞相家千金把棉衣褪了。”

玉凝苦笑，心里酸涩极了。他让恨生住手原来并非不忍，相反，却是让她把棉衣褪了。褪了棉衣，打得才会更痛，他的恨生才会更开心，是吗？原来，他爱恨生已到了这样的地步，她玉凝还有什么可期盼的呢！

两名宫女动手脱着玉凝的棉衣。

玉凝没有反抗，也没有求饶，因为是他要打她，所以，她就让他打。她固执而又略带绝望地认为，只要他开心就好。

现在，玉凝仅着一件单衣，跪在地上瑟瑟发抖。

恨生鞭子猛地挥下……

玉凝紧咬下唇，努力强迫自己不叫出声。第二鞭落在身上，她已经疼得趴在了地上，鲜血已浸染了她白色的里衣，背上的衣服破烂不堪，伤口叫人触目惊心。玉凝紧攥着拳头，指甲没入肉里，划破了手掌心。

尤怜之哭着哀求道：“皇上，求您开恩，饶了姐姐，求求您。”

几名宫女把尤怜之拖到一边。

恨生抬起鞭子再次猛然挥下，这是第三鞭，玉凝背上的伤口已深可见骨，她额头上满是汗水。玉凝心中暗自较劲，她一定要活下来，不然，非但救不了尤怜之，而且两个人都得死。

接着是第四鞭，可恨生才刚抬起来手，凌烨宸就抓住了她的手腕。

恨生调笑道：“皇上，这次又是为何？莫不是看着血肉模糊的女人，动了恻隐之心？”

第二章　肆意凌辱

凌烨宸笑意邪魅，“鞭子太重，朕怕你累着。”随即扫向邢掣，“邢掣，剩下的鞭刑，你去打。”

玉凝觉得心比身体更疼，凌烨宸让邢掣这么一七尺男儿来打她，意思是说恨生打得不够重吗？他真的忘了她，还是说他……恨她？

邢掣为难地接过恨生手里的鞭子。地上的女子太过瘦小，他这一鞭子下去，定会要了她的命，更别提抽两鞭子了。但皇上的命令不容违抗，于是他抬起手，猛地挥下，接着似乎是没敢看玉凝，又挥下了第五鞭。

恨生将手指轻轻放在玉凝鼻尖，突然喊道：“皇上，她咽气了。”

“姐姐！是我害了你，都是我害了你。”尤怜之大哭出声。

“月下，给礼部侍郎之女赐毒酒。”皇帝眼微眯，若有所思地盯着地上那血肉模糊的玉凝。

月公公再次倒了毒酒，欲撬开尤怜之的牙关灌酒。

就在此时玉凝嘤咛一声，缓缓地伸手拉住凌烨宸的衣摆，虚弱地说道：“皇上，……臣妾还活着，望皇上信守……诺言，饶过我们两个人。”

凌烨宸眼底掠过一抹儿讶异，她还活着？是什么让她这样顽强？邢掣的内力可不弱，那两鞭子下去，怕是连一个壮汉都吃不消，而她却还活着？

他俯身抬起玉凝苍白的小脸，轻声问道：“你叫什么名字？”

众人大惊，皇上竟然问这个血肉模糊的女子叫什么名字，那就表示今晚是这个女子侍寝！

可……这么重的伤，还如何侍寝？

月下不免心想：皇上的口味真是越来越……重了。

“臣妾名叫玉凝。”玉凝眼里涌出泪水。不知她说出自己的名字，能否唤起他一点回忆？

凌烨宸双臂微微一震，而后淡漠地回坐到龙椅上，说道：“月公公，传朕的旨意。”

恨生此时的反应却很奇怪，照常理她该嫉妒皇上即将宠幸玉凝的，可她却只是懒懒地趴在凌烨宸腿上，把玩着皇帝腰间的龙纹玉佩，好像并不吃醋或嫉妒，莫非，她早已看透这荣宠之争？

月公公宣读圣旨："礼部侍郎之女尤怜之，温柔贤淑，深得朕心，故封为贵妃，赐居永详宫；丞相之女玉凝，蕙质兰心，封其为妃，赐居储秀宫。钦此！"

玉凝昏倒前，意识到三件事：第一，圣旨是早已拟好的；第二，凌烨宸早就知道进宫的妃子最后会只剩下她和尤怜之两个人；第三，在她的封妃的圣旨里，凌烨宸没有说"深得朕心"。

今日发生的一切都在凌烨宸的掌握之内？那么他的计划内，是否包括她今日所受的皮肉之苦？还是说这是他送给她的见面礼？

再次醒来时，玉凝正趴在冰凉的地上，不远处檀木椅上，凌烨宸如雕像般静静地坐着。

"爱妃醒了？"凌烨宸俯视着血泊里的瘦削人儿。

手指掠过凌烨宸炫黑镶有金丝的靴子，玉凝抓住凌烨宸的衣摆，艰难地开口道："皇上……你……不记得臣妾了吗？"

凌烨宸眼底掠过一抹儿挣扎，如同想承认却又不能，他抬起玉凝的小脸，柔声道："爱妃为救朋友，在养心殿表现得那么勇敢，朕怎么会忘了你呢。"

他还是把她忘了！

玉凝决定赌一赌，说了小时候说过的那句话，"……皇上的眼睛好漂亮。"

凌烨宸仿佛看到一名七岁的甜美女孩，稚气地说着"烨宸哥哥，不要哭，你的眼睛很漂亮。"

"今天是朕和爱妃的新婚夜，理应喝一杯交杯酒才是。"凌烨宸并未回应玉凝，反是执起酒盏，又接着说："朕忘了，爱妃现在身受重伤，交杯酒不急着喝，疗伤要紧。"

他倾斜酒壶，酒水缓慢朝玉凝的伤口浇下。

酒水接触伤口，钻心的疼痛。玉凝眼含泪水，并没有喊出声，却终于说出一直不愿意承认的话，"皇上，你讨厌我，是不是？白天在养心殿，你夸奖陈念巧，夸奖尤怜之却独独不对我做出评价。让我活下来是你一早就安排好的，是不是？"

"不，朕不是讨厌你。朕恨你，恨不得现在就杀了你。不过朕发现，折磨你，让你生不如死更让朕愉快。"

"为什么……？"

"要怪就怪你是薛晟的女儿。"凌烨宸把酒壶怒然摔落在地。

玉凝大惊，凌烨宸和爹爹之间有什么仇恨？爹爹为官清廉，他们君臣之间也处之有道，不是吗？为什么他现在却说怪自己是薛晟的女儿？

"来人啊，伺候爱妃沐浴，春宵一刻值千金，朕要和爱妃共度良宵。"言毕，凌烨宸便把盏独酌。

当宫女手中第一盆冷水浇下的时候，玉凝才知道皇帝口中的沐浴是什么意思，原来就是让宫女一盆一盆地往她身上泼凉水。

玉凝只觉得入骨的寒冷，满是伤痕的身体再加上这冰冷的凉水，要怎么忍受！玉凝只希望这噩梦能够早点过去，也希望眼前的男人能够走来把她扶起，或许，她更奢望他能够把她拥在怀里，就像是拥着恨生娘娘那样。但事实证明，一切都是玉凝的一厢情愿而已。

不知过了多久，宫女退了出去。凌烨宸将玉凝拎起来，毫不怜惜地拖到床边，猛地将她抛至床上。玉凝额头碰到床角，磕出一条三角形的大口子，鲜血直流，触目惊心。

“给朕宽衣。”

玉凝不知道自己什么时候会昏过去，也不知道自己是难过，还是心疼，她总觉得凌烨宸不该是这个样子的。她吃力地站起，却又摔趴在床上，然后又用尽力气，缓缓站起，湿濡的双手颤抖地举起到凌烨宸的领口，动作笨拙地帮他解着纽扣。可最终还是因体力不支，从床榻倒在了地上，蜷缩在凌烨宸的脚边。

“没用的东西。”凌烨宸勾脚踢在玉凝胸口，把她踢出数步之外。

玉凝扶住闷疼的心口，泪眼模糊地凝着不远处的男人。

“哭吧，你哭得越痛，朕就越开心，你越恨朕，朕就越痛快。”凌烨宸扼住玉凝的颈项，“收起你这副可怜模样，你得到的已经太多了。”

玉凝哽咽道：“这不是你，真正的你不是这样的。不要这样折磨你自己，我不要看到这样的你。”

凌烨宸错愕，他慌乱地松开玉凝的脖子，冷斥道：“你错了，朕就是这样的人。”然后，拂袖欲离去。

玉凝拼命攥住凌烨宸的衣摆，苦苦哀求道：“不要走……不要走……”

凌烨宸垂眼看着紧攥他衣摆的小手，“爱妃还有何事？”

“皇上，你手臂上的伤要紧吗？让臣妾给你擦点药，好吗……”玉凝说着就把手掌摊开，掌心里有一个小小的白玉药瓶，这是她原来治疗肩伤的药。

凌烨宸心中一紧，这种被人关心的感觉使他心乱。他昨天被刺客刺伤手臂，并没有大碍，只是眼前这个只剩下半口气的女人竟然记得他受了伤？

不，这女人不过是想得到他的宠爱罢了。念及此，凌烨宸的眉目恢复了一贯的冷漠。

凌烨宸猛地踩到玉凝的手掌上，药瓶碎裂，瓷片扎进玉凝的手心，“朕不用你来关心。”再度作势欲走。

可却再度被玉凝拉住衣摆，“皇上，不要走……”

“玉凝，你就没有一点廉耻之心吗？朕厌恶你，你还要这样不知廉耻地缠着朕吗？”

玉凝心里一疼，却坚决回道：“是，臣妾喜欢皇上，一直以来都想着皇上。臣妾知道，只要放开手，皇上就会离开，所以臣妾死都不放手。”

凌烨宸眼里一片冷冽。

玉凝泪眼希冀地深深注视着凌烨宸。

凌烨宸慢慢俯下身，手缓缓伸出，放在玉凝嫩滑的脸颊上，不觉间声音也温柔道："你……让朕如何……"

凌烨宸话还未说完，就听见门外有人急声禀报道："皇上，恨生娘娘宫殿着火了，恨生娘娘还在宫殿里没有被救出。"

"什么！"凌烨宸倏然起身，没有多看玉凝一眼，便转身离去。

当凌烨宸赶到未央宫的时候，整个未央宫已被熊熊火舌吞没。火势太猛，燃着宫殿周围的树木，冒起滚滚黑烟，夜空被火光照得大亮。

正在忙着扑救大火的太监侍卫，其中一人眼尖，看见匆匆赶来的凌烨宸时，慌忙扑跪在地上，大声喊道："皇上，火势太大，无法控制，恨生娘娘还在里面。"

凌烨宸没有停下脚步，直到走到大火的边缘，才停下，琥珀色的双眸里倒映出狂舞的火苗。他伸手夺过一边小太监手里的水桶，把水倒在自己身上，然后随手把水桶扔在地上。

一同前来的月公公，却上前拦在凌烨宸身前，急急说道："皇上，请三思，奴才知道皇上爱恨生娘娘，可现在的火势，皇上进去只会白白牺牲，请皇上以江山社稷为重。"

月下的话没说完，凌烨宸的身影已被大火吞没。

而另一边，玉凝脸颊上还残留着凌烨宸掌心的温度。浑身是伤，又痛又冷，而身上的伤也不及心里的伤来得痛。她终于忍不住，趴在地上，痛哭起来。痛快地哭吧，反正周围也没有人，还顾忌什么大家闺秀的礼仪。

"你哭得还真大声呢！怪不得皇兄不理你。"颇为熟悉的嗓音在头顶响起。

"凌懿轩？怎么是你……"玉凝诧异地看着眼前的男子，却是前日她所救的黑衣男子。他刚才说的是……皇兄？

"我顺道路过这里，之后不巧就听到某人惊人的哭声，这不就进来看看。"凌懿轩褪下身上的棉衣，把玉凝裹住。

玉凝不愿意接受他的衣物，伸手就要扯下，可她却被凌懿轩横抱起来。

"你放我下来！"玉凝又羞又窘地娇嗔道。

凌懿轩看着怀里挣扎着的小女人，突然想逗她，"好啊，这就放你下来。"语毕，手突然就松开了。

玉凝惊呼着向地上摔去，她紧闭双眼等待落地时候的疼痛，却被一股力道拉起，再睁开眼睛时，又回到了凌懿轩怀里。

玉凝想骂他两句，却在看到他那张有如四月春风的笑脸时，怎么也骂不出来。

凌懿轩把玉凝面向下平放在床上，拉开她身上的棉衣，又非常自然地要褪去她身上仅剩的一件单衣。

玉凝赶忙警惕地爬起身，"你要做什么？"

"我要帮你宽衣……"凌懿轩凑近玉凝。

玉凝惊慌失措地慢慢后退，直到背部已紧紧抵在了墙壁上，而凌懿轩的俊脸也在慢慢欺近。

玉凝灵机一动，指着门畔，大声叫道：“臣妾参见皇上。”

“皇上正忙着救火呢。他的宝贝恨生娘娘快被烤熟了，他又怎么会有空来这里看你？”凌懿轩语气不疼不痒地说着。

“火是你放的！”玉凝肯定地说出口。

“你还不笨嘛。”凌懿轩挑眉。

“昨天刺杀皇上，今天又放火，你到底想怎么样？”玉凝发怒道。

“昨天刺杀皇上，理由姑且不说，今天放火可全是为了你。”凌懿轩一脸受伤神色，“本王不忍心看你受折磨，特地想办法营救，你非但不感谢，竟然还指责。”

玉凝哭笑不得，这大男人是在对她撒娇吗？“你……是个怪人。”

凌懿轩突然在玉凝胸前封下穴道，玉凝便动弹不得，然后开始把玉凝胸前的纽扣一颗颗解开。

玉凝杏眸圆睁，不住地说着，“你住手，快住手，住手，住手，住手……”似乎这是她唯一能说的几个字。

“吵死了！刚才在皇兄面前你分明是温柔的猫儿，现在对我却反倒似母老虎般……唉，差别待遇。”

凌懿轩索性封了玉凝的哑穴，这下，玉凝连声音也发不出了。

她泪水夺眶而出，眼睁睁地看着凌懿轩把她的纽扣一颗颗解开，露出白色的肚兜，他的手慢慢伸向玉凝的胸口。

玉凝泪水扑扑簌簌地落下，若他毁她清白，那可如何是好？

凌懿轩突然大笑，逗弄这个小女人他很开心。他不再吓唬玉凝，转而自怀里拿出药水，均匀地洒在玉凝的伤处；然后，拉起她被瓷片扎伤的手，也撒了药；接着是她额头上那个口子。

“这可是我府上的镇府之药，今天便宜你了，就当还你昨天的救命之情，昨天你给那个药实在不如我的好使呢。”

玉凝暗暗吐气，原来他是要给她涂药。凌懿轩真是个怪人，不过，她不讨厌他。在这样伤心的时候，有他在身边倒显得不那么孤单了。

凌懿轩解开玉凝的穴道，他没有帮她包扎伤口。

“皇兄会派人给你包扎的，这段时间你的伤口也不能包扎，等稍微愈合一些，皇兄派人来的时候，就正好了。”

不帮她包扎，原因还有一个，那就是不能叫凌烨宸看出破绽，不然会给她带来更大的灾难。这种药取自北方极寒之地，对治愈伤口有奇效，伤口很快就会愈合。

“他不会理睬我的。”玉凝吸着鼻子哽咽道。他如果会帮她治伤，又何必要折磨她呢？

凌懿轩听到她委屈的语气，有些不忍，想必她在丞相府从未受过委屈吧。官家小姐都是娇生惯养、被宠得无法无天的，不是吗？

“恨他吗？”凌懿轩下意识地希望玉凝的回答是“恨”。

“他一定不是故意的，我相信他是有原因的。”玉凝没有说恨，也没有说不恨，不过这个答案已表明她的态度，她并不恨他。

听到她的答案，凌懿轩心里有种深深的酸涩感，似乎他不喜欢她对皇兄这般信任。不禁想着，床上趴着的这个瘦小的又满是伤痕的女子，为何注定是皇兄的？

因感觉到凌懿轩久久地落在背上的目光，玉凝慌乱地要盖起被子。

“不要盖了，我什么都看到了，现在盖也晚了。而且，你这副血肉模糊的样子也引不起我的兴趣。”凌懿轩有意戏弄她。

玉凝大羞，“我才不要引起你的……你的……”

“兴趣”二字最终仍是无法说出口，却依旧卯着劲要盖被子。

好固执的女人，凌懿轩不免感叹。

“伤口会粘连在被子上，这两天都趴着睡。我知道你会冷，这是颗护体丸，吃下去之后可以驱寒，不盖被子也不会冷了。”说着，凌懿轩便往玉凝嘴里塞了一颗药丸。

凌懿轩无条件的保护，让玉凝心里好温暖，不禁开口道谢：“谢谢王爷……”

“不要叫我王爷，我排行第七，你叫我懿轩就好，我没有那么多讲究。”

可能是护体丸药效发作的缘故，玉凝觉得身上好暖，背上的伤也不那么疼了，也或许是因凌懿轩的关心，玉凝双眼变得有些酸涩。

“谢谢你，懿轩。”

凌懿轩嘴角微微勾起，一抹儿好看的笑容荡漾开来，被她唤名字的感觉，似乎还不错。

未央宫，凌烨宸闯进火海之后，凭借记忆来到恨生的寝殿。

浓烟中，只见一身飘渺红纱的恨生，周身被熊熊火光包围着，更显得妖娆。她好似无一丝恐惧般站在火海里，嘴边漾起妖媚的笑容。

“我就知道你会来救我。”恨生语气笃定。

凌烨宸将恨生拥在怀里，略显生气地质问道：“以你的内力，明明可以逃出去，为什么不逃？”

“如果不这样，你又怎会舍得从洞房里出来？怕是早被玉凝迷得丢了魂了。”

“以后不许这样任性！”凌烨宸把恨生护在臂弯，飞身逃离火海。

翌日晨

好暖和，好舒服，玉凝动动脑袋，又朝散发热源的地方拱了拱，手也往热乎乎的地方伸了伸，还不时地梦呓两句。等到终于睡饱了，才缓缓睁开双眼。

眼前，蜜色的肌肤，有致的肌理，宽阔的胸膛，完美的颈项，还有狰狞的……鬼面具。

是鬼面人！

“啊……”玉凝顿时睡意全无，一个激灵坐起身，转身就要往床里面跑。

鬼面人长臂一捞，玉凝就这样再次跌进他蜜色的胸膛里，

“占完便宜就要跑啊？”鬼面人低嘲。

玉凝被他桎梏在怀里，动弹不得，又羞又急道：“我才没有占你便宜，你怎么会在这里？你快放开我啦，我现在是皇上的妃子，让皇上发现了，我们都别想活命。”

玉凝提到活命两个字，突然意识到眼前鬼面人曾说过再见面就要杀她，于是突然双手捂住双眼道：“我们没有见面，我没有看到你，你也没有看到我，我们谁都没有见到谁。所以……不要杀我……”

鬼面人见玉凝憨态可掬，竟然温煦一笑。

玉凝把手指打开一条缝，偷偷打量起鬼面人。然后，竟见自己手上包了白色绷带，身上也裹了层白色绷带，伸手摸摸额头，也包扎过了。

“是你帮我包扎的？”昨晚她睡着后，不知道凌懿轩何时离开的。不过，凌懿轩说过皇上会派人来给她包扎伤口，莫非眼前的鬼面人是皇上的人？

“是。”鬼面人颔首。

“可……你不是说再次见面要杀了我吗？为什么还要帮我包扎？”玉凝说着，便赶忙挥动双手，似在解释，“当然，我不是希望你杀我，你千万不要误会，我只是好奇，不，不，我不是好奇，我只是……”玉凝只怕自己小命不保。

“时机未到，我没有想到你不但没有讨皇帝欢心，反倒受了重伤，该说你没用呢，还是说你不懂勾引男人？”

玉凝被戳到痛楚，她确实不会讨好男人，“对不起啊，让您失望了。”

鬼面人为何希望她勾引凌烨宸？

她飞快扫了眼鬼面人，发现他上衣并未全部脱掉，而是胸襟敞开，露出胸膛和小腹。

“你干嘛要脱衣服啦？”

鬼面人无所谓地一耸肩，调侃道：“娘娘您执意帮我脱的，我实在是盛情难却。”

他不知是否有意，回敬玉凝一个“您”字。

“什么？我帮你脱的？不可能！”玉凝惊愕不已，却不忘辩驳。

“我只是帮你包扎伤口，谁知道你可怜兮兮地说人家好冷，随后就钻进我怀里……”

“……”玉凝脸红。

“看够了吗？看够了，我就穿起衣服了。”鬼面人故意打趣般说道

“……”玉凝不知道，此刻他的脸到底可以有多红。

这时候门外响起月公公的声音，“皇上驾到！请储秀宫娘娘接驾。”

玉凝大惊，脸色慌张，可鬼面人却一脸神态自若般地坐在床沿上，纹丝不动。

暂且不管眼前鬼面人是不是凌烨宸的人，即便是，也不能让凌烨宸看到鬼面人和她衣衫不整、共睡一床的场面。她还想多活两天呢。

外面已然传来太监宫女跪地请安的声音，“皇上吉祥。”

玉凝恨不得拿起香炉把自己敲昏，凌烨宸本就因某种原因讨厌她了，要是再发现她床上端坐着一个大男人，那暴君还不剥了她的皮！

偏偏这鬼面人一点都不慌张，仿佛置身自家卧室一般。玉凝赶紧跳下床，拉起鬼面人的手臂，使出吃奶的力气生拉硬扯地把他拖到离床不远处的帷幔后，小声警告："想活命，就不要出声。"

随即，玉凝不敢怠慢，快步跑去有一段距离的门边，却还没到门边，就与迎面而来的凌烨宸撞个满怀。

玉凝慌乱，忙跪下行礼，"皇上早……"

凌烨宸扶起玉凝，眼睛却朝玉凝的脚边看去。

玉凝这才注意到，原来她没有穿鞋，打着赤脚站在地上，下身只穿一条白色里裤。上身更夸张，根本就没穿衣服，只是包扎伤口的绷带在遮羞。玉凝不免在心里腹诽，刚才的鬼面人是不是把她什么都看光光了。

并且，她现在披头散发、没有洗漱地站在天子面前，真是丢人丢到家了。

捂住裸露的肩膀也不是，把脚丫藏进裤管也不是，总之玉凝就这样局促不安、又羞又窘地站在凌烨宸身前，茫然不知所措。

凌烨宸拦腰打横将玉凝抱起，说道："昨晚的洞房还没有结束，现在继续吧。"

玉凝顿觉脑袋嗡的一声，洞房？他说洞房？是洞房的那种洞房？是夫妻间的那种洞房？

凌烨宸似看透她的心思般，又说了一句："是的，朕就是那个意思。"

玉凝的心怦怦乱跳，她是喜欢他，可突然间就要洞房，这也……而且，房间里还有个鬼面人。

玉凝惊得身体都僵直了。

凌烨宸蹙眉道："怎么？"

玉凝挠挠头发，胡言乱语，"那个……臣妾……臣妾好饿。"

凌烨宸低笑，把玉凝放在床上，轻轻击掌道："月公公，传膳。"

他笑了，他的笑容好漂亮……玉凝拍了自己脑袋一记，都这个时候了，还在迷醉他的笑。她偷偷瞅向帷幔的方向，发现在这个角度看不到帷幔后的鬼面人，这才放了心。回头的时候，凌烨宸正狐疑地盯着她，她不由得心又紧了几分。

"爱妃在紧张什么？"凌烨宸缓缓道。

凌烨宸长得真是俊俏，玉凝使劲地晃了晃脑袋，这种时候，怎么还能胡思乱想呢，"臣妾没有紧张……一点都没有紧张啊，臣妾哪里有紧张？"

玉凝真想拿刀捅了自己，这么语无伦次，鬼都知道她紧张了。

凌烨宸的双眸别有意味地扫向帷幔。

玉凝为了分散他的注意力，忙问道："皇上，恨生娘娘还好吗？火势严重吗？损失大吗？"

“与那些比起来，朕现在对帷幔后面的人更感兴趣。”说着，凌烨宸便已起身朝帷幔踱去。

玉凝再次打着赤足跑下床，从后面抱住凌烨宸，也顾不得害羞地说道：“皇上，臣妾想你。皇上不是要和臣妾洞房吗？”豁出去了，只要他发现不了帷幔后的鬼面人。

“稍后洞房不迟，朕今日有的是时间。”

玉凝死死地抱着凌烨宸，凌烨宸却没有停下脚步，似乎身后的那点重量根本微不足道。玉凝很被动地被拖到帷幔前，实在是没办法了，逼不得已便说了下面这句话：“皇上，臣妾现在、立刻、马上、一刻都不能耽搁地就要和皇上洞房。”

凌烨宸身形一震，却依旧掀开了帷幔。

啊！玉凝吓得捂住嘴巴，失声尖叫。

却见帷幔后面空空如也，鬼面人已不知所踪。

凌烨宸放下帷幔，眼底的不解与疑虑更加浓重，深深望着玉凝。

玉凝这才意识到，原来帷幔后面的窗户早已打开，风吹进房间内，带进来缕缕荷花香。而从窗户望出去，眼前竟然是一大片的荷塘。

“好美的荷塘，臣妾早前发现了这荷塘，所以才忍不住多看了这边几眼。”

“来吧。”凌烨宸没有来由地吐出这两个字。

单纯的玉凝哪跟得上这万岁爷的思路，“来吧？什么？”

“现在、立刻、马上、一刻不耽搁地洞房。”

凌烨宸每说一字便靠近玉凝几分。

玉凝则一步步后退。

凌烨宸长臂一捞把她圈在怀里，“朕从来都不知道原来丞相家养了这么一个热情如火的女儿呢。想必丞相大人知晓你这么卖力地讨好朕，一定很为你骄傲吧。”语气稍顿，又来了一句，“下贱的女人。”

玉凝心里猛地揪疼，他果然更讨厌她了。

凌烨宸拦腰横抱起玉凝，将她扔在床上，欺身而下，把她压在身下。

玉凝没有挣扎，没有反抗，因为是他，所以无论他要怎样，她都愿意。

凌烨宸凝着玉凝的红唇，缓缓低下头。

看着他慢慢靠近的俊颜，玉凝闭起双眼，她期待他的碰触。

就在四片唇即将碰触时，凌烨宸眼里突然满是厌恶之色，他剑眉深锁，愤怒而又毫无感情地说道：“你果然不知廉耻。”

玉凝错愕，却双眼盛满诚挚，“因为臣妾喜欢皇上，臣妾愿意做任何事情。如果皇上认为臣妾不知廉耻，那臣妾就是不知廉耻。如果臣妾不知廉耻能接近皇上，那臣妾也愿意。”

凌烨宸突然翻身坐起，冷声打断道：“不要再说了。”

月公公声音从屏风后传来，“皇上，早膳已准备好了。”

皇帝素来早朝后在养心殿书房用早膳的，然而今日却吩咐将早膳改在薛妃娘娘的储秀宫。月公公当真诧异，皇上可不常和哪位娘娘共用早膳呢，那是不是说这个薛妃娘娘不一般呢？月公公在心里这样暗自揣摩着。

凌烨宸眼尾睨向玉凝，冷言冷语道："穿上衣服，屏风后面都是奴才，你这么赤身裸体的怎么去用膳？"

玉凝绞着双手，难为情道："臣妾……臣妾的衣服昨天被皇上下令脱在养心殿了，臣妾的贴身里衣也烂了，其他的衣服在新秀阁里……臣妾没有衣服穿了……"

意料外的，凌烨宸退下了身上所穿的外袍，丢在床上，扔下一句，"穿上衣服，滚出来用膳。"后便踱出了屏风外。

玉凝把凌烨宸的外袍套在身上，忙跳下床榻。他的衣袍太过于宽大，她只好把衣摆拉高，找了半天也没找到绣鞋，想必是昨晚被凌烨宸折磨的时候不知踢哪里去了，她只好打着赤足走了出去。

玉凝来到花厅，所有太监、宫女一见全都脸色大变，储秀宫薛妃娘娘身上穿着的乃是当今圣上才能穿的龙袍！

玉凝并未意识到下人投射到自己身上的错愕目光，只是笨拙地走一步，踩一下衣摆。

而当一干小太监看到玉凝打着赤足的时候，不免朝那白皙小巧的玉足多看了两眼。

"月公公，把这几个奴才带下去杖责，直到他们意识到错误为止。"

凌烨宸冷冷下令，随即将玉凝拦腰抱起，宽大的明黄色龙袍垂下，盖住了玉凝一双娇小的玉足。

"奴才领旨。"月公公揣测，莫非皇上因为那几个小太监偷瞄储秀宫娘娘的赤足而不悦？还好还好，皇上没有连他也一起打，因为他刚才也看了两眼这位储秀宫娘娘的玉足。庆幸着，月公公领着几个小太监就要往外走，却听得凌烨宸的声音又起，"月下，这几个奴才意识到错误之后，你去刑房自行领罚。"

月下几乎是用哭腔答道："奴才遵命。"什么也逃不过陛下那双锐利的眼睛！

这下难逃五十大板了。月下从小跟在凌烨宸身边，不是没挨过打，只是每次挨打都是犯了大错才被打，像这次只是不小心看了宫妃一眼就挨板子的，倒是头一回。

月下刚离开，就见邢掣身后跟着两名壮汉，神色匆忙地走进了储秀宫。

邢掣见到花厅内的情状，很有些讶异，皇上正将玉凝抱坐在腿上，二人神态亲昵。既然伉俪情深，那为何皇上还要他找两名壮汉来对薛妃娘娘？……

"皇上，人带来了。"邢掣恭敬地说道。

玉凝见来人是抽她最后两鞭子的邢掣，不免后背上隐隐作痛。不过，刑掣身后那两个武将模样的男人是谁？

凌烨宸的目光始终锁着怀里的玉凝，眼皮都不曾抬一下地吐出几个字，"在外面候着。"

邢掣自是知道这话是对他说的，便依言带着两个粗野武夫退了出去。

“不是饿了？用膳吧。”

玉凝闻言很是惊讶，他嘴角正噙着温柔的笑意，刚刚他的声音好温柔。但是这温柔来得太突然，让她一时间竟不知如何应对。

“是，臣妾遵旨。”玉凝连忙端起眼前那碗美味的粥食。因为右手缠着绷带，也因为她太慌乱，竟把碗碰翻了，粥食顿时洒了满桌，亦溅在了凌烨宸身上！

“臣妾该死，皇上恕罪。”玉凝生怕凌烨宸生气，要知道看到他的笑脸着实不易，她不想破坏这一刻的温馨。

“凝儿，不必多礼。”凌烨宸挥来宫婢将桌子收拾干净。

这是他第一次喊她的名字“凝儿”，而不是那生分的“爱妃”二字。这一刻，玉凝的心中有着说不出的喜悦与感动。

凌烨宸舀了一勺粥食递到她的嘴边。

“朕喂你。”凌烨宸见玉凝久久不张开嘴巴，于是解释了他把勺子递到她嘴边的意图。

玉凝依言张开嘴巴，小口地喝着他喂到嘴里的粥。这粥的味道没有尝出来，反倒是尝到了自己眼泪的咸涩之味。他只是喂她喝了两口粥而已，她就忘了身上的疼痛，并且哭得那叫一个惨兮兮呀。

“怎么哭了？粥难吃吗？”凌烨宸不解地蹙眉。

“不，很好吃。只是，觉得……不真实。皇上竟然亲手喂臣妾吃粥。”

是的，她觉得太不真实，因为他昨晚还对她恶言相加、横眉冷对，而这一刻却是那般温柔备至。她猜不透、亦看不透他。

凌烨宸执起玉凝的下巴，猛地含住她的唇瓣，先是轻轻描画着她唇的轮廓，之后便长驱直入，侵占她口中每个角落。

玉凝只觉一股股酥麻的感觉传遍全身。他的吻，他的唇，还有鼻息间他身上散发出的淡淡的龙涎香的味道，她完全被这个男人的气息所包裹。他的手掌轻抚过她的身体，所到之处都引起了令她陌生又激动的战栗。

良久，凌烨宸稍稍离开玉凝，指腹轻触她略显红肿的双唇，温柔地问：“现在呢，觉得真实了吗？”

玉凝的心扑通扑通一阵狂跳，脸也火辣辣的，陌生却震撼的感觉让她慌乱，她不知该如何回答：“臣妾不知……”

“喜欢朕这样对你吗？”凌烨宸嗓音魅惑。

玉凝羞涩微微颔首，“喜欢。”

凌烨宸突然嫌恶地把玉凝推开。

玉凝便狼狈地摔趴在了地上。她错愕地抬头凝着凌烨宸，他的神情有点挣扎和懊恼，甚至慌乱，就像是做了不该做的错事一样。难道是因为刚才那个吻？那个吻令他悔之不及？他……嫌弃她……是吗？玉凝心疼地想着。

“既然爱妃喜欢被人这样对待，那朕就满足爱妃的愿望。”凌烨宸轻轻击掌。

邢掣听到击掌声便将两名粗壮丑陋的男人带进来，随后，邢掣又将房间内候着的宫女太监们一并带了下去。

“你们两个给朕好好伺候这个贱人，她可是个热情的尤物啊。”凌烨宸嘲讽地看着玉凝，毫不留情地说道。

凌烨宸所说的每个字都如尖刀一样刺在玉凝的心上。现在玉凝终于知道眼前这两个壮汉是来做什么的了：他们是她丈夫凌烨宸用来羞辱她的。她嘴角凄然地勾起，刚才那个吻，想必只是个意外吧。

两名壮汉步步逼近玉凝，凌烨宸此刻则姿态优雅地端坐在龙纹大椅上，似乎在等着看一场好戏。

玉凝心想，如果他想看，那么她就演给他看好了。就在那两名武夫就要抓住她手臂时，玉凝柔美的声音却先于他们的动作而响起，“臣妾……谢皇上恩典。”

凌烨宸送到唇边的端着茶水的手微微一顿，但他却不动声色，接着品茶。

“不知两位官人谁先与妾身……”

随着白纱布一圈圈被解下，露出了平坦白皙的小腹以及不盈一握的腰肢。而此刻玉凝上身只剩下一缕薄布遮着胸前的风光，她虽瘦，可胸前却丰盈。

玉凝心中已然绝望。她以为凌烨宸会出声阻止，她以为她这么做能够惹怒他，能够唤起他对自己女人的占有欲。然而，凌烨宸自始至终都好似事不关己般地站着观好戏。

玉凝闭起双眼，等待着那两个男人的侮辱。此刻，她已心似死灰，滚烫的泪水顺着脸庞肆意流淌。曾经，那些埋藏在心底的美好全都不见了，美丽的梦不可能成真，那个有着琥珀色眼眸的男人永远消失了……

这样想着过去，也想着以后，在这两个男人之后，她便会了结残生。

腰身猛地一紧，玉凝只觉自己被人强势地揽进怀里，身体也被包裹在衣物中，鼻息间一股熟悉的龙涎香的味道。她惊喜地睁开双眼，跌进一双琥珀色的双眸，而这双眼睛，此刻已浸满了狂怒。

那两名武夫此刻已昏死在地上，丑态百出。房间内就四人，将那两个男人放倒在地的除了凌烨宸，没有别人。

“我就猜到你不会不管我。”玉凝惊喜之下忘记了自称“臣妾”。

“我却没猜到你竟然会这样下贱。”凌烨宸盛怒直言，也是平生第一次忘记了自称“朕”，平生第一次承认他还记得她，“多年不见，看来你已不是当年那单纯的小女孩了。”

“我就知道你没有忘了我。”玉凝难掩狂喜。

“我却不知道你这般缺男人。这次手下留情就当还你小时候的债了。下次不要妄想我会再留情。”凌烨宸说着就绝情地把玉凝推倒在地，朝门外唤了声，“月下。”

月下捂着屁股，一瘸一拐地走了进来，刚挨了那五十大板，自是不好受的，“奴才在。”

凌烨宸指向地上的两个武夫，狠狠说道：“把这二人处理了。”

“是。”月下心道，皇上被气得不轻，“这薛妃娘娘还真有本事，瞧瞧竟把这块千年寒冰也给气融化了！”

“再传周太医，包扎这个下作的女人。”凌烨宸淡淡道。

“是，是。”月下却挑起了语病，是包扎这个女人，还是包扎这个女人身上的伤口？都怪薛妃娘娘，还我一个言辞精准的皇上啊！

玉凝疑惑，何谓“再招周太医”？难道给她包扎伤口的鬼面人就是周太医？

“起来。”凌烨宸朝玉凝伸出手臂。

玉凝把自己的小手放进他温热的手掌里，然后，被凌烨宸横抱在怀，玉凝就这样靠在他的怀里，嗅着他身上淡淡的龙涎香的味道。

“皇上，这十年来你过得好不好？还会难过吗？”

“不要以为你很了解朕，十年前羞辱朕的人早已死在朕的手里，你说朕过的好不好？自是每日都开怀舒畅。”

“可臣妾觉得，皇上一点都不开心。”

“那只是你一人的想法罢了。朕一统三国，呼风唤雨，后宫美女如云，日日享鱼水之欢。又岂会不开心呢？”

“对，皇上一统三国。不过好战如你，坐稳王位的同时，又失去了多少忠臣良将。一夜之间，皇上把亲兄弟封藩王，均派遣到偏远之地。偌大的皇宫里，皇上连个至亲的人都没有，难道说这样皇上不觉得孤单吗？”玉凝说到诚挚动情处，甚至将手臂攀在凌烨宸的颈项上。

当然，她没有提起七皇子凌懿轩。至于凌懿轩为何没有被封藩王，她也不知。

“朕没有杀了那些所谓的兄弟，已是对他们的仁慈。试问，他们又有几人把朕当过亲兄弟看待？”

“好，且不说他们，就来说说皇上的鱼水之欢。皇上的后宫里面养着上千女人，皇上能记住名字的有几人？皇上真心喜爱的又有几人？难道皇上夜夜身边躺着的都是陌生人？皇上就不觉得空虚，不觉得悲哀吗？”

凌烨宸恼怒地将玉凝一把摔在床铺上。

“薛玉凝，不要以为朕不杀你，你就可以胡言乱语。不管朕能不能记住她们的名字，也不管朕爱的到底是谁，总之，朕爱的那个人，一定不会是你。”

玉凝正想开口反驳，凌烨宸却快了一步，“再出声，杖责伺候。”

疯子！玉凝在心里暗叫。

凌烨宸把床帏拉下，“趴在床上，把你的手露出来，一会周太医过来好给你把脉。”

玉凝从床帏下伸出手去，片刻后便感觉到凌烨宸正有意无意地把玩着她的手指。于是，她准备吓吓凌烨宸，她小手一翻，就把凌烨宸的手掌压在了下面，果然感觉到凌烨宸手掌僵了一下。随后，凌烨宸手掌缓缓收起，把她的小手紧紧地裹在手心里，这次，倒换玉凝心脏乱跳，紧张不已了。

脚步声起，进来一人。

“周太医，不必行礼。来给她看看。”凌烨宸命令道。

周太医来了！玉凝好奇得要命，这个周太医到底是不是鬼面人？

第三章　代为侍寝

玉凝手腕上一凉，是周太医在给她把脉，只是，这周太医的手怎么怪怪的。玉凝简直想撩开床帏看看这周太医的庐山真面目，可礼节不能不遵守。

“她怎么样？”凌烨宸开口询问。

周太医答道：“回皇上，娘娘身体已无大碍，把伤口包扎好就可以了。”

玉凝倏地撩开床帏，不可置信地瞪着大眼睛看着眼前的周太医。

“周太医，你怎么可以是位姑娘？”怪不得觉得周太医的手奇怪，男子的手可没那般细腻。

周太医一脸无辜道：“这……臣女也无能为力，身体发肤受之父母，不是臣女能左右的。”

玉凝蹦下床铺，伸手就探向周雨晴的胸脯，软绵绵的。

“娘娘……”周雨晴虽是太医，却毕竟还是黄花闺女，被玉凝当着皇上的面这么戏弄，脸当下就红了。

“你真的是女子？不是易容吧？今天早上是你给我包扎的伤口？”玉凝抬手就往周雨晴脸上摸去，可摸了半天，确实没有人皮面具的接口。

“薛玉凝，你闹够没有？亏你还是大家闺秀，总这么赤脚下床，成何体统？”

凌烨宸一把将玉凝桎梏在怀里，坐在床沿上，将玉凝面对着他放在腿上。

“原来周太医可以是女人。”玉凝纳闷，早上的鬼面人到底是何方神圣？

凌烨宸盯着一脸心事的玉凝，“少见多怪，朕从来不曾重男轻女，只要是贤才，朕就会重用。雨晴年纪轻轻却医术卓绝，成为太医有何奇怪？”

玉凝突然意识到自己正两腿分开跨坐在凌烨宸身上，姿势太过暧昧，让她有些不适地扭动着身躯想要下去。

“不急，包扎完伤口，给你足够的时间取悦朕。”凌烨宸露骨地说道。

玉凝即刻噤若寒蝉，一动不敢动，生恐凌烨宸再说出什么惊世骇俗的话来。

凌烨宸随即褪去玉凝身上宽大的外衣，将她满是伤痕的背部暴露在外。

玉凝身上不着一物，又面对着凌烨宸，于是慌忙往前一趴，扑在凌烨宸怀里。心想，这样总比让他看光光来得要好吧。

凌烨宸轻笑。

“皇上，娘娘的伤口因为用有奇药，已结痂了，所以，只需再上一些祛疤治愈的药物就可以了。”

遭了！凌懿轩给她用的药。老天保佑凌烨宸可千万别看出端倪啊。

“奇药？朕怎么不记得给爱妃用过什么奇药？”

玉凝继续噤若寒蝉，绝对不能坦白凌懿轩曾经的出现。

“皇上，兴许是下臣诊错了。想必是娘娘吉人自有天相，所以伤口愈合得也快。”雨晴本以为是皇上用的奇药，这下看来不是。虽然才初次见这位娘娘，不过，这位娘娘为人分外随和，便忍不住帮她开脱起来。

玉凝暗暗感激女太医。

“是啊，爱妃吉人自有天相，想必暗中有贵人相助，馈赠奇药吧。”凌烨宸的语气不可置否，但言外之意却已是很明显。

玉凝险些被拆穿，忙说了一句，“是皇恩浩荡，臣妾承蒙皇上恩宠，所以伤口好得极快。”自己的说辞蹩脚得无可匹敌。

“周太医，把她背上的结痂挑掉，重新上药。”

闻言，玉凝发根直立。那不是等于让她疼死吗！

“皇上，娘娘身上的伤口太多太深，要是挑掉结痂就等于割掉娘娘的肉啊，皇上还请三思！”

“朕说，把结痂挑掉，重新上药。”凌烨宸不悦地又重复了一遍。

周太医一怔，只好点头应道：“是，下臣遵命。”

“薛玉凝，你记住，朕的女人，哪怕是死了，也不能有别人来救。告诉那个给你暗暗送药的人，想活久一点，就离你远远的。”

玉凝疑惑地盯着凌烨宸。他到底是知道凌懿轩馈赠奇药给她，还是不知道？他的语气，她猜不透，只觉得这个男人好危险，仿佛能够洞悉一切。

“周太医，还不动手？”

“皇上……皇上三思啊。”周雨晴望着玉凝一背的伤口，实在不忍心。

“朕不差你这一个医女。”凌烨宸手猛地掐住周太医的脖子，只要轻轻一扭，她的脖子就会断裂。

“凌烨宸，你住手，周太医会按你说的去做。”一时情急，已忘了什么皇上不皇上的尊称了，就这样喊着他的名字。

玉凝不顾自己是否光着背，急忙转身掰着凌烨宸扼在周雨晴颈项上的手掌。

凌烨宸不耐地松手，周雨晴猛地咳嗽起来。

“周太医，你按皇上交代的做就好。我能受得住。”

“是，臣女遵命。”周太医的动作虽然很轻，可生生地把肉从身上扯下，那种剧痛还是让玉凝脸色泛白，直冒冷汗。

“周太医，你一下子把结痂撕掉吧，不然时间越长，我就越疼。”玉凝疼得咬紧牙关，闷声低叫。她，最是怕疼。

凌烨宸能够感觉到怀里玉凝的身体颤抖不止，她的背上已血肉模糊。结痂被撕去，便露出了里面血红的肉芽。

他用手抓起玉凝后脑的发丝，逼她直视他的双眼说道：“疼就咬着朕的肩膀。”

玉凝一张小脸疼得已经扭曲。她无暇多想，便张开嘴狠狠地咬住了凌烨宸的肩膀。她知道自己咬得很重，可背后的疼痛让她无法承受，所以，只有紧紧地咬着他的肩。

周太医给玉凝包扎好时，她已去了半条命，昏了过去。

凌烨宸将玉凝轻放在床铺上，帮她盖了被子，眼底缓缓流泻出温柔之情。

周雨晴神色担忧，皇上肩膀方才被娘娘咬在嘴里，此刻衣物已被血染红。

“皇上，让下臣帮您包扎伤口吧。”

凌烨宸轻轻瞥了眼肩头被玉凝咬出血的伤口，淡淡地说道：“不用包扎，这点痛，是朕欠她的。你下去吧。”

周雨晴心里暗想，皇上真是个怪人。分明心疼薛妃，却又如此虐待她，莫非只是不满有人给娘娘用药，吃醋了不成？

“哎呀！”周雨晴刚刚出了储秀宫，便咚的一声撞在了一堵墙上。

“周太医，你怎么还是老样子，走路都不长眼睛的？”凌懿轩捂着被撞痛的胸口打趣地说道。

“七爷？原来不是墙。对不起，对不起，我没有看到你。”

“罢了，咳……咳……”凌懿轩脸色惨白，整个人看上去病恹恹的，和昨晚玉凝房里时候判若两人。

“七爷，你身体本就不好，就不要来回多走动嘛，说了你多少次了。”周雨晴一直以来都帮凌懿轩诊治。七爷的病情实在奇怪，查不出任何病因，只是病发的时候，会口吐鲜血，咳嗽不止。

“你从哪里来？”

“从储秀宫，刚去给娘娘包扎伤口。”

“储秀宫？想是昨天新入宫的妃子吧。一进来就受伤，估计那妃子也活不长。”凌懿轩并未透露自己与储秀宫薛妃相识。

“其实，下臣倒是觉得皇上对那娘娘有些不同……”周雨晴手搀着凌懿轩。心想，其实七爷要不是因为常年生病，脸色苍白，倒是个活脱脱的美男子。

“不同？是吗……”凌懿轩听到凌烨宸对玉凝不同，心里很不是滋味。可玉凝却并不知他凌懿轩多年来的心意。

储秀宫内，凌烨宸坐在床边，手指轻抚着玉凝细腻白皙的脸颊，随即慢慢俯下身。

就在薄唇快碰到她脸颊时，他神色突然变得慌乱、挣扎，他猛地站起身，像是逃离一般疾步离开储秀宫大殿。

“主子……醒醒……”

“冬儿……”玉凝醒来，背上的疼痛随之传来。玉凝见除了自己的贴身丫鬟冬儿外，屋内还有另一名宫女，便道：“这位是？”

“奴婢萍儿，见过娘娘，以后奴婢和冬儿一起伺候娘娘。”

玉凝费力地伸手扶起萍儿，“起来吧，不要跪我了，和冬儿一样就好。”冬儿自小跟在她身边，二人情同姐妹，冬儿在她面前自是不必讲究太多礼仪的。

“娘娘人真和善。”像是这样和善的主子萍儿倒是第一次遇到。之前伺候过的皇上的妃子脾气或有大小，但都是不好伺候的，反倒这位主子一点架子都没有。

这时，卧房的门被人推开，有人唤道：“玉凝姐姐。”

玉凝披上外衣，迎向来人，“怜之，可算又见到你了。一切可都还好？”

来人正是尤怜之，她眼中噙着泪珠儿，愧疚地说：“姐姐，你受苦了。要不是为了救我，你也不会受这样的罪。都怪我，当时盯着皇上的眼睛看那许久。”

“不怪你。你也不想那样的。”

“姐姐我……”尤怜之欲言又止。

玉凝会意尤怜之有秘事相告，便对丫鬟说道：“冬儿、萍儿，你们二人下去吧。我和怜之姐妹两个说说话。”

“是”。

待两个丫鬟离开，玉凝道：“怜之，你想说什么？现在可以放心说了。”

尤怜之使劲地握住玉凝的手，“姐姐，我想逃出皇宫！”

玉凝倒吸了一口冷气，连忙捂住尤怜之的嘴巴，“你小声些，小心隔墙有耳，妃子私自出逃乃是死罪。”

尤怜之点点头，玉凝才放开捂着她嘴巴的手。

“姐姐，我不想当皇上的妃子，皇上好可怕。大殿上我只是看了他眼睛，他就要杀我。要是侍寝的时候，稍有差错，我很有可能就会被送去静思园沦为大鸟的腹中餐了！”

“侍寝？”

“姐姐有所不知，皇上今晚召我侍寝。我该怎么办？我现在就想逃！”

“两位娘娘说话还是小心为妙。”就在这时，一道男子的嗓音在门外响起。

玉凝和尤怜之不由得惊恐地对视。刚才的话如果是被有心计的人听了去，她们二人怕是难逃一死。

吱呀门开，御前侍卫邢掣推门而入。

“微臣邢掣，奉皇上之命，来储秀宫护薛妃娘娘周全。”

“护我周全，此话怎讲？”玉凝随即想到，入宫前宫中雇凶柳一刀要置她于死地，只是幕后之人是谁，目前尚不知。

“娘娘不必多问，只需安分守己地留在储秀宫，做一个妃子的本分就好。像是刚才二位娘娘所说的那些关于出逃之类的话，微臣这次只当是没有听见。不过，二位娘娘不可能每次都遇到我，难保哪次不会因此丢了性命。”邢掣的这番话似是提醒的成分居多。

尤怜之走到邢掣身前，恨恨地说道：“我认得你，昨天在养心殿，你打了玉凝姐姐！”

“见过尤妃娘娘，臣昨天只是奉命办事。臣也不想伤害薛妃娘娘。”

尤怜之生气得紧，“不想伤害？那你昨日为何不手下留情，为何还要打得那么重？”

玉凝拉住尤怜之，淡淡地说道：“怜之，算了，都过去了。”

邢掣神色肖然，“皇上的任何命令，当人臣子的自当尽力而为，不尽力就是不忠。”

玉凝叹道：“刑大人，你先出去吧。既是来护我周全的，也请你一并护我客人的周全，不要与怜之计较了。”

“等臣把皇上交代的事情办好，自会出去。”邢掣手一扬，“你们把东西拿进来。”

十几名小宫女分成两排走进来，每个人手里都端着极大的木质盒子，盒子里摆放着从衣服到首饰再到鞋子袜子等日常用品。

玉凝不解，“这些是？”

“皇上让微臣送来的。皇上还让问，娘娘是否喜欢？”

玉凝心里有种莫名的情愫，一股甜甜涩涩的感觉油然而生，“还烦刑大人有机会转告皇上，说我会亲口告诉他，我是否喜欢。”

邢掣让人把东西都整齐地摆放在桌上，便出去守在了院子里。

尤怜之又重新提起侍寝一事，“姐姐，如果在侍寝之前我想不到能逃走的办法的话，我就要悬梁自尽了，上吊绳我都准备好了。”

玉凝扑哧笑出声来，“皇上真的那样可怕吗？”

“他比那样还要可怕。听说昨晚上未央宫着了大火，恨生娘娘被困在宫殿里，差点被火烧死，皇上亲自扑到火里救出了恨生娘娘。后来，皇上生气，迁怒众人，竟然斩杀掉未央宫所有的太监和宫女，就因为这些太监宫女们一时疏忽。”

玉凝心里一沉，似乎有些不可置信地问道：“你说……他亲自扑进火里去救恨生娘娘？”

“是啊，姐姐……你怎么哭了？”

玉凝这才知道原来自己落泪了，“他杀了所有的太监和宫女？只因为一个女子，就草率地杀了那么多无辜的生命吗？”

“是啊，所以今晚侍寝我才怕，自己即便侍候皇上成功，也终会惹到恨生娘娘，死在她的手里。”

玉凝点点头道：“怜之，今晚你侍寝的事情，我们来想想办法。”

“姐姐，我便有一个办法，只是不知你愿不愿意……”

尤怜之在储秀宫逗留大半日，几近日落时分才不情不愿地从玉凝寝殿出来。

打开房门，玉凝把尤怜之送到院子里。

“怜之，今晚侍寝你要好好表现哦。到时得了宠，可别忘了我这个姐姐。”玉凝说得喜笑颜开。

“姐姐放心，要是我得了宠，一定不忘在皇上面前给你美言几句。姐姐回去吧，怜之先走了。”

“嗯，去吧。”

玉凝不经意地瞟了眼院子石凳子上端坐着的邢掣，之后便回到房间里。

尤怜之低着小脸，走得缓慢，满腹心事。走过石桌的时候，邢掣满眼狐疑地朝她看来，她身体不禁瑟缩，像是担忧被发现什么似的。

刑掣朝她打量片刻，便将头偏向别处。

尤怜之松了一口气，大步走向她的寝宫永祥宫，皇上今晚会驾临，宠幸她。行至回廊的转弯处时，突然一道身影飘下，从后面捂住她的嘴巴，把她拖拽到暗处，将她整个人按在墙上。

尤怜之心里吓得咚咚直跳，直到看清眼前的人后，才咕哝了一句，“凌懿轩，是你？”

“你装扮成尤怜之的样子要做什么？”

凌懿轩生气地拿开覆在她嘴巴上的手掌。他听周雨晴说了凌烨宸对玉凝不同这种话之后，心里就一直烦躁不已，于是傍晚时分便偷偷地潜入储秀宫。正巧看到玉凝和尤怜之二人在房间里易容换装。

玉凝自小便喜爱研习易容之术，不过却不甚精通。不然怎会先是险些引起邢掣的怀疑，这会又被凌懿轩截住呢。

“与你无关。”

“你要代尤怜之侍寝？你知不知道这是欺君之罪？让皇兄知道了，你以为你有几颗脑袋可以让他砍？”

玉凝推开凌懿轩，底气不足地说道：“他不会杀我的！”

“他连亲兄弟都杀，更何况是你？他根本就是一个丧心病狂的畜生，我看你根本就不知道自己现在处境有多危险。”

玉凝进宫以来听说的一桩桩、一件件，都是凌烨宸的罪状，弑杀手足无疑是他另一个罪孽。

“不准你那么说他！你前几日不是还试图刺杀他？而且你知不知道，你放火烧未央宫，间接害死多少人命？你又好到哪里去？”

凌懿轩猛地将拳头捶在玉凝脸侧的墙壁之上，生气地说：“我是为了救你才放的火。而杀那些奴才的刽子手是他！我刺杀他，是为了给我亲哥哥报仇！”

“什么？他杀了你的哥哥？……”玉凝心里揪紧。良久，她试图推开凌懿轩，“我要去永祥宫了，无论如何，今天我都要去。”

凌懿轩倍感失落，苦涩一笑道：“还是说，你自己很想去给他侍寝？帮尤怜之不过是一个冠冕堂皇的借口罢了。”

玉凝看到凌懿轩受伤的神情，心里隐隐作痛，但她不愿意卷入这个男人的世界，于是开口道："是。七爷说的一字不错，我身为他的妃子，侍候他是我最大的心愿。就算他罪孽深重，玉凝也甘之若饴。七爷现在可以放开我了吗？"

凌懿轩撑在墙上的手慢慢垂下，"是不是因为他是皇上，所以你才这般死心塌地？"

"随七爷去说。"

凌懿轩似是失望地低语，"我没有想到，你薛玉凝也是个贪慕虚荣、没有思想的女人。那夜我受伤，得你相救，我还以为你是个率真豁达、不被污浊世俗玷污的女子。却没想到，原来是我高看你了。"

"如果之前让七爷误会，玉凝感到很抱歉。"玉凝越是知道凌烨宸的罪孽，她就越想走进他的世界去一窥究竟。"所以，七爷，原谅玉凝的固执和任性。"

凌懿轩却突然把玉凝环在怀里。玉凝整个人被包裹在他的怀里，他的胸膛很宽很暖，和凌烨宸冷冰冰的怀抱完全不一样。并且他此刻的拥抱很温柔，温柔中带着强硬。

玉凝一时怔忪，不知作何反应，只局促地任他搂在怀里。

"玉凝，如果你要的是权位，你要的是皇宠，有朝一日，我给你。"

玉凝身体一下子僵住。凌懿轩意思昭然若揭——他要夺皇权！

"七爷你？……"

"你现在是众矢之的，一切都小心为是。今夜若你执意要去侍寝，我也不再阻拦，想必皇兄他也不会对你……"

她是众矢之的？为什么？凌懿轩的话还未说完，凌烨宸不会对她怎样？

玉凝回过神的时候，凌懿轩已走到回廊深处，"懿轩。"

凌懿轩转过身，很是意外，"何事？"

"明日午后，我们在此处，不见不散。告诉我，你的故事，还有整个皇宫的故事，好吗？"

凌懿轩深深地凝着不远处轻抚着回廊栏杆的瘦削女子，心里不禁深深触动，升起一种强烈的保护欲望，然后附言，"一言为定，不见不散。"

玉凝刚来到永祥宫门口，就有四五个年龄稍长的宫女迎了上来。

"尤妃娘娘，奴婢可算找到你了。"

"奴婢们都要被急死了，要是再找不到你，奴婢们就小命不保了。"

玉凝被唤作尤妃有些不适，"不知几位姑姑这么着急找我有什么事？皇上不是到晚上才会过来永祥宫吗？现在时辰还早啊。"

"娘娘有所不知，皇上生辰将至，各个藩地的皇子都陆续来了都城，给皇上祝寿。今儿个是十二爷进了宫，皇上在养心殿设宴招待。"一宫女道。

"哦。"玉凝不觉得这和这几个宫女急着找她有什么直接关系。

"十二爷一向喜爱美人，府里养了不少的美人，这次进宫带了五名天仙美人来，说是要和咱们皇上比一比谁的后宫华丽。"

玉凝心想天下乌鸦果然是一般黑的。

那宫女见玉凝不痛不痒的模样，忍不住扑哧一下笑出声来，提醒道："娘娘，您一会去了养心殿，要是还这副表情的话，弄不好就输给十二爷那几个美人了哦。”

啊？玉凝渐渐明白了这几位宫女找她的原因，不，应该说是找尤怜之的原因。

尤怜之是西岩国第一美人，想是凌烨宸要拿这第一美人去炫耀一番吧。

“不是‘哦’就是‘啊’，娘娘真真有意思。刚才十二爷嘲笑皇上身边的那几个妃子皮肤如漆，声如夜枭，其实那几个妃子都是极美的。皇上面子上挂不住，这才遣奴婢们速速来找您。”

哦。不能怪玉凝只会一个字的回答，实在是无话可说。现在她的这张面皮都不是自己的模样，她能有什么答案呢。

几人在说话间，已帮玉凝换上华服，施了粉黛，繁琐地打扮一番，急急忙忙就赶往了养心殿。

养心殿内歌舞升平、欢声笑语，几名男子身边都各自环绕着几名或美艳或脱俗或热情火辣的女子。

玉凝自是不甚关心，她眼中只有一人，那便是皇座上儒雅清冷的凌烨宸。

自入宫以来，她还是初次见到他如今日这般开怀的笑脸，只是这笑里几分真假就不得而知了。

“皇上，尤妃娘娘来了。”宫女禀报。

凌烨宸看向门畔，门边瘦削的女子进入眼脸时，他眼里的错愕稍瞬即逝，拂袖令鼓乐笙箫停下，正在翩翩起舞的舞女也姿态柔美地退到了大殿两侧。

玉凝本不紧张，但一下子安静下来，殿中央也空落落的，她的心就敲起了小鼓。

玉凝缓步来到距离凌烨宸几步之遥的皇座下屈膝而跪。感受着来自两边坐席上投来的火热目光，对于听到的赞叹声也坦然收下，尤怜之的美貌值得这样的赞美。

“臣妾怜之，参见皇上，皇上万岁。”

凌烨宸缓步走下，扶起玉凝，“尤爱妃快快请起。”

他拥着玉凝腰身复坐回皇座，轻轻挥退原本坐在他身边的两名妃子。

玉凝不禁打量那两名女子，果真是一等一的美人胚子，已是那样美，却被那十二爷糟蹋成“肤如黑漆，声如夜枭”，这位十二爷的眼光着实挑剔。

玉凝随着凌烨宸一并坐下，凌烨宸亲昵地握住她的手，轻轻把玩。

“十二弟，怎么不说了？莫不是被我西岩国第一美人震慑到了？”凌烨宸揶揄着他。

玉凝循着凌烨宸的视线望去，座下那名男子生得明眸皓齿，面若桃花，叫人不敢直视。怪不得眼光如此挑剔，有几个女子能入得了他的眼？

宁阳藩王十二爷——凌思远把视线从玉凝脸庞上收回。

“西岩国第一美人，果然名不虚传。若不是咱们宴席已近尾声，真想讨这美人舞一曲，也好叫咱们不虚此行啊。”

凌烨宸似乎很开怀，却把玉凝拥得更紧，淡然说道：“今日若不是小十二太目中无人，朕可舍不得让这美人出来抛头露面。”

在列众臣不禁笑出声，忙附和着奉承道："皇上乃人中龙凤，也只有此等美人才能配得上。"

"得此美人，当真让天下人艳羡不已呀。"

凌思远放声大笑道："这次算我输了，我带来这几个美人都归皇兄你了。不过，皇兄，等你寿宴那日，咱们再比试一回。要是你赢了，我那日的美人都一并当做生日贺礼送与你，要是你输的话……"

凌思远若有所思地睥向玉凝，"就把这美人送与我，可好？"

凌烨宸握着玉凝的手微微收紧。随即他语气爽朗，"好，一言为定。西岩国第一美人便是你的。"

玉凝忍不住多看了凌思远两眼，这名男子面相极美，给人的感觉也还不错，若是怜之能够跟他，兴许也是个不错的选择。

然而，玉凝接下来的话，让她后来悔得肠子都绿了，"那还请十二爷那日好好表现，怜之希望十二爷能赢。"

这名妃子是疯了吗！

众臣甚至凌思远都不免震惊。这妃子竟敢堂而皇之地忤逆皇帝的威严，迫不及待地想离开凌烨宸的身边。

玉凝下巴微痛，这才知道原来凌烨宸正执起她的下巴。

"尤爱妃今日倒很勇敢，和那日养心殿内懦弱的女子判若两人。朕有些糊涂了呢。"凌烨宸笑意邪肆。

凌烨宸的目光让玉凝心惊肉跳，恨不得撒腿就逃。她才意识到刚才那句话的意思是：她想跟着十二爷，而不是他凌烨宸。

玉凝突然用手捧住凌烨宸的脸颊，讨好般地说道："皇上说笑了，臣妾还是老样子。臣妾就是料到十二爷赢不了，才那样说的，臣妾……那个……皇上比十二爷还美……"

宴席间的众人都屏住了呼吸，皇上一向狠辣，岂容一个女子这样胡闹地捧着龙颜？

凌思远却对这女子更感兴趣，本以为她只是生了一张好皮面，却不料性子也这般有趣。想要得到她的决心也更大了。

凌烨宸轻笑，"朕倒想，那天或许朕会输，赔了你皮面下的这颗心。"

玉凝眉头微蹙，他这话什么意思？不懂他，真不懂。

"今天就到这吧，朕也乏了。十二弟且先回去好好休息。月公公，送十二爷回住所。"

凌烨宸抱起玉凝，不顾众人惊讶的目光，朝后殿走去。

玉凝被他抱着走，可一点都不轻松。他每走一步，她的心都会跟着抖三抖。这个男人不说话，更让她觉得害怕。

出乎玉凝意料的，刚离开众人的视线，凌烨宸就双手一抛把她扔了出去。

一个抛物线的动作之后，玉凝被摔得四脚朝天。

凌烨宸走出老远，转身见玉凝还没爬起身，不悦地说道："还不跟上来？"

玉凝不禁腹诽，要说这凌烨宸也真奇怪，她好赖现在顶着一张西岩国第一美人的脸，他怎么一点都不知道怜香惜玉？

等等，他竟然没有发现她是玉凝？是她易容术太好？玉凝摇头，这个不可能。是他喝醉了？这个很可能。

玉凝连忙跑上去跟在凌烨宸身后。却发现，他只走路不说话，直到二人来到一个烟雾缭绕的深潭前面，他才停了下来。

他停得太突然，以至于玉凝一下子撞在他的后背上。她忙连连道歉。

"这个寒潭对治疗伤口有奇效。以后你每日来这里泡半个时辰，背上就不会留下疤痕。"凌烨宸背对着玉凝冷不防地开口。

玉凝只觉得浑身直冒冷汗。可怕的男人！他分明已知道她是假的尤怜之，却不点破。但这话又分明是说给她玉凝听的，这让她怎么回答才好？回答谢谢皇上，这是承认她是假冒的。不承认，又显得太虚假无力。

凌烨宸却又开了口："那就不要回答好了。"

玉凝不可置信地瞪大双眼。如果一个可怕的男人还能读懂人心，那么他无疑是可怕中的极品。

以至于当她被凌烨宸抱着走进寒潭的时候，她都没有回过神来。

直到刺骨的潭水没过胸口，才冷得一个激灵回神，双手攀住凌烨宸的颈项。

凌烨宸坐在潭水里的大石上。

玉凝禁不住冻得直哆嗦，牙关也打着颤，"好冷。"初春的天，又泡在寒潭里，怎能不冷！倒是凌烨宸怎么一点反应都没有？

凌烨宸将玉凝的外衫退去，身上的绷带也解开。因为没入在水里，所以，她虽赤诚面对他，倒也没有太过窘迫。可当凌烨宸也褪去衣衫，赤着上身把她再度拥入怀中的时候，玉凝觉得自己脑壳都要炸掉了。

凌烨宸把她往怀里搂紧几分，二人肌肤相贴，他滚烫的体温源源地传到她身上。

"是吗？朕反倒觉得很暖。"

玉凝深情地凝着凌烨宸，他说话怎么总是一语双关？想必他内力护体，自是不感觉到冷。现在反倒说好暖，莫非是搂着她，让他好暖？

"朕，就是这个意思。"凌烨宸低头轻啄玉凝的脸颊。

玉凝又被他猜透心底的想法，便甜甜一笑，伸手环住他精瘦有力的腰身。

"那臣妾以后都紧紧拥着皇上。"

凌烨宸手臂不觉得一紧，"怜之，陪朕说说话吧。"

玉凝有一刻的怔愣，他依旧没有点破她是玉凝。想必，他真的需要有个说话的人，亦或是，那些话本不该给玉凝说，那么她就当一回尤怜之吧。

"好。"玉凝把脸埋在他胸膛。

凌烨宸的手轻轻地顺着玉凝的发丝，缓缓开口："朕自小兄弟众多，而朕却是最不招人待见的那一个。”

玉凝没有说话，只静静地听。

“父皇辱骂、毒打甚至恨不得杀了朕，这一切都是因为朕有一双妖瞳。”

玉凝突然直起身，反驳道：“那才不是妖瞳！皇上的眼睛是世界上最漂亮的宝石。”

凌烨宸心底一暖，把玉凝再度拥进怀里，“是吗？如果我父皇还有所有的皇兄们的眼睛都是黑色，却独独只有我一人是琥珀色，你还觉得漂亮吗？朕听到最多的就是野种二字。”

凌烨宸手臂因为恨意收紧，“朕的兄弟们也轻视朕，记得十年前，朕十岁那年，被几个兄弟挤在墙角打成重伤。就在快撑不下去的时候，一个小女孩出现了，她帮朕赶跑了那几个人，她当时好小，手里却拿着一个大木棒，勇敢地挡在朕的前面。朕当时觉得，好温暖。”

凌烨宸说着，眼睛里似乎氤氲了一层雾气，“怜之，你知道那个女孩后来对朕说了什么吗？”

“臣妾知道，那个女孩说，小哥哥，你要变得强大才好，只有你强大了才没人敢欺负你。”玉凝声音已哽咽。她怎会不知道呢！她就是那个小女孩啊！

“对，所以自那以后，朕忍辱偷生，终于等到机会。边界两国叛乱，父王犯难，朕的哥哥们藏头缩尾，国破之日将近，所以朕亲自请命，率兵去打仗。朕的条件是，倘若朕打了胜仗，那么以后的皇位是朕的。”

“后来你打赢了。”玉凝抬手轻拭他稍显湿濡的眼睛。

这时候天空飘起细细的雨丝，打在寒潭水面上，泛起圈圈涟漪，也触动着有情人的心弦。

“朕在战场上死了几回，最终却都撑了下来。当时的战场横尸遍野、血流成河，宛若人间炼狱。朕也怕，也想退缩，但却有一个执念支撑着朕，那便是朕要活下来，朕要坐上高位，以最尊贵的聘礼迎娶那小女孩当朕的皇后。”

玉凝眼睛酸涩，泪水夺眶而出。因为心疼他在战场上受的罪，更因为，他心里有她！

“那现在皇上达成心愿了吗？娶到那女孩了吗？”

“朕的皇后位置还是空缺。以后也不会有皇后。因为当朕身居高位的时候才知道，朕不能爱那女孩。相反的，朕恨她。”

玉凝心里猛地一窒。他亲口说他恨她！可为什么恨？但无论怎样，此刻，她已心痛得无以复加。

“应该说，朕恨所有的人，只有杀戮才能让朕的心绪归于平静。”凌烨宸眉目突然转冷，他把手伸到玉凝眼前，神色俱伤，“朕这双手不知沾了多少血。现在……你还爱朕吗？”

“爱。无论你是什么样子，我都爱。”

凌烨宸嗤笑一声，把玉凝抛在寒潭里，起身慢慢走出寒潭。

玉凝猛呛了两口水，在浮出水面的时候，脸上的妆容已花了，露出了原本的容颜。

凌烨宸已快走到了岸边，借着月光可以看到他背上从腰间到脖子中，一道道，一条条布满了狰狞的刀伤。原本高大俊秀的身形轮廓，这一刻有种说不出的狰狞震撼。

玉凝眼底已然泪意婆娑。他到底吃了多少苦?

玉凝不顾是否衣衫不整，划着水快步跑上岸，从身后抱住凌烨宸。

“不要走，我不要你走。”

“你是谁？以哪个身份不让我走？”凌烨宸的眼眸升起挣扎之色。

玉凝懂得，若是她说她是玉凝，那么他就会离开，因为他恨她。

“臣妾是怜之。皇上不要走，让臣妾陪在你身边。”玉凝哭喊出声。

凌烨宸转身双手按在她的肩膀上，凝着玉凝的小脸，已不是刚才尤怜之的脸容。

“对，你是怜之，朕今夜召来侍寝的妃子。”他像在说给玉凝听，更像是说给自己听。让自己相信，眼前的不是玉凝。

他拦腰横抱起玉凝，拿起衣衫遮在她身上。回到寝殿，将玉凝轻轻放在床铺上。他缓缓拉开盖在她身上的衣衫，目光开始变得深邃。手指轻滑过她的肌肤，那种滑腻软暖的触感，让他不禁呼吸急促起来。

玉凝深深凝着他的双眼，任由他在身上索取。

凌烨宸缓缓低下头。就在唇贴在她唇上的那一刻，他突然拳头猛砸在床头上。因力道太猛，手指亦流了血。

“皇上你……”玉凝抚着胸口紧张地看着刚刚还满是柔情的他。

他到底在顾虑什么?

“给朕滚。”凌烨宸怒吼。他刚才竟然真的想将这女人当做旁人。

从她傍晚进入养心殿的那一刻，他就知道是她。

他竟然想借此来亲近她，索取她身上的温暖。

可他不能，不能要她。

外面闪电雷鸣，顷刻下起瓢泼大雨。

玉凝披上衣服，跪在地上。

“薛玉凝，你和尤怜之二人偷梁换柱、欺君犯上，可知是何罪？”

“回皇上，罪当诛。但是，玉凝要问一个问题，你爱怜之吗?”

凌烨宸站起身，走到窗边，伸手到窗外，任由雨水打在手心，“一个女人罢了。”

“既然皇上需要的不过是一个女人罢了，那又何必计较那许多，臣妾愿意伺候皇上。请皇上不要动她。”

凌烨宸揉着隐隐作痛的额头，“你凭什么替她求情，你本就自身难保。”

“臣妾，仅凭皇上心里对当年小女孩的一点不舍，请皇上不要动怜之。如果皇上能够答应臣妾，臣妾愿意付出任何代价。”

凌烨宸淋在雨中的手轻颤了下，随后不屑地嘴角勾起，看着外面越发滂沱的大雨，“任何代价？你真是愚不可及，若真是如此，你就去外面雨里跪一夜，朕可以考虑不动她。”

玉凝苦涩一笑，但见凌烨宸语气松动，顺势又大胆开口：“那……若仅仅是如此，请皇上多罚臣妾一些，放怜之出宫吧。”

凌烨宸气怒地拂袖怒吼，“放肆！朕的女人岂是你说出宫就出宫的？老死在这宫里也休想出得去！朕已给了你纵容。”

玉凝心里猛地一惊，眼前男人的怒气让她害怕，于是只好闭嘴。还是把心思放在十二爷凌思远那里为好，兴许他能带怜之出宫。只愿现下这刻，凌烨宸不动怜之就好。

“臣妾知道了。天色不早了，皇上早些休息，臣妾出去领罚。”

玉凝仅披一件外衣，缓步走到门边，转回身，嘴边漾起一抹儿笑，灿若星辰，“皇上，今早上你差人送来的衣服，玉凝很喜欢。”随后便出了房门，一并把门也带上了。

凌烨宸这才发现自己的手已伸向她离去的方向举起，在缥缈的空气里，心中也似空了几分。

从微开的窗户看出去，院子里雨势甚急。大雨里，一抹儿娇小的身影坚定地跪在地上。凌烨宸在独自一人时，放任了眼底那浓浓的不舍。

这时，有几声女子的轻笑在他身后传来。他没有回头，只不悦地说道：“你来做什么？”

恨生柔美地走到他身后，环住他的腰，用魅惑的声音回道：“别这么凶嘛。人家来还不是担心你一不小心真睡了那丫头，犯下滔天大错。”

“给朕闭嘴！朕的事还轮不到你操心。”

“哎呀呀，我好怕呀。”恨生轻笑，“你把我从柳一刀手里抢来，却这般对我，真是让我伤心。要知道，我可是忍痛割爱，才跟了你啊。”

凌烨宸冷哼。

“少在那往自己脸上贴金，被你骗的男人可不止柳一刀一人。你堂堂暗阁杀手组织的主子，不是因为有所图，又怎会乖乖留在朕身边！你我本就各取所需罢了。”

恨生不置可否地微微一笑，无限温柔地问道：“难道，我就不能真的爱上你吗？”

“那是你的事。”

“凌烨宸，你真对我如此无情？”的确如凌烨宸所说，恨生是有所图，但是，来到他身边之后，她也是真的动了心。以往她将男人玩弄于股掌之中，那些男人无不垂涎于她的美貌，想和她享鱼水之欢。只有凌烨宸，他邪魅、冷情，人前她是他最宠的女人；而人后，他对她毫无温情。

“记住！你留在朕身边的唯一原因，就是你和朕有着共同的仇恨，共同的敌人。如果，你奢望其他，朕会立刻杀了你。”

凌烨宸的眼睛始终紧紧凝着窗外的瘦削身影，一刻儿不曾离开，声音冷漠得让人不禁发颤。

恨生眯起眼睛睥了眼淋在雨里的玉凝，难以置信地开口问道：“难道是因为外面那个女人？你真的喜欢她？你明明不可以……”

“给朕住口！滚！”

恨生气得紧握双拳，因用力过大，指节处都开始泛着白了。凌烨宸竟然骂她，这是第一次。

第四章　雨夜罚跪

以往虽然他对她并无真爱，但却也逢场作戏，男欢女爱。而且，他也不是个钟情的主，虽薄情寡义，却不忌女色。以她恨生的美貌和取悦男人的手腕，凌烨宸对她自是有几分独特。

今天他竟然对她大骂出口，这一切都是因为玉凝那个女人。

恨生魅惑地一笑，“要是让映雪娘娘知道，你对玉凝动了真心，想必好玩了。”恨生的话语中似透露着一丝威胁之意。

凌烨宸突然眼神凌乱，声音也有些许紧张，急急说道：“你不要在她面前胡说八道。朕对薛玉凝有的只有仇恨，再无其他。”

“杀了她，恨她就杀了她，这样我自会相信你，也不会在你的宝贝映雪面前嚼舌根。你依然是个好夫君、好父皇。”

恨生声音里有几分自信，因为凌烨宸爱的或许只有映雪。所以，虽然她亦恨映雪，但此时利用凌烨宸对映雪的爱能除掉玉凝也不失是一个好主意。

凌烨宸收回视线，转身打量恨生。恨生的狠辣他自是了解的，因为他和恨生二人都有一段不堪回首的心酸童年。

他直直地望进恨生妖冶的双眸，她眼睛里除了痛恨和嗜杀再无其他，而他又何尝不是？

“恨生，你何时变得心慈手软了？”凌烨宸嘴角邪魅地勾起，“杀了她岂不是便宜了她？杀了她又怎能解你我心头之恨和曾经所受的侮辱呢？”

恨生眼里闪过一抹儿错愕，她兴许是误会了，这个杀人饮血的男人怎么可能会为了区区一个薛玉凝而动心？

“那依皇上之见，该怎么处置玉凝呢？”

“朕要让她求生不得，求死不能。”凌烨宸手猛地拍在桌子上，桌案立刻裂开一条宽约一指的缝隙，茶杯摔落在地，茶水四溅，碎片横飞。

玉凝隔着雨幕眼睛眨也不眨地看着窗户，心里也一并冷了下来。透过窗纸，她看到的是凌烨宸和一女子的身影。

泪水混着雨水落下，苦涩盈满心头，疼痛啃噬着她的心肺。此刻，她在冰冷的大雨中罚跪，而他却和另一个女人在房内温存。

玉凝抬手拭去泪水，才知道不过是徒劳，本就全身湿透，又何须擦拭泪水。

门突然被打开，凌烨宸颀长挺拔的身影出现在长廊里，旁边伴着的是一袭红纱，是那个妖冶鬼魅般的恨生。

此情此景，多么讽刺。她跪在雨里。而他和宠爱的妃子站在回廊里，俯视着她。

玉凝只觉得喉头一阵发紧，心里的酸涩翻江倒海般涌来。于是紧闭了双眼，不再看那一对伉俪情深的人。

还好，有雨声，雨声阻隔了那二人的声音。她发现自己并不想听到他们的谈话，因为他们亲昵的语气会更加灼伤她本就脆弱的心。

睁开眼睛的时候，眼前多了一抹儿红色的身影，原来是恨生打了雨伞站到了身前。

“薛玉凝，罚跪的滋味可好受啊？”

玉凝倔强地别开脸。

恨生抬手就是一巴掌，带着不容置疑的语气问道：“本宫跟你说话，你没听见吗？”

玉凝侧倒在地上，挣扎着坐起，一手捂着疼得火辣辣的脸颊，嘴角流出的鲜红液体被雨水冲刷。透过雨帘，寻找凌烨宸的视线，却发现他就像一个局外人一般，只是冷眼旁观，眼中流露出的是无尽的冷漠。

她抬眼怒视着恨生。封妃当日，她任恨生打骂，是因为和尤怜之二人的性命掌握在恨生手里，所以她只得忍耐。

要知道，她玉凝在相府也是爹爹娘亲捧在手心的宝，享尽宠爱，何曾受过这等屈辱！她还有几分傲骨，这几分骨气，让她不能受这等窝囊气。

她颤颤巍巍地站起身，踉踉跄跄地走到恨生身前，“我只听到一个狗仗人势的下作胚子在乱咬人，不知道那是不是恨生娘娘？”

“你……贱人，竟然还嘴。”恨生气得手又朝玉凝的脸挥去。

玉凝猛地抓住恨生的手腕，不服地说道：“告诉你，你还没有资格打我。我不会打你，因为你是他的女人，只要与他有关的人，我都不会去伤害。还有，在这宫里，能给我气受的，只有一个人。”

玉凝眼睛看向在回廊里的凌烨宸，他双手环在胸前，周身散发着冷冽的气息。

她的那句话，凌烨宸自是听得到的。也知道，玉凝所说的能给她气受的那个人，正是他。

在感觉到她投来的目光时，他竟然想逃开。但终是回以了冷冽的目光，或许还带点鄙夷。

恨生轻笑，挣脱玉凝的手，“不给你点颜色，你真的是不知道天高地厚。”

她手下暗暗运气，之后猛地一掌打在玉凝胸口。

玉凝怎么样都没有料到纤弱的恨生竟然内力如此深厚，她身体向后飞出，撞击在柱子上，最后跌落在雨水中。

胸口顿疼，浓重的血腥气从喉头涌出，撑起上身的一瞬，一口鲜血喷出，面前的雨水被瞬间染红。

凌烨宸始终没有丝毫上前的意思，冷眼看着院中的一切。薛玉凝，你父亲犯下的罪，就由你来还。只是，或许连他自己都没有意识到，在看到玉凝吐血的一刻，他紧握双拳，泄露了几丝心绪。

恨生走上前去，脚用力踩在玉凝手上，脚尖来回拧转。

痛，玉凝并不害怕。

她怕的是凌烨宸的无动于衷。

“薛玉凝，现在你知道得罪我的下场了吧。你看到了吗？皇上不管你，因为皇上不要你，皇上讨厌你。皇上爱的是我，是我！”恨生厉声道。

玉凝咧开嘴角，牙齿已被血染红，艰难地说：“恨生，你真可怜。”

恨生俯身扯住玉凝的衣襟，“你说什么？本宫哪里可怜？”

“你可怜……因为你只能靠着杀人来证明他爱你。除了杀人……你们之间还剩下什么？”玉凝的眼睛被雨水打得睁不开，胸口阵阵的闷疼也让她支撑不下去。

恨生愤怒地把玉凝推倒在雨地，扯起她的手臂，把她强行拖拽到回廊边沿。

“薛玉凝，你和尤怜之欺瞒皇上，难道以为只跪一夜就可以了事了吗？”

玉凝用尽力气撑起身体，凝着凌烨宸。

他眼里没有一丝的不忍。玉凝强忍疼痛，微微开口：“皇上，臣妾好奇，到底你的话算数，还是恨生娘娘的话算数，难道皇上要出尔反尔？”

凌烨宸走出回廊，月公公忙撑伞跟在凌烨宸身后。

“朕一向说话算数。”他随后把恨生拥进怀里，“但恨生的话，朕也不能当成没有听到，谁让朕爱惨了恨生呢。”

胸口如遭重击，玉凝终因体力不支，整个身体慢慢向后倒去。原来他爱恨生！

恨生倚在凌烨宸胸前，柔声道：“那臣妾自然不能让皇上难办。”她朝一边的奴才喊：“来人啊，地上太凉，给薛妃娘娘拿来跪起来比较舒服的物件。”

几个奴才抬来一宽大的木板，横在玉凝眼前。木板上面布满一根根的尖针，看上去让人顿觉毛骨悚然。而本是米黄色的木板，已被血染成暗红色。看来，跪过这板子的大有人在，她玉凝并非第一人。

玉凝唇无血色，钢针刺入膝盖，穿骨之痛，只消想想，就已让她难以承受。

“玉凝，请吧。你不是要皇上放了尤怜之吗，跪在这板子上一夜，皇上自会信守承诺。”

玉凝挣扎着来到凌烨宸身前，握住他的手，抬眼凝着他琥珀色的双眸，“我只听你的话。若你让我跪，就亲口告诉我。”

凌烨宸感觉到手里的湿腻，不禁低头打量，玉凝的手握得很轻，就仿佛随时都会松开一般。他忍住了反手握住她手的冲动，瞟了眼满是钢针的板子。

那板子不知毁了多少女人的腿，只要跪上去，腿就废了。

他，真的要让她跪吗？他，真的要亲手毁了她吗？

恨生看到了凌烨宸眼中那抹儿犹豫的神色，催促道："皇上！"

凌烨宸手如触烫手山芋，连忙挥开玉凝，别开视线不再看她，或许是不敢看。他的内心动摇了，但说出来的话却依旧冷漠无情，"薛爱妃一句'只听你的话'，着实让朕感动。既是如此，爱妃就快跪吧，难道你还妄想朕会饶了你吗？"

一旁撑伞的月下瞧见往日里冰冷的皇帝，此刻却双拳紧握，不免叹了口气，既然不忍，又何必绝情？

玉凝凄然而笑。她爱他爱得卑微，爱得讨好，爱得没有自我，却终是换不回一丝怜悯。

头缓缓转回，走到针板前，一咬牙，慢慢跪下。

恨生这时，走到玉凝身后，猛地按下玉凝双肩。

钢针猛然刺入膝盖，剧痛传遍四肢百骸。每一条神经都被疼痛侵占，钻心的疼痛令她清醒得无法昏厥。

可她始终紧咬着下唇，倔强地不叫出声，她绝不在恨生面前示弱。她就这样眼睛直直地盯着凌烨宸。认真地看着他脸上的每一个表情，希冀能捕捉到一丝不忍，却只看到冷漠与决然。

肩头的力道很猛，恨生显然使了内力，钢针一寸寸地扎进玉凝的骨髓。

腿，定是废了。

进宫不过两三日，就成了废人。

玉凝本以为不会再听到凌烨宸的声音，却在不知过了多久之后，听到他有些不耐烦的声音传来，"想折磨她何须费这么大力气。"

言未毕，凌烨宸已快步走到雨里。月下没有料到皇上会突然走出，伞没有来得及跟上，凌烨宸顷刻被大雨淋透。

凌烨宸来到玉凝身前，拉开按在她肩头的恨生。

恨生一张略显不悦的小脸在听到凌烨宸接下来绝情的话时，又变得喜笑颜开。

"朕这便取了她下贱的小命。"冷冽的声音满是鄙夷。

玉凝心已冷，双眼死死地盯着这个狠辣残暴的君王。

凌烨宸抬脚踢在了玉凝的胸口，玉凝身体猛地飞出，膝盖和无数钢针生生剥离，溅洒出一串串血珠。

玉凝只觉胸口一阵闷疼，喉头一股腥咸之气，噗的吐出一口鲜血。

"罢了罢了，朕乏了。恨生，过来伺候朕就寝，就让这女人跪在这里吧。别让这个不知廉耻的女人坏了你我的兴致。"

玉凝的泪水扑扑落下，不是因为身体的痛，而是，心里的痛。拼了力气，撑起身体，只看到他拥着恨生进了房间。

她狼狈不堪，疼痛钻心；他则软玉满怀，春宵帐暖。

房内两人调笑声时而传来。良久后，房内的灯火灭去。

同时灭掉的还有玉凝的心和希望。

房内，定是那男欢女爱之事。

她紧紧凝着凌烨宸卧房的窗子，她渴望房里的灯光会亮起，渴望他能够终是不忍心，出来把她扶起。可渴望终究只是渴望罢了，她对他还能再有所期待吗？

夜深人静时，廊子里的太监宫女们开始犯困打盹。冷雨哗哗落下，院子的高墙上两名黑衣蒙面人正在窃窃私语。

“看清楚了，娘娘让杀的就是跪着的那女子。”

“没错，就是她。去用迷香把廊子里的人都迷昏，今晚一定要送她见阎王。”

玉凝的双眼被雨水打得几乎睁不开，但透过雨幕还是看到廊子里的太监宫女们一个个都倒在了地上。

不可能所有守夜的太监宫女一下子都睡着，而且那倒地的姿态倒像是被迷昏了。

突然，响起踩踏地面泥水的声音，两名黑衣人正一步步朝玉凝逼来。

“你们是什么人？”玉凝欲站起身，却发现任何细微的动作，膝盖处都剧痛钻心。

两名黑衣人拔出冰冷长剑挥向玉凝。

玉凝使尽浑身力气向一边滚去，她躲闪不及，被黑衣人划伤了手臂。血顷刻流出，顺着手臂流向地面，粉色罗裙一片惊心暗红。

“你们是谁？是谁要你们杀我？我死也要死个明白。”玉凝虚弱极了，声如蚊蝇。

“要不是有人中途阻拦，你进宫前就该死了，上面的主子已发话，今夜你一定得死。”黑衣人冷哼。

玉凝心存一丝希望，看向凌烨宸的卧房，希望他能够听到响动，出来救她。可他房间的灯依旧灭着。

黑衣人上前又刺出一剑。

玉凝痛呼着拼命躲闪，不过腰上却结结实实地挨了一剑。

这时，从凌烨宸卧房窗户里映出些许昏黄的灯光。

玉凝欣喜地抬头，他醒了！

两名黑衣人不动声色，观察着皇帝房内的动静。

房内一人走到窗前，黑色身影映在窗上面。可那人只是静静地站着，看着，似乎并没有出来相救的意思。

玉凝的心一点一点下沉。他，竟然见死不救！还是说，他想让她死？心里好疼，空气像是被抽空。

玉凝苦笑着紧闭双眼，再睁开的时候眼里尽是决然，“你们动手吧。”

随后，只听到长剑相击的刺耳响声，在寂静的夜里演着说不尽的惊心动魄。

腰间一紧，身子一轻，她被人抱起。玉凝还来不及看清情势，已被那人夹在臂弯里和那两个黑衣人战在一起。

抱着她的这人武功内力极高，玉凝只觉忽而飞起，忽而下落，一颗心也起了又落、时紧时舒。

打斗间，只听一个黑衣人问道："你是什么人？来这里多管闲事。"

头顶上响起一道温煦却慑人的嗓音，"要你命的人。"

玉凝心里一紧，好熟悉的回答。

等到几个旋身，那人终于站定，却依旧把她桎梏在臂弯里。

玉凝这才得以愕然将恩人打量。

鬼面人！

此刻，她正被一袭黑袍的鬼面人拥在怀里。

那两名黑衣人受了致命伤，胸口、脖颈及面门皆挂彩，"这位英雄高姓大名？兄台武功造诣极高，我等只是奉命办事，请兄台给予方便，把那女人给我们。否则，得罪了我们的主子，到时再后悔可就晚了。"

玉凝忽闻鬼面人低笑出声，这笑声自负得可恨。却因武功内力远在那二人之上，笑声里平添几分可怖。

"敝姓夜，单名一个翎字。今日方便自是给不了，死路倒是能给一条。"

他叫夜翎，这是她第一次知道他的名字。不知为何，心里竟卷起了圈圈涟漪。

玉凝被他夹在腋下，着实被拖拽得难受，于是伸出细弱手臂环住他挺拔的腰身。

那人似乎感到意外，身体猛地一震，低头打量她，手微微使力将她向上托去。

玉凝身体猛地上扬，顺势趴在他的肩上。后臀被夜翎托住，这姿势较方才舒坦了许多，却也暧昧了许多。

两黑衣人道："既然如此，那就恕我等冒犯了。"

说着，长剑划向地面，向夜翎袭来，确切地说是向他怀里的玉凝刺来。剑尖碰擦地面，虽在雨中，亦是升起道道火花。

夜翎不急不缓地用衣袍将玉凝裹严实，单手持剑和那二人再度战在一起。

鬼面人杀人的身手她是见过的，两名黑衣人自不是他的对手。

因此，她安心地趴在他的肩头。眼睛不觉瞟向凌烨宸卧房的窗，窗边那抹儿绝情的身影，让她心胆俱寒。

夜翎只是抱着她和那二人过了几个虚招，并无杀那二人的意思。那二人始终是处于绝对下风，夜翎啐道："回去告诉你们的主子，在宫外杀不了这女人，进了宫就更别想。"

"知道得罪了我们主子是什么下场吗？"两个黑衣人被夜翎内力震得筋脉尽断，嘴巴却很硬。

夜翎讥笑道："别说是你们主子，就是当今皇帝我也不放在眼里。趁我没有改变主意之前快滚，不然，这里就是你们的葬身之地。"

黑衣人一听这话慌了神，"走，活命要紧。"飞身没入夜色中。

夜翎把玉凝放下，玉凝双膝使不上力，瘫软地滑向地面。不过在倒地前，又被他带入了怀里。

“你又一次出手相救，看来我的死期又后延了。”说这话时，玉凝的双眼却不自主地深深凝着窗内的人影。那人依旧站在窗前，静静地观看着院中的情形，似乎她的事情和他毫无关系。

夜翎心疼般低叹了一声，或许只是雨声，玉凝没听真切。下一刻，他把她抱进怀里，转身就要飞身离去。

玉凝虚弱道：“放我下来，我不走。我和他有个约定，今晚我要跪在院子里，这关乎另一个女子的命运。”

“你受了伤。”鬼面人睨向地上的针板，把怀里的女人搂紧。

玉凝自嘲，“是啊，可我一点都感觉不到疼。”因为心里的难过盖过所有疼痛。

“夜翎，你到底是谁？既然初见时扬言要杀我，为何几次三番相救？又为何对宫中地形了若指掌，并且……”

玉凝猛地咳嗽了几下，殷红的血顺着嘴角流下。

“并且，你行事语言如此嚣张，不怕皇上派人捉拿你吗？”

夜翎语气放肆地指向窗后那人，“那胆小鼠辈，怕是连那道门都不敢迈出。我自是他最不想见到之人。他那种只会利用软弱女子，施以报复的小人，我怕他作甚。”

玉凝心里莫名酸疼。胆小鼠辈、小人，那就是她爱的男人吗？

即便他是，也不容别人说！

玉凝挣扎着要从夜翎怀里下来，却被他紧紧钳住腰身。于是她猛地咬了他的肩膀，她带着怒气，不遗余力，直到尝到血腥味。

这人竟和她卯上了劲。依旧将她紧搂在怀里，纹丝不动。

最终，玉凝力气耗尽，气馁地趴在他肩上，“不准那样说他。他是因为心里有恨才会如此。他……有苦衷，他……不坏，他……不是坏人。”

声音越来越小，竟连自己都无法说服。

耳边回响的是，封妃那日，洞房花烛夜，凌烨宸凌辱她时的那句无情的“怪只怪你是薛晟的女儿”。

爹爹和他究竟有何恩怨，他竟恨她到割肉刮骨这般地步？

当年，凌烨宸与云苍大陆上其他两国——云天、碧月交战。虽后来打了胜仗，回朝后，先皇却不愿遵循诺言，传与他皇位。

爹爹贵为丞相，权倾朝野，他那时对凌烨宸登基一事是极力相帮的。

凌烨宸又怎会和爹爹有仇？

而夜翎所说的“利用女子施以报复”究竟是何意？

莫非凌烨宸利用了她？利用她做了什么？报复谁……莫非，报复爹爹，薛晟？

“既然不坏，就是好人，既是好人，又怎会欺凌辱骂一个弱女子？好人，会见死不救？袖手旁观？任刺客杀你？”夜翎炫黑狰狞的鬼面被雨水冲刷着，夜色里看不出他眼里的神情。

只是，玉凝感觉到他的肩膀变得紧绷，这是在盛怒下才会有的反应。

夜翎的字字句句都如响雷轰顶，震得她耳膜发溃，每字每句都提醒着她凌烨宸的冷情。

“不要说了，求你不要再说了……你走……你走吧……不要再管我了。”

夜翎没有出声，也没有放手。

玉凝面容苍白地望着夜翎，突然费力地朝他面具揭去。

同时，环在她身上的手臂骤然松开，她没了束缚，一下子跌落在雨地。

她果然没猜错，这样他就会放开她了。自是不能让人窥视真面目，才遮了面具。

“你今日的活命之恩，玉凝来日一定结草衔环相报。”

夜翎却没有离开，而是扬臂撑开身上宽大的袍子，遮在她的头顶，替她挡去雨水。

“记住你的承诺。你对我唯一的报答，就是用匕首，刺进凌烨宸那颗污秽肮脏的心。”

“我……不要……他死。”伤势太重，玉凝意识渐渐恍惚。虽声如蚊蝇，却还是尽数传进鬼面人耳朵里。玉凝眼前一黑，昏了过去。

在失去意识前，听到夜翎笃定的声音，“你会亲手杀了他。这一天，不会太远。”

玉凝身体没有跌倒在雨水里，而是跌进一个温暖的怀抱。

是怀抱吧？她不确定。

夜翎抱起玉凝，毫无顾忌地走进回廊。

来到天子卧房的窗外，似挑衅一般地驻足，和那黑影面对而站。

突然，窗内那抹儿人影渐渐隐去，房间里灯光骤然灭了。

夜翎到廊子里一处僻静的地方，倚着墙壁坐下。

把浑身是血的玉凝抱坐在腿上，在她双膝处快速点了几下，封穴止血。然后拿出瓷瓶往她身上各处伤口撒些药粉，算作治疗。

他解开自己的衣物，露出肌理分明的胸膛，把浑身湿濡的玉凝拥在怀里，用衣袍裹了，替她暖着冰凉的身体。他轻轻地抚触着她脸颊上细腻却苍白的肌肤。

手顿了顿，按住了自己脸上的狰狞鬼面，缓缓摘下，随手扔在地上。

冷硬玄铁落地有声，却被落雨吞没。

夜色里只看到他清晰的侧面轮廓。

如夜般深邃的眸子氤氲水雾，泛着点点薄光。

他深深地，久久地打量着玉凝，终是低下头，细细地吻过她的脸颊和颈项。

大雨中，两名逃命黑衣人一路飞驰，闪进皇宫里一座气势巍峨的宫殿，进了密室，恭敬跪地。

摇曳珠帘后一抹儿雍容身影，慵懒地开口：“怎么不见玉凝人头？”

“太后娘娘，属下……本来就要得手。”

珠帘后传来怒拍桌子的声响，“混账，什么叫就要得手？”

“是，娘娘，本来玉凝必死无疑，可半路有人来救，属下……属下内力不及来营救那人。”

“又有人来救？可知那人是谁？”珠帘后声音紧张。

“那人戴着面具，武功极高，又不知出自何门何派，属下不知他身份，只知道他叫夜翎。”黑衣人又道：“而且这面具人，实在傲慢。他说，别说是太后娘娘您，就连当今圣上他也不放在眼里。”

珠帘后传来太后那夹杂怒意和不屑的笑声。

“哀家知道了。你们这两个无能的东西，留着你们也没用。来人，送他们上路。”

从暗处闪出了十数身影，他们手持长剑，毫不迟疑地刺向跪在地上的黑衣人，两名黑衣人倒地毙命，室内顷刻满是血腥之气。十数身影又一闪消失不见。

太后陈凤仪，由一老嬷嬷搀扶出了密室。她眉目威严，眉梢一颗黑色小痣浅露狠毒之色。而那老嬷嬷不是别人，正是苏嬷嬷。

“苏嬷嬷，哀家心里头不舒坦。薛玉凝怎么就那么命大，进宫前刺客杀不了她，进宫后毒酒也没毒死她，今天又让她逃了一劫。那小贱人在宫里多留一天，哀家就多一天寝食难安。”

“太后娘娘还请放宽心，当年的秘密并无人所知，您尽可慢慢置玉凝于死地。”苏嬷嬷恶狠狠道。

“看来，哀家得找个时间去会一会那妮子，我这当娘的也好送我那贱命的女儿上路。”陈凤仪阴森森笑道。

储秀宫，窗外冷雨簌簌。

玉凝睡得极不安稳。睡睡醒醒间，不知身处何地，周围似乎有不少人。虽意识模糊，头脑发昏，却分外清晰地捕捉到那人清冷的一言一语。

“七弟回吧，薛爱妃有朕陪着。你自小身染重疾，应该回去好好休养才是。”

“尤爱妃平身。既然你求我给你玉凝姐姐宣太医治腿，朕怎么忍心让西岩国第一美人的话空落在地上，朕可以宣周太医来。不过……朕有一个条件。”

“条件倒不难……朕今晚缺个女人。”

玉凝无法将这些话语组织成连贯的意思，最后终是沉沉睡去。

朦胧间被人拥进一个温暖的怀抱，冰凉的双脚也被人握在手里暖着。

好暖和。

是娘亲！小时候娘亲总是这样帮她取暖，可娘亲不是在丞相府吗？这是哪里？

“娘，我身上好痛……”玉凝鼻头一酸，哭了起来。

环在她身上的手臂骤然收紧，随后轻轻拍抚。

冷冽却压抑的声音幽幽传来，“朕又何尝不痛，你痛的是身体，朕痛的却是……心。”

凌烨宸自嘲极了，没想到自己竟会吐出“心”这个字，原以为已被仇恨浸染成黑色的心肝，竟还会隐隐作痛。

玉凝小手探入他的衣服里，下意识地向温暖的地方摸索，小嘴委屈地扁了扁。

“他让恨生欺负我，他打我……”

凌烨宸把她身后的被子压了压，低叹，“不打你，你的腿就废了。朕舍不得……”

他踢在她胸口那一脚，下了狠力，不仅让恨生对他的绝情信以为真，更以最快的速度让她从针板脱离。若真是跪在那板子上一夜，这两条美丽的腿，还怎能保得住？

“你见死不救。”玉凝气怒却责备的，拳头在他胸口用力的挥打。

凌烨宸心里一惊，以为她醒了，低头查看，才知原来仅是梦呓，她梦里也如此伤心。

玉凝眼角挂着泪光点点，长睫不安地扇动，下巴因为委屈而微微抖着。

凌烨宸把玉凝深深抱在怀里，却没有回答她的这项控诉。

是默认？抑或是其他？

“他不要我，不要我……他恨我……”玉凝语序很乱，这几日的委屈在梦里倾倒而出。

凌烨宸眼眸微眯，抓住在他胸前捶打的小手。

压抑的热情早已紧绷，他呼吸变得急促，嘶哑着声音道：“若你醒着，便知道朕想不想要你，有多想要你！”

“你初进新秀阁第二日，朕终是没有忍住，偷偷去看了你。那夜你被冷宫的哭喊声吓得缩在墙角，朕差点就冲进去把你抱在怀里好好疼爱。”

“最终，朕还是没有进去。那夜朕烂醉如泥。”所以那夜他才疏于防范，让刺客有机可乘，伤了手臂。

“我不要在宫里，我要回家，我要回家……”此时的玉凝如同孩童受了欺负一般，欲回家寻求庇护。

“凝儿，从今往后，你便无家可归了。你薛家三百七十几口性命，朕一个都不会放过，只怪你投错了胎。如今，朕的母后，当朝太后要杀你，朕也不打算放过你。你，何其可怜？”

凌烨宸眉眼间被冰寒洗劫，方才的温存如雪花遇火，荡然无存。

“凌烨宸……”玉凝声音极小。

凌烨宸附耳在她嘴边，听到那句让他心里绞痛不已的话。

“我不要你最尊贵的聘礼，我也不要做皇后……我只要陪在你身边，只要在你身边就好……求求你对我好一点，一点点就行……不要对我那样坏……”

“朕是坏人。朕……不要你，不能要你，也不会……要你。”

修长好看的手指轻点她的昏睡穴。刚才还是睡得轻浅不安的人儿，这一刻，手便软软地攀着他的臂膀，陷入了酣甜的梦乡。

凌烨宸紧紧拥玉凝在怀里，脸深深埋进她的颈项，深嗅着她的气息，她那让他莫名心安的气息。就仿佛他双手并没有沾满鲜血，他只是一个男人，一个拥着自己心爱女人入眠的丈夫。

凝儿，早在出生的那刻，你我就注定无缘情爱。

如今，藩王各自拥兵，母后手握大权，薛相与碧月国勾结，朕可谓腹背受敌。为自保，为雪恨，唯有舍了你。

储秀宫。

依稀记得，耳边有人喃喃细语，声声诉说着枕边情话，婉转又撕痛，那声音里似有无尽的伤感。玉凝心头揪紧，眼眶酸涩。

头痛得快要裂开。亦不知睡了多久才缓缓睁开双眼，还未看清楚眼前都有谁，就先听到几人惊喜的声音。

“主子终于醒了。谢天谢地，谢佛祖保佑，冬儿吃斋念佛也要报答您。”

“昏迷了四天三夜，终于醒了。”

尤怜之坐在床边紧紧握住她的手，床边还有冬儿、萍儿。太医周雨晴噙着泪，双手合十，真是心软又心善的医者。

七王爷凌懿轩，他此刻满脸病容，唇无血色，眉间甚至还有一团黑气。和前几次见到的那个虽顽劣却温润的他完全不同。

他病了？

凌懿轩望着玉凝，她眼中的好奇，他懂。只是现下并非解释的时机，日后再告诉她罢。

“姐姐，我好担心你醒不来，剩下我一个人。”尤怜之低泣着说道。

“怜之，别哭了，我这不是醒了吗。不会让你孤单一人的，我保证……对了，你以后都不用担心侍寝的事了，皇上答应不动你了。”玉凝握住尤怜之的手。

忽见屋内的人面面相觑，欲言又止，似乎隐瞒着什么。

玉凝不经意地瞥见尤怜之脖子里布满了青紫印记，这些印记她知道是什么。

吻痕！亲吻所致。

以前在丞相府撞见过和侍卫偷欢的丫头，那丫头脖子里的印记和尤怜之这如出一辙。

玉凝耳边似乎回想起似梦似幻的凌烨宸那句“朕今夜缺个女人”。

出尔反尔的男人！他霸了怜之！可恨至极！

玉凝又气又怒，拼命坐起身，撩开尤怜之的袖子，雪白的胳膊上满是淤青，这是被人咬噬的痕迹。玉凝眉眼写满怒意，又撩开尤怜之衣襟，胸口往下，竟都是青紫痕迹。

“他要了你，是不是？”玉凝急怒攻心，因身体虚弱，她急促地喘着。

尤怜之赶忙扶了玉凝，“姐姐，你别问了。你的腿必须立刻就医。我……我……”

“你拿你的身体换了我一双腿？是不是？你傻瓜！笨蛋！我没有你这样不知孰轻孰重的妹妹。我们冒了这么大的危险，是为了什么？”玉凝气得发抖。

那男人根本没有心，怜之白白毁了清白。如果让她选择，她薛玉凝宁可残废也不会要她拿清白去换！

尤怜之失声哭了起来。

玉凝大恸，挣扎起身，“我要找那男人算账，帮你讨回一个公道。”

可才掀开被子一角，手腕上就是一紧，接着整只手被人裹住。抬眼看去，原是凌懿轩满脸担忧地紧握她的手。

“你本就快没命了，拿什么去讨回公道？现在去了只是送死，那尤妃不是白白牺牲了？只说别人不知孰轻孰重，你自己可知道？现下最重要的是你把身体养好，免得我……大家担心。你屋子里的人守着你几天几夜，你也该心疼她们才是。”

凌懿轩虽是责备的话语，但眉里眼里却尽是心疼的神色。会有一天，他可以毫不掩饰地表示他对她的关心，不用再这样连说话都要忌讳几分。

凌懿轩所言极是，玉凝虽怒，却也冷静了下来。忽而想到那日和他有约之事。他一定等了很久吧。

“那天我……”

“薛妃莫要再说，本王都懂。”凌懿轩高声打断玉凝的话，并以眼神示之，现在并非是谈那日失约之事的好时机。不能让外人知道私下里和她有来往，这对她、对他都百害无一利。

玉凝手背一阵湿濡，凌懿轩手心出了汗，春寒料峭，汗从何来？

他宽大的手掌包裹着她的小手，姿势实在是亲昵又暧昧，玉凝略显不适地把手抽出来。

凌懿轩窘迫地轻咳，往一旁踱了几步，负手立在榻边。握着她的手，让他紧张，于是手中不禁出了一层薄汗。这，吓到她了吗？

气氛尴尬。

玉凝眼睛不知该看哪里，脸上一热，薄染酡红色。

冬儿道：“主子好不容易醒了，那些不高兴的事情就先不要说了。”

尤怜之端起热乎乎的白粥，盛了一勺，递到玉凝嘴边。

“我每天都盼着你醒来，天天都给你备着粥。每天的粥热了又热，今天，你终于醒了，快吃一点，看我的手艺好不好。”

“怜之……”玉凝喉咙有些哽咽，终是把感动的泪忍下，吞了口粥，“这是我吃过最好吃的粥了。”

“朕听说薛爱妃醒了。”

闻声众人一凛，朝门畔望去。

桀傲不驯的皇帝，身着黄绯龙袍，脚蹬青缎皂靴，由月下、刑掣簇拥着快步朝床榻边踱来。

他的威慑力是与生俱来的，只听声音，就已叫人心惊肝颤。

“奴才（奴婢）参见皇上。”

“臣妾参见皇上。”

“见过四哥。”

“都平身吧。”凌烨宸走到床边，把玉凝拥进怀里。

玉凝推拒，但几天几夜不吃不喝，饿得没有一丝力气，只得瘫在他怀里。干脆闭起双眼，不看这失信之人。

尤怜之看到凌烨宸拥着玉凝后，心里涌起一股酸涩妒意。经过两夜的纠缠，交付给眼前这个冷情男人的除了身体，还有心。之前这两夜，她虽抵抗，却最后不觉间已承欢他身下。

凌烨宸冷冷地睥向凌懿轩，“七弟也在。这几天七弟倒是往这储秀宫里跑得勤快。是不放心周医女?还是惦念储秀宫的谁？”

凌烨宸不经意睨了眼怀里的玉凝。

玉凝闻言，惊诧地睁开双眼，正好跌入他琥珀色的双眸里。他的眼神似能洞察人心，她慌乱地移开视线。她对凌懿轩自是不讨厌的，她下意识地希望凌烨宸不要伤害凌懿轩。也因凌懿轩曾向她透露过夺权之意，所以，她此时心里多少有几分心虚。

凌懿轩猛咳，接了周雨晴递来的手帕擦拭嘴角，手帕上顿时一片腥红，“四哥说笑了，我这半死不活的身子，谁家姑娘肯让我惦念？不过是……咳……咳……”他隐在袖中的那只手早已紧握成拳，青筋暴出。

“七爷，你不要紧吧？皇上，是这样的，薛妃娘娘的身上、腿上的伤势太重，御医阁那些药虽名贵，不过药性却太慢。七爷院子里种满奇花异草，这才找七爷过来一同帮忙诊治。”周雨晴忙帮七王爷轻拍后背，又道：“换药包扎都是臣女一人完成的，七爷和薛妃娘娘绝无越矩之事。臣女以性命担保，还请皇上明察。”

妃子的卧房除了皇上之外，其他男性不得擅入，否则便有通奸之嫌。

凌烨宸把玉凝柔软的小手握在手心里轻轻把玩，“雨晴，这点小事怎么说的这样大义凛然、如临大敌的样子？反倒让人觉得朕不通情理，是个暴君了。七弟的为人，朕，比你更清楚。七弟来此所为何事，朕，又怎会不知呢？”

凌烨宸的话说得很慢，周雨晴手心直冒冷汗，因为素来冷漠的皇上笑比不笑更令人畏惧。

凌懿轩面似恭敬道：“谢四哥信任。臣弟身体有些吃不消，先行回去休养了。周医女，还要劳烦你给本王去熬些汤药才好。”

周雨晴不清楚状况，只觉皇上和七爷之间似暗潮汹涌。

现在的七王爷，怎么有了几分强硬的意味？他眼里竟闪过几分掠夺之色，这样的神色怎会出现在一个痴缠病榻的将死王爷身上？

“周医女，送七王爷回去吧。这里有朕在，薛爱妃不会有事。”

众人心里陡然升起一个想法：有皇上在，薛妃才有事！皇上是在说笑吗？

“是。”周雨晴搀扶着凌懿轩朝外走去，凌懿轩忍不住望了眼皇帝怀里的人儿，发现她也正凝着他，心里竟有几分欢喜。总有一天，不管是这秀丽河山，还是玉凝，都是他的，他定要把她紧锁怀中。

玉凝下巴上突然一疼，被人捏住，抬眼间正撞上了那双琥珀色的双眸。

凌烨宸柔声道：“还疼吗？”

玉凝心里一紧，不知是冷还是暖，不知该喜还是悲。这男人先将她推入将死的境地，又见死不救，还侮辱了怜之，现在竟云淡风轻地问一个垂死的女人，“还疼吗”？

“不知道皇上问的是哪里？”

凌烨宸低笑，“爱妃身上的伤口。”

“臣妾身上的伤口很多，不知皇上问的是哪一道？是刺客给的剑伤，还是跪钉板落下的伤，亦或是因为有人见死不救、不守诺言给臣妾留下的心伤？”玉凝肺腑之间涤荡着怒气和苦涩，禁不住微微喘着。

“都问。”

“回皇上，剑伤、膝伤无关痛痒。心伤，无药可医。”

凌烨宸手一颤，端起可口白粥，殷勤地说道：“睡了几天几夜，一定饿了，朕喂你。”

“为什么不守诺言？为什么碰怜之？明明答应了我，放了她。”

凌烨宸眼梢不悦，把碗复放在桌上，伸手将跪在地上的尤怜之揽进怀里。

尤怜之娇呼着趴在他胸膛，却不见丝毫的反抗意味。

玉凝疑惑，怜之不是声声说着要逃离凌烨宸吗？为何此刻星眸微眯、脸颊绯红、红唇魅惑？

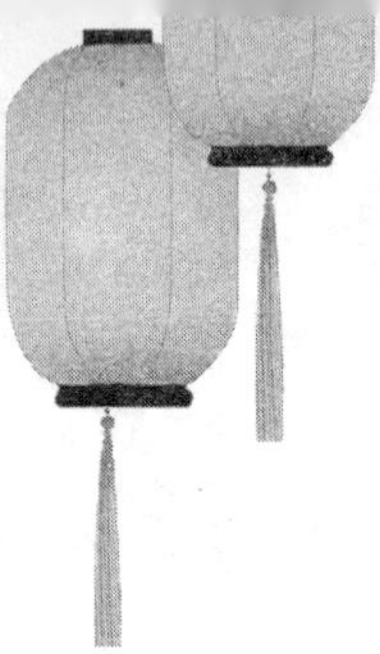

第五章　情难自禁

莫非……怜之爱上了凌烨宸？

凌烨宸挑起尤怜之下颌，嘴角染上几分轻浮之色，“爱妃初尝人事，现下，还疼吗？”

乍听到这露骨亲密的话，玉凝心里堵得生疼。进宫前夜，娘亲曾给她讲了男女洞房之事，自是知道初尝人事时候落红的痛楚。

凌烨宸竟在她面前，丝毫不避讳地问出与另一女人的私密之事，即便那女人是怜之，她心头也同样充溢着苦涩妒忌之感。她并不想知道他们夜里是如何的欢好。

“臣妾……不疼了。”尤怜之羞涩地低垂小脸。

“朕不是说让你在永祥宫好好休息，怎么不听话？”

“臣妾惦念姐姐的身体，姐姐是为了臣妾才受的伤……”

凌烨宸冷眼扫过玉凝，“若不是你这姐姐，朕和爱妃早就结了连理之好，何须费这多周折？”

尤怜之飞快地看向玉凝，竟得意道：“是。”

玉凝胸口如遭痛击，欲哭无泪！欲笑亦不能！悲哀如她，心痛得难以复加。

她竟生生成了拆散这对鸳鸯的毒妇。

随即一想，怜之也无可奈何，除了“是”她还能回答什么，伴在这样一个狠厉的君王身侧，能做的或许只有惟命是从。

再抬眼的时候，尤怜之已不在凌烨宸怀中，而是再度站在了床边，她眼中的神色玉凝不懂，不曾看到过，像是……责怪？抑或是……妒忌？

“现在，可以吃了吗？”

凌烨宸又把粥递到她嘴边。

想想，他喂一勺她吃一口，这该是何等的皇宠加身！传出去，皇上亲手喂储秀宫娘娘喝粥，该是受宠的预兆啊。

但，她不要吃。

因为怜之在看，而看到了会伤心。就如同她看到凌烨宸和恨生一起时候，心里绞得生疼。所以，她不能让怜之也受这样的折磨。

既然凌烨宸和自己无关情爱，又何必去做这些似乎有关情爱的事情。这样偶尔的亲密和柔情，她承受不起，只会令她迷惑、沉沦。

玉凝笑意凄楚，抬手挥开了眼前凌烨宸递来的粥碗。一碗白粥摔落在地，汤汤水水四下溅洒。

屋里众人皆倒抽一口气。

薛妃定是疯了，活腻了！

冬儿、萍儿吓得慌忙跪了。

皇上显然已是盛怒。

尤怜之不敢置信地盯着玉凝，她竟敢打翻皇上递来的粥碗！试问，这世上，谁敢？

然而，下一刻屋内的人才知道，妃子打破君王递来的粥碗，并不是最震惊的。

凌烨宸微闭眼眸掩去怒意，转身又盛了一碗新的，重复着刚才的动作，“张嘴，朕喂你。”

最教人震惊的是，君王非但不怒不火，而是，反手递上第二碗粥。

若是玉凝现下吃下这口粥，或许日后和尤怜之也不会反目。只是，凡事都没有或许。

玉凝又是抬手挥开了眼前凌烨宸的手臂。

粥，再度洒落，屋内气氛让人窒息，这次，下跪的还有尤怜之。

月下和邢掣手心里亦是汗涔涔，似已看到皇上血洗储秀宫的情景了。

本以为，这已是极致。却不知，在凌烨宸将第三、第四碗粥盛起递到玉凝嘴边，却皆被她一一挥落。

邢掣和月下终是承受不住内心的煎熬，扑身跪下。不知皇上的怒气何时会爆发，只知道等得越久，心里的恐惧就被拉扯得越大。

终于，小锅里的粥也被盛完了，凌烨宸把手里所盛的最后一碗粥，轻轻放在桌子上。

他睨着玉凝，然后朗声笑起来。笑声久久不停，似许久不曾笑得这般痛快，这般酣畅一般。

玉凝本是倔强，而此刻紧绷的心弦，在慢慢松弛。因为他的笑让她痛彻心扉。他虽笑，却伤心。

“凝儿，你以为你不与朕亲近，她就不会责怪你了，是吗？你太幼稚。”凌烨宸点破玉凝是顾忌尤怜之的感受才屡屡冒犯他的权威。

凌烨宸将尤怜之捞在身前，从袖间滑出匕首，猛力按在尤怜之脸上。锋利的匕首尖端，刺破她的脸颊，血顺着脸颊流下。尤怜之瑟缩地颤抖着，眼中满是恐怖惧怕之色，终是连一字半语的讨饶都不敢出声。

屋内，亦没人敢求情、阻止。

凌烨宸手轻轻捏着匕首，只消一划，这张美得倾覆城池的容颜就会不复存在。

“不要……”玉凝急忙呼出声，不顾膝盖的疼痛跪起身，艰难地扯着凌烨宸的衣摆，求道：“不要伤她，我吃，你喂我，我吃……”

凌烨宸嘴角残忍地上扬，“晚了，朕现在不想喂了。”

然后，用匕首抬起尤怜之的下颌，蛊惑道："尤爱妃，你记住，是玉凝毁了你的容貌。"

言毕，匕首从尤怜之左颊上面斜斜划下，血肉外翻，嫣红的血喷涌而出。

尤怜之甚至没有来得及反抗，亦没有来得及发出声响。剧痛！脸上一阵湿热，摸去，满手湿红。

她定是毁容了！

是玉凝姐姐，若是玉凝姐姐喝了那粥，她就不会毁容。皇上，本是喜爱她的，若不是玉凝姐姐，皇上不会这样狠心。

她恨，恨薛玉凝！

玉凝猛地朝凌烨宸的脸挥出手去，手腕却被那人攥住。

"凌烨宸，你卑鄙！我以前错看了你。你果真是一个只会欺凌弱女子的小人！你果真是鼠辈！"玉凝气怒地嘶吼着。

"不止。"

凌烨宸明黄衣摆倏然挥起，顿时几道飞镖射出，冬儿、萍儿痛呼倒地。看去，冬儿、萍儿二人心房处各插了一道星形飞镖。

两个丫头痛苦地扭曲身体，饱受疼痛折磨，却不致于丧命。

玉凝的泪水夺眶而出，她害了自己身边最亲近的人。她要做点什么，哪怕只是问问她们痛不痛这样的废话也好，她不能眼睁睁地看着她们受罪。她宁可自己死了，也不要她们痛苦。

可才向前欠了一下身，腰身一紧，就被凌烨宸蛮横地带进怀里。

玉凝额头撞在凌烨宸的胸膛，生疼。

"凌烨宸，杀了我……这样，我们都好过。"

"等朕折磨够了，自会杀你。"他嘴角的笑意云淡风轻。

玉凝喉头苦涩，气血攻心，腥咸之气涌进口中，血顺着嘴角流下。抬手拔下头上的珠钗，这珠钗唯一的好处，就是尖头锋利。既然他不杀她，那么，她就自行了断。

玉凝用力将珠钗朝心口刺下。

手里的珠钗才刚刺入皮肉，手腕就被凌烨宸用力钳住。明显的，他和她是同时伸出手的，是看到她拿钗刺下的那一刻，他就伸手阻拦了。

随后，他并未把珠钗从她皮肉里捞出，而是顿住手，只用力裹着她的手腕，不让她继续往下刺。

"凝儿，若你自刎了，那么，你储秀宫一干太监宫女，还有尤爱妃都要给你陪葬。现在，死与不死，你自己斟酌。"

说罢，他缓缓放开握在她手腕的手。他笃定她不会死，这女人可以不要自己的命，但，一定不会不管她身边的人。

玉凝苦涩地笑，何时，她竟连死的权利都没有了。若她死了，非但救不了这一屋子人，反倒会害他们一并丧命。凌烨宸竟精准地抓住了她的弱点。

她手下用力把那钗从心口拔出来。钗落地，声音清脆。

胸口的血如小泉般涌出。屋子里充溢着血腥之气，是她的血，是怜之的，也是两个小丫鬟的。

眼前，凌烨宸递来那碗刚才被搁置在桌上的粥。

“几天几夜没吃东西，爱妃定是饿了，朕喂你。”同样的话，却让人听起来恨得心寒，这男人的语气永远那么波澜不惊，满不在乎。

月下和邢掣面面相觑，皇上何时对一个女人有了这样的耐心？费尽周折，大动干戈，只为送到她嘴里一餐粥食。

得皇上这样对待的女子，这储秀宫娘娘是头一例。

就是那双雪殿的映雪娘娘，也从未……不过，话不能如此说，映雪娘娘的地位是无人能取代的，只为皇上诞下唯一的子嗣这一点，已让她宠冠六宫。虽然并非皇后，但因为皇上一直不曾立后，所以，映雪娘娘虽非后，却胜似后。

玉凝没有反抗，一口一口吃着这本该是馨香的粥食，和着泪，和着血，滋味是道不出的苦涩揪痛。

膳后。

凌烨宸把玉凝平放在床上。

“凝儿，让朕看看你的耐力，可别朕还没玩够，你就死了。到时薛丞相白发人送黑发人，可偏离了朕的初衷。”

他的语气冷硬，眼里也尽是厌恶神色。然后，倏地转身，拂袖离去。

玉凝气得牙关紧咬，双拳紧握。

白发人送黑发人，偏离了初衷。

那么，他的初衷为何？

黑发人送白发人？

他要杀爹爹！

玉凝心里且惊且忧。却暗暗地把求死的心抛之脑后，只……为了让这一切不明的状况浮出水面，她要活下去，并且要好好地活下去！

“凌烨宸，我绝不会死的！你越是想让我死，我就越要活给你看。你越是要折磨我，我就越要过得很好。”

凌烨宸顿下脚步，嘴角纹络倒有几分宽慰。没有应她的话，又迈步向前走去。

他从尤怜之身边走过，明黄衣摆划过她的手指。尤怜之抬眼看去，他竟连眼都不曾低下，连一个视线都没有投来，就仿佛她并不存在。她的心，好痛！

邢掣、月下紧步跟着凌烨宸出了储秀宫，两人都小心翼翼地跟在后面。因为凌烨宸紧握的拳头，暗示着他正隐忍着怒气。

“邢掣，朕让你留在储秀宫看家护院，你今日让朕好生失望，你可知罪？”

“臣知罪！臣不该放七王爷进去。只是，当时娘娘病情紧急，周太医又连声求情，臣一时无措，才放七爷进去看诊。”

月下这才明了，原来皇上是在生这门子气。这难道就是所谓的吃醋吗？

“不要解释了。这次朕不再计较，不要再有下次，老七所来非善。加派人手，守着储秀宫，没有朕的允许，任何人不得擅入储秀宫。”

即便玉凝是他凌烨宸不要的女人，老七也休想得到！

凌烨宸说罢便盛怒拂袖离去。

月下用手肘捣捣邢掣，“任何人包不包括皇上？”

邢掣白他一记，“废话！不过，我更好奇，皇上来这一遭，为的就是逼储秀宫娘娘喝碗粥？怎么表个关心，也变得这么惊心动魄。”

“你这种不开化的石头当然不懂。对了，皇上刚走时并未交代不让找御医，你去请周太医来给里面几个主子丫鬟的看看……女孩子家家的，心软的我，这心里……喂，老邢，你别跑啊，我话都没说完呢。”

早已在几丈之外的邢掣声音幽幽荡来，“等你说完，里面的人血早就流干了。”

卧房内

凌烨宸前脚走，玉凝后脚就慌忙下了床。却在刚刚站起时，就因膝上疼痛，失去重心趴在了地上。

失神瘫坐在地上的尤怜之泪眼瞪视着玉凝，眼角眉梢尽是责怪和妒恨。

看着狼狈趴在地上的玉凝，并没有伸手去搀扶，她不要扶这个害她毁容的女人。

“主子……”冬儿、萍儿虽受重伤，却挣扎着爬来把玉凝扶起。

玉凝向冬儿、萍儿示意她没事，“你二人快莫要乱动，小心胸口的伤。”

玉凝轻抚尤怜之满是血迹的面颊，“一定很疼吧。都怪姐姐，怜之你放心，我一定给你找来好药，等到脸上的伤好了，怜之还是最漂亮的。”

尤怜之却失声痛哭，“姐姐，他讨厌我，前一刻还与我纠缠床榻，下一刻却动手毁我容貌……因为要喂你吃饭，所以毁我的容……他喜欢姐姐，不喜欢我。我恨姐姐……”

玉凝心里苦涩，凌烨宸怎么可能喜欢她？他喂她吃饭，不过是因为面子上过不去罢了，想必他的女人从未有人有胆量违背他的意思吧。

“怜之，别哭了，你再哭，我也要哭了……他没有喜欢我，不然怎会伤害我最重要的人呢？爱屋及乌的道理他会不懂吗？”玉凝哄慰般帮尤怜之擦拭着眼泪。

“姐姐，那你喜欢皇上吗？”尤怜之语气酸酸的，就像是与人争糖吃的小妹妹。

玉凝一时不知如何回答，若说喜欢，怜之必会难过；若说不喜欢，就真的没有那份痴恋了吗？

“他是王，我是妃，就是这样，再无其他。”

尤怜之拉起玉凝的手，欣喜道：“姐姐，我就知道你不会和我争他的爱。你是我的好姐姐。”

见怜之脸上总算有了笑意，玉凝也付以一笑，虽然肺腑之间蔓延的是无尽酸涩，“怜之，你爱上他了，是吗？”

“嗯，我爱他！”尤怜之肯定地点头，羞涩地绞着手指，“最初的时候想逃离他，可把自己给他之后，才发现原来他那般惹人着迷！哎呀，姐姐，怜之也不知如何讲，总之我爱皇上，好爱好爱。”

玉凝想，后宫女子不爱他的有几人？只是得到那人青睐的，又有几人？怜之爱他，可他却只把怜之当众多女人之一，“怜之，但你可知晓他对你是什么心意？”

“姐姐，怎样才能让皇上爱我？怎样才能得宠？就像恨生娘娘，还有映雪娘娘那样？怜之也好想和皇上举案齐眉、品茗下棋，还有……为他生育子嗣……”尤怜之满是期待之色，完全不顾玉凝的忧心忡忡。

“怜之，得宠真的那么重要吗？姐姐倒觉得，安安稳稳地度日，比得宠来得更幸福。后宫的险恶不是你我能招架得住的。”

“哪怕是死了，只要曾得到他的宠爱，也足够了！姐姐，你有办法吗？你帮帮怜之好不好？”尤怜之撒娇地摇着玉凝的手臂。

玉凝深深注视着这情同姐妹的女子，竟有种为她两肋插刀的冲动，“办法，倒不是没有……”

“什么办法？姐姐快说！”

“水滴石穿。”

尤怜之一头雾水，什么水滴石穿？

玉凝笑着点了下尤怜之的额头，“宁可一日无粮，不可一日无茶。明天，皇上要吃茶。”

翌日。

养心殿书房内，凌烨宸正在批阅奏折，忽觉口干，便端起茶碗，却见碗中空空如也。便不悦拧眉。

月下忙对门外的奴才道：“小德子，快传茶。”

“是。”

随后有人端茶而入，进来的不是呈茶的奴才，而是永祥宫娘娘尤怜之。

不过月下倒也会意，后宫娘娘们总是找尽机会来给皇上表爱意，是常有人送熬炖的补品来的。于是便没有阻止，只以眼神示意尤怜之把茶水呈上。

尤怜之心里怦怦乱跳，皇上较之昨日，似又俊美邪肆了几分。

皇上为何始终看着手中的奏折？他看到她会惊喜吗？还是说，会厌烦？

“皇上，茶来了，请用茶。”

温柔的嗓音入耳，凌烨宸意外地抬眼。

尤怜之面颊伤口处包扎着白纱，模样楚楚可怜。

“是尤爱妃，朕想也是，小德子的声音可没这样动听。”

凌烨宸放下手中奏折，接茶轻啜，将茶水含在舌间，似品似尝。突然将茶碗置于桌上，将尤妃拥进怀里。

“给朕说说这茶。朕爱饮碧螺春不是秘密，只是爱妃沏的茶余香悠长，沁人心脾，胜人一筹。”

尤怜之手臂勾住凌烨宸的颈项，在他耳畔吐气如兰，温柔说道：“皇上，茶并未不同，依旧是西岩属国进贡的碧螺春。不同的是水，这水是臣妾清晨五更起来，下到荷塘里，采了荷花上的露水之后，将水烧开，沏了茶，总共花了四个时辰，这才成了这一杯茶，特来呈给皇上。”

凌烨宸眼里似有几分动容，“在朕门外等了多久？”

尤怜之眼眸涌上泪意，“不久，也不过……两个时辰。”

“茶却不曾凉去？”

“臣妾，生怕茶凉了，便一直用暖炉煨着。”

凌烨宸打量她的双手，竟被冻得通红。

“傻瓜，朕该拿你如何是好？”他轻声责备，却似有几分不舍。他轻叹着将尤妃紧紧搂在怀里，面颊深深埋进她如云的发丝中。

“脸上的伤还疼吗？昨日，是朕下手重了。”

尤怜之心中一动，梨花带雨的小脸埋在凌烨宸怀里，“皇上好坏。”

凌烨宸低笑默认，“朕一会让月下去给你拿生肌丸，你这张小脸若是落了疤，朕可不忍心。”

尤怜之内心的幸福感似要从每个毛孔中透出。

皇上是爱她的，皇上心疼她，皇上赐她祛疤的药！玉凝姐姐也满身的伤疤，皇上却不曾赐药。

她紧紧搂着凌烨宸的腰身，心中得意地想到，侍寝受宠，指日可待！

一盏茶后，尤怜之出了养心殿。看到拐角处的消瘦身影后，高兴地奔去挽那人的手臂，“玉凝姐姐，你的方法果然有效。我说我是下荷塘收的露水，皇上真的感动了，还答应让我每天都可以来送茶！”

她说着摊开小手，手心里静静躺着一个瓷瓶，“你看，你看，这是生肌丸，皇上赐给我的。他说舍不得我小脸留疤，特意赐给我的！啊，姐姐，你要不要也吃一颗？你身上的疤痕那么多，皇上不是也没给你药吗？”

玉凝心里猛地酸疼，随即暗自宽慰自己：怜之无心的话，并非有意讽刺，在意这许多做什么，怜之开心便好。

“不用了，姐姐的疤痕在身上，根本没人会看到，明天你还来给皇上送茶，慢慢他会……会爱上你的。”

“姐姐，你沏的茶皇上很喜欢呢。明日还让你的丫头去荷塘里集露水，我明日早晨的时候还去你那里拿茶哦。”

“嗯。”玉凝不禁望向养心殿内，那人此刻就在不远处的书房内，却似隔了万水千山。

茶，他喜欢就好。人生，难得喜欢。

翌日晨，天边才刚泛出些许微白，日头还藏于山下，天上的星亦未掩去。

天色尚早。冬儿起身，钻出被窝。却被冷空气冰得，倏地一声，又缩了回去。冷死了！偏这时候想小解。

冬儿披着衣服出了院子，方便完刚想回去睡个回笼觉，忽闻宫殿后的荷塘传来一阵水纹波动之声。

是谁？莫不是……贼人？储秀宫外守着几十侍卫，贼人怎么进得来？

冬儿提起裙摆，疑惑地悄悄走过去。绕到宫殿后看到眼前的情景，却如何也不敢置信。

荷花点点，荷塘深处，一抹儿清瘦的身影。

她怀里抱着一个玉白瓷瓶，水没过她的胸脯，身形不稳地深一脚浅一脚地走在水底淤泥中，在朵朵莲花上收着滴滴露水。

是主子！冬儿不禁思量，若是要把那白玉瓷瓶装满，需要多少露水？千滴，万滴，抑或是更多？

所以，主子才从莲塘岸边，下了水中，又从近处去了荷塘深处？

尤妃娘娘每日清晨过来取茶献给皇上，原来这沏茶之水竟是自家主子冒着生命危险去集的，主子身上的伤那么重，还泡在寒彻骨的池塘中。

不想活了不成！

“主子，你做什么！快上来。水这么凉，你不要命了？”

玉凝乍闻声，吓了一跳，“冬儿，怎么起来了？你身上的伤还没好，怎么不多睡会？”

冬儿有些恍惚，主子在这纤尘不染的荷花丛中，竟美得有如圣洁的仙女一般。她嘴边一抹笑，还有那一回眸，竟使得纯洁白莲都尽失了颜色。

“就只知道我受了伤，你呢？怎么这样不爱惜自己的身体？快上来，不然，我就跳下去陪你。”

知道主子心软爱仆，拿这一招威胁她，一定会奏效。

玉凝吐吐舌头，看瓷瓶中已满了八成，想想今天给他沏茶的水，该是够了。

“别，别跳，我这就回去了。”

冬儿帮着她上了岸。此时，她已是嘴唇苍白，手上也被划得满是伤口。但却没有丝毫停顿，只想着要快些去煮茶，怜之过会儿就会来取茶了！

冬儿攥住玉凝的手臂，“主子，你这是做什么？自己受罪，然后让尤妃娘娘讨好皇上。我看那个尤妃不是什么好人，天天装作一副天真的样子，专让主子你去做些傻事。”

“冬儿，不要乱说。她是天真了些，但绝无恶意。而且，这是我欠她的，她的脸被皇上划伤了，这都是我的错。而且……”

而且，她并非全都为了怜之，也有自己的私心。

能每天给他沏一杯茶，也好。哪怕是借他人之手，送到他面前，但只要他喝了，她就开心。

只愿，碧螺春的那份清香淡远，能涤尽他心底的仇怨和弑杀。

玉凝嘱咐道："不要告诉怜之是我收的露水，只说是几个丫头收的便好，不然怜之会担心我。"

冬儿叹气连连，若是主子真是恶劣之人，真的命丫头下冷水收集朝露，也不至于这样让人心疼。从小与她一同长大，又怎会不知她对待下人那份仁慈和关切。

之后，一连数日，尤怜之都会在早朝后，给凌烨宸献一杯茶。

而每当下朝之后，凌烨宸的内心都隐隐期待那茶的到来。若一天喝不到那茶，心里就似少些什么一般。

有时朝堂之上，竟还会偶尔惦念时辰，下朝时候是否到了？那端茶人，是否来了？

若每天都品一杯这茶，不打破这份平静，兴许，也是好的。

这日，储秀宫

院中两名女子，围石桌而坐。

"玉凝姐姐，皇上虽然每天都吃我送去的茶，可却只给我一盏茶的时间，都不曾让我侍寝，这样怎么可能会得宠嘛。"尤怜之抱怨。

玉凝脸色惨白，"水能穿石，怜之，有些耐心，皇上会被你感动的。"

尤怜之脸上的纱布已去掉，凌烨宸赏赐的药果然是顶级好药，虽还留有一道浅粉色的痕迹，却意外地演绎了几分妩媚。

"我不要送了，每天都苦等两个时辰，然后就只能在他身边留一盏茶的功夫，这方法不管用，我不要用。姐姐，你快想其他办法啦！有什么办法能让皇上立刻召我侍寝？"

尤怜之忽然又想到，玉凝姐姐的身上全是丑陋的伤疤，皇上也根本没有赐给她药，不觉间又开心起来，看来皇上根本不爱玉凝姐姐。

玉凝咬咬下唇，"你明天还来我这里拿茶，给他送去。就试最后一回，若是他还不让你侍寝，就罢了，我们再另觅办法。"

若是，明天怜之侍寝不成，那么明日早朝后，就是给他沏的最后一杯茶了。

入夜，双雪殿。

四下打听，原来今夜皇上寝在双雪殿。玉凝惴惴不安地来到殿外。

月公公守在门外，而卧房内亮着泛黄的宫灯。

"月公公，还望劳烦通报一声，玉凝有事禀告。还请皇上出来一见，仅……几句话就好。"

月下见眼前女子一身素锦衣裙，发丝如云，仅斜插一根珠钗修饰，却有着说不出的清新雅致。

"薛妃娘娘，你这不是难为奴才吗，皇上此刻已歇下，您有事明天再说吧。"

玉凝彷徨，欲走还留，最终又转回身，"月公公，我今晚一定要见到皇上……"

月下为难，并非有意不帮她通报，若是屋里面那位女主子是一般的普通嫔妃也就罢了，可偏偏是皇上心尖尖上的映雪娘娘。

记得曾有一次，皇上早起上朝，却赶上映雪娘娘清晨时候，高烧不退。皇上担忧、不忍，于是下令推迟早朝，直到御医看诊过，才去上朝。那天文武百官在金銮殿足足等了两个时辰。足以证明映雪娘娘在皇上心目中的地位有多重要啊。

若是现下惊扰了里面的女主子，皇上定是要怪罪的。

“娘娘还是请回吧，不是奴才不讲情面，奴才也是为了娘娘好啊。”

皇上好像本就不甚待见储秀宫娘娘，这薛妃又何必自讨没趣呢！

“月公公……”玉凝越发没了底气。

月下扬手打断她的话：“来人，送薛妃娘娘回去。”

几个侍卫挡在玉凝身前，作势要将她轰走。

玉凝绝望，本想若是能见到他，可以求他对怜之更好些，却……

“月下，外面何人？怎么如此吵闹？”慵懒却低哑的嗓音传来。

众人大惊，最终还是吵到了皇上！

“回皇上，是薛妃娘娘，奴才这就遣她回去。”月下唯恐惹怒凌烨宸。

房内许久都没有回话。

玉凝叹气，怜之侍寝之事，再想办法吧。只是，若是明天之后，怜之不愿再送茶了，那么她，还能为他做些什么？

这么急着来求他去招怜之侍寝，说到底，不过是想每日能为他送一杯茶罢了。

刚跨过门槛，要出去，屋内的声音又幽幽传来。

“宣她进来。”

玉凝错愕，本求他出来一见，仅三言两语的时间，他怎就让她进去相见？

里面的娘娘，没有关系吗？

进了房间。这房内布局摆设虽也是一派的富丽奢华，却较她储秀宫多了份家的温馨。

房内香炉青烟袅袅，馨香萦绕鼻息间，竟不觉间已窥探到几丝情欲之感。

床榻帷幔已放下，凌烨宸与这宫殿的娘娘，就在这帐内的榻上。

而这帐内究竟是怎样一副活色生香的情景，玉凝自是不知。

只知道心已被撕扯成碎片。

她来到床榻前跪下。本以为不紧张，但双手却不受控制地轻轻抖动着。几日不见，她这一刻才知道，原来思念早已深入骨髓。

“臣妾参见皇上。”

床帐微动，里面的人起身。终于，轻纱帐被人从里面撩开。

他仅着了亵衣，露出了性感的胸膛和肌理有致的小腹。此刻，这拥有着琥珀色双眸的美男子眼中似还残留着些许的迷醉之色，确是和女人欢好之后的神态。

他起身，又将轻纱帐小心放下。

玉凝在罗帐还未落下时，惊鸿一瞥，窥得帐内女子。她一双藕臂露在锦被外，面色酡红，唇微肿，明显是被男人极尽疼爱之后的娇憨。这女子嘴角含笑，眸闭起，长睫轻颤，似梦正在香甜处。

海棠睡足增娇艳，不胜这女子半分半毫。

她，竟比第一美人尤怜之还要美好几分！而且多了一派柔美温婉之姿。

“你来此何事？”凌烨宸缓步走到玉凝身前，嗓音清冷。

玉凝在看到他裸露的胸膛时，忙慌乱低下头。

既然他不避讳，那么她也不必多虑，径直说了来意便可，“我去外面院子里再跪一夜，你招怜之侍寝。”

凌烨宸将她带进怀里，深邃的眸紧紧锁着她。

玉凝不知所措，被他盯着，如受凌迟之刑。

“你说不动她，朕就不能动，你说侍寝，朕就得要她？你……把朕当成什么？”

玉凝面颊贴在他的胸膛上，才知他的身体滚烫，他的心跳声沉稳有力。她眼眶不禁酸涩，能够在他这般温暖的怀里，静静地趴一刻，也好。

她竟忘了这房内还睡着另一个女人，不觉间双手环上了他的腰身。

凌烨宸腰间一凉，颇为意外，没有料到她会搂他，他身体不禁一震，不觉间将她圈紧几分。

“臣妾，将你当做九五之尊，坐拥三千佳丽的皇上，让西岩国第一美人侍寝，对皇上来说，应该并非苦差事。”

她的话，不觉间，竟有了几分酸涩的醋味。

凌烨宸听得出她的讥讽之意，不悦地把她的手从腰间捞开。却在瞥见她双手的时候，蹙了眉头。他把她双手抬至眼前，细看下，双手上竟然横七竖八的都是些划伤的伤口，有些伤口浸了水，正流着脓血。

后宫女子的手，哪个不是细腻柔滑。只这女人，本也是出身娇贵，竟把手弄成这般。

此时，罗帐内的女子，眼睛骤然睁开，细细地听着罗帐外的声响。

凌烨宸深深地注视着玉凝这双惨不忍睹的小手，但眼中的心疼之色稍纵即逝。

随即，他猛地甩开她的手，鄙夷道：“别用你这双手碰朕，朕嫌脏。”

玉凝身形猛地一僵，禁不住后退一步，把手藏在裙摆中。

她方才竟不觉间搂住了他。

居然忘了收露水时候弄伤了手，而这双丑陋的手，会招他厌烦。

看来，今日求他召怜之侍寝，不会有结果。再有，这地方实在暧昧又尴尬。别的女人的卧房，她不想多做停留。

“臣妾多有打扰，皇上早些休息，臣妾告退。”

玉凝转身就走。现在走，还不至于太迟，事情也不会太糟。就在她准备落荒而逃的时候，手臂却猛然被人握住，紧接着整个人被凌烨宸横抱在怀里。

“薛爱妃，朕发现，你总是擅自做决定。你说要见朕，朕就得见你，你说要走，转身就走。当朕不存在，嗯？”

他唇尾微微勾起，几分轻浮，几分戏谑。

抱着她来到桌畔，凌烨宸将她放坐在桌上，“想要朕答应你说的事，就该拿你最宝贵的东西来换。”

凌烨宸眼中升起一丝诡谲，上扬的嘴角染上了几分情韵。

玉凝低下头，小手绞了又绞。终于，抬手拔了头上的珠钗，递到他面前。

“这是我爹爹去碧月属国看望我姑姑的时候，从碧月国带回来的，这珠钗听说值不少钱，这……是我最贵重的东西了。”

这钗虽极力做旧，不过，做工考究，虽不起眼，却价值连城。

凌烨宸嘴角的那抹儿轻浮，被玩味取代。

他错愕，禁不住弯了嘴角，拿起她手里的珠钗，放到眼前端详，又合起手掌，把那钗裹住，收下。

“凝儿，你是……真的不知朕的意思呢？还是说，这是你勾引朕的伎俩？”

玉凝不解蹙眉。

凌烨宸用手背轻掠过她的脸颊，嘴凑到她耳边畔轻轻吐着气，魅惑地说道：“朕可以让尤怜之得宠，不过……拿你的身体来换……”

玉凝耳边阵阵酥麻，听到他的话，惊得双眼圆睁，脸庞羞得绯红。

这男人的意图，她终于懂了。

可这屋内床榻上分明还有另一名女子。他，忘记了？还是，不在乎？

这屋内的女子，到底是谁？

凌烨宸俯身噙住她微张的小嘴，霸道地掠夺独属于她的香甜。

玉凝的身体由于他给的冲击情不自禁地后仰，下意识地抬手攀住他的脖子。

凌烨宸欺身将她压下，身下女子面颊醉红，媚眼迷离。那份无邪与娇媚，不断撩拨着他紧绷的神经，令他原本压抑的欲望顷刻决堤。

凌烨宸本已睡下，却听见她在院内求见，不觉间，他已出声询问。

她仅求院内一见，他竟宣她进来相见。哪怕，身侧躺着熟睡的映雪。

她刚才转身就走，他手臂像是自己有了意识般攥紧她的手腕。

而此时此刻，他只知道，他要这个女人。

吻再度落下，唇在她的颈间、胸口，深深浅浅地尝着、吻着。手抬起到她胸前，捏了衣带，缓缓扯开。

玉凝只觉胸前一凉，不禁低头查看。原来他已撩开她的衣襟，他那修长好看的手指正探进她的肚兜内。

她害羞，她害怕，她慌乱……咬了下唇，别开小脸。

该抗拒！

却，不能。无法……亦不愿。

他微微粗糙的指腹摩擦着她细腻的肌肤，所到之处，都引起她的阵阵战栗。

玉凝心里慌了、乱了、迷惑了，她无法思考，只能紧紧地攀着他的肩颈，任他索取。

怜之爱他的原因，她似乎在这一刻明了了。

因为，在他身下，不觉间就已失去自我，完全被这个高高在上的君主蛊惑。

哪怕下一刻是毁灭，也已飞蛾扑火。哪怕眼前的是剧毒，也不禁饮鸩止渴。

可，她不能。

她来，是为了怜之。

若在他身下沉沦、迷失，怜之必然伤心。

她的意识一下子回到脑海，猛地拉上了衣衫。

“皇上……臣妾做不到……臣妾不要拿身体去换。”

凌烨宸眼神凌乱，胸口剧烈地起伏着，粗重地喘着气。

他做了什么？

他竟失控了！

薛玉凝来之前，他才刚刚要了映雪，即便是在与映雪欢爱之时，他也亦是冷静自持的。

怎么才刚一触到薛玉凝的肌肤，原本克制的欲望便可以顷刻崩塌泛滥。

居然，在映雪的房内差点宠幸了她！

不该。

更不能，他不能要这女人！

这时，一道娇娇弱弱的嗓音从床榻方向传来，“皇上，你在哪？雪儿一个人睡好怕。”

这屋子的女主人醒了，玉凝心里一紧。欲推开凌烨宸，可已来不及了。

床榻上罗帐被人轻撩起，睡意朦胧的女子探出身子，在看到凌烨宸将玉凝紧紧压在大桌上的时候，她双眼立刻盈满了泪水。罗袖下的小手，紧握成拳头，指甲深陷到肉里。

凌烨宸和玉凝都惊愕地朝床榻看去。

床榻上的女子，似惊似怒地摇着头，极是委屈，任玉凝看见也觉得怜惜。

“皇上，她是谁？你们竟在臣妾的房内……”

凌烨宸手一挥把玉凝猛地推在地上。

他快步走到床榻边，把映雪紧紧搂在怀里，“不准乱想，给朕时间，让朕给你解释。”

玉凝趴在地上，狼狈又窘迫，衣衫已滑落至背上，双肩露在外面。

听到凌烨宸慌乱紧张的声音后，不禁吃惊。

他也会紧张？他……也会对一个女人解释。

她原以为，他对所有女人都冷若冰霜。但看来并不尽如此。若说，他对恨生娘娘还尚有几分冷意，但此刻，在这女子面前，他分明是一个无措的男人，一个手忙脚乱的夫君。

雪儿，映雪，苏嬷嬷口中所讲的映雪娘娘。皇上为解她思乡之情，大兴土木，在宫中为她修建锦州小镇。

她和映雪娘娘如此见面，好不尴尬！

“雪儿都看到了，皇上不用解释了。雪儿这就走，把这地方留给皇上和这位娘娘。”映雪跑下床，甚至连外衣都不曾穿上。

凌烨宸挡在她身前，不顾她的反抗紧紧搂她在怀里。

“外面天这么冷，你要走去哪里？你走去哪里，朕找不到你？朕和那女人没有任何关系。你若不信，朕这就杀了她。”

玉凝感觉身上的最后一丝力气都被抽空了。他对映雪的话，前半句都是柔情，后半句却是那么地冷若冰霜。

原来最令人心胆俱寒的不是刀子，而是冷情的话语。

映雪只趴在凌烨宸怀里嘤嘤哭着，却不理他。

凌烨宸走到墙边，把静静悬挂在墙上的宝剑，拔出剑鞘。

之后，他拉起映雪的手，快步走到玉凝身前，用剑抵在她胸口，低眸凝着映雪。

“朕知道你心软，不过朕不能看着你一直流眼泪而无动于衷。朕为表清白，让你信朕，只能在你房内杀了这女人。到时弄脏了你这屋子，可别怪朕，也别说朕心狠。”

玉凝胸口一凉，抬眼看去，这无情抵在她胸口的剑，正握在她爱的男人手中。

心……更凉，只有付之苦涩一笑。

“皇上，无论你怎么做，雪儿都不会相信你的。”映雪把脸别开，眼角余光朝玉凝睨去。

玉凝居然有了想笑的冲动，好个映雪娘娘，话已说到这份上，即便凌烨宸没有真下杀心，也势必要杀了她了。

玉凝整个人尽显破败之气，“映雪娘娘，你误会了，今日是玉凝下贱，来勾引皇上的。皇上已百般拒绝，可却敌不过玉凝的抵死纠缠。”

凌烨宸眉梢写满讶异。

映雪泪眼打量着凌烨宸，接着绞着衣袖，委屈地低下头。

“妹妹说笑了，皇上一定是爱妹妹的，不然怎么会在那桌子上就差点要了妹妹呢？并且还在我房内，孰轻孰重，一看便知……”

凌烨宸双手紧握成拳，气急败坏地说道：“雪儿，你还是不信朕是不是？正如这女人所说，是她过来勾引的朕。罢了，朕这就杀了她！”

映雪挣脱凌烨宸的手，“雪儿不信！就是不信！”

皇上这话简直是笑话，他一向自制冷静得可怕，怎会受人勾引？还记得有一次，一个不受宠的妃子，为了得宠，在他酒中下了烈性魅药，他却终是坐怀不乱。

凌烨宸气怒，剑向前刺了几分，但只划破了玉凝胸口的皮肉，终是没有刺下去。

玉凝眼眶红了，酸涩，胀得生疼，胸腔被苦涩淹没。

映雪娘娘信与不信，已不重要，她薛玉凝已信了。是她太下贱，过来勾引他。不然，他的剑怎会无情地刺向她？

不过，不消他动手，她想给自己留下最后一丝尊严，就让她自己了结自己的性命吧！

第六章　太后邀约

或许，弄脏映雪的屋子，是个不错的主意。

弄脏她的屋子，他们今晚就没了好心情，她薛玉凝心里也好过一些。本就已挂了下贱的名，也不差再做些不高贵的事了。

“若是这样，娘娘就该信了，皇上和我没有任何关系。”玉凝声音冷静。

映雪和凌烨宸都不知她这话何意。

玉凝猛地握住凌烨宸握着剑柄的手，身体向前一倾，泛着寒光的长剑，便直直刺进了她的胸腔。

她又向前走了一步、两步。剑划过血肉，刺透骨头发出顿挫、撕裂的声音，直到剑尖从她背后透出，鲜血一滴滴落下，滴溅在地上晕染成朵朵艳红的小花。

咽喉一阵翻涌，血水溢入口里，终是顺着唇流下，染红了遮羞的白色肚兜。

“这样……映雪姐姐，该相信皇上是……爱你的了，而非低贱不堪的玉凝。”玉凝倔强地咧出一抹笑，齿、舌已尽让鲜血染红。

映雪双手捂住眼睛，惊恐地钻到凌烨宸怀里，“皇上，雪儿好怕，这个女人是个疯子。快让她出去，臣妾不要见到她。”

凌烨宸拥了映雪，握着玉凝珠钗的那只手，在映雪肩头轻轻拍抚。

眼睛却始终没有离开玉凝惨白的小脸，他握剑的手臂早已剧烈地颤抖着。

他眼神复杂地久久望着玉凝，终于，手上一个用力将剑从她胸口拔出。剑带出如注的血水，溅洒他白色的亵衣，斑斑血迹，触目惊心。

他把长剑扔落在地，掷地有声，然后，抬起脚将玉凝踢倒在地，盛怒道：“贱人，给朕滚。”

玉凝用手捂着胸口，殷红的鲜血顺着指缝汩汩溢出流下，她眼角余光瞥见凌烨宸已拥着映雪，坐在床榻边，轻声哄慰。她跌跌撞撞地跑出房去，心灰意冷，肝肠寸断。

院子里的宫女太监见了她皆像见了鬼一样四下避开、闪躲。

储秀宫娘娘疯了！浑身是血，嘴边却带着笑。

凄绝的笑。

玉凝眼前一阵阵晕眩，不知拖着这副伤痕累累的躯壳走了多久，亦找不到回去储秀宫的方向。

终于，她双膝一软，朝地上跪去。

然而她膝盖还没有接触到地面，腰间便一紧，骤然被人拎起，这姿势她十分清楚，是被人搂住腰夹在腋下。

那人脚尖轻点，倏地凌空飞起。

这并非是第一次被人莫名拎起了。玉凝抬眼，一副玄铁面具映入眼帘。

果然，是夜翎。

重重宫墙在脚下向后飞掠，他的轻功极霸道精湛，掠过树梢，几经旋身，终是落脚在一处高墙之上。

她身子无力地靠在他的怀里，头也倚在他的胸膛。夜翎沉稳的心跳声，不禁让她想起凌烨宸那同样沉稳的心跳。

刚想向夜翎道谢，却从这道院墙里面，幽幽传出两个男人压低的对话声。

“素来有风言风语，直指老四并非我皇家之后，朝中重臣对他登基本就多有成见。此次，他新登基，就将你们几人封藩远地，又欲除去朝中老臣。往日咱们兄弟和朝中重臣皆有交情，虽你们远在边界，我在朝中却与诸臣多有走动，所以，此次，他们必会相帮。”

这人的声音她认得，是七王爷凌懿轩。

之后另一男人的声音隐隐传来：“七哥，距离那狐狸的寿辰不到两个月了，各个藩王也都陆续地赶来，云天、碧月二国到时也都会派人前来给他庆贺，他今年的生辰定是永生难忘。”

这人说着压低声音，“只是十二弟似不愿参与，我们何不借十二弟之手杀了老四。到时，若成，天下就是我们的；若不成，罪过让小十二一人去担。”这人的声音听上去，分明是温纯明朗的，然而说出的话，却让人惧怕心寒三分。

玉凝仔细地辩听着这人的声音，可却是从未听过这个声音。

终于她体力不支，昏在夜翎怀里。

夜翎手臂一沉，原是她双臂垂下，趴在了他胳膊上，他面具下的双眸不由得闪过紧张之色。

他又睥向高墙下那两抹身影，随即亦没有接着听下去，旋身离开了这处宫墙。

怀里女人的性命要紧！

想是身体太疼，或是被夜翎扯拽着实在难受，玉凝微微睁开双眼，眉毛紧紧拧在一起。

夜翎这人，该学学如何带着人使轻功，本就是快死的人，被他这样拎着飞，真要险些背过气去。

眼前，树梢在脚下掠过，那人的袍子被风卷起，飘着阵阵波纹。

这座金丝鸟笼，这座金銮皇宫，就在脚下。而她此刻，却仿佛只要张开手臂，就可以飞出。

离开这叫人伤心欲绝、肝肠寸断的地方。

亦离开，皇上。

夜翎在一处宫墙驻脚借力，随后纵身跃起。两人的身影在高挂的圆月前划过，刹那已是永恒。

很久以后，玉凝常常想，若是能够永远停留在那一刻，被他莫名地拽去施展轻功狂飙。若是没有日后的种种，若是没有摘下他的面具，该是多么好！

夜翎身形飘忽而下，在一处宫殿屋顶停住。来到宽敞之地，依着墙壁坐下，将玉凝安置在腿上。

他把她满是血迹的外衫解开，露出血肉模糊的伤口，记忆里，她一直受伤。而他，从何时起，一直备着药。

他从怀里拿出瓷瓶，倒了黄黑的粉末在她伤口上。之后又从自己里衣上撕下白布，帮她包扎好伤口。再将她的衣袍系好，搂进怀里。

他手上动作麻利，却细心地留了力，没有将她弄得更痛。

“若是这伤再偏一毫，就会刺中心脏，那样你就必死无疑。”

玉凝苦笑，她又捡回一条命。打量着夜翎，却只能看到狰狞的鬼面。只是，借着月色，他眼中似染了水汽，仿佛有几分心疼之色。

“这是哪里？”

“储秀宫屋顶。日后若是你想见我，便可来此等候。”

玉凝点头，忽而皱眉道：“伤口怎么这般疼？”

夜翎将她拥紧，“刚才我已给你用了药。那药，即便是已到了鬼门关，它也能把你拉回来。不过，也有坏处，你必须忍受药噬伤口的剧痛。现下，你的命已保住了。”

“那么好的药，为什么要浪费在我身上。等到你杀我那日，万一心疼这药，下不去手了该如何是好？”玉凝调侃道。

“疯子！命都没了，还有心情说笑。”夜翎斥责。

玉凝抬手用指腹轻滑过他脸上的面具。她竟像是着魔了一般，哈哈笑了起来。

听到她凄然的笑声，夜翎面具后的那双眼睛闪过不忍，将她的双手裹在他的手掌里。

“犹记得，你入宫那日被姓柳的歹人所掳，救你之时，你瑟瑟地躲在床角，懦弱之极，我怎也没料到，你竟是这样大胆执拗。”

玉凝意识渐渐地模糊，往他怀里凑了凑，“我也没有想到，若是没有来他身边，我亦不知自己还有这一面。夜翎，我好冷，你的怀里好暖，让我在你怀里依一会儿，一会儿就好……”

夜翎将身上的灰色大袍铺好，将她置于袍子上面，随后侧身躺下，将她拥在怀里，扬手用那大袍裹住她的身子。

玉凝本就疲累无力，此时的舒适温暖让她昏昏欲睡。

“好温暖，哪怕下一刻死了，这一刻也是暖的。”

“胡说八道！你的命是我救的，从我救你第一次起，你就是我的人。没替我办事之前，我不允许你死。你是我放在那狗皇帝身边的一杯毒酒。”

玉凝抿抿唇，将手放在他胸膛前，索取温暖。

“我不会帮你杀了他的，绝不会……你到底是谁？为什么隐在朝中？又为什么去偷听七爷他们的话？”玉凝轻轻呢喃，却突然沉沉睡去。

夜翎把手从她的昏睡穴上拿开，将她搂在怀里，“此刻说不杀，是不恨。有朝一日，你必会恨他。等到你替我杀了那狗皇帝，我便丢了这面具，告诉你我是谁，带你远走天涯。你我，纠缠这一世。”

这晚夜色极好，夜空繁星闪烁，璀璨得迷了人眼。月头近挂树梢，似伸手可及。

待到月落星稀，天欲将明的时候。玉凝睫毛微动，慢慢睁开眼睛，一手轻抚着胸口慢慢起身。她身上裹着灰色的大袍子，夜翎早已不见身影，而衣袍上似乎还留着他残余的温度。

耳边也仿佛回响着他那句“若你想见我，便可来此处等候”，玉凝有些失神。

是否来等，他就一定会出现？不限时辰？

看看天色，她没有耽搁，忙起了身。

夜翎的药果然很好，竟将她一个将死的人，生生从阎罗殿拉了回来。可当玉凝意识到自己接下来的想法的时候，她甚至觉得，她真该死掉算了，而非活下来。

她，要给凌烨宸沏茶！给那往她胸口刺了一剑的男人沏茶，给那为了给另一个女人示爱而杀她的男人沏茶。

昨夜，他既没有答应要宠幸怜之，那么这一杯该是最后一杯了。

把夜翎的衣服整齐叠好，放在床侧，之后玉凝便拿了那收集露水的白玉瓶子，毅然出了屋子，去了荷塘。

早朝后，养心殿书房内。

凌烨宸于窗边负手而立。他眼前浮现的皆是昨夜扑到剑上那女人的容貌，她嘴角最后那抹凄楚的笑，让他的眉心拢在了一起。

心绪甚是不宁。

这时，月下道：“皇上，永祥宫尤妃娘娘送茶来了。”

凌烨宸倏然转身，尤怜之美艳的面容已近在身侧。

“臣妾给皇上请安。”尤怜之俯身行礼，声音细柔。

“爱妃免礼。”凌烨宸接过茶，放于桌上，将尤怜之拦腰抱起，坐于椅上。

“爱妃，今天可是又起早到荷塘去集露水？”

尤怜之勾住凌烨宸的颈项，娇声道：“是啊，臣妾天不亮就起来了，淌水去收集露水，为的就是能够让皇上在早朝后喝到热茶！”

凌烨宸眉梢微弯，在她唇上偷香一记，“爱妃这份心着实让朕感动，一天喝不到这茶，朕就坐立不安，真真是中了爱妃的毒了。”

尤怜之羞涩地暗示道："那皇上何不去我寝殿，怜之天天沏茶给皇上喝？"

良久都没有得到凌烨宸的回答，尤怜之心下大惊，莫不是自己说得太直白露骨，惹怒了皇上？

凌烨宸嘴角挂着笑意，这笑有种模棱两可的意味，让人猜不透它的含义。

尤怜之出了一身冷汗。

凌烨宸的声音却幽幽传来，"爱妃所言极是。今夜，朕就摆架永祥宫，除了饮茶之外……"他将尤怜之衣襟解开，褪于肩下，在她颈项间戏玩地吻着，"朕还要将爱妃也细细品尝一番。"

尤怜之抬起粉拳在他胸前捶了一记，娇嗔道："讨厌，皇上好坏。"

月下对于这般活色生香的画面早已习以为常，这种调情的话，也早已听得耳朵都长了老茧了。

只要皇上乐意，这皇宫大院便处处都是床铺，在哪里宠幸妃子，还不是全凭皇上的喜好。

这时，突然一道黑影闪进了房内。

月下侧眼打量着帷幔后的身影，敛了神色，来到凌烨宸身侧，"皇上……"

凌烨宸的脸容平添了几分锐色，"爱妃且先回去，备了茶，等着朕。"

尤怜之心里大羞，皇上这句回去等着他，是何意思，她怎会不懂？那两夜的缠绵似就在昨夜，她初尝销魂蚀骨的滋味后，是日日对皇上念之深，思之切啊。

不过，女子的德行她亦是知道的，怎可将这等肉欲之情表露，于是赶忙从凌烨宸身上下来，羞涩行礼告退。

凌烨宸朝龙帷之后的黑影道："无踪，储秀宫那女人怎么样？"

那抹儿黑影一闪而出，是名男子，他一袭紫衫，脸若刀削，剑眉入鬓，不苟言笑。

"皇上昨晚那一剑险些要了她的命，今早上她又下水去集露水，将茶给尤妃之后，昏死在院子里。"

凌烨宸的双拳又紧了紧，"昨夜，可有可疑的人接近储秀宫？"

无踪抬眼快速睇向凌烨宸，发现他正背对着自己，方冷声道："并未发现可疑之人，太后那边虽欲杀她，却因皇上下令不准任何人进入，而夜半时分又有我守在储秀宫顶，因此，太后那边并没有机会妄动。"

"朕知道了，你先下去吧。"

无踪退下。

月下端起桌上清香袭人的茶，呈上，"皇上，喝茶吧，凉了就不好喝了，别枉费了沏茶人的一片心意。"

凌烨宸凝着眼前银澄碧绿的茶水，心里不禁揪起。尤怜之第一日过来送茶，他便已知晓那泡茶之人是谁。

只是昨夜他那般对待她，本就没打算今日会喝到这茶，下朝之后，亦是烦乱异常。却不曾想，尤怜之竟又来献茶。

昨夜的伤，是否好了？想到此，他不禁摇头笑了，不死已是万幸，又何来好？

轻呷了一口茶水，凌烨宸便将茶碗放在桌上。

从衣襟里拿出一枚珠钗。不禁想起，昨夜那女人抬着小脸，双手捧着珠钗，认真地说着这是她最贵重的东西时的模样，那憨态使他嘴角不觉间弯起。

“月下，去取护命马褂，随朕走一趟储秀宫。”

月下大惊，“皇上，难道你要将免死令牌赐给薛妃娘娘？这免死令历来都是给功臣名将的最高奖励，给一个后宫嫔妃，怕是难以服众！”

月下滔滔不绝间，凌烨宸早已踱出书房门。

凌烨宸来到储秀宫，径直走进玉凝的卧房。

房内，冬儿、萍儿正候在床侧，玉凝则沉沉地睡着。

冬儿、萍儿见来人是皇上，慌忙跪下，还未来得及问安，凌烨宸就手一抬阻止这两个丫头开口。

冬儿、萍儿，俯着身，慢慢退去一边。

凌烨宸来至床边，打量着床上的人儿。

她的脸色苍白，额头渗着丝丝薄汗。凌烨宸伸手摸去，发现她的额头竟然滚烫！

凌烨宸恐惊到玉凝，便压低嗓音问冬儿，“宣御医看过了吗？”

冬儿扑通跪在地上，“是，宣了御医。主子已吃了药，才刚刚睡下。”冬儿欲言又止。

凌烨宸挑眉，“你有何话要说？”

冬儿豁出去了，“皇上，我替我家主子委屈。皇上天天饮的茶……”

“朕天天饮的茶，是尤爱妃起早冒着生命危险给朕集露水沏成的，哪里不妥吗？你主子哪里委屈？”

冬儿的话被凌烨宸打断，可主子受的委屈，她怎能不说！刚想说话，却被萍儿按了肩膀。冬儿这才恍然大悟，眼前的男人可不是一般之人，是九五之尊的皇上，岂容她造次！于是满腹的委屈，就只好哽在喉咙。

“是，奴婢该死。”

这时候月下走了进来，手上拿着一个其貌不扬的铁令。

凌烨宸伸手将那令牌接过，放在床里侧的枕头之下。薛玉凝，若你能好好利用这免死令，那么你薛家灭门之时，兴许你能保住一命。

玉凝睡得极不安稳，长睫如同两排小扇子，不安地舞着。

凌烨宸将手再次放在她额头，依旧滚烫。想来她每日浸泡在寒彻骨的冷水里，怎么可能不着凉！再加上她终日身上伤未曾断过，新伤旧伤一大堆，能撑到现在已属奇迹。

玉凝睡梦中，额头上这一抹儿凉让她舒坦几分，本是烧得浑浑噩噩，这下不禁舒服地嘤咛出声。

她抓过凌烨宸的手掌压在小脸下面，来回磨蹭两下。偶尔换个边，把另一边的脸也来他微凉的手上蹭上一蹭。

凌烨宸禁不住微笑，亦未将手从她头下捞出，就这样任她枕着。

月下在一旁有些不知所措。皇上一向勤于政务，以往此时必在书房批阅奏折，今日却久久驻足在储秀宫娘娘病榻之前。这样怕是不妥啊！

“皇上，是否摆驾御书房？”

凌烨宸不觉间已在此坐了近一个时辰。于是起身，欲离去。谁知，身子才刚刚抬起手上便一紧，刚刚被玉凝紧紧贴在脸庞的手臂，此刻，竟被她搂在了怀里，她嘴里还不满地呢喃着什么。

凌烨宸久久打量着玉凝，终是再次坐下，对月下令道：“去取奏折，朕今日在储秀宫批阅。”

闻言，月下心里早已是惊得七荤八素了。头一遭！皇上在妃子寝殿床边批阅奏折，还真是确确实实头一遭啊。原因仅是不忍把手从娘娘怀里抽出，扰了她的好梦。

月下跑去御书房取了一摞奏折，又奔回储秀宫。几个太监搬了矮桌，摆在床边凌烨宸的身前，月下将那些奏折尽数整齐地摆在桌上。

凌烨宸仅用空着的那一手，打开奏折凝神看起来。

时而，拥着他胳膊的那伤患会翻个身，不过，却还是紧紧搂着他的手臂。

他吃惊地发现，他竟有几分怕，怕她忽然松开他的手臂，这种被她紧紧搂着的感觉，这种被需要的感觉，他……喜欢。

从晌午到傍晚，凌烨宸寸步没有离开床榻边，就连午膳也仅用一句“朕不饿”打发掉了。

月下候在一侧，站了许久，脚底都发麻了。双腿站累了，单腿站，单腿站累了，换另只脚接着单腿站。

也不知皇上保持同一个姿势大半日，龙屁股疼不疼？龙胳膊酸不酸？几十册奏折已被皇上翻看了不下四五遍，却只见他依旧没有要走之意。

邢掣悄悄道：“小月下，皇上在里面一坐就是四五个时辰，饭也不吃，茅厕也不上，什么情况？”

“你废话，不吃饭，哪来的东西上茅厕！估计皇上就是怕上茅厕，才连个茶也不喝。我哪里知道是什么情况。但直接原因就是，皇上胳膊被娘娘攥着，脱不开身。”

邢掣一副“你开什么玩笑”的表情盯着月下。

“不管你信不信，反正我是信了！”月下斜斜地用眼角睨着邢掣，“你不去替冬儿提水，出来找我做什么？你什么时候开始也爱打听这些皇上娘娘卧房里的事了？”

邢掣一听到冬儿二字，脸竟红了几分。他守护储秀宫这些时日，确是帮冬儿提过几桶水。

“你少废话，只是，永祥宫尤妃娘娘已备好了茶点，派丫鬟过来询问皇上何时过去。”

“你等下，我去回了皇上。”月下进了房内，轻手轻脚来到凌烨宸身侧，“皇上……”

凌烨宸本正出神地拨弄着玉凝的发丝，忽觉耳边一阵热气，又听到了那几不可闻的“皇上”二字，扭脸看见了月下那张“我是怕吵到娘娘，不是要故意吓皇上”的脸时，心里陡然升起几分无奈。

“何事？”

月下恍然大悟，原来不是不能出声啊，用皇上这种轻轻的、小小的、柔柔的声音就可以了。

“尤妃娘娘派人来询问，皇上何时摆驾永祥宫，她已备好了茶点，等着皇上了。”

凌烨宸望了一眼睡得依旧酣甜的玉凝，“朕今晚就在储秀宫歇了，让尤妃不用等朕。”

永祥宫

啪的一声，尤怜之怒然拍桌，“你说什么？竟有这种事！”

丫鬟兰儿吓得浑身剧烈地抖着，“是，皇上今夜在储秀宫歇了，让娘娘不必等候。”

尤怜之拿起桌上的茶点，连着盘子一起摔倒在了兰儿脸上，“没用的蠢货，连点小事都办不好。一定是皇上看了你这张苦瓜脸，才扫了兴，不来了。”

“奴婢没用，请娘娘饶命，娘娘饶命。”

“哭哭哭，你哭爹还是哭娘啊，都是你哭得我天天霉运！”尤怜之拎起滚烫的茶水，猛地浇在了兰儿的头上。

兰儿捂着头脸痛苦地翻滚在地。

“给我滚！要哭出去哭，再在我面前哭，腿给你打断。”

尤怜之气急败坏地一只手用力拍在桌子上，长指甲扣在桌面上，发出了刺耳的响声。

入宫那日，她发现苏嬷嬷那婆子帮着玉凝，想着玉凝定有不同之处，于是就故意接近她。没想到玉凝那蠢人竟把她当亲生妹妹一样看待。

觐见皇上那日，偶然间听到了苏嬷嬷对玉凝说不能看皇上的眼睛，于是她故意冒死看皇上的眼睛，本想借此显示自己的与众不同，虏获君心。却不想弄巧成拙，还好玉凝那贱人相帮。不过，从那里也知道了皇上对玉凝有几分不同。

所以，玉凝得死，不然就会和她争皇宠。

后来，她借口说讨厌皇上，想逃出宫，让玉凝帮着她去侍寝，不过是想把玉凝推向悬崖。欺君之罪当斩，却没有想到玉凝竟还是没有死！

玉凝受伤那几日，她日夜守在床边，只因为皇上也会时不时过去看望那贱人。她连跪一个时辰求皇上帮她医腿。皇上提出他那夜缺一个女人的时候，她别提多开心，终于如愿以偿地侍了寝。

却没想到皇上为了喂那贱人吃饭，竟然毁了她的容！这份恨，她一辈子都不会忘记！

今天，皇上明明答应要来她永祥宫过夜，不料，竟然又被玉凝那贱人绊住了手脚！

玉凝，走着瞧！你不会有好下场，我会让你死得很惨。

储秀宫

夜已深，凉如水。

乌云遮了漫天繁星，沉闷压抑。

忽然，一道闪电划过夜空，春雷乍起，震耳欲聋，吓得本来在廊子里打盹的冬儿、萍儿一个激灵醒了过来。

冬儿来回焦急地踱着步子，“完了完了，主子最怕打雷，一打雷就吓得直哭，怎么都哄不好。怎么办？不行，我得进去陪她。”

冬儿说罢就朝卧房里跑。萍儿眼疾手快，一把拽住了她的手臂。

“冬儿，你睡糊涂了不成？你忘了皇上在房内呢？现在闯进去，惊扰了皇上，你是想被砍头，还是五马分尸啊？”

冬儿哭丧着脸，“这两个死法，还是砍头好一点。哎呀，我当然哪个都不想。可是，我担心主子。只要是打雷，主子一定怕得连亲娘都不认识了。老天也真是，雷公是不是就在咱们屋顶呢？雷打起来没完没了了。”

说着，又一声响雷响彻天际。

从卧房里传出阵阵低泣声，以及像是椅子被撞翻的声音，接着从窗户映出了昏黄的灯光。

萍儿言简意赅地总结道：“主子哭了，皇上醒了……”

冬儿拉着萍儿蹑手蹑脚来到窗边，“我看看里面什么情况，你帮我把风。”

“嗯。”萍儿应道。若是娘娘吓得连亲娘都不认得，那皇上会不会被惹怒，一气之下砍了储秀宫一干人等的脑袋？

冬儿从窗口细缝看去。

室内的景象跃然眼前。

凌烨宸睡眼惺忪，身上仅着白色的里衣，正在揉着犯痛的膝盖。地上有一张椅子倒了地，是刚才下床点灯的时候，撞翻的。

原是拥着玉凝睡得好好的，谁知一声响雷过后，那丫头“妈呀”一声便弹了起来，从被窝里钻出，爬到床角缩成一团，不问理由地就哭开来。

搂着她睡得香且沉，雷声没把他惊醒，倒是她那声尖叫把他惊得心惊肉跳。也噌的一声弹起来，摸着黑去点灯，哐当一声，撞翻了椅子，膝盖被撞得生疼。

他大步走回床榻边，伸手想把蜷缩在墙角低声啜泣的玉凝搂进怀里，“怎么睡得好好的，就哭了起来了呢？伤口疼了，还是饿了？”

谁料，他才刚伸出手，她就胆怯地向后欠了欠身子。

“打雷了，好可怕，你是谁？不要碰我，冬儿呢？”玉凝语无伦次地说着，又往旁边移了移。

凌烨宸一怔，她竟怕雷声？

“朕是……”他想了许久，似乎都找不到一个合适的词来介绍自己，凌烨宸？烨宸？宸？还是皇上？

凌烨宸忽然想起十年前，她一声声甜甜地喊着他烨宸哥哥，嘴角染上了几分笑意。

“我是烨宸哥哥，过来我怀里，我搂着你就不怕了，乖。”

他一点点往她身侧挪去，她便一分分向后退，直到他把她逼进床角，紧贴着墙壁，她无处闪躲。

他手一伸，把她拎起放在了腿上。

窗外。

萍儿替冬儿把风，实在好奇，“冬儿，看到了什么？好看不？皇上他们有没有怎么样？”

“凝儿莫怕，有我在，我是烨宸哥哥。打雷而已，莫怕……”他抬手拭去她眼角的泪水，一下一下地轻啄着她的小嘴。

窗外，萍儿红了一张脸，难掩兴奋，“哇，亲了亲了……”

冬儿斥道：“闭嘴，专心看。”

而屋内的玉凝却丝毫不给面子，凌烨宸的哄慰完全不起作用，她反而愈发哭得委屈了。她闭着眼睛，亦不管不顾眼前的人是谁，便朝他脸上用力地拍打着。

“不要你打雷，快让雷声停下来，你坏蛋，坏蛋。”

“好好好，我坏蛋，不打雷了。来人啊，把雷公拖出去砍了，吓坏了我的凝儿，朕要你们的命……”

凌烨宸煞有其事地对着空气下皇命，他不禁自嘲地摇头，自己何时做过这等蠢事？

随即，对眼前这个依然没有意识、哭得惊天动地、无比凄惨的小丫头轻哄道：“凝儿乖，雷公被朕赶跑了。不哭了，让烨宸哥哥抱着睡觉，好不好？”

窗外。

天本就极冷，又听了凌烨宸的话，冬儿、萍儿禁不住抖了几抖。里面这位肉麻兮兮的男人，还是那个杀人如麻、冷得可以冰冻几百尺的吾皇万岁吗？

却在这时，又一阵巨雷撕天裂地地响彻开来。

只听见屋内被吓掉三魂七魄的人不满地哭诉，“你骗人，雷公还在。骗子骗子，我讨厌你……”

凌烨宸终于失去了耐心，他抓起玉凝的双肩，“薛玉凝，给朕醒来！你哭得朕头疼了。”

然而，回馈给凌烨宸的，是无尽的哭声，更声势浩大的哭声，更委屈不满的哭声。

良久。

“凝儿乖，烨宸哥哥去把雷公赶走，你不哭了，好不好？”凌烨宸揉着犯疼的额头，语气里带着几分祈求的意味。

“真的吗？这次不骗我？”玉凝睁开泪眼，轻声哽咽。

“朕骗谁都不会骗凝儿的。”凌烨宸眼中突然闪过浓重的恨意。他绝不骗她，不过，在处斩她父亲的时候，例外。

玉凝本来是紧紧地搂着他的腰身的，见他良久都没有动静，她弱弱道：“那你为什么还不去？”

凌烨宸疑惑，跟不上她的思路，俊秀的眉毛蹙起，“去哪？”

“去赶雷公走啊，你又骗我！”玉凝说着便扁了小嘴。

“不哭不哭不哭，朕这就去……”凌烨宸下床，任衣衫滑于肩下，更多了几分魅惑邪肆，他三步并作两步来到门边，对着门板说了句让自己都恶心三天的话，“雷公，你走吧。”

凌烨宸一脸铁青地走到床榻边，拥过玉凝，帮她擦了把鼻涕眼泪，“这次你雷公爷爷真被朕赶跑了。可以不哭了吗？朕的爱妃。”

玉凝闻言止住哭泣，凝神看着凌烨宸。

凌烨宸耳边终于清净。

玉凝认真地一字一顿道：“你都没有开门，怎么知道雷爷爷走了？你明明是敷衍……”

凌烨宸张张嘴，却发现无言以对。他拎起玉凝塞进被子里，几步走到门边，倏地打开门，对着寂静的院子，“老雷，给朕滚！再打雷，朕阉了你。”

原本在门边偷看的冬儿、萍儿，在门打开的那一瞬，猫腰踮脚地迅速跑开，紧贴在墙角，冷汗狂流。皇上已快被主子折磨得崩溃了，若是再让皇上知道他的糗态被她们两个看了个彻底，那后果……

两人不约而同地摸了摸细细脖颈上的小脑袋。

凌烨宸冷着一张俊颜走回床前，踢掉鞋，上了床，钻进了被子，突然翻身把玉凝压在了身下。

“今晚，朕真是被你折腾得够呛。若知道你这般闹人，今晚便不该过来，去哪个院子都能睡个安稳觉。”

他别无选择，手快速扬起，朝她昏睡穴点下。

却也在此刻才意识到，原来他竟刻意地没有点她的穴。哄她睡觉，似乎是件不错的差事。

或许，可以换一种方法去雪恨，毕竟这一切都只是薛晟的错，玉凝是无辜的。

他心里一阵烦躁，手一挥，桌上油灯火苗闪了闪，便灭了去。

窗外，又返回窗户边的冬儿、萍儿有些意犹未尽、扼腕叹息之意。刚想转身，头顶就传来一人不满的声音。

“正看得尽兴，皇上怎么把灯灭了……”

冬儿、萍儿倏地转身，身前站着的这位极好看的白脸小生，不是别人，原来是不知从哪冒出来的月公公。

翌日晨

“皇上，该早朝了。”月下在屏风后轻唤。

凌烨宸张开眼，玉凝的脸颊近在眼前。想起昨夜她闹人的本领，他嘴角情不自禁地弯起一抹迷人的弧度。

昨夜，整夜地拥着她睡，他竟一夜无梦，睡得酣甜。

昨夜，她也整夜都紧紧地搂着他，他感觉分外满足。

直到月下唤他，他才醒来。以往，他一向睡觉轻浅，没想到拥着她睡得倒沉了。

他抬手欲掀开罗帐准备起身，却袖间一紧，低头查看，这才发现，原来衣袖被她枕在身下，连着衣摆也一并压在身下了。

若是把衣服从她身下扯出，会不会把她惊醒？

于是，凌烨宸只好把身上的袍子脱下，轻手轻脚地赤着上身下了床。

月下小公公是眼尖啊，罗帐没放下前，看到帐内的景致：只见皇上的衣衫被薛妃娘娘枕在头下。

慈宁宫

映雪一早便已来到太后卧房外跪着，一跪便是两个时辰。

陈凤仪被丫鬟搀着坐在雕花木椅上，慵懒地开口道："雪儿，什么事情这么急呀？天不亮就跪在哀家殿里。来，坐在哀家身边说话。"

素儿忙把映雪搀起来，来到陈凤仪身侧坐定。映雪身娇体弱，跪了两个时辰，自是吃不消的，"母后，后宫出了个魅惑君主的妖精，您管是不管？"

陈凤仪低笑着啖了口茶，微笑着问："恨生那丫头又惹你了？哀家也看不惯那丫头的心狠手辣。前几日，她还将哀家远房家的侄女一剑刺死了，哀家去赐了她毒酒，结果皇上在我门外跪了一夜替那丫头求情。你说哀家就这么一个儿子，他喜欢的人，哀家还真能杀了？怎么忍心驳了他的意思呢？"

"臣妾说的不是恨生，臣妾说的是薛玉凝。"

陈凤仪不动声色道："丞相家的女儿？那丫头论长相不及你，论身段不及恨生，就是那尤怜之也胜她不少，她怎么就成了魅惑君王的主了呢？"

"不然臣妾怎会说她是妖精呢！母后可知免死令牌？"

陈凤仪敛容道："雪儿，皇上可把免死令赐给了薛玉凝？"

"是啊，母后。这免死令，历朝历代就只赐给功勋卓著的良臣名将。可今日，皇上竟将它赐给了一个后宫妃子。您说那薛玉凝不是妖媚惑主，又是什么？她拿了那免死令，就如同长了两个脑袋。母后，臣妾说个大不敬的话，她就是杀了母后您，也不用陪葬呢。"

陈凤仪玉手怒拍桌面，"雪儿，你糊涂。哀家给你说说免死令该怎么用。"

"母后……且说说看。"

陈凤仪也不卖关子，直言道："在死前一刻，拿出免死令方能保住一命，若是临死之前拿不出这免死令呢？"稍作停顿，"还有，历朝历代，谁拿了这免死令，都没落得好下场，不是满门抄斩，就是身败名裂。这免死令，用好了保命，用不好可就是一道催命符。"言语间足见陈凤仪的凶残狠辣。

"还是母后渊博。"映雪这才放心，"母后，打扰了你这许久，臣妾就先告退了，甄儿醒了不见我，又该哭闹了。”

“去吧，照顾好我那心肝皇孙，有什么闪失，哀家不饶你。”陈凤仪难掩对凌甄的疼爱之情。

映雪退去后。

苏嬷嬷道：“娘娘，听说这几日朝堂之上，屡屡有人进谏，均是有关薛相密谋造反一事，看来薛府灭门近在眼前。皇上定是对玉凝心生不忍，才赐了她免死令。”

陈凤仪冷哼道：“薛府灭门越快越好！姓薛的一家多活一天，哀家的地位受到的威胁也就多一天。皇上不忍又怎样，不用哀家出手，自然就会有人让玉凝死无葬身之地。哀家担心的倒是，怕皇上知道了自己的身世，借此来逼哀家交出手里的大权。”

储秀宫

玉凝昨夜一夜好眠，可以算是进宫数日睡得最安稳的一觉。

身下压着一件男子的白色里衣，是谁的？她对昨夜雷公电母之事没有一丝半毫的印象。

没多想，便把那衣衫扔于床下。伸个懒腰，往里一转身，手一伸抱了里面的枕头。手背一凉碰到了一个硬物，想单手拿起来，但是太重了，于是坐起身子，用两只手抬起。

一块破铁？仔细辨认上面的字体：犯死罪者，凭此牌死罪可赦。

这块破铁不一般！藏起来！她把那免死令往床下用力一抛，甩进了床的最里侧。

“主子，你醒了……”两个丫头一想起昨夜偷窥到的景致，不禁要逗逗玉凝，“主子，昨夜可‘吃’饱了？”

嗯？玉凝不解地歪着脑袋，不知道这两个丫头在偷笑什么。忽然想到尤怜之，急忙问道：“怜之今早上可有来拿茶？她怎么样了？”

冬儿边给玉凝穿衣边说：“主子你就别瞎操心了，皇上今日下了早朝，就召尤妃娘娘去了御书房，我听嘴碎的人说，皇上在御书房失控宠幸了尤妃娘娘。也不知尤妃娘娘使了什么好招，能让皇上失控。”

萍儿酸酸道：“尤妃娘娘现下可了不得了，是继恨生和映雪二妃之后得宠的第三人。倒是娘娘你啊！昨夜那么好的机会都没抓住。”

玉凝不知萍儿嘴里说的机会是什么，只觉得心里难过，却也舒了口气，凌烨宸终是宠幸了怜之，怜之也总算是得偿所愿了。那么胸口那一剑，就算是没有白受。

凌烨宸……答应了她那夜在映雪房里的请求。只是，以后这茶，怜之也不需要送了。

她也不用再给他沏茶了，和他仅有的这份牵扯，也就这样断了。

早膳罢，玉凝来到院子里小坐。荷花香阵阵迎面扑来，骄阳煦暖，身上也不禁暖融融起来。

胸口的剑伤不多疼了，夜翎的药果然是奇药。忽而望向储秀宫房顶，夜翎说，若是想见他，便可到那屋顶候着。他没说何时候着，她浅浅地笑了，莫不是，只要上去候着，他就定会出现？随传随到？怎么可能！

只是，她不会去等他，因为他是凌烨宸的敌人。她爱凌烨宸，那样夜翎亦是她的敌人。

不过，为何这两日午夜梦回时分，他那句“若你想见我，便来此等候”总是萦绕耳边？这句话像是咒语一般声声蛊惑着她的心。

她越发地想知道那狰狞的鬼面下，他的庐山真面目。

这时，院门口传来一阵吵闹声，一个玫红衣裙的小宫女被侍卫拦下来，“皇上有令，任何人没有许可不得入内。”

女子无奈，便向院内四下张望，在看到玉凝的身影后，愉悦地轻喊，“薛妃娘娘，是我啊，你还记得我吗？”

玉凝看向那女子，这女子她见过，是初进宫那日，苏嬷嬷身后的两个宫女中的一个。于是起身走到门边。

“是吉祥姑姑，不知来此何事？”

“娘娘，太后娘娘今日摆了家宴，邀您和众娘娘一起小聚。”

玉凝心里对这太后娘娘是有几分感激的，苏嬷嬷对她有活命之恩，必是太后的命令。

于是，没有多想其他，便微笑着爽快应允了，“姑姑且先回去，我换了衣装就过去。”

第七章　静思园劫

御书房外，月下老远见邢掣急忙赶了来，便问道：“老邢，你这么心急火燎地来做什么？”

邢掣无暇理他，径直推推书房的门。

月下赶紧把邢掣拽出老远，“皇上和那尤妃娘娘在里面正活色生香呢。你进去，是想找死？”

“阉人，快去禀报，储秀宫娘娘被太后找去用午膳了，此去非死即伤。”

月下敛起戏谑。薛妃去赴宴？不就等于羊入虎口！

皇上自是不能让薛妃死在太后手里。

薛玉凝乃是皇上握在手里的一颗棋。这颗棋，若走对了，太后娘娘手中攥着的军政大权自是会交到皇上手里。

月下轻敲房门，声音认真，“皇上，奴才有事禀报。”

“进来说话。”凌烨宸声音慵懒。

月下轻手轻脚走进，只见地上散乱着女子的罗裳衣裙，却不见那尤妃娘娘和皇上身影。

少顷，龙帷摇曳，凌烨宸缓步而出，金龙大袍闲散地披在身上，胸口还渗着一层薄汗。对月下哑声道：“何事？”

月下忙上前，在他耳边低声说了句什么。

凌烨宸的双眸瞬间变得锐利非常，“朕知道了。”

凌烨宸走到龙帷后，将矮榻上凝脂玉肌的尤怜之抱起，替她穿着衣衫，柔声问道：“母后在慈宁宫设了午膳，请各位爱妃小聚，你可想去？”

尤怜之满眼迷醉，慵懒地倚在凌烨宸的胸膛，娇媚地说道：“臣妾只想陪在皇上身边。”

“朕又何尝不想和爱妃厮守。不过，你新进宫，不去赴宴的话，怕是会给人落下话柄，让人诟病你不敬太后。”

“臣妾不怕，皇上会保护臣妾的。”

“拿你没办法，既想和你这小妖精在一起，又不想让你被别人落下话茬……”凌烨宸宠溺地捏了下她的鼻尖，“这样好了，朕随你一起去赴宴。”

尤怜之真是受宠若惊！试问，哪个妃子能得皇上这样的垂青！皇上竟然因为不忍和她分开，亲自陪她去太后那里用膳！

这要是有皇上陪着一道出现在众妃面前，岂不是威风八面？羡煞了众人？

就是那恨生、映雪也无需放在眼里，玉凝又算哪根葱！

“是，谢皇上恩典。怜之这就梳妆整理和皇上一起去赴宴。”尤怜之心里那样得意地想着，嘴上也就痛快地答应了。

慈宁宫

暖阳斜洒入院，假山流水，绿树红花。一片祥和。

院中宴席内，丫鬟几人来往院子与厨房间，往桌上布着膳食。

太后陈凤仪与众妃列座在席间。

几人谈笑间，忽闻院门口奴才问安道：“奴才参见皇上，吾皇万岁。参见尤妃娘娘。”

恨生、映雪同时看向门口。

只见，凌烨宸一袭紫衫，龙纹浮于衣摆袖间，一贯的霸气雍容。

而他身侧，多了个碍眼的女人——尤怜之。皇上竟还拉着她的手！这尤怜之不仅仅是西岩第一美人，第一贱人也当之无愧！皇宠，她也想分一杯羹？

月下和邢掣互相交换了个眼神，几位娘娘之间的战火已暗暗烧着了。也只有皇上能将这些娘娘之间的关系拿捏得当，要是换个人，家里养了这些女人，而且，个个都是难缠的主，还不早就鸡飞狗跳了，打架斗殴亦不是没有可能的。

来到席间，凌烨宸环视一周，却不见玉凝身影。

她还没到？

“母后，听说你设了家宴和几位爱妃小聚，朕不请自来，不知欢迎不欢迎？”

映雪向旁边移个位置，空出陈凤仪身边的位置，凌烨宸坐下，在桌下握了映雪的葱葱玉手。

“皇上真是稀客，要不是陪着大美人前来，怕是怎么也想不起来，过来探望我这母后吧。”

“母后说笑了，儿子可天天都惦念着母后呢。”凌烨宸拉起尤怜之的小手，将她拉至身侧，开口道：“怜之，快见过母后，还有你映雪、恨生两位姐姐。”

尤怜之眉眼之间掩不住的傲慢之气，“怜之参见母后，见过两位姐姐。”

陈凤仪慈爱道：“怜之免礼。”

映雪含笑微微颔首，“妹妹不必多礼。”

恨生端着酒杯独酌，根本没把尤怜之放在眼中，只时不时地睨一眼凌烨宸。却见凌烨宸目光只锁着尤怜之，当即生气地把酒杯使劲放在桌子上。

陈凤仪见状，自然会意，本就不满恨生，于是故意将尤怜之扶起，嘴上还不忘添油加醋道：“果然是个美人胚子！恨生，你看看，倒是比你还好看几分啊。”

恨生气怒，“丑死了！皇上，臣妾不喜欢尤怜之，臣妾要杀了她。”

映雪也朝皇帝看去，皇上会怎样做？

尤怜之大惊！记得那日，她一句不喜欢陈念巧，皇上就下令让杀了陈念巧。于是尤怜之惊慌地紧紧攥着凌烨宸的衣袖，娇弱低语，“皇上，人家好怕！恨生姐姐好可怕。”

凌烨宸环了尤怜之的纤腰，“恨生，勿要胡闹。难得家宴，莫要坏了母后的兴致。”

恨生虽气，却也没再出声。她，谁都不怕，不在乎。除了他，也仅有他。

映雪面容含笑，打着圆场，附和着凌烨宸，“恨生妹妹，怜之妹妹，一人少说一句就没事了。开开心心的，多好。”

只是，她袖间的双手，紧紧地攥着拳头，指甲死死地扣在肉中。心想着这尤怜之太碍眼！

凌烨宸朝映雪投去柔情和激赏的目光。

尤怜之喜上眉梢，皇上为了她，驳了恨生的意思！皇上为了她，没有满足恨生的愿望！皇上爱她，多过恨生。所以，她是最得宠的！她就这样得意得快要忘了形。

“母后，时候也不早了，我们就开宴吧？”凌烨宸淡淡道。

“再等等吧，还有一个丫头没到呢。”

凌烨宸故作不解，“哦？不知是哪位爱妃？能让母后也一并请来用膳。”

陈凤仪正想说话，却见一抹儿白色的身影快步走了来，便道：“那不，说曹操曹操到。”

众人闻言，齐齐朝门口看去。

是玉凝。

她发髻斜插玉簪，身着素色的长裙，裙摆仅绣以朵朵芙蓉，在这莺莺燕燕的艳丽华服宫装中，这衣服是极不起眼的。只是，这普普通通的一件衣衫，穿在她的身上，竟演绎了出尘之姿。

凌烨宸不觉间，喉头竟有几分紧窒，遂拿起茶碗，不是细品，而是一口便匆匆将茶水饮尽。

玉凝心知已来晚了，却不曾想到，这家宴，恨生、映雪都在。

杀千刀的凌烨宸竟也在。

就连……尤怜之……也在。

“臣妾参见皇上，吾皇万岁。玉凝参见母后，母后千岁。见过各位姐姐。”

凌烨宸并未朝她投去视线，仅淡淡道：“爱妃免礼。”

玉凝心里一沉，想来他并不待见她出席，甚至不愿意多看她一眼。

“起来吧，都别拘谨了，不过一场家宴，轻轻松松的就好。”太后道。

玉凝四下打量，却发现没有椅子。

这……她要坐哪里？

恨生讥讽，“薛玉凝，看来你是多余的，根本就没你的位置，我看你只能站着吃了。或者干脆别吃了，回去吧，免得留在这里扫了大家的兴。”

玉凝心中直泛酸，碍于太后皇上都在，又不得多说什么。

太后调侃，“多余的哪里是玉凝？倒是那不请自来的主，本就没他的座位，结果他来了，倒将玉凝的座位占了去。”

玉凝正不知陈凤仪口中那个“多余的主”是谁的时候，那人的声音却像一缕暖风一般，不期然地传进了她的耳中。

“母后，朕听出你这话的意思了，朕才是那多余的主儿。”

映雪、恨生、尤怜之都不禁掩面笑了起来。皇上的一言一语都使得人心神荡漾。

玉凝正巧和他琥珀色的眼眸相遇，却听他道：“来人啊，给薛爱妃添张椅子。”

宫婢忙抬上雕花大椅。

“臣妾谢皇上恩典。”玉凝欠身欲落座。

恨生红色纱衣水袖一垂，暗暗运气。在玉凝快挨着椅子的时候，猛然推掌，一股力道直击椅腿。

椅子顷刻间碎裂，玉凝刚坐下，便仰面朝天狼狈地躺在了地上。

恨生乐得娇笑出声，尤怜之竟也有几分想笑，却在看到凌烨宸面色肃然的时候，生生将那笑忍住了。

映雪慌忙把玉凝扶起，帮她挥打着身上的土，亲切道：“妹妹没事吧？怎么好好的这椅子也会碎了？当真不让妹妹留在这里吃饭了不是？”

玉凝窘得满脸通红，对于映雪的热心她无所适从，还正为那日在映雪房里的事而自责呢，这映雪倒是先向她示好了，果真是个大度的女子，于是回以笑容道：“谢谢姐姐，我没事……”

尤怜之见皇上嘴角含笑地看着映雪，这才了然，皇上定是喜欢热心之人。于是她忙站起，也一同帮玉凝打着身上的土。

“玉凝姐姐，你没事吧？”

玉凝眼眶一酸，若非有这么许多人在，她恨不得哭一通。

“没事。映雪姐姐，怜之你们快坐吧，我没事的。”

映雪、尤怜之复坐下。

只闻恨生调笑，“我就说了你是个多余的人，连椅子都不想让你留下，你一坐，它气得自己就断了。脸皮这么厚，硬要赖在这里不走，我看，你也只能站着吃了。”

玉凝拳头紧攥，傲骨虽几近消磨殆尽，但还嘴的力气还是有的。

“恨生，你别欺人太甚，我站着又……”

“站着不如坐着，爱妃既来了，又哪有站着的理。”

玉凝的话硬是被后面这句话给生生打断了。只觉腰身一紧，被人从身后拎起，被那人拥

着一并坐下。然后，又听见他的声音从她头顶幽幽传出，

“坐坏椅子事小，伤了旁边的怜之、恨生两位爱妃，朕可就要心疼了，为防薛爱妃力大过人，再坐坏椅子，就坐在朕的腿上用膳吧。”

玉凝被身后这男人紧紧搂着，脸上一下子就羞出了薄汗，他说话时在她额际吞吐，不觉间，已这般亲密。

大庭广众之下，她，坐在他的腿上？

恨生咬牙，真是得不偿失，倒教那丫头占尽风头。皇上竟然让玉凝坐在腿上？这在以往是从未有过的。莫非，皇上对薛玉凝……

玉凝见恨生美眸喷火，不觉想更加气她一气，想惹恨生生气，十分简单易行。恨生最恨和凌烨宸走得近的女人。

想到这里，玉凝手臂像小蛇一样环了凌烨宸的腰身，小脑袋肆意地躺在了凌烨宸的臂弯。

“皇上，凝儿好冷，搂紧凝儿，好不好？”

玉凝眼角斜斜地看向恨生，不忘挑衅地扬扬眉毛，等着恨生发火。

可是，她觉得凌烨宸身体猛然一抖，似乎没有料想到她会突然搂着他。玉凝低着小脸，没有勇气抬头看他。

谁知，他略带关切的声音急急地传来，“冷为什么不多加一件衣服？”

手上一暖，原来是凌烨宸把她的手裹在手掌中轻轻搓揉摩挲起来。

这份亲昵，让她惊愕地抬头，只见他亦深深地低头凝着她。

似乎玩大了，他真的以为她冷了，真的攥着她的手暖了起来。

他，对她似乎不一样了，多了份关心。

恨生怒道：“薛玉凝，你要不要脸？当这里是你家卧房？”

玉凝忽然想到映雪那日躲在凌烨宸怀里说害怕的情景，不禁拿来借用一下。

“皇上，凝儿好怕，恨生姐姐好凶好凶……”

玉凝与恨生用眼神拼得你死我活，完全没有注意到凌烨宸因为她那句娇嗔，不适地牛饮了几杯酒水。压惊？抑或是……冷静下来？

“好了，恨生，哀家让你们姐妹几个过来，是让你们好好聚聚，吵吵闹闹何时是个完啊。”

映雪亦附和，“是啊，妹妹们都别吵了，大家都是姐妹，该好好相处才是啊。”

玉凝意识到，若是再惹恨生，她掀桌子砸椅子这种事情，不是办不出来的。

对于自己的结论，玉凝颇感满意，还领会一般地点点小脑袋，她拿起眼前的一杯茶，轻轻咂了一口。

“薛妃娘娘，你喝的是皇上的茶！”

猝不及防地月下的声音倏地窜进了她的耳朵，刚咽到喉咙的茶水，噗的一声，尽数喷了出来，猛咳了一阵。

抬起手里的茶杯，里面还剩下半杯茶，送至凌烨宸眼前。

“还给你，对不起，不知道是你的茶。”

“薛妃娘娘，你用过的茶杯，怎么能再拿给皇上用！”冷不丁地，月公公的声音再次狂跳入她耳中。

玉凝心里直冒汗，这位月公公，可不可以不要这样一惊一乍的。

只是，这茶，她喝过了，自是不该再递给他，实属不敬。

于是，慌乱地要收回手，却不想手腕一紧，茶碗被凌烨宸端去。

“月下，你越发地没规矩了，朕说了你多少次，不要这样大呼小叫。惊着了母后，你可担待得起？”

凌烨宸端着茶碗，将剩下的半盏茶一饮而尽，动作自然得没有一丝忸怩。

周遭安静得诡异！安静得心惊肉跳！就像是暴风雨前的宁静一般。

尤怜之愣愣地盯着皇上带笑的眼眸，皇上分明喜欢喝那被玉凝染指过的茶，他竟和她共用一个茶碗？

映雪眼中终于失了冷静，就是在双雪殿，皇上也不曾与她同饮一杯茶。但表面上仍强装镇定。

恨生不屑地瞟了一下映雪，暗想，映雪，看你这幅冷静的外表还能装到何时。随即指着桌上的菜食，讥讽道：“薛妹妹真会祸害人，被你这么一阵猛咳，这桌子菜，还能吃吗？你真是不知道讲究卫生！”

玉凝尴尬地脸红道：“对不起……”

这句话虽是废话，可除了这句亦不知说什么。

玉凝正不知所措的时候，凌烨宸夹了一块鱼肉到恨生的小碗中，复语：“恨生，你素来爱吃鳕鱼，快尝尝。”

玉凝心里暖意融融，他替她解了围。皇上都不嫌弃膳食，妃子又岂能嫌弃？她忍不住朝他投去了感激的目光。

凌烨宸睨了眼玉凝，又夹了荷花糕到太后盘子中，“母后，你最爱的荷花糕。各位爱妃也都用膳吧，朕也饿了。”

恨生虽气，可因为凌烨宸就只给太后娘娘还有她夹了菜，心里不禁乐了几分，这说明，在皇上心里，她比其她女人重要。这样想着，也就没有再多说什么。

开宴。众人皆动筷。

玉凝虽想吃饭，可眼前就只有一双碗筷，目前这筷子，正握在凌烨宸手中。

莫不是要她用手抓着吃吧？着实不雅。出声要一副筷子？明显失礼。

于是，眼巴巴看着别人吃。

却不曾想身后这人，一手紧紧环着她，另一手把菜夹在小碗里，却只夹不吃，最终把小碗夹满，落成小山。

他旋即夹菜递到她嘴边。

玉凝忙道："我自己吃就好了，这么多人在，母后也在，你喂我，不妥吧？"

谁料，凌烨宸只云淡风轻地丢了句吓死人的话，"这次，你想要朕再毁了谁的容你才要乖乖吃饭？"

玉凝立刻乖乖张嘴，吞了眼前这口菜，即便是毒药，也吞。

这暴君逼她吃饭的手腕，已见识了一次，不需要再见识第二次。

玉凝只见他喂她，却不见他自己吃，想是他嫌筷子被她用过了。他，定是极爱干净的人。

映雪拍了拍凌烨宸的手背，娇声调侃，"皇上这多余的人，既然来了，又怎么能连双筷子都不给你呢？臣妾这就去给皇上拿筷子去。"

陈凤仪道："是了，要是被别人见了，还以为我是个后娘呢！苏嬷嬷，快去给皇上拿筷子去。"

苏嬷嬷应声便去。

"苏嬷嬷，不要去了，别麻烦了，朕用这双就好。"凌烨宸用手中的筷子夹了口菜，放在嘴中，波澜不惊、自然而然地吃了起来。

众妃的目光再次投在凌烨宸身上，接着含刀带箭的视线又都飘到玉凝身上。

玉凝愣住，任由凌烨宸的众多妃子们对她进行着眼神杀戮。

她心里此刻：惊、喜、错愕，诸多情绪复杂交错。

这诸多情绪，在凌烨宸又用同双筷子，将一口菜喂至她嘴里的时候，只有无尽攀升的趋势。

凌烨宸低笑着把她张开的嘴巴合上，"爱妃连怎么咀嚼都忘了？还是说要朕代劳？"

玉凝闻言才知道她嘴里填了食物，却忘记了咀嚼。代劳？他要怎样代劳？

"不，不，臣妾自己来。"玉凝咕哝不清。三两下便将嘴里的食物咽下。

凌烨宸到底是怎么了？她自己有手有脚，谁要他一口一口喂着吃？

其他几位娘娘的眼光若是毒药，她早已穿肠烂肚；若是刀，她早已人头落地。

凌烨宸是发在内心地关心她，还是要将她变成众矢之的？

映雪在旁边，没有关系吗？

"怎么，太后娘娘还真把自己当皇上的亲娘了？"

就在所有人都把目光聚在凌烨宸和玉凝身上之时，恨生这句半调笑半认真的话却幽幽飘入众人的耳朵。

所有人都呼吸一窒，顿下了手里的动作，直直地看向太后陈凤仪。

陈凤仪的凤眸危险地眯成一线，怒道："你这小蹄子，哀家不是皇上的亲娘，那谁是？上次你杀了哀家远房侄女，哀家已饶你不死，现在，竟然又来挑拨哀家和皇上的关系。我看你是不是活得不耐烦了？"

"杀了你侄女又怎么样？太后娘娘，弄不好啊，有一天，我连你也杀。"

恨生再度语出惊人。

众人都屏住呼吸。恨生定是觉得命长了！如此大逆不道的话竟也敢说。恨生为何恼太后至此？

玉凝看向凌烨宸，只见他仍旧悠然地、自顾自地用着膳。对太后与恨生二人的对话恍若未闻，亦没有出声阻止的打算。

这漂亮的男人还饶有心情地，时不时地往玉凝惊得微张的小嘴里塞着食物。

“若你再盯着朕看，朕就把这理解成你对朕的邀请。朕不介意现在带你离开，回卧房去。”

“我才没有。”玉凝红着脸狡辩，复将视线投到陈凤仪身上。

“恨生，莫要忘了，大权还在哀家的手里。皇上能为你跪一夜，却跪不了两夜三夜。小心哀家把你的皮剥了。”太后血红的唇虽含着笑，却阴鸷骇人，她目光紧锁恨生的面颊，似欣赏一件极美的图，“哀家看你这小脸细皮嫩肉的，把皮剥下来，糊成灯笼，定是好看。”

玉凝吓得浑身直发抖。人皮要是被剥下来，只消想想，已恐怖至极。

凌烨宸感觉到她的颤抖，环在她腰上的手紧了紧，把她搂得更近一些。似要给他一些安慰。

只见凌烨宸静静地饮着酒，他看向太后的眼光中，仿佛隐藏了一缕……恨？

不会吧？为什么恨太后？太后不是他的母后吗？

恨生亦没有退让，“太后娘娘的头颅也不错，我倒可以考虑，把你的头骨涂上漆，做成酒器，那样喝起酒来，定是别有一番风味。”

玉凝无法再听下去。抛开对老者的敬重不说，苏嬷嬷曾几次救她，苏嬷嬷是自己这一派的，苏嬷嬷又是太后的人。所以，太后也是自己这一派的。而恨生，一次次地伤她，是敌对势力。

所以，她要帮太后，一致对外。

于是，“恨生姐姐说这些话，不怕皇上怪罪吗？这是你身为人妻，身为儿媳该有的表现吗？连山野村妇都要比你孝顺得多。”

凌烨宸没想到怀里的女人会出声，有些惊讶。

恨生挑眉道：“你瞧，这玉凝妹妹，倒真比那亲女儿还亲，都开始帮着她娘了。”

“恨生，朕不说话不是纵容你，适可而止。母后不要动气，儿子会重重罚她，恨生真是越来越不懂事了。”

凌烨宸的话，明白人一听便知，这是斡旋婆媳关系的面子话。

映雪忙给太后递上茶水，帮着缓和着说道：“母后，恨生妹妹一时的调皮，母后不要动气才好。”

玉凝无瑕顾及凌烨宸在桌下和映雪握了手，也无瑕顾及映雪得到了太后的赏识。

她脑子里纠结于恨生与太后的对话，恨生似乎话里有话。

什么亲女儿，亲儿子，亲娘的？

凌烨宸为什么纵容他女人欺负他老娘？

按照恨生的话理一理。若自己是太后的女儿，那么……和凌烨宸便是亲兄妹！

怎么可能！

自己生来便是长在薛府宅子大院的，有刚出生时候留的小手印为证。那手印，现在还被爹爹裱成了画挂在书房呢！

自己是太后的亲女儿？这只消想想就已浑身不适。太后这人，还是当做神祇来供奉，一日三拜的为好。当娘亲的话，就少了份人情味和……温暖。

玉凝打量陈凤仪时，瞥到苏嬷嬷正暗暗朝自己摇头。什么意思？让她不要帮太后说话？

恨生和陈凤仪突然间笑了起来，竟一笑泯恩仇，就如同刚才什么都没有发生一般。

陈凤仪亲切道："凝儿，你身上受了剑伤，正好哀家最近在喝一种调理身体的参茶，想来对你的伤有帮助。你尝尝看，能不能喝得惯。若喝得惯，哀家就遣奴才给你送去些野山参。"

"玉凝谢过母后。"玉凝谢恩。

陈凤仪拿起眼前的茶壶，雪白玉指轻拧壶盖，拎起茶壶倒了杯茶，吩咐着，"苏嬷嬷，去呈给薛妃。"

恨生、映雪两人的视线飘到那茶壶盖子上面，这茶壶盖有玄机，只消轻轻扭转，便可暗下毒药。玉凝怕是命不长了。

苏嬷嬷将茶递到玉凝眼前，似话里有话道："薛妃娘娘，请慢用。"

玉凝伸手接茶，却发现苏嬷嬷双眼圆睁，像是在警告她什么。才把茶水端到嘴边，还未来得及闻到茶香，手中的茶杯，就被人夺了去。

"母后的参茶真有这么好，能治剑伤？朕不信，朕要先尝尝。"

陈凤仪一时慌乱，赶紧出言阻止，"你这馋嘴的猫，那是哀家赐给玉凝的茶，你也来凑热闹。"

凌烨宸耸肩，把茶碗端到鼻前轻嗅，随后会意一笑，"母后的参茶果然不一样，喝起来定是味道极好，能喝到母后的参茶，朕不妨就当一回馋猫吧。"说着，便举起茶盏到唇边，就欲饮下。

映雪眼疾手快，握住他的手腕，温声解释着，"皇上就不要跟着凑热闹了，母后这茶只有女人才喝得。皇上若是嘴馋，晚上，到了双雪殿，雪儿给你煮男人家喝的补茶。"

"原来是只有女人才能喝得。"凌烨宸打量着尤怜之脸上的粉嫩小疤，"既是补茶，何不给我尤爱妃喝了。尤爱妃脸上的伤，生生揪着朕的心。凝儿身体本就结实，胸口那点剑伤对她来说是小意思。倒是尤爱妃，身娇体贵，该好好滋补才是。"

玉凝羞窘地垂下头，恨生的嘲笑声传入耳中，院子里的太监、婢女们也都笑声淡淡。

凌烨宸把茶递给尤怜之，"怜之，尝尝看，若是喜欢，朕替你向母后讨一些山参。"

尤怜之大喜，皇上果然爱的是她。不然怎么可能会夺了太后娘娘赐给玉凝姐姐的参茶，而给她。并且皇上还讽刺玉凝粗枝大叶，不如她娇贵，玉凝怎么能和她比呢？

"怜之谢皇上宠爱。"尤怜之幸福地接过茶，把茶递到嘴边，却还未喝到嘴中，茶碗就被抢走了。

“皇上，这是太后娘娘赐给臣妾的茶，皇上怎么能给怜之妹妹呢？”玉凝把茶碗两手捧在手心，大有谁来抢茶，跟谁玩命的姿态。

既然苏嬷嬷警示了，那么这参茶必有问题。

不妨大胆猜测一下，这茶……有毒。

“玉凝姐姐，你做什么？皇上赐给我的东西你也抢？”

玉凝迎上尤怜之愤怒的双眸，“这茶本就是太后赐给我的，皇上也是从我手中抢走的，总之，这茶就是不能给你喝。你想喝，也要问母后赏不赏。”

怜之，原谅姐姐，若我还有命活过这一餐宴，我一定给你解释清楚。

“一杯烂茶争得死去活来，投胎也不用这么急。”恨生调笑道。

“我乐意。”玉凝猛地把茶举起递到嘴边。死就死了。

就在此时，腰间却突然传来钻心的疼痛，像是利物穿透了皮肉，刺进了骨头。玉凝不由得松了双手，把茶碗抛出，紧紧捂着腰间，额头渗出了颗颗汗珠。

是凌烨宸，他刺了什么到她腰间？疼死了。

“啊！好烫。”

“雪儿！玉凝，你做的好事！快传御医！”

等玉凝反应过来的时候，人已被凌烨宸猛然从怀里推落在地，凌烨宸慌张地把映雪通红的手抬到嘴边吹着凉气。

想是那滚烫的茶水翻落，尽数洒溅在映雪的手上了。

满院子气氛紧张絮乱。

皇上最爱的女人受了伤，被薛玉凝烫伤了！

尤怜之惊呼，“映雪姐姐手上被烫得满是水泡，伤得好重！”

丫鬟也跟着附和，“映雪娘娘，原本这么漂亮的手，一定会留疤的！这可怎么办？”

太后拍案而起，怒喝道：“来人，将玉凝这贱人拉出去杖毙。”

殊不知，那茶，亦溅了一滴在邢掣的手背，邢掣抬手一闻，脸色大变。

剧毒，七日断魂，无色无味，杀人于睡梦中。中毒之人每日越发嗜睡，直到第七日气绝身亡。

凌烨宸大怒起身，在手持木棍的侍卫之前，来到玉凝身边，抬脚猛地踢向她胸口，把她踢出数步之外。

“拖出去杖毙太便宜了她，来人啊，把这贱人押去静思园，天葬。”

静思园常年圈养食肉大鸟。那地方，人有进无出。不，应该说是活着进去，出来之时，仅剩白骨。

玉凝猛地咳出鲜血，一只手紧捂着胸口，痴痴地望着凌烨宸。而他眼中却只有受伤的映雪，不曾有一丝一毫她的存在。

映雪受了伤，那她薛玉凝呢？身上就没伤了吗？为什么同为他的女人，却是这般云泥之别？

“皇上，雪儿没事，手上这点伤没有大碍的。妹妹去了静思园就有去无回了。只因为臣妾的手就要了妹妹的命，臣妾会自责死的。”映雪把玉凝搂在怀里，跪在地上求情道：“皇上，请饶了玉凝妹妹吧。”

玉凝身上极痛，心里亦然。她猛地把映雪推开，正色道：“我不需要你求情。”

因为映雪越是求情，那么她玉凝要遭的罪就越多。反正本来就已罪状累累，不差再来一个狗咬吕洞宾，不识映雪这颗好人心了。

“啊！”映雪身子重重地倒在地上。好巧不巧地，她满是水泡的手划在了地上的石头块上，皮被撕开，血肉模糊。

“雪儿！”凌烨宸紧张地将映雪拥在怀里，他猛地给了玉凝一记响亮的耳光，“薛玉凝，你这不知好歹的东西。她好心扶你，你推她做什么？”

玉凝刚刚才爬起的身子，再度跌在地上，他那一巴掌打得她睁不开眼睛，“她扶了我就一定要让她扶吗？臣妾也想着哪一日，能找个好男人，像皇上疼映雪一样疼我。臣妾也想有个男人来扶臣妾。”心痛得不能呼吸，玉凝不管不顾地大声吼叫着。

凌烨宸双眼顿时燃起了妒怒火光，他竟松开了映雪。攥住玉凝衣襟将她拉至眼前，声音犹如寒冰，“你再说一句要找男人这样的话试一试？你再说一次试一试？”

玉凝身子不禁瑟缩后退，他的样子，叫人害怕。

映雪错愕，皇上竟然轻易被玉凝影响了情绪。她伸出满是鲜血的手抓了凌烨宸的手腕，满是宽容大度地说道：“皇上，不要动怒，不要再打妹妹了。”

看到了映雪满是鲜血的手，凌烨宸才知他刚才的失态，他厌恶地推开了玉凝，将映雪搂进怀里，安慰般说道：“雪儿，这件事情，你不要管。她伤了你，朕就要她千倍百倍地还回来。”

“宸儿，这样的毒妇，就该就地处死。还没进宫两天，就这般目中无人地欺负到映雪头上了，再过两天，是不是就要骑到哀家头上了？”陈凤仪面容恶狠狠道。

欲加之罪何患无辞。

玉凝笑意苦涩，“太后娘娘，莫不是我真的是你和先皇生下的种儿？不然你做什么要急着杀我？你是不是背着先皇做了什么不齿的勾当，现在急着灭口，掩盖罪行？”

啪啪！

玉凝脸颊上结结实实地挨了两巴掌，陈凤仪盛怒的话在耳边炸开，

“小娼妇，你竟敢毁坏哀家的清誉！看哀家不撕烂你的臭嘴。来人，给哀家将这贱人碎尸万段，拖出去喂狗！”

侍卫纷纷拔出长剑，快步走向玉凝。

凌烨宸冷目一扫，众侍卫又都顿在当下。

“母后莫要动怒，为了这个女人伤了身体实在划不来。”

凌烨宸将撕扯着玉凝脸颊的太后轻轻扶开。

玉凝捂着火辣辣的脸颊，她不过一句气愤的赌气之语，陈凤仪便这样恼？莫非真有隐情？

玉凝自嘲地想：她嫁人不淑，夫君不疼，婆婆不爱，夫君的媳妇们又都很不友爱。伤到痛处，原来竟会有想笑的冲动。

“你还不滚？站在这里碍什么眼？”凌烨宸掌风一扬打在玉凝肩上，玉凝身体向后飞出，碰撞在假山上，滑下时，在参差的石头上留下道道血迹。

玉凝狼狈破落地躺在地上，绝望地睁开双眼，模模糊糊地看向这一院子的人：皇上、太后、恨生、映雪，还有尤怜之。

她竟没有一个可以信赖的人。

耳边轰轰作响。一句暖暖的“若你想见我，便来此等候”从心底浮出。

夜翎，我想见你。可，怕是没机会了。若我有幸活下，若能逃离这里，死也要逃，我一定去见你。

失去意识前，似乎有人探向了自己的鼻尖。

“皇上，薛妃咽气了。”

“咽气了也不能饶她，绑去静思园喂凶禽。”

玉凝感到身子不断地下沉，下沉，她是不是死了？不是说人死了，心就没了感觉吗？

可为什么她的心，还是这样痛。

凌懿轩与一白衫男子一同刚从宫外回来，走到御花园见远处两名侍卫抬着一浑身是血的女子朝某个方向走去。

不远处便是冷宫和静思园，该是哪个妃子又惹了四哥，被送去这两个地方之一吧。

他眼里升起鄙夷，四哥果然喜欢宫闱中的事。可是，当他看到被抬着的那女子的容颜时，立刻失了冷静。

玉凝！

凌懿轩闪身躲在暗处，待那两名侍卫抬着玉凝过去之后。

他长手一捞，把跟着那两名侍卫之后的苏嬷嬷猛摔到墙上，使力扼住她的脖子。

“七哥，不要冲动！”

白衫男子一并跟来，扯住凌懿轩的肩膀。

被抬了手脚的玉凝听得这男子的声音，飘忽的意识聚拢了几分，这分明是那天和夜翎一起听到的声音，唤凌懿轩七哥的男人。恍惚不清地看去，那男人一袭白衣，仪表堂堂，并非凡人，应该是哪位王爷？

苏嬷嬷大惊，魂被吓掉一大半，“七爷……咳咳……还请高抬贵手……老奴定不会呼人救命……”

“那两名侍卫要带玉凝去哪？”凌懿轩一时情急，直呼了薛妃的名讳。

“七爷似乎忘记了，你是一个‘病人’，现下这样生龙活虎，不怕老奴去告发你？”

凌懿轩放开显然快要被掐死的苏嬷嬷，嗤笑道：“你若想告发，早在薛妃进宫第二日，我刺杀皇上那时就已告发。你那日搜查她房内，已看到了我，分明有意帮她包庇。她得罪了谁？要被送去哪里？”

苏嬷嬷轻咳道：“薛妃伤了映雪娘娘，冲撞了太后娘娘，被皇上打入静思园，赐了死刑。”

凌懿轩膝盖一软，身形不稳道：“你说什么！”

他倏然拔出腰间长剑架在苏嬷嬷脖子上，“放了她，不然你看不到今天的日落。”

苏嬷嬷没有丝毫惧意，把脖子上的剑推开，“七爷是急糊涂了，老奴若是能放了她，早就放了。你又怎会在此遇到她？七爷高估了老奴的权力。”

凌懿轩惊愕不已，自己竟然担心玉凝到没有办法思考。天子下的杀令，一个宫婢婆子怎么有权有胆去违抗！

“不过，皇上没有立刻处死薛妃，想必也并非一定要置薛妃于死地。进了这静思园，若是能挨得过三天，便可无罪释放。”苏嬷嬷又缓缓道，“七爷有时间在这里耗费，何不去求皇上饶了娘娘？静思园的那群大鸟可饿了许久了。”

凌懿轩曾听闻那些被送去静思园的女人都是被剥光了衣服绑在架子上的，任鸟去啄食。他忽觉心头一阵紧窒。

“苏嬷嬷，等等！”

“七爷何事？”

“莫要……莫要褪了她的衣衫，本王这就去求皇兄饶了她。”

苏嬷嬷敛容道：“老奴能做的，也是唯一能做的，就是让几个宫女帮薛妃脱了衣物。这已是极致。”

被送去静思园的妃子，本就是皇上厌恶反感的女人，剥去她们衣物的人自然也就是守在静思园外的那些男侍卫。苏嬷嬷，确实已尽力了。

白衣男子担忧道：“七哥，这事你不能管。那薛妃是四哥的女人，你若管了，必惹麻烦。”

凌懿轩对眼前这个与自己面容有几分相似的男子道：“凌武，这事情我一定要管。她，不是老四的。”

荥阳藩王——八王爷凌武，极是讶异。莫非七哥爱上了老四的女人？

养心殿书房。

凌烨宸终于放下手里的奏折，双手交叉而握，慵懒地凝着眼前已跪了两个时辰的凌懿轩。

“七弟，这是为何？你本就病重，这一跪又是两个时辰，要是有个万一，接下来的大事，谁还去做？”

凌懿轩自是知道凌烨宸话里有话，“皇兄，臣弟无心大事，自知所剩时日不多……咳，咳，过去这些年……咳……这些年，臣弟不曾求过皇兄什么……不知皇兄，能否看在臣弟已是将死之躯的份上，满足臣弟一个小小心愿……”

凌烨宸见凌懿轩咳出了几口鲜血，便揶揄道：“月下，你个不长眼的奴才，还不扶你七爷起来，你七爷若是出了事，你可担待得起？”

月下刚躬身，“七爷，奴才扶您起来。”

凌懿轩决绝挥手，坚持道：“不必了，我仅在此跪求皇兄满足我一个小小的心愿。”

凌烨宸狭眸微眯，煞是痛快，“什么心愿？说来朕听听。能满足的，朕绝不吝啬。”

“臣弟还未婚娶，现下年岁已不小，臣弟……要一个女人。”

凌烨宸大笑起身，将凌懿轩扶起，“就为了这点小事跪了两个时辰？”转而令道：“月下，去后宫点五十美人，送去七弟宅院。”

凌懿轩低笑，“臣弟不贪心，亦不夺人所爱，那五十美人，臣弟消受不起。本就是将死之躯，当由将死之人来配。”

凌烨宸心里一沉。似乎明了了今日凌懿轩所来何意。

“臣弟听闻静思园今日送去了一个女人，她定是皇兄不要的女人，又是将死的女人，臣弟……就要她！”

凌烨宸拳头紧握，眼角眉梢尽是怒色，“谁？薛玉凝？那女人已被朕用过不知多少次。浑身伤疤，没个情趣，那样的女人，将她赐给七弟，朕可拿不出手。七弟身染重病又怎样，我皇族子弟，何等尊贵！朕即刻就拟了皇榜，招了碧月国公主与七弟成婚。”

那句“被朕用了多少次”，如同尖刀般狠狠剜着凌懿轩的心。老四明明不会动她才对，莫非，这丧心病狂的禽兽，当真要了她？

凌懿轩紧咬着牙齿，即便如此，他亦要她！

“谢皇兄美意。不过，臣弟，只要她，希望皇兄成全。这定是皇兄能够满足之事，臣弟相信皇兄定不会吝啬。”

凌烨宸倏然转身，斩钉截铁道：“不行！谁都可以，唯她不行。”

凌懿轩愕然。

“薛玉凝，扰了母后的家宴，必须得死。不然，朕就是不孝。朕虽也想成全七弟，但，不孝的罪名，朕背负不起。”凌烨宸负手立在窗畔，声音不容忤逆，“月下，送你七爷回去休养，另再选五十美人一并送到他院子里。”

凌懿轩刚想反驳，就被凌烨宸冷冽疏离的声音打断。

“朕心意已决，都下去吧。”

入夜，静思园

春寒料峭，月明星稀，劲风冷冽。景物依稀可辨轮廓。

高墙上、树杈间，成群的白色大鸟蹲伏着，在寒风里瑟缩等待着。

院子外面几个锦衣侍卫，这夜难掩心中躁动、兴奋与难耐。

因为，这院子里来了“新肉”。

皇上的女人，各个绝美、极品。

皇上不要的女人，若死了，太可惜，令人扼腕！

一侍卫往冻僵的手上哈着气，淫笑道："我听今天给里面那妃子脱衣服的婢女说，里面那美人儿，肚脐下三寸，还尚有一点血红朱砂。"

又一人淫笑道："没想到，竟还是个处子。"

却也有人阻止道："我看今天这女人不一般，苏嬷嬷都对这女人小心对待。若往日，我不拦你们，今天，咱们还是不动她为妙。"

"就你小子好色，今天装什么圣贤。哪次不是你打头进去乐呵的，难道你小子今天想吃独食？"

几名侍卫推推搡搡一同进了院子。

这院子几十木桩，皆挂着女人死尸，地上堆了一尺厚的白骨。饶是四个大男人进来，也不禁脖颈发凉，手脚剧烈地颤抖。

几人攥着火把，举过头顶，缓步朝那赤裸着挂在木桩之上的美人挪去。

火光所到之处，忽见那木桩处立着一道高大挺拔的身影，这人仅穿了一件白色长衫，背身而站。仅窥得到他的几分侧脸。

四人皆一惊，脚步顿下，禁不住后退了几步，慌乱地小声嘀咕着。

"这么晚了，会是谁啊？"

"不是人，莫非是鬼？"

四名侍卫倒抽一口冷气，这院子里枉死的女人不知多少，莫非是哪个死鬼女人的冤魂回来索命了？

"你少胡扯！老子从不信这歪魔邪道的东西，是神是鬼，去看看便知。"

四人拿着火把小心翼翼，一人掩在另一人之后，一步步地靠近那人。火光从那人的脚慢慢上移，直到，将那人背影尽数收在眼底。

却终不辨是谁，在这夜深人静之时，突兀地白影站在捆着薛妃的木桩前，把那美人儿身形尽数遮去。

侍卫壮着胆子喊道："你是何人？夜半来此探望死囚，意欲何为？活腻了不成？"

第八章　侍寝夜乱

这白色身影，闻言慢慢转身。

四人火把之上，摇曳的火苗，映在眼前白色身影琥珀色的双眸中，亦在他眼中扇动着的狂怒的火焰上。

妖冶鬼魅，嗜血残暴。

“啊……怎么可能！”四人皆大骇，手里的火把抛落在地，膝盖瘫软，不敢置信地忙跪在地。

火把滚到那挂着薛妃的十字柱不远处，未见美人赤裸身段，只见明黄金龙大袍，将她娇小身躯裹得严严实实。仅瞥见，她双眸微合，小脸侧垂，仅这一瞥，竟是倾城姿色。

这白衣身影上前一步。

四人连滚带爬后退数步，不知谁扯了嗓子喊道：“啊……是皇上！竟然是皇上！”

史无前例，皇上竟踏足这尸臭腐败的静思园。都说，这园中尽是皇上厌恶扔弃的女人，却为何，皇上竟挪步至此？还将龙袍穿在了那女人身上。

凌烨宸声音淡淡，却让人头发直竖，毛骨悚然，“朕刚才听见，有人要和我这美人欢好，怎么不去？”

皇帝的声音，明明无怒无波，却让众侍卫骇得颤抖不止。

其中一名侍卫心脏跳如狂雷，那“欢好”二字，正是他说的。他扑身跪地，爬到凌烨宸身前，猛地扇起自己的嘴巴，赶忙求饶道：“皇上饶命！饶了小的。是小的嘴贱，是小的该死。小的愿意接受任何责罚，请皇上饶小的一命。”

忽而闪出一名青衫男子，暗卫无踪，他冷眼凝着那侍卫，“该死的奴才，皇上动你，岂不污了手。”随即，手一扬，匕首急速驰出，正中这侍卫的眉心。

剩下的三名侍卫，猛咽了几下口水，亦不敢多出声响。

但这其中两名侍卫也随即被斩。剩下一名侍卫，凌烨宸留给邢掣处置。

邢掣遂拔了长剑。走到那侍卫身前，欲朝他咽喉处挥下。

“邢大人，且慢动手。”声音虚弱，分外甜雅。让听的人，如沐春风。

邢掣顿下手中长剑，征询凌烨宸的意思。

凌烨宸轻轻点头应允。

剩下的这侍卫命悬一线，看向那声音来源，只见那十字木桩上，绝色女子，唇微微开合，竟吐出了这世间最美好的声音，“皇上，这个人可不可以不要杀？”

凌烨宸伸手托起玉凝苍白的面颊，“凝儿，为什么不想杀他？给朕一个理由。”

他凑耳到她嘴边，饶有耐心地等着她接下来的话。

那侍卫抖了胆子，飞快地瞥向皇上，只见皇上竟稍弯了身子立于这位娘娘身前，似那女子将吐出的任何一个字，他都甚为在意。

莫非，这位娘娘，并非皇上厌弃之人？莫非，是皇上心头所爱？

邢掣抱胸而立，一下一下点着脚尖，不过一个该死的侍卫，要杀便杀，不杀便放了，皇上何时变得这般优柔寡断，心慈手软。皮毛小事，竟要去征求一个娘娘的意见。

玉凝面颊上满是血迹，意识不清地在眼前这等待理由的俊俏男人耳边轻轻道：“刚才那三人试图不轨，这人……有意阻止。他并非十足的恶人。”

侍卫忙磕头如捣蒜。“这娘娘，人真好，定是活命菩萨转世。若这次能活下，必定天天烧香替这娘娘祈福。”

凌烨宸淡淡道：“可他劝阻不成，最终同流合污，披着伪善的外衣，做些污秽之事，比那几个侍卫更加可恶！当杀。”

玉凝着了急，凌烨宸所言极是，句句在理。她为难地看着他，却发现，找不出一字一句去反驳，只能苍白地说着：“不要杀他，饶他不死，好不好？”

凌烨宸放开了她的下巴，目光扫向邢掣道：“此人，死罪可免，活罪难逃。邢掣，该怎么办，你可知道？”

“臣知道。”

……

凌烨宸敛眉，睨向众人。

月下、刑掣、无踪三人皆会意，飞身没入黑夜之中。

凌烨宸伸手掀了披在玉凝身上的金龙大袍，扬手将那大袍撩开，抛在地上。

玉凝倒抽一口寒气。

好冷，寒风刺骨。她浑身不着一物，冻得恨不得缩作一团，却因手脚皆被捆在柱子上，动弹不得。

更要命的是，她现在浑身不着片缕，赤裸地呈现在凌烨宸的眼前。他上下打量的视线，让她顿时忘了寒冷，竟浑身羞窘得出了汗。

“求你，别……别看我！”玉凝将面颊别开。

凌烨宸在看到眼前这女人身体的时候，冲动得如同毛头小子。

她浑身伤疤，谈不上美感。虽身段纤细丰盈，但多么火辣妖艳的女人，他没见过？却……只有这女人的身体，才能如此轻易地撩拨着他每一根神经。

他手指轻轻地从她颈项滑下，指腹轻轻摩挲她锁骨下那抹暗红胎记，纤长好看的手，轻轻勾画她肚脐下那一抹儿守宫朱砂。

“不要……”玉凝孱弱低喃。

凌烨宸半眯的双眸忽然睁大，他手插入她发丝间，往前一捞，唇印上她的。

玉凝血液尽数涌上脑壳，心里、脑海之中仅剩下他霸道狂野的亲吻。

凌烨宸看到她失神迷离的模样，不禁弯了嘴角。手掌来到她的腰侧，袖间滑下一把匕首，冷冽薄唇掠过她脸颊，在耳际轻声道：“忍一忍，朕要帮你取出腰里那五根银针。”

玉凝因他的吻而思绪混乱，不能思考，亦不知他在说什么，只能胡乱点头。

今日，这五根银针，他使了大力刺进，为了就是确保她把那毒茶弄洒。凌烨宸执起锋利的匕首，在刀尖触到她肌肤的时候，他犹豫了。手剧烈地颤抖着，不忍破坏这美好的白皙细腻。

可那银针必须取出，手一使力，划开了她腰间的皮肉，热血，瞬间喷涌而出。

“好疼！”玉凝疼得使力咬了下唇，好看的唇顷刻被咬破，血顺着嘴角流下。玉凝这才了然，原来宴席之间刺进自己腰间的是五根银针。

凌烨宸大力捏住她紧阖的牙关，玉凝吃痛，牙齿放开了下唇，未来得及看到凌烨宸的表情，唇就被他再次蛮横地封住，血腥之味在两人口中舌间蔓延开来。

他将她拥在胸前。

“疼，就咬着朕。”

剧痛让她无法思考，无处开解。

于是，她张开小嘴，紧紧咬住他的胸口。他，白色的里衣被鲜血染成了紫红色。

凌烨宸任她使力地咬着，似乎一点没有感觉到疼。

他一手捏住了她腰间的伤口，另一手拿起匕首，银针早已刺进骨头，只得生生将银针从骨头上剔出，随即快速地往伤口上撒药止血。

玉凝双手紧紧扣住身后的柱子，指节泛白，浑身皆已汗湿。浑然不知，她牙下已快生生咬掉凌烨宸胸口的一块皮肉。

银针落地有声。玉凝才松了口气，恢复了些许神智，松开了凌烨宸的胸膛。

凌烨宸拾起地上的大袍紧紧地裹在她身上，他转身离开。

“太后赐我毒茶，欲置我于死地，你几经周折，让我打翻了那茶，保了我一命。我是不是该谢谢你？”

身后传来玉凝孱弱的声音，凌烨宸顿下脚步，自嘲而笑道：“朕不需要你的感谢。”

“我亦不该谢你。那茶烫了映雪的手，你便将我送来这里喂鸟。”玉凝苦涩地扬起嘴角，“既然都是死，为什么不干脆让我喝了太后的毒茶？为什么还要让我看到你关心紧张映雪的样子？为什么要救我？”

凌烨宸鄙夷，“朕想你是误会了，朕并非有意救你，朕只是想看看，你是不是真的那么命大，能在这静思园熬过三天。你伤了映雪，朕最爱的女人，朕怎会让你死得那样舒坦？”

玉凝意识越发地模糊，而凌烨宸的身影已走出了数步，她又道："你明明……在乎我……"

"你从哪里知道朕在乎你？若朕在乎你，你怎会落得这样惨？若朕在乎你，怎会让你陷入这般狼狈的境地？"凌烨宸再度转回身，眼睛不屑地眯起，"你不知廉耻，还自以为是。这世上女子，朕谁都可以喜欢，独独不会喜欢你。"

玉凝心里揪痛，"那……刚才为什么不干脆让那四名侍卫侮辱了我？为什么要救下我？"

"给朕住口。"凌烨宸猛地抡起拳头，挥到她耳边，玉凝惊得紧闭双眼，等待下一刻的剧痛。

可他的拳头骤然顿下，并没有打下去。却是转而掏出匕首，划开了捆在她手脚之上的绳子。

玉凝身子无力地向下倒去，身上披着的明黄袍子飘落在地，铺展在厚厚白骨上。

凌烨宸长臂一伸把她赤裸的身子揽进怀里。

凌烨宸欺身把玉凝压在身下。玉凝推搡了下，便不再动弹。

她本该是他的女人，可怎耐连被他拥有，做夫妻间如此平凡的事情，都要被他拿来羞辱。

玉凝的眼眶被泪水胀得生疼。偏就是个倔脾气，对他的怒气视而不见。

"薛玉凝，这是你自找的，以后不要恨朕。"

"皇上到底是在怕什么？你我本就是夫妻，侍寝实属平常，我又怎会恨你？还是说，有何不可告人的秘密？让皇上不敢要臣妾？"

凌烨宸别开俊俏的脸颊，良久嘴角邪佞地勾起，睨了眼她惨白的面颊。然后托起她的腰肢，没有任何怜惜和预警，猛然穿透了那层阻碍。

玉凝染泪的眼眸微微睁开，看去，他冷冽的双眼近在眼前。她想最后一次，也是唯一一次好好看看他，她想永生永世记住他。因为或许这一眼之后，便是永别。明日，她亦将成为院中白骨中的一具。

她勾了他的脖子，紧紧拥在颈间，唇掠过他的脸颊，来到他耳际，虚弱道："……我爱你，这样就足够了。但是，爱你太伤，来生……我不要再遇到你。"

凌烨宸脖子上的束缚突然松了，她的手臂颓然滑下，摔在满地白骨上。

凌烨宸猛然抬头，她已紧闭了双眼，昏死过去。

凌烨宸颤抖地伸出手指置于她鼻息间，尚有一丝温热的气息，他不觉间吐了口气。

"玉凝，你给朕醒来。不准睡着，你给朕醒来。"

他双手轻轻摇晃她的双肩，显然，他慌了神。不知该如何动作，下意识地伸手掐了她的人中。

"凝儿……你醒来……"

可她已毫无动静，脸色惨白，静静躺着，若非她胸口还微微起伏，便真跟死了一般。

借着四周火把的亮光，凌烨宸发现身下已是一片血迹。

这片腥红，刺痛了他的眼。他突然猛然抬起拳头砸向地面，直到手麻木，白净好看的手变得血肉模糊才停下来。

他口中的嘶吼，彰显着他的后悔与懊恼。

凌烨宸慌乱地说道：“不是朕的错，是你逼朕要你的，若你不说那些激怒朕的话，朕不会碰你。朕本来已要离开了，是你，是你让朕留下的。不，朕没有要你……不是朕……朕不能要你……朕今晚没有来过。”

他恼怒地将那明黄衣袍撩起，盖了她赤裸的身子，似乎不敢再多看她一眼。

仿佛这样，刚才的一切就都没有发生。他和她还是清白的。

“薛玉凝，朕要你死。你死了，朕就不会有诸多顾虑。”

他猛地掐了她纤弱的脖子，只消轻轻一扭，她便可命丧当下。可他的手指仿佛有了自己的意识般，几次伸展又握紧，终究还是气馁地再次松开。

他癫狂地笑了，笑得痛心、懊悔，或许更多的是痛苦。

他狼狈地瘫坐在地上，倒退了几步，衣衫不整，脸容糜败，又忽然狂乱地站起身，身形不稳地朝院门外踱了出去。

却因走得快且凌乱，他双脚被那几名侍卫的尸体所绊，重重地摔在地上，好看的脸颊蹭得满是泥土，一头的树叶。他已顾不得其他，闷哼一声，便惊慌失措地爬起身，落荒而逃。

四周火把已灭去。只是，借着月光可以看到，玉凝嘴唇剧烈地抖着，她脸颊上，滴滴泪水顺着眼角滑下，湿濡了鬓角的发丝。

夜漆黑，月孤冷。

屋檐上一群群白色大鸟，扑动翅膀，在枝头摩擦着锋利的喙，已饥饿了良久，似随时会飞下觅食。

她，就是那食物。

只待凌烨宸身影刚离了院子，这群冷血禽类便成群地飞扑而下，朝地上静静而躺的玉凝啄去。

嗖嗖数声，石头划过空气射到这群大鸟身上。白色禽类一只只掉落在玉凝身旁不远处，仅扑动了下翅膀，便都不再动弹。

玉凝这才逃得过一劫。

有人来相救，会是谁？

稍远的屋顶暗处，三抹儿黑影背风而立。

借着月光看去，竟是月下、邢掣、无踪三人。

月下掷出一把石头，又将数只白鸟击落，“你们俩谁能告诉我，为什么我堂堂内务府总管大公公月下，半夜三更的，在这满是鸟屎的房顶，打鸟玩？皇上这命令下的，真真狠心啊。”

无踪甩出一颗石子，这石子竟然连连击落十几只白鸟。

邢犁啧啧出声，“好！准！无踪，你太厉害了！”

“过奖过奖。”无踪随即望向一脸不爽的月下，“我无所谓，反正我每天晚上都守在储秀宫顶，在这打鸟，反而更有意思。”

无踪说得云淡风轻，这话似在说，储秀宫顶没鸟可打，真可惜。

邢犁两手各持一颗石子，“看我的啊，双石齐发！”

他双手一投，这两颗石子同时飞出，打在一只大鸟身上之后，竟噗地弹开，复打在另一只大鸟身上，如此循环，居然足足击落了几十只白鸟。

无踪赞叹，“邢犁，你够霸道！”

邢犁得意一笑，随即用眼角也斜斜地睨了眼愁眉不展的月下，“我也没关系，反正我在家闲着也没事，不如来打鸟。”

“喂，怎么能叫没事做呢？你不用陪冬儿吗？听说你又帮冬儿提了几桶水，搬了几捆柴？你们俩什么情况？说说，说说！”月下却突然来了精神，戳了记邢犁的胳膊肘，“你看，我怎么这么笨，竟忘了那薛妃是谁的主子，你为了冬儿也得拼了老命保护薛妃才对，不然怎么把冬儿骗回家当媳妇？”

上一刻静止无语。

下一刻骚动不安。

“啊！邢犁，你干嘛拿石头砸我屁股啊！”接着月下俯身捂着裤裆摘下帽子朝邢犁砸去。

“活该，我在这里保护薛妃乃是皇上的命令，是皇上舍不得薛妃受罪！无关我个人私情。”邢犁的俊颜早就红透，他恼了，随手抓起石头使力往月下身上丢去。

月下且躲且回击，“邢犁，我们就此停手，别再砸我，若是薛妃被鸟啄了，皇上定会将你我碎尸万段。还有，砸坏了我这倾城的小脸，你怎么赔给我？”

邢犁深知这薛妃对皇上意义深重，他没再贪玩，便飞身离开了屋顶，飘落在玉凝身侧不远处的树干上，就近保护。

屋顶的月下屁股后猛然一疼，怒嗔，“哎呦！无踪，你又跟着凑什么热闹？”

无踪耸肩，“打偏了。谁让你说什么倾城的小脸，在你身上找了半天也没找到倾城的脸，还就那屁股比较惹眼。”

月下神秘兮兮，“倒是……那天你在储秀宫顶看到的带鬼面具那人，今晚怎没出现？”

无踪轻嗤了一声，“明知故问，他若来了，还需要你我在此候着？月下，你当真越来越无趣。”说完，便使轻功离开屋顶，来到玉凝不远处空地，小心守候。

对这孱弱的女子，几人不觉间多了份恭敬和真心。

月下柔了下犯痛的屁股，“都走了才好，房顶归我一个人才清净。”

他一改吊儿郎当的面容，看向院中那垂死的女子。

皇上的苦，又有几人知晓，当真是那老不死的太后做下的孽？只愿皇上早日解了心结，也愿这薛妃吉人天相，能熬得过这断水缺粮的三日，也不枉费了皇上费尽心机相救这片心意。

深夜未央宫

丫鬟梦儿为恨生沐浴，“娘娘，奴婢听说映雪娘娘带着小皇子已在御书房外跪了五六个时辰了。”

恨生从浴桶中抬起藕臂，凝脂玉肤上沾了几片粉红花瓣，“哦？她跪在那里向皇上求什么？”

梦儿道：“娘娘，你有所不知。皇上把那薛妃打入静思园了，薛妃此去必死无疑，但映雪娘娘却带着小皇子跪在皇上门前，替那薛妃求情，娘娘你说……映雪娘娘聪不聪明？”

恨生无所谓道：“她啊，求情是假，求宠是真。看来，皇上又要好好赏赐他这个心地善良、菩萨心肠的宝贝映雪了。也不知皇上到底喜欢映雪什么？要不是那贱人趁皇上醉酒，不要脸地去侍寝，结果生了孩子，皇上便当真会爱她？笑话！”

皇上登基时日尚短，并无心要子嗣，和妃子同房后便会送去避孕药物。

若非映雪那次算计着怀了孕，她恨生才是那最受宠的妃，哪里轮得到映雪！皇上又怎会念映雪思乡心切，大修锦州街。

这一切，不过是因为映雪生了他的孩子罢了。

“娘娘，你也快些穿上衣服，咱们也去跪在养心殿外，分一杯羹，到时皇上打赏，自是少不了你那一份，又能俘获了皇上的心，又有赏，何乐而不为？”

恨生接了梦儿手里的浴袍，裹了傲人的身体，冷哼道：“我才不会去做那等事情，我讨厌玉凝就是讨厌，她死了正好没人和我争皇上。为什么要装模作样地假意救她？”

随即，恨生眼角不禁流露出一抹儿失落之情，“梦儿你又哪里懂得，皇上的爱，岂是求就能求来的。有些人不用求，就已植根到他心里了，我又何必去受这累。”

多少次，凌烨宸来她未央宫过夜，梦里呓语，呼喊的竟都是她薛玉凝的名字。

她虽妒忌、愤怒，却也都忍下了。因为，仅有一再的隐忍，才能换来那薄情男人些许的温存。

翌日，静思园

苏嬷嬷推开静思园的大门，见院内横着几具侍卫的尸体，她视若无睹。带着如意、吉祥两名丫头跨过几具横尸，走到了身上半遮龙袍、昏迷在木桩之下的玉凝身前。

“薛妃娘娘，醒醒……”

玉凝缓缓睁开双眼，干裂的唇微微张合，声音暗哑，“是……苏嬷嬷吗？”

“昨夜，映雪娘娘领着小皇子在皇上门外跪了一夜替你求情，皇上不忍映雪娘娘吃苦，太后亦不忍小皇子遭罪。所以，对薛妃娘娘网开一面，你现在可以离开静思园了。还请薛妃娘娘以后小心行事。”

苏嬷嬷言毕便欲离开，衣摆却被人攥住，只见玉凝那雪白细瘦的手正强拉着她的衣衫，似有话要说。

“苏嬷嬷，说话可方便？”

苏嬷嬷终于于心不忍，道：“如意、吉祥，你二人先出去。”

如意吉祥依言退下，顺手掩住了院门。

“薛妃有事请讲。”苏嬷嬷道。

“昨日，你又一次相救，提醒我太后那茶有毒。原本我以为是太后一次次暗中救我，这下看来，恰恰相反，太后一次次想置我于死地。既是如此，你为什么一次次帮我？或者说……是谁让你一次次帮我？”

玉凝自嘲地想到，她的命真硬，竟在这静思园也能安好地睡上一夜，竟还能见到今天的朝阳。还是说，她真的讨人厌到，连鸟都不稀罕来啄食？

她又怎知？邢掣、月下、无踪三人，昨夜在这院子里守了彻夜，苏嬷嬷推门而入的一瞬，三人才飞身离去。

苏嬷嬷将衣摆从玉凝手中挣脱，“日后，你只要离太后远一些，不要与她多做接触，方可以多保命几日。我受人之托，尽量护你周全。不过，那人也一再交待，不可将他的身份透露。所以，你也不要再为难老奴了。天凉，早些回去储秀宫吧。”

苏嬷嬷说罢，头也不回地离开了静思园。待到苏嬷嬷一行走远后，两抹儿身影便出现在了静思园不远的拐角处。

“映雪，昨晚的事，大恩不言谢。”

映雪看着眼前这个高大的病秧子，柔声说道：“七爷太客气了，若非你找我去给玉凝求情，我还想不出这么一个俘获龙心的大好机会呢，当是我谢谢你才对。”

“不谢，薛丞相曾对我有教导之恩，我于情于理都该帮一帮他的女儿。”

映雪眼中满是狠绝。这七爷真是不开窍，薛丞相大势将去，帮了也白帮，迟早薛家灭门，玉凝到时也难逃一死。七王爷也不怕被牵连，硬要去淌这浑水。

真是仅仅为了报答丞相教导之恩？

还是说另有隐情？

映雪心下一惊，莫非……凌懿轩爱玉凝？

凌懿轩见映雪脸露狐疑之色，便故意猛地一阵咳嗽，拉回她的思绪。

“映雪，你莫要误会，我与薛妃清清白白，并非你所想那样。”

“七爷多心了，我怎会误会呢。”

“这样最好。我可不想你以此挑拨，伤了薛妃，那样便就是我的罪过了。”

映雪表露出了明显的不悦，凌懿轩说话竟然毫不客气，明目张胆地警告她不要伤害玉凝。她盛怒地甩动衣袖，“你倒也得看看玉凝值不值得我去挑拨，别以为谁都把她放在眼里。”说罢，便头也不回地转身走开。

凌懿轩昨日向凌烨宸讨要玉凝不得，就转而去请最为得宠的映雪帮忙。他算准了映雪若救了玉凝，依仗心善这一点便会更加得宠。一举两得的事，她一定会做。

不过，他昨日仅说让映雪去找凌烨宸劝说、求情。

却没想到，映雪竟带着三岁的小皇子甄儿一同在凌烨宸房外跪了一夜。

他算到一切，独独没有算到映雪为得皇宠，竟然能够心狠到这般境地，连亲生儿子都可以拿来利用。

女人狠起来，当真骇人。

凌懿轩推门进了静思园，只见玉凝半露纤背，摇摇晃晃扶着木桩要起身，露在外面的白皙瘦弱的手腕处，已被绳子勒成了淤青。

她突然便趔趄着向后仰去。

“玉凝，小心。”凌懿轩几个大步上前把她揽在臂弯。

玉凝微呼一声，惊道：“懿轩，是你……”

“是我，我来晚了，让你吃了这么多苦。”他语气满是心疼，担忧地检查她伤势如何。

见她仅披了一件袍子，凝脂香肩微露。不经意一瞥，她的大腿间，竟是干的暗红血迹，身下的袍子也被血染成了血红色。

他不禁心如刀绞，看也知道发生了什么，这龙袍是四哥的。

四哥那禽兽，竟真的霸占了她。

“不晚，你能来，我已很吃惊了，你本不必为我做什么……”

玉凝心里因他的话而暖洋洋的，但当发觉凌懿轩异样含怒的眼神后，便赶紧地拉紧袍子，掩了身子，窘迫地说道：“每次和你见面，我都是这样狼狈……”

“把这护体丸吃下去。”他塞了颗药丸到她口中，接着脱了身上的衣袍，把她的身子裹住，不悦地将凌烨宸的衣袍扔出老远。然后小心地把她冻得紫红的小手拉在手心里哈着气，轻轻搓揉，帮她取暖。

这一连贯的动作，无不透露着他是真的在乎、关心她。

手心的温度，传到心里，玉凝眼眶一热，泪水在眼里打转。他给的温暖让她无所适从，想起凌烨宸的无情，便更觉凌懿轩的温情。

“懿轩，谢谢你……”

凌懿轩拦腰将她抱起。她身上的袍子衣摆不经意撩起，露出了细嫩的小腿，原来她脚腕也被勒得淤青。

他眼中顿时闪过心疼和怒气，“我立刻带你离开皇宫，再留在这里，你只会受到更多的伤害。”

玉凝惊愕极了。从之前的一些话里就可以感觉到他是个有抱负的人，但这一刻，竟然说出要带她离开的话，究竟是为什么？

“我……我不走，我若走了，皇上怪罪下来，会连累薛府上下，储秀宫的丫头和太监也会受到牵连。”玉凝伸手捂住他的唇，阻止他继续说下去，“懿轩，我知道你为我好，你的好，我放在心里了。但这件事情，绝对不能听你的。放我下来吧，我自己可以走，你这样抱着我回储秀宫，不合礼仪……”

"都没命了，还要什么礼仪？"

凌懿轩的责备丝毫不奏效，玉凝固执地挣扎着，欲离开他的怀抱。

看着她倔强的面颊，他不但没有松手，反而搂得更紧了些，低叹安慰道："现在才过六更，你的皇上在早朝，各位娘娘还在睡梦里。从这里到你储秀宫一路僻静，遇不到任何人，现在，可以放心地让我抱着走了吗？薛大千金？"

听了凌懿轩这番话，玉凝倒是笑了。自己也确实快没气了，多拖沓一刻，身子就多虚弱几分。随即就没再扭捏，头一歪，便倚在了他宽阔的胸膛上。

只觉得，他的胸膛好暖好暖。

凌懿轩拥她在怀才知道她竟这样轻小。

"懿轩……你知道皇上为什么会放过我吗？"玉凝声音苦涩。

凌懿轩怎会不知，为了救玉凝，他彻夜未眠地守在养心殿外，映雪一连跪了近十个时辰，他便守了十个时辰。

直到天快亮了，凌烨宸从书房出来，扶起了映雪，抱了甄儿，免了玉凝的死罪，他才松了口气，赶来了这静思园。

但这些，他自是不会告诉玉凝，于是，便故意反问道："为什么？"

"因为心疼映雪姐姐，不忍心让她长跪，而不是因为他不忍心杀我，更不是舍不得我这条命。"她微微哽咽，"懿轩，我心里好痛……我好难过。"

凌懿轩苦涩地紧抿着唇。玉凝，你仅知道你难过，可知我心里亦苦楚？

"难过了就哭出来，哭完了，就把不开心的事情都忘了。以后，我不会再让你受到任何人的伤害。"凌懿轩将她拥紧，温柔的嗓音幽幽地传进她耳中。

嗯……玉凝轻轻攥了他的衣襟，闭起星眸，"想哭，可，没有眼泪了……想来是昨天到现在滴水未沾……连泪都干了吧。"

凌懿轩胸口一片湿凉，低眼看去，玉凝眼泪若断了线的珠子般落下。

原来是她的眼泪，浸湿了他胸口衣襟。

这泪，亦打湿了他的心，他心里绞得生疼。她一定要为了老四哭吗？并且还在他怀里。

"这是你最后一次因他哭，以后，不准再为那个不值得的男人哭，听到吗？"

玉凝没有听到，只是哭得累了，才道："懿轩，你忘了自己是个'病入膏肓'的人了，怎么可能抱得动我……"

对她的调笑，凌懿轩不置可否，"我只抱你。虽'病入膏肓'，你便是我的苦口良药，有你在，什么病都好了……"

玉凝心里一暖，胸腔似被什么猛地撞击了一下。他的话，让她既怕，又贪婪地想要占有。凌懿轩于她，就仿佛她要溺亡时，海上的一根浮木般，想要紧紧抱在怀中。

若是能被他拥着就一直这样走下去，不要醒来，没有终点，该有多好。

那样，就不痛，亦不会伤了。

终于，她体力不支，在他肩头沉沉睡去。

几日后入夜，储秀宫灯火通明。

“冬儿、萍儿，莫要啰嗦，我去外面荷塘边上坐坐就回。”

玉凝本就是个好动的主，生生圈在屋子里几天几夜，憋屈坏了。

可才走了两步，她便倏然回身，对紧跟其后的两个丫头道：“一个人！”

若不加这三个字，这两个丫头定会端着各种叫不出名堂的补品一并跟来，念叨着主子该怎样休息、怎样将养之类的话。

听冬儿说，那些个补品是邢掣从养心殿皇上房里偷出来的。

不知，这邢掣为什么会偷补品；更不知，这冬儿怎会知道邢掣偷补品。

最不解的是，凌烨宸房里闹贼，竟没出什么声张，任由邢掣偷了去。

莫非，凌烨宸有意让邢掣拿来给她？

怎可能！

玉凝来到荷塘边上，猛地吸上一口气，顿时觉得清爽了许多。

夜空繁星闪烁，明月皎皎，荷塘上，荷花点点。真乃情景如画，若是再多了那泛舟之人，便如入了佳境一般。

玉凝望向荷塘中间，突然笑意爬上眉梢。

兴许，并未差了那泛舟人。

远处，水声微动，一抹儿颀长身影，撑着竹筏，缓缓朝她的方向而来。

“懿轩……怎么是你？怎么不从正门进来，倒偷偷摸摸地撑了竹筏来？”

玉凝问罢才记起储秀宫外被几十侍卫守着，任何男人没有凌烨宸允许都不得入内。也就只有她现下所处这地方，才偏僻、安静些。

凌懿轩伸出手，“上来，我带你到荷塘中央看月亮。”

看着他伸出的手掌，她犹豫了，不可否认地，她很想去。初春夜晚，泛舟水面，岂不惬意舒心。

可嫂子协同小叔一并泛舟，怕是说不过去。更可怕的是，要是被凌烨宸那暴君发现了，还不剥了她的皮？

“这怕是不妥吧……”

“没有不妥，只有你想或不想。想去就随我来。”

玉凝看看储秀宫宫门处，心里惴惴不安，应该不会这样巧，凌烨宸不会来才是。

但她依旧瞻前顾后，扭扭捏捏，死活不肯上那竹筏。

凌懿轩终于妥协，输给了她，“你的皇上万岁，现正在映雪的温柔乡里；院子外面的那几十侍卫，眼睛看不到这里；你的丫头，乖乖待在屋内。现在，本王可有这个荣幸，请你一同赏月，薛大千金？”

玉凝不由得咯咯笑起来，“既然小叔都已这样说了，我这当嫂子的怎能不给你个薄面？”

凌懿轩脸容一僵，她竟这样急于撇清和他的关系，难道她心里当真对他一点感觉都没有？

“什么嫂了小叔的，你小叔不是我，到时候，你尽管朝四哥喊叔叔。”

凌懿轩口气怒了几分，再过不久，他便娶了她。她若喜欢唤人小叔，那就朝凌烨宸喊去。

他的话，意思再明白不过了，虽她也不是那等顽固之人，可乍听了这大胆大不韪的话，还是忍不住吓得退了两步。

她不知如何作答，便傻傻一笑，含糊过去。

“玉凝，你到底要让我的手伸多久？若再不上来，月亮就落了。”凌懿轩抬了抬手，示意她把手给他。

玉凝看看他的手掌，倔强地说着，“小叔，你别小看我，你怎么知道我就一定需要你来扶着，你不扶我，我也可以上去。”

她把他手臂往旁边一推，挑挑眉，使力抬脚跨了一步，蹦在了竹筏一角。

“啊……”玉凝踏下的力道太重，竹筏一边受重，在水面晃悠不止，她惊慌地挥舞着双臂向后仰去。

真是自作孽啊。

“看来，没有我，你真的无法安然无恙，还不乖乖让我护你？”凌懿轩手臂一横，拦腰将她带进怀里，“这下，非但没有避嫌，反倒来了本王怀里，得不偿失了。”凌懿轩故意趁机调笑道。

被他紧紧拥在怀里，被他的气息包围，玉凝窘得满脸通红，突然就恼了，带着气用力推他，“放开。”

可谁知他竟是个别扭的家伙，她越是挣扎，他反倒将她搂得越紧，脸上明显写着：你小叔我就是不放手，你能拿我怎样？

玉凝四下看去，这副暧昧样子要是被别人看到，嘴碎传到了凌烨宸耳中，可该如何是好？

虽那邪佞皇帝不爱她，可他定是那最戴不得绿帽的男人。

凌懿轩心知她的顾虑，虽她气怒的样子可爱极了，可此时逗弄她却也不合时宜。

于是，凌懿轩收敛了笑容，正色道：“站稳了，小心别再摔倒。”言闭，他将她松开，走至竹筏一头，撑着竹筏朝荷塘中央而去。

玉凝愣愣地站在他身后，静静地看着他，这七爷，竟这般高大，比起凌烨宸竟也不逊色分毫。

而她，对他的无礼逾越，竟然……不讨厌。

竹筏在荷塘中央停下，他把竹竿往水底一扎，随意坐了下来，笑笑地看着她，拍拍旁边的空位，柔声道：“过来坐。”

玉凝走上前去与他并排坐在竹筏上，映着月光，二人的背影斜斜地洒在水面上。

水面微动，两人本没有碰触的身影，竟在水中交叠。

“好巧，我今夜碰巧出来荷塘边小坐，你就来了。”玉凝打量着煦暖如骄阳般的凌懿轩。

他和凌烨宸虽是兄弟，竟没有一丝相似之处，却较凌烨宸多了不少的朗逸。

凌懿轩亦打量着玉凝，抬手把她耳际被风吹乱的几缕秀发抚平。

“我来这里并非巧合。”

他的话一如初见时所说的那样，见到她并非巧合。

“你……”玉凝似乎意识到了什么，“我不懂你的意思。”

“我从那天把你送回储秀宫之后，便每日来这荷塘竹筏上等着，你一天不出现我就等一天，一夜不出现我就等一夜。老天还是心疼我的，这不，今天终于把你等来了。”

玉凝错愕，他竟每天都来等候，那岂不是已等了七八个日夜？

她慌张地别开脸颊。因为他眼里的情，她怕。

“可……为什么要等我？”

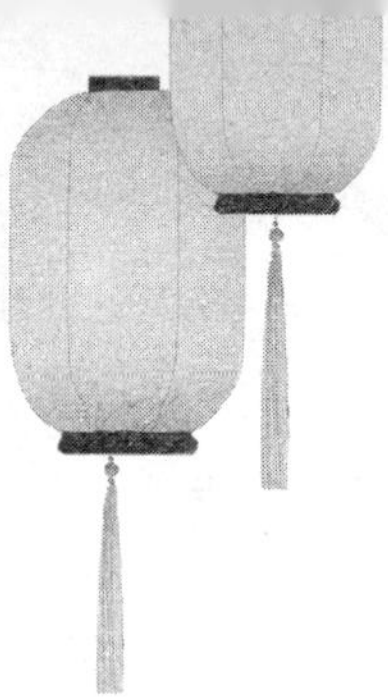

第九章　偷窥被逮

凌懿轩双手轻压玉凝双肩，把她身子扳过面对着他，“因为担心你，必须每天都看到你，知道你好好的，我才放心。你被送到静思园这种事情，我不会让它发生第二次。”

“懿轩，我……谢谢你……”

玉凝在凌烨宸那里得到除了冷眼，就是鄙夷的目光。而凌懿轩双眸中的那份真诚与炽热，灼得她无所适从。

“玉凝，难道你还看不出来我对你的心意？从第一次见到你，我就无可救药地爱上了你。我知道你是四哥的妃子，可却无法控制心里的渴望。”

凌懿轩执起她的下巴，深深地凝着她不施胭脂却薄染密红的双唇。

他，本不想这么快，不想吓坏她。

却在看到这诱人的唇之后，没了冷静。他伸手把她拥在胸膛，缓缓低下头。

哪怕只是轻轻一吻，已足够。

看着凌懿轩慢慢靠近的俊颜，玉凝怔愣得不知所措。

他似乎有些紧张，还微微地喘着。

而她竟一时间忘记了要闪躲。

与此同时，玉凝卧房内，窗户大开。

冬儿、萍儿两个丫头战战兢兢地跪在房内，生生地吓出了一身的冷汗。冬儿偷偷地抬眼朝窗边看去，敬畏地打量着站在窗边那抹儿霸气的明黄身影。

凌烨宸拳头紧攥着窗棂，只消稍一使力，整个窗框就能被卸下来。

无踪站在凌烨宸身后，从大开的窗户望出去，荷塘上一荷一叶都尽收眼底。

当然，也包括荷塘中间，凌懿轩把玉凝拥在怀里的身影，而那两人，似随时都会拥吻。

无踪自问不是爱打小报告的人，但见了七爷意欲染指皇上的女人，这他绝容不得，于是转而去禀了皇上。

皇上本来已在映雪娘娘那里歇下，无踪知道皇上知晓薛妃夜会七王爷定会气怒，甚至会派人捉拿了七王爷。

谁料，皇上听了消息后，竟怒而起身，亲自来到储秀宫，连映雪娘娘都抛下不顾，留下熟睡的映雪娘娘一人在床榻上。

“皇上，臣立刻去杀了七爷。”无踪本就冲动，又是个衷心护主的好奴才。谁让他的皇上受了侮辱，他无踪可是绝不能容忍，于是，便欲夺窗而出。

“无踪，等等。”

凌烨宸阻止了无踪的动作。他双眼满是怒意，声音亦透着寒意，“他现在还不能死，不然，谁来送给朕那个生辰大礼？朕的兄弟们正悄悄地拥兵而来，他们这几年精心准备的大礼，朕岂能不收？”

荷塘水面上。

玉凝对于窗口凌烨宸盛怒的视线全然不知，她只是凝着凌懿轩缓缓靠近的俊颜，但就在他的唇快碰到她的那一刻，却突然回神，猛地将他推开。

“懿轩，我要回去了。”

凌懿轩怀里猛地一空，心里失落极了，有些不好意思地说道：“玉凝，刚才吓到你了，是不是？我不是有意的……”

玉凝忙道：“不是的，只是，你该找到更好的，我已……已……”

凌懿轩心里狂喜，她不是对他没感觉，不是讨厌他，而是……怕他嫌弃她？

他握住了她冰凉的小手，动容道：“我不介意，不管你是不是完璧，我都不在意，我爱的是你！”

“天色不早了，我该回去了……”玉凝把手从他温热的掌心中抽出，艰难却决绝道：“以后，不要来这里等我了，我是皇上的女人。你我，注定无缘无份。”

凌懿轩笑意苦涩，无声地撑了竹筏，“我知道了，我这就送你回去，以后，不会再来纠缠你。”

玉凝心里一窒，对他满是歉意和自责，却也无言以对。她注定不能和他在一起，多说也是无益。

与凌懿轩道了别。回房间的一路上，她心里还为他即将落下的那个吻而心烦意乱。

储秀宫门口的侍卫跪了一地。

玉凝隐隐感到不安，疾步走到大厅，大厅里亦是丫鬟太监跪了满屋子。

小跑到卧房，冬儿、萍儿二人跪在门口，朝她眨着眼，示意着什么。

玉凝抬眼间，只见颇远处床榻边上，一抹儿熟悉的身影。

是他！

凌烨宸不是在映雪那里？怎会来？

“爱妃，荷塘月色可好？”凌烨宸来到玉凝身前，若无其事地淡淡道。

玉凝只觉一股寒气从脚底窜到头顶。

危险！这个男人正盛怒！玉凝眼角余光瞥见屋里的窗户开着。

他定是看到了凌懿轩欲吻她那一幕！

玉凝膝盖软了又软，心跳如雷，她怕这个男人，于是，赶紧开口解释，“凌烨宸，事情不是你看到的那样，听我解释！”

“省省吧！朕不听你的解释，朕已看得清清楚楚，七弟是怎么样把你搂在怀里，你又是怎样地销魂忘我。”

他字里行间满是讽刺和不耐。

玉凝知道他言语刻薄，擅于挖苦、讽刺，可听了这话心里还是不免隐隐作痛。

难道擅长挖苦人的仅他一人？

她薛玉凝也会！

“怎么，莫非皇上吃醋了？静思园那夜皇上的表现实在让人失望。并且，事后竟像个懦夫一样落荒而逃。”

玉凝暗暗打量凌烨宸的表情，他薄唇紧抿，琥珀色的眸子因暴怒而变得深邃。

她这些话无疑是在老虎头上拔毛，可她却偏要将他激怒。她，就是讨厌他冷静的样子。

“这些天，臣妾重伤瘫在床上，皇上可曾关心过？”顿了顿，续道，“也对，我这等货色皇上怎会关心。既然皇上不关心我，难道连别人关心我，也不行吗？”

凌烨宸失笑，他仅仅说了一句，她便回了这么许多，当真够有胆量。

冬儿、萍儿不禁替主子捏了把冷汗，主子，你该跪下求饶，请皇上赎罪才是啊！竟然和皇上顶撞了起来。

“很可惜，不行。朕不要的东西，哪怕是毁了，也容不得别人觊觎，更别提关心。”

他霸道地宣告着他的所有权，缓缓朝她伸出了手臂。

眼看他好看的手指就要触碰她的脸颊，她却如避蛇蝎般，侧身躲过了凌烨宸的碰触。

不能让他逮到，逮到绝没有好果子吃，她要避得远远的。

她快步绕过这个冰冷的男人，钻到床底下，只露出一双小腿在外面。

众人不解。

隐于帷幔之后的无踪也不禁咂舌，这薛妃就这点本事？嘴上那般不饶人，结果就往床底下钻了避难？

听去，那薛妃嘴里还振振有辞，“在哪呢？我明明放在床下了。”

冬儿、萍儿两人简直是欲哭无泪。主子，除了钻床底下，你还有没有更好的招？你难道要在床底下钻一夜？即便你要躲床下一夜，陛下当真有那耐心，跟你耗费一夜？

凌烨宸环胸而立，饶有兴趣地打量着眼前这撅着屁股趴在床下的丫头。

随即冷眸扫过冬儿、萍儿，“你们两个下去，这里不需要你们伺候。”

冬儿、萍儿慌忙依言退下，一并掩了房门。

凌烨宸又看向窗边帷幔，“你也下去。”

无踪闪出帷幔，一个飞身，便掠出了窗外，一并掩了窗户，只是窗户合上的一刻，窗外荷塘扑腾一声，有重物落水的声音。

想是那无踪把窗外当成了地面了，可窗外分明是一望无际的荷塘水面呀。

“啊，找到了。”玉凝高兴地呼出声。

凌烨宸把视线从窗户收回，望向床下，眼中因无踪落水引起的笑意，立刻变成了千年不化的寒冰。

因找到了免死令，太过兴奋了，忘记了还在床底，于是，玉凝猛一抬头，便碰到了头顶的床板。

“呀……”来不及呼痛，她脚腕就被人捞住，那人一扯，她就被从床底下拖了出来。

她头发散乱，脸颊上也一并沾满了灰尘，看上去不甚狼狈。

脚腕的束缚一松，她一个骨碌坐起身，抬眼看去，凌烨宸挺拔的身影正在眼前。

她抬起小脸，讨好地裂开嘴角，双手一举，将手里抱着的铁疙瘩高举过头。

“我有免死令，你不能杀我、伤我、打我。”

玉凝暗暗吐了口气。还好有这莫名出现在她枕头下的免死令，不然，今晚定遭这暴君凌迟。

静思园一夜纠缠，撕痛犹在心头。

若今晚侍寝，定还是那般痛苦。

凌烨宸挑眉，这么宝贝的免死令，她却只把它当破铁扔在床底下？

“今天，还不需要请出免死令。”他眼中玩味十足，拿起那免死令，随手一抛，将那免死令扔回床下。

啶啷一声钝响。

玉凝眼巴巴地看着他潇洒、一气呵成的动作，欲哭无泪，若知找了这半晌，会被他扔回去，她何必费这等力气？

不过，莫非这令牌不管用？他仍就是要毁她？

等等，他见了这宝贝一点不好奇。玉凝大惊，能赐她免死令的，当今世上仅有一人——当今圣上！

他为何要赐她免死令？

“莫非你要出尔反尔？既然那令不管用，做什么要给我？”

要知道这样，刚才就不与他顶嘴了。若不顶嘴，兴许死得会好看点。玉凝此刻有些后悔。

“谁说……朕要杀你？”

玉凝怔怔地看着他清冷的面颊，疑惑地歪着小脑袋，细细地思考着。

是啊，他根本不在乎她，又怎会在意她和凌懿轩在荷塘之上怎样。

正失神间，她腰身一紧，被凌烨宸拎起，扛在肩上。

她微呼，被动地趴在他肩头，心里隐隐觉察到，他今夜不同。

凌烨宸来到床边，把玉凝抛在床上。

玉凝警惕地坐起，不忘揉了下摔到生疼的后臀。在听到他接下来的话时，浑身力气皆被抽走，吃惊得不知如何反应。

“给朕宽衣。朕今夜，歇在你房里。”

她心跳如雷乍起。

他还从不曾在她房里过夜。

她……亦不知该怎样侍候他。

出嫁随夫，她岂有不依的理。

并且，知道他要留下过夜，她心里不觉间已溢满狂喜。这是不是说明，他也有那么一点点喜欢她呢？

初春天正凉，她的床铺偏生又宽又大，自打进宫就没暖热过。今天他留宿，那便挤一挤，睡着也暖和。

她伸手脱了绣鞋，扔在地上，站在床边他身前。

“我……帮你褪去衣裳……”

虽然已做了心理战，佯装镇定，却依旧声音如蚊蝇，还伴着颤抖。

她抬手来到他领口，一颗一颗解着他袍子上的纽扣。

她本就紧张，不经意地一抬眼，瞥到他一双美眸正一瞬不瞬地凝着她，她瞬间便飙出了一身冷汗，手已经颤抖到没有办法接着解他身上的纽扣。

“你能不能闭上眼睛？不要看。”

不料，凌烨宸轻笑出声。他喜欢看她故作镇定，又后悔自责的小模样。

她的心，狂乱到没有节拍，呼吸亦不受控制。

直到他大手抬起裹了她的，她才微微回了神。

他轻捏着她的手指，一颗一颗，缓缓解着他外袍上的纽扣。

待到扣子尽数解开，他将那明黄外袍挥落，斜斜挂在远处的椅子上。

玉凝一双手缓缓再度抬手去解他里衣的扣子，但还没碰到他领口纽扣的时候，那人的声音却急急地响了起来。

“朕自己来吧，春夜正好眠，莫要多作耽搁，等你帮朕宽完衣，天就亮了。”

玉凝傻傻地看着眼前这个俊俏的，她爱的男人，他很心急？

他三下五除二，将身上的衣物退了个精光。

玉凝惊呼着捂住了眼睛。

这是她第一次看到男人的身体。

“薛爱妃，可看够了？”

啊……被逮到了！玉凝全身的血液从下而上，迅速涌至头上、脸上，热得直冒汗。

“臣妾没看！”看了也死都不承认。

凌烨宸低笑着把拘谨羞怯的她拥进怀里。

“你已将朕看了遍，是不是该有来有往，礼尚往来，让朕也看看你？”

玉凝暗暗地舒了几口老气。

在他面前宽衣解带？然后被他那双阅历无数美人的琥珀色双眸看个彻彻底底？

突然间玉凝竟有种想自行回去静思园喂鸟的冲动。

“请吧，朕看着你宽衣，”凌烨宸凝视着她，“若你不乖乖合作，储秀宫一干奴才活不过今晚，朕第一个就拿冬儿开刀。”

玉凝迫于凌烨宸的威胁，将衣服脱下扔了出去，羞怯地蜷缩在床上。凌烨宸拥着玉凝，玉凝羞得别开脸颊，埋首在他的胸膛。

肌肤相贴的一刻，才知，他身体竟如此滚烫，心跳如雷般响亮。

难道，他同她一样，也紧张极了？

他将她轻轻放平，白净好看的手顺着她的颈项滑下，轻掠过她锁骨下的胎记，发现玉凝小腹上原本那抹血红守宫砂已消失不见。

他满意地弯了弯嘴角，她已是他的女人，彻彻底底的。

他用指腹轻轻摩擦着她雪白的肌肤。

……

他不能碰她，上次静思园已是个意外！

他双拳紧握，用力捶在床沿，发出骇人的声响。

他狭眸倏然睁开，双眼写满悔色，随后，他骤然离开她的身体，慌乱地朝床头连退数步。

玉凝好奇，这男人怎么了？怕什么？被咬破脖子的是她，他反倒先怕了起来。

“嗯……”凌烨宸心口一阵剧痛，他紧捂胸口，额头渗出了涔涔冷汗，顺着漂亮的脸颊滑下。

玉凝敏感地察觉到了他的异样，他紧捂着胸口，莫非，是心脏染疾，犯了病？

“凌烨宸，你怎么了？哪里痛？宣太医，好不好？”

玉凝跪在他身侧，紧张地伸手帮他擦拭着额头上的汗迹。

“啊……走开。”凌烨宸惊恐地将她推离身边，他粗重地喘着气，眉眼因剧痛变得扭曲，“你不要碰我，离我远远的，不要碰我……”

猝不及防的，他喉咙一阵紧窒，血腥气从咽喉涌进口腔，噗的一声，吐出一口浓血。

那血溅洒在床上、地上，亦在地上凌乱的衣衫上留下了斑斑紫红。

玉凝又惊又怕，但更多的是心疼。

他究竟怎么了？为何口吐鲜血？

她见不得他疼，急得眼泪夺眶而出，慌忙爬到他身侧，紧紧把他拥在怀里，声音呜咽，“你哪里痛？到底哪里痛？告诉我。”

她抖着手帮他揉着心口，“是这里痛，是不是？别再推开我，让我帮你揉揉，让我帮你……”

噗……

玉凝胸口一阵湿热，低头看去，凌烨宸居然又呕出一口鲜血，那血尽数喷在她身上，染了一片鲜红。

她大恸，欲将他搂得更紧，却再度被他拒绝、推离。

“薛玉凝，你走开，我想要你，可不能要。你越是碰我，我就越痛，快走开。”他没了理智，仅知道她的靠近让他心口变得更痛。

自小，太后便在他心房种下毒虫，太后的目的再明白不过——控制幼帝。这毒虫若是没有太后的解药，便会和他同生同死、同知同觉。

解药，至今攥在太后手里。

可这虫子性情极恶、极凶。若他动了情欲，不纾解，反而压制欲望，这毒虫就会啃噬他的心脉，让他疼痛钻心，欲死不能。

一旦毒发，与女人交合，解了毒虫之怒，便可保命。但如今，他却不能要她。

玉凝隐隐觉得，自己的身体可以让他不那么痛，于是，上前吻住了他的唇瓣，“要我，如果那样你会少痛些，要我……”

凌烨宸毒发本就因为对她的欲望未得到纾解，若能要她，他何必任由毒虫发作。于是，依旧坚持着。

“求你走开，离我远点。”

他呼吸急促地朝床边看去，四下找寻，突然拿起床边放置的，从她头上拔下的那玉簪，猛地刺进自己的大腿。

玉凝大呼：“你这蠢人，当真不知道疼吗？”

凌烨宸扑通一声，重重倒在了床榻上。嘴角苦涩地扬起。疼，又如何？

对她的欲望，唯有用疼痛来克制。既然心口的剧痛克制不了对她的欲望，那就再多加一些疼痛。

可鲜血顺着大腿缓缓流下，他才知道，原来竟然无论多少疼痛也无法克制对她的渴望。

他，该死地，疯了一样地渴望她。

口中鲜血不断涌出，他心口绞痛，身体缩作一团，剧烈地抖着，伴随着不住的呻吟。

他定会丧命于今晚。

若是如此，那就死在这女人的床榻上，最后一眼看到的是她，此生何憾！

玉凝见他这样痛苦，并且慢慢失去了知觉。突然，她眼中闪过会意之色。

血？让他饮血！

她猛然从他手中夺了那簪子，狠狠地朝手腕划下，割了皮肉，流出鲜血，急忙将手腕放置他唇边。

他似嗅到了血腥气，本已没了神智，仅知道嘴边是救命稻草。

他张嘴含住了她的手腕，用力吮吸着，猛烈吞咽着。

玉凝紧咬下唇，任他去吸食她的血。只要，他能够好起来，她死亦何妨！

当玉凝唇色渐渐转为惨白时，凌烨宸紧皱的眉头开始慢慢舒展，紧缩的身体也停止了颤抖。他嘴角一缕殷红滑下，薄唇满足地微微扬起。

良久。

他双眸微微睁开，嘴边竟是她纤弱的手腕。他眼里满是错愕，为了他，她竟然割破了手腕！

傻女人。

“为什么要救我？我一再伤你，我死了，你该高兴才是。”

玉凝微微一笑，凄然说道：“我宁愿你活着伤我，也不要在没有你的世上独活。”

简单几字，撞进了他内心最柔软的地方。她坦诚、满是爱意的眼眸灼伤了他的心，他眼睛四下闪躲，独独不去看她。

“朕要走了。”他松开她出血的手腕，翻身下床，捡起衣衫狂乱套在身上，脚步不稳地朝外踱去。

“慢着！”玉凝情急之下伸出满是血迹的那只手扯住了凌烨宸的衣摆。

凌烨宸身躯一震，缓缓回身，目光复杂地看向她满是血的手腕。却没有多作表示，只冷冷道：“什么事？”

玉凝苦涩一笑，她有意用受伤的手抓他衣裳，心里怎会不希冀他看了会心疼？

可是，她早已料到，他不会心疼。

“为什么宁愿用那玉簪自毁身体，也不碰我？”玉凝紧紧凝视着他。

凌烨宸眼里出现了不常有的怯意，“因为，朕要回去陪映雪，她该等了许久了。”

凌烨宸选了最伤她的借口，只为能够早早从这里脱身。

玉凝心里虽疼，却轻笑，淡淡地胡言乱语，“还是说，你根本不能要我？你我同是太后所生，你……是我的亲哥哥？”

凌烨宸脸色大变，脚步有些踉跄，盛怒挥袖将衣摆从她手中抽出，讽刺道：“就凭你，还不配流有我皇族的血液。朕不要你，是因为朕不想弄脏了自己。太后膝下仅朕一个儿子，你绝不是她的女儿。”

玉凝心口一窒，原来是这样，不动她，是嫌她脏。她问他，真是自取其辱。

她回神的时候，眼前已没有了他的身影，颇远处门边，仅划过他一抹儿染了血迹的衣摆。

她双手捂着脸颊，泪，溢出了指缝，滑下。

当夜

映雪在双雪殿左等右等，却终不见皇上回来。

皇上随无踪前去储秀宫，留她一人独守空榻，她心中自是不悦。

不过，一想到皇上此去储秀宫，必定重罚玉凝那贱人，她独守空榻也是值得的。只求那七爷和玉凝演得欲死喷火一些，好直接惹恼皇上，赐那贱人死刑。

可时近子夜，皇上竟还没有回来。难道皇上去储秀宫捉奸治罪也需要这么许久？砍头不过一眨眼的功夫。这么良久，多少人头砍不了？

映雪隐隐不安，莫非皇上被玉凝牵绊住了手脚？

不行，这种事情，她决不允许发生。

她遣丫头向储秀宫一干侍卫打听了才知，皇上根本没有要治薛妃的罪，反倒是这一干侍卫一头雾水，对七爷夜会薛妃一事全然不知晓。

他们仅知道，皇上夜深时候来到储秀宫，只逗留了一个时辰，便浑身染血，惊慌夺门而出。

映雪听了丫鬟回禀，坐立不安，定要立刻见到皇上。感觉皇上渐渐地离自己远了。

她，于是来到养心殿。才进了院子门，就从卧房内传出了酒瓶猛然摔碎在地的清脆声响。

“都出去，给朕滚，通通滚出去。朕不要你们伺候，朕要她，要她……”凌烨宸的声音清清冷冷，却分明透着伤感和痛心。

映雪大惊失色，皇上醉酒了！

几名衣着裸露的女人连滚带爬地从卧房内夺命跑出来，落泪、呼嚎、惊吓不已，似身后便是洪水猛兽，走慢一步就死得不知其所般。

映雪心知这些女人是谁，往日也算得了点儿皇上恩露的女人。

映雪鄙夷地扫过这些争先逃命的女人，随即看向门边一脸担忧的月下。

“月公公，发生了何事？皇上怎么样？”

月下见来人是映雪，如获救星，赶紧回道：“映雪娘娘，你快去看看皇上吧！皇上今夜喝了不知多少酒，奴才担心皇上的身体，偏皇上又不让奴才在屋里伺候。”

月下至今想到皇上从储秀宫回到养心殿时的情景，还心悸不已。

皇上当时满身是血的狼狈样，哪里还是往日骄傲的帝王。月下心疼，飞身上前，搀扶起他不稳的身体，跌跌撞撞回到房内。

“皇上，奴才这就传太医给您疗伤。”

谁料，月下才刚走两步就被凌烨宸一个掌风卷回，月下心知皇上已然气怒，竟连话都不愿多说一句，直接用内力阻止他前去寻太医。

月下摔得四脚朝天，但他顾不得疼痛，看向桌边那绝美的帝王，何曾见过他有过这样伤感的表情。

“月下，给朕拿酒来。”

这是皇上从回来养心殿后说的唯一一句话，一连三个时辰，只是不停地猛灌酒水。

就算是铁打的身体，也经不住这样的折腾啊。

皇上由储秀宫而来，定是薛妃侍寝不周，惹了皇上。

于是月下自己斗胆做主，一连帮皇上找了后宫几十佳丽，让皇上消遣。他想着，等皇上去了火气，一定就不再饮酒了。

可谁知这些佳丽，今天，竟然个个没用，都被皇上盛怒轰了出来。

“月公公，这里交给我，你下去吧。”

映雪娘娘的声音传进了耳朵，月下这才回了神。想来，皇上的心头肉映雪娘娘，一定可以安抚屋内那贪杯人的情绪。

“是。”月下应声退去。

映雪才进了室内，铺天盖地的酒气便顷刻袭来，呛得她喘不过气来。

房内桌椅凌乱，酒瓶碎片满地，一片狼藉。

凌烨宸一袭白衫，腿上的伤口并未包扎，白衫下摆尽是血迹。

他发丝凌乱，完全没了往日的霸气邪佞，仅剩下脆弱、无助。

他趴在桌上，将桌上那下酒的菜肴推得洒落了满地。

他时不时抓起酒瓶子灌一口黄汤，兴许是已醉得手脚不稳，酒水尽数洒在了脸上、脖子里。

他阵阵低笑，口中亦是振振有辞，“……母后以为你是她的女儿，要杀你。母后，你糊涂！”

“她怎么可能是你的女儿……她若是你和先皇的女儿……朕也不会这样痛苦……”

“朕早就封了她做朕的皇后……薛玉凝……凝儿……为什么，你偏偏是薛晟的女儿……薛丞相的……”

此刻，他已语无伦次，说着便狂笑了起来。或许不单单是笑，因为，那眼里分明漾起了厚厚的雾气，莫不是，那雾气是泪？

映雪为这突然窥得的秘密震惊不已，太后误以为玉凝是她的女儿！太后竟有个女儿流落在外？

多年前，后宫究竟发生了什么？太后有什么故事？

怪不得太后设宴那日要毒害玉凝，本以为太后是为了替她映雪出气，原来太后本就要杀玉凝灭口，只是顺水推舟罢了。

若玉凝不是太后的亲女儿，那谁是？莫非是隐在宫里的哪个女人？

映雪将凌烨宸扶起，搂在胸前，轻轻吻着他的额头、脸颊，温柔道：“皇上，喝酒伤身啊，不要喝了。有什么心事说给雪儿听，好不好？”

凌烨宸对这突然的碰触和声音感到烦躁，于是，长臂一抬，猛力将她推开。

“滚开，朕不要你，不要你们，谁都不要，朕只要她……朕只要薛玉凝……”

他疯狂地怒吼着，他看不清眼前站着的到底是谁，只当是刚才那些来侍寝的女人。

映雪摔在地上，眉头紧紧皱起，牙齿亦咬得咯咯作响。

第一回，皇上对她动粗，竟是为了——薛玉凝。

映雪双眼溢满了委屈的泪水，不禁想到曾经的点滴。

当年，皇上还是不受先皇待见的四王爷，常年领兵与碧月、西岩两国交战，每日驰骋沙场，生死皆不知何处。

她生在三国交界处。说来也巧，那日，她在树林里迷了路，正着急不知如何是好的时候，忽闻远处传来水声。

若有水声，就一定有人，她便想前去询问回家的路。

她循着水声找去。只见，那林边小溪岸上，一匹棕色宝马在低头饮水。

待到那大马信步挪开后，小溪中竟有一男子正在赤膊沐浴。

映雪痴痴看去，没想到这男子竟那样好看。当真是这尘世之人？

映雪忽然秀眉紧蹙，因为这好看的公子，背上竟受了剑伤，赫然一个血口子淌着涓涓热血。

想来，应该姿色好的男儿分外惹人心疼。

映雪心生不忍，尤其看到他伤口里流出的血是黑色之后，更是慌了神。

他中毒了。

她当即便撕了衣衫，将布料握在手里，急忙拎起裙摆朝溪边跑去。

她要帮他包扎了那伤口，他一定很疼。虽是初见，可，她不忍。

谁知，溪水里那人听到她脚步声响后，倏地警惕旋身，卷了衣袍穿上，瞬间握起原本静陈于岸上的长剑。

他长臂一伸，冰冷长剑直指映雪咽喉，怒道："谁派你来的？你是哪国刺客，碧月，还是云天？美人计已使了一回，难道要一天之内再使第二回？"

映雪看着眼前泛着寒光、微微晃动的剑尖，骇得倒退几步。

"我不知道公子在说什么。我……担心公子的伤……前来给公子包扎伤口。"映雪声音娇弱颤抖。

他满眼狐疑，警惕而望。

映雪余光瞥见小溪不远处静静躺着一具女尸，那女子胸口染血，似被剑贯穿，当场毙命。

想必，这位公子身上的伤便是这死去的女子所致。

糟了，这公子定是把她当成了敌国派来的奸细了。

既然这男子能令云天、碧月两国派人来刺杀，想必地位非凡。

莫非是西岩国带军打仗的将军？

第十章　保持距离

“公子莫急，我并非奸细。家父便是这一带的商户，公子若是不信，便可随我到家里一看究竟。正如公子所说，美人计，敌国又怎会同一天使两回。公子身受重伤，当快些处理伤口才是。”

他琥珀色的眼眸细细打量了她一会，眼中的戒备稍稍淡去。

突然，他口中呕出一口鲜血，手腕一转，用那剑尖撑在地面，支撑着微微弓起的身体。

“公子……小心。”映雪急忙上前搀扶。

这男子反手握了她纤细手腕，开口说道：“我是西岩军统帅凌烨宸。仗未打完，若我死了，近百万大军将无首，必大乱。这等败仗亡国之罪，我实在担当不起。”说着，他丢了那剑，手重重按在她肩上，“我身中了那女刺客的毒，动弹不能。若我能信你，你便去集市药铺帮我寻来蚀骨散解药。倘若我有命活下，大恩改日定报！”

他嘴里鲜血不断涌出，突然，眼前一黑，便直直朝映雪身上倒去。

映雪轰然倒地，被他压了个结实。

一定要救他！可集市离这里甚远，怕是赶到集市药铺的时候，他已毒气攻心毙命了。

映雪是大胆的，她用尽全身力气，从他身下抽身而出。让他平趴在地上，撕开他身上的衣物，将那冒着黑血的伤口暴露在空气里。

随后，她决然俯下身，一口一口将那毒血吸出，吐在地上。

此刻，她心中仅存的想法：这不凡的男子便是她一生的归宿。救活他，她义不容辞！

血中余毒让她微微晕眩，

不过，未见她有片刻耽搁，爬起身，踉跄来到那棕色大马身前。

这马颇有灵性，似心知它主子有难。竟翩然跪在地上，低了身子，让映雪能够轻松而上。

待到映雪坐定，那大马便朝喧嚣集市驰骋而去。她，染了深情的眸久久回望，锁着静趴在岸边的垂死男人。

“凌烨宸，一定要等我回来！”

注定，凌烨宸是天子的命。

映雪取解药，来去竟不过半个时辰。

她急忙喂了他解药。因他薄唇紧闭，她便没多顾虑，以口哺喂了他。

此时，映雪竟觉得心里阵阵绞痛，兴许是那余毒已发作。却也不敢妄自去吃剩下的一颗解药。

只因凌烨宸还未醒来，他中毒太深，若长久不醒，那她就把那仅剩下的一颗解药也喂了他。

能有幸救了这样卓越的男人，她也算没有白在世上活一遭。

轰轰烈烈死去，也总比在这三国交界的荒野之地，平庸活一世强出百倍。

她伸手探去，他额头竟然滚烫，身上也是。想来必是受了风寒，开始发高烧了。

这四周鲜少有人家，她又背不动他，要如何治他的风寒？

她心一横，褪去了身上的衣物，也褪去了他的，用纤细的身躯，紧紧地搂住他冰冷的身体。

肌肤相贴，为他取暖。

正被冻得发抖难耐之际，那棕色大马缓步而来，侧卧在两人身边，挡去了凉风，供来了颇多暖意。

不一会，映雪昏昏沉沉便没了知觉。

再醒来时，她已然身处军营帐内，身边侧躺着琥珀美眸男子，薄唇抿出邪魅笑意，道：“你救了本王，从今天起，你就是本王的女人。”

从那一刻，她映雪便是四王爷的女人，得尽了凌烨宸宠爱。

也因为这样，从那之后，她便随着凌烨宸征战沙场。

他率军上阵杀敌。她在军帐中日夜祈祷，揪心担忧。

和云天、碧月交战，仗一打就是三年。一千多个日日夜夜，都是她映雪生死不离地陪在他的身边。

现如今，天下初定，不受宠的四王爷成了九五之尊的皇帝。薛玉凝那贱人居然跑出来与她争皇上！

在皇上最困窘失意那段时间，是她映雪陪在皇上身边的。

薛玉凝，你凭什么，凭什么让皇上这样爱你？

刺耳声响，酒瓶清脆摔落在地。

“酒，月下，给朕拿酒来，朕要喝酒……朕要酒……”

凌烨宸沙哑的声音，拉回了映雪飘飞的思绪。

她拭去眼角的泪水，捧住凌烨宸因酒而醉红的脸颊，伤然说道：“皇上，天不早了，早些歇了吧。臣妾服侍你就寝。”

凌烨宸抬手复上在他脸上游移的小手，醉眼迷离，俊眸恍惚，怎样也无法将眼前人的容貌看得真切。

“是你……你是凝儿……可凝儿不会来这里……”他猛地钳住了映雪的腰身，将脸埋在她胸前，“凝儿……你来看我了是不是？我好想你……好想你……”

映雪心里猛地一阵酸涩揪痛，伸手环住凌烨宸的肩，轻轻拍抚，安慰道：“凝儿也好想你呀，皇上。”

若非皇上的酒后真言，她还一直被蒙在鼓里。

细想来，太后家宴那日，皇上陪同尤怜之一同赴宴，表面上关心尤怜之，实则是担心薛玉凝有难。

后来与薛玉凝同用一套餐具，仅是怕有人在玉凝餐具里下毒。

薛玉凝打翻茶碗，皇上不让太后将她杖毙，而是把她打入静思园。这乍看之下，貌似是要让她死无全尸，可细想来，皇上竟是在想方设法地救那贱人。

映雪眼中尽是妒恨狠辣的火焰。薛玉凝，就算他爱你又怎么样？最后能留在他身边的人才是赢家。

映雪扶起凌烨宸的脸，印上他的唇，轻轻勾画他的唇线，魅惑地说道：“皇上，凝儿想要皇上，皇上……想不想要凝儿？”

闻言，凌烨宸身形一震，睁大双眼，捧住映雪的脸颊，仔细端详了良久。像是不敢相信一般，倏地，他闭起双眼，再睁开。

“真的是凝儿！”声音中充满了惊喜和惶恐。他扑身把眼前女子压在地上，小心地吻着，呵护着，生怕弄痛了她。

“凝儿，我对不起你。我是坏人，天天欺你辱你……原谅我……好不好……”

他满是自责的声音使得映雪心中更是酸痛，“凝儿不怪皇上，凝儿要皇上。”

凌烨宸鼻腔酸涩，眼眶胀疼，得到了她的应允，他喜出望外。他终于可以拥有她，终于不用再顾忌什么。

他手掌扬起落下，屋内烛火摇曳了几下便灭去。

寂静的夜，只剩下男子粗重的喘息和女子破碎的呻吟……

翌日储秀宫

玉凝看着手腕处被周太医包扎好的伤口，赞道：“雨晴，你手艺真好，伤口包的真好看呢。”

昨夜，凌烨宸发疯般地将她咬伤逃了之后，她哭了半晌，忽觉这么放任手腕、脖子流血也不是办法。

她突然便记起夜翎那小子每次出现都是神出鬼没，而且每次身上必然带着药。于是，她干脆上去储秀宫房顶等他一等，想讨些药来止血。

不等便罢，苦等半个时辰才知，这夜翎，原来是个彻头彻尾的骗子。

什么“若你想见我，便来此等候。”

倒是本小姐血都流干了，你却在哪呢？

周雨晴把药箱收拾好，对神游的玉凝道："娘娘真是个妙人，受了伤，还有心情欣赏我这包扎技术。不过，皇上只说娘娘手腕、脖子皆受了伤，遣我过来。臣真好奇，娘娘脖子里是怎么受的伤？我看着像是被人咬伤的。"

玉凝红着脸把衣服拉起，盖住伤口，结巴道："不……不是人，是狗……，我……院子里那小狮子狗咬伤的。"

周雨晴似恍然大悟，道："这样啊，这狗也真是，怎么牙印和人的差不多呢。还好娘娘早就是皇上的人了，要是娘娘还没嫁人，这狗咬的地方可恰巧就是锁骨上面那让人遐想的地方。让奸人看见，定诋毁娘娘清誉啊。娘娘可要小心了，莫要再靠近那狗。"

眼瞅着周雨晴一口一个狗字，玉凝不禁冷汗出了一身。这"狗"可来头太大！雨晴啊雨晴，你倒真是越发说得顺口了。

"雨晴说得对，是该离'它'远点。今天辛苦你了，天不亮就跑来给我包伤口。"

"娘娘客气了。想来有趣，今天天不亮，皇上竟亲自去了太医院，传我给娘娘治伤口。皇上浑身酒味，想必是昨晚上喝醉了，一大早忽然记起娘娘身上的伤了。"

玉凝心里一沉。喝酒？昨夜那家伙从储秀宫走后，难道竟又去把酒寻欢，花天酒地了？

也对，谁让陛下身中了那种无赖毒蛊，想必女人多了，他也有苦难言？玉凝越想内心越是酸楚，何来有苦难言，他分明是乐在其中。

周雨晴认真道："娘娘，臣自小就长在宫里，对皇上不算陌生。今早上皇上去找我的时候，他腿上也有伤未曾处理，却执意让臣先来给娘娘治伤。明眼人一看便知道，皇上心里紧张娘娘，牵挂娘娘。"

玉凝心里扑扑直跳。一直以来，她都希冀他的爱，但为什么从周雨晴口中得知了他心中有她之后，反倒不知如何该反应。

"皇上多情，对各位娘娘都紧张。"她索性含糊过去。

送走了周雨晴，玉凝才顾得上打量储秀宫院落四周的情况。

而眼前，是什么情况？

屋顶黑压压地站满了侍卫，院子里每个角落，每堵墙边皆是侍卫，就连树枝、树干、树梢上，凡是能站人的地方，全都站满了侍卫。

若仅是如此也便罢了，更让人匪夷所思的是……

荷塘上面，船挨船，船挤船，几近看不到水面，船上无一例外满是侍卫，满是佩剑带刀的侍卫。

玉凝伸手朝那几百侍卫指了一圈，道："邢掣，这、这、还有这，到底是怎么回事？"

邢掣恭敬上前，揖手道："皇上有令，储秀宫院落不安全，夜半闹采花贼，所以调来数百精兵保护娘娘周全。"

采花贼？凌懿轩？玉凝当真哭笑不得。

黑压压的侍卫当真壮观！

可储秀宫皆女眷和阉人，突然多了这么许多血气方刚的大男人，岂不乱套？

且不去想，小丫鬟会否夜半偷偷幽会小侍卫，单单是正常的生活，也多有不便。

试想，夜半睡觉时，房顶、窗前皆站满了人，那是怎样一种感觉？还能否安然入睡？被凌烨宸一人踩在脚下已经够了，还要被这些侍卫踩在脚下？

若是开了窗户，想看荷塘月色。结果，入眼皆是臭男人，岂不大煞风景？

再有，后宫嫔妃每月俸禄不过几百两。偏她又愚笨不得宠，进宫以来还没见过俸禄啥模样。这储秀宫一下平白多添了几百口人，白吃白喝的，就她带来那点嫁妆，不消几天准被挥霍得一干二净。

她承认，她不够豪迈，钱财还是身内之物。

再说句不雅的，入个茅厕，还要先抬头看看房顶有没有狼眼偷窥。

玉凝正想着，就从后院传来冬儿一声惨叫，“啊！淫贼！什么，你上厕所？滚出去啦，储秀宫没有男厕。”

玉凝欲去帮冬儿解围，但前脚才刚抬起。身边就噌的一声，一阵冷风飙过。看去，竟然是终日守在储秀宫的御前侍卫——邢掣挺拔的身影闪过。

听到冬儿呼救，她这当主子的着急，实属正常。

倒是，邢掣急什么？

只见邢掣先是快步朝院后面茅房跑去，想是嫌跑得不够快，便一个旋身凌空跃起，直接从房顶飞了去。待到他的身影才刚落过墙那边，便急急道：“不长眼的东西，谁准你冒然进储秀宫茅房的？我禀明皇上，阉了你。”

“邢大人饶命，大人饶了小的。小的一时内急，才不择地方，大人开恩啊。”

“仅此一次，你刚才看到的若敢说出去，我剜了你的眼睛。”

“是是，小的什么都没有看到，绝对没有看到冬儿姑娘。”

又听到邢掣略带关切的声音幽幽传来，“冬儿，你怎么样？莫怕，你慢慢来，这儿有我守着。”

可这讨好的话，却没有换来冬儿丝毫的感激。

“邢掣？你怎么也进来？滚出去啦，到底还让不让人如厕！”

玉凝将这一番对话尽收耳中。邢掣和冬儿之间，倒是不陌生呢。只是邢掣天天不声不响的，什么时候把冬儿拐走了？

话说回来，养心殿这一遭，必须得去。

凌烨宸这藏头缩尾的男人该是吃醋了，不满凌懿轩夜探储秀宫，于是派几百号人看着她。

明明不要她，却专做些拈酸吃醋的事。可惜，不清不楚的事情，她玉凝不要。

要么，爱她，吃明醋。

要么，狠心到底，让她绝望。打一巴掌再给个甜枣，她不屑要。因为，吃了这甜枣，保不准又要挨巴掌。

玉凝来到凌烨宸书房门前，门外无人。门虚掩着。

他……就在这房内吧。腿上的伤口可处理了？心口还疼吗？来到他门前才知道，原来，一切都只是借口。

想他，想见他才是真。

玉凝终于推门走了进去。

“凌烨宸……”

她满怀期待地撩开帷幔，朝书桌处望去。顿时，脸容僵住，手无力地垂下，连那厚重帷幔垂落在头顶也全然不知。

凌烨宸果然是在的，可他并非独自一人。

凌烨宸漂亮的眼眸还染着迷离之色，抬眼，朝帷幔边看去。竟然是她！

玉凝耸肩朝他微微一笑，道不尽多少苦涩和尴尬。

早上周雨晴才说：皇上紧张，牵挂娘娘。玉凝竟为了他那份紧张和牵挂心神不宁了半晌。

现下看来，不用胡思乱想了。他过得很逍遥自在，哪里有牵挂她的迹象。

凌烨宸怀里的女人因为情欲全然不知玉凝的到来，不满娇嚷，“皇上……”

那女人却见凌烨宸丝毫不为所动，她方转身，循着他的视线看去。原来，那坏她好事的女人，是薛玉凝！

玉凝与那女人对视的一瞬，随即倒退了两步。是尤怜之。

太后家宴一别，尤怜之和她就越发地生疏了起来。想不到今日见面竟如此尴尬，姐妹之情，是否会断在今天？

突然，凌烨宸把尤怜之滑下肩膀的衣衫拉上。狭眸始终不离玉凝，将她看了半晌，才冷冷道：“不好好在储秀宫待着，你跑来这里做什么？”

尤怜之炫耀一般把凌烨宸的脖子勾紧，挑衅地打量着玉凝。现在，在皇上怀里的是她尤怜之，薛玉凝，你就慢慢羡慕嫉妒吧。

玉凝与怜之虽以往关系甚笃，却觉此时她的眼神实在可恨。

玉凝当真是不能让人撩拨的，脱口便问：“尤怜之能来，我为什么就不能来？”

问了之后方觉后悔，跟尤怜之比这做什么？难道争着抢着伺候这男人不成？

罢了。

不等凌烨宸回答，玉凝倏然转身道：“皇上恕罪，臣妾不知皇上在书房里正忙，打扰了皇上雅兴。”

她想走，可偏偏脚下却像生了根一样，生生动弹不得，就那样倔强地背对着他站在屋子里。

“你还不滚出去，杵在这里做什么？”

凌烨宸厌烦、恼怒的声音突然如冷水一样从背后泼来。他的表情，虽看不到，却一定满是厌恶的。

顷刻，玉凝的泪水不争气地涌了出来，只差哇一声痛哭起来了。伸手，狼狈地抹了把眼泪，抬腿就跑。

可才迈开半步，衣领就被人从后面攥住了，腰身也被人强势地紧紧搂住，她重重跌进了一个宽阔的胸膛。

熟悉的淡淡龙涎香味，将她轻轻萦绕。

背部和那人的胸膛紧紧相贴，似乎可以感受到他沉稳的心跳敲在自己的背脊上。

玉凝缓缓抬起泪眼，不期然地跌进了他似水柔情的双眸。

“臣妾告退。”

玉凝又朝这不甘愿的声音来源瞅去，尤怜之正射来愤恨妒怒的目光。原来，刚才凌烨宸那句“你还不滚出去，杵在这里做什么”竟是丢给尤怜之的。

西岩国第一美人，他竟不怜惜？

等到回神时候，玉凝整个人已被凌烨宸抱着坐到了檀木大椅上，他将她稳稳安置在膝上。

“哭什么？朕已让她走了。”他平平淡淡却略染关切的嗓音敲在她的心头。眼泪便再次不受控制，一下子涌了出来。

凌烨宸低手从她腰间扯下了白色绢帕，轻轻擦拭着她脸颊上的泪水。

正是他这不经意间抬手为她拭泪的温柔，使得她的心脆了又脆，软了又软。

他对她冷嘲热讽，她都一直死心爱他，现下的温柔，她又怎能招架？

拨开了脸边给她擦拭眼泪的手，扑到他怀里，泪水鼻涕尽数抹在他胸口衣襟。

“我是妒妇，犯了七出，千不该万不该不该和你其他妃子争风吃醋，可我管不住自己的心。没看见还好，如今看见了，我没办法装作什么都没看见。请皇上休了我，送我回薛府。”

她……吃醋？对于这一发现，他竟分外欢喜，连眉眼都弯了几分。

他轻轻拍抚她的背脊，不觉间声音也柔了起来，“那以后都不让你看见。这回朕就姑且原谅你，若有下次，朕定会休了你。”

他自认的调笑和哄慰，在玉凝听来却是标准的负心汉言辞。言下之意，她看不见的时候，他还是会为所欲为。

玉凝也懒得与他言辩，好容易逮个机会在他怀里哭，那就将进宫来的委屈都哭出来吧。

谁让他的温柔着实罕见，谁知下一刻他会否突然翻脸。

“凝儿。”忽闻凌烨宸轻叹一声，趴在她耳边，“丫头，莫要再哭。平日里见你聪明，今天反倒笨了起来。”

玉凝不解地瞅着他。

“尤怜之走了，朕却安然无事，这样你……可懂得？”

玉凝心里一紧，细细咀嚼他的话。原来是……他并未毒发，对尤怜之并没有动欲。他，不爱尤怜之？

可这都不是让玉凝震惊欣喜的原因，她吃惊的是，凌烨宸竟破天荒地对她解释。

凌烨宸对她灼热的目光感觉不适，脸上初次染了薄红，于是，轻咳一声，“才让周太医给你包了伤口，怎么不好好休息，突然就来了朕这里，有什么急事，比养伤还重要？”

玉凝再度欣喜。现下想想，凌烨宸刚刚那句“不好好在储秀宫待着，跑来这里做什么”竟是在责怪她不好好休养。

他的手指有一下没一下地在她脖间、手腕上的纱布上轻轻摩擦，她不悦地嘟起唇，“好痒，别动，我有正事跟你说。”

“什么正事？朕洗耳恭听。”

凌烨宸挑眉，不置可否，捏起她的下巴，在她唇上轻啄了一下，耐心等候她口中的正事。

玉凝下意识抬手猛地擦起了自己的嘴唇。因为，这男人的唇才刚刚亲了怜之，现在又这样满不在乎地亲她。她反感，于是，使劲擦了又擦。

凌烨宸被她擦唇的动作激怒。他漾起邪魅坏笑，道：“嫌朕脏，嗯？”

玉凝别开脸颊不回答。即便她不嫌，他难道就不脏？

他大手一捏，把她小脸钳住，接着，俯身猛地含了她一个脸蛋，用力吮吻。

“你这个疯子！放开我。”

玉凝双手抬起，拽住他两只耳朵，用力向后捞扯着。

良久，凌烨宸的唇终于离开了她的脸颊，

玉凝这才舒了口气。

谁知，这坏心的男人手一用力，又把她另半边脸扳过来，唇再度印到她脸颊上，又是狠狠一口。

真是疯子！玉凝的双手继续使力拽着他的耳朵撕扯，而他却好似和她卯上了劲，怎样都不松口。

“你到底是要怎样？放开我……咬人难道上瘾？皇上，你是几天没开荤了？”

凌烨宸松开口打量着玉凝的两个脸蛋，一边一块青紫印记，他满意地点点头。

玉凝猛地擦拭着脸上的口水。她却不知，那两块印记，是无论如何都擦不掉的。

凌烨宸直视着她的双眼，道：“说吧，来找朕做什么？”

玉凝叹气，怎么有种进了狼窝出不去的感觉。

“把储秀宫那些男人撤走，影响到我正常的生活了。”

凌烨宸好像突然意识到了什么，开口说道：“嗯……确实是朕没有考虑周全。朕这就下令撤走。”

等等！他刚才说……撤走？这样轻易就答应？她已做好与他据理力争的准备了，可却发现，他竟然一口应允了。

他答应的这样干脆，可她怎么还是觉得不安？

“那……我走了……臣妾告退。”玉凝作势要从他腿上滑下，无奈腰身却被那人紧紧攥住不放。

凌烨宸取出了一支剔透的玉钗。

“那日，你在映雪房内，给了朕你最贵重的珠钗，说那珠钗值不少钱，可谓价值连城。朕一向不白白得人恩惠，今天，回送你一枚玉钗。这钗，世上仅此一枚，比你那更值钱。所以，说到底，是你欠朕了。”

而这玉钗的价值又岂是用金钱所能衡量的！

玉钗得自三年前凌烨宸带兵征战之时。当时，三国对这宝钗皆垂涎不已。兴许是家里都有佳人等待，男人都想觅了宝钗回去相赠。他费了不少力气，终是从云天国王那里得了这钗。在手里紧攥了三年，直到今日，才有机会送与她。

仅为了她多个首饰罢了。

玉凝打量着他手中的玉钗，果真是上成的好玉，然而，她却断然拒绝，“我不要，你还是留给别人吧。”

“朕偏要给。”

凌烨宸把钗斜斜地插于她发髻上，说道：“钗真美，人差了点。”

玉凝小脸一红，无赖地顶回去，“那就当是绿叶，陪衬你的好钗吧。”

见他痴痴盯着自己的脸看，玉凝吓得心跳漏掉两拍，这好看的男人怎么盯起人来如此深情。

“你做什么同我交换定情信物？”

被他美眸看得越发没了底气，便没多想地问了一句。然而，话刚一出口，便知问错了，她竟自作多情地将这玉钗当做了定情信物。

就快窒息的前一刻，那人的话缓缓却飘来，“你是朕的女人，送你定情信物，再正常不过了。”

玉凝扑哧一笑。她保证不是故意不配合的，只是，太过紧张之后，只想发笑。

“笑什么，朕送东西给你，很好笑吗？”

玉凝歪着小脑袋，认真道：“没有没有，要是你不提醒，我都忘了我已是你的女人了。”

“忘了？”凌烨宸不悦拧眉，“朕就那么没本事，让你一点感觉都没有？”

糟了，男人似乎最在意这事。

她哪里是说他没本事，不过是静思园那晚她本已半死，哪来精神体会他的恩宠。

谁料，下一刻，她整个人便被这爱面子的男人扔在了书桌上，一摞奏折被碰倒，掉在地上摔得七零八落。

玉凝屁股下边硌得生疼，低眼看去，是一本半开的奏折。奏折所陈，竟是那洪涝治水、开仓放粮之事。

她当即便觉得罪过，想来，那拟奏折的大人，做梦也想不到皇上的女人会坐在这奏折之上。

身子突然被凌烨宸压了个密不透风，耳边亦传来他索欢的声音，“那朕今天好好表现，让爱妃记住，你是朕的女人。”

听了他的话，玉凝一怔，在书桌上办床榻上的事？

这等迷惑君主的妖精，还是留给别人去做吧，譬如：映雪。

眼看他好看的薄唇就要落下，玉凝急急指向门边，煞有其事地唤道：“映雪姐姐来了。”

凌烨宸眼露紧张神色，身形猛然一僵，果然抬头看去，却哪里有映雪的影子。

玉凝虽恼他在意映雪，却也趁机用力把他推开，从他腿上滑下，头也不回地向外跑去。

调笑着留下一句干预朝政的话，“皇上，那被臣妾坐过的奏折，可否先看？不然臣妾实在心里难安。”

她没有回头去看，自是不知凌烨宸白净的手，当真拿起了她口中所说的那本奏折。

他的目光紧扣她离去的背影，直到看不见了才收回视线。

来到院中，玉凝才弯下腰扶着膝盖大口大口地喘着气，若非及时逃了出来，在凌烨宸怀里当真是紧张到不能呼吸啊。

“薛妃娘娘，可否借一步说话？”

这声音明显是压低着的，想来是不愿意让书房里的人听到。

玉凝朝眼前人看去，轻声道：“月公公。”

“是奴才。”

月下眼中本是莫名的忧虑，却在看到她脸容的时候，多了分诧异。娘娘脸上的印记不消想，也该知道是谁留下的。

既然皇上意乱情迷、不能自拔，他这当奴才的岂能任由事态一发不可收拾？

玉凝微微木然，抬手抚上凌烨宸给的玉钗，莫非月下是在看这钗？

“既然月公公在这里不便说话，就随我且走且说吧。”

玉凝别了月下。她脸容暗淡，满腹心事，不觉间已回到了储秀宫院外。

初春的天空，不知从哪时起，多了几分阴霾。

月公公的话犹在耳边。一向笑脸迎人的月下，第一次寒了脸，说的话句句不客气。

头一句便是：“娘娘请离皇上远点，不要再继续伤害皇上。”

若说月下头一句足以让她心脏紧缩，莫名压抑难受，那接下来的话，便句句让她虽心有不甘，却又找不出只字片语去反驳。

“实不相瞒，娘娘再执迷不悟与皇上纠缠，到头来只是两败俱伤。先不说太后种在皇上心口的毒，即便是皇上的毒解了，娘娘也请离皇上远点。”

“娘娘或许心存侥幸，皇上女人多乃是毒蛊所趋，可即便没有那毒，皇上安能仅有一个女人？到时，娘娘可有那胸襟气量，受得了几月不见皇上的寂寞孤单？奴才了解皇上，皇上绝对会因为娘娘清空了后宫，因为那样，于家于国于理皆不容，娘娘怎忍让皇上挨那骂名？”

“后宫东宫无主，皇后之争在所难免。娘娘虽为人寡淡无欲，便定能逃开奸人陷害？太后娘娘当真会接纳你？奴才建议，避得远远的才是上上策。”

“娘娘回去再掂量掂量利害关系，你姑姑是碧月国的皇后，你父亲是我西岩国的丞相，此中微妙关系，碧月、西岩两国一旦有变，你可能独善其身，继续与皇上痴缠？”

“奴才斗胆假设，倘若薛丞相通敌叛国，娘娘说，这岳父皇上杀还是不杀？不杀，难以平民愤、尊国法；杀了，娘娘的情还怎么维系？”

玉凝不禁苦笑。头上才被凌烨宸别上了定情信物，现下他的属下就来求她远离他主子。

为什么偏偏是她？只做他一个普通的妃子都不行？

而爹怎可能通敌叛国？敌从何来？碧月、云天两国早已收于西岩之下，居于属国。

难道，属国不满被辖制，要反？

素闻碧月国的皇上，她那从未谋面的姑父是个野心勃勃的王者，莫非……

罢了，她还是省一省脑子。只管今宵有酒今宵醉，不管今夕是何夕。一介女流，能改变什么？

但有一点月下是错的。倘若爹爹当真叛国，她则是逆臣之女。到时便不用考虑跟凌烨宸的情还能否维系，只因，她定会与薛府上下一同赴死。

不过，活着的时候，离凌烨宸远远的就是了。

月下的身份，说低了是阉人。说高了，也仅在皇上之下。月下的话，自是举足轻重。他是个有见解的人，若非不得已，也不会对她一个后宫妃子苦口婆心。

月下有句话说得极对，“少爱一点，就少痛一点。不爱，就不痛。”

这样想着，便已迈进了储秀宫宫门，谁知，满院子的侍卫皆对她行起了注目礼。怎样？好赖她还是皇上的女人，竟连侍卫个个都忤逆直视？

她猛地扭脸朝那些眼睛瞪回去。

谁料，这些侍卫大哥，竟然都害羞地脸红了。

莫非，头上这支玉钗美到了这等程度，让她一下子变成了万人迷、亿人赞？

可若说男人看到她脸红也就罢了，冬儿、萍儿看到她脸红个什么劲？

玉凝捞过冬儿，问：“为什么脸红？老实交代，背着我和邢掣做了什么？难道，摸黑钻了小树林？”

不远处邢掣轻咳一声，偷瞄了眼冬儿，俊脸一红，转过身去。

“主子，你的脸！”冬儿反手一拉，小跑着拽着玉凝进了卧房。

卧房里，主仆两人未及言语，视线便被那一抹高大身影引去了窗边。

半开的窗前，一名侍卫模样的人背身而立。

冬儿当下怒道：“大胆侍卫，娘娘卧房也是你随便可以进来的？”

玉凝心里嘀咕，这些侍卫不撤走当真不行。

却不料，那侍卫神态自若地缓缓回了身。

他分外儒雅，容貌并不陌生，玉凝曾见过一次。

那日被抬去静思园的路上，意识恍惚之际，窥见的那位与凌懿轩一起的白衫男子。

玉凝心里莫名一紧，示意冬儿道："你先下去。没有我的吩咐，谁都不得进来。"

冬儿虽讶异不已，却也依命退下。

"皇上派了几百精兵来提防男人，倘若知道有位王爷就混在这侍卫之中，皇上……会怎样？"

玉凝走至梳妆台前坐下，却被镜中的自己吓了一跳，镜子里那左右脸颊各有一大块青黑印记的女鬼，是自己吗？

"薛家千金果然聪慧有担当。在下凌武，见过薛妃娘娘。"

前两日，太后遣人送来了布匹罗裳，明日养心殿有宫宴，为八王爷接风洗尘。稍染皇恩的妃子皆去赴宴。

没想到这八爷倒先来给她问安了。

玉凝从镜中打量起那男子。他丝毫不掩眼中对她的鄙夷神色。也对，她现下这脸，谁见了都难以做到不去遐想。

这全都是皇帝的杰作。也难怪月下与她训话的时候，越发地义愤填膺。

玉凝从腰间捞下手帕，蒙了半个脸。转身面对着凌武，秀眉微微蹙起。

"八爷不必客气。来意径直说了便可，你来找我绝非只是谈天这么简单。"

凌武鄙夷的双眼里多了份惊讶，这女子确实不同。从她见他开始，一举手一投足，丝毫不见扭捏作态，竟都是一派真性情。

玉凝忽觉自己忘记了待客之道，遂倒了杯茶欲递去。却不料，手才碰到茶碗，凌武厌恶讥讽的声音，丝毫不加掩饰地响起。

"请娘娘自重，以后离我七哥远点，不要再做那些勾引之事。七哥为人重情重义，把情字看得太重。还请娘娘高抬贵手，不要伤害我七哥。"

轰……脑袋一阵阵眩晕。玉凝双手猛然一抖，茶碗侧翻，茶水尽数洒在桌上，顺着桌边滴下。

难堪之事常常有，今天却特别多。

一天之内，她被两次警告，离两个男人远一点。

她究竟是毒蛇，还是猛兽？

"小心茶烫。"

玉凝手腕一紧，被凌武捞离桌边。

她才知原来那洒落的滚烫茶水尽数浸湿在了罗裙衣摆上。

"跟八爷你所说的话比起来，这茶反倒温和许多。"玉凝冷漠地挣开他的手。

凌武睇向空落落的手掌，略有抱歉地回答："我承认刚才说话方式不对，可实在是情急之言。"

凌武走到眼前以帕半掩容颜的女子身前，她低垂着眸，本就瘦小，这下更显可怜。

"可否给我片刻时间，说完各种缘由？娘娘若还怪我出言莽撞，我便无话可说。"

“八爷来势汹汹，你那话怕是早已准备妥当，我说不听，你便不讲？如若不是，何必要问，讲来就是。”

凌武莫名地叹了口气，叹的便是眼前女子竟是个油盐不进的主。

“七哥的亲哥哥，三王爷凌苍，你可知道？”

“知道的不多，仅听懿轩提过，他哥哥……被皇上所杀。不知凌苍和皇上有何过节，皇上为何杀了他？”

“先帝偏心凌苍。三哥、四哥从小就有过节，不过，却终不能算是致凌苍死的原因。那直接令他死命的原因，莫过于，他爱上了凌烨宸的女人。”

玉凝心里一沉。若是从小就有过节，她便隐隐知道了那过节是什么。

凌武的话，娓娓道来，画面如在眼前。

两年多前，凌烨宸胜仗而回。当时帝都万人空巷，皆去瞻仰这护家护国、平定敌国叛军的四王爷。

先帝也携凌苍几兄弟、朝中重臣一并出城迎接，以示重视。

那日，凌烨宸并非一人而回，他竟是和一薄纱遮面的脱尘女子共乘一骥。

当时百姓呼喊声响彻云霄，言语皆是对四王爷保家护国的感激。虽有官兵拦在街道两列，却丝毫难敌百姓高涨的情绪。

突然，那薛丞相身边的一个小小书童，不敌身后百姓推搡，脚步一个不稳便摔在了前行的马队之列。

一时引起了骚乱，众侍卫皆持剑而对，欲置那书童于死地。

与先帝同在一乘銮驾的三爷凌苍，闻得声动，上前下令，欲将那引起混乱的小书童刺死。

却不料，凌烨宸突然乘马而来，在那摔倒在地的小书童身侧勒住缰绳，翻身下马，与那凌苍讨得一个薄面，饶那书童不死。

随后凌烨宸未多言语，便亲自俯身将那书童扶起。

“八爷是否跑题了？这书童与凌苍爱上凌烨宸的女人究竟有何关系？”玉凝听到这里，突然出声打断了凌武。

“并非跑题，只是现下想起来，还觉得四哥当时的举动匪夷所思。娘娘还请耐心听下去。”

若说凌烨宸当时仅将这书童扶起便罢，可事情却出乎所有人意料。

四爷竟替那瘦小童儿轻轻拂去身上灰土。

而后，薛晟——薛丞相行为也颇有几分怪异，竟扑通跪在凌烨宸面前，噙泪叩谢凌烨宸从凌苍剑下救了这书童。

薛晟方跪，千万百姓亦接连跪下，不消一刻，除几位王爷和大臣之外，街上竟无站立之人。

当时銮驾上的先帝脸色大变，也掀开龙撵垂帘，一探究竟。

看了方觉，天下忽已定。

众人也在这时方知，这凌烨宸居心叵测，趁机收买了百姓心，得了心慈仁厚的褒扬。

可当时在场的人，皆隐隐觉得，事情似乎不单单仅是如此。那童儿仅是偶然摔倒阻止了队伍的前行而已，并非凌烨宸早前安排。

众人对凌烨宸接下来的所为更是摸不透彻。

凌烨宸久久将那童儿的手腕握在手中，不曾松开。

却是他高马之上那绝色女子轻唤了一句“四爷”，凌烨宸才愕然松手放了那书童，走回马前。

“四哥那日当真是做足了戏给百姓看。”

玉凝突然缓缓道：“凌武，你非凌烨宸，怎知他是在做戏，而非真心？你也非那童儿，怎知道究竟是谁牵了谁的手不放？我就偏要说，是那书童攥了凌烨宸的手指，久久不松。”

凌武失笑，这薛妃当真无趣，她又不在当场，却怎么去执拗究竟是谁攥了谁的手，而究竟谁牵了谁又有什么重要？

“说来也巧，四哥与那书童分开的一瞬，突然起了徐徐微风，将马鞍上女子面上薄纱掠走。”

玉凝笑道：“是怎样？那薄纱偶送清香，拂过了三爷凌苍的唇边？”

凌武拍掌，表示玉凝猜得完全正确。

当时，原本喧闹的百姓，在那女子露出脸容的一瞬，顷刻便安静下来。当时的街道连银针落地都可闻得声响。

“十二弟爱收集美人，可也没集到那等女子，当真惊为天人。”凌武赞叹。

当时，凌苍抬手将飘于脸颊的薄纱捏起，走于那女子所坐马下，抬手将薄纱送还。

谁料，凌苍只一眼就爱上了马鞍上那女子。

凌烨宸不悦，霸道地替那美人重新覆上了面纱遮了容颜并将女子锁扣在怀里。

可凌苍却从此对弟媳犯了相思之症。

“想是凌苍欲与那马背上美人共谱爱曲，惹恼了凌烨宸。”

玉凝轻笑着自顾喝起了茶，倒是丝毫不礼让那口若悬河的凌武一滴茶水，这便是惩罚凌武刚一进门时候的出言不敬。

凌武摇头，“大错特错。凌苍当时是先帝心中看好的新帝人选，为人骄傲，虽爱那女子，却从未越矩，仅暗暗画了那女子画像，慰藉相思之苦。”

凌烨宸出征前，先帝许诺，若他胜仗而回，便传与他皇位。可谁都知晓，这不过是托词，先帝心中继位所选自始至终皆是凌苍。

却不料，在立新帝前几日，那绝色美人突然邀约凌苍单独一见。

接下来，便怪事连连。现下的太后，当年的皇后，陈凤仪侍寝先帝那夜，先帝突然驾崩于床榻之上。

待到诏书颁布之时，那新帝竟是四哥。

凌烨宸即位第一件事情便是治了凌苍一个淫乱后宫的罪名。

“凌武，你且慢点说，那夜，那美人突然找凌苍相见所为何事？先帝怎会突然驾崩？”

玉凝疑惑，先帝驾崩实在蹊跷。若说死在其他妃子的床榻上，倒还可以，可偏偏是陈凤仪的卧房里。

而陈凤仪则是凌烨宸的生母。而后，凌烨宸继位金銮。这其中种种，怎能不令人猜测？

而那绝色女子究竟是谁？为何突然约见凌苍，她与凌苍究竟有何牵扯？凌烨宸可知晓个中实情？

凌武皱眉，“这……我也不知晓。凌苍虽被治了淫乱后宫的罪名，却丝毫不恨那女子，仅说死也值得。”

只记得，那时已是新帝的凌烨宸派了上千精兵追杀凌苍，凌苍多么尊贵的人，却落得穷途末路，最后竟纵身跳入悬崖，至今尸骨尚无处可寻。

七哥凌懿轩随后而来，亲眼目睹亲哥哥纵身跃下悬崖的一幕，当即口吐鲜血，昏迷不醒。醒来，便滴血起誓，要杀了凌烨宸，报弑兄之仇。

啪的一声，玉凝突然将茶杯重重放于桌上，急道：“你说……凌苍跳落悬崖，尸骨并未找到？”

凌武显然被吓了一跳，道：“这……有什么不妥吗？”

玉凝的心怦怦直跳。

突然，夜翎那狰狞的玄铁鬼面从脑海深处晃过，那句“帮我杀了凌烨宸”不断回响在耳边。

三王爷，凌苍……当真死了？

第十一章　醋意朦胧

玉凝忙道：“不……没有不妥。只是为何凌烨宸将众王爷驱离帝都，却独留情仇的弟弟七爷在身侧？”

凌武表情复杂，回道：“七哥……吃了不少苦头。”

当年，先帝驾崩，凌苍坠落深崖。天下易主，风云乍变。

新帝一道圣旨，将各王爷封藩远地，

仅是七哥例外。

虽凌苍尸首并未找到，新帝却昭告天下：王，顾念兄弟之情，特许为凌苍立了墓碑。

七哥是聪明的，唯有留在帝都，方有报仇机会。他以不齿亲兄荒淫后宫为由，含泪怒毁凌苍墓碑，在新帝脚前连跪数日替兄赎罪，直到身体落下恶疾，才取得新帝信任，留在天子身边。

玉凝心里一疼。凌懿轩在凌烨宸身边这些日夜，想必并不好过。

“凌烨宸的信任……当真那样易得？”玉凝莫名笑起来。

凌武因她的笑声，不悦地问：“七哥受难，你很开心？”

玉凝摇头，道：“我笑，这场政变着实荒谬。”

凌武不解她话中意思。

“难道你不想笑，不觉荒谬？弑杀亲兄，疏离兄弟，篡夺皇位，凌烨宸做这一切冷血举动的缘由，不过是凌苍看了他马背上那女人一眼，心生思慕。一切血腥争斗，仅是因为一个女人。”玉凝身形不稳，“凌武，你可知道……那女子名讳？”

凌苍凝神道：“凌苍为那美人做了画，我偶然窥得一眼。凌苍仅在那画上落下几字：薄霞映落雪。”

映雪！

玉凝因早已有了几分猜测，并未有多少意外，可却抵挡不住内心满满的疼痛酸涩。

她用手死死攥着衣襟，有些凄然地开口：“你……来找我的原因我已然明白。你担心懿轩会爱上我，步凌苍后尘，是不是？”

待到凌武点头。

玉凝艰涩笑道："不过，你大可放心。懿轩对我的情谊，仅是感激居多。你应该从他那里有耳闻，他刺杀凌烨宸那日，我曾救了他。而且，昨夜荷塘一别，我已将话都与他说得决绝了，八爷不必再多顾虑。我，会离七爷远远的。"

她话音方落，那窗边帷幔突然猛地晃动了下。玉凝诧异的目光流转于那帷幔之上，却又不见任何动静。

刚刚摇曳的帷幔，难道是她的错觉？

"如果七哥对你仅仅是感激，我何必担心？"

玉凝不解凌武何出此言，却见凌武从袖中取出一卷画轴径直摊开在桌上。

"娘娘请看。"

玉凝朝那桌上画像睇眼看去。

画上，荷花点点灼灼，女子侧卧莲塘岸，莲足轻撩荷池水。

"这……是我……"

玉凝手微微抖着抚上那画像衣裙处，明明本该白净素雅的衣裙，却被一滩暗紫血色浸染，说不出的触目惊心。

"是血……"

凌武叹气，"昨夜七哥与你别后，对这画像驻足痴看，竟呕出鲜血，溅洒画上罗裙。"

玉凝怔然、惊愕。昨夜她那句"无缘无份"是冷漠的，可却没有想到将凌懿轩伤到这般境地。她何德何能，值得凌懿轩这样对待？

世间当真存有一见倾心？

"娘娘，你自己可还相信，七哥对你仅是感激？想那凌苍曾也画了四哥女人的画像，却落得身首异处。七哥如今也做了画，偏你又是四哥的妃子……"凌武叹息，"难道这天下，除了他的女人，再无人能爱？"

玉凝对于凌武的气话并未听入耳中。对凌懿轩的担忧，填得心里满当当的，她急急地道："他怎么样？他情况很糟糕，是不是……有没有请御医？"

凌武不悦，拧眉说道："只要你从此不招惹他，跟他不再有任何牵扯。他即便情况糟糕，也尚能保命专心于大事。"

玉凝心里猛然一窒，如鲠在喉，"替我……对他说声对不起。"

凌武还未及言语，却被人抢了先。

"不用八弟传话。这句对不起，你亲口对我说。"原本温润的嗓音，现下却多了分酸涩。

玉凝抬了泪眼，朝那窗边帷幔看去。

凌懿轩不期然地缓缓而出。

"七哥！"凌武畏惧。

凌懿轩冷冷地看他，"你多事了。"

凌武一震，退居一侧静静而立。

同是侍卫装扮的凌懿轩走到半掩容颜的玉凝身前，握了她纤细双肩，深情地说道："刚才凌武说的话，你全然不要放在心上。要不要重蹈覆辙，我说了算。"

"你……好吗？"她千言万语，仅道出这三个字。嘴前覆着的手帕轻轻飘动。

凌懿轩坦然道："我好与不好，决定权在你手里。"

心不觉间怦然一动，玉凝只深深地看着这个用情至深的男人。

他执起她低垂的下巴，道："玉凝，相信我，对你的情谊，我绝不是一时的感激。"

玉凝目光闪躲，一时间，竟不知该怎样回馈他的柔情，只能尴尬地开口："外面的侍卫是为了捉拿你而来，若被发现了，你……会有危险的。"

"你担心我，是不是？"

玉凝抬眼久久地看着这温润如玉的男子，最终不忍让他眼中的希冀落空，于是，轻轻点头。

凌武轻咳提醒的声音传来。

玉凝心里一紧，忽觉，她……该对凌懿轩冷漠以对。

"不要担心我，若非这几百侍卫掩护，我又怎能顺利进得储秀宫。还要多谢四哥为我提供了方便。"凌懿轩皱眉执起了她的手腕，"听周太医说，你手腕和脖子都受了伤。我担心你，所以来看看你。昨夜我自己说的不再纠缠，可我最终还是做不到。"

他指腹轻轻摩擦她腕上纱布，温柔问道："疼吗？"

玉凝慌忙摇头，"没事，雨晴已给我上了药，不疼了。"

却不料，凌懿轩深深地叹了口气，眼中丝毫不掩心疼的神色。他松开了她细弱的手腕，从腰间倏地拔出长剑。

玉凝不解，

凌武不安道："七哥，你要做什么？"

凌懿轩目光始终紧锁玉凝的脸容，"我说过，不会让你再受到伤害。可你却又受了伤，这是我食言了。那么，我陪着你一起疼。"说罢，他执起长剑，剑刃斜斜在臂膀挥下，硬生生划开了衣物，割进了皮肉。

"七哥！这女人哪里值得你这样对她？你对她心心念念，她却跟凌烨宸醉生梦死。不信，你揭开她脸上的帕子看看，那肮脏的印子还在！"凌武大喝。

"放肆，谁准你对她无礼。"凌懿轩怒道。

终不闻玉凝声音。

嘶……衣料破裂的声响在房内传开。

凌懿轩循声看去，原来是玉凝撕破了裙子，小心捞过他的胳膊，默默地帮他包着伤口。

他嘴角掩不住欣喜。因为，她满眼皆是泪水。

她哭了，为了他。

他丢了滴血长剑，伸手拭去她眼边泪水，安慰道："别哭，伤口一点都不疼。"

玉凝早已泣不成声，“你是傻瓜。”

凌懿轩下手极狠，伤口深可见骨，他难道跟自己有仇？

伤了自己，仅为和她一起疼？

他的情，究竟有多重？

她双手颤抖地将布条紧紧系起，十指已浸染他的鲜血，“凌武说得对，我不值得你这样对我。”

“值不值得，我说了算。”他扯开她脸上的手帕。顿时，她白皙的两颊上暧昧青紫的颜色呈现在他眼前。

他咽喉一阵紧窒，腥甜之气涌进口中，几缕血丝顺着嘴角流下，“是他……留下的，是不是？”

他眼中的伤，让她不忍。

道歉宽慰的话已到嘴边，却被凌武警告的目光生生逼回。

“是。你哥哥对你嫂子做这种事情，再平常不过了，不是吗？”

闻言，凌懿轩身形不稳，脸容痛苦到极度扭曲。良久，他轻拉了玉凝的手腕，淡淡地说出了让玉凝错愕战栗的话，“若是当年，是我先扶起了那跌倒于马下的小书童，结果是不是会不一样？”

凌武闻言，手猛然一抖，目光倏然地投向不远处的两人身上。

凌懿轩眉梢眼角皆是紧张，等待着玉凝的回答。

却不巧，正在这时，院子里响起了不知哪位传令公公的声音，“皇上有旨，男兵侍卫守在储秀宫多有不便，都撤下吧。”

冬儿轻轻敲响屋门，道：“主子，侍卫都撤了。”

“七哥，我们快走。被发现就糟了。”

玉凝反握凌懿轩的手，着急地说：“凌武说得对，你们快走。等到侍卫都退下了，你们反而不好脱身了，趁现在正混乱，快走。”

凌懿轩却丝毫没有离开之意。

“七哥！”凌武不安地催促着。

凌懿轩却定定地看着玉凝的脸颊，执着地说：“你还没有回答我的问题。”

玉凝一怔。他迟迟不走，竟是为了她的回答，“现在不是说这些的时候。你安全最要紧。先走，好不好？”

良久，凌懿轩点点头，“凌武，我们走。”

“懿轩……等等。”

凌懿轩闻得背后呼唤，倏然转身，“我在听。”

玉凝也是个狠心的主。她突然拿起了木梳，以木齿使力地划向了脸颊，脸上的青黑印记顷刻被道道血痕取代，血丝缕缕顺着脸颊流下。

她嘴边噙着清浅笑意。“这样，我的脸看起来，有没有好看一点？你的心……有没有少难过一点？”

凌武怪叫，“又一个不要命的。”

刚才七哥割臂已然疯狂。这会儿的玉凝与七哥比起来，简直是有过之而无不及。

凌懿轩虽心疼她脸上的伤，嘴边却漾开笑意，“这样，比刚才不知美多少。”

凌武看向玉凝，满脸血迹究竟美在哪里？七哥和玉凝打得什么哑谜？

她卷起桌上画轴，递到凌懿轩眼前，“你千万保重。”

她既然不能回复他同等深情，却当真狠心让他心伤？望这画像能使他稍稍宽慰。

凌懿轩将她的画像小心翼翼地收进衣襟，手紧贴胸口，“定不辱命。”

“七哥，外面侍卫都忙着朝院子里去，没人注意这边，我们现在走是最好时机。”

凌懿轩快速从袖中取出一个小瓷瓶，抛去玉凝手中，“抹在脸上，免得留下伤疤。”

玉凝心里一动，却听冬儿在院中急喊：“主子，不好了，你快出来看看。”

待到视线再看去窗边时，凌懿轩、凌武两人皆已不见了身影。

院中人影攒动，分外混乱。

除去朝外而去的几百男兵侍卫，院门口处竟然涌进了大批红衣女将。

待玉凝出了屋子，冬儿忧道：“主子，你的脸流血了……”

玉凝的目光却在离开的一众锦衣侍卫里面搜寻。直到看到了那名臂膀受伤，系了她衣裙布缕的侍卫，才稍稍松了口气。

凌懿轩、凌武二人已混进侍卫里，并未引人生疑。

而此时，无踪从储秀宫顶暗处踱出，神色复杂地俯瞰院中情形。刚刚薛妃房内，凌懿轩、凌武的对话，他悉数收进耳中。

红色女将走到玉凝身前飒爽而跪。

“末将花信，参见娘娘，我奉皇上之命，领花家百名女军来保护储秀宫安全。”

玉凝这才知晓，原来凌烨宸的皇宫里，除了御医可以是女子外，侍卫也可以，将军也可以。

凌烨宸，这奸诈的狐狸。

怪不得他一口答应撤走侍卫。当时她说“将男人撤走”，他便钻了空子，取而代之，给她派来百名女兵。

不过，凌烨宸这又何必？他心里除了映雪，难道还能容下一沙一尘？

玉凝伸手扶起花信，“有劳将军。”

花信缓缓抬眼，这是与薛妃初次见面。娘娘脸上皆是血迹，容貌不辨。

皇上为何惊动禁军，来为这娘娘看家护院，值得吗？

花信此时怎也没有料到，数月之后，待到眼前娘娘失踪之时。帝狂怒，下令帝都五十万禁军全部出动，踏遍西岩、云天、碧月。

只一句：找不到她，提头来见。

七王殿，房内隐有谈话声。

“七哥，刚在薛妃房内，你那句话是什么意思？为什么独独提起当年那小书童？”

凌懿轩修长的手指轻抚肩膀之上染血的布缕，幽幽开口：“凌武，你仅知道凌苍对映雪一见倾心。可知当时，我亦遇到今生挚爱？”

凌武不解。

凌懿轩缓缓道：“那日，除去凌苍与父皇同乘龙撵，剩下你、我、二哥、五哥，皆各自驾马而行。凌武，你还记得那天，薛家书童跌倒在谁的马蹄下吗？”

凌武仔细回想，将视线投去凌懿轩身上，回答：“七哥马前。”

凌懿轩点头，道：“对于那天事情的经过，不知你是否还清楚于心？”

“书童跌倒，引起骚乱，凌苍对那书童下杀令，凌烨宸出言相救。那天的事情，我至今记忆犹新。若非那书童跌倒给了老四拉拢人心的机会，老四当真能受人爱戴？”

“是，那天的场面混乱。”凌懿轩自嘲，“可凌武，你不妨仔细想想，当时的骚乱究竟是怎么来的？”

“那童儿倒在七哥马前，七哥的马受了惊……”可他眉目一惊，“不，书童倒下后，马并没有立刻受到惊吓，而是绕开了那书童，驻足在他身侧。”

凌懿轩点头：“你说的不错。当时那书童向我投来求助视线，仅那匆匆对视，我莫名不忍见他被马蹄踩踏，当即决定下马将他扶起。”

“对，我看到了，七哥当时确实要翻身下马。可你座下马匹却突然惊了，嘶鸣不止、四下蹿跳。”

凌懿轩道：“随后才有了骚乱。”

凌武点头：“莫非当时的骚乱并非书童引起的？”

凌懿轩若有所思，看向凌武，“待到我座下马儿安静下来，我疑心向马腹看去，见马腹上面插着一把匕首。”

凌武大惊，“有人暗算，难道有人故意要引起骚动？”

凌懿轩摇头，“与其说要引起混乱，不如说是要阻止我下马去扶那书童。我发现马腹下匕首的一瞬，四哥策马而来，从我所骑马蹄之下，扶起了那书童。”

“是四哥投的匕首！我就知道，四哥为了收拢百姓人心，不择手段。”

“凌武，你错了。四哥本意并非收拢人心，他别有心思，不过顺势将百姓收买罢了。”

见凌武不解，凌懿轩续道：“你记不记得四哥当时做了一个令人费解的举动？”

凌武拧眉，“七哥所指，四哥帮那书童小哥拂去身上灰土？”

凌懿轩点头：“堂堂四王爷，能够屈尊下马，扶起无名小卒，已让百姓感动，收拢了人心。他又何必再费力与那书童做那等亲昵举动？”

“那他那么做，究竟是为了什么？”

“因为，我在看着他。”凌懿轩声音苦涩，“他故意做给我看。不过是要告诉我，扶起那书童的人，是他凌烨宸，不是我凌懿轩。”

凌武大笑道："七哥，饶了我这粗枝大叶的木头。你和四哥的较量，我当真不懂。说了许多，也不知你那天所遇挚爱是谁。倒觉得是，两个王爷争着去扶一个好面相的书童小哥而已。"

凌懿轩脸容失落。

凌武止住笑，认真道："当时除去百姓，在场的女子只有四哥马背上的女人，难道七哥爱的也是映雪？"

凌懿轩不屑一笑，断然否决，"凌武，你们都没有发现，其实当时在场的女子还有一位。"

"谁？"

"你何不想想，薛丞相当时怪异的举动。你觉得，堂堂一国丞相，为了一个伴读小童而下跪谢恩，可能吗？除非，那书童身份特殊，对薛丞相非比寻常。"

凌武心里一紧，"那书童是女儿身？是女子所扮！"

"没错。"

凌武大胆一猜，"那书童小哥是……薛妃，玉凝。"

凌懿轩叹气道："凌武你仅知道我誓死留在帝都，是寻觅机会为兄报仇，可你又怎知道，我除去报仇，还悄悄寻着那男扮女装的伴读小童。"

原来，那小书童纯净无辜的眼、马蹄下那一抬眼的无助，深深刻在凌懿轩心里，怎也无法忘怀。

凌懿轩是细心的，他在那书童耳垂瞥见了耳孔。便了然于心，那伴读童儿，实乃女子。

相思已然入骨，凌懿轩以拜访求教薛相为由，进进出出薛府不知几次，把薛府每一个婢女、丫鬟寻了个遍、问了个遍，却都不是那书童。

兴许是造化弄人，他却独独不曾想到那书童，会是薛相的女儿。

薛府之内，角角落落，哪里没有他的足迹。

唯独薛家千金的院子，他从院门前来往不知多少回，却从不曾进去过，甚至没有朝院内秋千上的女子投去一瞥。

凌懿轩感慨道："如果我跟你一样想法简单，敢大胆一猜，想必，玉凝早已是我的妻了。"

凌武愣了，七哥这是在夸人，倒觉得还不如不夸，说得他凌武像个痴儿一样。

"可，四哥机关算尽，仅为扶起玉凝？他难道当时也知道书童是女儿身？也知道书童身份？"

"这一切，只有四哥心里才清楚。不过，我想……他不知道那是玉凝。"凌懿轩微微一顿，"想必，他后来该是知道了书童乃是女儿身。你还记得当时他怎样将玉凝扶起吗？"

凌武腹诽，七哥今日再三考验他的记忆力，"记得清清楚楚，四哥手臂环了玉凝胸前。"随即拍手叫道，"对，那种扶法，一定知道了那书童是女子。"

凌懿轩叹气，道："凌武，若论早晚，我爱玉凝在前。所以，非我爱上了四哥的妃子，而是四哥抢了我心头所爱。"

“此话怎讲？”

凌懿轩眉目一紧，冷声道：“四哥突然下旨选玉凝进宫为妃。”

“这……”凌武挑眉，静静听凌懿轩将其间隐情慢慢说来。

凌懿轩和那书童一错过就是两年，

终于，苍天怜惜。

那天，凌懿轩偶然在帝都街市，透过人群，窥见在街边小摊踟蹰的小书童，而此时小书童已然是芊芊女儿装。

他当即快步追去，却被突然穿行而过的车马阻了去路，再次与那书童错过。

凌懿轩投掷百两黄金，寻那地摊小贩一问。才知，原来小书童竟是当朝丞相的独女。

凌懿轩旋即未作丝毫停顿，他要立刻娶薛相之女为妻，将她护于臂弯，一生呵护。

回到皇宫大殿，面见皇帝，他跪请新帝凌烨宸赐婚，将玉凝赐给他，成就良缘。

当时，凌烨宸从奏折中慵懒抬眼，幽幽一句“七弟爱她？”

随后，便爽快地将凌懿轩和玉凝婚事一口应允。

凌武听到这里出声打断，“四哥答应了你和玉凝的婚事？可为什么她现在却是四哥的妃子？”

凌懿轩苦涩道：“若我知道会是如此，我……无论如何，抛去仇恨和志向，也要带着玉凝远走高飞。”

那时，凌烨宸让凌懿轩静待婚期佳音。

孰料，凌懿轩静待十日，等到的却是这样一道圣旨：奉天承运，皇帝诏曰，薛相之女蕙质兰心，特招纳进宫，伴在朕侧，聊表相思。

新帝连纳五妃，玉凝，是其中之一。

凌懿轩身形不稳，起身踱步到窗前背身而立，恨恨地说道：“凌武，他杀我亲兄，夺我挚爱。我愤恨的心，你能懂吗？”

“七哥，为何玉凝说，她对你有相救之恩？”

“玉凝，从始至终都不曾知道，这世上还有个我在默默恋着她。在她心中，我与她初见，便是那夜，我刺杀凌烨宸不成，受伤藏于她房内……可她又怎知，我是为什么去杀四哥？”

新妃入宫，按礼节，要在新秀阁逗留三日。

眼看三日后心爱女人将躺在血仇的身畔，将被另一个男人拥进怀里，这怎能不让凌懿轩心痛入骨？

他本就是重情男儿，玉凝在新秀阁第二日，他心焦慌乱，坐立不能。

终在入夜时分，潜入养心殿，刺杀皇帝。他决心和凌烨宸同归于尽。

那夜，天也在帮他。

养心殿竟疏于防范。院内，仅皇帝一人醉酒于石阶旁，颓败而卧。

凌懿轩持剑落于皇帝身侧，怒恨地刺向那毫无防备的烂醉男人。

凌武大惊，“七哥，你鲁莽，如果被抓到了，还怎样为三哥报仇？”

“凌武，当你有所爱时便能知晓，被夺走心爱女人是怎样的一种情仇，会恨不得将他千刀万剐。可惜，那夜我却只伤了他手臂，自己心口却落了致命伤。”

“四哥醉酒还尚留神智，把你打伤？”

“伤我的并非四哥。”

当时，长剑利刃眼看就要刺进凌烨宸的心房，却突然被当空刺来的长剑阻拦。

“那夜养心殿不是未加防范，是谁救了四哥？并且功力高强到能将你打伤？”

凌懿轩自嘲，“刺伤我的，是个女子。”

那夜待到他回过神，胸口已深深插了一把利刃，他吐掉口中血沫，抬眼看去，眼前怒目而立的乃是一位红衣薄纱的女子。

“女子？莫非是四哥的暗卫？”

“并非暗卫，而是四哥枕边的一个妃子，名叫恨生。”

凌武诧异不已，为何一个后宫妃子，却深谙武功，可有隐情？

“她为什么不杀了你，反而要放了你？难道，知道你是七王爷？”

“我当夜蒙了面，她并不知我是谁。我之于她，是欲杀她心爱男人的刺客，她当然不会放了我。她说，要杀四哥，必须踏过她的尸体。”凌懿轩摇头，那女子为四哥死，当真值得？

恨生将凌懿轩当胸一剑倏然拔出，便朝他脖间咽喉横截划去。

却不料，那女子的薄红轻纱衣摆，被石阶上的凌烨宸轻拽。

凌烨宸眯起醉眸看向黑衣蒙面人，轻声说道：“恨生，让他走。朕……让他走。”

“四哥有意放了你？”

凌懿轩冷哼，“放了我？我不信他有那么好心。我胸口一剑已然是死伤。恨生一剑解决了我，不是太便宜？慢慢疼死才残忍。”

虽凌烨宸放了凌懿轩，而恨生断不能留那弑君刺客，令邢掣率数百锦衣卫追拿凌懿轩而去。

“我深知那夜命不过当晚，便决定，死前去见玉凝最后一面，于是，我拼了最后一口气力，去了新秀阁她的房内。这才有了玉凝赠我药物，帮我逃过追兵这一茬。”

凌武点头：“想来，是薛妃的药救了你一命。”

凌懿轩轻笑，耳边响起了那夜玉凝那句“公子长得真好看，比女子还要秀美几分。”

“玉凝的药仅是创伤药，对我的伤并无作用。那夜，我从她房内走后，恍惚拖着死躯潜入御医阁，想翻找救命药。”

却不曾想，还未找到疗伤好药，心气已便耗损大半，体力不支，昏死在了御医阁的药柜之下。

“待到我醒来之时，人已在皇宫七王殿大床上。身边空无一人，伤口却已被包扎。我就这样保住了一命。”

“是谁救了七哥？”

“我也不知那不留姓名的恩人是谁。”凌懿轩话锋一转，“凌武，无论如何，我都要夺回玉凝。还有，夺回本该属于我哥哥的江山。”

“四哥为我接风，明天养心殿晚宴，就是取他性命的时候。到时十二弟也在，我已准备妥当，杀手就安排在十二弟的……”

叩叩……就在此时，门板被人轻轻叩了几下。

凌武立马顿下话语，和凌懿轩疑心对视。

凌懿轩睥向门边，道：“什么事？”

“爷，周太医给您送了药膳来。”小婢回道。

“让她进来。”凌懿轩朝凌武看去，“周雨晴是四哥派给我的御医，我对她一直提防。现在你我说话多有不便，明天宫宴结果四哥兴许并非最好时机，到时一切见机行事。你且先回去。”

翌日傍晚，宫宴前。

玉凝、冬儿说笑间来到御花园小亭畔，隐约听到不远处传来对话声。

两人驻足朝亭内看去，原来是映雪、尤怜之和五六位其他妃嫔。

有个丰腴的美人拉着映雪的衣服，嗷嗷声难掩兴奋，“映雪姐姐，你身上的衣服真好看。这就是皇上专门请帝都最有名的裁缝给你定做的吧？哎呦喂……这袖口、衣领、裙边都是镶的金丝银线吧？”

另有婀娜丽人眼含红光艳羡道：“听说，这一件衣服，从丝绸、做工、刺绣到裁剪、缝制，总共耗费了千两黄金，皇上为姐姐你真是舍得啊，羡慕死了。”

冬儿见玉凝失落极了，便出口安慰，“主子，你的衣服也好看。当时丞相爷花了五百两银子给你买的呢！普通人家衣服不过几十文银，主子，别难过。”

玉凝敲了记冬儿额头，笑道：“谢谢你这丫头提醒我，我身上的衣服是我老爹买的更加珍贵。”

冬儿大笑，回答：“主子再说下去，奴婢会被酸死。”

“哎呦喂，那不是玉凝吗？脸上蒙块布，以为别人就认不出你来了？”

闻言，众妃的视线皆移向了亭外不远处的玉凝身上。

玉凝闪躲已是不及，不妨坦然面对，微笑行礼开口：“见过各位姐姐，妹妹。”

“妹妹快起来。”映雪笑意盈盈把玉凝扶起。

“哎呦喂，看了薛妃妹妹的穿着打扮，突然觉得我们姐妹的境况也没那么遭。”

玉凝朝耳边那聒噪的女人看去，凌烨宸为什么娶了这女人？难道仅因为她身材丰盈？

有人应和那“哎呦喂”妃，“艾妃姐姐说得对啊，起码皇上还赐了咱们布匹绸缎，来让我们挑选制衣，倒是薛妃妹妹，怎么穿个破衣服就来了？不怕给咱们万岁爷丢脸吗？”

众妃皆掩嘴窃笑。

玉凝心里难过，倒不是因为凌烨宸没有给她添置新衣，而是因为，姐妹尤怜之也在窃笑的众妃之列并朝她投来鄙夷的视线。

尤怜之与她，因为一个男人，已彻底决裂了？

“就是怕给咱们爷丢脸，这不，我把脸都包起来了。让各位姐姐妹妹好好地给爷争脸去。”

玉凝脸上昨日被木梳刮伤，抹了凌懿轩给的黑漆漆药膏，看着实在不雅观，她这才用手帕遮了脸颊。

“哎呦喂！你还顶嘴？”艾妃恼了。

映雪软声道：“妹妹们都一人少说一句，玉凝妹妹的衣服虽破旧，可也还算干净，妹妹们就都不要取笑她了。”

玉凝忽觉脸上一热，映雪高高在上的目光，绝对是被凌烨宸宠出来的。

不觉间，渺小的自己已然被映雪踩在了脚下。

冬儿瞪了眼映雪，气愤地开口道：“假慈悲。皇上要是肯在我家主子身上砸钱，我家主子不比你穿的好看几百倍。”

冬儿此话一出，当时的情景宛如炮仗被点了火，众妃一下子炸开了锅。

“教训这不知死活的贱婢！敢对映雪姐姐不敬。”

“掌嘴！打烂她！”

映雪本含笑的眸，骤然覆上冷漠，她捏起冬儿的下巴，冷冷地说道：“你知道……我是谁？知道，你说这话的后果？”

冬儿自小跟玉凝一起长大，秉性和她主子一模一样，倔强得可恨，不知死活地回道：“大不了一死。”

“冬儿放肆！快退下。”玉凝忙把冬儿拉到背后，朝映雪俯身行礼，“映雪姐姐莫怪，我替我的丫头给姐姐赔礼道歉。”

映雪身侧的小婢馨儿走上前，嚣张地骂道：“你算什么东西，有什么资格给我家娘娘赔礼道歉。也不拿镜子照照自己。”

众妃皆掩面低笑嘲讽。出身高贵又怎么样？进了宫，受宠才是王道；不受宠，即便她是丞相独女，地位也还不如一个小婢——荣宠加身的映雪娘娘的小婢。

玉凝的脸一下热得通红。骂架这事，她实在不擅长，大眼无助地扫过眼前气势强悍的众妃。

这……若真动起手来，单说人数，她已彻底输了。

“你又是什么东西？敢骂我家主子！”冬儿是个急性子又护主心切，上前就要和映雪那婢女打口仗。

“你没看看我家主子是谁？宫里的丫头奴婢谁见了我不得绕道走。我现在就让你长长记性，记住你馨儿姑姑是谁。”说着，馨儿抬手便朝冬儿脸上打去。

“冬儿。”玉凝惊叫。

啪的一声，一巴掌重重地落在冬儿脸颊上。

啊……有妃子看到那被打的人，惊得尖叫出声。

馨儿的手掌被震得生疼，她使尽了浑身的力气，挥下了这一巴掌。可当看到眼前人的时候，眼中却闪过了错愕。

她，竟打在了薛妃脸上！

薛妃娘娘竟然为了一个奴婢挡巴掌？为什么一个主子要替奴婢挨打？

玉凝脸上的手帕被打落在地上。涂了药膏的乌黑两颊，瞬时，呈现在众人眼前。

“呀……玉凝你脸上抹得什么东西？又脏又臭，恶不恶心啊。”不知谁厌恶地喊道。

见此情景，众妃皆掩鼻退出数步。不时地，芊芊玉手在鼻前扇动，似真的闻到了恶臭一般。

冬儿急得哭着说道：“主子对不起，是我给你惹了麻烦！”

玉凝暗暗握了冬儿的手，道：“以后不要逞能，你要是能打会武，我不拦你。你也不看看，你个头到馨儿哪里？迎上去，还不是被打的料？你看我的体格，能救得了你？”

冬儿忙抚向玉凝嘴角，惊恐地说道：“血，主子，你流血了……”

玉凝不在意地轻笑，侧脸轻轻吐掉口中和着浓浓鲜血的唾沫。

偏又是这一个动作，又使得众妃倒退了几步，生怕那污秽的唾沫溅到自己干净的衣裙上。

玉凝凝着映雪，道：“姐姐，现下可解气了？看在我挨了这一巴掌的份上，别再怪冬儿了，可好？”

映雪眉梢挑起，厉声道：“馨儿，还不退下。”

馨儿发现自己的手上沾了玉凝脸上的黑色药膏，叫嚣道：“臭死了。这么不讲究的女人，竟然也能当上娘娘，可笑死了，简直笑掉我的大牙！”

众妃及众丫鬟就这样嘲讽地交头接耳、轻声讽谈着。

可突然有人浅笑着说：“是有多可笑？你笑来给朕看看。”

慵懒的嗓音却着实有着震慑胆魄的效果，让听到的人心脏都提到了嗓子眼。

待到馨儿反应过来，她脸上已重重挨了一掌，整个人扑倒在地上，蹭了满脸灰泥。

她哇的一声呕出一口浓血，那血水中竟还和着几颗牙齿。

馨儿身体剧烈地抖着，抖了胆子抬起青肿的眼。

一双炫黑皂靴，定定地站在她眼前，

靴面上分明绣着霸气浮龙花纹。

是……皇上！

馨儿绝望地抬眼，跌进了琥珀色的龙眸。

这是皇帝第一次朝她睨来视线，却是那样冰冷入骨的一眼。

“那没讲究的女人，是朕纳进宫的。你给朕说说，朕是有多可笑？”

众人皆惊。

皇上为了薛妃，竟打了映雪娘娘的婢女。

“臣妾参见皇上，见过各位王爷。”看清来人后，众妃皆跪下请安。

凌烨宸身侧还立着几道颀长身影。

凌懿轩立于左，八爷凌武、十二爷凌思远在右。

玉凝也忙跪下，可好巧不巧，衣摆挂在了花圃里矮树的枝杈上，刚一跪下就嘶啦一声，定是衣服后摆被撕成两段了。

人若是倒霉了，喝口凉水都塞牙。

凌烨宸亲自俯身将映雪扶起拥在怀里，随即对其他众妃子轻语，“都平身吧。”

玉凝随众人站起，却不料背后又是嘶啦一声，忍不住小声嘀咕：“身后的衣摆，到底是要被刮成多烂？”

凌烨宸狭眸朝玉凝乌黑的两颊睇去，眼里浸满不悦。玉凝感觉到他的视线，身体向后缩了缩。

丫鬟馨儿这时磕头如捣蒜，不停求饶道：“皇上饶命，皇上饶命啊……”

“你明着是嘲讽薛妃不讲究，还能当娘娘，暗着却是在说皇兄没眼光。皇兄饶了你，不就承认了自己可笑？”凌懿轩淡淡地道。

“七弟不必多操心，这点家务事，朕自己还处理得来。自是不会让哪位爱妃受了委屈。”凌烨宸一语道破，他的女人自己来管，不需外人插手。

他随即柔声对怀中映雪道：“馨儿是你的婢女，若治她的罪，你一定委屈。不过，朕这次对事不对人，那种不分尊卑的东西留在你身边伺候，朕也不放心。”

映雪连忙轻捂皇帝薄唇，娇媚地开口道：“皇上跟臣妾见外了。臣妾哪里是那种不通情理的人，臣妾也有意要帮玉凝妹妹出一口气，馨儿那丫头实在太目中无人了。”

凌烨宸激赏地点头。

映雪厉声吩咐：“来人，把馨儿带下去，割了她舌头，砍去她手脚。看她以后还能不能出口伤人，动手打主子。”

“是。”侍卫应声便要将馨儿拖下去。

“娘娘饶命，看在馨儿从小跟在娘娘身边的份上，饶了奴婢吧。”馨儿忙哭叫道。

玉凝虽反感馨儿，却下意识跪下求情，“皇上，臣妾没事，馨儿不过误打了臣妾一下，实在不至于割舌、砍去手脚。打她几下便罢，皇上请开恩。”

凌烨宸却不以为是，“今天误打尚且好说，明天倘若误杀了，朕怎么办？去哪里再寻一个薛爱妃？”

玉凝心里一紧，他的话似假亦真，她不懂。他的眼神，若含深情，亦有淡漠，她也不明白。

凌烨宸狭眸微眯，示意众侍卫，“将馨儿带下去，立刻行刑。”

月下遂命侍卫将哭喊不成声的馨儿拖下去。

不知哪个妃子道：“皇上，是薛妃的丫头冬儿先顶撞了映雪姐姐，冬儿也该罚。”

玉凝慌忙把冬儿护在身后，紧张地看向凌烨宸，说道：“不要……”

凌烨宸问映雪，“冬儿顶撞了你？”

映雪水灵的大眼来回闪躲着凌烨宸质疑的目光，咬着下唇不作答。

皇帝轻叹，“邢掣，把冬儿带下去，杖责五十，以示惩戒。”

邢掣小声呢喃，“冬儿，跟我走吧，别让你家主子难办。”

冬儿满脸惧色地要跟刑掣走，孰料，才起身手腕就被玉凝紧紧攥住了。

“凌烨宸，等等。”

听到薛妃的声音，邢掣顿下了脚步，回头征询皇上的意思。

凌烨宸睇向玉凝，幽幽地开口道：“你说，朕在听。”

众妃面面相觑，讶异极了。皇上何曾给过任何一名妃子这样的耐心。

薛妃直直地迎视龙眸，毅然说道：“是我管教无方，这丫头才顶撞了映雪姐姐，过错在我，我愿意为她受罚。”

凌烨宸讶然，握住映雪的手轻轻摩挲，冷冷地开口道：“邢掣，把冬儿带下去杖责七十，算是惩罚她顶撞了映雪。再加三十，惩罚她没有护好薛爱妃。如若薛妃再要求情，便再加五十。”

玉凝又气又怕，却万不敢再开口求情，求情只会令冬儿受的责罚更重。

偏这时又瞥见了映雪嘴角的得意，玉凝气愤羞窘溢满了胸腔，抖着唇哭了起来。

难道要亲眼看着冬儿被活活打死而束手无策？那丫头跟自己一同长大，她怎么舍得？

突然，耳边一热，竟是邢掣的匆匆交代，“薛娘娘，按皇上说的做。冬儿交给我，你放心。”

玉凝愣愣地看着被邢掣拉着手腕走远的冬儿，心中竟有几分羡慕。原来，一个男人给一个女人的保护，是这样沉稳有力。将冬儿交给邢掣，她……放心。

眼泪不争气地落下。反观，夫君何曾这般温情对待过自己？

凌烨宸拥着映雪在前，众妃紧随其后，一行人朝养心殿方向而去。

谁还记得，有个女人跪在地上未曾站起。

然而，身侧有人弯身捡起了地上她方才掉落的手帕，递到她眼前。

“你的手帕，擦擦眼泪吧。冬儿不会有事，邢掣那小子不会让她受委屈。我是男人，看得出来邢掣心里有冬儿。”

原来是凌懿轩。

凌懿轩将罗帕递去，“再哭，估计薛丞相见了你都认不出来了。”

玉凝破涕为笑，想也知道，脸上黑漆漆的，哪能看出来原本容貌。

“谢谢你……”玉凝接了手帕，擦了眼泪，又捞开那帕子想把脸颊遮起。

却不料，那手帕被另一股蛮横力道夺走。

那人不耐地嘲讽，“既然有本事把脸划伤，难道还怕别人看？”

玉凝惊愕地抬头，却见刚刚离开的一众人竟又都折了回来。

此刻，那方手帕正被凌烨宸紧紧捏在指间。

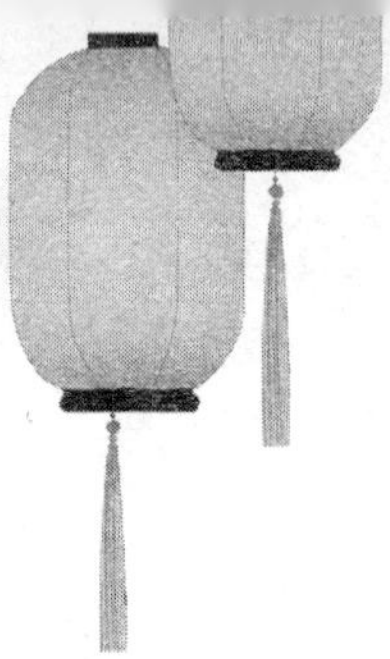

第十二章　不伦之名

“皇兄，臣弟越矩帮娘娘拾起了手帕，皇兄不要误会，迁怒了娘娘，不然臣弟心里难安。”凌懿轩见凌烨宸折回，忙解释道。

闻言，凌烨宸眉峰掠起怒意。

“手帕还我。”玉凝伸出手冷冷道。

月下道：“娘娘，不要忘了你是在跟谁说话。说错了话，小心掉脑袋。”

玉凝怯怯瑟缩。

“想要手帕，自己来拿。”凌烨宸淡淡地道。

他的语气分明没有沾染丝毫怒气，她却分外惧怕。她怯怯地向前走了两步，抬手欲从他手中接过手帕。

谁知，他的衣袖却微微扬起，手指轻轻松开，白色绢帕悄然飘落在地上。

“凌烨宸，你……故意的！”

“皇上，天色不早了，母后还有恨生妹妹已在养心殿等候多时了。”映雪边说，边搀了凌烨宸手臂，脚有意踩在玉凝的手帕上，轻轻扭转。

皇帝将映雪轻拥在怀，轻轻应允。

玉凝顿觉心脏揪疼，她擦脸的手帕，被映雪死死踩在脚底。

是可忍孰不可忍。

“姐姐，高抬贵足，别让我的手帕脏了你的绣鞋。”

“啊……妹妹莫怪，我……真的没看到。”

映雪移开莲足，那手帕却又被另一只脚紧紧踩住。

皇帝的脚！

“想要手帕，跪下来捡。还是说，再让谁帮你捡？”凌烨宸嗓音深冷。

凌懿轩的拳头愤怒地紧握，心爱的女人，正被凌烨宸羞辱，他怎么能忍？

玉凝委屈地扁起嘴巴，泪在眼眶里打转。她突然拉住凌烨宸的衣袖，控诉道：“你……欺负人，没有天理，谁家相公会带着大房欺负小妾？你是头一个。”

“不准哭！把你的眼泪咽回去，不然躲墙角哭够了再回来。今天好容易和八弟聚一聚，你哭什么？朕的心情都被你哭没了。”

不哭？

要是现在他来拍拍她额头，说一句：乖啦，莫哭。

兴许，她会止住泪水。

可，那位爷却变本加厉地让她躲去墙角哭个够。

并且当着众妃、众王爷的面这样羞辱她。

特别是当着映雪的面。

那么，她只有还以变本加厉的哭。

“哎呦喂，妹妹还越哭越上瘾了？”艾妃口中尽是鄙夷。

“给朕退下。”

玉凝已泪水决堤。退下就退下，那她去墙角哭完再回来好了。

哽咽着大步向前走去。

偏偏，老天爷今天也瞧她不顺眼，要看她笑话。

嘶啦……

身后传来衣料的断裂声。

十二爷凌思远吹了声口哨，调笑着说道：“不错哦，粉色的。”

女人的笑声也随之刺耳传来。

却突然不知为什么又都止住了笑。

只听十二爷慌慌地道：“……四哥，你用眼神杀死了我。”

玉凝手向屁股后面探去，空空如也。原来，裙子竟从腰间横着断裂。

粉色的亵裤此刻就那样暴露在众人眼前。

尴尬、羞窘、气怒汇成眼泪，如小溪一样流下。

艾妃道：“哎呦喂，丢死人了，皇上都让你退下，你还这么不要脸地赖着不走。”

月下不耐道：“艾妃娘娘，皇上是让你退下。”

这娘娘怎么一点眼色都没有？怪不得进宫两年多，皇上一次也没传她侍寝过。

凌烨宸不悦拧眉，“月下，拟休书立刻把这聒噪的女人送出宫去。”

众人惊，视线皆投向瘦小的薛妃身上。

皇上为了她，休了镇国将军的独女——苏艾。

“是。”月下命侍卫将哭丧不已的艾妃拉离。

玉凝丝毫没有察觉道道妒恨的眼光正朝她射来。心想：爹呀，你老人家给女儿买的衣服，究竟是有多单薄，树枝都能将它刮个碎烂？

突然被人轻握了手。那人的手掌温温热热，略染了薄汗，手指轻轻在她掌心里勾画轻点。

她抬起泪眼，跌进了两汪深潭——沁满柔情的琥珀色双眸。

“你……”她竟不知该说些什么。

意外地，他褪下了身上的披风裹在了她身上，遮了她背后的风光，也挡了投在她后背的一干视线，看似责备的话语响起，“你可真会给朕找麻烦。朕今早明明派月下给你送了衣裳，怎么不穿？偏要穿这破烂的衣服来，是想露给谁看？”

心弦猛然被拨动。她眨着大眼，泪花散去，却依旧看不懂他的表情。

想起早上月下送来一件衣裳，金光闪闪，红红紫紫，衣摆处绣着一只夸张乖戾的金黄凤凰。

“你给的那衣服好难看，我不喜欢。”

凌烨宸轻笑着抚去她脸颊上的泪珠。

她又怎知道，那她看不上眼的凤袍，仅有皇后才有资格穿。

他的嗓音似情话在她耳边轻轻婉转，“今晚，朕到你房里睡，你给朕好好说说，脸上的伤是怎么来的。昨天朕亲了你两口，你就这么急着把印记除掉，是不想让谁看到？嗯？”

玉凝立刻脸红似血，心跳也跟着漏了几拍。

刚才还寒风夹杂着骤雨，现下却温润如暖风玉石。哪一个才是真正的他？

不过，玉凝暗暗吐了口气，好在忽冷忽热的皇帝爷似乎并未发现昨天凌懿轩、凌武在她房内的事情。

“嗯……没有不想让谁看到……没……”想要把他披在她身上的衣袍抓紧，却无意间手指又与他温热的手背碰触，被他紧紧地反握了手腕。

两人的亲昵落入凌懿轩眼中，令他登时怒红了眼。

周雨晴忙道：“七爷，我们先去宴席那边等着吧，你的身体不能劳累。”

凌思远挑眉打趣，“等四哥处理完家务事，天就黑了。”

“皇上……”映雪怯怯道。

凌烨宸听到映雪的声音才似突然生出几分清醒，握着薛妃的手掌骤然弹开，将身侧的薛妃当做烫手山芋般推了老远，声音也恢复了冷漠不耐，“莫要再哭，让几个兄弟看见了，笑话朕。”

玉凝几个趔趄才稳住身形，唇边的苦涩悄然晕开。

皇帝将映雪搂进怀里护着并解释，“雪儿，朕给她披上衣物，只是不想让她坏了朕的颜面。”

他的声音刚巧能让在场的人都听到。

映雪眉梢眼角皆掠过得意之色，然后，嘲讽地说道：“玉凝妹妹，皇上的恩宠不常有，小心披着那衣服。”

玉凝心口一窒，垂在身侧的手死死攥着拳，指甲深陷入掌中，眼眶胀涩难忍，却深深地吸了口气，暗道：“我绝不哭，哭了就输了。”

玉凝见众妃里面不见恨生的影子，为何恨生不屑与众人同行，反而独自去赴宴？

话说回来，恨生那人虽狠辣，倒有几分侠骨，几分鹤立独行。

突然，手肘被人捣了捣。还未看到是谁，便听到尤怜之急切的声音，“姐姐，你从哪弄来的那么容易刮烂的衣服？”

不远处周雨晴失笑，“尤妃娘娘，臣愚昧。可臣觉得，也并非谁的衣服烂了，皇上都会解衣相送。有些人还是省省吧。”

“周雨晴，你……”尤怜之气怒。

“现在想起来我这姐姐了？刚才你姐姐受委屈的时候，你去哪了？”玉凝皱眉，尤怜之当真还是单纯，竟连这点事情都拿来羡慕。

尤怜之气得直跺脚，赌气得不再说话。

玉凝本以为这事完结，可随后才得出了一个道理。

都说：宁惹君子，不惹小人。

玉凝说：宁惹小人，不惹尤怜之。

众人行至小桥上。妃嫔三三两两稍稍驻足，品赏池中鲤鱼戏水。

玉凝踱步间，眼前忽然出现了一只绣鞋。

她看见了，那是尤怜之的三寸莲足。

她也知道，尤怜之要将她绊倒，让她跌落池中变落汤狗。

可谁让她今天出门犯了煞星，倒霉事一箩筐。

明知道尤怜之的目的，明明眼睛看见了，身体却已躲闪不及，脚下一绊，整个人便猛地朝小桥下的池塘跌去。

“玉凝姐姐落水了！”尤怜之状似担忧地惊呼。

“玉凝！小心！”凌懿轩惊慌大喊。

玉凝下坠的身体眼看就要跌进水里，腰身却被一股力道猛然提起，背重重跌进了一个宽阔结实的胸膛。

她脚才落地，心怦怦乱跳，脑中一片空白，惊魂未定，嘴里却脱口而出道谢的话，“谢谢你，懿轩。”

环在她腰间的手臂猛然一颤，骤然收紧，死死搂着她，像是要把她拦腰折断。

鼻息间尽是淡淡的龙涎香味。

低眼朝腰间看去，这一截衣袖，明黄色，耀眼得不可直视。

这世上，仅有一人敢用的颜色。

心，跳到了嗓子眼。

头顶的视线如怒火在灼烧。

刚才呼喊让她小心的，是凌懿轩。可现在抱着她的，却不是。

清冷却隐忍了狂怒的声音，在耳边幽幽地回荡，“朕，真该让你掉到池塘里去，清醒清醒。”

玉凝的声音几不可闻，“你不会听我解释，对不对？”

他仅细细地打量着她，说不出眼中的神情，是怒却又不尽然，似乎还带着伤。

而两人身后，凌懿轩伸出的手臂生生顿在空气中，眼中尽是懊丧之色。他仅比凌烨宸晚了一步，仅差一步，便可以将佳人救下。

“皇上！你要去哪里？”映雪似惊还恼，不能置信。

众人一时间皆面面相觑。

因为，皇上不见了。

薛妃也消失了。

远处两抹儿身影，一高一低，一前一后，一拉一扯。

月下将追随而去的映雪拦下，道：“娘娘，请先到养心殿宴席等候，奴才会去把皇上追回来。”

映雪久久凝着凌烨宸两人远去的方向，眼角滴落了泪花。却终是没有追去，随众人一并朝养心殿方向而去。

凌懿轩支开了周雨晴，和凌武有意落于众人之后。

“七哥，是不是有话对我说。”凌武沉声道。

凌懿轩睇向走在前面的凌思远，经过了一番深思熟虑，决绝道：“凌武，晚宴动手。今晚，我要和四哥做个了结。”

他不能再眼睁睁看着玉凝被皇帝带走，他要立刻拥玉凝在怀中。

立刻！

而玉凝被这头盛怒的豹子攥着手腕绕了半个皇宫。

却不见凌烨宸有丝毫停下的意思。

一路上，他步子又急又快，带着怒气，不声不响。

她则是拼了小命，疾速跑着才没有倒在地上，当真是被拖着走的。

可体力终是到了极限，现下，她一步都走不动了。

“你要带我去哪里？”她使尽气力想甩掉他的掌。

本以为会被紧紧钳制，却意外地挣脱了他的桎梏。因为挣脱的力道太大，她一屁股坐在了地上，摔得四脚朝天，腰背生疼。

“就是这里。”凌烨宸下巴轻扬，美目流转，指了个方向。

玉凝循着那方向看去。

堂皇巍峨的建筑，二十层楼阁，高耸入云，竟高数十丈。

钟楼？

帝都最高的建筑，彰显着唯我独尊的霸气。

“带我来这里做什么？”

凌烨宸薄唇弯起轻佻的弧度，“好好调教你。”

凌烨宸突然凌空跃起，脚尖在宫墙、屋檐处借力，掠过树梢，不断向上攀越，竟在喘息间，人已置身钟楼顶层的矮墙上。

玉凝圆张小嘴，呆呆看着那莫名飞到云际的皇帝爷，那——凌驾在上的君王。

雨，飘飘洒洒坠落，凉意从脸颊传来。

疾风夹了雨丝，将他淡淡的声音吹送耳中。

“上来找朕。”

玉凝一怔，上去找他？眼角余光瞥到了钟楼旁的蜿蜒石阶，那就是她上去的路。

可，她突然顽皮地眨眨眼。逗他乐一乐，岂不更好？

她一个激灵从地上爬起身，原地踮脚，往钟楼轻轻一跃。

再跃，

第三跃。

突然仰头，对十丈高处正环胸俯视自己的男子，调皮地说道：“哈！骗你的啦，我哪里会轻功。等我从石阶爬上去找你。”

谁知，她碰了钉子，自编自演的闹剧，丝毫没有取悦冷漠的君主。反倒，凉凉的空气里，仅存了自己尴尬的笑声。

她耷拉着双肩，气馁灰心地朝石阶走去。

可腰身突然被什么卷缠，人一下子被带进了他的怀里。

似有若无的一句，“鬼精灵。”是他在说话吗？

萦绕鼻间的淡淡香气，熟悉的味道，她万不敢再错认。

抱着她那人，千真万确是皇上。

她低眼打量，原来腰上缠着的是一条软鞭。

“抱紧朕。不然，摔着了，朕不负责。”

她衣领被提起，整个人便被他挟在腋下，骤然飞离地面。

她惊呼。在他怀里，竟一下子离地面已丈余。

“薛玉凝。”凌烨宸突然认真喊道。

“嗯？”她回神。

凌烨宸坚实的臂环着她，脚轻点屋檐，借了力，竟又向上跃了两层楼宇。

“我……你。”

风从耳边呼啸而过，他的话断断续续传入耳中，听不分明。

她蹙了秀眉，环住他的颈项，耳朵凑近他薄唇。

“爷，你说什么？中间那个字我没听到，再说一遍，可以吗？”

凌烨宸将她紧紧地护在怀里，不忘留意脚下轻功。手掌攀了屋檐花藤，一跃而上。

他儒雅勾唇，如立誓言：“爱。”

玉凝闻声，脸从他薄唇离开了几分，仔仔细细地端详着他。

被这丫头不声不响紧紧盯着半晌，凌烨宸竟破天荒地慌乱起来。

握着花藤的手出了薄汗，莫名打滑，搂着她向钟楼下滑落。

玉凝紧紧搂着他的腰，追问道：“皇上，你怎么只叹了口气，就没了下文？我等你说中间那字，等了好久。”

凌烨宸如画的眉眼，染上诧异。

这才明了，她将“爱”听成了“唉”。刚才紧紧盯着他，不过是在等他说我、你之间的字而已。

而他一生鲜少言爱，却不曾想到，头回说“爱”字，便被这个黄毛丫头当做了叹气。

不过也好，本就不该说，亦不能说……

可皇帝又怎知晓，哪有女子敢轻易妄想，君王会轻易吐露那奢侈的字眼。

突然，凌烨宸劲透掌心，紧攥了手间花藤，腾身而起。旋身飘落在钟楼顶层的宽敞平地。紧接着便按了她双肩，强势将她重重地辖制在身后红墙上。

他凑近她唇边，鼻尖与她鼻尖轻轻碰触，温热气息令他的言语变得沙哑，“那你这次要好好听清楚了，朕只说最后一次。”

她怯怯地点头，心怦怦乱跳。

他贴得这样近，只要她稍稍动唇，就能触碰到他下巴上的胡茬。

玉凝双臂下意识攀住凌烨宸的颈项。

心，因他的疏离魅惑，狠狠地煎熬。

他似要吻她，唇却迟迟不落下。

又像是无意吻她，却薄唇一下下有意无心地碰擦着她的唇边嘴角。

她的心，乱了。

忽然想到娘亲说过，男人是祸水，若爱上了男色，便万不能脱身。

啊……她惊呼。

毫无预警地，凌烨宸信手捏起匕首，用那银光刀刃在她胸口轻轻切划，瞬间，竟划开了一条两寸长的口子，血顺着胸脯流下，染湿了她原本嫩白的肚兜。

她紧咬着唇不肯呼痛。

“薛玉凝，这点疼，是让你记住，在任何情况下，从你的嘴里只能喊出一个男人的名字，就是朕的名字。”

凌烨宸直直地望着她胸前的伤口，忽然俯身，细细吻了那伤口，像是小兽舔舐伤口一般。

待到他抬起头的时候，唇边沾了嫣红血迹，竟似染上几分邪魅风流。

“不然的话……”说着，稍一使力，将匕首按压在她皮肉伤口处，“朕就把你的心掏出来，刻上朕的名字。你……懂了？”

她伤口处传来阵阵剧痛，却忿忿地大不敬道：“那皇上的心呢，我是不是也可以拿来刻上我的名字？是不是皇上的心，也可以只属于我一个人？”

皇帝不怒反笑道：“放肆。黎明苍生皆归朕所有，你自不例外，而朕却是天下人的。现下你竟妄想让朕属于你一人，你要跟苍生抢朕？”

玉凝不屑地道：“我要一个皇上做什么？”

凌烨宸双臂俱震，凝向她剪水秋眸。

“我只要一个真心相待的夫君。可知冷暖，能话衷肠。”玉凝双手颤抖地抚向他的面颊，“你……敢给吗？”

凌烨宸讶然。

面颊上，她的掌心，柔腻温软，让他身心分外受用。

他丢了匕首，握了她手腕，另一手猛然托起她的下巴。

唇，却终是没有落下。

凌烨宸踱开数步，立在远处高墙畔。徐风微卷细雨，吹乱了他的鬓角发丝。

“先帝在世之时，命人日夜赶工建了这座钟楼。他说站在这里，可以俯瞰整个帝都，睥睨天下。他说，这样他才自知是万物主宰。”

玉凝拉整衣衫，盖了伤口，缓缓地走至他身后。

心中暗道：“皇上，你不必说，就已是万物主宰。”

她极目远眺，望着绵延渐起的万家烛火。

这座城池，这属于她夫君的天下！

“凝儿。”他突然紧张唤道。

她心中一凛，伸手从背后环了他腰身，温声回道：“爷，我在。一直都在。”

凌烨宸身体禁不住紧绷几分，伸手到腹边握了她的手。

“小时候，朕遭二哥、五弟、十二弟欺凌，险些丧命，是你救了朕。”

他终于承认了，他和她自小相识。

玉凝难掩内心波澜，也只能淡淡地回以一字，“是。”

那时年少，他十岁，她七岁。

他被几位兄弟用石块打伤，头破血流，瑟缩于墙角，楚楚流泪。

英雄救美。

但她是英雄。

那年先帝宴请薛相，她跟随爹爹一起进宫。宴罢贪玩，从回薛府的轿子上逃下，在金銮皇宫四下窜玩，偶遇了受欺负的他。

都说一眼难忘。仅是那最初的一眼，她便已然沦陷。她见不得好看的祸水小哥受委屈，莫名有了力量，拼了小命要去保护他。

“朕自打五岁起，就被母后逼迫习武。朕当时若是还手，弟兄几个，谁能碰得了朕分毫？”他自嘲。

玉凝大惊，疑问道：“那……为什么要任他们打骂？为什么不还手？”

凌烨宸将她的小手握紧了几分，“因为，当时不远处的树丛后，有人在看。朕在等着那个人来扶朕一把。”

“是谁……谁见死不救？”

玉凝心里猛然揪疼。问了方觉后悔，隐隐觉得，那答案一定会使他黯然心伤，不亚于将伤疤生生揭下。

可究竟是谁，竟这样狠心，任由一个孩童险些被活活打死，却袖手旁观？

“先帝，朕的父皇。”

是不是风将他声音吹得絮乱破碎，为什么听去使人莫名眼眶胀涩。

“父皇手边还牵着他的爱子——凌苍，朕的三哥。”

玉凝惊愕。先帝竟带着喜爱的儿子站观好戏，看不喜爱的儿子被打。

一个父亲，难道能偏心到这种地步？为什么可以眼睁睁地看着一个儿子几乎被活活打死，却无动于衷？哪个孩子都是他的血脉，本该一样舐犊情深，难道不是吗？

她该出声安慰几句，可到嘴边的话，却怎么也说不出口。

凌烨宸笑意苦涩、自嘲。

她看不得他难过，咬牙打定了主意，双臂松了他腰身，绕到他面前，皮皮地说了句自来熟的话，“相公，你难过，对不对？”

不给他机会回答和反应。

她飞速转了身，翘起屁股，拍了拍瘦弱的臀，豪爽道：“打我几下，出出气，看能不能好一点。”

难得地，凌烨宸竟被她这样滑稽的动作，逗得开怀笑出了声。

鲜少有女人这样不顾礼仪举止地逗他开心。她，是头一个。她，当真是官家千金？

他把手掌在嘴边哈了气，作势猛然扬起巴掌，朝她翘得高高的臀拍去。

玉凝吓得紧闭了眼，长睫忽闪，浑身绷紧，等着剧痛来袭。

却不料，那人的巴掌不但没有落下，反倒饶有心情地揉了揉她那没几两肉的蜜臀，送了她一句，“娘子，没看出来，好软。”

闻言，玉凝的脸腾地就红了个透。他说……娘子？

她立刻俏生生地站在他眼前，低头使劲绞着手指，下意识地往后臀摸了摸。

是……蛮软的。

“凝儿，你可知道？先帝其实是个惧内的男人。他一生有过多少女人，可他偏偏最怕他的皇后，陈凤仪，而朕就养在陈凤仪的膝下。想一想，皇后的独子，在宫里谁有胆子动朕？”

试想，连先帝都怕凌烨宸的娘，谁还敢动陈凤仪的儿子？

为什么偏偏二皇子、五皇子、十二皇子都有那胆子，而且还要置他于死地？

除非……

玉凝一针见血，“是谁唆使的？”

她隐隐已有了几分预见。

“你猜得不错，是先帝下的令，朕的父皇下的令。他说，谁打死了那孽种，他就重重有赏。”凌烨宸苦涩地轻笑。

而他唇边的笑，刺痛了她的眼，顿时，热泪涌上眼眶。她扑进他怀里，仅希望她能够给他一点点温暖，哪怕只有一点点。

“别难过，你有我……有我。我永远陪着你。”她呜咽，“凌烨宸，你这么可怜兮兮，让我怎么恨你！你本该很可恨的啊，女人一个接一个，现在却把自己说得这样惨，你是故意赚人家眼泪，是不是？”

凌烨宸抬起她的下巴，狭眸冷冷地看着她。眼中，满是压抑，却终被厌恶取代。

沙沙……

有什么掠过了空气的声音，几不可闻。

巍峨钟楼下一棵十人合抱的百年老树，枝桠微微晃动，数道黑色人影悄然落下。

这几人轻功功力绝佳，连枝头栖卧的雀鸟都不曾惊吓到。

几双精锐的眼，透过密叶枝桠，暗暗观察着钟楼顶上一高一矮两个身影，伺机而动。

而钟楼顶上的一双人，丝毫没有嗅到异样。

琥珀色的眸，流转间升起了薄薄雾气，薄唇微微轻启：“都说，七弟跪求数日，取得了朕的信任，朕才留他在身侧。可朕不过是因为他的一句话，才留他在身边罢了。哪怕他不求朕，哪怕他不去毁了凌苍的墓，朕也会将他留下，因为，朕不想欠他。”

玉凝疑惑道：“懿轩？”

可懿轩两个字才出口，手腕就猛然被凌烨宸扼住，似要将她手腕捏碎。

突然想起，他才威胁了她，她口中只能喊出一个男人的名字。

于是，忙改口：“他……他那句话是什么？”

皇帝不悦地甩开她的腕，“当年，你来救朕之前，七弟看朕遍身血迹。他出言道，都是兄弟，不要打四哥。”凌烨宸摇头自嘲而笑，“你一定不信，朕，还尚存一点良心。”

“我……”他的过往，他的难过，只消一想，她的心就被揪得生疼。

突然，凌烨宸将她提起放在红墙上。

她背后空无一物，距地面数十丈，风从墙边呼啸穿过，她的身体被劲风吹得轻颤。

腿脚发软，禁不住地颤抖。

“曾经，朕打翻了凌苍的茶碗，父皇说，那是犯了大错，于是把朕带来这里，要好好修理。”

玉凝蹙眉，环视了一周，仅有一口大钟静静悬挂在中央，先帝，要怎样修理他？

难道，是让他撞钟？她暗道，又不是和尚，撞什么钟？

皇帝剑眉轻拢，继续说：“今天，你也犯了错，朕也要好好惩罚你。让你知道，犯了错是有多可怕，让你也感受一下朕当年的恐惧和挣扎。”

她不解，什么是他的恐惧？

她……要怎样感受他的挣扎？

“从这里摔下去，必死无疑。”他突然道。

玉凝紧攀住他的脖子，生怕跌下去，怯生生地问：“你怎么知道？难道你摔下去过？”

凌烨宸修长的手指轻轻点在她的心口，道：“薛丞相疼你、宠你，把你捧在手里，含在嘴中？”

玉凝心中一暖，回道：“我爹这辈子生了八个儿子，只我一个女儿，女儿是爹爹的贴心小棉袄，他不疼我疼谁？”

玉凝突然话语顿下，因为凌烨宸的脸色已越发铁青。

他自小不知父亲的疼爱是何物，她却这样刺到他的痛处。

她暗骂，薛玉凝，笨死了，哪壶不开提哪壶！

突然，她胸口被人推了下。

“呀……”她毫无防备地脚下一滑，向后仰去，从数十丈高墙跌下。

凌烨宸！

他……竟将她从钟楼顶层推下！

玉凝的手臂在空中无助地挥舞，却没有任何东西可以攀附。

她就这样朝石头地面直直坠去。

凌烨宸凌着风，俯视着慌乱的女子，在半空中做着死前的挣扎，无谓的、徒劳的挣扎。

突然，他抬脚，龙靴踩上了红色宫墙，身体前倾，张开双臂，一同沉沉追落而去。

耳边，回响着那句冷漠的话语，孽种，朕不信这样还摔不死你。

那是当年，先帝将十岁的他推落高墙之时，咬牙切齿说的那句话。

当月下追赶来钟楼顶层的一瞬，仅瞥见了一抹明黄衣摆从宫墙边划过，便急急喊道：“皇上！爷！不要……！”

月下一跃十阶，奔到墙边，扑身向下望去。

却为眼前的画面莫名震撼、心恸和感触。

有种爱，至死方休。

风在玉凝耳边呼啸嘶吼，

脸颊被风搓得生疼，

凌乱的发丝飘洒眼前，

身上的衣袍被风卷动。

楼宇层层在眼边划过。

十几层了？

是不是下一刻，她就会跌落在卵石小路，摔个血肉模糊，脑浆迸裂，连爹娘都认不出来？

是不是她死了，站在高处静静俯视的他，心里会有一丝安慰？

那随他吧，至少，她的死，能换来他些许快意。

于是，她停止了挣扎，坦然面对死亡。

可突然，她的眼眶涌出了热泪，似瞬间明了。

这，就是他的挣扎和恐惧。

这是他被亲生父亲推落高墙的苦涩以及没有人帮扶一把的无助和无奈。

她已透透彻彻地感受到了，他儿时的绝望。

她心疼他，疼遍四肢百骸。

不期然地，他追随而来，也跳了下来。

就在她上方不远处，他伸展了臂，像自由的鹰。

是不是只有这一刻，他才是自由的？他的心，才是无拘无束的？

为什么？

在他纵身追随她跃下的一瞬，暖流溢满她的胸腔。

泪竟夺眶而出，滴滴颗颗，被风卷了向上吹去。

这样一个疯子！这样一个狂徒！她怎能不爱？

她伸出双臂，迎向他，唇微微开合，她说："爱你。"

可并未发出声响，所以，他听不到。

凌烨宸抬手拭去脸上湿凉的水迹，是雨，还是她的泪？

他脚尖骤然点了红瓦，如剑飞出，瞬息间闪过十几层楼宇。振臂于她腰肢，再度将她拥在怀里。

到他怀里的一瞬，她才意识到了怕，身体不住地颤抖，唇也哆哆嗦嗦着。她双臂收紧，紧紧搂着他的肩膀。

"我好怕……"她怕，孩提时的他，若是无人相救，当真摔下，她还怎能遇到他？

琥珀色的眸盈满笑意，邪魅的声音在她耳边响起，"多把你从楼顶丢下几次，你就不会再怕了。"

她愕然，紧紧凝着这个将她掌控于股掌的男人，这个亦正亦邪、忽冷忽热的男人。

这个难以捉摸的男人。

相拥的两人，眼看要一同跌落石路。她甚至想，若是和他一同赴死，也是好的。

可他不允许。

只见凌烨宸掌心运气，掌风直击地面，掌力竟击碎大片石阶路。借助这股反力，他身体凌空旋转，御风向后飘然飞跃，轻松地落于老树枯黄的枝桠上。

玉凝翩跹落在粗大的枝干上，凌烨宸顺势欺身将她压下。两人的身躯，隔着衣物紧紧贴合。

古树枝干承受了两人的重量，下坠，飘摇。雀鸟受惊，成群向天际一哄而散。

玉凝竟不去想两人现在正在离地丈余的树干上，却动情地捧住眼前男人的容颜。命令道："吻我。"

他轻抚她欲滴的粉唇，薄唇凑近她唇边，暧昧地折磨她，"朕不吻你……"

她暗暗自嘲，她凭什么以为经过了两人一同跌落高楼那一幕，她已走进了他心里。

她，真是可笑至极。

突然，身子被他一个旋转拎起。

原来，他翻身躺在了枝干上，把她放在了他的身上，以手臂扣紧。

他微微眯起眼眸，沉声道："朕，要你吻朕。刚才楼顶你的吻，朕还没尝够。"

玉凝的泪滴滴落下。她的情绪，为什么总是能被他轻易操控？

她俯身封住他薄情的唇，温柔地在他微抿的唇上轻舐。

吻多久，才能将他的唇暖热？

他手臂环住了她纤细的背，轻轻柔柔地抚过她的腰际。

二人在这个古树枝干上暧昧异常，玉凝害羞地说："别在这里，被人看到不好。"

未料凌烨宸伤人的话冷冷道出，"你又不是什么要紧的人，被人看到了又怎样？朕不在乎。"

她的心疼痛得无法抑制。

是的，他不在乎。

倘若在乎，怎会舍得拿匕首划伤她心口？

倘若在乎，又怎会舍得将她推下高楼？

看来，说到底，终究是她自作多情了。

"如果是映雪，你就在乎，是不是？"

凌烨宸冰冷的薄唇细细品吻着她颈项细腻的肌肤，"何必自取其辱，你哪里有资格和她比较？"

玉凝的泪滑下，任由他打量她赤裸的身体，"是……那我这下贱的身子，委屈皇上了。"

钟楼顶层，月下紧皱眉望着忘情的君王。

皇上难道忘了，最不能碰触的女人，就是薛妃。难道，要一再错下去？

这，乱伦的骂名……皇上，难道背负得起？

对薛丞相的恨……皇上，当真能放下？

突然，利刃划破空气的声音刺耳响起。

银光乍闪，竟是几把匕首，又快又劲，直直射向毫无防备的皇上和薛妃。

竟都是朝那一双人的要害大穴直飞而去！

"皇上小心，有刺客！"月下大叫。

闻言，凌烨宸狭眸冷然狠厉。

薄唇离了怀里的人儿，倏然用衣袍裹紧玉凝的身体，将她揽在身侧。

玉凝紧搂住凌烨宸的腰身，以免自己跌落于树下。

凌烨宸左臂倏地扬起，衣袖中竟射出了几枚银针。

铮铮声响，利器在半空相撞。

银针将那直飞而至的匕首截下，打落在地。

凌烨宸挟着玉凝，跃下树干，平稳落地。

五名黑衣人向风而立，手持寒光长剑，皆指凌烨宸门面。

见此情状，玉凝冷汗涔涔。

这些刺客偏在凌烨宸身边没有带任何侍卫的时候，来行刺暗杀？

分明是刺客幕后那人，对皇帝行踪了若指掌。

莫非是……宫宴上的谁？

凌烨宸感觉到怀里女子的瑟瑟发抖，低头朝她睇去。

见他眼含关切，玉凝强装镇定地说：“别……担……心我，迎……敌要紧。我不……怕……”殊不知，她已抖得话不成句。

凌烨宸岂会不知她胆怯，紧实长臂将她往后一推，关切地说：“怕就躲在朕身后。”

玉凝心里一紧，他说的不错，她是害怕极了。

凌烨宸手掌收紧，在她手背拍了拍。

他什么话都没有说，但仅这轻轻的拍抚，玉凝却已莫名心安。

刺客中一人阴狠道：“将你背后的女人交出来，否则我们就得罪了，皇上。”

玉凝大惊，这些黑衣人，目标竟是她！

玉凝瞬间明了究竟是谁派了这些刺客。应该就是那女人——陈凤仪，太后。

凌烨宸嗤笑。

刺客显然恼羞成怒，冷喝一声道：“上！”五人竟一起朝身着龙袍的男人杀将过来。

玉凝急声道：“爷，我知道你厉害。可一对五，还带个拖油瓶，你……行不行？”

当然，她就是那肩不能扛，手不能提的拖油瓶。

皇帝接下来的话让她直冒冷汗、胆战心惊，却也幸福到泪流。

“行不行，试一试便知。不行的话，就拿你这拖油瓶挡剑。老实待在朕背后，他们要取你性命，就必须要踏过朕的尸首。”

刺客长剑已逼到咫尺之处。

猛见银光一闪，凌烨宸拔出腰侧长剑，闪电般将那剑鞘倏地掷出。

剑鞘去势极猛，竟直撞一名黑衣人胸口。

那刺客心肺俱震，口中狂飙鲜血，连连向后退了数步，长剑插在地上才稳住身形。

玉凝暗暗佩服，相公姿势英俊潇洒到不行！芳心又动，对他的爱慕，不觉间竟又多了几分。

刺客深知凌烨宸的武功精湛凌厉。几人交换了个眼色，稍作掂量，变了战术。

他们分作两批，三人出虚招，缠绊住凌烨宸手脚。另两人持剑朝皇帝背后的玉凝杀去。

若这五人仅是和凌烨宸过招。那么，凌烨宸最多不过十招，便可将他五人置于死地。

可这几人，竟都不攻入凌烨宸内圈，而是朝着不同方向攻守退进。

凌烨宸毕竟只有两手两脚，对抗十手十脚，打斗间，还要招呼背后娇滴滴的玉凝，确实有几分顾此失彼。不过他也看穿了敌人的战术。

他猛地卷起玉凝的腰肢，将她凌空挥抛而出。

玉凝身体御风向后飞出，是他内力使得极好，她竟稳稳当当落在了钟楼正门前。

“凝儿，躲去钟楼里藏起来。我不叫你，不准出来。”

凌烨宸说着便扬起长剑，挥向朝玉凝而去的两名黑衣人。

那丫头只要进去钟楼躲着，他便不再束手束脚。顷刻，就可以将这五人快刀斩乱麻，一并除掉。

然而，凌烨宸算到了一切，独独没有算到女人的心。

玉凝脑海里出现了一个无知妇孺的想法。

她要试探，试探凌烨宸心里到底有没有她，试探他到底紧张不紧张她。

她竟着魔一般，朝最近的两名刺客走近了几分。

两名刺客暗叹踏破铁鞋无觅处，杀这女人的机会来了！

两刺客闪身离开凌烨宸剑气攻击范围，长剑直直刺向玉凝心口。

凌烨宸脸色突变，大惊道：“凝儿！快退下。”

玉凝紧紧盯着被三刺客困在中央难以脱身的凌烨宸，却对眼看要刺进胸口的长剑恍若未见。

凌烨宸脸上狂扫阴霾，琥珀色的双眸惊卷阴鸷。

女人要是犯起傻来，当真可恨！这丫头，不好好调教还行？

第十三章　险境脱身

他原地旋身，猛划剑刃，长剑过处，将身边那三名刺客震得连退数步。

在那三人还未作出反应时，他已凌空跃起，踏过那三人天灵盖，朝玉凝身前那两名刺客闪电般飞去。

骤然出掌，当的一声，兵刃断裂的声音划破长空，荡在众人耳边。

玉凝惊得瞠目结舌，刚才那一幕她看得清清楚楚、真真切切。

千钧一发之际，皇上出的那一掌，掌风煞是刁钻，竟将她面前一名刺客的长剑生生震断成两截。

那剑尖飞出插进了一名刺客的心口，而剑柄迸出，击碎了另一名刺客的头骨。

这两名刺客轰然倒地，手臂在地上撑了几撑，便死将过去。

玉凝心里窃窃自喜。

他，不忍她死，他救了她。他……心里有她，哪怕一点点。

凌烨宸蹙眉，生气道："你就只会给朕惹事！混账！"

说话间却见凌烨宸身后那三名刺客，正持剑朝他后心刺去。

"凌烨宸，小心身后！"

玉凝现在万般自责刚才分了他的心。不该试探他，使他置于危险的境地。

可凌烨宸却对身后的刺客无暇顾及。他眸光微闪，脸色微变，眼睛看向玉凝左肩上空的方向，钟楼中层的暗处。那里，竟然还隐藏着一人。

这人和那五名刺客是一伙的，还是另有来头？

突然，银光一闪，银刃破空，竟从那阁楼方向直直射出杀人暗器。

这暗器居然也是直指玉凝心口。

凌烨宸，后有刺客剑指他要害心房，前有暗器直击他女人的心口。

自己的命和她的？怎样选择？

千钧一发之际，身体已给出了答案。

风驰电掣般，持剑的手扬起，朝那飞来的暗器打去，当的一声，那暗器被长剑当空截下，应声直直穿进了丈余外的树干之上。

可竟没想到，那暗器本是两发并行，凌烨宸仅将其中一枚打下，另一枚依旧去势劲猛地朝玉凝飞去。

同时，身后那三名刺客的剑尖也已分别向他背后刺下。

他扬臂挟住玉凝柳腰，将她嵌在怀里。猛然转身，跃起退出几步开外。

玉凝被他带进怀里的一瞬，感到他身体的剧烈震颤，耳边传来他几不可闻的一声闷哼。

凌烨宸扬剑挥出，将身后那三名刺客震出几步之外。

玉凝吐吐舌头，开口说道：“我就知道你武功厉害，三名刺客怎么可能伤得到你！刚才白白为你担心了。”

凌烨宸眉目一厉，玉凝身体不禁缩了缩。

他的怒气，她怕。

她怯怯地从凌烨宸肩膀上方看去。

三名刺客长剑上竟都滴着缕缕鲜红血珠。

血，是谁的？

刺客喉咙溢出冷血的笑声，“天子又怎么样？到头来，还不是要死在一个女人手里。”

玉凝甚至来不及思考那刺客话里的意思，只见刺客竟又扬剑朝凌烨宸刺将过来。

她惊惧地将脸埋在凌烨宸怀里。

却闻三声钝响，兵刃相击，刺耳声响划破长空。

在这等危急时刻，无踪、邢掣、月下三人及时赶到和那三名刺客斗在一起，将三名刺客逼退丈余。

月下道：“爷，月下救驾来迟，你受苦了。”

无踪喝道：“好大的胆子，竟敢刺杀皇上，你们真是嫌命长。”

邢掣持剑与那刺客过招，招招致命，谁伤了皇帝，他绝不姑息！

凌烨宸拥紧玉凝，厉声对邢掣道：“留那几人活口。”

闻声，邢掣会意，虽招招致命，却留力不去伤刺客性命。

无踪三人不需顾忌什么，仅一人对付一名刺客。不消几招，那三名黑衣刺客就已处在了下风。

玉凝忽觉拥在她腰间的手掌不住地颤抖，她心下生疑，朝凌烨宸脸颊看去。

只见他唇无血色，脸如纸白，额头、鼻翼皆覆满薄汗。

他怎么了？

打斗声戛然而止，三名刺客颓然跪地。

无踪在那刺客腰际翻找了一番，从腰际扯下一个棕褐色的牌子，

牌子正面刻着一个“令”字。

反面竟是一个姓氏——陈。

无踪正色道：“皇上，刺客是太后的人。”

凌烨宸并未多言。这一切，他早已了然于心。

玉凝听到是太后派人取她性命，并不感到吃惊，也无心顾忌。

因为，环在她肩头的手臂，越发地颤抖不止。而她被这手臂的主人紧紧扣在怀里，视线仅能看到他的胸膛。

她惴惴不安地伸出手臂，环了他腰身。

才触到他后背，忽觉两只手掌被温热湿濡的触感包裹着。

血！

她愕然把双手抬至眼前。血腥气溢入鼻腔，竟两手血红，殷红的血水顺着手腕流下。

“怎么可能，你怎么会受伤？我不信！你武功那么厉害……”

凌烨宸喉咙一紧，血水涌进口腔。他反握剑柄，用剑尖撑在地上，单膝跪地。

“皇上！”月下、邢掣、无踪三人朝皇帝围将过去。

玉凝慌乱地扶住凌烨宸手臂，几乎是哭着说道：“你伤在哪里？让我看看伤口，让我看看……”说着，便要到他背后查看。

凌烨宸倏地攥住她的手腕，艰难开口道：“不用看了，女孩子家会害怕。三处剑伤，两剑在腰上，一剑在后心房。凝儿，还要试探朕吗？今天，朕的表现你可满意？”

说话间，血丝又从他嘴角流下。

玉凝眼泪扑扑簌簌落下，颤声自责道：“对不起，都是我的错，我如果当时听你的话，躲到钟楼去，你也不会受伤。”

“走开！离开皇上身边。早就说过，让你离皇上远点。”突然，月下生气地抓起玉凝手臂，将她扔出老远。

玉凝趔趄摔在地上。脚腕碰在了石阶上，剧痛钻心，像是骨折了。

可她却无暇顾忌脚腕的剧痛。在看到凌烨宸后背的时候，她一下子愣在了当场，心痛得无以复加。

他衣衫被划得破烂，皮开肉绽，整个后背已被血染成了暗紫色。

她泣不成声，“对不起……”

月下扶起凌烨宸，呜咽道：“爷，奴才这就传太医。”

凌烨宸朝玉凝投去淡淡的目光，说道：“不必，把这件事情压下。朕要去赴宴。”

随即，他抬手抹掉了嘴角的血沫，唤道：“无踪。”

无踪上前，恭敬道：“属下在。”

凌烨宸琥珀色的眸，细细审度无踪，继续开口道：“朕身上除了剑伤，左肩还中了暗器，你帮朕取出来。”

闻言，众人皆惊。

无踪用匕首尖端抵在凌烨宸肩头，“皇上，属下冒犯了。您忍一忍。”

玉凝虽然害怕月下，可她担忧凌烨宸的伤势，也顾不得其他了，跌跌撞撞地来到凌烨宸身侧。

只见，她把衣袖撩起，露出雪白的胳膊抬到凌烨宸嘴边，道：“以前你说，我如果疼可以咬着你。现在也一样，疼的话，咬着我的胳膊。”

凌烨宸苍白的唇边漾出浅浅笑意，长臂一捞将她紧紧圈在怀里，下巴轻搁在她头顶，目光示意无踪，“还不动手？”

无踪深吸口气，以匕首精准划开了凌烨宸肩头，从血肉里生生剜出了那暗器。

玉凝朝无踪手里血糊糊的凶器看去，是一枚飞镖。因为掷飞镖那人力道极猛，所以飞镖完全埋进了凌烨宸的肩头。

无踪、邢掣、月下皆瞬间脸色大变，异口同声道：“皇上，暗器居然是飞镖！”

“兄弟几个，惯于用飞镖的，除了他没有别人，三哥果然还活着。刚才这飞镖掷向薛爱妃，不过是诱敌之计，三哥真正想杀的是朕。”

凌烨宸狭眸阴霾地扫向钟楼中层暗处。

玉凝循着凌烨宸的视线看去，凌苍刚才就藏在钟楼内？他……真的是神出鬼没的夜翎？

无踪道：“属下这就带人去追。”

玉凝不期然迎向无踪的乌黑双眸。

她分明是头一回看到这侍卫模样的蓝衫青年，可有种莫名的熟悉感却猛然袭来。

他那双眼睛，她似乎在哪里见过。

不！

是一定见过。

但在哪里见过？记忆似乎被封存在脑海深处，怎么也记不起来。

凌烨宸笑道：“不必追了，他不会在那里束手就擒。今天他没有得手，绝不会善罢甘休。他一定还会再出现。”

“皇上，太后的人怎么处置？”邢掣问道。

凌烨宸睇向不远处跪在地上的那三名刺客，幽幽开口：“愿意效命于朕的，留下。不愿意的，自己动手了结性命吧。”

三名刺客面面相觑，不臣服亦不自刎，似乎有什么为难的事憋在心口。

凌烨宸从腰间取了一个白玉瓷瓶，掌心运气，抛到其中一名刺客手中，沉声道：“解药。”

三名刺客身体俱震，他们身为刺客死士，为表忠心，太后命他们服下了剧毒。现如今，他们刺伤了皇上。皇上非但不杀他们，反而给了他们解药？

到底为谁卖命更值得？不用比较，已然明了。

这三人揖手，重重磕头，直到额头磕出血来，才肯说话，“皇上抬爱，我等誓死为皇上效命。若皇上信任，请让我等回去太后那里复命，我等日后必送给皇上一份大礼，报答皇上今日的不杀之恩。”

凌烨宸颔首，“邢掣，放了他们。派人把这里打扫干净，今日之事，决不可泄露半字。”

“是。”邢掣道。

凌烨宸忽觉衣袖被人轻轻拽住，怯怯懦懦、带着哭腔的声音传来，“凌烨宸，传太医好不好？你伤的好重，流了好多血，我担心……”

月下一听到薛妃的声音，更觉气愤难当，当即便拔出了长剑对着她的咽喉，愤恨地说：“奴才这就代皇上杀了你这不知轻重的女人。要不是因为你，皇上会受这么重的伤？皇上的性命安危，也是你可以轻易拿来试探的！”

玉凝踉跄后退几步，扑通一声仰摔在地上，定定看着眼前晃动着的锋利长剑。

手心一凉，余光朝掌心下面看去，原来是刚才打斗间，凌烨宸袖间射出的银针掉落在地。

她将那银针暗暗握住，藏在衣袖中。

凌烨宸仅环胸而立，未有丝毫阻拦月下的意思。

玉凝哽咽道：“对不起，都是我的错……”

月下哪里看得了薛妃这副假惺惺落泪的模样，恼怒不堪，手腕一翻，剑刃便已挥向了玉凝的咽喉。

谁料，横空探来的长剑将月下手里的利器挡了下来。

月下不悦道：“邢掣，你拦着我做什么？难道你要帮着她害皇上不成？”

邢掣小声说：“不是拦着你，咱们爷还没下旨，你急什么？等爷发话了，再杀她不迟。”

玉凝脚腕骨折处早已肿得圆滚滚了，稍一动弹就疼痛牵动全身，她强忍着痛朝凌烨宸走了两步，可却狼狈地扑摔在地。

凌烨宸自始至终，不作声响。

玉凝心里越来越自责，泪流得也越来越凶。

邢掣朝玉凝伸出手臂，说道：“娘娘，属下扶您起来。”

玉凝倔强地不伸出手去，偏偏要自己爬起来。却连着爬起了两次，又都气馁地跌在地上。她气得猛捶了几记地上的石砖。

“还不过来？”

轻描淡写的一句，让众人心中一凛。

朝声音来源看去，只见皇上朝薛妃微微伸出了双臂。

皇上身受重伤，却要抱薛妃？月下三人当真吃惊。

玉凝望着凌烨宸伸出的手臂，瞬间，泪水泛滥决堤。

这男人，似乎很会将女人玩弄于股掌之间。似乎，女人那点心思，他把握得十分精准又恰到好处。

他怎么就那样算准了，她心痛难当的这一刻，恰巧渴望他的怀抱。

玉凝的视线紧紧锁住那浑身浴血的君王。

她奋力单脚跳到凌烨宸身边，细弱的手臂紧紧攀住他脖子，轻声开口：“我比树叶还轻，我保证，不会把你的伤口弄得更痛……”

凌烨宸不置可否，弯了手臂，欲拦腰将她横抱进怀里。

可玉凝却腰身一转，跳脱了他的臂弯，转而搀着他的手臂。

“你的伤那么重，我还能真不知轻重的让你抱着走不成？那样可就真是罪过了，该千刀万剐了。月公公第一个就不愿意呢。”

月下小声嘀咕了句，“算你识相，不然拽也要把你从皇上怀里拽下来。”

凌烨宸由她扶着缓缓而走，但才走了两步，他忽觉眼前昏黑，瞬息天旋地转，连退几步，直到后背撞在假山之上才稳住身形。

月下担忧，“皇上，你怎么样？可有摔到哪里？”

“朕没事，都是皮肉伤，没有伤到心肺筋骨。朕已封了几处要穴，只是流血过多，身子虚弱罢了。”

凌烨宸吃力地站起身，假山后他倚过的地方竟然满是血迹。

玉凝深知这场祸是她惹出来的，满心自责。但一腔歉意的话语却不知从何说起，便剽窃了月下那句，“你怎么样？有没有摔着？”

凌烨宸苍白的嘴角抿出笑意，安慰道：“你还是担心你自己为妙。晚上侍寝不要向朕讨饶。”

听到他暗指那闺房之事，玉凝小脸微烫，突然觉得他逞强的样子煞是可爱。她定定看了他良久，再次开口：“我不该拿生命当儿戏去试探你，对不起。”

凌烨宸薄唇轻抿，思量良久，微微叹道：“凝儿，你记住，朕救你是一回事，在不在乎你是另一回事。哪怕你是朕的仇人，只要朕愿意，也会去救你。试探，永远探不出真心。倒是你这种任意妄为的任性，差点让你……不，让朕丢了性命，朕不希望这种事情再发生第二次。你懂吗？”

玉凝心里顿感失落，原来她自作聪明的试探，并不能说明什么。

他救她性命，与是否在乎她无关。

凌烨宸伸出粗粝的手掌紧攥她的手腕，催促道：“回答朕，这种事情不会发生第二次。”

他似乎很紧张，为什么？

她苦涩道：“是，以后万不敢让皇上置身危险之中。”

凌烨宸只是一笑，她又怎知他无法承受她再度遭遇危险的那种恐慌与狂怒。

邢掣疑惑地问道：“皇上，为什么轻易将那三名刺客放走？若是他们三人向太后复了命，实情以告。太后岂不是对皇上心生芥蒂？”

“是啊，皇上，太后娘娘若知道你明着帮薛妃脱险，和她作对，怕是更不会轻易交出手里的兵权。”

凌烨宸淡淡地道：“朕倒觉得可以赌一赌。母后手里操控的刺客死士，至少两万。”

死士皆服下剧毒。与其说他们愿意为太后效命，不如说是为了保命而屈从太后。

玉凝聪明伶俐，对个中道理一想就明白，便道：“你若是在那三名刺客身上赌赢了，便可将太后那两万死士收为己用。可，若是赌输了呢？”

凌烨宸挑起俊秀眉峰，似假亦真道：“赌输了又怎样？朕不过一时贪图美色，舍不得你死而已。母后若是怪罪了，朕大不了把你的尸首交出去。朕到时还落得一个孝子之名，何乐而不为？”

玉凝一时无言以对。她也绝对相信，他说话笃实，绝非与她玩笑。

只是，陈凤仪一味地要杀她灭口，是为了什么？陈凤仪在凌烨宸心口种下毒物，又将兵权牢握手中，她又是在忌惮什么？还怕谁抢了她的地位不成？

玉凝深知从凌烨宸这里问不出什么。心里暗暗浮现一个人，说不定从他那里能够套出几句话来。因为，她手中也攥着攸关那人生死的秘密。

“皇上，此次凌苍卷土重来，藏匿在宫里，想必还在为两年前映雪娘娘的事情耿耿于怀，必会再寻觅机会，对皇上加以报复。”无踪道，“属下以为，该对那凌苍小心提防才是。”

凌烨宸狭眸轻眯，隐隐打量无踪，凛然问道：“无踪，你跟在朕身边多久了？”

无踪一震，回道：“属下如影随形，在皇上身边已有十年。”

“那你该知道，朕不喜欢听你问问题。提防凌苍这件事情，朕就全权交给你去办。”凌烨宸有意顿了顿，“捉到凌苍，朕准许你，先斩后奏。”

无踪沉声道：“属下遵旨，誓不辱命。”

玉凝从凌烨宸怀里抬起头，久久凝着他下巴。

凌烨宸迎上她满是质疑的眼眸，问：“有什么话要说？”

玉凝犹豫半晌，自讨没趣地问道：“凌烨宸，为了一个女人而手足相残，值得吗？”

月下不满地小声嘀咕，“不是为了一个普通的女人，而是一个不可替代、极为重要的女人。”

玉凝虽想与月下过招，可自知技不如人，还是生生把这口气忍下了。

“要看是为哪一个女人。”

本以为凌烨宸不会回答，谁料他的回答才是最致命的伤人凶器。

玉凝心里猛然一窒。他话里的意思再明确不过，为了映雪而兄弟相残，就值得。

本还想继续自讨没趣地问他，那为了玉凝值不值得？却掂量了自己的份量，一思索还是算了，自己在心里替他作了回答，你也配和映雪比较？

而玉凝又怎知晓，待到真相揭开的一瞬，事情，竟全非她所想那样。

她大胆挑衅，“难道说，你的宝贝映雪背着你跟凌苍做了什么，你才立誓要将凌苍逼上绝路，赶尽杀绝？”

凌烨宸的双眼瞬间变得狠厉。

玉凝明显感觉到他身体紧绷了几分。

不妙，他恼了！

凌烨宸突然卷臂将她揽进怀里，手臂倏然向上扬起。

他要摔她在地？那还不摔成肉馒头？玉凝骇得喊了句“不要”，便攀住他脖子死死不肯松手。

却久未见他有所动作，于是，抬眼将他打量，只见他正若有似无地向前看去。

循着他视线看去，前方已近养心殿，一座假山，一方池水，别无他物。

玉凝不知他在看什么，不过，他手臂依旧紧紧搂在她腰上，没有丝毫丢下的意思。

她渐渐放松了警惕，松开了搂在他脖子上的手臂，舒了口气道："吓掉我半条命，以为你要怎样呢。"

可谁知，她才刚撒手，

凌烨宸邪肆的嗓音便隐隐传来，"记住，以后不该你知道的事情不要问。下次若再出言诋毁雪儿，朕决不轻饶。"

玉凝丈二和尚摸不着头脑，只含糊地点点头道："晓得，晓得。"

又听他命令道："闭气。"

"什么闭气？……啊……"

完美抛物线，只听扑通一声，玉凝便落进了假山下的水池里，一时激起水花层层。

始作俑者凌烨宸的手臂还高高扬起着，未及放下。

玉凝落水一刻，似乎耳边还传来了月下轻浅的快乐笑声。

又隐约传来凌烨宸的声音，"给你一盏茶的时间，爬到养心殿去赴宴。"

玉凝猛灌了几口水，扑腾良久，终于破水而出，哭笑不得地抬眼看去。却哪里还有皇上的人影？

想来，凌烨宸刚才淡淡地看向假山水池的一瞬，已在酝酿将她扔进水里这事了。

她认命地爬出水池，揉着剧痛的脚腕，无奈地叹了口气。

心想着，一盏茶是多久？要是凌烨宸一口将茶喝完了，打死她，她也赶不过去养心殿。

突然，眼前有人递来了一方手帕。

玉凝抬眼便见一袭蓝衫的青年立于身前。

"是你。"

"久违了，薛丞相家的小书童。"他说。

玉凝挂着晶莹水珠的眼睫微微颤抖，夜幕初入，宫灯渐起，她将眼前蓝衫男子仔细打量了一番，却除了一双深邃漆黑的眼眸之外，再无熟悉之处。

"我们见过？无踪。"她喃喃道。

哪能料到，待到日后，眼前男子长剑贯穿凌烨宸心脏的一瞬，她才忽然记起，这双如夜的眼眸，究竟在何处见过，却为时已晚。

无踪道："是。"

她拢眉，苦想，回忆翻飞。

两年多前，边关连连告捷，四王爷凯旋荣归帝都。

玉凝初闻消息心乍喜慌乱。

七岁女娃娃与十岁小哥哥一别已八年。

八年之后，少女红妆，少年郎。

儿时情谊是否还在？

她无论如何，都要与四爷一见。

玉凝央求薛相带她同行，缘由便是：女儿常闻四爷战功赫赫，望能近处一睹风采。

薛相顾虑重重，终不敌玉凝软硬兼施，泪水攻势。

带她同行，却另加条件：先帝、众官员皆男眷，玉凝女子装多有不便，易装成伴读小童，默默紧跟在身后才可。

那天，帝都城门前，先帝、凌苍同乘于龙辇中，薛相、众官员、各王爷驾马拥在龙辇两侧。于百姓热闹声浪之中，静待归来之人。

忽然，百姓欢呼声乍起，“瞧，那身着紫袍的，是不是四爷？”

薛相马侧，玉凝紧张攥手，踮脚朝那浩浩荡荡的仗队中寻找。千难万难，透过层层人墙，终于瞥见一袭华贵紫衫的俊美男儿。

原来，八年不见，他已非当年的怯懦模样，那邪肆冷毅的眸，有几人能斗胆去直视。谁会想到，这征战沙场的男人，曾倚在七岁女孩的肩头，颤抖低泣。

百姓中有婆娘喊，“四王爷怀里那美人……可是王妃？上战场都带在身边，真恩爱呢。”

玉凝惊见他马背上那面覆轻纱的女子，才觉，他已有妻室。

他可还记得，儿时的誓言……

小哥哥，要勇敢哦，我爹爹说，只有人变得强大了，才不会被人欺负。男子汉，不能流眼泪。

凝儿，我很勇敢。我不是因为害怕才流泪。

是吗？

等我当上皇上，你就会相信了。

皇上很厉害，没人会欺负皇上，是不是？

是。

哈，那就当皇上。

不过，有一个人可以欺负皇上。

小哥哥，那人是谁，连皇上都可以欺负？

皇后。

皇后？那凝儿长大了要当皇后。不过凝儿不会欺负小哥哥，凝儿会保护小哥哥。

等哥哥，娶你当皇后。

一别八年。

稚嫩的话语仍在耳边，

而他却已心有所属。

原来，一切，不过都是孩提戏言。

她失神落魄，百姓拥挤，她不胜推搡，手松了薛相衣摆。她跌倒在马蹄下，惊了马队，众侍卫纷纷持剑相对。

玉凝犹记得那时，那龙辇明黄帘幕被人轻撩起，三王爷凌苍踱步而至。

犹记得凌苍是个娇贵傲慢的男人，他抬脚怒踩玉凝肩膀，厉声道："带下去，抹脖子。"

马蹄声笃笃而至，有人翻身下马，声音润若玉石。

"三哥，可否给小弟个薄面，饶这小厮不死。"

她慌乱的眸看去。紫衫男子明明近在咫尺，却气质冷冽，疏离得让人不敢越矩靠近。

凌苍说："且看在四弟求情的份上，饶你一条小命。"

然而，说是这样说，凌苍却倏地抬了脚，狠狠将玉凝踢出数步之外。

那一脚不偏不倚，正巧踢在玉凝心窝要害之处。

凌苍究竟是给了凌烨宸面子，还是当众打了凌烨宸一巴掌？让初回帝都的四爷在众人面前，抬不起头脸。

羞辱之意，已溢于言表。

玉凝心口闷疼，血腥气溢入口里，却倔强地将那血水咽下。仅为，减少凌苍对四爷的羞辱。

她本欲若无其事地爬起身，走到凌烨宸身侧谢恩。怎奈手臂在地上撑了几撑，才知根本无力爬起。

当真便要死在这里，让四爷求情的话撂在地下？受那凌苍羞辱之耻？

忽觉，有人伸手环了她胸口，将她扶起，轻轻在她耳边道："你的好意，本王心领。"

仅记得，那时他身上淡淡的清香，让她心生委屈，眼眶涩胀泪欲滴。

她跪在他脚边，用百姓皆能听到的声音，"小的谢四爷搭救之恩。无名小卒，本死不足惜，却得四爷抬爱，请受小的一拜。"

薛相亦扑身而跪，热泪纵横，"四爷，救下我书房小童，大恩不言谢！"

凌烨宸微怔，有礼搀扶，清冷地道："不过举手之劳，薛相客气了。快请起。"

琥珀色的眼眸却将书童久久打量。

玉凝轻笑，他眼中全无异色，一定将她忘记了。可，压制心口的血水已从她惨白唇边悄然滑下。

凌烨宸拢眉，低手将书童扶起，抬袖拂去他身上尘灰。

乍看此动作，百姓山呼，接连而跪，街上鲜有站立之人。

凌武道凌烨宸替书童拂去衫上尘土，收买百姓心。

凌懿轩道凌烨宸拂去书童衫上灰土，实乃做给他七爷一人看。

此中实情，便只有玉凝自己知晓。

凌烨宸挥袖之间，拂去那尘土之际，突突几下在她心口轻点，缓解了她心口顿疼的骇浪，她才得以保下一命。

待到四王爷转身欲走之时，玉凝下意识伸手攥了他紫衫袖下的手掌，葱指在他掌心匆匆画下几字：这八年，你可还好？

凌烨宸回头凝视，却冷眸冽冽，似在打量一个陌生人。

她祈盼回望，

终不敌马背上女子轻唤一声“四爷”，声音温软沁甜。

凌烨宸抽开手掌，走回那女子身侧。

巧在这时，女子面纱被风拂走。

若玉凝当时将视线稍稍抬起，便可知道，映雪与她的仇怨从那时便已埋下。

“娘娘，可想起来在哪里见过属下了？”无踪笑问。

玉凝回神，无踪递来的手帕依旧在脸边。她摇摇头，拒绝了他的好意。

她本就浑身湿透，一方手帕，实在未有多大用处，何必承他的情。

“你既然知道我是那书童，而我也觉得你熟悉，那我们必有眼神接触。那时，我仅看了两人，记住了两人。一人是救我性命的四爷，一人是下令杀我的三爷。”玉凝将湿漉漉的披风撩起，使劲拧了拧，“无踪，二选一，你……是谁？”她顿了顿，“不，兴许，仅剩下一个答案。”

无踪耸肩摊手，“答案再明显不过。属下是皇上的影子暗卫，名叫无踪。”

玉凝皱眉，凌苍那日险些要了她的命。她鲜少有记恨的人，凌苍算是第一个。

她看过凌苍的脸容，凌苍的长相，要记住实在不难。

浓眉挺鼻，唇红齿白的富贵相。

再观眼前这无踪，竟是皮肤黝黑、脸容冷毅，哪里有一点娇生惯养的模样。

“凌苍，揭下你脸上的人皮面具吧。”

玉凝趁无踪不备，伸手往他脸侧用力撕去。

却不料无踪微曲双膝，俯低高大身量，将脸别至一侧，给玉凝提供方便，任她抓挠。

他脸侧已被抓得血红，透出了血丝，却没有丝毫人皮面具的贴合迹象。

玉凝愣愣地看着无踪的双眼，无踪的脸容分明是陌生的，可为什么心里莫名的熟悉感如此强烈。

似有什么要呼之欲出，却又被薄雾笼罩。

无踪用手轻抚过黑红的脸侧，微微开口道：“娘娘果然逗趣，若属下是凌苍，皇上怎可能会无所察觉，皇上又怎么会将捉拿凌苍的重任交给属下去办。”

“大人见笑了，刚才多有冒犯。只是我一时记不起在哪里见过大人了。”

玉凝睇向自己粉白的指甲，里面丝丝红色，是无踪的血迹，刚才她使了大力要揭掉人皮面具呢。却……差点将这小伙子的脸皮撕下来。

无踪再次将手帕递到她眼前，努努嘴，示意她擦一擦手。

“不用，不用。”玉凝指指他流血的脸侧，“你自己留着用就好。”

好奇怪的暗卫，她将他抓了个血肉模糊，他倒还送她手帕来擦指甲。是傻，还是呆？

无踪大胆隔着衣袖握了她手腕，不由分说地用手帕轻轻拭去她指尖血迹。

“属下平日与邢掣、月下两人走得极近，娘娘在哪里偶然看见过，也未可知。属下之所以知道娘娘就是当年的小书童，乃是……听一个故人所说。”

玉凝被他这么毛手一握，心里又气又恼，也无暇顾及他口中的故人是谁，径直将细腕从他手掌里抽出，意有所指地说道：“我寻了机会，得去皇上身前好好夸夸你这暗卫，真是贴心好用。”

无踪对她讥讽威胁的话，不置可否。

他手指有意无意掠过了耳后的风池穴，轻轻按压。待到手指离开时，却见那风池穴中，隐隐若现，一枚银针。

江湖中人看了便会知晓，古法易容，银针插入风池穴，会彻底将一个人的容貌改变。

玉凝离真相，仅一步之遥。

无踪给她的莫名熟悉感，并非来无出处。因为，容貌再改变，双眼瞳仁却是无法乔装易变的。

无踪深深一揖，道：“属下冒犯了。实在不想让血污沾染了娘娘无瑕的手。”

玉凝暗道，看来是她多虑了，无踪一定不是凌苍。凌苍架子大又傲慢，不会做这些下作事。凌苍该是夜翎才对。待她找个时机，再去储秀宫顶，会一会那夜翎，想个办法，揭下他的面具，一看究竟。

“大人不跟在皇上身边保护？怎么倒去而复返，来找我做什么？”玉凝说着，随即便朝养心殿踱去。

无踪的声音淡淡传来，似乎他笃定，玉凝听了这话，一定会停下脚步，“娘娘，属下一直以来奉皇上之命，守在你储秀宫顶，看到了不少有趣的事。”

玉凝愕然回身，惊道：“你……都看到了什么？储秀宫能有什么有趣的事，不过是满荷塘的荷花分外好看罢了。”

无踪试探道：“娘娘在怕什么？是不是私下见了谁，不能让皇上知道？是那戴面具的夜翎，还是昨日在你房内的轩、武两位王爷？”

玉凝微惊，无踪竟然知道夜翎？

那么邢掣、月下是否也知晓？

若他们三人都知晓，那么这三人的主子，凌烨宸定然也知情。

那为何不去储秀宫宫顶守株待兔，抓夜翎？

想来，夜翎曾说过，他是凌烨宸最怕的人。看来，夜翎当真是凌苍不会有错。凌苍此番回来寻仇，凌烨宸忌惮凌苍也说得过去。

可凌烨宸这种厉害角色，当真惧怕到不敢去捉拿、任由凌苍戴个面具在皇宫大院里逍遥？

“你没有向皇上禀告在储秀宫看到的事情，而是来找我，那么就一定有所求，不妨说出你的条件。你想从我这里换得什么？”

无踪一凛，道：“娘娘错了。娘娘手里没有属下想要的任何东西，属下本和娘娘是同一种想法，不愿见手足相残。你我皆知，今晚宫宴，必有死伤。”

见无踪的话句句直截了当，玉凝便也不再避讳，“夜翎曾救过我，偶驻足宫墙，听到了轩、武两人欲借十二爷之手，除掉凌烨宸。若要动手，今晚宫宴便是一个契机。”

无踪另起话头，“你刚才拾起了皇上掉落在地上的银针，想必是想使计化解晚上这场杀戮？却不知，十二王爷是不是你所想的那般好骗？皇上袖中掉落的银针，仅当防备之用，却没有毒。”

玉凝本以为她袖藏银针的动作无人看到，却不料，无踪不仅看到，还将她的打算说了出来。

不过，无踪仅说对了一半。制止晚上的刺杀是一方面，银针真正的用处是她要从凌思远那里套出一个秘密——有关太后的秘密。

“银针没毒，你知我知，凌思远不知。不试试，怎知他好骗不好骗？”

无踪黑眸轻轻眯起，细细打量眼前的瘦小女子，

“今晚，如若轩、武二人刺杀皇上不成，皇上必盛怒治罪，到时死的一定是凌思远。不过，刺杀若成，死的便一定就是皇上？”

玉凝知他话里有话，“大人的意思是？”

“凌思远今晚准备了四十美人，为皇上舞剑。”无踪提醒地说道。

玉凝稍一思量，便面露了然，道：“这些舞女被轩、武两人调了包，换成了刺客？”

凌烨宸受了重伤，四十个刺客，他……怎能招架？难道真的没有万全之策，可以避免兄弟之间相互残杀？

“娘娘果然聪明，轩、武两位王爷的确将这四十美人换成了刺客。而皇上又身负重伤，如此看来，皇上今晚是难逃一劫，必死无疑。”

“那要你做什么？皇上栽培你十年，就是要你置身事外地告诉一个女人，你家主子今晚难逃一劫吗？”

无踪突然凑近了几分，眉梢扫过杀气，道：“皇上若知道娘娘这般一如既往地护着他，该很开心才是。娘娘忘了属下刚才说的话了？属下说，四十女刺客刺杀成功的话，死的未必就是皇上。”

“你的意思是……”玉凝脸色转白，已隐隐意识到了无踪之意。竟丝毫没发现无踪口中“一如既往”四字的深意。

“属下正是娘娘所想的意思。有人将计就计，将轩、武二人的四十刺客又调了包，换成了另一批刺客。刺杀仍会进行，这样一来，依娘娘之见，今晚死伤的会是谁？”

玉凝将无踪的话稍加咀嚼，“凌烨宸将计就计，欲借十二王之手，除掉轩、武两位王爷，是不是？”

无踪不置可否地耸了耸肩。

玉凝见他默认，又问：“为什么对我说这些？你主子要杀凌懿轩、凌武，你不是该帮忙才是？怎么感觉你字里行间却都是在帮着轩、武两人？”

无踪轻声道：“属下……家里尚有一个小弟。我这当哥哥的未曾给弟弟做过什么，兄

一定有图谋。”

凌思远眯眸看了玉凝一会儿，后者也正用一双清澈双眸凝着他，她眼中并无丝毫异色。

他虽心生疑惑，却缓缓地道：“无妨。她一个女孩子家，也不能将本王怎样。”

罗袖下，玉凝以手指紧紧捏着那银针，心紧张得怦怦直跳。

凌思远俯低身形，道：“本王洗耳恭听。”

“得罪了，王爷。银针涂有剧毒，没有解药，不消几刻，你一定毙命。”说话的同时，玉凝食中两指紧挟银针，猛然刺进了他脖间筋脉。

凌思远脸色顿变，却已避躲不及，只能气急地说：“你！”

随即，他腾地抬手将那银针从脖间动脉拔出，带出了一串腥红血珠。他食中两指瞬时朝颈间胸口连点十余次，封了几处大穴。却不敢轻易运功逼“毒”，唯恐“毒”血逆转，伤及性命。

铮的一声，只见夏明手持长剑直刺向玉凝咽喉，“你这毒妇，竟敢行刺我家王爷，我杀了你。”

玉凝低眼看着抵在自己咽喉的长剑，仅差毫厘，那削铁如泥的利器，便会割伤她皮肉，刺穿她喉咙。一时间，竟有些后悔刚刚的举动，但却仍然故作镇定地说：“杀了我，你主子身上的毒，便再无药可医。解药，这世上仅我一人能配制。”

夏明道：“不杀你，亦要让你受伤，教训一番。”说着，他便侧划剑锋，朝玉凝脸颊削去。

凌思远爱美人，最厌伤女子脸容。于是，疾速屈指将剑锋弹开，当的一声，长剑落地的声音划破夜幕。

夏明手掌遭猛震，虎口被震得生疼，倒退好几步才稳住身躯。待到他愕然看去时，他家主子正与薛妃神情肃然地在交谈着什么。鲜少见他家主子表情显露惧色，这是头一次，还是在一个弱女子面前。

他本欲侧耳细听，巧在此时，养心殿内鼓锣乐声乍起，将他家主子与薛妃二人的说话声尽数遮去。

须臾，养心殿宫宴开始。

细雨早已悄然散去，

薄薄月光洒下，人、景皆沐浴淡淡银辉。

九转回廊处高挂起火红灯笼，宫灯摇曳处管弦丝竹声声，不绝于耳。

各个主子身后都候着七八个丫鬟、宫人。

若论排场盛大，则数太后、映雪最甚，周遭竟足足拥候着二十名下人、婢女。

相比之下，皇帝身侧却冷清非常。

仅月下、刑掣、无踪候在一侧，偶尔替皇帝递上一杯酒水。

这院中，主仆林林总总竟不下三百余人。

因此，当凌思远主仆、玉凝三人迈进养心殿大门之时，并未引起几多注意。

凌思远此刻鼻肿脸青，显然刚刚遭人痛打过。他朝薛妃冷哼一声，便盛怒拂袖，径自回了席间座位。他的下人夏明也朝薛妃甚是恼怒地撂下一句“卑鄙小人。”后，便随他主子一并去了。

玉凝回以无谓一笑。不过是问了他家主子一个问题，外加帮人报了个小仇，打了他家主子一顿而已。作为回报，也让他主子保住了一命，算下来她也不算太卑鄙。

却不料，透过宫宴上来来往往的身影，那双深邃的琥珀色双瞳，已将这一幕尽收眼底。

凌烨宸抬手示意，邢掣上前俯身，皇帝交代了句什么，邢掣脸色稍异，便朝凌思远看去，又看看薛妃，而后急步退去，到了暗处，便当空跃起隐去了。

忽闻院中阵阵笑声。玉凝好奇下，便举步挑了个不起眼的位置站定，朝众人中间空地看去。却见，原来是一红一青两抹儿身影在舞蹈。

那红纱女子舞姿煞是柔美婀娜，而那青衫男子却身形僵硬，局促僵持乱舞，想必众人便是被他怪诞的舞步逗乐的。

玉凝嘴边自也轻带了笑意，却也对这跳舞两人没甚在意。眼睛下意识地掠过重重身影，朝主座上看去。

太后居左，映雪居右。

坐在中间的，自然是他——皇帝。

凌烨宸已退去受伤染血的明黄衣衫，换上了一袭华贵紫袍。紫衫衬得他脸容更显俊逸，却也将苍白的唇色凸显。

他正出神观舞，并不知晓她已来了养心殿。那又何必要定下一盏茶的时间？现在不知已过了几个一盏茶的时间了，即使她没来，他也丝毫不会察觉。她自嘲，竟希冀他时时注意着她，真是荒天下之大谬。

映雪依偎在他身侧，白玉无瑕的手剥了果壳，将那晶莹的荔枝递到他嘴边。

凌烨宸眉眼染笑，欢喜受用，将那果实吃下。咀嚼罢，又将果壳吐在映雪手里。

他薄唇贴在映雪耳边低喃了一句什么，映雪便红了脸，似恼还嗔地在他胸膛轻捶一记，恰恰那无骨秀拳又被他攥在手里去了。

玉凝眼睛被这画面刺得生疼，鼻头、心口也酸涩。就那样直直盯着那忘情亲密、打情骂俏的两人。

不料，皇帝竟倏然抬眸，隐约朝她方向瞧来。

玉凝心头猛然一凛，瞬时低头垂手，惊出一身冷汗，眼睛四下闪躲，不知该看向哪里。

她扭捏了许久，最终鼓足勇气抬眼朝凌烨宸看去，谁料，他根本就不是看向她，而是慵懒地看着舞池里的两人。

免于和那双凌厉双眼对视，她舒了一口气，却也不免失望了一阵，忍不住随着他的视线也看向那舞池中。

不看还好，这一看便吃了一惊。那舞姿婀娜的红纱女郎竟是恨生，而那肢体僵硬的却是凌武。

这两个人怎么一起献起舞来了？奇怪。

肩膀上倏地被人按压了一下。玉凝一惊，别再是谁又来杀她？于是，忙挥剑转了身，劈头朝身后那人打去。

可是，剑鞘却被那人轻松握在手中，素锦衣袍的男子假意责怪，“不看看是谁就要打啊？头被你打破了，你可得天天来照料我啦。”

玉凝双颊微热，忙把剑撤下撑在地上，俯了俯身道：“七爷。”

这时，只听宴上众人纵声大笑。原来是那凌武又出了洋相，差点被恨生的红纱卷落摔个满嘴泥。

玉凝若有所思，看了恨生两眼。

凌懿轩笑道：“是凌武自己找着没趣。刚才，恨生趴在四哥膝上安安静静的，没招惹谁。凌武见恨生长得妩媚好看、身段窈窕，便戏闹四哥，非要看恨生跳舞。”

玉凝听后，淡淡嗯了声。

凌懿轩又道：“宴会本就是给凌武接风洗尘的，四哥自然会给足凌武面子。谁知恨生说她这一生，仅为四哥一个人跳舞。不过，总也惧怕四哥，无计之下，只能献舞。却不料，她刚起身，就袖间抛出红纱，卷了凌武头脸将他拉进了舞池。她讽刺凌武，你就陪本宫一起跳一曲吧，也不枉你回帝都一趟，你这藩地蛮人下次再进城还不知什么时候。”

听罢，玉凝竟噗嗤笑了起来，果然是恨生的作为。她歪了脑袋看向凌懿轩，“你怎么不去看表演，躲在人群后面做什么？”

凌懿轩眉眼温柔，回道：“没什么好看的，我不喜热闹。四哥来了许久，却没见你一起来，我担心你出了什么事，打算迎你去。这不，才走到这里就见到你了。”

他的语气诚挚、亲切，玉凝心头一阵温暖，却也乱了阵脚，遂急急地开口道：“我要走了。”

“等等。”凌懿轩攥住她手腕，却手心一阵湿凉，他又攥了攥她身上的衣摆，“衣服怎么都湿透了？冻坏了吧。”

“不冷，”玉凝忙摆手，“暖暖就干了……”

“怎么可能不冷！说的什么话，我会由着你去暖干？”凌懿轩倏地解开了披风系带，就要把衣袍给她穿。

玉凝心里感动的同时，又感到沉甸甸的，只好说：“懿轩，我知道你对我好，可你的衣服我不能穿。他看到了，还怎么解释得清楚？”

即便凌烨宸看不到，她也断不能穿他的衣服。

果然，凌懿轩面露喜色，她是怕四哥看到了会怪罪才不要他衣衫，她心里并不排斥他，亦不是心里没有他。

凌懿轩随即又一怔，他要是给玉凝披上衣服，四哥见了，定又要刁难她，他到时看得揪心却也不便直言相帮。看来，眼下能做的，只能是给她服一颗护体丸来取暖了。

他随即拿了白玉瓷瓶倒了颗药丸在掌心，递到她唇边。

玉凝妥协了一般叹了口气，伸手去他手心捏那药丸。

却不料，凌懿轩手掌向后撤了几分，让她扑了空。

下一刻，他又将手掌抬置她唇边，柔声说："玉凝，不要让我觉得自己是一厢情愿，不要总是拒我于千里之外，给我一点点表示，好不好？"

玉凝心里咚咚直跳，他分明是想让她低唇从他手掌含起那药丸，可……她直直地看向凌懿轩清澈的眸。

若是任他喂她，那是不是承认了自己心里也有他？可断然拒绝，他心里是不是会难过？她却不愿他再次因心伤累及身体。

颇远处，凌烨宸狭眸倏然眯起，朝玉凝唇边那只男人的手掌冷然扫去，双瞳瞬间妒怒翻涌。

映雪为他递了酒水，沁凉酒盏沾到了紧抿的薄唇，剑眉倏地拢起，他下意识挥开执杯人的手臂，看也不看，冷声道："朕自己来，要你喂吗。"

映雪心里一窒，委屈地哭起来，"是，臣妾知错了。"

凌烨宸闻声，才知方才语气不悦斥了映雪，他随即拭去她眼角泪水，哄道："一连喂了朕几杯，累坏了手腕，故意让朕心疼，嗯？"

映雪小脸一红，原来他是心疼她才斥她的，不是因为对她心生厌烦，他还是最爱她的。

凌烨宸的手臂环上她的肩膀轻轻拍抚，鼻息间尽是映雪身上的馥郁香气，却丝毫无法让他心神宁定，反倒多了几丝烦躁。他双眼不觉间又透过重重人影，朝轩、凝两人睥去。

薛玉凝，若你胆敢从七弟手里吃了那药，胆敢让他碰到你，朕就割了你舌头，砍了他双手。

玉凝毫无缘由地背脊一凉，打了个寒战，好似谁在诅咒她一样。

她始终做不到亲昵地从凌懿轩手心里叼食，最终，还是用手从凌懿轩掌心里捏起那药丸扔进了嘴里，还不忘说道："什么一厢情愿，什么拒你千里之外，我听不明白。我现在冷得要命，正需要护体丸呢。"

凌懿轩知道她在打马虎眼，心里不免一阵失落。

"走啦，回去宴席里吧。"玉凝拔腿便跑，却脚腕生疼，半天才迈了几步。

凌懿轩见她一瘸一拐却拼命逃跑的样子，又气又心疼。几步绕到她身前，攥了她双臂，斥责道："怎么脚也瘸了？你到底能不能让我放心。四哥又欺辱你了，是不是？"

他的脸容近在咫尺，身上淡淡的药草香味萦绕在她鼻息间，她惊得心突突直跳。凌懿轩的感情越发的明显、强烈，她隐隐地怕了起来。

周太医见凌懿轩几乎要将薛妃拥进怀里，当下担忧，立即起身朝那两人走去。

凌懿轩见玉凝怎也不答话，叹气道："去那边的石凳上坐下，褪了鞋袜，我给你瞧瞧脚腕，骨头断了的话，得快些接上才行。"

鞋袜岂是在谁面前都可以褪下的？更何况是在男子面前，而且是夫君以外的男子。

玉凝怔在原地，动弹不得。

“我扶你过去，或我抱你过去？玉凝？”

凌懿轩给出了两个选择，可似乎哪一个都吓得她直想逃。

玉凝知道执拗不过，苦笑道：“懿轩……扶着我就好。”她想着，就去那石凳坐下，让他隔着衣衫接上骨头便罢。

凌懿轩乐得像个孩子，搀了她手臂走向那石凳。

鼓乐声骤停，恨生、凌武两人献舞完毕，皆回了席间，周遭一时寂静了下来。

凌烨宸的视线也明朗了起来，恰见凌懿轩扶着玉凝朝一个方向走去。

他眼角立刻又浸染了阴鸷之色，冷森森的声音从薄唇溢出，“薛爱妃来了，怎么不来见过母后，也不知道给朕问安，和七弟相谈甚欢，都聊了些什么？把高兴事说来让朕和众位爱妃也听听。”

几百道视线齐齐射来，如芒在背，玉凝顿时汗透厚衣。

周雨晴警责地睇向凌懿轩，从他手里搀过玉凝，道：“娘娘，臣扶你去请安。”

玉凝拄剑随周雨晴而去。

来到主座前跪下请安，“皇上万岁，母后万福，各位姐姐妹妹有礼。”

陈凤仪慈爱道：“凝儿起来吧。”

映雪道：“妹妹不必多礼。”

凌烨宸恼怒玉凝刚才与凌懿轩的暧昧亲密，见玉凝要起身，冷声道：“朕让你起来了？”

他看到凌懿轩眼中对玉凝的担忧和心疼的神色，便气不打一处来。他偏就让老七难过，对玉凝道：“跪着吧。”

玉凝眼眶一红，膝盖且才刚离地，便又重重跪了下去。

坐下席间有两妃子讥笑，一个容貌俏丽、一个圆润讨喜，正是宁妃、宜妃。这二人父亲都在朝为官，且身居要职。

宁妃道：“妹妹怎么这一趟出去回来，腿也瘸了，衣服也湿了，怎么啦？”

宜妃道：“宁妹妹你懂什么，打是疼骂是爱，妹妹挨打是好福气啊。你我皆没那命受伤。哈……”

讽笑声渐起。

玉凝苦涩一笑，抬眼看看凌烨宸。

凌烨宸见她眼中满是凄然哀怨的神色，突然心里一紧，当即便觉得，他的女人，任他自己怎么糟蹋都行，却不容旁人说三道四，当即喝道：“这里哪有你们说话的份？眼里还有没有朕？反了！”

宁、宜二妃心生畏惧，当即便住了口舌。

映雪甚会察言观色，起身上前搀起了玉凝，关切地说道：“妹妹快起来，地上凉气太重了，跪坏了身体怎么使得？”

玉凝知道映雪心思险恶，可她口气关切，自己只好道：“谢了。”

“快穿上姐姐的衣服，看你浑身湿透了，快冻死了吧。”映雪说着脱下了外袍要给玉凝穿上。

玉凝心里难过起来，映雪用关切的语气说“死”字，其实是一样刺耳的。她有礼地推拒，“衣服姐姐留着吧，冻死一个就行了。”

映雪一怔，随后强行让玉凝披上衣物。她褪去外袍的一瞬，故意衣摆拽地，挡了凌烨宸的视线，她裙裾下猛然抬脚朝玉凝受伤的脚腕踹去。

玉凝突然脚腕剧痛钻心，惊叫一声向后仰摔过去，双手无意向映雪推去。

映雪惊叫道：“玉凝，姐姐是一番好意，你做什么推我呀？”说着，整个身子朝旁边重重倒去。

无踪离映雪最近，抢先一步，扶了映雪双肩，附言道：“娘娘小心。”

凌烨宸厉色朝无踪睇去。

映雪娥眉紧蹙，心道：“谁让你一个暗卫来扶我，作死吗？”

映雪红着眼圈道：“皇上，妹妹她……”

凌烨宸见映雪眉梢微垂，眼含泪意，便道：“朕知道你委屈。”

映雪心喜地倚在了皇帝怀里。

凌懿轩自是把映雪踢玉凝、陷害玉凝这一幕尽收在眼底，幽幽地开口道：“映雪，好有趣吗？当人都是瞎子，你以为四哥真看不到？”

凌烨宸脸容稍敛，不辨喜怒。

“七爷在说什么？我不懂。”映雪无辜道。

凌烨宸脚下蒲团上安静而坐的恨生，闻言不屑轻笑。

玉凝忙跪起身，抢在凌懿轩再开口前道：“姐姐莫怪，是我一时没站稳，推了姐姐，我给姐姐道歉。”

她暗想：凌懿轩要是帮我跟映雪争执，凌烨宸一定恼我恨我，到时我肯定免不了再受皮肉之苦。

玉凝的语气实在可怜，表情悲伤哀婉。凌烨宸心里突然揪疼，他丢了映雪的手，把玉凝扶起，“起来吧。”

被他温热手掌攥住手腕，玉凝心里一酸，两滴泪夺眶而出，有些置气地说：“你扶我做什么，让我跪着吧。”

凌烨宸手掌收紧，攥着她手腕，责道：“你好有本事吗？”

玉凝倔强地别开小脸，泪流得更凶了。

凌烨宸将她拦腰抱进怀里，耳语道：“别哭了，晚上朕任你打，到你解气为止。”

玉凝当即心里触动万分，埋在他胸膛哭了起来，可嘴上还是不依不饶道：“谁要打你，好稀罕吗？”

凌烨宸被她骂了一句，竟心中大喜，薄唇禁不住上扬。

“这种将女儿都认错的疯狗，就该一刀砍了，杀而快之！”恨生突然开口，她眉眼微垂，语气狠辣非常。

太后身侧，苏嬷嬷低垂眼睑，嘴角微翘，抬袖遮去唇边笑意。

玉凝从恨生眼中瞥见了几缕凄苦悲凉之色，想来恨生小时候也有伤心过往，不知太后为什么不要她，她又是怎么流落宫外的，本是公主身，却一直流落在外，一定吃了很多苦头吧。

凌烨宸面容隐忍不悦，眼中也尽是伤心凄苦。

玉凝心里一疼，望着凌烨宸，也不知你是从哪家高官抱进宫来的。可怜的家伙，虽然进宫当了皇子，却还是受尽了欺侮。

她当即握了凌烨宸微凉的手，眉眼炙热地凝着他。

凌烨宸看到她分外热情的眼，竟怔愣得不知如何是好，便随手捏起一块茶点填进了她口中，道：“别自作聪明。”

玉凝脸上一热，知道自己犯了傻。

皇帝凑唇到她耳边，“刚才背着朕从十二弟那什么都知道了。一会让你看看，是你聪明，还是朕聪明。看看，你究竟能不能救得了七弟。”

玉凝哪里知道，从她和凌思远一进养心殿，凌烨宸便心中有数，做了十二万分算计，当下命邢掣对一切重新做了安排。

玉凝倒吸了一口凉气，被那茶点呛得猛咳不止。

坏心的皇帝执起青花瓷碗，噙了口茶，执起她下巴，哺喂了她。

四片唇相贴，玉凝顿觉热血翻涌，心儿狂跳，身体僵在当下。她支支吾吾半天，却只道出两字：“谢谢。”

因为，茶点被他哺喂的茶水冲下了肚腹。

凌烨宸瞧她失魂落魄的模样甚是可爱，便愉悦地轻笑了出声，还不忘用手指在她唇上抚了抚。

映雪心中妒怒翻涌，双拳紧握，指甲深扣入掌心。

恨生心虽疼，却苦涩付之一笑。待到找太后报了仇，就离开皇宫吧。

尤怜之等众妃恨不得用眼神将玉凝瞪毙。

月下对这等情色画面恍若未见，置身事外，幽幽地旧话重提，“老疯狗派来的五名恶犬实在难斗呀难斗，死了两个，逃了三个，杂家迟早寻到疯狗老巢，连窝给它端了。邢掣，呵？”

邢掣挑挑眉，捏捏下巴，冷冷地道：“挫骨扬灰，也不解气。无踪，喏？”

无踪朗声道：“扒皮抽筋，暴尸荒野。怎样？”

哼！陈凤仪怒不可遏，差点背过气去，她拍桌跺脚、挺身站起，“哀家身子不爽，这里就留给你们年轻人乐呵吧。”

凌思远趁着众人视线皆在太后等人身上之时，暗中命夏明出去将四十舞女的手中铁剑，换成四十柄木头剑。

凌烨宸声音温润有礼，“月下，天黑了路不好走，挑了灯，护送母后回去。”

月下高嗓大喊道：“是，谨遵爷吩咐。太后娘娘，请。”

陈凤仪嗤笑道：“不必麻烦了。皇上娶了媳妇，哪只眼睛还能看见你娘？继续听凝儿给你讲奇闻轶事吧。凝儿下次可得千万小心，别真被疯狗咬死。哀家白发人送黑发人，要哭瞎啦！”

玉凝咽咽口水，道：“凝儿谢母后挂怀。”

凌烨宸琥珀色美眸强忍笑意，何曾见过太后被人气到发指？还是被一个乳臭未干的小丫头。

陈凤仪不耐，“苏嬷嬷，咱们走。”说着，即被众婢簇拥着离去。

走到颇远处，陈凤仪屏退了一干奴仆，仅留苏嬷嬷紧跟身侧，便轻声道：“苏嬷嬷，哀家生的女儿，你那时候到底送去薛晟府上没有？”

苏嬷嬷道：“千真万确呀。当年薛晟的二夫人和娘娘您同时临盆，她生的是一个儿子。老奴当时将小公主抱去薛府，立刻将薛晟那刚剪了脐带的儿子抱回了宫里。不然哪有现下的皇帝爷呢！”

“怪了，薛晟就一个女儿，按说玉凝该是哀家生的那孽障才对。可小贱人才十七岁。差了三年呢，到底是哪里出了错？哀家快急死了。要出事啊！让那些奸臣贼子知道了，哀家当如何是好，要反了。”

苏嬷嬷突然惊叫：“娘娘，坏了！”

“瞎叫什么！被你吓死啦。什么坏了？快说啊！”

苏嬷嬷压低声音道：“薛玉凝是薛晟的小妾三夫人所生，绝不是小公主。老奴突然记起，当时薛相强行把二夫人生的男婴夺来给老奴的时候，二夫人拼了性命阻拦。想来，小公主别是被二夫人摔死了吧？”

陈凤仪突然顿足凝思，问：“薛晟的二房呢？把她绑来审审！”

苏嬷嬷道：“她早死啦。死了快二十年了。”

陈凤仪背脊突然一阵发凉，头发丝也根根直竖，有些不信地又问：“死啦？”

苏嬷嬷突然眸光一闪，嘴角冷然勾起，心道：“陈凤仪，我是早就死了，二十年前，你夺我儿子时，我就死了。你怎也想不到，我想尽办法杀了你的奴婢苏嬷嬷，伺候在你身边，寻仇来了。”

现下这苏嬷嬷，原来正是薛晟二夫人，吴欣所扮。

往事尘封二十年，却终有浮出水面这一天。

原来，薛晟和陈凤仪青梅竹马、两小无猜。郎情妾意，只待红烛良宵夜，便可厮守终生。

薛晟、陈凤仪新婚当日，先帝前去薛府庆贺薛晟新婚大喜，新人拜堂时，先帝仅瞥见陈凤仪大红喜帕之下侧面脸容，便觉惊为天人，顿时心生爱意，当下就向薛晟讨要了陈凤仪。

自古君要臣死，臣不得不死，何况先帝仅是向薛相要一个女人。薛晟当即撤下薛府红绫喜烛，撕下双喜字，掀起陈凤仪头上大红喜帕，将她推入先帝怀中。

陈凤仪心虽不甘，然而先帝贵为一国君王，由不得她不从。

随先帝回宫之后，她深得先帝喜爱，先帝对她纵容无度，常与她共商国事，同阅奏折，更是对她的话言听计从。

后宫流传一件事，那日先帝背着陈凤仪宠幸了挑灯伴读，陈凤仪大为气怒，先帝竟一连七日，跪在陈凤仪脚边讨饶。

薛晟婚事不成，深知对陈凤仪相思意难止，于是，他一连娶了三房夫人。

这三房夫人，或身段、或眉眼、或声音，皆与陈凤仪有几分相似。薛晟常命这三个女人着装成陈凤仪打扮，以此缓解相思之苦。

陈凤仪在宫中虽得宠，却膝下一连三年无所出，这便是大忌。宫中向来母凭子贵，任先帝再宠爱她，若是她没有儿子，那么一旦让其他妃子的儿子做了皇帝，她终将难逃一死。

先帝也一直将太子之位空置，寻遍天下名医给陈凤仪治不孕之病，终于觅得偏门左方，令陈凤仪怀了龙嗣。

可怀胎十月，诞下的竟是一名女婴。她的体质，此生定不能再孕。于是，陈凤仪心一横，命人将为她接生的上至御医下至婢女所有知情人全杀光。孰料，当时有一名御医正巧去为陈凤仪煎药，这才逃过一劫。

当时，陈凤仪与薛相并未断了联系，知薛相二夫人也是这几日临盆，陈凤仪以难产为由稳住先帝，连夜派苏嬷嬷抱着女婴前去薛府求救。陈凤仪料定了，薛相爱她，又有愧于她，定会相帮。

苏嬷嬷赶到薛府之时，薛晟二夫人已难产三天三夜，命悬一线。

薛晟知道了苏嬷嬷来意后，当下决定，若吴欣生的是男孩，便让苏嬷嬷抱走；若吴欣生的是女婴，那么他薛晟立即寻遍帝都，当夜抢也要抢个男婴来。

薛晟转身进了产房之内，脚跨过门槛一瞬，婴孩啼哭声乍起。

说来也奇，这孩子哭声才起，屋外便黑云滚滚，雷声大作，狂风飚起，电闪叱咤。

苏嬷嬷、薛晟都掩不住大喜，吴欣所生乃是男婴，一双眼眸生得琥珀色，恰巧是随了吴欣。

吴欣见丈夫进来产房这等污秽地方看她，甚是感动，攥着薛晟的手痛哭了起来。

薛晟看着脐带还未剪断的血淋淋的婴孩，笑道：夫人，你辛苦了。

吴欣还未及言语，薛晟便倏地拔了腰间佩剑，斩断了连接吴欣母子的脐带，又接连刺死了接生的产婆、奴婢。

不顾吴欣的嚎哭，他用白布将孩子包起，便欲转身而出。

吴欣大惊，歇斯底里地哭喊，因为刚分娩完，本就体虚无力，一头栽倒在床下，死死抱住薛晟的腿，“老爷，杀了产婆做什么？你要带我的孩子去哪里？老爷，让我看一眼孩子吧。”

苏嬷嬷闻得呼喊声，当时慌忙跑进去，抱过薛晟怀里的男婴，藏掖在随身带来的篓子里，又将自己怀里的女婴塞给了薛晟。对吴欣说：“哭什么，你该烧高香，能生这孩子是你几辈子修来的福气，死也值了。”

吴欣泣不成声，只知道苏老婆子抢走了她儿子，她狼狈地爬着去追，身后拖着长长的殷红血迹。

她哭求薛晟将儿子追回。薛晟却恼怒，一脚将她踢出数步之外。

吴欣身子飞出，将木桌撞个粉碎，当即呕出数口鲜血。

薛晟将女婴塞进吴欣怀里，威胁道：若你将今日的事情说出去，我要了你的命。

吴欣心里苦恨交集，伤到痛处，竟挤不出一滴泪来。

她本是性情女子，遭薛晟这番对待，早已万念俱灰。吴欣当即头戴白绫，身穿血衣，抱着小公主夺门疯乱而出。

风雨交加的夜里，她赤足狂奔出数里之外，抱着小公主投江自尽。

然而，却是造化弄人。吴欣命不该绝，被江上船夫救起，出乎意料的是，出生不足一天的小公主甚是命硬，竟也奇迹般地活了下来。

吴欣伤心欲绝，在江边放声大哭，哭到后来，眼泪竟变成了血。她哭，小公主也哭。哭声惨痛凄婉。

她用匕首割了手腕，饮血起誓，不杀陈凤仪绝不罢休！不杀薛晟决不罢休！

不夺回儿子，她死不瞑目。

吴欣用自己的奶水养活了小公主。也心里暗自打定了主意，她要让陈凤仪、薛晟以最痛苦的方式死去。

而怎样才死得最痛？莫过于让那人死在亲生骨肉手中。

她吴欣所受的屈辱，定要让陈凤仪、薛晟千倍万倍地还回来！

她从此人如其名，吴欣，无心。

吴欣给小公主起名恨生，用意便是让小公主一生充满恨，小公主便该恨这世间的一切。最该恨的就是男人。

吴欣自恃美貌，当即投身青楼，出价十万两黄金，委身于人共度一夜春宵。

当时帝都首富，见吴欣貌美，当即去钱庄提了十万两黄金，双手奉上，欲与吴欣共度良宵。

吴欣得到十万两黄金后。夜晚同房前，她下药将那金主迷晕。手持匕首，把他心脏挖出，方觉解恨。

事后，吴欣立即出了青楼，抱着小公主上了江湖人闻风丧胆的青龙山——杀手组织暗阁所在。

她投宿山脚下客栈，暗暗放话，十万两黄金求暗阁阁主一见。

当时暗阁阁主是个三十上下的男人，名为夜不悔，行踪诡秘，为人狠辣。听闻年轻女子挑衅，他当下便觉有趣。钱财之于他不过云烟，仅凭吴欣的胆识，他如约来到山脚下客栈，吴欣厢房内与他一见。

吴欣奉上十万两黄金，并且，当下褪去衣衫，赤诚相见，拥住了一身黑衣的夜不悔。她表明愿以身体为代价，求夜不悔答应她一桩心愿。这心愿便是将恨生训练成绝顶杀手。

夜不悔虽杀人无数，却不欺妇小，他也瞅准，吴欣委身于他之后，必会自尽了结性命。夜不悔替她穿起衣衫，从床榻上抱起恨生。又将那十万两黄金递回给吴欣。

夜不悔道："我用十万两黄金，跟你买一条命。"

吴欣收下黄金道："好。你要取谁的命？"

夜不悔道："你的。收了我钱财，你的命从此就是我的。没有我的允许，你连死的权利都没有。"

夜不悔答应，可以将恨生训成杀人魔头，不过，却也提出一个条件，吴欣要终身为仆，伺候于他身前。

一进暗阁，便是十九年。吴欣当了十九年的仆人，给夜不悔端茶倒水，缝衣铺被，夜不悔杀人返回暗阁受了伤，她便帮他包扎伤口，换药擦拭。

夜不悔亦遵守约定，将毕生武功造诣尽数传给恨生，更是将暗阁阁主之位也传给了恨生。

一年前，吴欣带着恨生暂别暗阁，进了皇宫，见到了皇帝凌烨宸。

凌烨宸纳恨生为妃。

恨生杀死苏嬷嬷。

吴欣覆上人皮面具，施药隐去琥珀眸色，摇身一变成了苏嬷嬷，日夜候在陈凤仪身侧。

现下还欠些什么？那便是，尖刀插进陈凤仪心口，看她绝望死去。还有铡刀挫断薛晟脖子，看他血如注般喷出的惨状。

陈凤仪见苏嬷嬷久久失神，不知神游去了何方，唤道："苏嬷嬷，愣着做什么，立刻派人去查呀。决不能留哀家生的那孽障在世上！"

苏嬷嬷俯了俯身，应道："是，老奴领命。"

养心殿内响起了悠扬轻快的鼓乐声。

清冷月光洒下，忽见院子里一道道银光闪闪，像是兵刃映着月色发出亮眼光辉。

院内喝彩声声，声声不断。

看去，原来是又有人献舞。

那舞动的两人，也是一男一女。女子身着白衣，男子一袭紫衫。

男子俊逸神飞，倜傥邪肆。女子清丽绝俗，略施胭脂。

竟是皇帝和薛妃两人。而皇帝怎会屈尊献舞，取悦于人？

原来，方才太后众人且才离开了养心殿。

凌思远突然不悦地说："皇兄，只饮酒谈天有何趣味，让薛妃舞来助兴可好？"

凌懿轩心知，玉凝脚腕受伤，想必凌思远有意要让她出丑。

映雪道："恨生妹妹的舞已那样柔美多姿，不知道玉凝妹妹怎样呢？"

凌烨宸手掌还在玉凝脚腕上推拿轻捏，突然严厉道：“十二弟脸上的伤是你打的？”

玉凝吐了吐舌头，调皮道：“谁让他小时候跟众兄弟打你，我记了他十年。方才我用你的银针刺了他脖子，骗他说那针涂有‘雪恨霜’，必须让人往他脸上狂砸猛打一百下才能解毒，不然，他必死无疑。”

凌烨宸饶有兴致地盯着玉凝，冷声开口道：“这种谎，他也信？”

玉凝耸肩回答：“很荒谬对不对？可凌思远怕死的要命，真的信了。不但相信，还说我女孩子家，手上没劲，他让他身边的那个穿黑衣服的往他脸上猛夯胡砸，一百下之后怕毒没清，又追补了十几下。”

凌烨宸眼光朝凌思远身侧黑衣侍卫看去，“夏明吗？”

玉凝点头道：“嗯。”

虽然周遭不安静，恨生却还是将这席话听进了耳中，摇头笑了起来，玉凝当真太小孩心性了，想那凌思远应是早就知道她在诓骗他，逗弄她玩罢了。

皇帝低声道：“以后不要胡闹。十二弟爱闹着玩，不伤于你，若是遇到脾气坏的，你免不了受伤。你这身板，能挨几下？”

玉凝撇撇嘴，低低嗯了声。

皇帝见她娇怯委屈的模样，心里一动，声音轻柔道：“十二弟气你不过，知你脚上有伤，却让你献舞，是有意刁难，要看你出洋相。”他说着，顿了顿，“方才八弟让恨生献舞，朕是答应的。”

玉凝一怔，“我懂，你不好回绝凌思远，不然他必记恨你待兄弟不公。别为难了，我去跳，反正脚腕已断了，不差这一曲。”

第十五章　身死心死

凌烨宸垂眸想了想，思维跳跃地问道：“你会跳舞？”

玉凝脸上一热，她虽然从小苦恋他，却进宫时日不多，跟他独处时间实在少之又少，他不知道她会歌舞也是正常的。她点头回道：“嗯，从小喜欢歌舞。不敢说精通，却也能称得上擅长。”

凌烨宸嘴角笑意意味深长，淡淡地道：“朕知道你脚腕疼，不想跳的话直接告诉朕，朕回绝了他便是，也没那多顾忌。”

映雪软声道：“皇上，这样护着玉凝，明摆着欺负恨生妹妹，有失公平吧？”

恨生道：“谢谢你替我说话，映雪姐。不过，我不在乎。她跳与不跳，跟我又有什么关系。皇上舍不舍得她抛头露面，跟我也没关系。你自己嫉妒就直接说，别扯上我。”

映雪恼了，“皇上！你看恨生妹妹嘛，我还需要嫉妒玉凝不成了？”

皇帝眉间眼梢有几分倦怠厌烦，显然不悦映雪、恨生两人的争执，有些生气地说道：“雪儿，你今天是怎么了？不似平日那般大度。”

映雪一震。随即温婉地笑了，未再多言。

凌武大笑道：“刚才本王被恨生强行拉去狂魔乱舞一阵，让你们看尽了笑话。现在薛妃又要跳舞，本王看甚好，哪位哥哥弟弟也去跳？你们，舞姿未必比本王好看。十二弟，你去呀。”

凌思远捂了黑青的脸，不悦道：“谁爱去谁去，本王是不去。免得再中了雪恨霜。”

玉凝这狡猾的丫头，当真骗得我好惨。若是换个人，都骗不住我，偏偏玉凝看去是个通透的玉娃娃般的人物，谁想到她竟会骗人？

众人皆听不明白。

仅皇帝听到“雪恨霜”三个字时，淡淡地笑出了声。

凌思远想到他那四十名舞女被几个哥哥利用来利用去，当即就恼了，“八哥，你怎么好事想不起弟弟来，这等丢颜面的事就想到我，你以为我就要傻愣愣地任你们宰割？你跟七哥好得跟一个人似的，让他陪着你丢人去。”

凌懿轩闻言，手中酒盏微震，随即想到：玉凝脚腕有伤，独舞必然伤上加伤，我若能陪她舞一曲，也能助她一助，让她少疼几分。

凌武大喝：“十二弟，为兄仅说了一句，你就回答这许多，哥哥是喜欢你才开你玩笑。本来就是不会跳舞，逗个乐而已，你生什么气？你不跳就算了，七哥去就七哥去，你不跟我好，七哥跟我好！”

凌思远不屑，“谁稀罕！”

凌懿轩轻置酒盏，微微开口道：“小八，小十二，两位兄弟都莫要因这一点小事伤了和气。”他又对皇帝道：“皇兄，小弟稍懂乐理，粗通舞技，愿意献丑一曲，以祝雅兴。”

周雨晴拉拉凌懿轩衣袖，提醒道：“皇上都还没说话，你们几个王爷凑什么热闹？皇上什么时候说一定要有人和娘娘一起献舞了？”

凌懿轩却满眼仅有玉凝一人，对周雨晴的话恍若未闻。

凌烨宸眉眼慵懒，对凌懿轩的话没做表态，却也没有拒绝。指着两个婢女道：“你二人服侍薛爱妃去换舞衣吧。”

玉凝心里失落极了。本想着皇帝会极力阻止她跟凌懿轩共舞，霸道邪恶地说，她是朕的女人，你休想跟她跳舞，休想！

谁知，他竟大大方方地让她去换上舞衣，她心里当真不是滋味。

正欲随婢女退去时，孰料腕上一紧，被凌烨宸攥住了手臂。

他在她耳畔轻声道：“让两个丫鬟带你去朕卧房，衣柜里有各色霓裳舞衣，朕喜欢那件白色的，让她们伺候你穿上。”

玉凝耳根一热。这男人总是这样邪魅霸道，连她跳舞穿什么，他都要来管上一管。

她逃也一般随婢女去了。

玉凝心头突然萌生了一个不光明正大又有些恶作剧的想法：一会到他卧房，先跳上他床榻，把被子给他抖得七零八落、乱乱糟糟的。再掀起他床单，藏起他的枕头，这样他留妃子在房里过夜，定会扫兴之极。

待玉凝三人进了他卧房内，凌烨宸才收回视线，朝凌懿轩举杯，开口：“七弟，为兄敬你。”

凌懿轩手心尽是薄汗，为即将要和玉凝共舞，心头紧张不已，木然地回道：“皇兄客气了。”

须臾之后，皇帝卧房的门，吱呀一声被打开。

突然，议论声、赞叹声乍起。

循声看去，原是薛妃已换好了衣衫。

凌思远揉揉黑青的眼，他承认，他看呆了。本想着让玉凝出丑，却不料，她换上了白色霓裳，飘渺美好得若落尘仙子，仿若周身笼罩了薄薄烟雾，似真似幻，宛若天人，美得不可直视。

凌懿轩当即便痴情地望着玉凝。他自然知道她是美的，从初次见她，他就知道。

平日她不施粉黛已叫人屏息，现下略施粉黛，如何让人不赞叹？就算四哥身边美女如云，西岩第一美人、映雪、恨生，但在他凌懿轩看来，哪里能敌玉凝分毫？

玉凝低垂小脸，在衣摆上东拽一把，西扯一下，凌烨宸准备的这白衣，怎么刚好跟她尺寸一模一样？

小宫婢掩嘴道："娘娘，皇上看你呢，眼都直了。"

另一宫婢也道："还没见过皇上这样看哪位娘娘呢，像是要把娘娘活吞了一般。"

玉凝脸红了个透，可随即又腾地出了一身冷汗。

乖乖，凌烨宸可别毒发，又来找她放血给他吃。

玉凝被两婢搀着，羞羞怯怯的，当真是千呼万唤始出来，拼了小命要慢点走到皇帝身前。

皇帝只静静地、深深地凝着她。

他的眼神她不懂，她也没有胆量抬头去细细品味他的目光到底意味着什么。

"按皇上吩咐换上白色衣裳了。好看……吗？"

凌烨宸挑挑眉，不作答。

凌烨宸用修长的手指撑了下巴，依旧静静看着玉凝。

玉凝浑身越发不自在，汗毛根根竖了起来，竟有种钻到他身前桌子下藏起来的冲动。他到底在瞧什么？与其被他这样用眼神凌迟，怎么觉得还不如刚才被他扔下水池来得舒坦？

玉凝俯了俯身，慌乱道："臣妾跳舞去啦，皇上请慢慢欣赏。"

乐师见薛妃进了舞池，当即奏起雅致清幽的曲子。抚琴弄箫，悠扬悦耳。

凌懿轩迈步来到玉凝身侧，伸出手臂，微微俯身，彬彬有礼道："不知小王可有荣幸，请薛家千金一舞？"

玉凝赧然一笑，皇帝都已答应，她岂有不依的理，"请多多指教。"说着，便伸手要去搭在凌懿轩手臂上。

却不料，一袭紫衫的皇帝突然站起。

众人哗然。

皇帝将伏卧在他膝上的恨生以袖拂开，又径直走过了最为受宠的映雪，对于映雪娘娘的阻拦恍若未闻。

他的步子迈得并不快，甚至可以说是很慢很慢，每一步都似深思熟虑、挣扎良久后才迈出的。但明显的，他竟是直直地走向身着白纱衣的薛妃娘娘的！

玉凝闻得背后一下下沉稳的步子越来越近，她一颗心倏地提到了嗓子眼，眼眶间不觉一热，愕然回头看去。

雍容邪肆的紫衫男子，已在距她一步的距离。

不期然地蓦然回首的时候，他在身后。这一刻，她心头触动良多，情愫万千。

凌烨宸高出她许多，她仅达他胸膛。淡淡的龙涎香，夹杂着莫名的压迫感向她欺近，她顿时心儿狂跳到不能自已，只能呆呆地抬头紧紧凝着他。

却见，凌烨宸一手负于腰背，另一手平伸到她身前，手掌微张，向她深深俯身。

一时间，养心殿内议论声四起，何曾有人得皇上俯身一求？众人虽交头接耳，却眼睛紧紧盯着皇帝，耳朵亦不放过皇帝即将吐出的每个字句。

凌烨宸缓缓道："今日，我非皇上，你非皇上的妃子，我可有荣幸，请佳人赐教一舞？"

玉凝心中一动，泪瞬间涌上眼眶，抖着手抚上嘴唇。

他的话她懂。这一刻，他不是皇上，没有身份，仅是一个男人，依着心中所想，请心仪的女孩共舞。

映雪怒嗔道："皇上！"

恨生自嘲轻笑，不愿再逗留此处，起身走了。

玉凝却又皱起眉头，因为，凌懿轩伸出的手还未收回。她呆呆看着眼前的两个男人伸过来的两只手臂，她该选择谁？

尤怜之的拳头攥得死死的，气得咬牙切齿。玉凝究竟何德何能，竟使得两位高傲俊朗的男子争相前来邀舞？凭什么？

邢掣冷静地分析，"月下，皇上要开杀戒了。"

"你怎么知道薛妃一定不会选皇上？我看薛妃用脚趾头想想也知道该跟谁共舞，不然，七爷没命吃完这顿饭。"月下道。

无踪睇向舞池僵持的三人，疑惑道："皇上哪里这样没风度？当真容不得薛妃跟七爷玩笑一舞？"

邢掣、月下一副看异类的表情盯着无踪，异口同声地说："只要遇到薛妃的事，皇上什么时候有过风度？"

映雪啪的一声，丢了酒盏，吼道："吵死了，你们三个有完没完？"

邢掣三人瞬时闭嘴。

玉凝深深吸了一口气，对凌懿轩道："七爷，对不起。"

随后她将手搭在了紫色衣袖之上。

凌烨宸自负轻笑，道："七弟承让了。不能说为兄的欺负你，凝儿要跟谁，她自有打算。"

凌懿轩心里猛然抽痛了几下，手缓缓落下，对玉凝关心道："脚上有伤，小心些。"

玉凝张张嘴，却不知说什么，仅又道："对不起。"

凌烨宸反手攥了她手腕，将她强势揽进怀里，对凌懿轩道："七弟，你身体有恙，坐下看着我和凝儿就好。献丑这事，朕来就好。"

他随即又朝凌武睇去，"小八，为兄乱舞一曲，陪着你出洋相，可好？"

凌武将手中酒盏高高一举，将酒一饮而尽，回道："请了。"

凌懿轩风度一笑，走回坐在席间。

周雨晴知道他难过，递上了一杯温茶，柔声说："七爷，喝口茶吧。"

凌懿轩不耐地将她手中茶推开，烦躁地吼，“拿酒来。”

待到凌懿轩再抬眼看去的时候，凌烨宸与玉凝已和着乐声翩然而舞。他却无心看玉凝跟皇帝亲密的舞姿，当下侧了身子，闷闷不乐地独饮起来。

邢掣、月下两人倒是看得满脸崇拜，他们家爷手中握着一柄软剑，剑法飘逸灵动，招式连绵，一派儒雅潇洒之姿，眉梢眼角尽是俊逸神采，紫衫更显他华美，袖间衣摆不掩风流之态。

邢掣竟不小心喃喃道：“要是冬儿肯跟我跳，估计我的剑法比皇上也不逊色。”

月下大声道：“木头，你终于承认瞄上冬儿了。”

闻言，邢掣方知说走嘴了，以手掌啪地捂住嘴巴，脸红如血。

周雨晴呆呆地看向舞池。只见薛妃一袭白纱，容貌清丽脱俗，舞姿韧而不蛮，艳而不妖。都形容女子“美若天仙”，却有几人知道天仙美到何种程度？见了薛妃，便知道了。周雨晴自叹不如，怪不得七爷喜爱薛妃。

琴箫和鸣之声，将皇帝和薛妃的对话尽数遮去。

舞池中的两人未闲着，竟是在聊着舞着。

凌烨宸以软剑将玉凝卷置身侧，温柔地说：“你跳的时候仅用没受伤那只脚，需要用到伤脚时候，看朕一眼，朕借力给你。”

玉凝扬袖，轻摆腰肢，轻点脚尖，回道：“知道啦。现在就需要用伤到的脚，我需转三圈。”

凌烨宸握剑的手一送，软剑舒展而开，将玉凝抛出，她在空中旋了三圈，白色的裙摆御风而开，极尽柔美。

待到要落地之时，凌烨宸已一个旋身到她身侧，揽了她腰肢，一齐翩然落下。

“谢啦……不过，你卧房那么多舞衣是怎么回事？怎么和我尺寸一样？”

皇帝剑凌空，身稍侧，端得飒爽俊俏，答道：“留给相好的当生辰礼物。今天先借你穿一穿，跳完舞要还的。”

他拉着她手腕，送她后仰，尽显她腰身曲线之美。他突然道：“薛小九？”

玉凝提裙纵跃，裙如春花绽放，道：“唤我作甚，凌四爷？”做什么将她排行一并喊出，很好听吗？

皇帝软剑微晃，侧划而出，另一手轻佻地抚过她脸颊，挑逗道：“你舞姿很美，却没甚难度。给你出点难题，怎样？”

玉凝脸一热，顺势握了他手掌，向下一压，凌烨宸手臂上扬，她借力一跃稳坐他肩头，做美人驯服脱缰野马状。倔强地说：“放马过来。少说我也习舞十几年，怕你吗？”

凌烨宸提肩，手托了她后臀，脱口而出：“盈盈轻纱美人。”

玉凝忽觉一股力道将她身体向上送去，她便迎风而起。下有轻功好手，她怕什么，当即凌空几个旋身。猎猎风呼啸，将玉凝身上白纱极致吹起，这便有了盈盈轻纱美人一说。

“冽冽软剑轻舞。”忽见凌烨宸手臂劲挺侧出，提气运功，内力瞬时涌透剑身，一把软剑犹如一道银光冷冽的蛟龙横空跃出。

玉凝了然了他软剑轻舞之意，翩翩然便要踮脚落在他软剑剑尖之上。

众人皆屏住呼吸，软剑之所以称之为软剑，便是因为它柔韧非常，轻轻一拗即刻变形，薛妃虽瘦，却也数十斤，不可能立于剑尖之上。

然而，皇帝轻功早已精湛卓绝，那股真气护在剑身，别说玉凝，便是邢掣、无踪这样的高大男人亦可以承受。

玉凝脚尖轻点剑身，腰身向后一折，竟一连在剑身上翩然翻转数次，当真一副轻纱美人轻舞剑尖的绝美姿态。

凌烨宸眉眼讶异，振臂将她挑起，纵身凌空而飞，将她揽于腰间，轻置地下，又出题："佳人阳春拈花笑。"

玉凝心头一热，"谢谢你一再夸奖。"她只当他出的题是在夸她。

随即，她双袖飘荡，兰指轻捏，做足摘花模样，芊芊玉手抬起衣袖遮了脸颊，双臂再挥开时候，颊边嘴角一抹笑意，若百花绽放，美玉生晕。

凌烨宸有一刻屏息，拦了她腰肢，俯身欲在她唇边偷得一吻。玉凝却抬手，芊指推开他唇瓣，借他环在她腰后手臂之力，向后一仰，做美人侧卧状。凌烨宸顺势屈膝俯身，与她鼻尖相贴，气息相交。

她将他一推，旋身而走，不服道："你的难题，实在简单。难不倒我。"

凌烨宸嘴角邪魅一勾，现下眼中便只剩下玉凝，量这世上什么事情也都忘了，一时之间起了玩心，调皮道："莫急，难的来了。"

他倏然出剑，将她云髻发带挑开，她如瀑布般墨发垂肩落下。

四周响起了惊艳的赞叹声。

凌烨宸信手执起她一缕发，置于鼻尖轻嗅，缓缓开口道："下一题，玉凝沐浴。"

玉凝一愣，却也没有时间多作思考，她眼波流转，红唇微撅，身段一转三折七徘徊，手轻拉衣襟，做足褪去衣衫的撩人模样，脚步缓迈，当真像是步入浴桶的惹人姿态。

凌烨宸当即又不想让她这番娇滴滴的样子让旁人看去，衣袖一卷，把她拉回怀里，忙说："晚上再演给朕看吧。最后一题，贵妃醉酒。"

玉凝自信一笑，眉眼当下三分迷七分醉，腰身飘摇，莲足不稳，却亦都是极美的步法。当真一副贵妃饮酒之后的娇憨模样。

但她却突然玉指轻戳凌烨宸胸膛，娇嗔道："你耍着我玩，好有趣吗？让我也来考考你！"

见她古灵精怪、满眼奸诈，凌烨宸心头不禁一震，这丫头必然是考验他爱不爱她，一定出些怪口令来试探。

"随你吧，机灵鬼。"

玉凝嫣然一笑："听题啦……"

观舞众人忽然惊呼。

皇帝、薛妃原本欢快柔美的舞步，突然间变了味道。

薛妃在皇帝耳边说了句什么，之后便急急旋身，将咽喉在皇帝剑刃上假意划过，随后脸容凄绝，向后飘落，作痛苦死状。

皇帝未作耽搁，单臂将她箍在怀里，脸容上满是心痛不舍，大有：卿走了，亦带走朕的心这层意思。另一手突然倒转反握了软剑，剑尖直直刺向自己心房。

映雪慌乱站起身，急急喊道："皇上，不要！"

众妃亦慌乱，为自己男人的这一危险动作心慌不已。

此时，玉凝嘴边漾起一抹笑意，突然起身，握了他手腕，阻止他将剑刺下。

他站定，丢了软剑。

两人竟突然互望彼此双眼，互握彼此双手，几多蜜意柔情，几多辗转反侧。又见她含羞带怯地看着他，他便刮刮她鼻尖，你侬我侬了起来。

月下、邢掣互看一眼，齐声道："什么情况？"又一起道，"你也不懂？"。

琴箫和鸣的乐声悄然停下，皇帝和薛妃这一舞，以十指交握、凝视互望收尾。

"朕的答案，你可满意？"

玉凝重重点头，道："讲好了，不能变。"

凌烨宸道："永远不变。"

紧凑的鼓点声倏然响起。凌思远身后的四十美人各个手持笨拙木剑，伴着鼓点轻巧翩然入场，将皇帝和薛妃二人围在中间。

凌懿轩和凌武心头一惊，互望一眼。

前者以箸沾酒，在桌上画下几字：事情有变，另择时日。

后者会意，也以同样方法写下几字：谁在帮四哥？

凌懿轩顿了顿，画下：有人在帮你、我。杀手已非你派去那四十美女，若没猜错，杀手是四哥的。有人暗助你我，将利刃换做了木剑。

凌武大惊。

凌思远却捏捏下巴，玉凝好有趣，若将她带回藩地，让她帮他牵马，必然好玩。

凌烨宸抱起玉凝，说道："你很聪明，木剑确实不能伤人，七弟对你一定感激涕零。不过，从你一进养心殿，朕已命邢掣去调了五百暗卫，埋伏在养心殿外，杀七弟几人易如反掌。"

玉凝大惊，"你要怎样？"

"朕不想怎样，就是看不得你帮着别人来糊弄朕。"

玉凝在他胸口猛捶一记，责备道："兄弟残杀，很好玩吗？你已杀了凌苍，难道还要杀他弟弟？"

"七弟先使计要杀朕，朕做什么要留着他？"

玉凝拧眉，问："怎么样你才答应撤走那五百暗卫？"

两人被四十舞女围在中间，因此，外人对于他二人并看不太周全。凌烨宸低头，在她唇边轻啄了一下，慵懒地开口道："很简单，朕要你发誓，这一辈子都不跟七弟来往。还有，这一辈子都得听朕的。朕要你做什么，你就做什么。"

玉凝讶异，就这样？于是，回道："好，我发誓，这一辈子都不跟他来往，这一辈子都听你的。"

凌烨宸邪肆道："骂七弟给朕听听。"

玉凝咂舌，"你无理取闹！背后骂人，我不要。"

"朕说的第一句话你就不听，朕凭什么相信你会一辈子不跟他来往。这就让暗卫杀了他。"凌烨宸说着便朝邢掣看去。

邢掣作势便朝外走。

玉凝急得抓耳挠腮，只好妥协，"好，我骂他就是。"

凌烨宸朝邢掣点头，邢掣立刻顿下脚步，走回去和月下并肩而立。月下不解地问："为什么爷只看你？"

邢掣答："因为我是男人。"

凌烨宸剑眉微挑，看着玉凝，耐心等候着她的下文。

玉凝恶狠狠道："凌懿轩，我骂你，狠狠骂你，你四哥真是个混蛋呀！"

"听话就好。"凌烨宸满意地点点头，竟没意会到凌懿轩的四哥是谁。

映雪早已醋意横生，凌烨宸坐下的一瞬，她捞着他衣袖，娇嗔道："皇上，和妹妹玩得好开心啊。跳完舞还抱着不丢，她臀上长钉了，不会自己坐呀。"

凌烨宸心头一慌，推推玉凝，说："去下面坐吧，在朕腿上多有不便。"

玉凝也不甚在意，从凌烨宸腿上滑下，坐在了恨生方才坐的蒲团之上。

"雪儿说到哪里去了，不过一支舞罢了，你若愿意，朕天天陪你玩都可以。"

映雪细声道："臣妾才不会像某些人一样，勾引着皇上去玩乐呢。"

玉凝听到映雪讽刺的话，心想不必在意那么许多，便淡淡一笑了之。

"皇上，刚才跳舞的时候，为什么要拿剑刺自己？看得臣妾好担心，快吓死了。"映雪见玉凝方才在皇上剑上抹脖子那会儿，那叫一个过瘾，怎么不真抹了脖子呀，死了算了。

皇帝轻咳道："没什么。"

玉凝皱眉。什么叫没什么？难道他想赖账？于是，对映雪说："映雪姐姐，你真想知道皇上刚才为何'自尽'？"

映雪鄙夷道："是呀，妹妹要告诉我吗？"

玉凝颔首回答，"姐姐来，我小声给你说。"

映雪一怔，不情不愿地从皇帝怀里起来，到玉凝身前道："说吧。"

玉凝坐在地上蒲团之上仰视映雪，心头煞是不舒畅，欠欠后臀往旁边挪了几分，把蒲团让出一半给映雪，道："你站那么高，我怎么偷偷告诉你呀？跪低身子，我趴你耳边说。"

凌烨宸脸露了然神色，知道玉凝要使坏，轻笑着摇摇头，不再看这两个小女人的战争。她们顶多拌两句嘴罢了，起不了什么风浪。他举杯示意凌懿轩吃酒。

邢掣道："还好恨生娘娘走了，不然三个一起哭，岂不是更糟。"顿了顿又道，"我这辈子就只娶一个。"

月下问："冬儿吗？"

"嗯。"刑掣突然意识到什么，便抬手猛地朝月下后脑勺上砸了一记。

玉凝见映雪在皇帝怀里哭得梨花带雨，好不委屈，她紧攥了拳头，转身便走。不招人待见，她躲得远点总可以吧。

凌烨宸伸手攥了玉凝的手腕，声音疲累，"你……又是做什么去？"

玉凝抬袖抹去眼泪，回道："回储秀宫，自拟休书，卷铺盖回薛府。"她每个字都说得斩钉截铁。

然后猛然挣脱了他手腕，踉跄倔强地一步步向储秀宫走去。

凌烨宸心头猛然收紧，起身便要去追，却被映雪捞住衣袖。他一时心急未作考虑，当即便拂开了映雪的手。上前按住玉凝双肩，将她转过身来，质问道："朕说要休你，你不在乎，你很开心，是不是？"

玉凝很想大声告诉他：她不开心，她难过得要死掉了，可说出来又有什么用？他会在乎吗？她心中满是对他的怨怼，仅将他当做了出尔反尔的负心人。她黯然低垂脸颊，不作声响。

凌烨宸心里备受煎熬，再次追问："薛玉凝，回答朕。你说过这一辈子都听朕的话。"

他双眸中有晶亮的东西在闪烁，像是泪，却一定不是泪。

玉凝哑声唤道："凌烨宸……"随即，便低低啜泣了起来。

凌烨宸心里一动，抬手拭去她颊边泪水，柔声说道："方才你任性妄为，对雪儿出言不敬，朕都忍下，都依了你，朕已将你和雪儿摆在同样的位置，让你两人平起平坐，朕给了你多少纵容，你看不出来吗？这样，你还不满足？"

玉凝心里莫名不是滋味，伤心地问："是这样吗？在你心里，我和她一样重要？既是这样，为了我，你也能休了映雪吧？"

肩头上他的双手猛地收紧，双眉紧锁，双眼满是挣扎神色。

"连皇上自己都不相信的话，让我又怎样相信？妾若身死，君相随，逢场作戏罢了。皇上，快放开我吧，莫要让映雪久等了。"

凌烨宸语气复杂地唤道："凝儿！"

玉凝抬手欲将他双臂从肩膀上拨开，可使尽了力气，他双手依旧紧紧地压在她双肩处，她惨然笑道："放手吧。"

凌烨宸郑重道："朕心里，她之后，就是你。"

玉凝乍听到他的实话，心里猛然一疼，晶莹的泪不受控制地涌出眼眶。映雪之后才是她？呵，她该感激涕零吧？

凌烨宸双手在她肩头轻轻收拢，柔声说："你给朕说，你要一个夫君，能知冷暖、可诉衷肠，朕都记得。朕可以给你。"

玉凝不禁心头一软，但随即又满脸失落。他给不起，即便给了也非完整的他，而是与众多女人分享的他，“你给不了，那也不是我要的。”

凌烨宸手臂一紧，被人搀住，映雪委屈唤了句，“皇上。”

凌烨宸松开玉凝双肩，转而拉住映雪软暖的手。

方才玉凝声声让他放开，现在他真的将她放开了，她心里却又揪痛起来。

映雪无辜道：“妹妹，皇上休了你，你好开心吗？”

玉凝紧咬下唇，一时之间不知作何回答，想必方才她得意过了头，将映雪戏耍了一番，这下报应来得如此快，该是映雪奚落她了。她抬手擦了把眼泪，想转身潇洒走掉，可双脚却如同钉在地上一般，动弹不得。

凌烨宸轻揽了映雪，“雪儿乖，先去座上等朕，朕就过去。”

“皇上也一起回去。”映雪道。

玉凝带着哭腔的笑声，夹着冰冷的淡淡欢喜，幽幽传来，“可以改嫁了，不值得开心吗？映雪姐姐，你便体会不到这乐趣，方才我提议让皇上休你，他都舍不得休呢。”

众人大惊，不敢相信方才薛妃口中说出的竟是“改嫁”二字。要知道，皇帝的女人，即便被休下堂，谁又敢再娶！

已拥着映雪走出数步的凌烨宸，顿下脚步，怒然转身，手掌成爪状向后劲收。

玉凝忽觉一股力道将她向前吸去，身子当即凌空飞出，下一刻人已跪倒在凌烨宸脚边。细嫩的手擦在石板路上，磨破了皮肉，渗出缕缕血迹。

凌懿轩倏地起身，飞身跃过桌子，便要上前扶起玉凝。凌武抢先一步，死死按住凌懿轩，警告道：“七哥，别冲动！别忘了，你‘不会’武功。”

凌懿轩握拳，猛捶桌面，反问：“难道我要看着心爱的女人受人凌辱，而无所表示？即便今天跟四哥拼了又怎样！”

凌烨宸琥珀色双眸被怒火烧得通红，他猛然拎起玉凝衣襟，将她从地上提起，阴狠道：“你准备改嫁给谁？”

玉凝眼泪顺颊流下，见映雪笑看好戏、满眼鄙夷的神色，心里顿觉不服，怎也不肯认输，“谁对我好，谁一心一意对我，我就嫁谁。”

凌烨宸用手钳住她的下颌，将她下颌捏得格格直响，怒道：“你是在说朕对你不好？不一心一意？”言闭，他甩开她下颌，讽道：“可有找好下家？朕去喝你喜酒，顺道给你备份大礼。”

皇帝眼中满是嗜血的神色，玉凝身体因惧怕而猛烈地颤抖着。

但仍旧勇敢直视他冰冷的眸，倔强回道：“一切都已备妥，只欠休书。出了宫门，便有八抬大轿来接。新郎身着大红喜服，亲自驾着神骏大马，风风光光将我迎进门，再不像这次嫁给皇上这般……不声不响。”

凌烨宸忽觉一阵眩晕，热血在心里翻涌，双手禁不住地颤抖，喉咙一阵紧涩，血腥气涌进口中。

他突然轻轻笑了，甚至什么话都没有说，玉凝心中却怕了，她下意识向后撤了撤身子。

随即，凌烨宸的声音从头顶隐隐传来，“从没女人如此羞辱过朕，你是头一个。你知道，朕会怎样处置对朕不忠心的女人？”

玉凝觉得自己活不过今天了，兴许在极度恐惧的时候，说话便不再顾虑，于是，轻轻回了句，“大不了死了。”

凌烨宸狭眸危险地眯起，如画容颜满是阴霾，他俯身，手掌轻覆在她心口，怒问：“你宁可死，也不愿服软给朕道歉，是不是？”

凌懿轩、凌武、凌思远三人突然一个激灵，都站起了身。邢掣、无踪、月下三人亦都紧张而望，不禁替玉凝捏了把冷汗。

只因，皇上手掌平摊在玉凝胸口，只要稍使内力，玉凝就会心肺俱裂，命丧当场。

映雪眸光一闪，柔声道：“妹妹，还不向皇上磕头认错？想改嫁他人也不好这样明着说呀。”

凌烨宸身体猛然一震，暗暗打量映雪。随后，深深望着玉凝，道：“只要你告诉朕你说的是气话，朕就相信你。朕……不休你。”

玉凝暗暗思量，与其每天留在他身边伤心难过，还不如被休回家，落得舒坦自在。不嫁人，孤独一辈子又怎样？

“请皇上赐我休书。”

凌烨宸心口像是被重凿一般疼痛无比，口中腥咸气重了几分，他抬袖揩去嘴角血丝，嗓音深冷，“与其休了你，让你改嫁他人，朕宁可……杀了你。”

玉凝大惊，原来预感到死亡和真正坦然面对死亡是两回事。她这才知道她有多怕死，她踉跄地后退，慌乱地摇头，怎奈，却为时已晚。

凌烨宸笑得阴狠骇人，他突然劲透手臂，运气于掌心，手掌在玉凝胸口重重压下。她胸腔向下陷了几分，身体猛地颤抖，五脏六腑似炸开一般剧痛开来，她紧蹙眉头，睁大双眼，双手紧攥着他的手掌，血水从口中汩汩涌出。

众妃惊呼，恐惧、惊喜参半。恐惧有一天也会遭皇帝这般对待，惊喜少了一个争宠的女人。

尤怜之大喜，看来，玉凝很会给自己找麻烦，不用陷害，她自己便会主动送死。

凌懿轩心疼怜惜万分，大喝道：“玉凝！”不分招式，胡乱推搡着凌武。

凌武任他在头脸上挥打，却始终奋力阻拦，紧紧抱着他七哥不丢。

周雨晴这时倏然起身，睇向凌懿轩，重重道：“七爷，我去吧。”

她跪在皇帝身前，连磕三个响头，额头已渗出了殷红血迹，急急说道：“皇上请三思，人命非儿戏，杀了娘娘，以后可再也见不到她了呀。娘娘小孩心性，实在罪不至死，皇上开恩。念在……娘娘真心爱皇上的份上。”

凌烨宸耳边突然响起玉凝的话，“我宁可死了，也不要在没有你的世上独活”“凝儿要做皇后，保护小哥哥”“这八年，你可还好”“我爱你……若有来世，我不要再遇到你”“相公，你难过对不对，打我两下，看能不能好一点。”

他猛然惊醒，心头剧痛，终是不忍心杀她。于是，突然收掌，内力反噬，反而严重震伤了他的心肺，他健硕身躯猛然震颤，胸口剧痛向四肢百骸涌去。血涌上咽喉，他身形不稳地单膝重重跪于地上。

玉凝仰摔在地上，疼得缩作一团，连着咳出数口鲜血。

凌烨宸粗重地喘着，轻推玉凝，绝情道：“走，朕不想再看到你。”

玉凝一手紧紧捂住胸口，另一手匆忙擦了把嘴边血迹，狼狈地爬起身，跌跌撞撞地向养心殿外跑去。她原本就瘦弱，凌烨宸内功又如此凌厉狠辣，便是只用一成功力，已要了她半条命。血水不断从口鼻之中涌出，将她白色的衣襟染成湿红一片。

她跑进舞池的时候，两眼已模糊不清，头昏目眩，在舞女身上扑来撞去，眼前一阵阵昏黑。突然胸口猝疼，向前趴去，舞女惊呼，向四下弹跳开，谁都不敢妄自搀扶皇上致伤的女人。

凌懿轩已顾不得其他，今天就和凌烨宸反目了又怎样！哪怕明天兵戎相见，战到全军覆没，他也不在乎，他只要保护玉凝，其他一切他都不管。

“凌武，放开我。”

盛怒的凌懿轩一掌将凌武推出数步之外，抢上一步扶住玉凝，将其抱在怀里，用衣袖小心拭去她脸上血迹，轻摇着她双肩，紧张道：“玉凝，醒醒，你怎么样？”

凌思远缓步上前，伸手捏了玉凝脉搏，突然惊道：“她死了！”

第十六章 情深入骨

他的话，让养心殿陷入一片死寂。乐声骤止，舞女退去。

月光下，几百人仿若静止一般。

方才活脱脱的丽人，不过一盏茶的时间却死了。

邢犁心头一窒，冬儿托他务必照看好她家主子。如今薛妃死了，冬儿一定恨他入骨。他对不起冬儿。

凌烨宸缓缓朝不远处白衣染血的人看去，只见她双手无力地垂在地下，双眸似睁似闭，鬼灵精怪的瞳，再没有了往日的神采。

映雪脸上不知是何表情，玉凝死了，她该开心才是，可她没有。总觉得，若玉凝死了，皇上会离她远去。

想必真正开心的，要数执杯饮酒的尤怜之了。

凌懿轩蛮力将凌思远用力推开，喃喃道："她没有死……"他心里疼痛如斧凿刀刻，"她没死，她不会死，她不会……我还没有告诉她我有多爱她，她不能死。"

突然间，凌懿轩忽觉万般难过伤心涌上心头。他一再说过要保护她，可今天他却眼睁睁看她死在自己眼前，他何其自责！何其愧疚！热泪顿时涌上眼眶。

凌烨宸垂眸睇向跪在脚边的周雨晴，修长的指轻轻一动，并未指哪个方向。周雨晴不解，循着皇上的目光看去，入眼的，除了薛妃，再无他人。她一惊，忙磕头道："是，臣遵旨。"

周雨晴跑去跪在凌懿轩身边，见他将玉凝抱得甚紧，道："七爷，放下娘娘让我看看，兴许还有救。"

凌懿轩如获救星，猛然抬眼，两行热泪顺颊流下，英俊的脸上满是伤心，他猛地抓起周雨晴，求道："雨晴，你是最好的太医，天下没有你不会医的病症。你救救她，千万救救她。她不能死。"

周雨晴心中一窒，这是她第一次见到七爷流泪。都说男儿有泪不轻弹，原来，男儿不流泪，只因未到最痛处。

“七爷放心，我一定竭尽所能去救她。”说罢，她执起玉凝手腕，压在玉凝脉搏之上，垂目凝思片刻。然后，丢了玉凝手腕，又撑开她双眼查看。只见她时以手按压玉凝胸口，时而拇指重掐玉凝人中穴，又在各个大穴要害推拿按摩，突然又见她贴耳在玉凝胸口听检。

凌烨宸薄唇紧抿，双眼氤氲着薄薄雾气，垂手站在原地，宛若一尊冰冷雕像，不靠近玉凝半步，亦不出声响，琥珀色双眸紧紧关注着周雨晴在那女人身上的每一个动作。

月下站在皇帝身侧，余光朝皇上看去，只见皇上衣袖猛烈晃荡，而四下分明静止无风，他一惊，细看去，只见皇上拳头紧握，指节泛白，手臂乃至全身竟都在颤抖。皇上冷，抑或是……怕？

“皇上……”映雪欲搀扶凌烨宸，却在还未伸出手臂前，凌烨宸的声音隐忍传来，“雪儿，不要碰朕。朕心里乱，会失手伤了你。”

映雪从未听他用这样冰冷生硬的口吻和她言语过，她心头难过，当下昏昏欲倒，便向后踉跄退了几步。无踪连忙上前扶住她双肩，她才站定。她和无踪互看了一眼，一时委屈，低头哭了起来。

无踪手在她肩头微微收紧，良久突然放开她，关切地说：“娘娘小心。”

凌懿轩见周雨晴已看诊许久，着急地问：“雨晴，她怎么样啦？只是昏了，是不是？”他眼睛却始终紧紧盯着玉凝。其实，他想知道玉凝到底怎么了何其简单，只需将指轻轻置于她鼻息间一试便可。可是，他没有勇气。

周雨晴又在玉凝胸口推拿按摩了几回，趴在她心口听了听。随后直起身，直直地看着七爷。想摇头告诉他娘娘已无力回天，却又怎么也不忍告诉他这个噩耗。

不说凌懿轩何等聪明，哪怕是个蠢人，也知周雨晴默默不语的意思。他又将玉凝抱起来紧紧拥着，泪模糊了黑眸，他嚎啕道：“滚开，你骗我。”

周雨晴任他将她推倒在地。

凌烨宸看了周雨晴的表情，再听到凌懿轩绝望的哭喊，已了然发生了什么，当即感到浑身力气被抽走。本就被内力震伤心肺，眼下又心火攻心，他身形不稳，眼前一黑，便向前倒去。

邢掣抢上一步，抱住他肩膀，他才没有摔在地上。

凌懿轩眼前静静躺着的玉凝，头无力地下仰着，瀑布般的发散于地上落叶中，凌乱不堪、满是灰土，她手臂亦在空气里飘摇无依，可怜极了。

凌懿轩揉了揉玉凝冰冷的手，喃喃道：“凝儿，我们走，我带你走，到一个没人找得到我们的地方。搭建几间木屋，在门前种满你喜欢的花草，院子里养一群你喜爱的小动物。只我们两个一起生活，好不好？”

他流着泪，突然自责，“你瞧，我犯傻了不是，还没娶你过门，怎么倒教你跟我挤木屋住？”

凌懿轩句句话都颤动不已，他亦不知自己胡乱说了什么，只哽咽呢喃，“到时我去雇轿夫，让他们用八抬大轿把你风风光光地迎进门。还要新郎穿大红喜服，骑俊马，是不是……”

突然，他拧眉，急急道：“不，不要轿子了。我的凝儿神气地骑着神骏大马，我拎着缰绳给凝儿牵着马。我要招摇过市，横行街上，我要让所有人知道，我娶的女孩是最美的。我要让世上所有人都知道，凝儿是我的……凝儿……回答我，好不好……”

他已泣不成声，玉凝却丝毫没有反应。他的泪尽数都滴在她脸上，和着她的血，月色下，惊人心魄。

周雨晴见七爷哭，便也跟着痛哭了起来。她不知要如何劝他，只能静静候在他身侧，跟他一起哭。

凌武见凌懿轩已然伤心欲绝，他心里暗暗思量当下局势。

七哥加上他，以及朝中信臣的兵马，兵力共有三十余万。十二弟现下对凌烨宸亦稍有不满，若可设法联合十二弟，那么共有四十万兵马。

凌烨宸没有兵权，手边仅十万不足的兵力。

四十万敌十万，七哥稳胜。

然而，太后手中尚有兵马百万。太后心思不定，不过，一旦开战，她必将兵力给凌烨宸。

那么，四十万敌一百一十万，七哥到时必输。

若七哥求赢，必等凌烨宸寿辰之时，云天、碧月两国前来西岩帝都援助。

云天王，手握兵力七十万。

碧月国小，君王手握兵力不足三十万。如此两国有兵马百万余，再加之他们兄弟的四十万兵力，共一百四十万。

七哥一百四十万兵马，敌凌烨宸一百一十万，方可实力一战，输赢尚可指待。

可当下，七哥竟因女人、因情爱，心伤智损。倘若此时激怒了凌烨宸那心狠手辣的小人，必碍于大事。这场晚宴本就是鸿门宴，生死皆未知，该早早脱身才是。

想至此，凌武便上前按住凌懿轩肩膀，轻声道：“七哥，她已死了，把她丢下，咱们走吧。切莫因小失大。”

凌懿轩听到凌武说玉凝死了，心里怒气腾然飚起，他怒然挥开凌武的手，吼道：“住口！若非你阻拦我，不让我救她，她怎会死。凌武，若非你是我兄弟，我早已杀了你。”

凌武悻悻垂手，无奈地叹了口气，站在他身侧。凌烨宸受了内伤，不足畏惧，便只剩下邢掣、月下、无踪三人，无踪那人时时看向他和七哥，像有示好之意，想必可加以利用。以他跟七哥的武功，若一会儿跟皇帝一派动起手来，杀将出去应该不难。他拼死也要护七哥离开此地。

凌懿轩满眼深情地望着玉凝，似承诺一般说着，“我再也不会丢下她，除非我死。”

周雨晴轻拍去玉凝发丝上的枯叶尘土，将她凌乱长发束起，轻轻搭在凌懿轩手中，又将玉凝飘摇空气里的手臂，扶好搭在玉凝胸口。

凌懿轩朝周雨晴感激地点点头，抱紧玉凝，起身便朝养心殿外走去。周雨晴亦起身，在凌懿轩身后紧紧跟着。

倏地，一道紫影从凌懿轩头顶掠过，稳稳落在他身前。

琥珀色双眸，冷若寒冰。

正是皇帝到了。

凌烨宸平伸手臂，字字掷地有声，“把她给我。”

凌懿轩泪眸怒视眼前男人，恨恨地说道：“除非我死了，否则你休想。”

凌烨宸见凌懿轩满眼皆是泪水，不耐地讽刺，“她死都死了，你哭什么，好伤心吗？哭，她就能活过来了？”

“我伤心，就要哭。你没心，自是不会懂的。”凌懿轩敛起眉眼，顿了顿，又道：“四哥，你我皆对彼此心知肚明。我武功怎样，你该清楚？现下拦我去路，可深思熟虑过了？”

凌烨宸俊眸轻眯，很是狡猾阴狠，却在瞥见凌懿轩怀里女子的时候，闪过几分柔情，“朕自恃武学造诣非凡，鲜少棋逢对手，七弟算是一个厉害的角色，可以过得几招。”

“四哥对我来说亦是难以对付。不过，恕我冒犯，即使四哥康健如常，小弟亦能和你对招数千，未必会输。此刻，四哥内力反噬，心肺俱伤，功力仅剩六成许。”凌懿轩暗暗将玉凝拥得更紧，“此时，小弟与你斗，乃是趁人之危，胜之不武。快些让开去路，我姑且可以让你多活两天。”

言下之意，若动起手来，凌烨宸必输。

月下性子温柔却易怒，见不得任何人小瞧他家爷，大喝：“少口出狂言！杂家对武学一窍不通，替爷会你一会，定要打到你跪地求饶。”

抢步上前便要和凌懿轩酣畅斗他几百回合。

邢掣却从后扯住他衣领，将他重重拽拉下来，说：“你我出手未到时候，爷自有定夺。”

凌烨宸双眼毫无人情味，修长好看的手指向玉凝，微微开口道：“朕，仅出一招，便可将她夺回。七弟，你信是不信？”

听他声音笃定冰冷，且言语高傲挑衅，凌懿轩当下便显露几分惊诧和怯意，不是怕斗他不过，而是怕他真将玉凝抢去。

“那便定下一诺，一招夺她不过，便永不纠缠，连她墓边你亦不能踏足半步。”凌懿轩当即手腕划过凌武的剑刃，让血滴在地上，“滴血起誓。请吧！”

凌烨宸满眼兴味，“你既然立誓，输了后就要信守承诺，连她墓边都不能踏足半步。”

言下之意，他赢定了，凝儿，他一定会夺回来。

凌懿轩心头怯意更甚。四哥身受重伤，此番自信来自哪里？

凌烨宸却当真如鬼似魅，冷得像是从地狱走出的阎罗一般，冷冷地问道：“七弟怕了？”

倏地，他向前踱出一步，挟着一阵冷风。

凌懿轩下意识将玉凝搂紧，却脚步定定地站在原地，丝毫不畏惧与凌烨宸面向而立。

然而，周身众人却无法招架皇帝浑身冷绝的压迫感，被皇帝内力震得连连倒退数步。

“当时碧月、云天两国共百万大军，朕仅以父皇给的不足五十万兵马就将他两国打得退避三舍，前来求和。”皇帝眉眼似画，深深望着玉凝惨白容颜，声音阴鸷，“若朕用的都是光明正大的法子，早已死了不知多少回了。”

凌烨宸睇向邢掣，道：“你追随朕三年，给你七爷说说，朕制胜的法子。”

邢掣一凛，回道：“爷最喜攻人软肋，当时敌军首领皆是铁血汉子，怕死便不会上战场。却家中皆有老幼妇孺，要赢实在简单，绑了他们家里老小，用挚爱之人的性命威胁逼迫之缴械投降。”

凌懿轩是正人君子，对这种手段实在不齿，不屑地说：“能做出这种事的除了四哥，再没别人。”

凌懿轩道：“四哥，要我提醒你？我唯一的哥哥凌苍已被你逼死，我娘亦被陈凤仪逼迫到绝路，自刎啦。我现下无任何家眷，一身轻松，没有任何软肋。所以，你休想威胁我交出凝儿。”

当局者迷，旁观者清。此刻，凌武已然惊出一身冷汗。七哥糊涂，他尚有一个最致命的软肋——薛玉凝。他很可能会因这一软肋丧命。

凌烨宸薄唇轻抿冷血一笑，如鬼魅般的声音响起，“朕内力不足六成，伤你自是不得。不过，将她……头颅拧下，不需耗费半点内力。”

凌懿轩未及咀嚼他话中意思，却见凌烨宸已劲荡手臂，虚招朝自己胸口侧掌打出。

他已吓得俊容变了神色，两臂紧紧抱着玉凝灵巧欠身，轻易躲过了凌烨宸这一掌。

孰料，他欠身之后却大吃一惊，暗自惊呼，“糟了！中了他的计！”

他这么一欠身，便将玉凝头首递到凌烨宸挥臂范围之内。

而他在意识到凌烨宸这一掌是虚空的招法，本意并非要打他心房，而是引他侧身而已之时，只见凌烨宸掌法已瞬间转了路径，直直朝玉凝面门拍去。

若是这一掌拍下，玉凝定要脑浆迸裂，死第二回。

凌懿轩顿时心惊肉跳，伸出环在玉凝腿上的右臂，前去挡凌烨宸那一掌。

此时凌懿轩又吃了一惊，卑鄙！

凌烨宸本意亦非要掌落在玉凝天庭盖上，而正是使计让凌懿轩伸出右臂来挡他这一掌。

原来，凌烨宸早已几番算计：凌懿轩本是双臂紧抱玉凝，硬抢美人，自是抢他不过，而此时，凌懿轩松开右臂接他一掌，自要松开玉凝腿脚。

只见，玉凝身子下坠悬空，仅上身倚在凌懿轩怀里。

凌烨宸嘴角狡诈勾起，“你输了。”刹那间，他右掌掌法再次换了套路，收掌紧攥凌懿轩手腕，迅猛拧转。

他左臂也未有片刻闲置，震臂劲切直入玉凝腰后，迅猛收力挟住她腰肢，将她紧紧拥回怀里。攥在凌懿轩手腕的掌又迅速向下劲垂，凌懿轩身躯便被生生摔在地上，震得地上落叶翻飞，尘土飞扬。

凌懿轩心里大感懊丧，猛砸地面。果然，凌烨宸仅使了一招，便将玉凝夺了过去。他不是输在武功，而是输在凌烨宸为了达到目的，竟然不择手段，置玉凝安危于不顾。

若是方才他出手慢了一拍，凌烨宸那一掌便真的会落在玉凝头上。到时，玉凝定会死无全尸，他黄泉路上也无法面对玉凝。

凌烨宸不屑道："不自量力的蠢人，凭你也想将她夺走。"

他将玉凝抱进怀里的一瞬，心中各种情绪交杂碰撞，心脏竟如擂鼓一般狂跳了起来。方才还与他调皮嬉闹的人，此刻却静静地睡着了，没了气息，没了灵动，他何其难过郁结！

凌烨宸突然与她脸颊相贴，在她耳边轻声自嘲，"丫头，即便你死了，也休想逃开朕身边。你死了，朕也要你尸首夜夜躺在枕侧，看朕和你厌恶的女人云雨欢好。朕……要让你做鬼也恨朕、怨朕、纠缠朕。"

月下离凌烨宸比较近，因此将皇帝的呢喃听得清清楚楚，不禁背脊发凉，冷汗涔涔。皇上对薛妃究竟是何番刻骨情感？

月光洒在院子里，玉凝半闭的眼眸，似乎氤氲着水汽，长睫轻轻忽闪。

凌烨宸心中一窒，摇晃着她的身体，祈求道："你嫉妒、生气，是不是？只要你醒来，亲口告诉朕你在意、你不喜朕跟别的女人欢好，朕就答应你……从此仅宠你一人。只要你醒来，朕什么都答应你。朕可以昭告天下，举国同庆当做聘礼，重新迎娶你进门，给你最盛大的婚礼，只要你肯醒来……"

他万分紧张，紧紧盯着玉凝脸颊，生怕错过了她任何一个表情，可良久，她仍是没有任何反应。

他紧闭了双眸，再睁开时，已是满眼彻骨寒意。

修长的指突然斜斜插入她如云青丝，将她臻首托起到他脸前，俯低薄唇含了她满是血迹的唇。

四片唇相贴的一瞬，他心中有些微的异样感觉，却说不出是哪里。人若死了，唇是否应是凉的？人死尸凉，不是吗？

却为何，她的唇是温热的？

看到皇上吻着已断了气的玉凝，众女眷皆倒抽了一口寒气。玉凝满脸血污，皇上不怕，不嫌脏吗？

映雪面如死灰，他竟肯去亲吻一具死尸？若是她映雪也死状难看，他可会亲吻抚触？映雪心中苦痛，凄然哭起来，转身跑开了。

凌懿轩双眸被怒火烧红，嘶吼着，"禽兽！她都死了，你还要侮辱她，我杀了你！"他怒拔长剑，猛然朝凌烨宸后心刺去。

邢擘见状，反腕拔剑，抢步侧身而上，剑尖直抵在凌懿轩咽喉，冷声道："七爷，刀剑无眼，莫要妄动。"

"反了！小小御前侍卫，胆敢拿剑指着王爷，可还有天理王法！"凌武挥臂出剑蔑指邢擘。

“到底是谁反了！真是正派的王爷，何以与他兄长争抢女人？好光彩吗？”月下信手持剑戳在凌懿轩心口。

凌思远思忖一刻，他此时必要选一边站。而他自小与四哥有过节，四哥必会寻机会灭了他，他只能选择孤注一掷，投靠凌懿轩。于是他拔剑与凌武背贴背，剑尖直指月下心口。

众王爷与皇帝反目已是既定事实。

这时，无踪突然喝道：“暗卫听令，保护皇上！”

倏地，数百身影翻跃涌进院内，剑尖侧指地面，朝众人疾奔而来。

院中女眷由奴才婢女扶着退到外圈。这几百暗卫进了内圈，将皇帝、凌懿轩众人围在中间。

正是凌烨宸一早安排的五百暗卫到了。

胜负不战而分，只待凌烨宸一声令下，凌懿轩、凌武、凌思远三人便会命丧数百剑下。

然而，凌烨宸背身而立，对耳边铮铮拔剑声闻也未闻。慌乱心中便只剩下玉凝一人，他将玉凝拥得紧极了，深深细细地品尝她的唇。

什么伦理？什么道德？同父异母的妹妹又如何！他竟可笑地因为世俗的观念，将心爱的人致死。

他，后悔！

却，已然晚了。

她死去，他才肯承认他爱她入骨。

可惜，一切都晚了。

忽然，凌烨宸身躯猛然一震，他静静和玉凝唇齿相贴，似感受到了什么。猛然间，他双眸大睁，心头一阵紧窒。

她的唇……竟微微颤抖？

是他的错觉？

他剑眉深锁，愕然望着玉凝的脸颊，眼神复杂，似惊还喜。

他把玉凝平置在地上，解开她衣襟，只见她原本白皙的脖颈，此刻却满是青筋。他手掌轻扼住她颈项，她颈项竟也抽搐着。

他再抚上她脸颊，她脸颊竟然是滚烫的，额头脸侧亦都是青筋迸出。

凌烨宸忽然笑着说道：“坏蛋！待你醒来，朕定要说千遍万遍爱你。”

他猛地将玉凝抱起，让她趴在他膝上，抬起手掌突地朝她背上拍下。

凌懿轩见状，不顾邢掣抵在他喉间的长剑，挺身便要冲上前去阻拦凌烨宸再对玉凝下毒手，却被邢掣死死拦下，凌懿轩嘶吼道：“畜生！住手，莫要再伤她。”

凌烨宸对他七弟的声音恍若未闻，径自手掌运气，从玉凝腰际向上推拿，反复数次，又重重在她后心处猛地拍抚重压。另一手，则钳住她下颌，向上猛然提起。

突见，玉凝双眼倏地张开，口中哇的一声，猛然喷出一口鲜血，这才透得过一口气来，粗重地咳了起来。

原来，玉凝方才昏倒之前，胸口猝疼，乃是胸腔涌出大量鲜血哽在喉间，上下不得，呼吸不能，一时闭气休克过去了。若非凌烨宸肝肠寸断之时亲吻她嘴唇，发现异状，她不消片刻，便当真会断气。

凌烨宸见她醒来，又惊又喜，将她身子搂在怀里，紧紧钳住。

他心头一热，低声哀鸣，倏地俯身在她眉心、脸颊、唇边、耳际一遍遍亲着吻着，如重获至宝一般。他似恼又责还喜地说道：“臭丫头，你肯醒来了，醒来做什么？你死了朕可就清净省心啦，你又肯活过来了！”

玉凝浑身颤抖不止，全无意识，小脸皱成一团，微张着唇，紧闭双眼，满脸皆是汗水，手紧捂着胸口，声声虚弱道：“疼……”

凌烨宸心头一窒，大喝道：“快！去御医阁，传所有御医立刻前来养心殿。”边说，手掌边在玉凝胸口轻柔推拿起来，暗暗将真气输入她体内。

近身的小公公闻言，当下拔腿就跑。

皇上声音实在三分急切，七分凌厉，十二分威严，他哪敢有片刻耽搁。

可御医阁上下医者，不下千人，救薛妃娘娘，当真需要千数人？

众人见状皆惊。薛妃竟死而复活，实在可怖诡异。尤怜之恨恨地握紧拳头，不悦与愤恨尽数写在脸上。

凌懿轩甚是惊喜，不禁流下热泪，感恩般地说道：“太好了，她还没死，凝儿还没死！”

听到七弟的声音，凌烨宸心中一沉，眉眼瞬间冷却，吩咐道：“月下。”

“爷，暗卫已将三位王爷拿下，是否立刻杀了他们，只待爷一声令下。”月下道。

“莫急。还有账要算，他搂着朕的女人哭嚎了那许久，当朕没瞧见吗？”凌烨宸抱起玉凝，将她放在月下怀里，“抱稳当，若有闪失，朕将你净身二回。”

月下心中一凛，垂袖遮手，小心托着薛妃，恭敬地回答：“奴才遵旨。”他低眸睇向气息奄奄的薛妃，她眉宇之间尽是可怜神色，千万般憔悴下，竟依旧难掩清丽脱俗的神态。

凌烨宸冷眸扫视过五百暗卫，视线最后落在邢掣身上，喝道：“给朕退下。不得对你们七爷无礼。”

铮铮声响，数百利器倏然没入剑鞘。邢掣率五百暗卫退居皇帝身后。

凌懿轩轻笑道：“八弟，十二弟，你二人也退下。我跟四哥做个了断。”

凌武、凌思远两人闻言收剑，叮嘱道：“七哥小心！”

凌烨宸挑眉，问道：“七弟，我夺回凝儿，你怨我不择手段，耍奸玩阴，你服也不服？”

“我定然不服。”

“既你不服，朕提议再战一回，你意下如何？”

凌懿轩将剑竖在脸侧，问：“为了什么而战？总该有个说法。”

凌烨宸环胸而立，回道：“看看……谁有能力拥有她，这个说法怎样？”

“好极了！不过，四哥你输定了。”

凌烨宸闻言，剑眉稍扬，不屑轻笑。

邢掣亦跟他主子一样，不屑地笑。一笑五百应，暗卫皆笑。仅这阵势，凌武、凌思远便心里胆怯了几分，却见凌懿轩面色坦然，丝毫无惧意。

凌烨宸眉眼锐利，自负道：“朕仅用一招，便可取你性命。你信是不信？”

凌懿轩大笑道：“口出狂言！方才你一招将她夺走，是我不忍你伤她。现下，你再没那运气。”

暗道：“我以十成功力刺四哥心口，他必向左闪躲，我借势侧提剑锋，割破了他咽喉。他内力不足，定然避我不及，还不死吗！”

“废话少说，受死吧。”凌懿轩凌厉飞起，剑出虚招，直刺凌烨宸胸腔。

然而，他眉眼突然大变。只因他剑尖已然到了凌烨宸胸膛，可凌烨宸却没有丝毫闪躲之意。

“四哥你干什么？站着不动、不拔剑，找死吗？”

凌烨宸薄唇冷然抿起，幽幽地说道：“刚才夺她回来，叫做兵不厌诈。现在，为兄亲身示范，再教你一招，什么叫做置之死地而后生。”说着，他掌运气向后推，身子猛地向前跃出，挺身而上迎向凌懿轩长剑。

只听噗的一声，冰冷长剑挫过他皮肉骨骼，深深没入他胸口。

凌武、凌思远见此情景心头一喜，互看一眼。

“爷！奴才宁可被你净身二回，也不要你出事！”月下恶狠狠地睇向怀里的玉凝，黯然道，“你是哪里来的冤家，你要害死我家爷了。”

无踪暗笑。

女眷皆捂眼惊呼，对着她们的男人哭喊道：“皇上……”

刹那间，两个挺拔俊秀男子只有咫尺之远，四目相对，可闻彼此气息。

凌懿轩无法用常人的思维去判断凌烨宸的想法，只能咒骂道：“丧心病狂的疯子！这样的你凭什么拥有她！她吓也被你吓死了！”

凌烨宸口涌鲜血，口齿已被染成血红色。他抿唇而笑，月光下，甚是阴森可怖，令人毛发直竖。

“朕早就疯了，两年前从你马下将她扶起那一刻，朕就疯了。你一直以为你爱她在先，是不是？朕来告诉你，十年前，她七岁就跟朕定了终身，她生生世世都注定是朕的。既你执意要比先后，朕告诉你，朕比你先，不知先多少。”

“你住口，住口！是我先爱的她，是我！”闻言，凌懿轩握着剑柄的手猛烈地颤着，慌乱得不知所措，正欲将剑刺到凌烨宸心房更深处。

孰料，竟有人代劳。

说时迟那时快，只见凌烨宸抬起双手，紧攥凌懿轩手腕，猛地将剑一按到底，剑尖从他后背贯穿透出，血水从剑尖滴滴落下，打湿了地上枯叶。

血水如泉从他口中涌出，他血唇阴鸷深冷地一张一合，“七弟，朕不要性命，拼死也要留她在身边，你……可以吗？”

凌懿轩惊异得张大双眼，颤声道：“我当然做得到，但我不会如此疯癫，保护她才是我一生的誓言，自伤自残死了，谁去护她爱他？”微顿，“我依照约定，仅用一招……剑已刺透你心脏，我赢了。你安心死去，凝儿有我照顾。江山，我亦会接手。”

月下心里疼得无以复加，眼里热泪翻涌，声声对怀里的女人哭着责备道：“你哪里好？你到底哪里好？我家爷要死啦。你赔我，赔我！”

凌烨宸大笑不羁道：“差得远呢，才刚刚开始，你仅出了那一招……朕却，还未出手。”

凌懿轩骇得面庞几乎失去了血色。眼前的男人，俨然已癫狂，似鬼如妖魅。即使他一个堂堂七尺男儿，亦对凌烨宸有几分惧怯，于是说道：“四哥，认输吧……我不想伤你性命。”

凌烨宸嗤笑冷哼出声，倏然抬起左臂，食、中两指夹住胸口剑刃，运气劲猛一折，当的一声，便将那剑身折成两段。

凌懿轩惊愕，看着手中断剑，身子被震得后退丈余。

凌烨宸鄙夷道：“你以为你几滴眼泪，便能将她从朕身边夺走？搭木屋，种花草，牵马绕城……开什么玩笑，简直痴人说梦。只要朕有一口气在，你就休想！就算朕死了，你亦休想！朕死前，也会把她先杀掉，让她随朕一起下地狱。你永远……不要妄想得到她。”

随即，话锋一转，冷声道：“七弟，接招吧。”

闪电间他右手挟风劲抬，曲臂斜勾，匕首滑袖而出，收掌抓握，寒光一闪，匕首便从凌懿轩颈侧动脉迅猛划过。

凌懿轩忽觉脖间热流涌过，鲜血顿时从血口子如注般喷涌而出。

凌烨宸琥珀色的眸，见了殷红的血，仿佛瞬间燃起了疯乱残酷的火光，染血薄唇冷冷地笑着说道：“还未完，这才半招而已。”

随后，他右臂顺势劲曲，用足六成内力，手肘猛然撞向凌懿轩心窝处。

凌懿轩身躯向后疾驰飞出数丈，他手中断剑激射而出，削断了碗口粗的树干，当的落地，斜插入石中。

凌懿轩高大身躯重重落地，头发束环散落，长发凌乱披下，咳出数口鲜血，双臂在地上撑了几撑，竟无法站起身。

凌武抱起凌懿轩，紧张地喊道：“七哥！要不要紧？”

周雨晴捂住凌懿轩脖间涌血的伤口，急道：“动脉被割断了，五脏六腑也被震碎，八爷、十二爷，快把你们内力输到他体内，护他心脉，不然他就断气啦！”

凌武、凌思远同时运气推掌在凌懿轩后背。

凌懿轩身体忽受他人真气，他双眼腾然大睁，气血在胸腔涌畅翻滚，噗噗数声，积血从口中如注喷出。

随后，他身子瘫软地坐在地上，失神望着前方，忽然仰天大笑，血红泪水顺颊流下。三千散乱墨发，瞬间变成一头银丝，英挺的面孔，颓败沧桑了十年。

他低声哀啸，似哭似笑，“我输了，输了……十年前就输了……他们十年前就定下终身了……”

凌烨宸状况亦未好过几分，他手扶胸膛倒退几步，口中涌出殷红的血，他亦笑，笑得自负傲慢。

邢掣上前抱住他肩膀，运功将他胸腔内断剑逼出，快速封了他几处要害大穴，方止住了血。他疑惑地问：“爷，好险，只差一毫就刺到心脏。你怎么可能躲不过那一剑？”

月下道：“不是躲不过，是根本没有要去躲。爷，你伤了我薛主子，心里自责。现下自己故意受了伤，陪着我薛主子一起疼，觉得舒坦些了？”

凌烨宸被拆穿心事，苍白的脸稍微醺红，默然不语从月下手里抱过玉凝。触到她温软身子的一瞬，他心里才稍稍踏实了起来，与她额头相贴，他温柔言语道：“凝儿，朕对你不起。刚才有意接下七弟这一剑，就当是向你稍作忏悔，原谅朕……”

玉凝倚在他胸口，沉沉睡着。他叹了口气，将她拥得更紧。

“跟你拼啦！”突然，凌武挥剑劈向凌烨宸。

铮铮数声，暗卫长剑送到，数十利刃架在凌武、凌思远两人脖子上，暗卫劲踹他两人膝盖后，他两人皆扑通一声跪倒在凌烨宸脚边。

“八弟、十二弟，凌苍曾跟朕抢雪儿，朕将他逼上绝路，置他于死地。现下，他的弟弟，竟又来跟朕抢凝儿，朕不杀他，岂不是对凌苍不公。”凌烨宸吻了吻玉凝光洁的额头，原是柔情蜜意的眸，抬起头的一瞬，眼中柔情尽被冷漠嗜血所取代，“无踪，依你之见，朕的话有无道理？”

无踪心跳瞬间停了两拍，慌张回道：“皇上所言极是。凌苍该死……凌懿轩也不能活。不然皇上威严何在！”

“你真这样觉得？”凌烨宸那深不见底的琥珀色眼眸望向无踪，轻笑道：“杀了凌懿轩。”

凌武大喝：“别杀我七哥！要杀杀我！”

凌思远道：“八哥，你别急，四哥又没说会放过你我。”

“属下遵旨。”无踪来到凌懿轩面前，心里疼痛难当。

此刻的凌懿轩白发黑眸，失神若痴，不住地呆呆呢喃着，“凝儿，凝儿……输了……”

“七爷……走好。”无踪倏地握住剑柄，挥臂拔剑划向凌懿轩脖子。

周雨晴见凌懿轩根本没有丝毫闪躲之意，她在无踪握住剑柄的一瞬，倾身挡在了凌懿轩身前，准备替他赴死。

而剑划过之后，众人却大惊。

周雨晴失声痛哭，七爷还活着，她也还活着。

无踪也惊。只见他手中仅握着剑柄，剑身早已不知去向。他心头一凛，拿起剑鞘检看，那剑身竟已碎裂在剑鞘之中。这剑曾借给薛妃当拐杖，经皇帝之手还回他手中，皇帝将剑抛给他之前曾在剑鞘外一握。竟是那一握，将剑身震得粉碎。

无踪看向凌烨宸，只见凌烨宸薄唇轻抿，眼中疑虑尽消，轻声开口道："看来，是朕多虑了……"

无踪暗道：凌烨宸城府竟深到这般地步！他一早就怀疑我，欲将我试探。若我方才对我弟下杀手稍慢一刻，他一定就会坐实了对我的怀疑。

然而无踪方才手中是留了力的，一剑下去，会让凌懿轩昏去，却不会致死。本想以此蒙混凌烨宸双眼，却不料……

"皇上恕罪，剑莫名断了，属下换把剑再杀他。"无踪道。

凌烨宸未及言语。忽觉手臂略微一紧，原来是玉凝轻握了他衣袖。他顿时心下一惊，以为她心口疼痛难当，忙道："凝儿，御医就快来了，快来了。来人，去御医阁催促……"

玉凝气若游丝，眼半闭半合，喉间竟发不出多大声响。

凌烨宸知道她欲说话，于是附耳到她唇边细细听去。

"我有免死……令……放了他们……让他们……走……"话未完，她手已无力垂下，又昏过去了。

"凝儿……"凌烨宸哀叹，凝眸深思，倏然令道："邢掣，放他们走。"

从来对皇帝惟命是从的邢掣，首次执拗不从，"爷请三思，放了他们不就等于放虎归山？若他们跟奸人勾结，必定后患无穷！"

月下更是跪下请求，"请爷下令杀了他们，以绝后患！"

"朕心意已定，莫要再劝。"凌烨宸深情地望着玉凝，"仗可以打，血可以流，江山可以再夺回来，你薛主子的话既然已说出口，朕便不能当成没有听到。"

邢掣、月下只能不甘长叹。

凌烨宸左臂稳稳托住玉凝，右手倏然抓过邢掣的剑，狠然划过凌懿轩双手手腕，挑断了他两手手筋。

凌懿轩却如死人一般，毫无反应知觉，双眼直直地看向玉凝。

"挑你手筋，是要让你长点记性，碰她需要付出代价。"凌烨宸挥臂将剑斜插于地上，看向凌武几人，"给你们三天时间去逃命，三天后若出不了帝都，到时休怪朕绝情。快滚。"

众暗卫骤然收剑。

凌思远道："八哥，此地不宜久留。你抱起七哥，咱们快些走吧。"

凌武依言抱起凌懿轩，又道："十二弟，把那女太医也带走，七哥身上的伤要人治疗。"说罢便施轻功跃出了墙外。

凌思远挟住周雨晴胳膊，命令道："随我一起走。"言闭，便追着凌武去了。

此时，数百人疾步赶来了养心殿，正是御医阁御医到了。

众御医欲行礼叩拜。

"救人要紧，繁缛礼节全免。随朕来，快。"皇帝言毕，便先一步抱玉凝进了卧室去。

月落日出，天欲将明。东方才透些鱼白，正是早朝时分。

金銮殿上，文武百官已等候两个时辰了，却终不见皇上身影。终于等到上午时分，大公公月下才前来收去奏折，告知百官，皇上今日无法早朝。

百官不满声起。

而养心殿内，是另一幅景象。

从昨晚开起，几十御医为一组，进进出出皇帝卧房。直到今日午后，近千御医全部为薛妃看诊一遍。

这一刻，房内近百御医惶恐地跪在地上。

室内安静压抑，气氛窒息，唯有帷幔随风摇曳。

凌烨宸坐在榻边，与玉凝十指交握。他紧紧望着她苍白脸颊，她依旧沉沉睡着。

他突然紧闭了双眼，抬手揉了揉额头。他这一抬袖，让房内近百人心惊肉跳，瑟缩后退。

凌烨宸怒目扫视过众御医，怒道："朕用黄金白银的俸禄小心地供奉着你们，难道就是要你们一个一个，像是商量好了一般，来告诉朕她只能活半个月？"

凌烨宸气火攻心，加之胸口剑伤未作处理，忽觉一阵头晕目眩。他深深看着玉凝，只见她气息奄奄，沉沉睡着，似永不会醒来一般。

他忽觉心脏一阵猛烈地翻搅，倏地吼道："邢掣，给朕杀了这些庸医。"

御医们大惊，皆磕头讨饶。

"在下，对不住各位。"邢掣拔出冷剑，从身近的人开始，连刺了十数人。殷红血浆打湿了光洁的地面。

不知谁喊了句，"薛妃娘娘，你醒醒，求你救救大家！"

月下心惊，生怕皇上被惹怒，会做出更冷血的举动。

然而，玉凝突然手指轻动，她眉心紧蹙，长睫忽闪，串串泪珠顺着眼角流下。

凌烨宸见状心头一震，忙道："邢掣，住手。"

邢掣闻言，剑刃立刻顿在一名御医的脖颈间。

凌烨宸小心拭去玉凝眼角泪水，酸涩道："你薛主子哭了，她定是责怪朕肆意杀人。朕不能让她伤心。"

邢掣吐了口气，他收剑入鞘，对脚边那御医有礼道："你受惊了。"

那御医是个老人家，当即瘫软在地上，老泪横流。何止受惊，当真是惊到要死啊！他嘴里声声喊着皇上万岁。

皇上才下令邢掣住手，薛妃泪水当真就止住了，月下大感蹊跷。

冬儿端药进来时，巧见皇上轻笑在她家主子额上印下一吻，"皇上，让奴婢喂主子吃药吧。"

"朕来。"凌烨宸端起汤药舀了一勺，在唇边轻吹了吹，低手喂了玉凝。孰料，她根本不能吞咽，药汤全部顺嘴角淌到了脖颈里。

他忙用衣袖擦去她脖间药汁。

眯眸略想，他突然端起药碗，噙了一口药汤在嘴里，俯身唇齿相贴，将药灌到了她口中。

他抬头查看，见药果然没有溢出。心头一喜，欲再噙一口，再灌她喝下。

可一阵急咳，玉凝将那药尽数吐出，又见大量殷红的血从她口中冒出。

他慌了神，一筹莫展之际，连唤几声，“凝儿……”她却毫无回应。

他当下大怒，喝道：“你们给她熬得是什么毒药？害她吐血不止！好好的人，你们要毒死她吗！”

众人皆大气不敢喘一下。

实非药的问题，而是薛妃咽喉胸腔之内已全是积血，根本无法吞咽任何药物。

说她能活半月，是因为皇上不断往她体内输入真气，她靠此残喘而活罢了。实则，这样活着，对她来说比死还不如。

凌烨宸失去了理智，怎也不愿接受她要离他而去这一事实。

他将药碗摔个粉碎，狠狠地说道：“她要是死了，你们都要去陪葬！”

凌烨宸如盛怒的豹子，来回踱着步。突然烦乱蹬翻了檀木桌椅，掌风扬起，击碎了一人高的古董花瓶。又见他挥拳狠砸墙面，直到拳头血肉模糊，直到累了，他才靠在墙上重重喘着，双眼痛苦地紧闭着。

突然间，他快步回去榻上抱起玉凝，将俊脸埋入她发间，一遍遍无助地说着，“凝儿，朕该怎么办？怎么办……”

邢掣、月下两人急得直跳脚，想要为皇上分担痛苦，却无计可施。无踪则环胸冷静而立。

正在此时，门吱呀一声被打开，有人进入房来。月下看去，这女子一袭红纱，眉眼妩媚，身段窈窕，正是恨生娘娘。

凌烨宸闻得脚步声，不耐道：“你来做什么？”

恨生瞥了眼玉凝，满不在乎地说道：“来看看她死了没有。”

众人皆倒抽一口冷气。皇上且才冷静下来，就又来了个挑事的。

凌烨宸嘴角邪佞勾起，双眸冷若寒冰，他倏地扬起手掌扼住恨生的细颈，向下压去，恨生扑通一声跪在地上，“她死不死，你没命看到了，朕却可以立刻让你死给她看。”

恨生气血上涌，脸颊胀得通红，不急不躁道：“你……还杀不了我。”她左手食中两指轻巧扬起，在凌烨宸胸膛上轻点几下，他立刻手臂麻木，松了在她颈间的手指。

凌烨宸望了眼无踪，无踪会意，领着众御医退去并掩了房门。

凌烨宸不悦地睇了眼恨生，问：“我娘让你来的？”

恨生点头又摇头，回道：“也对也不对。欣姨不让我来，我也会来。”

凌烨宸冷笑。

恨生睇了眼他怀里的女人，从衣袖里取出一颗赤红丹丸，递到凌烨宸眼前道：“追魂丹。不想她死，就喂了她吃下吧。”

追魂丹，乃暗阁奇药。制法不易，是用北方极寒之地的奇虫异草炼制而成的，十年炼制，方成一颗。夜不悔当时炼制了一颗，却从未用到，将阁主之位传给恨生时，也一并将药给了她。

凌烨宸满心疑惑，将药丸递给月下，警惕道：“验药。”

月下接过药丸，小心查验了起来。他一直寻觅方子，为皇上除去胸口毒蛊，对各种偏门毒物皆有研究。

恨生苦涩笑道：“她现下已这个样子了，我还需要下毒吗？”

凌烨宸反问：“怕朕验药吗？不怕的话，问什么？”

恨生秀眉微蹙，气道：“凌烨宸，你欺人太甚……”

凌烨宸淡淡地道：“她初进宫时，你鞭笞她在先，让她膝跪钉砧在后，朕都记在心里，朕怎么能不对你加以提防？”

恨生深吸口气，略带感伤地说：“是啊，那时候皇上还对臣妾宠爱有加、任由臣妾妄为呢，此刻……全变了。”

凌烨宸眉头深锁，自责道：“朕只恨自己当时由着你伤她。”

月下道：“皇上，药没有毒，且是千载难逢的绝顶好药。”

凌烨宸面露喜色，“给朕说说，怎么个好法？”

“追魂丹，药如其名，能使死人复生、行尸而走，能使活人长寿。皇上说，好是不好？”

“把药给朕。”说着，凌烨宸捏过追魂丹，便想喂玉凝吃下，可突然想到她无法吞咽，当即又拧了眉头。

恨生不悦出声，“让她含在嘴里吧，药自会慢慢化开。”

凌烨宸依言撬开玉凝牙关，将药丸放进她口中，随后重重舒了口气。他就那样痴痴望着玉凝，看也不看恨生。良久，问道：“她什么时候能醒？”

“快则一天，慢则三天。不过，像她这种笨蛋兴许会更慢。”恨生冷冷地道。

凌烨宸不悦地睥她。

恨生敛容道：“欣姨已查到陈凤仪将兵符藏在了慈宁宫密室里。她正设法找到进入密室的机关。”

“嗯。”皇帝轻应。

“欣姨说，你胸口毒蛊的解药，应该和兵符是放在一起的。”

凌烨宸似乎对恨生的话毫不在意，只将玉凝芊芊玉指细细端详着，然后抬到唇边轻轻吻着。

“到时候，欣姨会设法拿到兵符和解药。”恨生别过脸，不想看凌烨宸与玉凝的亲昵举动，“欣姨让我提醒你，不要因为玉凝心生动摇，莫要忘了薛相当初是怎样拆散你们母子的。”

凌烨宸薄唇轻抿，“知道，我从未忘记我娘所受的屈辱。我定会杀了薛晟为她报仇。”

“欣姨要你杀的不单单是薛晟，而是灭了薛府满门。”

凌烨宸身形一僵。

恨生黯然道：“到时候，你拿到了兵符和解药，我……就可以杀了陈凤仪报仇了。”

凌烨宸听到她声音失落，便道：“你自小被她丢弃，身世实在可怜，与朕算是同命相怜。你大可放心，到时候陈凤仪任你处置，要杀要剐随你。”

恨生听他语气轻柔、暗含怜惜，心头一热，泪不禁涌上眼眶，“那……我杀了她之后，就要离开这里，回暗阁去啦，我想问问你的意思……”

“你喜欢就好。”他道，“自便。”

恨生心头一窒，转身悄然向外走去。

“恨生。”突然，皇帝出声唤道。

第十七章　失而复得

恨生欣喜转身，期盼道："什么事？"

凌烨宸感激地问："朕猜想追魂丹你就只有一颗？"

恨生一怔，良久才笑道："别傻了，我哪里有那么无私！如果仅有一颗，我会舍得把那么宝贝的药给她吗？当然会留着救自己性命。"

凌烨宸眉心深拢，微讽道："也对，你的心比朕还硬，朕怎么会认为铁石心肠的杀手会有善心？"

恨生垂眸，黯然轻笑，"你一直都知道，除了自己我谁都不在乎。"

凌烨宸郑重道："你舍药给她，救她性命，朕感激你。但朕不会谢你，这是你欠她的。"

"哼！少来，谁要你谢。而且，我也并非要救她，她的死活跟我没一点关系。只是怕你跟着她一块死了，欣姨难过罢了。"恨生语气淡寡。

凌烨宸不悦地摆摆衣袖，有些不耐地说："下去吧。"

恨生俯了俯身，转身一瞬两行热泪夺眶而出。

恨生才走，凌烨宸就忙撬开玉凝嘴巴，查看追魂丹是否融化了。接下来两个时辰，他隔不久便会查看一回。

不知是他心急，还是药化得慢，药丸总是不见变小消融。于是，他一次次撬开她牙关查看，如此这般不知持续了几次。傍晚时分，他又捏开她嘴巴查看，药丸却已悄然化尽了。

他稍稍舒了口气，自言自语："太好了！"

月下送来膳食茶水，他动也不动。

服下追魂丹后的第一天，玉凝没有醒来，却状况稍有好转。脸色变得不再那样苍白，有了些微血色。虽昏睡着，却时而会痛苦嘤咛出声。

凌烨宸担忧，宣来御医看诊。御医道，她胸腔淤血已大致散去，可以吞咽了，随后开了药方，熬好了汤药。

凌烨宸一天十次亲自喂药，皆以口哺喂之。药苦，于是他每次喂完药，都会在她口中放上一粒糖块，让她含着。

他搂她在怀里，瞥见她胸口伤疤，立刻向御医讨来祛疤良药，褪了她衣衫，小心涂在她身上每一处疤痕上。先涂了薄薄一层，忽觉不够，怕无法消解疤痕，于是将整瓶都涂上去了。独独留下了，他在她脖间咬噬的印记。

他低声道：“这是朕留下的记号，就不去掉了吧，以后若是和你走散了，朕凭这记号就能找到你。”

第二天，玉凝依旧没有醒来，凌烨宸静候在她榻边。

月下去金銮殿转告，今日免早朝，然后收取奏折，遣散百官。随后一天三次给凌烨宸送去膳食茶水，却每每进去收拾碗筷的时候，饭食皆动也未动。他心疼，苦口婆心地劝了许久。凌烨宸却闻也未闻，静静趴在玉凝耳边，低声呢喃着什么，似是低沉婉转的情话。

邢掣和冬儿在门外静静候着，他心疼他的主子，她也担忧她的主子，于是，两人多了几分惺惺相惜的感觉。到底是大男人有担当，冬儿哭的时候，他几句话便将她哄好了。

第三天，玉凝依旧昏睡。凌烨宸坐不住了，怒道：“恨生说一到三天就能醒来，今天已是第三天，为何她依旧没有丝毫转醒之意？”

他将她扶起，掌贴在她后心，一次次给她输真气。

想让她醒来的心情急切又深沉。试了诸多法子，为她按摩推拿，给她哼唱动情的歌谣，在她耳边说了不知多少次“我爱你”，不知又说了多少次“对不起”，而她皆毫无回应。

他心乱如麻、唉声叹气，于是拿起玉萧，在窗边映着月光吹起来。啸声哀伤婉转，令闻者皆感肝肠寸断。可一曲未完，他便将那玉箫握了个粉碎。

凌烨宸突然心念一动，信起神鬼邪灵了，连夜命无踪找来几十个法师，来储秀宫设坛作法，摇铃驱邪。法师口中咒语极是难听刺耳，众人皆捂耳。

凌烨宸却突然破门而出，虔诚问道：“法师，你们作法完了，她能立刻醒来吗？”

众人见到皇上，皆大吃一惊。他身上衣衫还是宫宴那日的紫衫，心口剑伤的血迹已干涸成暗紫色。他脸未洗、牙未洁，满脸胡茬，双眼布满血丝，尽显倦容疲态。

众法师本是在江湖行骗混饭吃的，不料却被抓来皇宫驱邪。若露出马脚，得罪圣上，性命怕是不保，连喝几声，“能，能！”几十人拼了命，一起发飙摇铃呐喊，拂尘挥舞摆弄，嘴里叽里咕噜不知所云。突然便煞有其事，口喷火龙，照亮整个院子，喝道：“醒！”

众人屏息。

月下环胸看着几十个法师，暗暗道：“杂家等着看你们怎么演下去。骗得了皇上，骗不了你小爷我。”

冬儿和邢掣跑去房里，又立刻奔了出来，惊喜道：“爷……主子哭了，好像醒了。”

众人惊，月下尤甚，纳闷道：“这也行？”

凌烨宸大喜，吩咐道：“重赏诸位法师。”然后，便飞快奔去玉凝床边。

玉凝娥眉紧蹙，双眸紧闭，泪水若短线的珠子般落下，嘴里不住地呢喃，“头好疼，疼……”

凌烨宸万分欢喜。他哪里知道，却是那几十个法师的铃声将她聒噪得头疼脑胀。他却以为她是状况好转，能开口说话了。

随后，她睡得极不安稳，不断梦呓，声声喊着，“爹爹，娘亲。”

一遍一遍，可怜极了，听得凌烨宸心肠猛烈翻搅。他怕梦里没人给她答话，她会伤心失意。于是，她喊什么他便应什么。

爹爹也好，娘亲也罢，爷爷奶奶全都应下。

冬儿进来送药时，正巧听到她主子喊着：“冬儿、冬儿。”

冬儿正想答话，却听皇上道：“是是，奴婢在，奴婢在。主子有什么吩咐？”

冬儿一怔，上前将药递到他面前，轻声开口：“爷，主子该吃药了。”

兴许是太投入了，凌烨宸接了药，恭恭敬敬道：“朕喂主子吃。”

这夜，玉凝闹人，哭哭停停到了深夜。她身子热一阵冷一阵，汗水不断。

凌烨宸端来热水，为她一遍遍擦拭身体，换上干净衣衫。却才刚刚换上衣服，就又被汗湿了，他就又为她擦拭、换衣。怕她着凉，便命人在房里加设了四五个暖炉，三月的天，竟像是五月一般暖意融融。终于，在清晨时候，玉凝在他怀里安稳睡去了。

凌晨时分，探子来报，凌懿轩一众人已逃离帝都，不知去向。

然而，第四天，玉凝却又安静了起来，没了声响。

凌烨宸四天来滴水未沾、粒米未进、忽悲忽喜，心力交瘁下，突然绝望了起来，喃喃自语：“她再不会醒来了，不会了。”说着，心口一疼，呕出了大口鲜血。

这日，她实在安静得出奇，于是，他攥着她一双小手，眼眨也不眨地看着她红润的脸颊，生怕错过她任何反应。

四天未合眼，不小心他打了下盹，脑袋重重向前栽去，一个激灵吓醒，惊出了一身冷汗。清醒来第一件事便是伸手去探她鼻息，确定她还喘着气，他才重重呼气放下心来，又趴在她身侧静静陪着候着。

接连四天皆未有早朝，朝中百官不满声如沸，奏折亦堆成小山，凌烨宸却全然无心理会。月下几次催促，凌烨宸仅道：“她的事最大。朝中谁不满，免去他官职，朝廷正需换新血。”

映雪几次遣人来请凌烨宸前去双雪殿将她看望，皆被凌烨宸摇头摆袖推拒过去。

这天午后，月下轻唤，“皇上。”

凌烨宸血红双眼仍未离开玉凝脸颊，问道：“何事？”

“映雪娘娘派人来说若你再不过去看她，她就带着小皇子回去锦州老家了。”

凌烨宸身形一震，揉揉犯痛的额头，沉声道：“她此刻在哪？”

“已到宫门了，娘娘说等皇上一炷香的时间。”

凌烨宸望了眼玉凝，挣扎思索片刻道：“朕……抽不开身。”顿了顿，又道，“她回去锦州一些时日也好。”

月下吃惊，皇上一向最宠映雪娘娘，竟舍得让她孤身回锦州。

“月下。”

“奴才在。”

“点千名精兵，护送映雪回锦州。”凌烨宸犹豫了下，“告诉你映雪主子，她什么时候想回来了，朕立刻派人将她接回。”

“是。”月下领命欲走。

“等等。”凌烨宸又突然开口。

“爷，还有何吩咐？”

凌烨宸英眉紧蹙，“务必照看好甄儿，不能有丝毫闪失。”

“奴才遵旨。”

月下走后，凌烨宸望着门边失神。忽然，他掌心一动，忙转回身去看向玉凝。不由得心头一紧，眼神大变，因为，玉凝不知道什么时候已醒来。她那秋水双瞳，骇然圆睁，正怔怔地望着他。

他心中激荡万般感慨，颤声道：“凝儿，你终于醒了……”

玉凝倏地将手从他掌中抽出藏于被褥下。

他一怔，伸出手欲抚触她脸颊。

“走开。”玉凝瞳孔紧缩，面露恐惧，避开了他伸来的手掌，身体猛烈地抖着，向后撤去，“不要杀我……”

玉凝双目涣散无神，像是不识得眼前人一般。

凌烨宸的手顿在空气里，伸退皆不能，酸涩感瞬间翻涌上心头。再明显不过，她怕他、惧他，抵触他的靠近。想来，击在她胸口那一掌已在她心头留下了抹不去的伤。

忽然，怜念疼惜之感顿生，生怕惊到她，他慢慢向她挪去，轻哄道：“凝儿莫怕，没有人会杀你。你不认得我了？是烨宸……哥哥啊……”

眼看他要将她抱住，玉凝却用尽气力，肘撑着床榻向后退去，恨恨地道：“我当然知道你是凌烨宸，差点取我性命的魔鬼，妄想我会忘了你吗？我大难不死，你心有不甘，又想来害我，是不是？”

“凝儿……”凌烨宸按压住她双肩。

他的碰触让玉凝身体一僵，她突然绝望一般，紧闭双眼，讽道：“这次下手，可要痛快点。我宁可死了，也不要再醒来看到你。”她泪水模糊了双眼，扶着胸口重重喘着。

凌烨宸将她猛然抱紧在怀里，痛苦地说：“凝儿，对不起，对不起……打我，骂我，都随你，不要这样折磨我。”

玉凝冷冷地道：“不杀我就放开我，不要碰我。”

凌烨宸心如刀绞，“不，我不放开，怎么样我都不放手。”

玉凝被他紧紧箍在怀里，羞耻又恼怒，突然心火涌上心头，噗一声的呕出一口鲜血。

他脖间一阵湿热，将她推开几分，怔怔地看着她，眼里满是心疼。

“你当真不放手，是不是？”

凌烨宸的声音苦涩却坚定，“永远不！”

玉凝凄然一笑，“如果你坚持抱着一具尸体，如果那样你有快感，那么……随你。”她说话间便从他腰间拔出长剑，划向自己咽喉。

“不要！”凌烨宸倏地抬臂挡在她颈前，剑划过他胳膊，殷红的血顺着手臂流下。他将剑从她手中夺下，挥臂掷出，剑破窗飞出。

他深深看着她，“不准伤害自己，朕……不碰你。”

她不屑答话。

他缓缓松开她颤抖的身体，挪到床尾坐下，“可饿了？让下人给你……”

“够了，你出去。”玉凝不耐地打断他。苍白的脸颊别向一侧，手指向门处。

凌烨宸上前半蹲在她身前，扬起憔悴不堪的脸颊，低声道：“你需要人照顾，我在旁边伴着你，看着你，不出声也不行吗？”

玉凝听到他祈求的声音，突然间头痛了起来，她痛苦地捂着耳朵，踢着双腿，激动地吼道：“走，立刻走，我不要看到你，不要听到你的声音。现在又来心疼我做什么，骗人，不相信，不相信。头好痛。你出去。”

凌烨宸见她情绪如此急躁，如此难过，一时间慌了神，想要将她抱住，却怕她再寻短见，无计可施之下，唤道：“冬儿。”

冬儿在门外听到她主子的哭喊，已然担忧不已，却因皇帝在，她又不敢上前，此刻，闻得凌烨宸唤她，她慌忙立刻奔去房内。

只见皇帝手臂已被血染湿，她家主子也哭成了泪人。她忙将玉凝搂进怀里了，玉凝身体冰冷且颤抖不止，似是害怕极了。

“冬儿，我害怕。”玉凝埋首在冬儿怀里，看也不看凌烨宸一眼。

冬儿一下一下轻拍着玉凝，安慰道：“主子不怕，有冬儿在。”小奴婢抖着胆子，看向身侧的皇帝，“皇上，这里有奴婢。现在主子怕你，你先出去，好吗……等主子好些，你再来看望她。”

凌烨宸心口苦涩难当，眼眶一阵阵酸胀，“朕就在外面，她有事立刻唤朕。”又深深望了眼玉凝，转身走到不远处的屏风后，稍微探出身子看着她。

玉凝哭了一阵，突然抬起头，紧张道：“冬儿，七爷呢？凌烨宸可将他放了？”

冬儿一怔，看看屏风后，压低声音，“是，放走了。”

玉凝跟冬儿一起长大，冬儿秉性她甚是清楚，冬儿此刻分明遮遮掩掩，瞒着她什么，她急道：“七爷怎么了？凌烨宸将他怎样了？”

冬儿叹了口气，回道：“听说，七爷白了头发，被皇上挑了手筋，震碎了心肺……疯傻了一样，不认得人了。”

闻言，玉凝泪水瞬间模糊了双眼，喃喃道：“是我害了他。他要是有什么闪失，我一辈子都不能心安，我欠他太多太多。”

冬儿抱住玉凝，宽慰道：“主子，七爷不会有事的。他们将周太医一起带走啦，周太医妙手回春，一定能将七爷医好的。”

玉凝面露喜色，“真的？”

“真的。”

凌烨宸将房内主仆两人的话尽数都听进耳中，又把玉凝紧张凌懿轩的神态都看在眼中。一时之间妒怒交集，身体力气被抽走，他紧紧攥着拳头，指节咯咯作响，暗暗地更加恨起了凌懿轩。

月下轻唤，“皇上。”

凌烨宸闻声回了神，忽觉嘴唇一阵剧痛，抬手摸了下，竟满手都是鲜血，这才知道方才心头怒窘难当，不觉间将下唇咬破了，便抬袖揩去唇上血迹，问：“什么事？”

月下满眼心疼，“奴才点了千名精兵，护送映雪主子回锦州去了。”

凌烨宸淡淡地道：“邢掣带的兵？”

月下担心皇上，不肯带兵护送映雪。邢掣执意说他记挂着薛妃的身体，也不能去护送。

无踪拆穿邢掣实是记挂着冬儿，不肯去，于是自觉领了兵，护送映雪娘娘走了。

“是无踪。”

凌烨宸颔首。随即，又突然挑眉，紧张道：“月下，快。”

“是！”月下心惊肉跳，掉头便走，忽然又折回来，“爷，快？快什么？”

“准备膳食啊！”

凌烨宸抬手要打他，月下忙抱头蹲下。

“凝儿才醒，吃清淡些好。”凌烨宸命月下去御膳房取来清淡的粥食：白粥、青菜、小鱼。

月下取来食物，凌烨宸命冬儿喂着玉凝吃下。他自己则站在屏风后面静静看着冬儿喂她。

玉凝一口一口吃得极慢，他看着，心里一点一点欢喜起来。见她将小碗里的白粥吃得干干净净，他开心极了，笑道：“月下，爷登基那会儿都没这样开心过。”

他立刻又命月下去传来补品药膳，让冬儿喂着她喝下。玉凝将药膳喝下后，想来是药苦，她紧皱着眉头。

凌烨宸大惊，捞过月下道：“快去取糖块梅果。”

月下将梅果送去薛妃口中之后，见皇上煞是欢喜高兴，他顺势道：“爷，薛主子都用膳了，你也用一些吧。”

凌烨宸摸摸满是胡茬的脸颊，扯过月下逼问：“月下，爷看起来可怜吗？”

月下细细看了他一晌，诚恳道：“依然潇洒倜傥，威风凛凛。”

凌烨宸松了他衣襟，失落道：“等爷快被饿死了，你看一眼便觉得可怜，到那时再用膳续一续性命吧，现下接着挨饿。”

月下疑惑，“爷的衣裳都是血，看着很狼狈又触目惊心的，拿套干净的换一换吧。”

凌烨宸英眉倒竖，剜他一眼，不悦道：“下去吧，下去吧。”

月下骇得就快屁滚尿流了，下去跟邢掣诉苦良久，说被爷无情地瞪了一眼。

邢掣骂他，“活该被爷瞪，换成我，就瞪死你。”

“为什么？”

邢掣真是不屑跟他解释，然而月下实在不开窍，于是他只能无奈道：“爷现在可惨兮兮，薛主子都厌他恨他，爷要是干干净净、红光满面的，薛主子肯定更不会理睬他了。”

月下忽然顿悟道：“你上次帮冬儿挨了一百大板，死活不肯上药，就是想要冬儿心疼哇。”

凌烨宸等玉凝睡熟了，从屏风后走出，遣退了冬儿，侧身躺于玉凝身侧，痴痴看着她的睡颜。

接下来两天，玉凝睡着的时候，凌烨宸便都会在她床边守着、候着，亲亲她，摆弄摆弄她小手，大胆说一句，“朕亲你动你了，你能把朕怎样。”她睡梦中不满地嘤咛出声，他骇得立马弹起跑开。

玉凝醒着的时候，他便躲在屏风后看着她的一举一动，有时冬儿说了笑话，玉凝嫣然一笑，酣甜又可爱。凌烨宸心念一动，眼眶润湿了，便会拿起玉箫，吹上一曲。曲子悠扬婉转，甚是轻灵动听。

玉凝听了萧声，谈不上喜怒，却没将他阻止。

又过了几天，玉凝能够下床活动了。冬儿为她梳妆挽发，凌烨宸看得呆呆失了神，不知不觉间竟走到了她身后，将她乌黑软亮的发丝执起，轻轻梳理。

玉凝怒然夺过木梳，扔到梳妆镜上，怒嗔道：“好喜欢吗？”

他倒退几步，惊慌失措地逃了出去。

随后，无论梳妆还是用膳时，玉凝便时不时蹙眉朝屏风后看去。他本是偷偷打量她的，见她看来，只能慌忙又藏身进去。怕她怒，于是拿出玉箫，吹上动听一曲，给她消气。

这几日，每每玉凝用膳之时，月下便会给凌烨宸带来一枚果子。苹果、梨子，生怕凌烨宸吃不饱，都捡最大的拿来。有次搬了个西瓜过来，凌烨宸恼怒，将那西瓜砸到月下头上去了。

忽听玉凝主仆轻笑出声，月下窘得赶忙逃走。只是，从那之后，凌烨宸日日都命月下送来西瓜，每天都砸到他头上。月下着实是被他家主子害惨了。

这天，月下正欲给皇上呈上西瓜，突然气急恼了，大眼一转，便有了主意，拉过邢掣道：“杂家内急，你去给爷送西瓜去。”

邢掣去了，随后，头上顶着半颗瓜皮出来了，却不怒反乐。

月下不解，邢掣道：“冬儿见我可怜，哭了。薛主子见冬儿哭了，臭骂咱家爷一顿。爷被骂，心里不顺，命我将你卖去青楼。”

月下顿时花容失色。

之后几天，玉凝用膳，凌烨宸则静立屏风后，边津津有味看着她用膳，边味同嚼蜡地吃果子。

她有时顿下碗筷，静静听着他咀嚼果子的声音，心里酸酸涩涩的，说不出什么滋味。朝屏风看看，张张嘴，似乎想说什么，却终是没有说话，回头接着用膳了。一不小心，筷子掉在地上，啪嗒几声。

凌烨宸闻声，心惊肉跳，以为她不悦他吃东西，于是骇得连水果也不吃了，又挨起饿来。

接下来两天，玉凝每每用膳时候，都形成了习惯，就是侧耳听一听他是否拿着果子在啃，然而，一连两天，都没有听到任何声响。

她突然回头看去，正巧看到他捂着胃部，蹲在屏风后，眉毛痛苦得拧在一起，嘴唇苍白得毫无血色。

凌烨宸见她看来一怔，忍着疼痛，慌忙站起身又躲了起来。拿起玉箫为她吹奏，萧声婉转低沉，透着歉意。

玉凝扭过头继续用膳，吃着吃着，突然，心里莫名难过心酸起来。对他又恨又恼，却也见不得他饿死，于是百感交集，低声抽泣起来。

听到她哭，凌烨宸担忧又心疼，却总也不敢贸然上前。

玉凝看向屏风，缓缓地道："你过来一起吃饭。"

凌烨宸闻言身体一震，随即，立马执起衣袖擦了几下脸，又抬手抓抓蓬乱的头发，拉拉皱巴巴的衣衫，深吸了口气快步走到餐桌前坐下。

玉凝只管低头默默吃饭，一眼也不曾看他，似他根本不存在一般。

冬儿为皇帝添了一副碗筷，也加了饭。

凌烨宸瞥见玉凝碗中只有米饭，却无菜肴，关心道："你身体虚弱，多吃点。"于是，荤素给她夹了满满一碗。

玉凝复杂地望着他。

他满脸胡茬，眼窝深陷，脸色苍白，衣衫上满是干涸的血迹，整个人看上去狼狈不堪。她忽觉心头隐隐作痛，忍不住对他起了怜惜之情。

可转念想到他曾一而再再而三对她伤害侮辱，加之他对凌懿轩心狠手辣地残害，又突然恨起他来。对他又怜又恨，两种情绪在心间碰撞，让她不知如何是好。她便低下头又是皱眉，又是叹气。

"好端端的怎么又难过了呢？不喜欢朕给你夹菜是不是？"凌烨宸慌张极了，又忙将她碗里的菜食一样一样全部夹了出来。

玉凝心头一动。要是他早些对她这般体贴，她还有什么奢求？

这十几天来，他对她怎样，她都看在眼里。有几夜她半夜醒来，都见他趴在床边守着她，她怎会不心软？可便真的要信任他吗？信了他，若是再受到伤害呢？倒不如，躲得他远远的，不跟他好，也便不会再有伤害。

"你这是何必。"玉凝失落地低下头。

凌烨宸忽见颗颗泪珠从她脸颊滑下，他手忙脚乱地拍抚她后背。他以为是把菜从她碗中夹出，惹她不快，“都怨朕。你吃什么朕再夹给你。不要哭了，好不好？”

“谁要你夹菜了，谁喜欢你便给谁夹去。”玉凝抬袖抹了把眼泪道。

凌烨宸平生从未在乎过谁的泪水，倒独独对玉凝的泪水感到无措，此刻，竟不知如何应对。

冬儿见皇帝为难，忙道：“皇上，主子喜欢吃虾蟹。”

凌烨宸在桌上菜肴看了一圈，只有虾却没有蟹，便令道：“月下，去御膳房，让厨子做了清蒸蟹端来。”

“是。”月下领命。

凌烨宸饶有耐心地将整盘虾一颗一颗去皮，不一会便剥了满满一小碗虾仁，将其推到玉凝面前，柔声开口：“尝尝看合不合口。”

玉凝呆呆地看着虾仁，却不动筷子。

凌烨宸夹起一颗虾仁放在她米饭上，“吃吃看，喜欢的话，让厨子常给你做。”

玉凝淡淡地讽道：“厨子们照顾那么些主子，忙不过来，我便不给他们添乱去了。”

这时月下端着清蒸蟹回来了，凌烨宸接过来，并未多揣摩玉凝话中意思，便道：“照顾主子是他们该做的，难不成要主子照顾他们吗？”

玉凝自嘲，难道还要奢望他将后宫嫔妃全部休了，遣回家去？

她动筷子将碗中虾仁吃下。

凌烨宸弯了薄唇，笑意欣慰。

玉凝却感伤地叹起气来，她在这里虾蟹鱼肉、衣足饭饱的，懿轩却不知身在何处，三餐夜宿如何安置？

听了她的叹气声，凌烨宸眉心微蹙，轻声问：“为何叹气？”

玉凝见他眼露疑色，若是让他知道她担忧凌懿轩，未免会多生事端。于是，简单回了句，“没什么……死过一次的人，难免多感慨。”

凌烨宸闻言，琥珀色眸中写满自责，疑虑倒尽数消去，关切道：“怎么仅吃那么两口，小猫也比你吃的多些。饭菜不合口味？”他冷冷看向月下，“做这道菜的厨子……”

“合口味，再好不过。”玉凝生怕他迁怒无辜的厨子，随即失望道：“动辄就杀人。你真是一点都没改变。”

凌烨宸意味深长地看着她。

玉凝被他盯得头皮直发麻，夹了虾仁扔进他碗中，生气道：“好吃不好吃，你尝尝就知道。我连叹气也不能吗？杀厨子做什么，你杀了所有厨子，我一样会叹气，到时再杀谁？”

凌烨宸秉性何其冷酷残忍，哪里容得下谁对他大呼小喝，却对此刻她冷冰冰的话语没有丝毫怒气，“朕话还未说完，你却以为朕要杀人，当真对朕这般失望？在你心里，朕……是那样心狠的人？”

邢掣错愕，爷真诙谐，讲的笑话又冷又逗趣。

“薛主子，你误会皇上了，皇上偏爱张御厨的厨艺，方才仅是想确认虾是不是张御厨做的。是为了薛主子你着想呢。”月下解释。

玉凝脸上一热，觉得有些不好意思，但嘴上仍是倔强地说：“谁让你没做过好事，活该被误会。吃饭啦，大男人学人家挨饿讨怜，羞不羞？”

凌烨宸见她两颊嫣红，唇润欲滴，煞是喜欢，禁不住捏了捏她红扑扑的脸蛋，却被她挥了一巴掌。他心里开怀，突然胃口大开。抓起碗筷，竟一口气吃了三碗白米饭，将玉凝吃剩下的菜肴风卷残云一般吃了个干干净净。

玉凝斜斜偷看凌烨宸大口拨饭的狼狈样，对他的怜惜又多了几分。

突然，凌烨宸呛到咳了起来，玉凝忙丢去一杯茶水，关切地说：“你慢慢吃，急什么，怕我跟你抢啊。”

凌烨宸低手拿茶杯之时，将她小手一并握在手中。

玉凝一时未及闪躲，竟被他抓了个正着。

两人四目相对，竟一时移不开视线。

倏地，凌烨宸胃中一阵翻搅，剧痛开来。十日未进食，突然饱食，胃部自是不堪重负，一时间冷汗不住落下。

刑掣道：“爷为了照看薛主子，十天下来，一口饭都没吃呢。”

月下道：“爷一滴水都没喝。”

“主子，皇上为了你，这些天都未去早朝，丢下江山社稷，寸步不离地守在你身边呢。”冬儿也帮衬着。

玉凝闻言，将自己剩下那半碗米饭往凌烨宸眼前一推，道：“丢了可惜，给你吧。”

凌烨宸眼露怖色，凝视眼前的米饭。这丫头好容易对他示好，他若不吃，她定会觉得他嫌弃她，他即便胃痛死了也得吃下。

玉凝拧眉，他想吃则吃，不想吃则不吃，他倒是在犹豫些什么？

凌烨宸郑重其事地拿起那半碗米饭，深锁眉头，强忍胃痛全部吃下。

他如释重负地才刚把碗放下，却惊愕地发现，眼前又已摆着一大碗冒着白气的燕窝粥。

“又……”凌烨宸胃部一阵痉挛。

凌烨宸挑眉和月下使了个眼色。月下心想爷果然饿坏了，见了平日最讨厌的燕窝粥，竟乐得眉飞色舞。

玉凝声音恹恹，“快些把粥吃下，出去吧，我要休息了。”

凌烨宸别无选择，颤抖着双手捧起粥碗，似碗中物是毒药那般一口气灌下肚去，随即状似满足地捂着剧痛的胃，眉眼痛苦中却满是柔情蜜意，声音谄媚道：“果然是凝儿盛的粥，味道当真与众不同。燕窝都如同凝儿一样，香气扑鼻。”

“哦？是吗。”玉凝似笑非笑。

凌烨宸不解，却见月下挠挠头，小声道：“爷，那粥是奴才盛的。”

他俊脸黑沉，无名怒火冲将上来。怎奈玉凝正朝他看来，似在观察他的一举一动。

他一怔，便强压下怒火，嘴角抿着抽搐的笑意，睇着月下。

月下当真被爷的笑容威慑到快死掉了。

凌烨宸向玉凝颔首，“好好休养，困了就小睡会。”

玉凝没有答话之意。

凌烨宸便苦涩一笑，起身向外走去。才到屏风处，却听玉凝的声音传来，“凌烨宸。”

凌烨宸欣喜回道：“怎么？”

“传御医帮你处理伤口吧。”

听到她关心他的伤口，他心头一暖。

“别忘了向御医讨些治胃痛的药。”玉凝又道。

凌烨宸紧张道：“凝儿，你胃痛吗？”

玉凝拧眉不语。

凌烨宸突然手抚上自己剧痛的胃部，调笑道：“看来，我还要再向御医讨些治疗‘不解风情’的药。”

玉凝脸上一红，便别开脸去，终是对他不忍心。

自那天后，每到用膳之时，凌烨宸便与玉凝同桌而食，夹菜、倒茶、赔笑、讲故事，无所不尽其能。

这两天，时而全虾宴，时而全蟹宴，蒸煮炸炒炖，各种花样层出不穷。玉凝起初也甚是欢喜，可十几餐不是虾就是蟹，她便不依了，抗议道：“你已成功让我恨上这两样吃食了，满意了？”

凌烨宸挑眉问：“除了虾蟹，你还喜欢什么？朕让厨子做来。”

玉凝生怕说出个什么菜名来，他又会不厌其烦地让她连着吃上几天，便冷冷道：“除了虾蟹，多谢。”

凌烨宸见她已开始与他说笑，倍感欣慰。

玉凝却对他态度时好时坏，有时笑着笑着，突然就凶巴巴了，有时凶着凶着又笑了起来。他便心惊一阵，肉跳一阵。

都说唯小人与女子难养也，此话不无道理。

凌烨宸用膳之时会和邢掣、月下、冬儿三人聊些家常，尽都是挑些玉凝的事说，玉凝有时只是静静听着，有时也会忍不住插上一两句。

这天，冬儿提起玉凝儿时趣事。玉凝心爱铃兰花，说铃兰花开花时候，花骨朵向下，白白嫩嫩的，像是娇羞可爱的少女。于是曾亲手种了一株铃兰，日夜呵护。不料那铃兰还未养到开花时候，便被野猫连根拔了出来。

玉凝听到此处，不免心伤，“那时候，又是浇水、又是施肥，天天盼着它开花结果，谁料……”

冬儿道：“从那以后，主子便再也没种过花，连最爱的铃兰也不甚喜欢了。”

“这是为何？怎么会连铃兰也不喜欢了，该是恨那野猫才对呀。”凌烨宸不解。

“我一心盼着铃兰开花，晚上做梦也是铃兰开花的样子，不知投注了多少心血，却都白费了。”玉凝睇向凌烨宸，“既然养不活它，干脆永远不养就是了。免得……再失望伤心。”

凌烨宸知晓她以花喻情，暗指他们不能再续前缘，“为何不多给自己一次尝试的机会，兴许就能将铃兰养活了呢！”

玉凝亦知他暗指让她试着再爱他，“为了不确定的事情再去轻易尝试，我不要。不就是一株铃兰嘛，罢了。”

凌烨宸逼视她双眸，认真说道：“不单单只是一株铃兰。凝儿，若你愿再养一株铃兰，朕与你一起将它呵护，好不好？”

他眸光流转，满是浓浓情意，玉凝竟也陡然升起一股冲动，真要与他一起养一株植物。

“你稍等片刻，朕去取来花盆。”凌烨宸见她目光挣扎却满是希冀，便拿定主意夺门而出，不多时当真拿了花盆回来，花盆里面大半盆黑色土壤，肥沃有力。

冬儿觉得那花盆眼熟，问邢掣道：“那花盆原先种的可是皇上最爱的海棠花？”

邢掣点头。

凌烨宸方才仅觉院中那海棠花的花盆煞是好看，于是将海棠花连根拔去，抱了花盆进得屋来。

玉凝见他额头沁出薄汗，不由嗔道：“说风就是雨的家伙，说去拿花盆，便真丢下饭碗去拿了。你也不问问我有无铃兰种子，现下我是真的没有种子。你说说该如何是好？”

凌烨宸当真没想到还需要种子这一说，“这……”

见他没了主意，玉凝不由得幸灾乐祸道：“看看，皇上兴冲冲地要养花，却没有种子。臣妾看，皇上干脆将自己种下好了，别浪费了大好的土壤。”

冬儿掩嘴而笑，而邢掣、月下亦是忍俊不禁。

凌烨宸局促地抹去额上汗水，突然来捉玉凝双手贴在他胸前，“将我种下就种下，有什么不可以呢！那样，到来年春暖时分，就会结出很多很多的我，开出数不尽的花。”

他以认真的语气说着这番逗趣的话，使得玉凝心间暖意乍起、思绪复杂。

“开出的花，每一朵都有说头。一朵花叫作皇帝，为凝儿编织秀丽河山、打拼天下；一朵花叫作丈夫，陪着凝儿谈情诉爱、西窗夜话；一朵花叫作侠士，带着凝儿闯荡江湖、走遍天涯；一朵花叫作仆人，给凝儿捏肩揉背、端茶倒水；一朵花叫作受气包，随凝儿差遣、任凝儿打骂；一朵花叫作我爱你，这花奇怪，只会说一句话：对不起，终日向凝儿致歉……”

凌烨宸从未说过这般婉转情话，玉凝欣喜又动容，竟不觉间润湿了眼眶。

他抬手拭去她眼角泪珠，“还有一朵花，叫作……”

玉凝紧张又期待，见他迟迟不讲下去，便脱口道：“叫作什么？”

凌烨宸薄唇轻抿，笑意温柔地在她耳畔道：“还有一朵花叫作父亲，疼爱凝儿的子女。”

玉凝大惊后退，却腰间一紧，被他揽住了腰肢。

“你好没趣，我哪里有子女给你疼爱？”玉凝说完当即有种上当的感觉。

“是了，多亏你提醒朕。这朵花的用途实现不了，这可如何是好呢。”凌烨宸在她脸颊飞快地轻啄了一下，“不如，终日将你囚在榻上，给朕生一堆娃娃？”

玉凝羞窘又气恼地从他怀里跳脱，余光瞥见地上的花盆，便笑道：“这花盆实在太小，种不下皇上。皇上想开花，还是另觅他法吧。”

凌烨宸满眼兴味地注视着惊若小鹿的她。

玉凝这些时日都身处上风，这时却被他反败为胜，占了主导，罢了。于是，她向冬儿吩咐道：“冬儿，把抽屉里的铃兰种子拿来。”

凌烨宸笑意邪魅地说：“你早些乖乖将种子拿出，朕也不用牺牲皮肉来逼你就范了。”

玉凝双掌本在花盆土壤里翻来翻去，听了他这话，不禁抓起一把土朝他丢去，假装生气道：“谁要你牺牲皮肉了。你若再说，回去屏风后面躲着去。”

凌烨宸卷起衣袖，也将手掌埋进土壤里翻弄，有意无意地总和玉凝的手擦碰，“恼了？想搬起花盆砸朕，或者把花盆扣在朕头上？可惜啊，你搬不动。”

“幼稚。你儿子甄儿都比你懂事。”提起映雪的儿子，玉凝就又心头一窒，失落起来。

凌烨宸知道她在暗自心伤，忙道：“你教教朕怎么种铃兰，朕还从未亲手种过花草呢。”说着，从冬儿手中接过香囊，倒出几颗种子递到玉凝面前。

玉凝跟他确实有太多不能触及的话题，一不小心就会碰到伤口，疼痛起来。

她望见铃兰种子，儿时那股养花的热情瞬间涌上心头，所以，暂时抛开了烦心事，从他手里将种子接过。

凌烨宸从她身后环住她，承诺般地说：“朕与你一起将它种下，朕保证，一定会开出比你还美的花。”

他的气息在她颊边吞吐，玉凝失神地任他半拥着。就这样，四只手交叠，两颗心相贴，一起将铃兰种下。

这些时日，凌烨宸见玉凝对他不再像往日那样防备了，便命人将屏风撤去，在房内加设了一榻一桌。

榻离她床榻甚远，用以他晚上睡觉。桌摆在他的榻边，用来批阅奏折，处理政事。

玉凝除了用膳时候，大部分时间还是在卧床休养。

凌烨宸则埋首于堆积如山的奏折。

玉凝睡睡醒醒间，只觉得凌烨宸离她越来越近。不单单是他离得越发近了，连同他摆放奏折的桌案一并越发近了。待到她小睡醒来时，凌烨宸已在她榻侧而坐，小桌也已摆在她床榻边上了。

他左手紧攥着她的手，右手拿着奏折凝目细看。

玉凝要将手抽出，他却将她手攥得更紧了些，还不忘正色道：“莫要乱动，朕此刻不能分心，会误了国家大事。爱妃，你万不能当了千古罪人啊。”

玉凝被他说得哭笑不得，却有几分甜蜜，娇羞道：“你……趁机轻薄我。”

然而，转瞬间想到凌懿轩满头白发、双腕伤残的惨状，又自责了起来，便猛地将手从凌烨宸手心抽回。

凌烨宸将她脸上的喜怒皆看在眼里，薄唇冷冷抿起，随即为她递上一盘吃食，“闲来嚼着玩吧。”

玉凝见那盘中是些糕点糖果，心想着她和零食又没仇，便大方地享用起来。

凌烨宸每每批审奏折到深夜，玉凝睡去又醒来，见还有弱弱灯光，拉开床帷幔一看，他竟还在执笔书写。

忽见他毛笔写不出字来了，原来是没了墨，于是她披衣坐起身，帮他研了墨。

凌烨宸放下纸笔，揽她抱在腿上，歉意地说：“朕把你吵醒了？”

“还要很久吗？很晚了。”他淡淡的馨香气息使她莫名心安，不觉间伸手环了他腰身，“我不是关心你，只是……问问。”

“这就睡了。”见她模样羞怯，他心动欲吻她脸颊，她却躲避他的唇。他知她还未打开心结，便不再勉强，将她置于榻上，“一个人睡会怕吗？”

玉凝斩钉截铁地回答：“不会。”

“不要怕，在你没有接受朕之前，朕不会逼你做不情愿的事。”言毕，凌烨宸为她放下罗帐。

玉凝禁不住涌出酸涩泪水，苦于视线被罗帐阻隔，看不到床帐外的事物。只闻窸窸窣窣的声响，似是他褪去了衣衫，又听到他移动重物的声响，随后，是他翻身躺下的声音。

她心里乱糟糟的，无法安睡。

“凝儿。”

凌烨宸的声音竟近在咫尺。

玉凝撩起帐子一看，才明了刚才那移动重物的声响是他将他那张床榻移了过来，和她的床榻并在了一起。

两人此刻虽分睡两床，可两床之间仅隔了薄薄一层轻纱帐。他的脸颊，就在她面前。她甚至能感觉到他的气息洒在脸上。

她倏地放下罗帐，紧张害怕地靠到墙边。

第十八章　并榻而眠

细细想来，她和他似乎从未有同榻而眠过，真正新婚洞房、行夫妻之好，竟还是在静思园那可怖的院子里满是白骨的地上。此时与他共枕而眠，她心中自感异样又甜蜜。

“谁让你把床榻并在一起的？你方才喊我做什么？你……我问你话，你怎么总不回答？”

良久，仍不闻凌烨宸声音。

“凌烨宸……”

依旧静悄悄没有回应，玉凝挪动身子悄悄来到榻边，耳朵贴在罗帐上，耳边传来他均匀的呼吸声，似是睡着了。

她错愕又好奇，错愕他竟入睡这般快。好奇，他……熟睡时，会是什么样子？

她轻撩起罗帐朝他看去，他正面朝她侧卧而眠。想来，是这些时日他都未好好休息过，所以此时才会睡得如此酣甜。

窗外月光斜斜，他俊秀英气的脸庞镀上了一层清冷光晕。此刻的他，长睫垂下，鼻翼微微扇动，抿着唇，竟安静得像个婴孩。

她用指腹轻触他的薄唇，凉凉滑滑的触感在指尖传开。她忽然玩心大起，拇指和食指张张合合，调皮地捏了捏他鼻尖，自言自语道：“你怎么可能睡着这么快，是假睡吗？我捏着你鼻子，看你怎么喘气。一会儿你就要醒啦。”

可过了一盏茶时间，她都手臂酸痛、手指发麻了，也不见他有任何反应，依旧安静地躺着。

“他都不用喘气吗？别是闷死了……驾崩了吧？”

想到这，玉凝大惊，葱指朝他鼻间探去，竟没有一丝气息。她立马慌了神，抱住他肩膀道：“凌烨宸，醒醒……”

凌烨宸嘴角突然染上一抹笑意，眼睛微张朝她看去。

玉凝此刻慌乱极了，根本没有瞧见他嘴角那邪恶的笑容。

其实，凌烨宸从头至尾并未睡着，只是担忧玉凝让他将床榻移走，才出此下策，装睡起来。他死活赖在一个女人床边不走，这还是第一回。

好汉不提当年勇，难道要告诉这丫头，妃嫔是如何想尽办法让他留下过夜的？如果他说了，那么，就连屏风后面也再没有他立足之地了。

方才，那丫头实在逗趣，只捏了他鼻子就以为他不能喘气了，完全将他的嘴巴当成了摆设。竟还以为他被闷死了，他干脆在她手指伸到他鼻尖的时候，闭气不呼吸来吓一吓她。

“是不是昏过去了……”玉凝趴在他胸口，听到他有力的心跳，才稍稍放心，“原来是昏过去了。”

凌烨宸悄悄看向玉凝，见她正从头上取下玉簪，他心下一惊，暗道不好。

“我不是有意让你昏倒的，你忍一忍，我用簪子扎你一下，你就会醒来了。”玉凝攥住凌烨宸的食指，用那簪子尖端在他手指腹上下比划着，突然作势要刺下，“要刺啦？”

“凝儿，不要离开朕……”凌烨宸如梦呓般粗声喘着。当真好险，差点就被刺到了。她是使了全力要让他疼醒的，但见他英眉紧蹙，似睡得极不安稳，“凝儿，凝儿……不要走。”

玉凝胸腔涤荡了无尽柔情，他即便在睡梦里也喊着她的名字，他对她自然是真心的。

“凝儿，朕好冷……”凌烨宸将头枕在她膝盖上，手臂环住了她的腰身。

“你醒着时若是也这般招人喜爱，该多好。”玉凝竟不舍将他推开，在他额头轻轻印下一吻。可突然间，脑海里浮现出凌懿轩苍白的脸容，耳边响起凌懿轩温柔的声音：凝儿，我爱你，绝不是一时冲动而已。

“我爱你，更恨你。对你的爱越深，就越是愧对懿轩。你伤我害我，哪怕是杀了我，我都不怪你，可懿轩做错了什么呢？”

玉凝一时之间柔肠百转，爱恨交织，流起泪来。

“每次看到你，我都会想到懿轩。每每你将我逗得开怀大笑，笑过之后，我都被自责折磨得坐立不能。懿轩此刻生死未卜，我却只顾着自己开心过活。他对我一往情深，我怎么可以不念他想他！他因我而遍体鳞伤，我怎能不顾他的感受和你在一起呢。”

闻言，凌烨宸环在她腰上的手臂微微收紧。

“懿轩的情，难道就心安理得地收下，不用还吗？”玉凝哭到累了便趴在他身侧枕着他手臂睡着了。

凌烨宸抬手摸向自己肩头，肩上衣物已被她的泪浸成一片湿濡。他轻触她脸颊，只见她双眼肿得如同核桃，长睫上还挂着泪珠。他将她揽在怀里，温柔地说：“我若是不假装睡着，又怎么能听到你这番心里话。”

凝儿对七弟是愧疚感激，但也不能说没有丝毫情爱。若是七弟死了，她便永远不会安心跟我，所以，七弟必须得活着。

他将她搂进自己被褥中，男欢女爱的事，没有对错可言。难道欠下情债就一定要还吗？她要是真爱自己不能自拔，又何必去管七弟！要怎样还七弟的情？难道将自己奉上吗？怎么可能！简直天方夜谭！

"丫头，我……容不得你心里有别人，感激也不行，愧疚也不行。这辈子，你心里只能有我一人。"

翌日，玉凝却总觉得耳边回响着他霸道掠夺的婉转话语。

这晚，玉凝先行睡下了。夜半闻得些微声响，起身查看，原来是凌烨宸搬着他的床榻又要与她并榻。她千百般不依，说昨晚若非他睡着了，她定会将他赶走。

凌烨宸将两榻并在一起，道："给朕一个原因，若你能说服朕，朕就不再跟你并床而睡。否则，便要天天同榻而眠。"

玉凝记起他刚让御医包扎了伤口，满是药味，随口道："你身上的药又脏又臭，我闻不了药味。"

"因为是'又脏又臭'所以不能睡你身边？"凌烨宸挑眉，"可惜……朕不是又香又干净，不然就可以在凝儿身边睡下了。"

玉凝见他有退让之意，赶紧接着道："人贵在有自知之明，皇上……抱起你的床铺走吧。"

凌烨宸却突然捏捏她的脸蛋，"说话算话，不能反悔，击掌为誓。"

"哼，谁要跟你击掌，这莫名其妙起的是什么誓？我说话自然是算数的，你管好自己就是。"

"等着朕。"说着，凌烨宸却出屋去了。

玉凝怔怔地看着门边，突然跳下床榻，死命要将他的床榻挪走。可那木雕床极重，她拼尽了吃奶的劲，但那床竟纹丝不动。方才凌烨宸竟两手轻松地便将它抱来了！

忽闻院外月下热络道："皇上，拿桶提水去吗？让邢掣帮你提吧。"

"不必。"

冬儿颤声道："皇……皇上要沐浴吗？奴婢去为你烧热水吧，井水冰凉刺骨，得了伤寒可就麻烦了。"

凌烨宸道："不必麻烦。"

玉凝听得丈二和尚摸不着头脑，大半夜的，为什么要突然沐浴？他身上的伤怎么能沾水呢？

忽然，凌烨宸蹬开屋门，他两手各提两只木桶走了进来。

"你做什么？"见他口中还衔着一根绳子，绳子下面缀着一个红红粉粉的香囊，玉凝十分不解。

凌烨宸突然暧昧轻笑。

玉凝骇得浑身汗毛直竖，忙拉过被子裹住身子。

凌烨宸将墙边屏风踢开，两手向下一转将四桶冷水倒进了浴桶，接着抬手捏下吊在口中的香囊，将里面的东西倒在浴桶里。

玉凝错愕不已，疑惑道："是百花花瓣吗？"

"猜对了。"此刻花圃中却是一片狼藉，花瓣满地，皆是皇上的杰作。

凌烨宸将腰间佩剑取下，放在身侧桌上，自顾自地褪去衣衫，外衫、里衣一件件褪去。不一会儿，浑身就仅剩下包扎伤口的绷带了。

“你当这里只有你一个人呀。你……让我眼睛往哪看？”

凌烨宸本是背对她而站的，闻言，便突然故意转了过来，正面对着她。

玉凝呀的一声将头扭开，“色胚！”

“凝儿真不讲道理，非礼勿视的道理都不懂吗？你将朕看了个彻底，却骂朕色胚，你让朕情何以堪？”

“好会强词夺理的人！”玉凝哭笑不能，见他仍是神态自若地站在浴桶旁边，她脸上一热，“你到底要在那里站多久？”

凌烨宸挑眉，“你的意思是……让朕过去你身边？”

“你敢！”玉凝气馁地拉起棉被蒙住头，不再与他多费口舌。

凌烨宸走到浴桶旁边，撩起一捧水，果然彻骨寒冷。他咬牙轻盈跃身跳进浴桶，顿时水花四溅。

玉凝将脑袋探出被褥，关切道：“凌烨宸，伤口沾水，你活够了？”

凌烨宸冷得牙关打颤，双手胡乱往身上撩着水，突然将头没入水里。再浮出水面时，满脸水珠，墨发浸湿，一缕缕垂在蜜色肩头，开口答道：“谁让你不喜欢那药味呢。”

她那本就是一个借口，没想到他却当真要洗去那药味。玉凝叹气道：“大傻瓜。”

他不知道她是心疼他，只以为她是生气恼他，“要知道你讨厌这药味，我就不包扎伤口了。”他抬手摸摸脸颊，随即握起长剑将脸上胡茬刮去。

玉凝好奇地问：“你平时都用宝剑刮胡子吗？”

她的声音使他分心，一不留意在脸上割烂了几个小口子，流下了几缕血丝。

玉凝心里一紧，“笨蛋，活该。”

“你见过谁天天用剑刮胡子？”凌烨宸突然沉声道。

“怎么？”

“埋汰了宝剑。”他认真道。

她本以为他会说长剑刮胡子不好使之类，孰料竟是怕宝剑大材小用？真不是一般的怪人。

“钻回被窝去吧。”

“为什么？”她问。

“因为……”凌烨宸缓缓站起身，浴桶高度正及他腰身，“朕要出浴。”

玉凝见他精壮赤膊，顿时脸颊羞得血红，依他的话钻进了被褥里。

凌烨宸到暖炉前将身体、头发烘干。

“你已是这样大的人了，还赤身露体，不害羞吗？”玉凝嗔怪地说。

“是你身在福中不知福。”他何时做过这种出卖色相的事，也只有对她才会如此。

玉凝又探出脑袋，水汪汪的眼眸将他细细打量，不服气地问：“看你的身子也成福气了，很好看啊？”

“不好看你已看了这么久，好看了还得了？”

说得玉凝是哑口无言。

凌烨宸将身子烘干，又走到青烟缭绕的香炉前，将那香气往身上扇着，动作实在娴熟又儒雅。

玉凝看得津津有味，“平时你身上的香味，便是这么来的吧？”

凌烨宸不答反问：“你记得朕身上的味道？喜欢吗？”

玉凝脸上一热。

“想不出话反驳就默认好了。”凌烨宸掀开被子在她身边躺了下来。

玉凝倏地钻出被子推推他，急道：“你怎么躺下了？”

他回答得理所当然，“不然呢？”

玉凝指指两张床榻之间的缝隙，“应当间隔十尺。”

凌烨宸却将她抱在怀里，“你说话不算话。方才你说又脏又臭不能并榻而眠，现下朕重新沐浴了，又香又干净，当然便要在这里躺下了。”

玉凝娇羞地捶打他胸膛，“你……耍小聪明。”

“小聪明也是聪明。别捶了，再捶你可要守寡了。”

玉凝挣脱他的怀抱，靠着床里侧离他最远的位置躺下，翻来覆去竟怎么也睡不着。突然撩开帐子，说道：“凌烨宸，去把你的衣衫穿上。”

凌烨宸那漂亮邪肆的眸深深锁着她，“那衣衫满是药味，穿上了你又要抱怨。”

玉凝无奈地垂下罗帐重新躺下，心烦气躁地盯着帐子顶，毫无睡意。不多时，耳边又传来了他均匀的呼吸声。他竟又睡着了？

窗外忽然狂风大作，电闪雷鸣。窗户被雷声震得哐当作响，豆大的雨珠敲打在窗棂上。房内忽明忽暗，好不骇人。

玉凝最是怕这雷雨夜，瞬间捞起被子蒙住头缩作一团，小声唤道：“凌烨宸，凌烨宸，快醒醒呀，有人要被吓死啦。”

但是，除却雷雨声，却不闻凌烨宸的任何声响。

玉凝欲哭无泪，他怎么睡得雷打不动？

雷电不断劈下，似就在窗前鸣闪。

玉凝裹着被子一点点向他缩去，不觉间已越过了两榻边界，到了他的疆域。干脆她大哭一场，每每哭声盖过了雷雨声，就不那么害怕了。

她正欲掉泪，忽觉一股力道环在她腰身，将她猛然带进怀里。

瞬间，男人滚烫的体温透过薄薄衣料传到她身上。

凌烨宸那似钢铁般的手臂有力地环在她腰间，嗓音低沉魅惑，“方才还大义凛然地赶朕走，现在却又主动爬上朕的床。凝儿，你这般忽冷忽热，真是让朕猜不透。”

他温热的气息在她脖颈间游走，战栗感从脖间涌遍她身体。她下意识抓住他手掌，快速转身面向他，只见他正坏心地抿着唇，笑意满是邪佞、玩味。

“你一直都醒着？你知我害怕却故意不理我，你分明是故意引我来你床上。好阴险！”

借着微弱烛光看去，凌烨宸俊雅的脸容竟满是柔情，“这叫做姜太公钓鱼愿者上钩。你既然上了朕的床，来了朕的领域，那么就是朕的人，今晚就不能走了。”

玉凝呼吸渐紧，他蛊惑的嗓音牵动着她的心弦，她突然警觉他未着衣物，才意识到在他怀里是多么危险，“我只在你怀里躲一会儿，雷雨停下，我就走……”

凌烨宸挑起她的下巴，跟她额头相贴，气息洒在她脸颊唇边，“你当朕的怀抱是屋檐，你想避雨了就进来，雨停了你就出去，都不用问问朕的想法吗？”

一时间，玉凝没了主意，目光闪躲道：“你要是不愿意，那我走好了，我……躲在床底下也是一样的。”说着，挣扎着便要从他怀里钻出去。

凌烨宸自是箍住她腰肢不肯松手，可她竟是使了蛮力要从他怀里逃脱，大有宁可断成两截也不要在他怀里多待一刻的意味。她两脚忽然便无意间踹去了他胯下。

凌烨宸疼得闷哼一声，无奈地放开了她。雨势甚为极猛，她在床下也待不了多久，便又会吓得哭鼻子找他讨救。

谁料玉凝才钻出被褥，闪电便似银树开花劈将下来，响雷炸开，震耳欲聋。

她顿时骨气全没，转身一头扎进凌烨宸怀里，哪里还管他有没有穿衣服，双手紧紧抱住他的颈项，蜷缩在他怀里。

凌烨宸却将她拎到床角，冷冷道：“既然你今晚迟早要从朕床上离开，那便晚走不如早走，早走不如现在就走，不是要钻床底下嘛，请便。”

玉凝鼻尖一酸，“你真的不管我？”

见凌烨宸薄唇微微抿起，看来是真的想让她走。于是，她只好噙着泪珠儿倔强地跳下床板，弯腰便要朝床下钻去。

凌烨宸挑眉，“床底下又是耗子、毒蛇，又是蜘蛛、蜈蚣的，它们也都是极怕雷雨天，正好跟凝儿做个伴。朕也不用担心凝儿会孤单了。”

玉凝身体僵住，较之雷雨，耗子、毒蛇、蜘蛛、蜈蚣又会好到哪里去！

凌烨宸肆意地枕着手臂，冷冷地凝着她。

无奈，玉凝只好不言不语地爬上床，掀开他被子又钻了进去，坐在他跟前抽泣起来。泪一滴一滴落在他心口。

凌烨宸伸手将她搂进怀里，温柔道：“今晚别走，跟朕一起睡，可好？”

玉凝心头一热，径直道：“在我确定懿轩平安无事之前，我永远不和你一起睡。”

凌烨宸心头袭来酸涩醋意，他不厌其烦地又将被子从她身上掀开，抓起她身后衣服，将她拎到床头的冰冷角落，嗓音疏离绝情，“七弟一辈子不出现，你就一辈子不跟朕睡，是吗？要是这样，朕也不抱你，让你害怕去。”

玉凝就那样孤零零地坐在床头，忽觉千百般委屈涌上心头，颗颗圆滚泪珠顺颊流下，嗓音哽咽道：“凌烨宸……”

凌烨宸闻得她声音之中似有退让之意，便用锐利的双眸锁着她，“是选择一个人坐在床角挨冻受怕、抹眼泪，还是来朕怀里？”

“我……”玉凝紧紧盯着他胸膛，眼中满是期盼

凌烨宸知晓她自是十分愿意来他怀里，他却不上前抱着她，而是冷冷地道：“自己过来。”

玉凝指控，“你乘人之危！我要是去你怀里了，今晚就走不了啦，永远都逃不出你的手掌心了。”

“若你这般为难，朕也不勉强。天色不早了，早些休息吧。”

凌烨宸抬手便将烛火熄灭，屋里瞬间变得漆黑一片。

玉凝一时无法适应四周黑暗，唯有闪电时候房里会瞬时大亮，她才得以瞥见周围物体的斑驳轮廓，当真可怖极了。

“凝儿，你若是睡不着，便和你身边的小女孩聊天解闷吧，聊着聊着便能睡着了。”凌烨宸的声音突然从床侧阴森传来。

玉凝忽觉背脊一阵寒意，她不禁瑟瑟发抖，一颗心提到了嗓子眼，“……什么小女孩？下人们早已被你遣退了，屋子里除了你我，再没别人。”

凌烨宸倏地坐起身，认真道：“你没看见她吗？七八岁年纪，穿了一身花衣服，眼睛红通通，嘴巴也血红血红的。从刚才就笑呵呵望着你了，还时不时跟你玩耍，拍你肩膀呢。”

玉凝耳边突然传来一阵阴风，她心头大骇，心道：活人的气息都是热的，她耳边的气息却冷飕飕，莫非是小女孩的鬼魂在跟她说悄悄话？

若是此刻灯光亮起，她便可看到凌烨宸双眼浸满笑意，薄唇也开怀上扬，刚才那阵阴风……不过是他挥掌打出的掌风罢了。

玉凝急忙伸臂在身边挥舞，却空无一物，她又将信将疑地朝身侧看去，才一扭脸便又觉一阵冷风当面吹来。

一道闪电劈下，顿时房内大亮，白色的帷幔随风摇曳。她心头大骇，再也顾不得其他，没命般往凌烨宸身边扑去，“凌烨宸，凌烨宸……”

她跳进他怀里，紧抱住他腰身，腿也环在他腰上，“这屋子不干净，好吓人，吓人……”

凌烨宸轻轻拍抚着她颤抖的身体，在她脸颊、唇瓣印下细碎的吻，“凝儿乖，莫怕，有朕在。”

耳边是他温柔的声音，肌肤上烙印下他蜜意的吻，玉凝忘记了害怕，也忘记了要将他推开。她睁开迷离的眼眸，黑夜中唯有他的双眼闪着柔柔的光晕。

凌烨宸亦在漆黑中紧紧看着羞怯的她，软香在怀，又是心心念念的人，要他怎能克制住欲望！

玉凝嘤咛出声，葱指斜斜插进他如墨的发丝间，无意间扯下了他的发环，闪电方过，只见他发丝凌乱散下，落在她脸庞。

他那金属发环从床榻滚过掉落在地上，叮叮几声脆响。

玉凝瞬间恢复了理智，猛地将他推开。

凌烨宸心中一紧，剧痛袭来，手臂颤抖地将她紧紧拥住。

玉凝感觉到他心脏的剧烈跳动，一下一下正撞击着她的后背。

她忽觉肩头一阵湿热，抬手摸去，两手湿腻，血腥气扑面而来。她顾不得害怕，摸黑点了烛火，抬起手一看，竟满手鲜血。

凌烨宸眉头深锁，双手紧紧抓住心口，嘴唇上已满是血迹。

玉凝忙把他扶起，心疼道："心口疼，毒发了，是不是？"

"嗯。"凌烨宸紧捂着剧痛的心房，脚步不稳地起身披了衣裳，"抱你在怀里，不可能没有感觉。"

"你中的是什么毒？好邪门的毒物，也贪图女色？"玉凝脸红道。

凌烨宸眉眼染伤，他拿起剑在手臂上划过，鲜血如泉般涌出，"情毒，念想心爱的人，无法得到便会毒发。"

玉凝撕衣包住他伤口，嗔道："你做什么？"

凌烨宸挣扎着将她推出数步之外，粗喘道："朕方才用剑割伤自己，才能稍稍保持清醒，不然，朕怕会失控……要了你。朕说过不会勉强你做不情愿的事。"

玉凝的心猛然一跳，他这般为她着想，宁可毒发也不勉强于她，她还求什么呢！"我帮你解毒。"

凌烨宸一震，惊喜道："真的？"

玉凝重重点头，却不知他为何欢喜至此。随即，她卷起衣袖，将手腕抬至嘴边，对着血管猛然便要咬下。

凌烨宸心中一阵紧致，腥甜之气溢入口中，他紧攥住她手腕，阻止她伤害自己，"你所说的帮朕解毒，就是让朕饮你的血？"

他眼中满是受伤神色，玉凝不忍，可一时却也不能下定决心与他行男女之事，唯有献上至阴之血替他解毒。

凌烨宸踉跄起身，忽地又呕出一口鲜血，白色里衣被染成血红色。他苦涩道："不用了。谢谢你。"

玉凝眼眶里噙满了呼之欲出的晶亮液体，转了几转，却终没有掉下来。

凌烨宸扶着墙壁费力起身，淡淡地道："朕走了。"

"你要去哪里？"

凌烨宸脸色黯然，将她手臂甩开，冷声回道："去找解药。"

闻言，玉凝心中不免五味杂陈，对他担忧又心疼，同时又醋意横生，吃醋地问："你要去找妃子侍寝，是不是？"

凌烨宸心里突然恼了，将她抱进怀里，霸道惩罚性地堵住她的唇，腥甜的血腥气息在两人舌间缭绕。

"薛玉凝，你记住，朕除了你谁都不要。除了你之外，没有女人见过朕毒发的样子。"

玉凝怔怔地看着他。

倏地，凌烨宸心口又是一阵剧痛，气血逆转，胸腔血浆翻滚，殷红的血丝溢出薄唇。凝儿连身体都不愿意给他，更何况她的心！难道她心中爱的真是七弟？若是这样，今天，他就是在她面前呕血而死，又有何用？

"既然都是饮血解毒，后宫女人那么多，杀谁不行？"凌烨宸微微冷笑地说。

玉凝一凛，从身后将他抱住，开口道："求你，不要杀人。"

"你不愿意委身为朕解毒，朕也不舍你受伤为我解毒，你又见不得朕致人死伤。看来，朕在你心里，真的没有任何份量，死不足惜。"

凌烨宸心中倍感失望，披衣踉跄着向外奔去。

才到门边，却忽闻玉凝道："你若再不回头……我可要反悔了。"

凌烨宸闻言一震，缓缓转身，只见她双颊嫣红，衣襟已微微打开露出了白色肚兜。她那娇羞美好的模样，让他的热血瞬间在腹间翻涌，喉咙一阵紧窒，竟呕出一口鲜血。

玉凝忙搀住他，担忧地问："你怎么啦？"

凌烨宸将她拦腰横抱起，"朕当真要死在你手里了！"说完，便将她置于榻上，欺身吻住了她的唇，掌风扬起熄灭了摇曳烛火。

窗外雨势湍急，雷声阵阵，偶尔闪电划过，将房内照得大亮。房间里一片旖旎风光，满地凌乱的衣衫，榻上暧昧纠缠的人儿……两人求爱索欢良久，才疲惫睡去。

夜深时候，月下小声叩门，轻问："皇上，可歇下了？"

凌烨宸见玉凝沉沉的睡颜在眼前，忍不住轻啄了她脸颊几下，小声唤道："凝儿，凝儿……"她皆无反应，看来是睡得深了。于是，他蹑手蹑脚地披衣下床，开门出去。

门吱呀一声被关起，玉凝却倏地睁开眼，方才月下说话时，她其实已经醒了。她悄悄披衣下床，轻轻走到门后，贴耳在门上，静静听去。

"皇上，锦州探子来报，映雪娘娘一行还未抵达锦州。"

邢掣焦急的话突地传入玉凝耳中，此刻，她方后知后觉地发现，这一个月来，竟没有见过凌烨宸的雪儿。

倒是和凌烨宸牵手在皇宫绕圈子解闷之时，见过尤怜之、宁妃、宜妃几次。众妃虽都对她看不过眼，但因她身畔伴着九五至尊的陛下，故而都是笑脸相迎。

映雪……竟然回了锦州？定是与凌烨宸赌气来着。

玉凝不安。这一个月来，映雪并不在宫内，所以他才每天和她厮守一起、肌肤相亲。若是映雪在的话，他可还会每天与她亲密吗？

凌烨宸声音担忧，低低地道："怎么会还未抵达，从帝都到锦州最多二十日路程，如今雪儿已走了二十七日又半天，竟还没走到？"

玉凝双手不禁颤抖，大口吞着凉气，他竟细心地算数着映雪不在身边的日子，清楚地记得她离开的时日，连半天都不曾忘记。

若非真心实意在乎一个女人，怎会记得这般细致？除非是日日思念那人，盼望那人，才能记住。譬如，她自己便细数和他一起的每个日夜。

玉凝苦涩一笑，两滴泪珠滚落脸颊，滴在地上，晕染成花，“原来他跟我在一起的每一刻，心里都是想着映雪，计算着她回宫的日子。我真是个大笨蛋，竟掏心挖肺、不顾一切跟他好了这许久，连懿轩对我的情谊都忘记了。”

“无踪武功卓群，又有千名精兵护送，若非有厉害对手，朕相信他不会让雪儿母子置身危险当中。他可有传来消息？”凌烨宸冷静地分析着。

月下道：“十日之前，无踪飞鸽传书来，说当时已到了锦州边界，翌日便会到达。不过，无踪亦在书信当中提醒皇上做好御敌准备。”

邢掣忙道：“皇上，锦州地处三国交界。说来也巧，十天前探子也报，云天、碧月二国皆有所动，几千人一批，百姓装扮，进了我西岩境内。我和月下私下琢磨，皆觉得那些人定非百姓，必是云天、碧月两国精兵。映雪娘娘母子那天正巧到了锦州地界，会不会已经落入了敌人手中？……”

玉凝忽觉门外突然安静了下来，她好奇下悄悄将门打开一条缝隙，朝外看去。

凌烨宸负手而立，面色凝重，双眼满是担忧。

玉凝心中虽苦，却也无怪罪他的理由。他妻儿流落在外，他担忧实属正常。可他爱映雪便该专心去爱，他不该再来招惹她，更不该处处留情，处处伤人心。

“倘若雪儿母子失踪一事，是云天、碧月两国所为，那么……就不妙了。”

闻言，玉凝心中一紧，鲜少见凌烨宸为了何事犯难，这是她头一次见到，竟还是为了她的情场对手。

“奴才立刻领兵四下去寻娘娘和小皇子！”月下道。

凌烨宸却不以为是地说：“若是雪儿母子落在他两国人手中，那便不必去寻，他们必不会立刻杀他二人性命。而是相反的，该带她母子二人回来帝都威胁朕，取得他们想要的东西才对。如果是朕，便会这样做。”顿了顿，又沉声道，“立刻派人在前来帝都的必经之路碧翠山候着。”

碧翠山是帝都百里之外之陡崖，山势险峻，大有一夫当关万夫莫开之势，倘若敌军攻破了碧翠山，那么帝都便岌岌可危了。

邢掣眉眼有异，道：“云天王的两个女儿，耶律婉、耶律双都是蛇蝎毒妇，皇上曾戏耍过她两人，若是映雪娘娘落在她二人手中，怕是会吃些苦头。”

玉凝心里酸涩，他是怎么戏耍那两个女人的？

早在三国交战时，云天国王耶律蒙的一对双生女儿，耶律婉、耶律双听闻敌军带兵大将生得一副罕见的好皮面，当即口出狂言，要一役战败凌烨宸，将他押回营帐当个送茶小厮使唤。

凌四爷手下精兵良将大怒，锣鼓造势要去收拾那两个大言不惭的女娃。

孰料，凌烨宸那日竟单枪匹马去迎战。双生姐妹大感羞辱，问他为何要轻视她姐妹两人，当她两人吃素的吗？

凌烨宸手扶马鬃，正气道：“女娃娃细皮嫩肉，生来便是让男人疼爱的，本王若是带领千万男兵将你两人打压，便算不得男子汉。”

耶律姐妹大怒，姐姐耶律婉手持长矛骑马出列与凌烨宸一对一比武功。

凌烨宸仅守不攻，剑未出鞘，三两下便挑去了耶律婉领口衣襟纽扣，露出了白嫩的脖颈。

耶律婉虽成长在大漠，性格飒爽，却毕竟是女孩子家，脸皮薄，当即恼怒，羞红俏脸，牵马回队伍里去了。

耶律双见她姐姐吃亏受辱，当即盛怒不服，领两千精兵围剿凌烨宸。

凌烨宸耸肩一笑，策马疾奔去了。

耶律双便带兵在他身后急追，绕着郁郁葱葱的山峰追了几十圈，也追他不上。

到了后半夜，她跟她的两千兵将突然到了一个宽敞平地，却不见了凌烨宸身影。

四周忽然火把大亮，周遭竟围着数千敌兵。那为首的男人，正是凌四爷。

凌烨宸将耶律双活捉回营，让她在营地当了半个月的烧火丫鬟，一张脸被炭火熏得焦黑之时，才扣下她两千兵将，放她只身回去了敌营。

双生姐妹从此便恨上了凌烨宸。此次，云天出兵，耶律姐妹请命带兵前来西岩，一来是为了找凌烨宸一雪前耻，再来便是为了达成父愿，寻找她们失散多年的弟弟。

凌烨宸双眸寒彻，“那对双生姐妹虽然毒辣，却也情理分明，不会牵连无辜。她们恨的人只有朕罢了。雪儿落入她两人手里，朕是不担心的。其实，要从她二人手里夺回雪儿，再简单不过。”

月下疑惑，“皇上，怎么就简单了？”

房内，玉凝却捂着小嘴低声哭了起来。映雪就罢了，怎么又有了耶律姐妹？同为女人，她敏感地觉得，姐妹花两人虽恨凌烨宸，可谁敢说她们两人不会因恨生爱！

凌烨宸说的从双生姐妹手中夺回映雪的方法，想来便是将那对姐妹拥进臂弯。

凌烨宸道：“云天国皇帝年逾六旬，一生仅娶一妻一妾，膝下一儿两女。传闻妻妾不合，那小妾将正妻为云天王所生独子扔在荒郊野外喂狼去了。云天王一直自觉愧对他正妻，立誓要找回他的儿子继承皇位。若朕能祝他达成此愿，想必不但能换回雪儿母子，兴许还能免于战乱。”

玉凝心道，两害相衡取其轻，希望凌烨宸能够找到那耶律大叔的儿子，这样他便大可不必卖身给那姐妹花来换回映雪了。

“朕担心的……另有其人。”

另有其人，谁？

难道又是女人？难道他凌烨宸的女人当真如雨后春笋般，层出不穷了吗？

玉凝竖直了耳朵，窥听着他接下来的每一句话。

邢掣、月下不解：“不知爷说的是……”

凌烨宸目光朝卧房窗子望了一眼，那窗子后不远便是床榻，凝儿想必正甜甜睡着，他于是缓缓开口说道："跟耶律姐妹相比，朕更担忧的是雪儿落入碧月国手里。碧月国近日新王登基，新帝宋哲，云天先皇后、现太后的独子，仅因看上他父亲的一名妃子，便弑父夺位。这人泯灭良心，六亲不认，是个厉害角色。"

玉凝吃惊，云天皇后不就是姑姑薛清吗，宋哲表哥竟已登基为帝？

犹记得小时候随父亲去碧月国探望姑姑，曾与宋哲同住同吃、打闹嬉戏数月，感情自是好的，只有她蛮横霸道地打得宋哲头上起包，哪有表哥反抗一说？

从没见凌烨宸惧过谁，怎么字里行间却对宋哲有几分怯惧？她随即得意，凌烨宸对宋哲忌讳几分，宋哲表哥却怕她如避瘟神，算到底，还是她比凌烨宸厉害了。

刑掣道："属下以为，大可不必担忧，碧月国小兵弱，与西岩根本无法比拟。宋哲即便再是个人物，也断不能拿江山社稷当儿戏。"

凌烨宸叹道："不妙就不妙在，江山于宋哲就如儿戏，他满不在乎，且没有任何忌惮。但凡人有所求，那便让人有机可趁，也好对付。但朕却看不出宋哲想要什么，朕也没他任何把柄。若雪儿母子当真遭他虏获，那朕就被动了，如俎上之肉，只能任人宰割了。"

"听闻宋哲喜爱女色……"月下本是要献计让皇上给宋哲献上美人，他却忘了映雪娘娘便是一等一的佳人。

邢掣插话道："皇上，还请放宽心，映雪娘娘未必就会落入宋哲手中。即便落入他手中，他也未见得会……"

凌烨宸握拳砸在墙壁上，懊悔地说："朕不该让雪儿母子轻易离开朕身边。若她母子有任何差池，朕永远不会原谅自己。"

玉凝心口酸涩无比。他此刻是后悔陪在她身边照顾了月余吗？若他对她置之不理，映雪想必也不会赌气离开，更不会有今日失踪之事了。可她死她的，又没有求他留下照顾她。罢了，她跟他这辈子是没有办法在一起了。

"皇上，其实，您手里未必没有宋哲的把柄。"

凌烨宸视线冰冷阴鸷，问道："你是指……凝儿？"

月下缩了缩身子，道："正是。奴才听吴欣主子提过，宋哲和薛妃还未出生时，他们母亲便曾为他两人指腹为婚、立下誓约。宋哲现下对薛妃若是有感情的话，便可以请薛妃施以援手。"

玉凝似乎当真听娘提过此事，可因碧月、西岩相隔甚远，她与宋哲年龄又皆尚小，婚事一直未提，直到她前不久进宫为妃，姑姑还曾派人传来书信怒问此事。

凌烨宸英眉紧拢，双瞳深不见底，突然朝门边看去。

玉凝突然迎上他投来的视线，骇得差点跳起身来，却见他只是出神看着门边，并没有发现她。

"若是宋哲对凝儿还有念想的话……"凌烨宸说着，眉眼骤然变得阴霾可怖，却比那时从凌懿轩手中夺回玉凝时的神情还要狠辣。

凌烨宸口口声声说宋哲是个六亲不认的厉害角色，却不知，其实自己比起宋哲来实在有过之而无不及。

玉凝忽觉浑身力气被抽走，身体无力地瘫软在地上。他那句没有说完的话，后半句是什么？若是宋哲对她有念想的话，便可以拿她去换回映雪母子，是这样吧？

她再没勇气听下去，可凌烨宸沙哑的声音又从门外隐约传来，“月下，朕许久不曾去未央宫了。去知会恨生，让她准备妥当，朕明晚去她房里歇着。”

玉凝苦涩轻笑，两颗晶莹的泪滴顺颊而下，这一个月的种种温柔不过都是虚情假意罢了。

她许下誓言，生死相许，这一生仅爱他守着他。

而他，却不是非她不可。

原来，从一开始就错了。她一腔深情，却所托非人。终究，她还是不得不承认，自己爱错了人。

她，容不得感情里掺杂一丝杂质。眼睛中进了沙子尚且疼痛落泪，更何况是心呢！

爱情里有了杂质也一样，便会仅剩下泪水。

玉凝感觉自己已身心疲惫，不愿再与他纠缠下去，这般斗智斗勇、扑朔迷离的爱情，多无趣！她宁愿不要。

她失魂落魄地走回榻上躺下。

门外的人对房内动静全然没有察觉。

“皇上，七爷会否已和碧月、云天两国会合？”月下突然道。

“那日宫宴之后，七爷一行一路向西过了碧翠山，忽地便不见了踪影。属下派人追出帝都，却没有找到丝毫踪迹。”邢掣解释。

凌烨宸淡淡地道：“你们都以为七弟逃出了帝都？”

月下、邢掣面面相觑，齐声问道：“爷的意思是……”

“若朕是七弟，便会选择最危险的地方藏身，越是危险也就越安全。你越是觉得他要逃到九霄云外，他便偏偏会在你眼皮子底下徘徊。”凌烨宸自负一笑，“他暂且不会与宋哲、耶律姐妹会合。他身上的伤是朕所致，伤势如何朕最为清楚，一个月之内不可能康复，他现在定是在某处疗伤。不过，七弟必然没有闲着，他身边还有助手，不是吗？”

“八爷、十二爷。”月下颔首。

“想来，二爷、五爷也该会与他相帮。”刑掣也道。

卧房内，玉凝满心尽是凌烨宸明晚要去见恨生，还有他要拿她交换映雪，诸多伤心事萦绕心头，她早已哭成了泪人。

女人关心最多的也只是一个情字罢了。她哪里愿意去细细揣摩凌烨宸去见恨生所为何事，以及凌烨宸是否真正打算拿她去换映雪母子。

她心中突然闪过一个想法，既然守他不住，何不选择放手，从他身边逃离？

这么想着，她整个人突然轻松了许多。不过，逃离他身边谈何容易，路线、盘缠便是头等大事。储秀宫奴才性命，薛府安危，她也得顾虑在心。

一定要有万全的办法从他身边逃开！

玉凝的心脏像是被铁锤狠狠击打，又如千百把尖刀翻搅着，疼得无法呼吸。抱着锦被哭了许久，却总也哭不够。

不知过了多久，门吱呀一声，轻轻被人从外面推开。

她一惊，快速抹了眼泪，忍住了哭泣。

床榻下陷，随后一双有力的手臂将她拥进怀里。淡淡的龙涎香将她围绕，凌烨宸回来了。

黑暗中，凌烨宸看不到她眼角的泪。他轻唤："凝儿。"试探她是否醒着。

她听得清清楚楚，却动也不动。

凌烨宸以为她正熟睡着，轻叹了一声，将头埋进她瀑布般青丝间，亲吻着她的发际、耳垂。

心底暗道：谁都不要妄想将你从朕身边抢走。若仅有一种办法能留你在身边，那么，朕不介意血洗三国。

他滚烫的身子紧紧环着她的，玉凝心中五味杂陈，他的想法，她当真不懂。既非全心全意爱她，却又为何亲吻她？就好像她是他倍加珍惜呵护的宝贝一样，仿佛，他害怕失去她……

她心肠渐渐软了下来，她惊觉这一点的时候，当即心中暗暗咒骂自己意志不坚。猛然重重咬住下唇，直到咬破了，尝到了血腥气，疼痛才让她稍稍冷静下来，恢复了理智，更加坚定了逃走的决心。

留在他身边，只会更加迷失沉沦。她要逃得远远的，到没有他的地方去。

翌日四更，一树一草在细雨中叫嚣着，似离别在所难免。

还未到早朝时候，凌烨宸睡梦中伸出手臂在身侧摸索，却没有触到温软暖香的身体，失落感顿时涌上心头。

清早拥她在怀，从何时已成习惯。

他倏地睁开惺忪睡眸，眼里满是寂寥。身侧竟空空如也，被褥已凉透，枕头一侧她枕过的地方，微微下陷，枕面上似还有干涸的水迹，是……泪痕？

而，为何不见玉凝身影？

"凝儿！"他一个激灵从榻上跳下，赤足立于地上。

他慌乱，床底下、柜子里、帷幔中、屏风后，细细找了个遍，却皆没有玉凝身影。

他心中陡然升起莫名的焦躁，强烈的恐惧感啃噬着他的心肺。她的一颦一笑、一嗔一怒快速在眼前闪过。

清晨她如猫儿一样的娇憨；夜半她双颊嫣红枕在他的臂弯；她开怀了，俏皮与他玩笑；她不如愿了，便不管不顾与他耍赖……

他才知道，一刻见不到她，竟已这般想念。哪怕……雪儿还流落在外，生死未卜。

第十九章　地宫患难

他无措大喊：“凝儿！”，却没有得到她的回应。无计可施之下，他突然拉开了抽屉，翻找了起来。

“你……喊什么！我便是再瘦再小，当真能躲进抽屉里去？”

身后传来熟悉温恬的声音，让他身躯不禁震颤。

凌烨宸顾不得合上抽屉，倏地转身。只见，玉凝此刻正身着白衣，清丽绝伦，安静地坐于梳妆台前。

她皱眉看着他，似他办了蠢事一般。

从刚才他跳下床榻，再到他犄角旮旯将她一番仔细寻找，她皆看在眼中，却丝毫不为所动，任他找去。

昨夜，他梦中一遍遍呓语，“雪儿，朕愧对你。”“甄儿，朕不是好父皇。”

他怀里搂着她，嘴巴里却“雪儿、甄儿”喊了一夜。

玉凝心如刀绞，恨死他了。于是她钻出他怀里，将挂在床头的宝剑拔出。

她狠狠地道：“凌烨宸，你让我心里好疼。我……杀了你，然后自刎谢罪。”

她打定了主意，要与他同归于尽。紧握剑柄，将那利器朝他颈间砍下。

他突然枕在她膝上，“凝儿，凝儿，朕只要你，只要你。”

这冷血的男人竟在梦里润湿了眼睫。

她当时便心肠软下，“我不杀你，不是因为舍不得。而是……终归还是舍不得……”

昨夜，她将剑扔到床下后，却再也无法在他臂弯里安睡。她在窗前静站了一夜，直到黎明的曙光乍现，才走到梳妆台前坐下，才刚坐下，凌烨宸便弹跳起来开始找她。

梳妆台前的她，如瀑布般的发丝垂在双肩，娇美脱尘。

凌烨宸这才意识到，只顾急匆匆将她找寻，却忽略了离床榻最近的梳妆台。他霸道地将她紧紧抱在怀里，说道：“朕以为你逃了！”

玉凝一怔，他竟这般警觉？，她只是心中稍作盘算，他便知道她想逃？

“你过去这个月待我这么好，宠我疼我再没人能及，我欢喜还来不及，怎么舍得逃呢？而且，这皇宫守卫森严，我定然插翅难逃。再说了，普天之下莫非王土，我纵然真的想逃，又能逃到哪里去呢！”

她的声音绵软好听，如羽毛落在心头，他无比受用。可对她的话，他一个字都不信。他从未惧怕过失去什么，此刻，却疯了一般恐惧失去她，仿佛只要他丢开双手，她便会消失不见，没了影踪，“你发誓，这辈子都留在朕的身边。除非朕许可，否则，你不得离开半步。”

玉凝见他眼神凌厉、炽热，她惊骇得欲将手腕抽出。

他却在她腕上加了几分力道，她手腕猛然一紧，仿佛除了他的手掌，还有什么箍在手腕上。

她挣脱不得，便坦然凝着他的俊逸脸颊，轻声道：“我发誓。”

她发誓，不离开他，决不罢休。

凌烨宸不放过她脸上任何一个表情。

她知道，在他面前说谎不可能成功，于是她坦荡地任他打量倒还容易取信于他。

“你攥得我手腕好痛。”玉凝手腕疼极了，心里顿时恼怒，一股神力出自无处猛地推了他一把。

凌烨宸倒退几步，突然闷哼着痛苦地拧了眉眼。

玉凝一怔，只见他竟赤着一双脚，左脚正巧踩在昨晚她扔在地上的剑刃上，利器入肉三分，鲜血从脚底涓涓流出。

玉凝一句“你怎么样”差点脱口而出，转念想到他种种可恨行径，他记挂映雪，今晚又将去恨生那里过夜，还有即将要见面的老相好耶律婉、耶律双，气便不打一处来，已然到了嘴边的话，又硬生生吞回了肚子里去。

对他脚上的伤，装作没看见一般。她抓起木梳，忿忿地梳着头发，却闻手腕处叮叮当当一阵脆响，煞是动听。从不爱戴饰品的她，左手腕不知何时紧紧束着一个一指宽的金环。金环面上缀着几个金铃，圆滚滚的，小巧可爱，微微一动便叮当作响。

她才知道，原来他方才打开抽屉便是找这镯子。而攥她手腕的时候，一并将这镯子箍到了她腕上。

“这样，无论你走到哪里，朕都能听到。再不怕你走丢了。”

玉凝手上一热，脸颊绯红，凌烨宸不知何时已走到她身后，将她小手裹住。她一怔，立刻缩开。

“朕给你梳头发。”从她手里接过木梳，凌烨宸执起一缕她黑亮柔软的发，缓缓梳了起来。

玉凝晃晃左手，叮当叮当的，她皱巴着小脸瞅着他，问：“怎样能把它取掉？它箍得太紧，手腕会痛。”

“等凝儿入土了，仅剩白骨时，它自会脱掉，不是吗！”他淡淡说出骇人的话。

玉凝哼了一声，别过脸去，不再看他。

凌烨宸挑起她下巴，异常严肃地说道：“既然你不打算逃走，还怕带着这镯子吗？凝儿，朕提醒你，不要妄想有谁会将你带走，那种事情，永远不会发生，朕……不允许。”

玉凝闻言一震，让人将她带走？

对呀！再没她这样笨的人了。怎么忘了他，夜翎啊夜翎，怎将你忘记了。储秀宫，她要回储秀宫。

“是，臣妾知道了。”眼睛斜斜地朝他受伤的脚看去，他左脚下已是一滩殷红血迹。她心里说不出什么滋味，倒比伤了自己还痛。

凌烨宸目光深邃，若有所思。他动作笨拙地为她梳理长发，力道又大，不自觉间竟将她头发拽掉了几缕。

玉凝头皮生疼，直冒冷汗，咬紧着牙关。

“疼？”

“不。”她瞪他，抢过他手中木梳，三两下挽好了头发。

“你等朕片刻。”凌烨宸见她发上无发饰，便转身朝墙边走去。每走一步，便在地上留下一个血印子。他脚踝到脚后跟已皮开肉绽，伤口深可见骨。

难得……他走路竟然不瘸不拐，玉凝叹了口气，“站住。”

他和她都吃了不小一惊。似都没有料到她会出声唤他。

凌烨宸挑眉瞅着她，似在嘲笑她终是对他忍心不下。

玉凝抿抿唇，伴随镯子叮当清脆的声响，快步走到他身边，拉他坐在床边，“脚翘起来，再继续流血，后宫女人都要哭丧了。”

凌烨宸耸耸肩，将那只伤脚大剌剌放在她膝盖上。孰料，他太重，她一个不稳，扑通一声坐在了地上。

凌烨宸不是没有发现她今天一早便带着怒气，只是他不知道她怒气从何而来，便气人地说道：“凝儿，爷看你气得瞪眼跺脚的糗样，心里喜欢。”

玉凝剜他一眼，本想撕自己衣裳给他包伤口，手突然转了路线，要找他衣裳来撕。

眼前突然递来了明黄衣袍。

“给。”他说。

她才知他递了龙袍给她。于是她不客气地接过，用剑将衣袍割了个粉碎，挑了绣有龙头那一缕布帮他包了脚上伤口。

她以为他会生气，可他却眉眼染笑看着她，似乎还有几分怂恿她做坏事的意味。

于是，她在他伤口处猛砸一拳，疼得他直抱脚痛呼。

“看你疼得呲牙咧嘴、冷汗直冒，本宫心里也喜欢。”玉凝将龙靴拎起抛到他脚边，“穿上吧。”

凌烨宸看也不看地上的龙靴，道：“脚伤了，如何提鞋？你帮爷穿。”

玉凝拎起两只龙靴，倏地朝他俊脸掷去，“你用脚提鞋给我瞧瞧，你若能办到，我天天给你穿鞋也绝无半句怨言。”

凌烨宸抿唇轻笑，倏地抬手拦下那一双凶器。

月下在门外叫道："爷……奴才进去给您老穿鞋？"

玉凝咂舌，他自己不会穿鞋吗？动辄就要人伺候。

"等着朕。"凌烨将靴子蹬到脚上，起身又朝墙边走去。

玉凝摆弄手腕上那镯子，使尽力气要将它取下，胳膊已被拧得血红，却也没能取下，只好作罢。

突然，凌烨宸不知动了墙壁哪一处，轰隆一声，那墙壁便向两边退开，一个四方洞口跃然眼前。方洞深不见底，洞底隐隐泛着橘色的光。他扣动机关，便见从洞中送出一个金玉盒子。

盒子里是什么？玉凝紧紧盯着那盒子。盒子通体与龙袍一种颜色，想来是黄金打造的，上面镶嵌着彩色玉石，看上去好不奢华。

察觉到她的视线，凌烨宸高大的身子挪了几分，完全挡在了那盒子前面。咔嗒一声，是那盒子被他打开了。

"凌烨宸，那盒子里面有什么不可告人的秘密？你这般遮遮掩掩，好神秘。"玉凝不屑。

凌烨宸缓缓转身，似画的眉眼微微眯起，轻声道："朕没有任何不可告人的秘密。你若好奇，何不过来一看究竟。"

玉凝刚想过去一探究竟。转念一想：他让她去看，她就去看，这样显得她好在乎他一般。不妥，于是，嘴硬地回道："谁好奇啦。我爹爹什么稀世珍宝没有……我才不稀罕看。"

"哦？朕可就给你这一次机会，你当真不看？"

玉凝笃定摇头，"不。"

凌烨宸英眉稍拢，"若是……宝盒里面盛的是另外一个我……你也不看？"

另一个他？莫非……是玉玺？除了玉玺，她想不出这世间还有什么能够象征一代帝王。而且，那盒子放得那般隐秘又珠光宝气的，用来藏匿玉玺再适合不过。

"无论是什么，都不看。"玉凝贝齿微露，"一个你已是阎罗煞星转世，另一个你岂有好的？定然也是伤人害人的鬼魅。"

凌烨宸面容默然，不知喜怒。

玉凝口是心非，"快把里边的妖物锁住，免得他出来祸害人。"

凌烨宸转过身去，在那盒子里一顿翻找。

然而，其实他完全可以不必如此大费周章地在里面翻找的。因为，金盒里，只静静陈放着两样物品。

一枚做旧珠钗，精致考究。

一枚玄铁鬼面，寒光冽冽。

他捏起珠钗，掌风击向墙壁一处，轰隆一声，洞口隐去，墙面完好，毫无痕迹可循。

“可还记得这枚珠钗？朕一直都小心珍藏。”

玉凝闻声睇去，肩头一震。犹记得那夜，她送他珠钗，他却为向映雪表达心意，长剑贯穿了她胸膛，痛楚依旧萦绕心口，不禁凄然开口道：“这一生我都不会忘记。”

凌烨宸将珠钗斜斜插入她如云发髻，指腹摩挲着她的樱唇，“今日借你戴一天，朕还要收回。”

玉凝踮起脚尖，攀住他脖颈，娇羞开口：“凌烨宸，我……想吻你。”

凌烨宸诧异得身体一震，腹间窜起燥热火苗，将她腰肢紧紧束在臂间，俯低高大身躯，与她额头相贴。

玉凝倏地吻住了他薄唇，撩拨着他每一根神经。

凌烨宸的身体变得紧绷，反客为主，重重加深了这个吻。

“不是要收回珠钗吗，今晚就寝时候收回，如何？”玉凝手抚上发上珠钗，冷冷笑着等他回答。

凌烨宸一怔，捏了捏她小巧的鼻子，“好。”

他不是去未央宫？玉凝本欲看他支支吾吾的糗态，却不料他竟坦然应允了。

凌烨宸将她瘦小的身子搂住，在她唇瓣上深深吮吻，良久，说了一句，“乖乖等朕回来。”随后，便上朝去了。

凌烨宸前脚刚走，玉凝便开始连忙收拾行装，却在他卧房里转了许久才发现，原来他这里并没有她任何东西。

“我们回储秀宫。”玉凝拉起冬儿朝外奔去。

刚出养心殿，便与陈凤仪、苏嬷嬷一行打了个照面。

苏嬷嬷道：“娘娘当与皇上保持距离。养心殿是皇上寝殿，从不留宿妃子，各妃子亦都有自己寝宫。而娘娘却在养心殿住了一个多月，皇上势必会荒淫朝政，望娘娘以大局为重，不要耽于儿女私情。”

玉凝笑着听苏嬷嬷将话说完，轻声开口：“我现在就离开。”

陈凤仪道：“贱人，回储秀宫之后老实点，那池子荷花敢折坏一朵，哀家扒了你的皮。”

玉凝眉眼弯弯，笑了下，拔腿便跑。

回到储秀宫，玉凝跑上宫顶，低声唤道：“夜翎，夜翎，今晚，你会来吧。”

午时，她独自坐在餐桌前。一个月来，每日三餐习惯了有凌烨宸相伴。她才意识到，原来一个人用膳，是件如此寂寞的事。

脚步声起，明黄衣摆进入视线。她一惊，是凌烨宸。

他抱她在膝上，问她为什么突然回了储秀宫。

玉凝将遇到陈凤仪、苏嬷嬷的事情一五一十全说了。

他垂眸想了想，道：“既然母后发话了，那你便只有搬回储秀宫了。”

玉凝小脸一沉，他竟对陈凤仪这般唯命是从？

傍晚时分，奴才宫女搬了日常用度的东西过来储秀宫。

“这些是什么？”玉凝不解。

“回娘娘，这是皇上平日的衣物，是皇上遣奴婢送来您这里的。皇上说，他以后搬来储秀宫住下。”

玉凝怔忪，却不禁已喜上心头。时至深夜，凌烨宸也未来。玉凝辗转难眠，看着满天繁星，他……在恨生那里睡下了？

她突然坐起身，穿起衣物，向门边踱去。

凌烨宸正巧推门进来，见她衣衫整齐，不禁问道：“要出去？”

“你怎么会来？”她吃惊局促。

“朕答应了你，晚上就寝时候收回朕的东西。自是来就寝，一并取回东西的。”凌烨宸说着，拔掉她头上珠钗，放在袖中。

他取走了珠钗，现下是要就寝了？玉凝忽觉胁下一暖，被他拦腰抱起。

凌烨宸将她置于榻上欲与玉凝缠绵。

既然要离开，身体上也不能再与他纠缠，玉凝趁他不备，咬破了手指，将鲜血抹在两腿间白色的亵裤上，“我来了月信。”

“机灵鬼……朕不信。”凌烨宸怀疑道。

“随你检查。反正你从不信任我。”

见她双眸染泪，凌烨宸心头一软。手倏地在她腰间顿下，随即翻身下床，走了出去。

玉凝无暇顾及他去了哪里，突然意识到她月信确实已逾期十几天了，却为何还不来？

正想着，见凌烨宸端着一碗红色汤药，走了回来，道：“将这药喝下，便不会腹痛。”

玉凝顺从地接过他手中药碗，一口气喝下，苦笑道：“有劳你费心。可你记错了人，我来月信，并没有腹痛之症。”

凌烨宸身体一僵，映雪每次月事都腹痛难当，他便以为每个女人月事时候都是腹痛的。

玉凝鼻间一阵酸涩，便赌气道：“凌烨宸，我肚子里有小娃娃了。”

凌烨宸拧眉看着她，良久，他沉声，“别闹，乖乖睡觉。”

“我没有闹。”玉凝抓起他手掌放在她平坦的小腹上，“是真的。你没感觉到他踢你吗？”

她这般胡言乱语，只是想试探他的反应，心底里渴望他会因她有孕而欢喜。

谁知，凌烨宸倏地探进她大腿内侧，捏着她染血的裤子，笑道：“笨笨不可能会怀有小娃娃的。”

玉凝心中一紧，要是该来的时候却不来，难道就会有小娃娃……吗？

“那……如果我真的有了你的孩子，你……要吗？会喜欢吗？”

“等有了再说。”凌烨宸眉梢眼角镀上一层寒冰，声音中透着一丝不耐。

“现在就说。”玉凝坚持。

“朕从不说莫须有的事情，也不会回答莫须有的问题。若你执意要朕给你一个答案，抱歉，朕不能。”

玉凝心口闷疼，转身背对他，泪滑下眼眶。她甚至觉得，若是他说他喜欢她的孩子，兴许她会留下，可……

玉凝忽觉眼睛酸涩无比，睡意袭来。

原来刚才那碗汤剂，他加了迷药。未央宫……他还是要去。

凌烨宸轻抚玉凝的面颊，叹气道：“朕要兵没兵，要权没权，生孩子做什么呢！有甄儿一个已……”说罢，他亲了她脸颊，下床走了。

他才离开，玉凝便用尽全身力气撑起身体。白皙的右臂上赫然一块青紫，她方才掐着胳膊才能勉强保持清醒，没有睡去。

玉凝笑意苦涩，她的孩子，他不要。

还好，她没有他的孩子。没有，也永远不会有。

玉凝慢慢站起身，却双腿发软，到底无法抵抗迷药的作用，眼前一黑，昏睡了过去。身子后仰撞上了墙壁，咔嗒一声，似触动了机关，那床榻倏地离开墙壁三尺，露出一条蔓延向下的密道。

玉凝直直跌下，顺着斜道向下滑去，直到身子完全没入黑暗中，手腕的铃铛声响也渐渐地远了。

轰的一声，床榻又紧紧撞贴在墙壁之上。

未央宫。

凌烨宸负手立在窗边，沉思问道：“上次，你说我母亲查到了兵符藏在慈宁宫密室中，现在可有找到密室入口？”

“你这么久不来我房里，难道……不想我吗？除了兵符的事，便没其他事情可谈了？”一袭红纱的恨生环住他结实的腰身，紧紧贴在他紧实宽阔的背上。

凌烨宸转过身，只见她肌肤胜雪，星眸流转，桃腮欲晕，玫瑰唇瓣娇艳欲滴，颈项曲线完美滑下，勾摄着人类最最原始的欲望。

他是男人，看到这样的画面，本该欲血喷张的，可为何眼前却浮现出那张清丽脱俗的小脸？弯月的眉眼，小巧的鼻，精致的唇，他吻过无数次的唇。为何脑海中仅剩下那娇憨怒嗔的怪样？身体上，亦都是她抚触他时留下的战栗震撼之感。

除了她，还有谁能撩拨他？

这辈子，他是攥在她手中了。

薛玉凝！

他自嘲而叹。

“你做什么叹气？”恨生轻问。

凌烨宸坐下，轻声道：“可惜，可惜。”

恨生坐在他膝盖上，环住他颈项，疑惑地问：“可惜什么？”

凌烨宸倏地环住她腰身，幽幽地开口道：“可惜美人在怀，已这般亲密，哪怕更加亲密，朕……都没感觉了。”

没感觉？很好。这对女人是最大的侮辱，尤其是对美丽的女人，更是奇耻大辱。

恨生在他眼中没有见到一星半点儿情欲之色。她从他怀里跃下，讽刺道：“跟薛玉凝夜夜笙歌，那丫头身段不如我，脸蛋没我好看，她到底哪里把你迷得神魂颠倒？你爱她什么？”

只见他琥珀色狭眸灼烧着暖意，冷硬薄唇舒展上扬，单是听到玉凝的名字，便已足以开怀，“恨生，朕最不缺的就是女人，美人更是数不胜数。凝儿曾说：你每天睡在不同女人的身边，醒来却不知身在何处，不空虚、不寂寞吗？朕当时说朕不会。”

“哪个男人天天睡遍美人，还说空虚寂寞，便该拖出去剁了，那丫头的问题真是荒谬至极。”

“朕当时说，朕不会空虚寂寞，是因为朕还没有得到她。”

恨生顿时心生失落，他的温柔蜜意，仅在提到玉凝时候才会显露。原来，自己和薛玉凝比，早已败了，或许，从不在对比之列。

“朕从前没有感受过踏实是什么感觉，自然也不知空虚为何物，行尸走肉地活着。酒池肉林、杀人取乐的快感让朕知道，朕还活着。”他轻笑，“三十几个日夜，朕拥着凝儿一起入眠，她暖暖软软的身子，将自己完全交给朕，朕突然便意识到，是的，朕之前的日子，当真空空荡荡。何止是寂寞，是恐惧，更是没有天日。爱她什么……若是能说得明白，便不会再迷恋。仅知道，喜欢那笨蛋到要将她摧毁、甚至恨不得将她吞下肚去，没有缘由地就是想要占有。”

恨生一怔，哭笑不能，挑起凌烨宸下巴，道：“喂，祸水，你当我是男人？把我当你弟兄吗？跟我掏什么心窝子，没人要知道你爱她多深。就不怕我吃醋？好赖，我也……伺候过你。”

凌烨宸握住她的手，回道：“恨生，你的身子，朕从没碰过。那个男人……不是朕。”

恨生大惊，脑海中快速划过一个人的身影：一袭黑衣，脸若刀刻，眉如墨画，夜不悔的得意门生——夜雨寒。莫非……

“既然你爱薛玉凝，为什么还要去救映雪？映雪回来了，你夹在她两人中间，不是自讨苦吃？死一个，你才轻松。”

她眼角余光瞟向桌上的书信，书信于今日早朝时候用箭射进金銮大殿。

信上书：十日后，碧翠山东行十里竹林，薛玉凝项上人头换映雪母子性命。西岩皇帝，尽管千军万马护驾前来。

呵！口气多大。哪里将西岩皇帝放在眼中。

凌烨宸脸容凝重，淡淡道出男人的责任，“朕的妻子和儿子，没有不救的理由。映雪的情谊，朕不能不记在心上。没有她舍命相救，朕没命回来当皇帝，更没命见到凝儿。”

恨生笑道：“薛玉凝太霸道，再没见过这种难伺候的女人，她不会允许你有其他女人。”

“朕定能找到两全办法。”话虽是这样说，但两全的办法，谈何容易？

将自己置身事外，不掺入他的情感纠葛当中，恨生吐气若兰地说：“欣姨早已在陈凤仪寝殿所有墙壁上涂了一层透明的捉影粉末，用以捕捉指印。过些时日，再在墙壁上涂上显像粉，显像粉遇到捉影粉，夜晚会发出微弱的光，便能显出来陈凤仪动过哪里。而那必是密室入口的机关。所以，十天之内，必可以得到兵符。”

她将书信合上，秀眉紧拧，问道：“书信上面署名是碧月王宋哲，箭上刻字却是云天耶律姊妹。映雪究竟在谁手里？莫非是耶律婉、耶律双两人嫁祸宋哲？挑起西岩、碧月两国战乱？”

“不是没有可能。但也不排除是另有其人陷害宋哲、耶律姐妹三人，让三国混战，这人好坐收渔翁之利。”

“莫非是凌懿轩所为？”

“如果是七弟的话，情况兴许还没有太糟，朕……只怕不是。”凌烨宸望了恨生一眼，“五天之内必须取得兵符。坐以待毙，不是朕所为。”

凌烨宸说着揽住恨生纤腰，将她带进怀里，柔声道：“另外，朕……需要你帮一个忙。”

恨生娇嗔道：“你既不爱我，又没有将我当做你的妻，凭什么觉得我会答应你。”

“仅凭，你没有办法抗拒凌烨宸三个字。”凌烨宸薄唇自负扬起。

恨生摇头轻笑道，“你的忙我知道是什么，我帮了。不过若我掉了脑袋，想必夜雨寒那闷葫芦不会饶了你。”

凌烨宸正欲答话之时，门砰地一声被推开，两抹儿身影疾步而来。

月下慌张道：“爷，不好了，有人误入了地下宫殿。”

“不值得大惊小怪，地下宫殿机关重重，暗器密布，量谁贸然闯入都将必死无疑。”凌烨宸慵懒道。

“皇上，那人……是从储秀宫入口闯进去的。入口却在薛主子床边。”

凌烨宸心中再也无法平静，双拳瞬间紧握，倏地起身，“走。”

随即，月下递上玄铁鬼面，邢掣抛去一袭黑袍。

恨生一直知道这面具的存在，便问道：“皇上，我一直好奇，玉凝跪针毡那日你为什么不亲自去救她，而是戴着这面具？”

时间透过窗外月光向前翻飞，续接急雨飘洒的夜。

玉凝扑跪针毡，倒在血泊中，凌烨宸拥恨生进了养心殿卧房。

恨生欲为他宽衣侍寝，凌烨宸却一把将她推开，掌风扬起灭了烛火。

玉凝那时以为他两人在房内欢好云雨，然则凌烨宸与恨生两人一个站在窗边，一个坐在桌侧。

当时陈凤仪派的两名刺客欲取玉凝性命。凌烨宸倏地点起蜡烛，对恨生道：一会儿，站在烛火前，朕需要你的影子。

凌烨宸取了面具戴上，披了黑袍，从另一侧窗口跃出。飞身落在院内，招招狠辣致命，打退了那两名刺客。

恨生虽不知何故，却也配合。她站在烛火前，影子被摇曳烛火长长拖拽，映在窗户上，模糊不清。

玉凝以为那影子的主人是凌烨宸，以为他见死不救。却哪里知道那夜，他抱着她在墙边坐了一夜。

凌烨宸从月下手中接过面具戴上，夜色下，眸色看不真切。他淡淡望了眼恨生，道：“凌烨宸有诸多顾虑，可夜翎没有。”

是了，他若是凌烨宸，对她的伤害无法避免，也无法纯粹地爱她。

然而，夜翎却可以，爱她，毫无保留地狠狠爱她。

犹记得，仪仗队迎娶她进宫那日，他暗暗潜在薛府附近，却见姓柳的贼人将她掳去，他欲追将上去救她。但“凌烨宸”三个字使他却步。

奔去铁匠铺撂下百两黄金，摘下墙上面具，立即发足狂奔前去救她。兴许他就是这样痛苦而纠结，不敢以真正的自己表露炽热的爱。

封妃大典，他的纵容下，恨生用牙鞭将玉凝致伤。他恨薛相，所以将恨引到玉凝身上，让她当夜侍寝，对她百般蹂躏折磨。

他心里却没有舒坦丝毫。未央宫失火，他松了一口气，不然那夜，凝儿会不会活下来，还是未知。

可，怎么可能放得下她？覆上面具又去为她裹了伤口。却发现，七弟已给她伤口上了药，他又妒又怒，恨不得将那窥看她身体的人碎尸万段。

翌日，月下按照他吩咐的那般，喊道：皇上驾到，储秀宫娘娘接驾。

玉凝将戴面具的他藏在帷幔后，警告道：想活命，就不要出声。

傻丫头，可看到面具下的促狭笑意。

他趁她不备已从窗口而出，跃过房顶，摇身一变成了皇帝，从正门进入，将惊慌失措的她抱个满怀。

故意将她逗弄，要去查看帷幔后的男人。

她急了，抱住他腰身，道：不能耽搁，立刻洞房。

爱惨了她的娇憨模样。

“暗器、陷阱机关可有被触动？”凌烨宸从思绪中回神，脚步急急迈过皇宫大院。

没兵没权，却不能没有她。没有她，兵权要来何用？

凝儿，你的问题朕重新回答，若你有了朕的孩子，朕要！朕喜欢！

“回皇上，还没有。娘娘误闯之后，便再没了动静。想来，是迷药使然。”邢掣道。

凌烨宸跃进储秀宫，踹开房门，登上床榻，掌拍机关，旋身跃下漆黑斜道。

斜道直直向下，他的身子迅速下滑，耳边隐约传来那日她绵软动听的声音，夜翎，你是谁，你不怕凌烨宸抓到你吗？

怕他？不，这世上我是他最惧怕的人。

这话不假，脸上覆上了面具，心里，却将一切防备顾忌都摘下。夜翎做的事情，凌烨宸却做不到，怎能不惧怕！

你的名字？

夜翎。

多么可笑。凌烨宸，前两个字，凌烨，反过来念，不就是夜翎吗。

凝儿若不突然问他名字，兴许他亦不会仓促之下，告诉他如此破绽百出的两个字。

玉凝睁开眼睛，四周一片漆黑，除了她腕上金铃，再没有任何声响，死一般的沉寂。她自言自语道：“好冷，这里是哪里？”

回音从四面八方传来，夹杂些许令人毛骨悚然的震颤：好冷，这里是哪里……

玉凝浑身战栗，毛发直竖，“是谁！”

上一轮回音未止，新的一波回音又至：是谁……

似在嘲笑她的无助与孤单。

玉凝向四下摸去，突然碰到了墙壁，冰凉湿腻，泛着年久不见阳光的腐烂味道。

恐惧从脚底涌上，似有无数双眼睛在盯着她一般，她大叫着疾奔起来，却被什么东西绊到，猛地栽了一个跟头。磕得膝盖生疼，手掌发麻。

摸索着要爬起身，突然触到了一个圆滚滚的东西：上面几个窟窿，两排齿状的东西。

骷髅！人骨！

玉凝大叫着爬起身，泪夺眶涌出。不择方向跌跌撞撞地走，撞上了墙壁便又换个方向，却发现越走越深，怎也出不了这些石壁，却是离最初的位置越来越远了。

咔嗒一声，脚下一踉，差点跌倒，左脚下的地面下陷了几寸。

突然噗噗几声，四周大亮。

玉凝竟是置身在一间空荡的石室中。四个墙角各有一个巨大火把，火苗扑朔，妖冶燃烧。

脚下踩着的那块方砖是活动的，她稍稍向上提脚一分，那方砖便会上升一分，石室墙壁内也跟着沙沙作响，像是无数利器摩擦墙壁的骇人声响。

玉凝出了一身冷汗，怔忪不知所措，不禁咒骂道：“凌烨宸，大混蛋，什么没权没兵，要不是你说这句混账话激怒我，我怎么会掉到这乌烟瘴气的石头房子里！谁要你的兵，谁要你的权，我要的不过只是你愿意承认我的孩子罢了。我又不是真的有了你的孩子，你却胆小的连承担的勇气都没。”

倏地，轰隆一声巨响，如雷碾过，震得灰土四落，石门打开。

高大身影踱步而进，似慵懒的豹肆意徜徉，面具下眼眸满是促狭揶揄，“看起来你情况很不妙。”

“夜翎？是你。”玉凝惊喜交加，抬起泪眸，忘了危险，哽咽道：“啊，原来你都藏在这黑漆漆的地方，怪不得凌烨宸找不到你呢。”

淡淡的笑声透过冷硬面具幽幽传来，“你约我来有事？”

嗯？玉凝不解地瞅着他。

“你到储秀宫顶徘徊，不就是邀我和你私会？”夜翎向她踱来，每走一步，她的心都跟着抖一下，是太久没见他，所以才紧张吧？

他在她面前站定，握住她纤细的腕，金铃一阵阵脆响，若非这铃声，他不会如此快便寻到她。

“谁要和你私会。”玉凝嘴上不承认，心却猛然跳动。他的视线让她无所适从，忙别开脸颊，双手挥舞指着脚下，道：“我脚底下不知踩到了什么机关，动也不敢动啦。快救我。”

面具下的双眸静静看向她脚下。

她以为他没听懂，将脚稍稍提起，那石墙里便又沙沙传出刺耳声响。

“别动。”他喝止。玉凝以为他怕触动陷阱，他却倏地顿下身子，“膝盖流血了还不安份，方才跌倒了？”

玉凝心头一暖，回道：“嗯。刚才黑漆漆的，我怕……可又认不得路，所以到处乱撞……”

“记住。”

她一怔，“什么？”

他用衣袖轻柔地帮她擦去膝盖上的血迹，洒下药末止血，起身紧紧按住她双肩，认真地说道：“记住，以后若是不知往哪里走，那么就留在原地，我……无论如何都会找到你。”

玉凝心头狠狠一撞，心道：夜翎是凌苍啊，她紧张个什么！

夜翎冷眸扫过石室四壁上的千万小孔，“若你的脚离开这块方砖，方砖便会弹起复位，那么机关便会被触动。”

闻言，玉凝吓得膝盖一软，向下滑去。

夜翎立马揽住她腰身，支撑着她的身体，任她瘫在他的臂弯。

听着他沉稳的心跳，玉凝道：“触动机关会怎样？”

“从墙壁上射来千万短剑，你立刻就会万剑穿心，毙命。”他句句属实，非危言耸听，地上数具白骨皆为证。

玉凝的脚死死向下踩住那方砖，突然拧眉扯住他衣襟，逼问：“我万剑穿心，那你呢？”

夜翎讥诮，“我对地下皇宫再熟悉不过，早逃出去了，难道要在这里等死吗？”

玉凝倏地抱住他结实的手臂，谄媚道：“夜翎，不，是凌苍哥，烂皇帝还活得好好的，现在还在恨生那里逍遥快活。并且整装待发要去救你的旧情人，救回来还要上榻，闭门造子，你不气吗？”

夜翎不悦道：“闭门造子？谁教你说这混账话的？”

玉凝脸烧得通红，“除了凌烨宸再没别人啦。”凌烨宸好不冤枉啊，其实这不知羞的话，是她自己杜撰的。不过，把不光彩的事情都推到凌烨宸身上准没错。

不过，夜翎气什么？对了，她出言侮辱映雪，他当然气。

夜翎意味深长地凝着她，他可不记得有教过她这些。

玉凝讨好般摇摇他手臂，谄媚道：“你接近他不容易吧。你瞧，我天天都跟他睡一个床上，他磨牙打鼾我都听得一清二楚，我要是活着，轻而易举就能帮你杀了他呀。”

夜翎静静地望着她，问道：“你对凌烨宸的事情倒是知道得清楚，你怎么知道映雪出了事？”

玉凝心里一窒，刚从凌烨宸身边离开，又遇到个夜翎，还是紧张映雪，她恨恨地道：“我昨晚躲门后偷听的，不行呀？”

他轻捏她粉嫩脸颊，她却发威，露出猫牙，在他手掌上狠狠留下两排牙印。

“你……怎么确定我是凌苍？”

玉凝望了铁面一眼，笃定道：“你不是凌苍。”

夜翎手臂俱震。

玉凝接着俏皮道：“你不是凌苍，难道我是？”

“既然你已知道我的身份，我便也不再瞒你，摘下面具，真面目示你就是。”夜翎抬手便要除去面具。

“不要……”

夜翎不解，“为何不要？”

玉凝飞快看了他一眼，解释道：“你也知道，你跌下悬崖了，你的脸……该是摔坏了吧。不然，做什么顶个铁面。这里本来就阴森可怖了，我若再看到你的扭曲脸容，我……”

夜翎嗤笑道：“容貌当真那般重要？我脸上疤痕不多，仅仅掉了鼻子，没了嘴巴，你便真的骇到这样的地步？我偏要让你看看。”说着就要将面具捏下。

“别别，你的心意我领了，大不了我不怪你几年前踢我那一脚好了，不要摘面具。”玉凝急得从那方砖上跳开。

只闻咔嗒一声，方砖弹起。数千道匕首，寒芒乍闪，从四壁中向两人迅猛射来。

电光石火之间，玉凝被一股强大力道带进怀里，她骇得紧紧地攀住夜翎肩膀，唇碰在他颈项处，猛然摩擦着。

“抱紧我。”夜翎身子伏地将她压在身下，脚劲蹬身后墙壁以借力，裹着她，擦着地面向对面石门低低飞去。

玉凝惊愕地从他肩膀向上看去，只见匕首在空中密密交织，如雨般四下飞散，却又都没有落在地上，而是直直射进各自对面的墙壁空洞中去。

夜翎掌风扬起，扭动石门机关，轰隆一声，石门开启，他抱着她踱出石门之外，石门又轰隆合上。

玉凝发现他们是进了另一间密室，欢喜道：“得救了。”

“高兴得太早了，机关一动则牵动全身，所有陷阱机关都被开启了，刚才仅仅是开始。”夜翎淡淡地道。

哗啦啦一声巨响，灰尘扑簌坠落，掉得玉凝满头满脸皆是。

耳边传来清浅笑意，却是夜翎环胸在看着她那窘迫的模样。

“还有心情笑？难道你每天在这里便是冲关涉险打发度日？”玉凝瞪他。

“不错的主意。”

突闻轰轰闷响，石室的房顶竟是一块活动的重达万斤的巨石，正疾速向两人压下。

玉凝攥住他手掌，却发现他手掌温热干燥，不像她早已骇得手心满是汗水，“怎么办？被巨石砸到可就被挤成饼、压成画了。”

“给蝼蚁充饥或流传百世供后人品赏，哪一个都还算有意义。何况有你为伴，死也足矣。”夜翎的话波澜不惊，暗含戏谑。

只见他侧身而立，双手环胸，玩世不恭、桀傲不驯的外表下却透露出一股坚定力量。玉凝才知他并非玩笑，好似当真愿意和她死在这里一般。

她急忙攥住他手腕，“生命诚可贵，生命价很高，我这条小命还没活够。蝼蚁弟弟得再挨饿些时候，后人少了我这幅画也能活。你……带我离开。”

“你什么时候多了个蝼蚁小弟，我却不知道呢。”夜翎啼笑皆非，睇了眼已然压至头顶的巨石，“凝儿，你脾气倔强，我常常在想，你对人苦苦哀求是什么样？想让我带你离开，先软声软语求求我。”

“求你，对我来说已是难事，还要软声软语地求你，那真是难上加难了。我自己救自己好啦。”说着，玉凝便朝石室另一端跑去。同时，巨石不断下压，她跑出没几步，已然要弯腰前进了，再走出两步便匍匐地上去了。

夜翎同样也伏在地上，却三缄其口，对于如何解难只字不说。

“夜……翎，求求你，救救我。不然……做鬼也不放你。”当巨石仅在一臂之隔的时候，玉凝突然扭头对身后那舒适侧躺的男人喝道，威逼利诱的意味却很足。

夜翎眸光一沉，轻笑道：“凝儿，你现在正在巨石正中央位置，翻身平躺下，可看到石上凸起一块红玉石？”

他方才任由玉凝跑出，便是算准了她到达中央位置时候，必然会被巨石骇得止步。

玉凝依言倏地翻身，巨石已在眼前，她大眼来回寻找，忽见红光一闪，她惊喜，朝夜翎看去，虽看不清他眉眼，但那双眼眸却是浸满笑意和疼惜，“找到啦！”

夜翎沉声令道：“手掌去按那红玉。”

“嗯。”万分紧急之下已来不及思考，玉凝只能按照他的话去做。用力拍在那红玉上，红玉咔嚓一声没进了巨石当中，巨石轰然停下，仅在离她胸口一拳距离之时。

玉凝身躯尚且可以活动自如，忙道：“夜大哥，我们快走。”边说，边朝石门爬去。

“凝儿，莫急！”夜翎急急道。

“怎么？”玉凝不解，朝夜翎看去，却见他因为身材高大魁梧，被巨石死死压住，动弹不得。

“没用的，你的力气不可能将我从石头下拽出去。”虽玉凝用尽全身力气拽他手臂，夜翎却依旧脱身不得。

“那怎么办？不然你告诉我怎么出去，我找人来救你？不行，凌烨宸要抓你的，你对我这么好，我不能让他害你！那不然，我出去之后，天天给你送饭菜来，这样，你即便生活单调点，但……”

她说着说着，脸蛋突然被夜翎捏了捏，力道不轻不重，暖暖热热的，似曾相识……

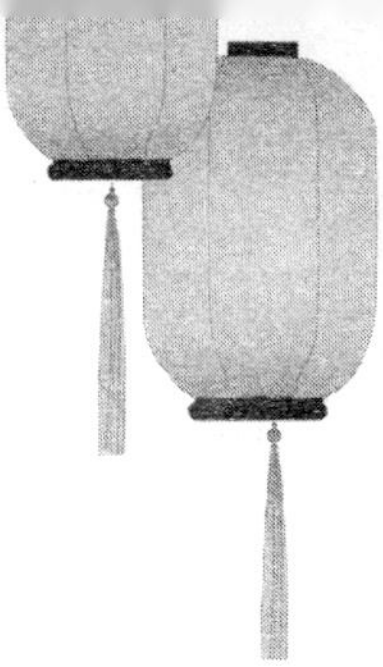

第二十章　再见无期

“凝儿，去将巨石推上去。”

玉凝一怔，哭丧着小脸，道：“我连你都拽不动，又怎么可能推得动这重达万斤的石头？”

“相信我，你可以。”

闻言玉凝心里一动，不知着了什么魔，竟又钻回巨石中央位置躺下，大喝一声，手拍在石头上，随即挥着剧痛的双手，却无力地说道：“你看，它动也不动。”

“笨笨。那块红玉是这巨石的机关，你方才已解除了巨石下压的指令，只需给红玉一个向上的力，巨石自会受力向上退回原处。”若他也慌了神，她便更怕了吧。

夜翎声音急切中透着温柔，这给了玉凝莫大勇气，她双掌双足并用，对那红玉又推又踢，巨石却依旧纹丝不动。

“你再忍耐一会儿。”玉凝灵机一动，面朝下趴伏，以背撑住巨石，那红玉便抵在了她腰间。她手脚撑在地面，向上用力顶起，顿时已出了一身汗，喝道：“起！”

咯噔一声闷响，背上的重量猛然消失，巨石瞬间便已跃然而上，成了这石室的房顶，静止得仿若不曾落下。

夜翎重重喘气，玉凝跑去将他搀起，两人对看一眼，竟有种共患难的情愫激荡心间，同声道：“你还好吧？”

两人一怔，相视一笑，拉着手迅速离开这座石室。刚出门就见一条长约一丈的长廊，火把摇曳，诡异阴森。

感觉到掌心里裹着的小手在微微颤抖，且满是汗水，夜翎用力握住她的手，柔声道：“莫怕，有我在。”

玉凝随即莫名感到安心，问道：“这里也有陷阱？”

夜翎脚尖轻点走廊第一块石砖，长四尺宽四尺的方砖竟瞬间向下陷去，他俯身拿起一块小石头丢进那空洞中，竟然过了一盏茶时间都不听回响。

玉凝骇得脸无血色，“方砖下的洞穴深不见底，人掉下去一定摔得尸骨无存。夜大哥，你曾有坠崖经历，是怎么逃过一劫的？现在可以与我分享了。”

夜翎冷哼，“侥幸罢了。”

玉凝只顾着查看四周环境，竟没有察觉他对凌苍的不屑，“除了这条走廊，你我再无路可走，这可怎么是好？”

“这里共有一百八十一块方砖，每逢单数，砖下便会有陷阱，每逢双数的石砖便可以踩踏。”夜翎将她的手握得更紧，“走吧。”

“等等。”

夜翎转身，见玉凝面露骇色盯着一块块石砖看，似乎在丈量什么。

“第一块石砖已陷落，我们要迈去第二块，中间隔着四尺，我步子小，不可能迈得过去。可不可以……”

“上来，我背你。”

玉凝请求的话还未出口，就见夜翎已蹲在她身前。她心里慢慢对他有种大于感谢的情丝在悄然蔓延。

夜翎背起她，仅在双数石砖上行走，他似乎对这走廊很熟悉，数都不数，一个起落已落在第二十块石砖上。

“这地下皇宫，是谁为了什么修建的？”她问。趴在他肩上，看着他露出面具外的小片侧颊，轮廓分明，肤色如蜜。她反应过来的时候，竟已手指轻轻抚摸着他精致好看的耳垂。她心里猛然一慌，糟了，为什么会有忍不住想碰他的欲望？

她方才在他脖间脸侧处轻轻抚触，他自是喜欢非常。现下她叹气摇头、自责懊恼，他便不禁玩味一笑，答道：“先帝修的。做好万全打算，倘若外敌入侵，便可以从这地宫逃出去。”

玉凝心里一个激灵，“地宫可通向宫外吗？”

夜翎面具下的皇帝身形一个不稳，差点便踩在了单数的石砖上，那样，非摔个尸骨无存不可，当即心头一紧，快速几个起落，两人便已来到了走廊尽头。跳过了第一百八十一块石砖，落在地上，夜翎将背后那又跳又闹的小家伙放在地上，转而拉住她手掌，“是有通向宫外的出口，一会我们就从那里出去。”

玉凝大喜，这不就是她逃出宫去的路线嘛！但她却不动声色，任夜翎拉着，穿梭在不同的石头屋子、石头走廊里。

当她以为陷阱已结束的时候，却来到一间状似寝殿的屋子前，夜翎突然指了指室内，沉声道：“地上、墙面、房顶都密布有大网。”

玉凝借着火把的光，隐隐可见一张张巨型密网铺挂在房顶、墙面以及地上。突见银光闪闪，便问：“网眼相交的地方，是什么？”

夜翎将她抱起，用衣袍将她裹住。

玉凝眼前便一片漆黑了，下意识地紧紧抱住他结实有力的腰身。

他的声音隔着他脸上的面具，还有盖在她身上的袍子幽幽传来，“每张网有四百网结，每个网结上都有一把刀片。人走进屋内，大网将人兜罩住，除非刀片沾血，不然网不会松开。”

玉凝闻言身体一震，想从他怀里探出去一看究竟，却被他死死扣在怀里，只觉得他忽而飞起落下，忽而旋身倒转。

还有什么物体伴着呼呼风响来回飘荡，她一凛，方知是大网在室内来回飞窜的声音。

突然，耳边传来嗤嗤数声，还有夜翎痛苦的闷哼低吟。

紧接着，她眼前转亮，双脚踏在地上，原来已穿过了方才的殿室。刚离开夜翎的怀抱，她便道："方才……"

夜翎却身形不稳，单膝跪地。他身体剧烈抖着，黑色衣袍被划得破烂不堪。

"夜大哥！你怎么啦？"玉凝急忙搀住夜翎手臂，却觉一阵润湿粘腻，浓稠的血腥气扑鼻而来。抬起双掌查看，竟满是鲜血，"你的伤好重。"

他衣袍诸多缺口，竟不下数十处，尽是方才网结上刀片所划。而每处破损的衣袍下，都是一个深可见骨的伤口。

"都是因为我，如果不是护着我，你也不会受这么重的伤。"玉凝愧疚不已，与他相比，她身上竟没有一处伤痕，他方才将她紧紧拥在怀里，用身体为她造了一堵坚不可摧的墙。

夜翎喉间酸胀，咳了几声，血水顺着面具流下，他却抬手拭去她脸颊泪珠，"哭什么。被划了几刀而已，不跟你女孩子家一样娇弱，一点都不疼。"

淡淡幽香掺杂着男性的热血气息将她紧紧萦绕，她心胸涌动，落下串串泪珠。

眼角余光瞥见他骨节分明的手上竟也是刀伤，她急忙欲褪下衣衫帮他裹伤口，他却攥住她双腕，温柔地说："穿着吧，我身上伤口多，将你身上衣衫褪尽也裹不完。你若因此着了凉，那我又要多一道伤了。"

"多一道伤？"她不解。

夜翎深深凝着她，"你着了凉，我会心疼，不是多了一道伤吗？心伤可比身上的刀伤来得厉害。你好好的，便是对我的报答。"

玉凝泪眼模糊，"……为什么待我这么好？"

"应该的，这是我欠你的。待你好，便如同呼吸一般自然而然。"

玉凝心口被暖流重重撞击着。他真的是当年差点将她踢死的凌苍吗？是因为当年亏欠她，所以对她这般好？可，也不至如此舍身相救啊。

夜翎拥了她的腰肢，朝地宫更深处走去。

玉凝小心搀抱着他的腰身，幽幽地道："要是我没有触碰到最初那个机关，我们也不会历经这些灾祸。"

"这里机关陷阱皆是相生相连，你不触动那一个，难保不会触动别的。不过，若是知道机关所在以及破解之法，那么，徜徉地宫，通行无阻，也易于反掌。"

玉凝垂眸思忖，方才跟着他已学会了怎样破解这些机关，想来日后，自己也可以出得去。

"在想什么？"

玉凝一怔，摇摇头道："在想……几年前你和映雪相见，所谓何事。"

夜翎不答，面具下的脸容却阴霾可怖，满是掠杀之色。

玉凝兀自道："……其实，你和我都是可怜的人。映雪对你无心，凌烨宸对我无意。你何不解脱自己，也成全他人，放下对凌烨宸的恨，去过自己想要的生活呢？”就像她一样，得不到的，唯有放弃。

这丫头果然一口咬定他就是凌苍，夜翎道：“映雪对凌苍有意无意我不知，但凌烨宸对你一定有心。不然，我也不会接近你，让你帮我解决他。”

玉凝黯然说道：“你这样觉得？我也有几次觉得他对我有心，可总在我以为他心里爱我的时候，却发现原来不是那么回事，其实，根本就是我自己弄错了。”

“当年，凌苍意图奸污映雪。”夜翎冷冷道出迟来的答案。他的身体突然紧绷，像是生气愤怒一般。

玉凝不解，“哪有人用奸污一词形容自己所为？你真是怪人。意图奸污？映雪也奇怪，明知你爱她，还约你相见，倒像是有意为之、故意让你奸污似的。”

突然，夜翎情绪激愤，声音无法抑制的慌乱，“凝儿，你没有骗我，是映雪约见凌苍的，此话当真？”

玉凝愣愣地望着他，为什么他紧张映雪，她心里会酸酸涩涩呢，“不然呢？我所知道的确是这样，还是你这当事人有另一番说辞？”

夜翎自知失态，尴尬轻咳一声，避重就轻地回道：“走吧，我们快些出去，这里到底不安全。”

说着，两人相互扶持着便向外走去。走了一个时辰功夫，闯过几个较为温和的陷阱，突然眼前开阔、空旷了起来，从他们脚边到对面，中间竟是一个断崖。断崖边上满是各色花草，偶尔跳过几只野物，若非是陷阱，倒别有一番韵味。

“这是最后一处，闯过去，我们便出宫去了。”夜翎指着断崖说道。风呼啸吹过，将他的声音吹得凌乱破碎。

玉凝担忧地望着他，“你身受重伤，抱着我定然使不动轻功了。我们如何过得去？看来，我是必死无疑了。”

“与受伤无关。即便没有受伤，我亦不能抱你过去。”

他武功精湛，却自认不能？玉凝正暗自不解，只听夜翎又道：“从你我脚下到对岸崖壁约二十丈，距离太远，中间无借力的地方，我若冒然抱你过去，崖底不过多两具白骨罢了。还是说，你要和我做一对亡命鸳鸯？”

“自是不要。”玉凝脸一热，随即灵光一闪，“你是如何来往于此的？我们便按那法子出去。”

夜翎指向深不见底、白雾缭绕的崖面，“你仔细看看。”

玉凝向他指的地方看去，只见两边崖壁之间绑着数根浑圆绳索，问：“可以在绳索上借力吗？”

“我一个人可以，抱着你便不行，这绳索仅能承重一人。你……敢走这绳索吗，单独？”夜翎挑眉问向玉凝。

玉凝斜斜看向崖下，顿时觉得腿脚发软，颤声道：“试试吧。”

夜翎倚着墙壁，意味深长地回道："那就试试看。"

他，就这样看着？玉凝心里嘀咕。伸出左脚，颤巍巍踩在那绳索之上，只听咿呀数声，绳索晃动不已，她根本无法立足。狂风从崖底刮起，将她裙摆掀起盖过头脸。

她眼前一黑，倏地把脚缩回，抱膝坐在崖边花草上，开口说道："好害怕，吓得脚软了，我不要过去了。夜大哥，你先走一步。这下反过来了，得劳烦你每天给我送些膳食过来。我不挑嘴，只要口味清淡一点，除了牛肉、羊肉、兔肉一口不能吃，其他都可以，谢啦。"

这还叫不挑嘴？夜翎开怀的笑声在崖壁间回荡，卷臂将她娇小身躯嵌进怀里，朗声道："一起走。逮几只活牛、活羊烤来吃，生食兔子也不错。"

他的话让玉凝胃里一阵痉挛，他的举动，又使得她猫一样嘤咛一声，抱住了他头颈。

谁知，夜翎既不使轻功，也不走绳索，而是双脚踩空走在两面崖壁之间，脚下便是万丈深渊。

玉凝惊呼，"喂，你做什么？跳崖上瘾了不成！"

夜翎颔首望了怀中的她一眼，戏言道："小心，不要爱上我。"

玉凝眉眼满是怯色，双颊绯红，怔怔地望着他。

见她娇俏可爱的模样，夜翎心中一动，不禁俯身在她脸颊轻啄一口。唇温热，薄唇周边面具却冰冷，一凉一热两种触觉在她脸上蔓延开来，她猛吸一口气，怔怔地出了神。

风吹拂两人的发丝、衣袂，崖面上云雾缭绕，崖底激流涌动，崖壁藤蔓丛生、奇花绽放。他两人，倒像是幻境中漫步云端的一对仙侣一般。

突然，玉凝咦的一声，似错愕极了。夜翎每迈出一步，他脚下便自动多出一块透明青玉石，青玉石散发着玄妙的透明光晕，待他每走过一步之后，身后那块青玉石便又消失不见了。

她心中佩服至极，油然升起一种暧昧的不明情愫。小心，不要爱上他！

"那种情愫，可以叫做仰慕，或者……爱。"夜翎淡淡地道。

她被他径直说出了心事，不禁脸儿飞红，水样双眸赶忙看向刚才夜翎倚过的墙壁。只见那上面有一颗不起眼的灰色宝珠，闪着薄薄光辉，想必，那便是他们脚下走着的这"神路"的开启机关。夜翎定是倚在墙上时，将它启动了。

玉凝轻捶他心口，不满地说道："你方才有意戏耍我！你分明知道我们可以走这条路离开！"

夜翎猛地咳嗽，血水便又顺着面具流下。

玉凝大惊，忙道："啊，你还好吗……你刚才戏耍我戏耍得极对！莫要再吐血了，我……知错了。"

夜翎哭笑不得，眼中却满是怜爱之情，宠溺地说道："傻瓜。"

他将她放在地上，玉凝双脚踏地之时，才知两人已来到了断崖对岸。

"过了前面的石门，就是宫外了，一会我送你回去储秀宫。"

玉凝循着他的视线看去，枯草藤蔓之下隐隐若现一道石门，满是岁月侵蚀的痕迹。她的双眼被石门旁边的一汪池水吸引了，丢开他的手，快步跑去池边。

"这池水是……"

夜翎见她对什么都好奇，不禁轻笑地说："池水和你储秀宫的荷塘是相连的。"

玉凝嫣然一笑，"地宫竟这般奥妙无穷，危险丛生便罢了，想不到储秀宫荷塘的水竟然跟这里的池子是相连的。倒不知是有意为之，还是无意天成？"

"当年修建地宫的时候，工人日夜赶建，饮水、炊事都是在地宫内，于是便挖通了隧道，将储秀宫荷塘的水引到这里来。这样说来，算是有意为之。"

玉凝攥住他衣袖，急切地问："那……我从储秀宫荷塘能游到这里来吗？能吗？"若是可以游得过来，那出逃便可以省了许多功夫了。

夜翎双眸一沉，目光越过玉凝，朝池面上看去，"可以游过来，不过，游来之后，可能就和你身后那人一样了。"

玉凝心脏猛然一跳，倏然转身，却哪里见身后有人。

夜翎挥臂将她藏在身后，手掌向后一抓，只见那池面顿时水波翻涌，伴着哗哗水声，突然一个重物从水中跃起，一声闷响后，重重落在地上。

玉凝忍不住从他身后探身出来，向那重物看去。乍看之下，吃了一惊，那重物竟是一具死尸？

这人面容依稀可辨，眉眼尚能认得清楚。

竟是——无踪。

尸身腐臭味糜烂在空气中，着实刺鼻呛人。

鼻中满是尸臭之味，连惊带吓，玉凝胃中一阵翻滚，连忙放开夜翎，跑去墙边吐了起来。

背上传来轻轻的拍抚，她知道是夜翎，却无暇顾及，竟呕到要将上辈子吃的食物都吐出。无踪老弟，我绝非见不得你的尸体，可我管不住自己啦，怎也吐不止！

"吐什么，一具死尸罢了，你我死后还不是一样要被尸虫所食。"

夜翎宽慰的话反倒成了催吐剂，玉凝哇的一声又吐了起来。连忙摆手让他莫要再说，又双手抱拳一拱，表示：你若不要再说，我便谢谢你老人家。

夜翎见她吐得极凶，他慌了，愣愣地一下下帮她拍着背。她……怎么了？

良久，玉凝终于止住吐。她浑身发软，脸色惨白，喘着粗气，眼前一阵晕眩，只好靠在夜翎身上。

"要漱漱口吗？"夜翎将她抱牢，却心头一凛，才知问了不如不问。

玉凝点头。突然意识到又着了他的道，这地方便只有那个水池，漱口，必用池中水，尸首便在那水中浸泡过不知多久。她于是十分配合，竟在他怀里吐了开来，将他袍子弄得脏秽不堪。

夜翎一怔，将她轻轻放在地上，走去石门旁边，摘了几个拇指大小的酸果，去了皮，塞在她嘴里，"等我一会，就带你离开这里。"

酸甜味道刺激了味蕾，胃部便不再那般难受。她眉眼弯弯，面颊恢复了几分气色，朝夜翎满是谢意地点点头。

夜翎解下身上的黑色披风，盖在无踪尸首上。

玉凝忽觉，夜翎是隐隐含着怒气的，兴许还带着心痛。她惋惜道：“无踪死在这里了……”

夜翎长睫被雾气润湿，自嘲地勾起嘴角，“是啊，无踪死在这里了。送映雪回去锦州的，是谁？”说罢，拔剑在土地上挖了个大坑，用黑披风裹住无踪，将他放在坑里埋了。暗道：无踪，朕会给你一个交代，用杀你那人的头颅将你祭奠。

玉凝突然惊呼一声。只因，夜翎用剑划破了手掌，将鲜血滴在土坟上，“夜大哥，他是凌烨宸的人，你……伤心什么？怎么觉得你恁地奇怪？”

“不奇怪。死者最大。不管他是谁的人，现在他死了，出于对死者的敬畏，他都该有个安歇之处。举手之劳的事情罢了。”此刻，夜翎只顾伤心了，一时之间竟忘却了伪装声音。他一惊，朝她看去。

玉凝并未察觉他声音竟和皇帝一样。倒是心里随着他的话也跟着难过起来，若非他们无意来到此处，恐怕，无踪一生一世都会沉在水底，不见天日，何其悲凉！

玉凝蹲在那土坟边上，双手捧土往坟上面一下下盖去，又从石门旁花藤草秧中采集一大束白黄色的野花，插在坟头，哀声说道：“凌烨宸要是知道你死了，定然也会伤心难过的。”转念一想，低落道：“我要是再想着从储秀宫荷塘游过来，定然也是死路一条，倒不知我死了，有没有人将我埋葬。”

“什么乱七八糟的，瞎伤感什么。”夜翎突然攥起她双掌，把上面的土壤拍掉。

玉凝突然打了一个寒颤，忙问道：“夜大哥，不对啦。无踪的尸首怎么会在这里？难道真的是从荷塘漂来的吗？”

“你还记得你与七弟泛舟荷塘那夜，朕…………皇帝在你房内的事吗？”差点便将皇帝两字说成“朕”了。

玉凝看着他性感好看的薄唇，一阵心烦意乱，“记得。是了，我当时钻在床下找免死令，隐约听到荷塘扑通一声水花声响。莫非……”

“没错，无踪便是那时候被人杀害的，然后落在水中，顺着隧道，被水流冲来这里了。”夜翎双眸锐利，犹记那时他仅以为无踪是失足掉进水里，却没料到无踪那时候已沉尸水底。

凌苍，你好样的！

“走吧。”夜翎抓起她纤细手臂，朝外走去。

方出石门，便是宫外了。

夜空繁星璀璨，周遭密林葱郁，两人在丛间林木空隙缓缓走着，林中偶尔窜过小鹿三两，松鼠数只，这地方竟是罕有人至的丘壑，用以隐匿地宫出口再合适不过。

玉凝猛吸了一口宫外的空气，没有凌烨宸气息的空气中，有一点寂寥和伤感。突然她润湿了眼眶，握了握夜翎温热的手掌，借以寻求一丝慰藉，“夜大哥，你……还爱映雪吗？”没有来头的问题，也没有期许他会回答。

“你是问凌苍，还是夜翎，亦或是凌烨宸？”夜翎深深凝着她。

玉凝落寞道："没甚区别，都问。"

"贪心。"夜翎刻意压低了声音，"凌苍是不是还爱着映雪，夜翎不知道。夜翎知道的是，凌烨宸也正自迷惑还要不要爱她。而我能回答你的是，夜翎不爱她，一点都不。"

凌烨宸迷惑？没错，怎能不迷惑。雪儿当年告知他，凌苍擅闯双雪殿，意图奸污于她。方才凝儿无意间提起，竟是映雪主动邀约凌苍，那么奸污一事，到底是意图，还是已然是事实？

更有甚者，甄儿……是谁的种？

他那时无心子嗣，哪怕与映雪同房，亦都小心翼翼。凌苍落崖之后那晚，他喝得酩酊大醉。翌日醒来，便和映雪赤裸相对，躺于榻上。他虽命人送去了避孕汤药，映雪也确实喝下，然而，不久，映雪却怀了甄儿。

"那夜翎爱谁？"玉凝见他盯着她发呆，不禁顺着他话茬继续问。

夜翎久久望着她，她被他盯得直发怵。

他握住她双肩，猛地将她按在身后粗壮树干上，逼近她惊慌的脸颊，在她耳边蛊惑道："你！夜翎爱你。我爱你，只有你。"

玉凝后背和树干相撞，隐隐作痛，可这点痛楚，在听到他坦诚炽热的话之后，瞬间便荡然无存。借着月光细细将他打量，他比黑夜淡浅的双眸中亦闪烁着灼热的火苗。

四周突然静得能听到彼此的心跳。他粗重的呼吸喷薄在她耳侧，引来阵阵战栗感，她知道该抵抗，却该死地想要这种暧昧多停留一刻。他对她似乎有种莫名的吸引力和熟悉感。

耳垂突然一阵温热湿滑，是他含住了她小巧的耳珠，灵巧地在她耳蜗里勾画。她推搡，却显得软弱无力，一句句"夜大哥不要……"，却似在辗转缠绵的邀请他给予更多。

"凝儿，你的身体比你诚实。"他轻柔地索取着。

玉凝身体剧烈地颤抖，除了凌烨宸，再没和任何人这般亲密过。脑海中突然浮现出了凌烨宸那双琥珀色的眼眸，蕴含了千年不化的寒冰，带着嘲讽和杀气定定地看着她。

她倏地惊出一身冷汗，四肢百骸皆颤抖了起来，于是，用力将夜翎推开，道："对不起。我……不能爱夜翎，更不会爱凌苍。我早有心中所爱。你待我极好，对我有恩，我该报答，可……我不会以这种方式作为报答。"

言毕，玉凝便朝林外跑去，直到跑出数步，才透得过一口气。

手掌一暖，被他攥紧在手里，她才知道，原来，她跑得虽快，他却一直缓步跟在后面，丝毫不费力气，似她永远逃他不得，为什么这个男人也有这般令人窒息的震慑力。

夜翎调侃道："凌烨宸当真那么好，值得你这样为他守身如玉？连你的夜大哥也忍心拒绝？"

玉凝苦涩一笑，转身看着他，"如果爱一个人跟他好不好有关系的话，那么这辈子，我最不该爱的就是凌烨宸，最该爱的人是懿轩，可……"

"七哥，何不在此多休养些时日再作打算，你身体才康复，赶路奔波怕身体受不住吧。"

玉凝的话还未说完就被打断，这句话便幽幽地从稍远处传来，男子的声音带着关切和担忧。而……他口中的七哥，是谁？

玉凝一颗心怦怦乱跳，双脚如同钉在地上一般，动弹不得，心里却紧张激动极了，重重吸着气，朝那声音方向看去。又听到有人缓缓道："不碍事，时日有限，要快些赶去碧翠山才好。"

这暖若旭阳的嗓音一字一句都敲在玉凝的心坎上，钻进了她心房里最柔软的地方。她猛然甩开夜翎的手掌，身形一踉，跌在身后乱石堆上，双肘撞得生疼，却毫无知觉，急忙四下放眼而望。

只见低处林地，篝火窜天，火光映出了数道身影。

夜翎听到远处对话声之后，眉眼一沉，冷静观察四周，除却篝火旁几道身影，下面林中竟还有不下千人，且各个手持兵刃，依树而立。

见玉凝反应那般激烈在乎，他隐忍着暴怒，垂手站在她身后，两拳紧握，指节咯咯作响，又妒又恨，只差立刻揭下面具，将玉凝好好教训一番了。

玉凝对身后男人周遭烧得极旺的那团妒怒火焰，全然未觉。双眸只在篝火旁数道身影中搜寻查找着。

周雨晴在，凌武在，凌思远也在。

他呢？

凌懿轩在哪？方才明明听到了他的声音！他可还好？一个多月不见，她时时都记挂着他，却怎也没想到他竟在皇宫咫尺之外。

远处大槐树下，棕色骏马长嘶一声，信步移开。马后巨石上，俊逸的身影顿时进入眼帘。

是他，懿轩！

一身青衫，银发成髻，墨眉入鬓，双眸中千百般儒雅温柔，唇边绽出一抹笑意，沧桑中不失淡雅。火苗攒动，他如夜般的黑眸，也熠熠生晕。

凌懿轩一行四人当日从皇宫逃出之后，垂死的七王爷意识迷离之际，竟将一切布置妥当。派人马一路西逃，将皇帝的追兵西引，而他们四人则转而来到了皇宫背阴处密林中，结庐疗伤、养精蓄锐。

"懿轩，是懿轩！"玉凝心中热血涌动，泪扑簌从两颊落下，掩嘴而泣。

"哭什么，好伤心吗？"夜翎手臂占有一般环在她腰肢上，他也伏在乱石上，双眸若鹰一般锐利，扫过围着篝火而坐的凌懿轩众人，以及周遭千数精兵，这些兵将内息深敛，竟各个都是绝顶高手。

玉凝哽咽道："见到懿轩我高兴，当然会哭啦。你看到你弟，难道不开心吗？"

夜翎眼中闪过一刹阴鸷，"开心……致死。"

玉凝只觉他的话别有深意，却未有多想。夜色下，他眸光异样地朝三丈外一棵两人合抱的大槐树看去，她循着他视线而望，只见树根交错处，露出了白色衣裙一角。莫非树后还有一名女子？

凌懿轩走去深棕良驹前，尝试解拴在树干上的缰绳，但双腕似有不便，解了几次竟无法把缰绳解开。

“七爷，你腕上伤还未痊愈，莫要强求，我来吧。”周雨晴说着，三两下将缰绳解开递到他手里。

“谢了，雨晴。”凌懿轩俊朗面容下掩藏不住深深落寞，这点小事还要烦劳一个女子，怎能不落寞。

玉凝心乱如麻，此刻，见了凌懿轩又是欣喜，又是愧疚，“他的手怎么啦？”

“被凌烨宸斩断了手筋。怎样，更恨皇帝了？”夜翎试探着问道。

玉凝下意识地握紧了自己手腕，似感同身受般地疼了起来，随即，看向冰冷铁面，道：“夜大哥，我们下去找懿轩，好不好？”

“你找他干什么！”压抑的嗓音，透着不悦与凌厉，

玉凝骇得向后缩了缩，“我……去问问他，这一月来，过得好不好，我无论如何也该去看看他。你一定也想他吧。懿轩若知道哥哥还活着，一定很开心的。你去和他相认，好不好？”摇着他手臂，玉凝软声软气地说着。

“不是现在。”夜翎凝着她祈求的脸颊，为了凌懿轩求他？

既然他不去，那么她便自己去。

想着，玉凝便从他手臂下钻出，朝乱石下疾奔而去。

“懿轩！懿轩！”

玉凝喊着，却哽咽不成声。脚下一滑便被石头绊倒，滚跌而下在乱石间磕磕碰碰，手掌、脸颊皆被擦破了皮，渗出血来，她也不在乎。爬起身来便又朝坡下的人影奔去，她哪里知道四周还有上千人，更不知道这一刻夜翎的顾虑：若被发现，免不了一场酣战，定然九死一生。

此刻，她眼中便只有凌懿轩一人。

然而，夜色下的树丛中，实在看不清楚脚下的路，她一个趔趄又猛地趴在地上，只能气馁地捶着地面，嘴里低泣着，“懿轩，我是玉凝！”

突然腰身一紧，被人揽住腰肢，从地上提起。紧接着又被人捂住了嘴巴，熟悉的怀抱，淡淡清香和着鲜血气味将她包围，身后的男人，除了夜翎，再没别人。

她急得泪落不止，却再发不出任何声响。

凌懿轩牵着马才走了两步，突然顿下脚步，朝上面暗处石丘看去。心中毫无缘由地酸涩伤怀起来，淡淡睇了眼身侧的周雨晴，道：“雨晴，你可有听到玉凝的声音吗？我……听到她喊我了。”

周雨晴视线所及之处，只见月光下满是树影婆娑，入耳的皆是身侧篝火燃烧枯枝的噼啪声，她搀住七爷，柔声安慰：“爷，你又听错了，怎么又忘了，娘娘现在皇宫里，不可能出现在这荒无人烟的地方，更何况现在可深更半夜呢。”

凌懿轩眼眶酸涩极了，不觉间丢了手中缰绳，将背在背上的画轴拿在手中，紧紧握住。他眸光深邃，淡淡扫了眼凌武和凌思远，“我这次是真的听到了，再不是过去那些日子那般

心乱听差了去，你们内力深厚，也没听到玉凝的声音吗？”

凌武、凌思远对望一眼，齐声道：“七哥，我没有听到，依旧是你听错了。不是要赶路？动身吧。”

凌懿轩眼露疑色。

凌思远立即对暗处上千兵将喊道：“你们可有听到什么声音吗？”

“回爷的话，属下什么也没有听到。”异口同声的回答，出自上千人的口中。

而凌武、凌思远两人自是听到了声响的，可是，决不能让七哥再见到玉凝，不然，七哥受到的伤害只会更大。千名兵将哪敢越矩多说什么，两位王爷都没听到，他们即便听到了，也只能当做是没听到。

凌懿轩脸容失落至极，抬眸朝高处斜坡看去。

玉凝被夜翎紧紧捂住着嘴巴，箍在怀里。她又气又急，双眸圆睁，紧紧凝着凌懿轩，想确定他到底是否安好。可却隐约见他双眼下一层阴影，脸上亦是一层青茬，显而易见，他过得一点都不好。

“七爷！”“七哥！”“王爷！”众人突然惊呼。

原来，凌懿轩本是静静地站着看向斜上方的，却突然凌空跃起，几个起落便到了远处乱石堆旁。他自己也不知道为什么会冲动地要靠近这里，心中仅有一个强烈的执念，似这里有什么吸引着他一般。

玉凝身子被夜翎向后拖拽，藏身于暗处阴影中。凌懿轩此刻就近在眼前，她却发不出任何声响。无计可施之下，变狠狠咬住挡在嘴巴前面那只可恨的手掌，但是直到尝到血腥气，几近咬掉他一块肉，手掌的主人也不肯妥协。

她难道连一句对不起都不能亲口对懿轩说吗？泪一颗颗滚落，月光洒下，泪水闪着盈盈的光。

风起，将她的泪珠斜斜地吹下。

凌懿轩攥着画轴，四下查找，忽觉左颊几丝凉意。他抬手抹去，指上是两滴水珠，将那水珠递到唇边，以舌尖轻尝，咸涩的味道，是泪？

“玉凝，是你对不对？如果你在，回答我。”凌懿轩心脏突然像被尖刀剜绞一般剧痛开来，心中压抑着千万般不舍和怜惜，竟都不知来自何处，仅知道，一个月来深深压抑的思念瞬间已决堤崩塌。

玉凝用力地挣扎，对夜翎的手掌又抓又咬，哪怕他手臂已满是血痕，鲜血顺着她脸颊流下，她却总也挣脱不开他的桎梏。

夜翎淡淡看着怀里愤怒的她，心道：若是和你分别的是我，你可也会这般痛心？你何曾为我流过一滴泪？你想见他，我便偏让你眼睁睁看他离开。

四周毫无回应，凌懿轩渐渐失望，将握在手中的画轴展开，画上女子眉眼清丽，双颊酣甜，唇尾含嗔带俏。他痴痴看着画上人儿，痴情地说道：“凝儿，今生，何时才能再见？再见之时，你嘴角是否依然还有这般无邪笑意？”

玉凝胸口空气似被抽空，她猛然抽泣，泪夺眶而出，心中喊着："懿轩，我在，就在这里，你再往前走几步，就能看到我啦。"

玉凝知道夜翎此刻正愤怒着，因为她腰上很疼，夜翎使力拥着她，似要将她拦腰截断了一般。

凌懿轩卷了画像，小心背在身后，又朝玉凝方向望了一眼，便转身朝凌思远等人走去，"出发吧，前往碧翠山。"

凌武、凌思远从篝火旁起身，千数精兵亦都排列整装，牵马而行。

凌武走到一棵大槐树后，只见一身着白衣的绝色女子在树后小憩，她怀中还拥着一个玉琢一般的娃娃，也自沉沉睡着。凌武冷漠地在女子小腿处踢了下，冷冷地说道："映雪，起来了，走了。"

原来，玉凝、夜翎两人看到的那一缕白色衣角的主人正是映雪。

映雪睁开惺忪的眼，对眼前男人不满地嗔道："凌武，皇上若是知道你对我这样粗鲁无礼，一定会将你千刀万剐。"

凌武不耐，"四哥要是知道你过去的所作所为，对我定是感激不尽，只嫌我不够粗鲁，到时被千刀万剐的还不知是谁呢。"

映雪气恼地回道："你……放什么厥词！凌苍交代你们的话，都忘了不成？"

"凌武，莫要跟她多费口舌。"凌懿轩的嗓音不怒而威，他牵马停下，转头看向凌思远，"映雪不会骑马，你驾马载她一路。"

"是。"凌思远将映雪扶起。

"谢了，七弟。"映雪睇了眼凌懿轩，心道待她见了皇上，告他们一状，到时定要他们好看！

凌懿轩淡淡地道："我跟我哥好不容易才相见，他托我由此到碧翠山照顾你一路，我自会从命，你谢他便是。我心里，早已把你杀了不知几回。"

映雪一怔。那日无踪护送她出宫之后，却被凌懿轩的人所劫，她本以为必死无疑，万没想到无踪便是凌苍。岂不是连老天都在帮她，当下便来了主意。

玉凝妄图跟她争男人，怎么争得过！

映雪无意间向高处乱石堆看了一眼。

玉凝顿时惊得愣在当下，背后夜翎身体猛然一震，看来见到映雪也给了他不小的冲击。

"为什么拦着我，不让我去见懿轩？"玉凝愤愤地怒道，夜翎因专注地看着下方的映雪，而松开了她身上、脸上的束缚。一丝失落感涌上她心头。

玉凝欲追凌懿轩而去，却走出一步便再也走不动，原来左腕还紧紧攥在夜翎掌中。

"老实点。"夜翎道。

玉凝眼见凌懿轩众人已上了马背，随时准备出发，她便又想呼喊。

夜翎似乎因烦躁和暴怒而失去了耐心，突突两下点在她哑穴上，厉声道："随你去喊。"

玉凝已被锁喉，丝毫声音都发不出，于是故技重施地对他又打又踢。可背上又被人突突点了几下，眼前一黑，向前趴去，昏在了夜翎怀里。

“早想帮你点了她的穴，也省了这么多麻烦。”妩媚的声音、婀娜的靓影，当然是恨生到了。方才将玉凝点昏的便是她。

夜翎将怀里的女人放在恨生怀里，还不忘提醒道：“抱好她，攥住她左腕金铃，免得惊动七弟等人。”然后，他冷眼望着映雪及她怀中娃娃，却没有上前相救的意思。现下救下她，不就不知道后来还有什么好戏了！

玉宸缘

下

墨染胭脂

【作品】

新世界出版社

第二十一章　身怀有孕

五日后，碧翠山下的集市路上浩浩荡荡地行走着数百辆车马。

这集市上人来人往，车水马龙，摊贩林立。

“阿姐，我们一路走来一路问，却都没有找到小弟，他是不是真的早被狼叼走了！”说话者声音若银铃般清脆，身着粉纱绿裙的女子，是云天王的次女——耶律双。只见她挥舞了一下手中鞭子，便坐上了马背。

“父亲让我们沿路寻找，我们就一定要按父亲的吩咐办！小弟是不是被狼叼走是一回事，我们有没有尽心寻找是另一回事。”说话者的年龄较耶律双长了两岁，身着一袭黑纱，脸色白皙明艳，正是云天王大女——耶律婉。

耶律双忽然闻到阵阵饭香，扭脸一看，却是一家客栈，招牌书：上当客栈。“阿姐，我们进这家客栈问问，看店家有没有人见到小弟吧？”

“妹，你又饿啦？”看看天色，已近正午，原来，他们一行人马不知不觉间又找了一上午，耶律婉拉了一下缰绳，“也好，我们进去用了午饭，再接着找吧。”说罢，对身后上千人马吩咐道：“你们也都歇歇脚吧。不要走远啦。”

拴了马，耶律双拉着姐姐进了客栈，客栈生意极好，客人满满当当，竟都是不怕上当的人。

佳肴饭后。耶律双丢下银两付账，询问道：“小二哥，你见到我家弟弟了没有？”

耶律双性格天真烂漫，自小在云天都城生活，自是无人不知无人不晓她小公主的身份，养成了这等直来直往问话的习惯，她哪里管小二认识她不。

店小二眼望着她手里那一锭银子，对这等傻乎乎的问题倒也恭敬地回答：“姑娘，你家弟弟长的啥模样，说说看，兴许小人见过呢。”

“我弟弟被我娘丢去喂狼啦，将他丢掉的时候，他还是个婴儿。现在该是十八岁了。样子早变了，不过长得一定跟我一样好看。你见过他吗？”

耶律婉轻啖着茶水，但笑不语。

店小二忍不住睥向两姐妹，一下子脸臊得通红，这两位姑娘果然是一等一的美人，“这……小店今日是交了好运，来的都是有头有脸的人物，像两位姐姐这般貌似神仙的人，小人是见了不少，却不知道那里面有没有你弟弟。”

耶律婉丢下茶碗，“小二，可否烦劳指引？我跟我妹妹去确认便知。”

小二指向了大堂另一侧的雅间上座的那一桌，“两位神仙姐姐请看，那一桌的客人，即便是那小丫鬟也娇美得要滴出水来啦。”

耶律姐妹循着店小二手指的方向看去，只见那一桌上坐有数人。

放眼而望，第一眼便看到那男子，只见他身着紫衫，纤长手指轻执酒盏，万千风华的俊俏男子，淡淡琥珀双眸，微眯蕴笑，缠绵柔情地望着身侧的小厮。

耶律婉、耶律双不禁暗暗可惜：这么好看的男人……

只见那小厮，眉儿弯弯，双瞳若剪秋水，双唇嗔中带怯，怯中含羞，时不时推搡着紫衫男子的碰触。

耶律姐妹啧啧暗想：这般粉嫩男娃，不当男宠着实可惜。

另外一桌坐着几个人，其中一人笑脸相迎，脸面清秀，身形细挑，举止阴柔，正与他身旁那身着黑衫的男子调侃，再看那黑衫男子，竟是一冷面郎君，不说不笑，任那笑脸郎君去嬉闹。

这冷面郎君时不时地望向那男宠背后的丫头，俊脸便红了几分。想必这丫头便是店小二口中那娇美得滴出水来的小丫鬟。

还有两人挨肩而坐，一人带了宽沿儿的帽子，帽檐儿垂下白纱遮了脸容，只见她身形婀娜妩媚，只看身量便已惊为天人，她身旁坐有一中年妇人，四十岁上下，一脸肃然，想必是那紫衫男子的母亲。

这中年妇人也这样美，西岩国的美人可真多！

耶律姐妹怎知，这一桌的人个个都不简单。

“妹，这里看不清楚，我们去看看吧。”

“好。”耶律双将银锭子塞给店小二，“不要找零啦，多的银子算我打赏你的。”

耶律双拉着她姐姐绕过大堂里一桌桌客人，走到对面上座雅间去了。

耶律双水汪汪的眸环视围桌而坐的众人，定睛身着紫衫的男子，娇声道：“喂，我问你们，可有见到我弟弟吗？”本想着这一桌的人也会像那小二一样地趋于奉承，却怎料，竟没一人搭话。

“邢掣，邢掣，你怎么又偷瞧冬儿？干脆趁着今天，咱们爷还有吴欣主子都在，你就跪下磕个头，要了冬儿做媳妇好了。”笑脸郎君拍着那黑衣男子笑道。

黑衣男子正是邢掣，而那四十岁上下的妇人正是吴欣了。冬儿自是那玉娃娃般的小厮身后的小丫鬟。

若是这般，那紫衫男子和那玉娃娃倒也不必猜想，是凌四爷和玉凝不假了，倒不知那遮了面纱的女子是谁。

邢掣说道：“月下，休要胡言乱语。你让冬儿为难了。”原来笑面虎却是月下。

吴欣和蔼道：“邢掣这小子原来中意冬儿那丫头，我还不知道呢。宸儿，你这当爷的怎么如此不体恤部下，我看邢掣也十七八岁了，该是男大当婚的年龄了。”

冬儿心中小鹿乱撞，飞快地偷瞥了眼邢掣，随即手死死地抓住玉凝的后衣摆，怯怯地小声叫了声“小爷。”

是了，玉凝自那晚昏在夜翎怀里之后，便晕晕沉沉地睡了四五日，醒来时已是穿着男装，被凌烨宸从客栈三楼客房抱下来用膳，她自己也迷糊不解地从哪里冒出一个如此有气魄的吴欣阿姨。

凌烨宸笑道：“冬儿不是我的人，能不能许给邢掣可不是我说了就算的。欣姨，您可给我出了难题了。”

玉凝一怔，原来是他姨，以前怎没见过？

吴欣眼角淡淡地睥了眼玉凝，不满地说道：“你这是什么话，你是一家之主，还有你说了不算的话？你只要说将冬儿许给邢掣，要是谁敢不从，欣姨我第一个便不饶她。”

玉凝禁不住打了个冷战，面对吴欣看着她时而慈祥、时而恼恨的目光，她不禁正色道：“爷固然是一家之主，可也不能乱点鸳鸯谱，即便爷把冬儿许给了邢掣，也不见得他两人就能过得美满，成亲是终身大事，这还得问问邢掣的意思。”即使邢掣同意了，还得看我的冬儿愿意不。

邢掣紧攥拳头，对凌烨宸道：“我都听爷的吩咐。”言下之意，娶冬儿自是愿意的。

月下大笑道：“木头开窍了！”

“瞧，话茬又抛给了我。”凌烨宸旋即对玉凝柔声道：“冬儿是你的人，一切都是你说了算。莫要顾虑旁人怎么想。”

玉凝心里一暖，他没有顾虑吴欣的想法而是尊重她的意见，她自是喜欢的，“如是这样，便多谢爷了。待我问过冬儿的意思再作打算。”

邢掣、冬儿对看一眼，便又飞快地移开了视线。

吴欣笑意不悦，慈中带威，威中有狠。

那遮面纱的女子说道：“欣姨，莫要跟她生气，她一向蛮横惯了，眼中可谁都没有呢。就是连爷，也不放在眼中。”说着便揶揄地笑了起来。这话听来不像敌意，却也没甚好意。

玉凝会意一笑，她当是谁，原来是恨生，没事戴着面纱做什么？

主仆一桌自顾谈天用饭，竟没一个人将耶律姊妹看在眼中。

耶律双心中暗想：哪有人敢无视她的存在，这一桌的下等人简直是活腻啦！随即，她对这一桌的主人模样的人大喝：“喂，穿紫袍长着琥珀眼睛的妖怪，你耶律姑姑我问你话呢，没听到吗？”她口中那妖怪指的正是凌烨宸。

凌烨宸眸光转冷，周身立即便笼罩在一层森冷危险的气息中。他的眼抬也不抬，手里动作也未停下，将手中的吃食不急不慢地喂到玉凝嘴中。

玉凝边咀嚼边打量凌烨宸，他一向最介意旁人谈论他眼睛的颜色，这下他一定气得七窍生烟了，可是，凌烨宸却依旧耐心含笑地喂她吃饭，她心中又是一动，提醒道：“你耶律姑姑，好像在喊你。”

凌烨宸脸上一动，揶揄道：“这是你醒来主动和我说的第一句话，你不生我的气了？”

玉凝哼的一声将脸别过，心里还在为他去恨生那里过夜一事耿耿于怀。却也没胆量问他是在哪里把她找回的？更没本事问他夜翎哪去了？凌懿轩在哪？

凌烨宸将她的小脸扳回，不厌其烦地在她耳边呢喃哄慰。竟又是将耶律姊妹扔在一边，没作理睬。

邢掣随后看也不看耶律姐妹，冷声道：“没见过两位姑娘要找的人，请到别处去寻吧，别打扰我家爷用餐。”

耶律双啊呀一声，不满邢掣对她这般不敬，抓住邢掣左肩，耍泼道：“喂，你为什么看也不看我一眼？我长得不好看吗？”

冬儿焦急地提醒道：“邢爷小心。”

邢掣心头欢喜，左肩轻抖，便将耶律双的手掌震落，讥讽道：“就凭你这句话，我便没了看你的兴趣。不过，即便是你再好看，我也不爱看，在我心里已有了最好看的人，除了薛小爷，便再也没人能及得上她。”他一边说着还一边含情脉脉地凝视着冬儿。

冬儿心头一颤，喜不胜收。自是不敢跟主子媲美的。

玉凝看看冬儿，看看邢掣，会心一笑。手上一暖，才发现被凌烨宸裹住了小手，她倏地甩开他的手掌，害羞地说道：“让这客栈的人看着两个男人拉手勾背，好有趣吗？”

凌烨宸懒散地环视了一眼客栈中的宾客，但见的确是道道目光隐约投来，男女皆在指指点点、遂评头论足，不以为然地道：“随他们去看，我就要让别人看着我与你拉手勾背。”

凌烨宸低头在她嘴角轻啄，淡淡地道：“我还要让人看我偷吃你嘴上的胭脂。你不让吗？”

玉凝羞恼不已，突然腹中翻搅，干呕了起来。

凌烨宸脸面顷刻变色，他不过吻了她，她竟干呕起来，“小哥哥，你让爷我好下不了台。”话是这么说，依旧拿起了梅果塞到她嘴里去。

玉凝哪里是故意让他下不了台，是真的胃里难受罢了，她不无娇嗲地道：“你若再来犯我，我便当真吐出来，让你难堪。”

凌烨宸捏捏她的鼻尖。

吴欣见玉凝先是干呕，接着吃了梅果舒坦受用的模样，暗想：难道她怀孕了吗？若是这样，这不为世俗所容的孽种，我得帮宸儿除掉！薛玉凝如此折腾我儿，真是气煞我也。过去几次救她都是我儿求的情，我才勉强答应，她却不知我儿子的好，越发难伺候，我干脆连她也一并杀了，一了百了。

耶律双被邢掣内力震得后退数步，眼看便要仰脸摔倒在地，月下伸手在她腰上轻轻一托，将她扶起并不解地说道：“大姑娘，你怎么谁都不去惹，偏去惹这木头，他可不好欺负呀，我都怕他呢！”

耶律双被月下碰了腰肢，又羞又恼，啪的一声按上腰间佩剑，恼羞成怒道：“谁让你扶我的，我砍掉你的手。”

月下倏地伸出双腕，委屈道：“我扶了你，你却恩将仇报，砍吧，砍吧，算我自讨没趣了。”

耶律双见他能言善辩，机灵得不行，她瞪了他一眼，挥剑便砍，月下躲也不躲。她吓了一跳，正想收力，耶律婉急忙拉住她身后的衣裳，把她向后提了一步，上前对月下抿嘴一笑，“小兄弟，再晚一步，你可就残啦。”

月下挑眉睥向手拿宝剑的耶律双，“哪会？”

耶律双偷偷睥向月下，好自负的人，他怎知她不会真砍，刚才假若真砍了他的手，让他哭死。

耶律婉对凌烨宸拱手道：“我小妹心直口快，但也没有歹意，只是寻找弟弟心切罢了。我两人途经碧翠山，在这客栈歇脚，顺带问一问家弟的下落。几位莫怪。”

玉凝心下一凛，这里是碧翠山！懿轩便在这附近！

“姑娘客气了，我的随从也有不对之处，还请你二位多包涵。”凌烨宸斜斜地看了耶律婉一眼，接着抬起玉凝的下巴，霸道地说道：“跟我在一起的时候，心里便只能想我。”

玉凝惊，他怎么什么都能看得穿？

耶律双见她姐姐面容失落，安慰道：“阿姐，你别气，那琥珀眼睛的男人不是个‘正常人’，不爱看你也是正常的。”

耶律婉知道她妹妹发现了她在看那紫衫男人，脸上一红，问道：“小妹，你觉不觉得他很面熟，像不像三年前跟咱们打仗的凌四爷，凌将军？”

然则，何止是像？不过三年不见，凌烨宸退去了稚气，较之三年前多了一份沉稳内敛，岁月将他打磨得更加俊美邪肆，也更加孤傲张扬。

是以，耶律婉不敢贸然相认。

耶律双颔首回答道："像极了。可，这人比凌将军好看。而且，凌四爷已是皇上了，不可能在这荒郊野外。再说啦，阿姐，凌将军都看过你肌肤了，一定会娶你，怎会不和你相认。所以，阿姐，是你认错了。"

耶律婉便又想起那时凌烨宸几招便挑开她衣襟领口的一幕，心头涌动，柔肠千转"是啊。"拱手对众人道："如此，谢谢各位，告辞了。"

"你家小弟，叫什么名字？"甜甜怯怯的一声，却是出自玉凝之口。

耶律双道："姓耶律，名字叫作……"

"哈，废话！"面纱下的恨生声音慵懒，调侃道："你弟不姓耶律，姓什么？"

耶律双姣好的容颜气得通红，这才想起方才她自己已自报了姓氏，恼羞成怒地拔了佩剑指着恨生，愤愤道："你这不敢以真面目示人的丑八怪在说什么！"

邢掣食指轻弹，当的一声将她佩剑弹开，大声喝道："休要无理。桌上女眷的容貌，哪个都比你强千倍。"

耶律双结巴道："你……你们欺负人！"

耶律婉急忙扶住她妹，随即道："我家小弟，单名一个掣字，耶律掣是也。"

凌烨宸一怔，看看邢掣，高深莫测地笑了。

"我们都没有见过你们要找的人，我之所以问你家兄弟的名字，是想提醒两位姑娘在问旁人的时候，便要说出你家弟弟的名字，这样也好找一些。"

玉凝说着便轻咳起来，背上是凌烨宸手掌一下下轻轻拍抚，耳边传来他轻柔的声音，"你风寒还没好，还费那力气与她们多说什么，她们自是不会领情的。"

果不其然，耶律双道："谁要你这上不得台面的人来指指点点。凭你也配给我提意见？你可知道我是谁，说出来我的姓氏，吓死你！"

玉凝见她姐妹两人苦苦找寻，心下不忍，于是出言提醒，谁知一片好意，倒吃了闭门羹，不过她见耶律双实在简单可爱，便道："姑娘，你姓耶律，我已知道，可我也活得好好的。怎么可能就被吓死了呢。"

耶律双大惊，又忘了方才已自报姓氏，一脸茫然地问道："你怎么知道我的姓氏！你是什么人？竟私自调查我吗？"

玉凝忽觉肩头一暖，原来是凌烨宸给她披上了一件袍子，他的声音在耳边响起，"不想理她便不理睬，我这便打发她走。你省下气力晚上伺候我吧。"

玉凝双颊飞红，在桌下踹了凌烨宸一脚，对耶律双道："方才你说了，你弟姓耶律，那你自然也姓耶律啦！更何况你一来便以耶律姑姑自称。"

耶律双急得跳脚哭了起来，自觉今日受尽了侮辱，随即拔了佩剑，嗖的一声将短剑掷出，斜插在玉凝面前的桌面上。

玉凝身体一震，眼露怯色，显然没有料到耶律双还有这一招，当下便受了惊吓，不禁往凌烨宸怀里拱了拱。

凌烨宸温热的手掌在她肩头轻拍，安慰道："莫怕。"眼眸一沉，嘴角狠厉上扬，双眸中倒映出耶律姊妹。

邢掣、月下互看一眼，暗叫不好，爷，生气了！

耶律双犹在状况外，俯瞰了一眼玉凝，怒喝道："那小厮，快用你眼前那短剑自刎给耶律姑姑谢罪，我姑且留你全尸。"

吴欣忽觉裙摆下嗖嗖凉意，似有风袭过小腿，然这上座雅间几近封闭，外面的风自是吹不进来的，低头一瞧，脸露异色。

只见她的宝贝儿子，凌烨宸用粗劲的右腕翻转，手掌微抓，手心内劲已然成风，琥珀双眸射出两道寒芒，冷然地望着耶律双。

凌烨宸心中对耶律双出言让玉凝自刎谢罪一事大感气恼，现下，他自己对玉凝都要小心伺候，哪容得旁人污言秽语地加以伤害。

他眯起眼眸，伸左掌掩住玉凝的双眼，右掌倏地抬起直击挥出，朝耶律双方向拍去。

玉凝眼前被他遮了光亮，他身子猛地一转，她便突然之间胃里又不适，连连呕了几下，双手突地抓住了凌烨宸右掌。

凌烨宸大惊，唯恐内力伤到她身子，便戛然收力，气沉丹田，掌心内劲散去，轻柔拍抚她背上，"怎么又要呕？到底哪里不舒服？"心里却一个激灵，莫非她……

玉凝这一吐，在耶律双眼中，大有挑衅和蔑视的意味，她狠厉地说道："我让你自刎谢罪，你却要连呕带吐，你……竟敢小瞧我！"说着，端起桌上热汤盆子向玉凝泼去。

"薛小爷当心！"邢掣、月下伸手去抓那汤盆，却失手不得。

"是我讨厌的西湖牛肉羹。"玉凝吓得赶紧闭起一双大眼。

"你该担心的是若被烫到会怎样吧！"凌烨宸紫色衣袖抬起挡在她身前，赤手朝迅猛飞来的陶瓷汤盆一推。

那汤盆又倏地朝反方向飞去，哗的一声尽数倒在耶律双胸襟前，烫得她双手在胸口又扇又扯。

凌烨宸望着玉凝，镇定地道："没事了，睁开眼睛吧。"

玉凝惊魂未定，只见凌烨宸左臂衣袖湿了一截，蜜色手背被烫得通红，起了好多水泡，她一阵心疼，拉着他的手掌，吹着凉气，心疼地道："你真没用。"泪水涌出眼眶。

凌烨宸开怀一笑，调侃道："能换你两滴泪，这点小伤小痛算什么？"

耶律婉见凌烨宸对她妹出手丝毫不怜香惜玉，讥讽道："西岩国的男人真是英勇，大庭广众之下欺负一个弱女子，难道不会脸红吗？"她心里自是知道是她妹妹的不对。

耶律婉说这话，其实也有几分想使用激将法让那紫衫的俊逸男子跟她说上一句话，谁知凌烨宸却薄唇抿着，痴痴地看着她怀里的玉凝，压根没有搭话的意思。

月下道："耶律大姐，你这话说得不对，是你家妹妹拿汤盆丢我家小爷，我家主子乃是出手保护了我家小爷，这有什么不对！难道你家乡的英雄好汉便都会任人欺侮？"

邢掣眼角睥向耶律婉，"你的话也自不成立，我主子是英勇，这一点绝对没错。但你跟你妹，哪一个都不是弱女子。"

"阿姐，阿姐，双儿不依，刚才那小男孩对我又呕又吐，这口气我咽不下。"耶律双自认理亏，对被汤水浇了个湿漉漉一事只字不提。

耶律婉不屑地望了眼玉凝，揶揄道："妹，莫急，那小哥哥哪里是看不起你，'他'吐，一定是因为怀孕了，孕吐而已。"

此话立即引得满堂宾客大笑，一个男子怎么可能会怀孕，都知道这耶律婉是在羞辱男子装扮的玉凝。

耶律双心思单纯，不懂她姐姐话里暗含嘲讽，"阿姐，你糊涂啦，男孩子怎么可能会……"

她话未说完，便听嗖的一声，一把短剑从姊妹脸中间穿过，两人惊得急忙旋身闪开，却因那短剑来势凶猛狠劲，又是横向飞来，两人竟闪躲不及，剑尖划伤了姐姐的右颊，剑柄捣在了耶律双的左颊。

当的一声，短剑刺进了客栈大堂的柱子里，剑柄竟也没进了柱子中，可见出手人内力深湛。

"那是我方才让小男孩自刎用的剑。"耶律双将剑从柱子里拔出，关切道："阿姐，你的脸被划了一个大口子，流血了，很痛吧。"

耶律婉擦了把脸上的血，看向凌烨宸，只见他缓缓地收回左手，嘴角还噙着一抹儿冷笑，她伤心道："是你出手伤我的吗？"

"是我。你若再对我怀里的人出言不敬，下次那剑便不会再射偏分毫，一定刺到你心脏去了。"

耶律婉见他跟她说了话，当即忘了脸上的伤，心里不禁一喜，便想再多和他说上几句，莞尔一笑道："哼，你也不见得有多爱你怀里的人吧。"

玉凝身体一震。

凌烨宸将她拥紧，冷声问耶律婉，"耶律姑娘从哪里看我不爱她，不妨说说看。"

玉凝暗暗催促道："对，说说看。"

耶律婉道："你若爱他，一定不容侮辱他的人活在世上，可你刚才出剑，显然没有起杀人之心，这足以说明，你有意留我性命。你一定喜欢我，不舍得我死。"

面纱下，恨生无奈地摇头道："欣姨，我扶您上楼休息吧，这里有只乌鸦一直呜呜啊啊，聒噪死了。"

"是吗，我倒觉得这黑色乌鸦比有些人可爱呢。也罢，我也累了，咱们上楼歇着去吧。”吴欣让恨生搀着离桌去了。

玉凝心里大感难过，吴欣嘴里的“有些人”三字和“玉凝”是画等号的。

“难过什么，我就喜欢你这不可爱的家伙。你的男人是我，不必理会他人。”凌烨宸轻笑。

玉凝脸上一红，他怎么对她越发的好了？

凌烨宸突然看向耶律婉。

耶律婉一凛，对这男人森冷的目光感到惊骇不已，却也觉得他目光摄人魂魄，她一阵心神荡漾，“难道你不是因为喜欢我，才舍不得我死吗？”

玉凝气得拳头握得紧紧的，这姓耶律的女人，好生烦人。见面才不过一顿饭的时间，哪来的喜……欢？！等等，这女人姓耶律……莫非和云天国有什么关系？

凌烨宸轻笑着说道：“你的死活跟我有什么相干，不杀你，只是我怀里的娃娃见不得血，我只怕吓着她，若非如此，你以为你还能活着唠叨这一通。”

耶律婉心口一窒，心火上涌，脸上火辣辣地烫。

玉凝又干呕，抓起梅果含在嘴里。

凌烨宸低头深深地看着她，欲言又止。

玉凝也正在焦虑不安，准是有孕了，凌烨宸一定不会要她的孩子，要是他给她灌打胎药，可怎么是好！此刻已不在皇宫之内，干脆找个机会逃了吧。等等，他带她来碧翠山……做什么？

“我带你回客房。”说罢，凌烨宸的心里也在揣摩：凝儿这几日胃里总是不适，时常干呕，难道她真的有孕在身吗？可前几日她还告诉他她来了月事，莫非是骗他的？若她当真有孕，便不能让她多做奔波，甄儿是不是他的孩子他且不知，凝儿对他忠贞不贰，孩子定是他的，他自当小心呵护。

玉凝的心怦怦乱跳，拒绝道：“不，不，我不去。”

耳边一阵阵温热的气息，撩拨得她心烦意乱，又听他道：“乖，回房里什么也不做，我只坐着和你说说话。”

玉凝眼中明显写着“我不信”三个字。

凌烨宸扫了一眼邢掣、月下，吩咐道：“我先离开，这里你们处理。”说着，抱起玉凝朝楼上走去。

耶律婉见凌烨宸已上了几阶楼梯，羞辱了她便想走吗，没门！她高声喝道：“公子，你站住。”说着，伸出两手向凌烨宸后背抓去。

玉凝惊呼道：“那缠人的大姐来了！小心。”

凌烨宸向左快速欠身，轻松躲过身后那一击。

耶律婉扑了个空，扑通一声趴到楼梯上去了，暗道：我偏不信他不来扶我！

耶律双扶起她姐姐，对凌烨宸道："你……敢惹我姐，我阿姐可是你西岩国未来的皇后，连皇上都要敬让她三分，小心我阿姐禀明西岩皇上，抄了你全家！"

耶律婉脸上一红，提醒道："双儿，出门在外，低调行事。"

玉凝心下一凛，对耶律姐妹的身份猜出了七八分，她望向凌烨宸，大有哀怨凄婉之色。

凌烨宸感到她目光，心头一动，遂冷望耶律婉，"你是西岩未来的皇后？"

耶律婉从未被男人这样放肆无谓地盯着看过，不禁芳心暗动，脸颊热了几分，"实不相瞒，我姐妹两人乃是云天公主，此番来西岩，正有和亲之意。以我的身份，你西岩皇帝定不会委屈我做一个小小嫔妃。皇后之位……不过，跟你一介平民说这许多，也是没有必要的。"

玉凝长指甲掐着凌烨宸脖间一丝皮肉，大声嚷着，"放我下来。"

凌烨宸脖间吃痛，暗自思忖找机会剪去她的长指甲，哄慰道："没必要为她吃醋，这份敌意不存在。"

玉凝被拆穿心事，默默不语。

月下走来，"大姐，你想嫁给西岩天子，可不知道西岩圣上愿不愿意娶你？皇后娘娘不是谁想当就能当得了的。云天沙漠之地，你们这样粗野，我看是都当不了娘娘啦，娘娘哪个不是细皮嫩肉，皮肤白皙的。你看看你们……"

邢掣冷声道："只有薛小爷这样的样貌，当皇后才行。"

月下仰起下巴，用眼角斜斜地去看耶律婉和耶律双，鄙夷地发出啧啧两声。

耶律双却城府极低，当即气怒，"西岩皇帝若是不娶我阿姐，我们便带兵打到他家门口，看他娶不娶。"

玉凝一时醋意上来，嘲笑道："你家姐姐，好没羞，这样着急嫁人？"说罢方觉后悔，抬头正迎上凌烨宸戏谑的视线。方才她酸溜溜、凶巴巴的口气，分明是在极力捍卫自己的丈夫。

耶律婉瞪视玉凝，狠厉地对凌烨宸说："公子，还不将她的命交给我吗？难道你也想死？"

凌烨宸不屑地说："你是皇后也好，带兵打到皇帝家门口也罢，你就是搬来了天王老子帮你，我也不惧你分毫，想要她的命，你不配。"凌烨宸说着转身踏上楼梯。

"且慢。"耶律婉双掌出力往他背上推去，凌烨宸倏地顿下脚步，不躲不避，受了她那两掌。

耶律婉大惊道："糟啦！"

凌烨宸嘴角轻勾，肩背猛然一震，便将她掌力还回，顺带发出了三分内力，全数击在耶律婉身上，这股力道顺着她双腕贯透她身体，将她内脏震损，嗯的一声，跪到凌烨宸身前，嘴角滑下几缕血迹。

玉凝仅知道凌烨宸挨了耶律婉两掌，急急地问道："你受伤了吗？"

"没有，别担心。"凌烨宸道。

"阿姐，你受伤了。"耶律双上前抱住她姐姐。

"这位公子未出全力，是以，我并没有生命危险。"耶律婉嘴角淌下鲜血，虽无生命之忧却也动弹不得。

凌烨宸厉声道："你姐妹两人，看清楚我怀里这孩子的脸孔，以后见了她便都要行三跪九叩的大礼才行。"

耶律姊妹一怔，怒火渐盛。

玉凝也大为吃惊。

众人在相对玉凝的视线后，便又都埋首吃饭去了，这下，东北角暗处一桌的人便凸显了出来。有两道视线正肆无忌惮地看着玉凝。

玉凝这时候大觉左耳热辣辣，朝左边远处一看，正对上一双兴味正浓的黑眸，那男子一张粉白脸颊，若三月桃花，两颊各有一个梨涡，可爱极了。

玉凝一瞧见这男子，心里大有亲近感。他看着她的眼神不闪不避，坦然极了，难道认识她吗？

那粉面男子见玉凝脸露疑色，唇语道："小兄弟，有礼了。"端起酒杯吃了杯中酒。

那男子则抿嘴一笑，埋头拨饭去了。

玉凝一怔，他这么饿啊，长得清清秀秀，怎么吃饭这么不清秀，跟个男人似的？

嗯……对，他本来就是男人……

"呸！我堂堂公主，哪有三跪九叩他的道理。老娘我跟你拼啦。"耶律婉运功出掌打向玉凝，却掌力虚软，根本无法出招，她方才被凌烨宸内力震得心脉紊乱，这下气血攻心，哇地吐了一口鲜血。

玉凝这才惊觉原来这边，紫衫美男，还正跟那姐妹两人拳脚相见，打得水深火热。

只见那耶律双扶了把姐姐，随后蹲低身子，单腿打直悬出，勾向凌烨宸小腿。

凌烨宸原本就不是有耐心的人，脾气也乖戾，见这姊妹两个竟没个自知之明，痴缠不止，当即低咒一声，"难缠！"飞身跃上七八阶梯，耶律双扑空，趔趄蹲在地上。

凌烨宸望了眼楼下他的侍从问道："邢掣，你早想教训她姊妹二人？"

"是，爷，等了整整十八年。"邢掣挡在耶律双身前，阻她追路。

凌烨宸叹了声，暗道：我便自小受尽了兄弟排挤，恨极了那帮所谓的弟兄，可心里还是渴望一份兄弟情义的，随即吩咐邢掣，"对她两人稍作教训，让她们长个记性便罢了，下手莫要太重。别……落得像我一样。"别像他一样，兄弟反目，落得孤家寡人，何其悲矣。黯然向三楼客房而去。

邢掣暗道：看来皇上对他的事已猜出一二，到底是隐瞒不住皇上。

见邢掣脸色泛白，冬儿上前扶住，“邢爷，你怎么啦？哪里不舒服？”

“没什么，心口疼了几下。”邢掣自小便被丢在树林，命大，被云天国邢氏牢头捡走，拉扯长到十岁，觅师傅学了一身武功，十二岁那年，养父得病死了，死前跟他说了他的身世，另给他一方手帕，上面写着几个字，便是耶律掣，他这才对身世透彻了解。

后来知道云天王一直苦苦寻觅他，他争一口气，誓死不回云天国认祖归宗，于是一路北上，漂泊几年，长到十四五岁时候，遇到了凌烨宸，认了主子，一路相随，这才安定下来，过了几年安稳生活。一想起过往种种，难免心酸难过。

凌烨宸抱着玉凝回了客房，将她放在榻上。长脚一勾关起房门，也将客栈下的喧嚣掩在门外。邢掣、月下两人自能摆平耶律姐妹。

凌烨宸却突然跳窗出去了，玉凝也不担心他，对他经常性的飞来飞去已习以为常，不一会他便又从窗口跃了进来，那举止倜傥风流，他手里提着个小竹篮，里面是各种新鲜的酸梅。

“胃里不是难受吗，吃些酸的压一压。”

玉凝一怔，他刚才翻窗出去，竟是为了这些果子？她心中一动，拿起酸梅有滋有味地吃了起来，胃里也便舒坦些，纤手又拿起一颗酸梅，递到他嘴边，娇媚道：“你要不要尝一个？”

“我吃不得这些酸酸甜甜的东西，你正需要，你吃就好。”凌烨宸眉眼越发高深莫测，像是有意在试探着什么。

玉凝大惊，他那话不就是把她当成孕妇了吗？慌忙将那小竹篮往旁边一推，将手里的酸梅塞到他嘴里，故意道：“酸死了！我也是，最不爱吃这些酸甜的物件，快拿走吧。”

凌烨宸眼睛酸得眯起，将那梅子吐出，捏着她鼻尖，宠溺道：“凝儿？”

“怎么？”

“竹篮已空了。”他嘴角上扬，笑得暖意融融，跟他的冷酷个性极不相称。

篮子内只剩下果壳，果实被她享用殆尽，玉凝不好意思地吐吐舌头。

“凝儿，你跟我说实话，上次跟我说来了月信，是不是在骗我。”

“为什么突然这么问？”

“你近几日一直干呕，这和怀孕时候症状一样。”凌烨宸用手抚摸她的小腹。

第二十二章　生死未卜

玉凝的心口像是被大铁锤砸中，疼了起来。凌烨宸已有过一个孩子了，映雪怀孕那会儿一定也是这样，所以他对这症状这般清楚。她即便怀了他的孩子，他也不会觉得新鲜了。

“我没有骗你。你不是说来了那……不会怀小娃娃吗。我又非异类，怎么会悖常理而受孕。”玉凝心虚地捂着肚子歪在他膝盖“我这几天干呕，是肚子痛。”

“哪里痛？”

玉凝的心怦怦直跳，他那时可亲口说的，他不要她的孩子，若给他瞧出破绽，铁定会舍弃这个孩子。于是突地指着肚脐，“这，这里痛。”余光偷偷朝他打量。

凌烨宸冷静地坐在床沿，审度着她。越发的确定她定然有所隐瞒，“褪了衣衫，我给你揉揉肚子。”

凌烨宸将手掌按在她肚脐轻轻推抚，将温热的真气输入她体内。

“不要你揉，给你一碰便不自在。”玉凝嗔道。

凌烨宸的双眸深邃了几分，热血在小腹翻涌，忽地低头亲了她嘴唇，她始料未及，下意识地抱住了他脖子，羞怯地回吻了他。

凌烨宸坏笑，薄唇贴着她的唇，挑逗道：“小哥哥，我嘴上可也有胭脂啊？好吃吗？”

玉凝红着脸不说话。

凌烨宸点点她的额头，“你躺下歇一会，我去请来大夫给你看看。”

玉凝急忙拉着他，紧张地说道：“不要找大夫，不要。”

“为什么不要？”

玉凝暗道：“大夫一来，我可再也瞒不住你了。”

凌烨宸见她半天不搭话，便俯身吻了吻她的额头，“一个人害怕，是不是？有邢掣他们，耶律姊妹不敢来害你，安心睡会儿，睡醒了，我就回来了。回来之后，便寸步都不离开你了。”

玉凝心中怦然一动，原来他也可以如此温柔，她木然地问道：“嗯，药铺离这里很远吗？”

“不算近。在碧翠山西面，我们此刻在碧翠山以东。骑马来回需要两个时辰。”

“我们来碧翠山做什么？”

“你终日在宫里待着难免烦闷，带你出来散散心，换个心情。”凌烨宸给她盖了薄被，嘱咐道，“乖乖等我回来。”

玉凝对他的话无法完全相信，皇上丢下江山社稷，竟是为了带她散心？这可以理解成他宠爱她。可，他却也带来了恨生和吴欣。所以，他一定有所隐瞒。

凌烨宸剑眉微蹙，忧心忡忡地说道：“凝儿，我心里有些不安，总觉得你要离开我。一会儿我回来，你会乖乖待在房里吗？”

玉凝正色道：“当然会啊。我能去哪里？”

凌烨宸开门走出去，顺手将门带起，醇烈的嗓音从门外传来，“邢掣、月下你们多加警惕，莫要让人接近这屋子。冬儿，你留在门外候着吧，你主子唤你了，便进去伺候。”

随后便是沉稳下楼梯的声音，想来是凌烨宸下楼去了。

玉凝跳下床榻，开了窗户朝楼下看去，这窗子临着熙熙攘攘的街道。

玉凝托着腮帮向下看去，正巧见凌烨宸出了上当客栈的大门，到马厩牵了马，见他正欲上马，玉凝调皮道：“喂，你可以不扶着马鞍，直接跳到马背上吗？”

楼下街道的人抬头看看她，又看看凌烨宸，原来是小两口打情骂俏。

凌烨宸抬头看向窗畔的小小身影，像极了等着夫君回家的小娘子，不禁怦然心动。

放下缰绳，飞身蹬着树干，一跃而起，来到玉凝窗前，坐在窗棂上，托住她脑后，狠狠吻住她的红唇，“你若再这样引诱我，我便不走了，跟你在屋子里玩耍一会儿，可好？”

“快走！”玉凝红着脸将他推下。

凌烨宸顺势旋身，落在马背，策马东行，没入人群。

宝驹一路疾行，奔出二十里许，来到了渺无人烟的荒野山间。

突然有人喊：“皇上，皇上。”

凌烨宸倏地猛拉缰绳，翻身从马上跃下。

远处荒草晃动，有女子带着哭腔喊道：“皇上，皇上。”一抹儿白影跑出了草丛。

这女子容貌瑰丽，面若海棠，美貌无双。

凌烨宸心头一颤，惊喜地叫道：“雪儿。”原来那女子，正是映雪。

映雪脸颊挂着晶莹泪珠，飞快跑来，扑到凌烨宸的怀里，委屈地喊道：“皇上。”紧紧地抱住他的脖子。

凌烨宸终于环住她的肩膀，轻轻地拍着并安慰道："雪儿乖，莫哭。"

凉风吹进窗子，玉凝身子不禁打了个寒战，鼻腔微痒，打了个喷嚏，瞧见椅子上搭着凌烨宸一件黑色长衫。

她走过去拿起披上，衣服上男人的淡淡香味将她包围。

不禁对他思念起来，走去窗边呆呆地望着楼下。心隐隐难过了起来。

隔壁客房内，吴欣和恨生坐着谈天，恨生已摘下了面纱，脸容竟和玉凝一模一样。吴欣道："傻丫头，宸儿让你扮作玉凝去救映雪，你也答应他，嗯？"

"他的话，我都会答应。我帮的是他，不是别人。"

"唉，你……这是何苦，夜雨寒爱你，你不爱他，你爱宸儿，宸儿却不爱你。宸儿偏偏去爱玉凝。"

"薛玉凝……简简单单，皇上才爱吧，他需要的不正是善良纯真之人将他救赎吗，而我杀人无数，早已和善良挂不上钩了。他不爱我属于正常。"

"生儿，你若愿意，我让宸儿封你为后。现在陈凤仪已被软禁宫里，兵符在我手中，宸儿怎么也不能忤逆了我的意思。"

"欣姨，怎么连你也要拿兵符去限制他了呢，真心待他不好吗？我也不要当那皇后，谁爱当谁当去，只要他好，我就知足了。"恨生一顿，"却不知陈凤仪把皇上心口那毒蛊的解药藏到哪里去了？竟没有和兵符在一起。"

"这也是陈凤仪还活着的原因。你……得再等些日子才能杀她了。"吴欣开了窗户向外看去。

玉凝思绪万千，伸手将长衫拉紧，啪嗒一声，有东西从黑衫袖管中滑出，掉在地上，她低头查看，发现是折叠在一起的信笺。

弯腰将那信笺捡起，她本是没有要窥看凌烨宸隐私的欲望，可那信笺叠得松垮，她稍一使力，便打开了，白纸黑字跳跃眼前。

"十日后，碧翠山东行十里竹林，玉凝项上人头换映雪母子性命。"

她身形不稳地朝后倒退了几步，倚在墙上，泫然欲泣。

原来这正是凌烨宸收到的那张字条。

看来这便是他带她来碧翠山的原因。什么带她散心，换个心情，原来都是假的。现在他去找来大夫，一旦确诊她有孕，定然要加害她的孩子。

一时之间伤心欲绝，柔肠百转，心中酸涩无比，忽觉这世上一切凄苦都集在她一人身上，她竟无助地低声哭了起来。

泪眼定定地看着街道对面的客栈大门。

突然，有人从那客栈走了出来，这人高大挺拔，身后背着一卷画轴，他发如雪，眼如墨，俊朗清逸，暖若骄阳。

正是凌懿轩。

“是懿轩。原来方才懿轩一直就在对面的客栈。若非我在这窗口张望，一定又要和他错过。”玉凝心口一动，挥手喊道：“懿轩！”

这时突地从南边路口涌出了几列迎亲的马队，唢呐、锣鼓乐声震天响，竟将她的声音尽数盖住。

倒是隔壁房间也在窗口张望的吴欣将玉凝的动作尽数看在眼中，倏地她关起窗户，从窗缝里观察着。

凌懿轩在客栈只是暂行歇脚，这才用过午饭，牵了马要赶路。对玉凝的喊声是分毫都没听到。

见那迎亲马队穿过街道，他不禁牵马立在街边，定睛看着那马背上的身着喜服的新郎官，心中五味杂陈，嘴角苦涩上扬。黯然叹气，扭脸朝那花轿看去，清风吹过，撩起轿帘，新娘子头戴红盖头，静静地坐在那轿子里。

只见那新娘子突然掀起了红盖头，竟是玉凝，她甜甜地一笑，对凌懿轩道：“相公……”

凌懿轩拨开人群，猛然上前几步，走到那花轿前面，伸手便要掀起轿帘。

“小子，你做什么！要抢亲吗？”马队里走出几名壮汉，将凌懿轩推开。

凌懿轩身形一踉，连退两步，回了神再看向那花轿，红盖头将新娘子的脸盖得严严实实，这女子身子圆滚滚，煞是喜气，而玉凝却苗条纤细，原来方才不过是他眼花，看错罢了。这辈子若凝儿能唤他一声相公，他立刻死了，也了无遗憾。

玉凝在窗口喊得喉咙生疼、几近嘶哑。

眼见凌懿轩却自顾牵马信步而走。

玉凝急得直跳脚，“懿轩在想什么，那般出神，怎么不抬头瞧一眼。”

她若走客栈正门去追懿轩，邢掣、月下必不让她出去，她便从这里跳下去吧。一定要去和懿轩见一面，跟他亲口说一句“对不起”。

爬上窗棂，身处距地面两丈有余的高空，她不禁双腿发软，胆怯起来。

人海中凌懿轩已牵马走去了十丈之外。

玉凝咬牙道：“死就死吧！跳啦！”纵身朝那高高摞起的布匹跳去。

她身子往下落了大概半丈不到，一道身影飞过，抓住玉凝后心衣物往上一提，轻飘飘地飞起。玉凝少说也数十斤重，这人提着她，依旧身手轻巧，可见内力深厚。

玉凝又惊又喜，朝背后看去，惊讶地叫到："是你！客栈里埋头吃饭的公子。"

背后的男子脸颊上有两个酒窝，清俊不失可爱，他答道："是呀。"提着玉凝落在地上。

玉凝双脚着地后，忙跳起脚来，隔着人群，睥向几丈之外的凌懿轩，感激地说道："谢谢公子救命之恩，不知公子怎么称呼，大恩大德，改日定报。"

"敝姓宋，单名一个哲字。"

玉凝怔怔地看了他半晌，没头没脑地笑了一阵，难怪怎么见了他就想亲近，原来是她家表哥，近十年不见，竟长得这么高大、个子比凌烨宸也不低几分，脸蛋如此娇美，比恨生还要妩媚呢。

"小兄弟，你为什么要跳楼？若非正义热心的我正巧从客栈出来，你就死定了。"

若有人会用各种褒义形容词来赞扬自己，那人便是表哥了。玉凝想：表哥现在是碧月皇帝，她暂不能跟他相认，免得他与凌烨宸发生不快，就谎言道："宋兄，你有所不知，我被人贩子拐到这里来，卖给了一个杀人不眨眼的大魔头，那魔头终日不给我吃喝，还对我打骂侮辱，我活着倒不如死了，所以就跳楼啦。还好有你救我，不然，我……"抬袖抹抹眼睛。

宋哲见她形貌可怜，身子单薄消瘦，不禁心生怜悯道："我方才在客栈里吃饭的时候，见那紫衫男人一直对你爱护有加、体贴入微，心想他该是对你极好的。"

玉凝心虚了起来，任在谁看来，凌烨宸对她都是好的。她抬起左腕，摇摇金铃，"你瞧，你瞧，他哪里是将我当人看待，怕我逃走，还给我拴了个金铃。"想到凌烨宸带她来碧翠山的目的，不禁心寒。

宋哲这下便对玉凝的话深信不疑，同情地说道："欺人太甚，你虽长得像女子，可毕竟也是男人，那魔头竟把你当宠物养着，这实在太扼杀你男性雄威。"

玉凝挠挠鼻尖，调侃道："反正我本来就没有雄威，让他去扼杀吧。"

宋哲咋舌，"什么？"

"没什么，我是说，谁让我长得太娘娘腔。"玉凝打个哈哈，"听公子口音，不像是我们西岩的百姓。可从外地来的吗？"

"怎么，小兄弟排挤我这外地人吗？"

"我排挤你做什么。"

宋哲腼腆一笑，"我家在碧月，此次前来西岩，来见一见我表妹，也顺便带我妻子来她的家乡看看。"

玉凝眼睛自始至终不离前面的凌懿轩，有心无心地询问道："你妻子是西岩人啊？那你妻子呢？怎么不见她人？"

"她……刚到西岩，便从我身边逃了。我也正在找她。"宋哲说着心中大气，恨恨地道，“要是我找不到她，便杀光西岩的老百姓，看她出来不出来！”

玉凝看不起他，“西岩百姓众多，一人一口唾沫也淹死你了。”

“小兄弟，你不信我的话，是因为你不知我的身份。”

玉凝一愣，碧月皇帝，国小兵弱，我太知道你的身份啦！

“你妻子为什么要逃？”

宋哲一见这小男孩便想将心事倾倒而出，他哪里知道这是他十年不见的表妹，那份亲热劲儿便是裙带联系，割不断的亲情。他痛苦地说：“我怀疑她跟我爹有染。”

玉凝差点被唾沫呛死，迷惑地问道：“莫非，她原来是你爹的妻子，你横刀夺爱吗？”记得凌烨宸那时跟月下几个人是这么说的。

宋哲不知玉凝要赶路，仅当她无处可去，便拉住玉凝的手，说道：“我拉着你走吧，你个子太矮，别被人群挤散了。”

玉凝一时之间心里暖融融的，表哥的手就是暖和。

宋哲哼了声，伤感地说道：“不是我横刀夺爱。小兄弟你哪里知道，我跟我妻子是青梅竹马一起长大的，我爹前不久横刀夺爱，将她娶了。”

玉凝气愤道：“姑父为老不尊。”

“嗯？什么？姑父？”宋哲不解道。

玉凝一怔，小脸煞白，催促道：“哥哥，你接着说呀。”

“小兄弟，我看你这样子，应该也不是坏人，我便不隐晦都跟你说了吧。我妻子林可儿早将她身子托付给了我，我是她第一个男人，后来我爹将她娶了，我气不过，砍了我爹，又将她夺回来，她却怀孕了。她说她誓死反抗，我爹没有动得她身子，可我怀疑那孩子不是我的。”

玉凝猛地打了一下他的肩膀，说道：“喂，你不会因为你自己的多疑去欺负嫂子了吧？”

宋哲微微一笑，却对她的问题避而不答，他对他妻子，何止是欺负，“小兄弟，你这么一打我，我觉得特别舒服，让我想起了我表妹。你再打我一下吧。让我回忆一下子小时候跟我表妹一起的日子。”

玉凝啪的一巴掌挥在他额头，戏谑道：“舒服吗？”

这一拍，街上人群中数十位身着便衣的男子便手按住腰间兵刃，要刺死玉凝。

宋哲眼睛一立，眼神示意那些人莫要妄动。原来那些人正是碧月皇帝的随从。

宋哲突然大笑，笑声洪亮，引得街上不少大婶大叔侧目，他将手臂勾住玉凝的肩膀，豪爽地说道：“痛快。从没人敢动我一下，小兄弟，你真有胆识。我找我妻子这些天，每天都郁郁寡欢，今天才得以一笑，你这个朋友我得交，走，我请你喝一杯。”

玉凝一低身子，绕过他的臂弯，逃脱似地说道：“改天，改天。有的是机会，等你找到你妻子，见到你表妹的时候，我再跟你好好一聚。”

“小兄弟，我一见你就莫名地喜欢，若非你是男子，便真跟我表妹一模一样的性子呢，俏皮又大胆。不知小兄弟叫什么名字？”

“宋大哥，不瞒你说，我见了你也喜欢得紧啊，特别亲切。我……姓你，叫表妹，你叫我妹就行。"

宋哲喃喃道：“倪标魅，好名字。那便唤你魅兄弟了。”

玉凝大笑着一揖到地，“好说好说，承让承让。”

凌懿轩牵马走了一刻，眼见前面人群渐稀，马匹已可以奔跑，于是翻身上马，挥鞭抽了一下马臀，向前疾奔。

玉凝见状大惊忙对宋哲道：“哥，我走啦。你也快去找你的妻子吧，嗯……我见了你妻子，会让她回家找你的。我们再会吧。”说罢便追着凌懿轩而去。

宋哲被她一声“哥”喊得心里极为动容，这是这几日唯一开怀的时候了，魅兄弟待他好生真诚，那一声“哥”倒让他越发地想念表妹。而他的妻子，又到哪里去寻呢？

“宋兄，且快些回营帐去吧。”一黑衣男子走来，这人唇红齿白，富贵相。

宋哲回身有些不舍地说道：“凌苍兄弟。罢了，咱们回去吧。”

随身侍从道：“皇上，可要继续寻找林贵妃？”

“找。”宋哲犹豫片刻又道，“若你们找到她，别告诉她是我在找她，她若问我，你们便说，我天天左拥右抱，快乐得很。”

小侍从抓抓耳朵斗胆地问道：“皇上，要是林贵妃不问你呢。”

宋哲脸上一赧，气急败坏道：“她要是不问，你就不会主动告诉她吗？主动告诉她我一点也不想她，她回不回来我一点也不在意。我说清楚了吗？你们都懂了？”

“是是是，懂了。”数百暗卫都暗自腹诽，既然不在意，还寻林贵妃做什么？

玉凝一路发足疾追，奔了一个多时辰，总也不见凌懿轩的身影，好才下过一场小雨，这一路跟着马蹄印子不至于跟丢。

终于到了半山腰，远远看到溪边凌懿轩饮马后又欲赶路，心里嘀咕着，“懿轩，为了追你，我都要累断气了。”想着想着，她毫不迟疑地提起裙边疾奔。

忽闻身后嗒嗒马蹄声，玉凝心惊，下意识地藏在乱草丛中。

两匹马呼啸而来，马上乘有两人，男子一袭紫衫，女子一袭白裙。女子倚在男子胸膛，亲昵地环着男子的胳膊。

“是凌烨宸和映雪！他们在一起了。那我……”玉凝的心猛地收紧，十指死死扣住裙摆，恨不能将裙摆撕扯，紧咬下唇，嘴角渗出几缕血迹，“说什么要我乖乖等他回来，可他心里，再没我的地方了。”

另一匹栗色小马，乘着一名年迈老者，斜挎药箱，是名大夫。

凌烨宸方才遇见映雪以后，未作耽搁，拉映雪上马之后，奔到碧翠山西侧去请了大夫，片刻不停地赶回客栈去。凌烨宸仅有一个念头：凝儿一人会怕，他得尽快去伴着她。

待得白马、栗马跑得远了。

玉凝愣愣地望着凌烨宸背影良久，视线变得模糊，抬手抹了抹眼睛，手指濡湿，才知道原来是泪。

泪越流越凶，回头再看溪边，哪里还有凌懿轩的身影，地上只有一卷画轴，她疾奔到溪边，捡起一看，原来是她的画像，是懿轩掉下的吗？还是说，懿轩将这画像扔了，想就此跟她诀别？

一时之间伤感万千，心神俱伤，身子疲累，干脆抱着画像，坐在溪边歇脚。忽觉口渴，捧了几捧溪水喝了。

呆呆望着水面发呆，却将水中倒影一会儿看成是凌烨宸，一会儿又看成是映雪，一会儿又成了凌烨宸拥着映雪朝她鄙夷地笑。不禁心酸难过，“你们笑你们的，我哭我的。我们自此各不相干了吧。你们好好地过吧。”

肩膀被人轻拍，玉凝一个激灵弹跳起来，“是谁！”

转身见是吴欣，便疑道：“欣姨，你怎么会在这里？”

吴欣也到溪边捧了捧水喝了，没有隐瞒地说道：“我一路追着你来的。”

玉凝以为吴欣是来捉她回去的，便擦了眼泪道：“我跟你回去便是了。”

吴欣抬手在眼前一晃，双眸渐渐由黑色转为琥珀色，淡然说道：“只怕你再也回不去了。”

玉凝诧异地望着她，疑惑地问道：“欣姨，你这话是什么意思？你的……眼睛怎么和皇上的眼睛一样颜色？”

“我的意思便是，你再也不用回到我儿身边了。”吴欣脸容抽搐，尖声大笑，笑声震得溪水波纹荡漾。

玉凝被她隐含怨气的笑声骇得瑟缩后退。

吴欣愤愤地道：“我的眼睛怎么和皇上一样，哼，皇上是我十月怀胎生下来的，怎么会不一样？”

玉凝的俏脸瞬间变色，“皇上是你儿子，你……到底是谁？”

“我是谁？”吴欣突地朝玉凝迈了一步，“我是谁……我这便告诉你我是谁。”言罢，她将薛晟和陈凤仪的孽缘、薛晟怎样拆散她和凌烨宸母子两人以及她如何忍辱负重又回到皇宫都细细地跟玉凝说了。

玉凝听完，已哭成泪人，泪珠晶莹闪烁地挂在长睫上，似露打荷叶，她无力地倚在背后的山壁上，困惑地问道：“你是苏嬷嬷，不，苏嬷嬷早就被你害死啦，你是我爹爹的二夫人，你是我二娘，那他是我同父异母的亲哥哥吗？怎么会？我不信。凌烨宸是我的哥哥……”

吴欣凶狠地倒竖了双眉，狠狠地摇晃玉凝的双肩，“你哭什么，不准哭！”

玉凝身子瘦弱，又有孕在身，被她这么一晃，胃中难过，又呕了起来。

吴欣攥住玉凝纤细的右腕，仔细把脉。突地将玉凝的手臂扔掉，恨恨地说道：“你是薛晟的女儿，那老东西的女儿，不配给我儿子传宗接代，你不配！”

玉凝心里大恸，凌烨宸竟是哥哥，这可如何是好，她……腹中的孩子……

吴欣突地想起她当年生凌烨宸那晚，薛晟拿剑将连接母子的脐带斩断那一幕，她捂住脑袋，疯癫地尖声嘶喊，声音如鬼哀号，“老东西的女儿怀孕啦，怀孕啦！我要报仇，报仇。”

玉凝见吴欣伤心欲裂，又是捶胸又是砸头，心生不忍，扶住她，“二娘，你怎么啦，我扶你坐下歇会儿吧，好吗？你这样子，我好害怕！”泪珠扑扑簌簌落下。声音抖不成声。

“你害怕！怕什么？你怕我？薛晟才最令人害怕，我是他妻子，他却为了讨好一个贱女人，狠心待我。他才令人害怕！”吴欣抓住玉凝的手臂，发疯一般地将她摔在地上。

玉凝摔得肩背极疼，胳膊被石头刮了一道三四寸的口子，见吴欣快步逼来，玉凝向后挪着身子，害怕道：“二娘，二娘！”

吴欣从腰间取出匕首，近乎疯狂地喊道：“薛晟斩断我跟我儿的脐带，我就把你肚里的孩子杀了。”说罢，脚尖勾起，猛地踢在玉凝的小腹上。

“二娘，你快住手。”剧痛撕心裂肺地在小腹传开，涌向四肢百骸，玉凝双手捂着小腹，身体一阵阵打冷战，“二娘，你快醒醒，你心地善良，宅心仁厚，怎么忍心伤害我腹中胎儿，这孩子将来出生了，可要喊你一声奶奶。他长大了也要围着你转，跟你要糖吃，你真要杀了他吗？”

吴欣一怔，理智回了几分，可脑海中突地又出现了薛晟嘴脸，头又痛了起来，制止道：“闭嘴！不准喊我二娘，我不要你给我生孙子！”突突几下点了玉凝的穴道。

吴欣不会武功，却在夜不悔那里学了点穴本事。

玉凝顷刻动弹不得。

吴欣面容残忍，手持匕首用力抵在玉凝左颊，刀刃入肉几分，白皙左颊顿时鲜血直流。

玉凝的泪水滚过血淋淋的左颊，好生触目惊心。

“你的脸跟薛晟一样，一模一样。我好恨，好恨。”吴欣异常激愤，越说越气，越说越怒，身体也猛烈地发起抖来，拿着匕首，用尽全身力气，在玉凝左颊横横竖竖划了四五道口子，道道伤口都皮肉外翻。

玉凝疼得险些昏死过去，泪若泉涌，哭喊道："二娘，求求你！我知你心地不坏，求求你醒一醒。看在我一直以来真心对待你儿子的份上，求你，不要毁我容貌。我求求你。"每一声哀求都绝望极了，她绝望地哭喊道："救我，谁来救救我……"

"荒野里，没人会救你。"吴欣越发恼怒，反掌捶打着玉凝的小腹，"就是你这张脸勾引了我儿子，是你这张脸。"又攥着匕首抵在玉凝右颊，发狂一般笑着，又横竖划了几下。

"看你还怎么勾引我儿子，他再不会要你啦。"看着玉凝血糊糊的脸颊，吴欣的笑声像哭像泣，又似怒似怨。两滴浑浊的泪水顺着吴欣脸颊落下，她幸灾乐祸道："薛晟，好可惜，你看不到你女儿这般可怜的模样，好可惜啊。你若看到了，我才痛快！"

玉凝身体战栗，泪水哭干，小腹突然隐隐作痛，忽觉有股热流涌出大腿间，她心里猛地一凉，笑着喊道："二娘，既然你这般恨我厌我，求你杀了我吧，我这副鬼样子，再活下来也没有意思。死了落得干净。你杀了我吧。"

"你以为我不杀你吗！"吴欣蹲低身子，撩开玉凝裙摆，见她两腿间大片血迹，亵裤被血染得鲜红，"你的孩子掉啦！老天有眼！但你想死……也没那么容易！死也要让你死得难过。"

吴欣扔了匕首，到山壁上扯下草秧花藤，把玉凝肩膀、腰肢、小腿各自牢牢绑住，又搬来三块大石头拴在草藤下面，抱起玉凝扔进溪水里去了。

玉凝身子着水的一瞬，张大双眼，贪婪地望着碧蓝天空，嘴角上扬，流出眼泪。

前一刻她还在凌烨宸怀里，这一刻却要跟这世界永诀，甚至连凌烨宸的面也没有再见到。是世事变化太快，还是一切都是早已注定。是溪水太凉，还是凌烨宸本就冰冷，她竟想不起，他的怀抱是否有丝毫温度。却，再没机会被他拥在怀里了。

三块大石头各重几十斤，落水一瞬倏地下沉，将玉凝瘦小的身躯急速拖下。她身影渐渐消失在水中，口中吐出的气在水中泛着层层气泡，下一刻，便连气泡也没有了。

吴欣大笑一阵，转身便走，脚下一软，踩到了细长的画轴。

客栈

时至傍晚，白马嘶鸣，在门前停下，凌烨宸翻身跃下，没去照顾马上还坐着的映雪，径自走去栗色小马前，搀扶下那年迈医者。

老头子不满道："小伙子，你急什么，我这把老骨头，可经不住你这般折腾。"

"老医生，你莫怪，我妻子胆小，我答应她两个时辰就回来陪着她，现在就要两个时辰了！我不能食言于她。便只有委屈你了。"

老医生嘿嘿一笑道："大丈夫，怕媳妇，没志气，没志气。"

凌烨宸脸上一赧，"老先生，请吧。"

“四爷，雪儿还在马上呢？”映雪柔声喊道，见凌烨宸脚步微缓，她大喜，兴奋地伸出双手道，“爷，来抱我下来，这马太高，我自己下不来。”

凌烨宸嘴角一抹冷意似有若无，对映雪的声音恍若未闻，领着老医生上楼去了。

映雪花容失色，皇上怎么对她如此冷淡，一月不见，他难道不想她吗，还是说他对她心生芥蒂？

映雪连忙翻身下马，疾步跟随凌烨宸而去。皇上定然想念她入骨，此番冷淡定是故意气她，想让她主动跟他示好。一会儿回房，她且榻上好好服侍他，他还不对她软言软语吗？

客栈三楼一隅，邢掣、月下瞥见楼梯前紫色衣衫一抹，忙恭敬行礼道：“见过爷。这两个时辰，耶律姊妹没再回来闹事，薛小爷一切安好。爷请放心。”

凌烨宸径直朝玉凝所居客房走去，边走边说道：“甚好。你两人受累了。”

月下殷勤道：“不累，不累，为爷出力，怎么都不觉得累。这里有我们两个守着，便是一只蚊子，半只苍蝇也飞不进来的。”

老医生污浊的眼瞅着月下说道：“吹什么牛皮。我老眼昏花，还瞧见好几只蚊子苍蝇，飞、飞、飞、飞个没完没了。”

凌烨宸虽喜爱清静，可自打有了古灵精怪的玉凝以后，便觉得四遭热闹几分也无不可。到了门边，他才手扶上门把，心却突地上提几分，掌心出了一层薄汗，跟凝儿才两个时辰不见，即将见到她，他却紧张了起来。这可还是他吗？

映雪一路小跑上来，女主子架势浑然天成，见邢掣、月下嬉戏打闹，她怒道：“你两人瞎闹什么，不知道四爷爱清静吗？”

邢掣、月下皱了眉毛，小声道：“映雪主子。”

映雪关怀的话，凌烨宸听进耳中，却一点都不受用，反倒刺耳难听了起来。望了眼守在门边的冬儿，“你主子，可有吩咐你什么？”

“回爷的话，这两个多时辰主子安安静静的，没有唤我进去伺候，该是睡得沉了。”

“让店家备些可口小菜送来房里，凝儿一会儿醒来若是饿了，立刻便能吃到。”凌烨宸寻思她怀有身孕，嘴刁又常常犯饿，备着总是不多。

映雪怒火中烧，客房里是玉凝那小贱人！不过一个月皇上便爱她到这种地步，即便是当时自己怀着甄儿的时候，也没见他如此体贴！不除掉玉凝还怎么得了！

凌烨宸沉声道：“大夫，你随我来，您老声音小点，可别吵到我妻子。像你说的，我怕她得紧，吵醒了她，可没我的好。”

映雪突然拉住他衣衫，酸溜溜地问道：“爷，那我呢，你我一月不见，雪儿好想爷，有许多话要和爷说，爷……你不想雪儿吗？”

“月下，去要间上房，安排映雪住下。”凌烨宸拨开映雪的手，淡淡地说道：“需要什么，开口让月下给你准备。奔波一路，你也累了，回房休息吧。”说罢，拉着大夫进了屋内。

隔壁房门突地开了，却是“玉凝”走了出来，“映雪回来了啊，我当你多大本事，到头来不还得自己乖乖回来？还真以为不到十天之期，你是不会回来的。”

映雪冷哼，“恨生，你易容成玉凝干什么？”

“去救你啊。”恨生顿了顿，“啊，不过，看来事情有变，你自己跑回来了，我易容成玉凝，改去救你儿子好了。”口气十二分的讽刺。

映雪心惊道：“你，胡说八道什么，我拼了命才从凌懿轩兄弟手中逃脱出来，甄儿是还在他们手中没错，可你……的意思是我背叛了四爷，改投了凌懿轩他们不成？”

“这……不知道。五天之后，四爷领着咱们去了竹林，就见分晓。”恨生扭脸进屋，“啊，你要不要飞鸽传书给那边传个消息，说……玉凝是假的，让凌苍、甄儿父子提防？”

映雪气得脸通红，“你放什么厥词！甄儿是四爷的骨肉，你少来侮辱四爷。”

恨生听也不听，啪地甩上房门，心里十分痛快。

凌烨宸、老医生进了屋子，房里空空荡荡，没有玉凝的身影，窗户大开，窗帘被风呼呼吹动，飘起甚高。

凌烨宸胸口猛地一疼，角角落落都找遍，也没看见瘦小的她。奔去窗边向街下望去，街道上人来人往，独独不见她。惧意袭上心头，他失望地喊道：“凝儿，你骗我吗，说好了乖乖等我回来，竟然骗我……”

眼角余光看见了地上的黑衫，以及桌下那张字条。凉意自脚底涌上，突然摇头低笑，将那信笺撕个粉碎，笑得越发悲苦凄然，“你仅看到这句话便以为我要害你吗？过去这些时日我对你的真心日月可鉴，你感受不出吗，你竟半分都不信任我。你总是口口声声说爱我，可你何曾信任过我一丝半毫！竟连解释的机会也不给我，便消失得无影无踪。”

老医生见凌烨宸悲伤极了，心生不忍，上前拉住他肩膀道：“小伙子，你妻子呢。”

“滚！”凌烨宸浑身似罩着一层黑雾，俊俏的脸孔阴冷骇然，似发疯的兽，透着危险的气息。扬臂将那老医生震得踉跄倒地。

老医生哎哟一声，脑瓜撞了桌角，头皮鲜血四溅，不满道：“你这孩子太怪啦，刚才还晴天六月，现在却冰霜雨雪，老头儿要被你打死了。难怪你妻子要逃。该，该！”

紫袖扬起，一股力道直击老医生心窝，将他胸膛撞得下陷数寸，老医生双瞳暴突，口喷鲜血，命丧黄泉。

凌烨宸双眸血红，俨然已失去理智，谅谁也不能说玉凝该离他而去，即便是老天爷说的，他也得给一掌拍死，他发誓道：“凝儿，既然我柔情千百留你不住，那便用相反的法子把你绑在身边。凭你的脚力，能逃多远？我一会儿将你逮回，便再没你任何自由。”

冬儿端着粥食小菜进到房内，正与浑身透着寒冰的男人撞个正着。

老医生挺尸地上，而皇帝双眸阴恻寒冷，却独不见玉凝的身影，暗叫糟糕，主子逃啦！啊的一声丢了手中的餐盘。

凌烨宸斜睨冬儿，怒目圆睁地吼道：“她呢？去了哪里，我走前让你小心守着她，你都做了什么？”拔剑出鞘，挺剑直刺小丫头面门。

“主子，主子……该在房里的。”冬儿泪水滚落，身体剧烈颤抖，自上次玉凝死里逃生之后，许久不曾见到皇帝动怒，本已将皇上归类于温柔善良的人，谁料大错特错，豹子醒来，怒气着实骇然，较之前更可怖，可怖万倍！

凌烨宸冷笑道：“该在房里的。”

冬儿扑通跪地，膝盖给碗茬子扎了个血糊糊，“四爷。”

冷酷的嗓音似从地下阎罗殿发出，“她该在房里。我自是知道她该在房里。你给我好好看看，房里哪一处有她的影子。你去将她给我找出来！我给你行个大礼。”

冬儿吓得内脏绞在一起，响头一个接一个，惊恐得浑身哆嗦，嘴里不停地说道：“四爷，奴婢知错，知错了。奴婢甘愿受罚。”

“你连主子都看护不住，我留你没用。”凌烨宸以内力如浓雾包裹冷剑，直刺她胸口。

冬儿叹道：“主子不见了，是我的错。我该死。”于是她不躲不避，闭眼等死。

黑影闪来，挡在冬儿身前，挨了那迅猛一剑，这人正是邢掣，长剑刺进他胸腔三分，心窝鲜血喷涌，“爷，让我替她死吧。”

“邢掣，你莫急，她丢了，你们都该死。”凌烨宸挥剑朝邢掣脖子砍下，眼中没有半分犹豫，哪怕邢掣于他如兄弟，此刻心中郁结不得解，杀人毙命反倒痛快些，根本瞧不见杀的是谁。

“爷，且慢。”月下扑身上前抱住凌烨宸握剑的手臂道：“爷，我和邢掣、冬儿没有护好凝主子，是该死，可，现在不是治罪的时候，快些去找凝主子才是。她孤身在外，又可能怀有身孕，万一有个什么闪失，可就追悔莫及了，有我和邢掣帮着找，也多一份力。”

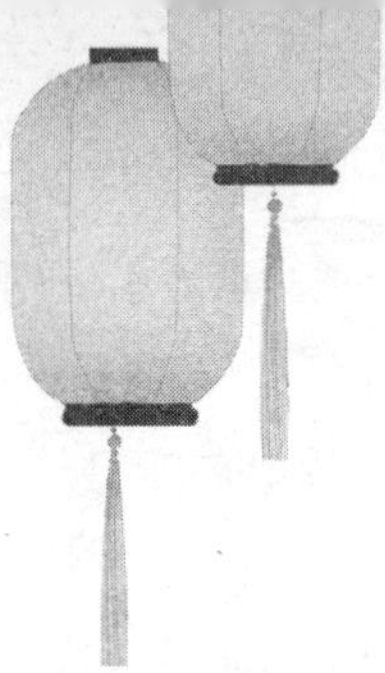

第二十三章　另嫁他人

凌烨宸惊得身体震颤，骂道：“我真是浑人，当务之急，该是寻那女人回来。越发耽搁，她便跑得越远。那时我可就再也找不回她了。”收剑入鞘，长臂一挥，邢掣几人受力趔趄倒地，只见凌烨宸大踏步疾走，从三楼楼梯纵身一跃，便下了一楼大堂。

冬儿拉住邢掣，撕衣襟给他裹住心窝伤口，不无担心道：“邢爷，你保重。”

邢掣拍拍她的肩膀道：“凝主子丢了，是咱们的疏忽，四爷怎样处罚咱们都不为过。不过，你放心，即便是死，也有我陪你。”转身随月下一道追凌烨宸去了。

凌烨宸出得客栈，牵马便欲赶路。

“宸儿，等等。”吴欣出声阻拦。

“母亲。”

“这么着急，干什么去？”

凌烨宸眼含薄雾道：“凝儿不见了，我寻她去。”

吴欣又摆手又落泪的冷哼道：“我的傻儿子。不必去寻了，还寻她做什么呀。”

“母亲的话，儿子不明白。”凌烨宸帮他母亲拭去泪水。

“你心心念念记挂着她，她……”吴欣叹气，“她……却朝三暮四，身在曹营心在汉，背着你偷人啊！”

凌烨宸不悦地将他母亲推出两步以外，抿着嘴唇，拳头紧握马鞍，鞍上铁柱被他蜜色五指攥得扭曲变形。他生气道：“母亲的话，儿子不爱听。”

“傻孩子！忠言逆耳。母亲说的是实话，实话向来不好听，可那也得听啊，难不成，你要戴绿帽子不成？玉凝那狐媚办的事可有多肮脏啊！”

凌烨宸怒气渐盛，双眸骤然眯起。

吴欣拉过凌烨宸的手，塞去一卷画，正色道：“看看吧。这就是她偷人的证据，可脱了衣服给人家画的！”

凌烨宸将画打开，画上正是玉凝，眉眼、嘴唇、脸颊每一处都与真人无异，可谓传神入微，惟妙惟肖，可见作画人的真心。这画甚好，可……画中人，仅仅穿着一层白纱，身段缥缈诱人极了，“这是……”

“老七画的。你前脚刚走，玉凝就开了窗户跟埋伏在楼下的老七眉来眼去，勾勾搭搭，急不可耐，跳下窗户跟着老七跑啦，狗男女逃得实在匆忙，可将这画落下了。”吴欣又气又愤。

凌烨宸突地急促喘了起来，左手将那画像攥紧，右手捂住心口，死死抓住，噗的一声喷出一口鲜血。

吴欣大惊道：“宸儿，你怎么了？”

凌烨宸心里似百虫啃食，额沁汗珠，身体抖颤。

月下、邢掣见状，齐声道：“爷……是毒发了！”

凌烨宸心脏剧痛，口中鲜血汩汩涌出，原来情毒不单在对心爱之人有欲念之时才会发作，心念大动，大恨大妒时候亦能发作。

凌烨宸妒怒看着画像。恨不能将凌懿轩碎尸万段。

然而，他仅见这画像上，玉凝穿得实在太少，胸部、背部都能看得分明，当下便将吴欣所说信以为真，当真以为是玉凝故意穿得这般撩拨人，让凌懿轩去画的。

可若他肯冷静想一想，便会发现，这画上玉凝穿的白纱，正是宫宴献舞时候的舞衣。一袭白色舞衣的玉凝美得不食人间烟火，凌懿轩爱在心头，凭记忆画了这画。

凌烨宸歪斜起身，抓住吴欣的肩头，急急地问道：“母亲，我问你，七弟带着凝儿，往哪个方向去了？”

“往东边去啦，狗男女走的时候又抱又亲，羞死人啦！宸儿，你快些回去休养，还问那贱人做什么？”

邢掣、月下交换视线，暗道：七爷向来君子有礼，凝主子也知分寸，那种混事不会去干。吴欣主子怎么说得跟真的一样？

一听到“又亲又抱”四个字，凌烨宸心口却又似被千把钢刀剜绞一般，鲜血从口鼻灌进又涌出，好生狼狈。身子一软，重重地摔在地上，捶地起身，拉紧马鞍坐上马背，一拉缰绳，朝东疾奔。

吴欣拽着他胳膊制止道：“宸儿，你还要去找她？”

“请母亲放手！”

吴欣怒气冲冲道：“你若是去找那不知廉耻的贱人，我就没你这个儿子，要她还是要你母亲？你自己掂量掂量，到底是一个贱人重要？还是怀胎十月生你的亲妈重要？”

凌烨宸既难过又伤心，滚了两滴眼泪道：“母亲的生育之恩，我没齿不忘。你恨薛晟，我给你报仇，杀薛晟，杀薛家上下都行，都随你。你攥着兵符，我也容你，哪怕你要当女皇帝，都随你。可，凝儿我是一定要去找的。你和她我都要！没法选择，也不会选择。不管你认不认我是你儿子，我将她找回来，我依旧是你儿子，凝儿是我妻子，是你儿媳。”

映雪冲出客栈，正巧听到“凝儿是我妻子”几个字，痛苦地问：“皇上，她是你妻子，那我是什么？”说罢，上前温柔地拉着凌烨宸的手。

凌烨宸冷冷地道：“你，是甄儿的娘。”长腿夹紧马腹，策马朝东疾奔。

映雪踉跄倒地，痛哭不止。

凌烨宸四下搜寻，直至深夜，翻遍方圆百里却寻觅不得，行到溪边，终于体力不支，昏了过去，从马上摔下，半截身子跌在溪水里面。

邢掣、月下飞身前去，上前将他从溪水拖到岸上。

凌烨宸转醒，半睁着眼望着一汪溪水，冷月当空，倒映水里。

却，月圆，人不团圆。

“凝儿。”凌烨宸大手垂在水里，紧紧抓起水下湿泥，直到指节泛白，指头咯咯作响，突然掌心被硬物硌得生疼，将那东西拿起一看，原来是个小金铃。

皇帝一时悲愤不已，将那金铃按在胸口心想：“她跟七弟曾途经这溪边。竟然将金铃手镯摘下。她不想我找到她，连我亲自给她戴上的金铃也要取下。”他一时悲惋哀绝。

若此刻是白天，便会发现，他身边不远就有大摊血迹，玉凝的鲜血。金铃，便是玉凝在这溪边遭难之时，掉下的。

可，凌烨宸不知道。

他立誓。

薛玉凝，我用柔情蜜意给你搭筑的天堂你不要，那我便亲手将你毁灭，将你推进万劫不复的炼狱。

一阵猛咳，身上、脸上乃至四肢百骸都剧痛开来。

玉凝缓缓睁开眼睛，眼前却是一张巨丑无比的脸孔，满脸皱纹，一脸黑斑，干瘪的嘴唇正朝她笑着。玉凝惊恐，“你是谁……”

丑老太脸孔笑得皱拧成一团，安慰道：“姑娘，你醒啦！别怕，别怕，老太婆我长得丑，我可一点坏心都没有啊，我不会害你的！”遂拿衣袖拭去玉凝额间汗水。

玉凝见这老妇双眼满是慈爱，可亲可近极了，一时触动心怀，鼻头一酸，流下泪来，“婆婆，你说笑了，若说丑，我可不输给你呀，你看见我的脸还能这般坦然真诚待我，你真是好人。我方才看见你却害怕，是我的不敬了。”

老妇望了眼她满是刀痕的脸，惋惜道：“狠心，狠心。可惜啊！”

“婆婆，我是不是已死了，这里是阎王殿吗，你是阎王婆婆吗？”玉凝环视一周，这地方亮亮堂堂，摆设简单干净，倒似一个营帐。不像是阎王殿。

老妇握握玉凝的手说道：“傻丫头，你还没死呢，命还长着呢，以后啊享不完的福。我也不是什么阎王婆婆。我姓孙，你管我叫孙婆婆便好。这里是碧月国的军帐，我是林贵妃的奶妈。”

玉凝一怔，表哥的营帐。林贵妃，便是表哥寻找的林可儿了，“孙婆婆，我不求福享不尽，只求平平淡淡地活着就好了。”

孙婆婆见她面容失落，眉宇满是可怜神色，便问道：“姑娘，是谁下的毒手，狠心把你害成这样子的？”

玉凝靠在她怀里，痛苦地说道：“孙婆婆，你这一问，可问到我心里的痛楚了。”

突然间悲从中来，泪眼模糊，见这孙婆婆憨直可信，便将吴欣加害她的缘由过程全都说了，说得细致又详尽。

孙婆婆听完，顿时气得脸色大变，浑身打战，破口大骂道：“吴欣，当真是老不羞，五雷轰顶，不得好死！老太婆见到她，非要吐她两口吐沫。”

玉凝见她说得又悲又愤，似如临其境一般，当即大受感动，急切地问道：“孙婆婆，孙婆婆。”突然脸上一变，捂着小腹，“孙婆婆，我的孩子还在吗……”

孙婆婆自顾指天指地，又对墙对桌椅一阵乱骂，却没听清玉凝的话，“姑娘，你方才说什么？老太婆没听到。”

玉凝哽咽道：“婆婆，我……落水前是怀有身孕的，那时给吴欣踢了小腹，我怕我的小孩……是不是……”

孙婆婆忽的大叹一声。

玉凝的心一下子沉到谷底，猛地抽泣，泪若水流，悲痛欲绝地哭道：“小孩没了，我……我心里好疼，凌烨……”

孙婆婆忙拍拍玉凝的背，安慰道：“姑娘，姑娘，别哭啊，孩子还在，还在。不过，动了胎气出了点血，你得小心调养身体才好。”

玉凝心里忽然大悲大喜，一时大动情念，扑到孙婆婆怀里，抱着她的腰，哇的一声哭了起来，“孙婆婆，要给你吓死啦！我……我一定好好调养。”

孙婆婆见玉凝哭得难过极了，又是不忍又是怜惜，搂着她的肩膀，也呜呜大哭了起来。哭的声音可比玉凝大得多了，震得帐子都微微抖动。

玉凝看着孙婆婆的丑陋但却慈祥的脸，一时之间觉得喜欢极了，莫名地问道：“孙婆婆，你哭什么？”

“我哭我家林贵妃，也是个可怜的孩子，跟你一样也怀了身孕。可皇上不信那孩子是他的，对我家姑娘又是灌打胎药，又是杖责，逼得姑娘逃走啦，走的时候分文没带，我……担心她只身在外，万一遇到歹人……”

“我家姑娘也是个倔强的女子，爱皇上爱得没有理由，为了保住皇上的孩子，她……

只有逃走啦。”孙婆婆拉着玉凝的手道：“你不也是要保住你跟你夫君的孩子，才如此劳神伤心吗？你方才喊得‘凌烨’可是你夫君的名字吗？”

“我，我……”玉凝只想着一定要将这孩子留下，哪怕……凌烨宸是……可，无论如何，孩子无罪。或许潜意识里，想为那人生下一儿半女。尽管，他不稀罕。

“孙婆婆，青天白日，你鬼哭什么？哭几声可儿就能回来了？”

宋哲声音透着不悦从帐外传来。找林可儿找了一天，才回来，走到玉凝帐外，便听孙婆婆哭声震天。

他掀帘进帐，挥开孙婆婆，将玉凝抱进怀里，额头贴着额头。

玉凝的水灵大眼眨了眨，直直地看着她表哥那比女子还灵动的眸。

过了一会，宋哲离开几寸，笑道：“烧退了，睡了一天一夜，可算醒了。”

玉凝脸上一阵火辣的痛，又是一阵伤心，她这副样子，再也不怕给表哥认出来啦，“宋兄。”

“宋兄？”宋哲拧眉道，“凝儿，你还要骗我到几时，我昨天还觉得奇怪，怎么我对一个小男孩喜欢得不得了，回来后越想越奇怪。现在，我可全都知道啦！是我表妹，我怎么会不喜欢？”

“表哥，”玉凝扬起肿得青黑的小脸，“你怎么知道我是你表妹的？”

“臭丫头，你昨天不是告诉我，你姓你，叫表妹，那不就明摆着告诉我，你是我表妹？”

“表哥，你什么时候变得聪明了？”玉凝顽皮地问道，“是你救的我吗？”

宋哲挠挠鼻子，神秘地说道：“这……救你的人可不是我，是别人。而我也没猜到你是表妹。这也是救你的人告诉我的。”桃花面一红，不好意思地笑了。

“是谁救的我？恩人呢？我当面谢谢他。”

“那白发公子将你救回，在床边守了你一宿，天刚亮，就去碧翠山深处，找……找……”孙婆婆拍着脑门想了想。突然“啊”的一声道：“找七色狐去啦。说那七色狐的心头血能让姑娘脸上伤疤复原如初，还能更……更美貌。天不亮便去了，这都快傍晚了，人还没回来，可别……可别给狐狸吃掉啦。”

玉凝一听到“白发男子”四个字，眼前便浮现了凌懿轩的俊美容颜，懿轩的情，这辈子也还不了，这下，我母子两人的性命都是他救的，我当牛做马也报答不了他的恩情。

宋哲摆手不耐道：“孙婆婆下去吧，下去吧，听到你的声音，便想起那水性杨花的女人来。”

玉凝一皱眉头，翻掌推在宋哲后脑，生气道：“表哥，要是有男人给我又是灌打胎药，又是棍棒加身，你觉得那男人该杀不该杀？”

“谁要是敢那么对你，我打得那人跪地喊爷爷。”宋哲一怔，“表妹，此刻，云天耶律姐妹，还有你表哥我，加上凌苍、凌懿轩兄弟，咱们三国军马已汇合，吴欣害你，这仇，表哥给你报，到时把吴欣面皮揭下来糊在墙上，让人去唾弃。给你好好出气。”

玉凝一怔，问道：“凌苍也在？”夜大哥他……

“当然，少了他，多无趣。”宋哲扶住玉凝的肩膀，“表妹，哥给你说句真心话，我知你跟凌烨宸过得一点都不开心。听我一句，将过去的事都忘了，跟凌七爷在一起。凌七公子心里，除了你可再没别的什么，只要你乐意，他可愿意为你，抛下一切功名利禄、侯爵身份，跟你去过任何你想要的生活。”

玉凝心里百感交集，表哥说的话句句不假，她也都懂得。她和凌烨宸一起的确没有多少开心的日子。除了疼痛伤害，真的便再也没有其他。可，心里一想起凌烨宸就酸涩苦楚，要将他忘了，谈何容易。

“表哥，我和凌烨宸是再没可能在一起了。他……”是我同父异母亲哥哥几个字到底没有说出口，“表哥，你劝我劝得头头是道，我也悉心听了。现在我也劝劝你，若你爱林姑娘，便别再伤她了，好吗？她家里人若知道你那般待她，该有多心疼，定像你心疼我一般心疼她。”

宋哲一怔，凄楚爬上嘴角，略带伤感地说道：“有些事情，你不懂。”

果然，感情这事，当局者迷。旁人也无法多说。

玉凝披衣下床，朝外踱去。

宋哲拿了帽子给她戴上，关心道：“外面天冷，你就在这里等着吧，凌兄弟不久便会回来了。”

被他说中心事，玉凝的身子一震，说道：“我去外面迎他。”说罢，掀帘出去了。

出得帐外，放眼而望，便吃了一惊，这里地处平坦之地，背靠大山，军帐一个挨一个，士兵一队队一列列，竟看不到头尾。

这些兵力汇集了三国的军队，近一百五十万。

玉凝用手抚摸小腹，凄婉地低喃道：“凌烨宸，我……除了护着这个孩子，又能拿这些兵马如何呢，你我，便各求多福吧。我们都……活着就好。”

玉凝走到颇远处的稻草堆旁，席地坐下，将衣袍拉紧。

来往的男兵对她满是伤痕的脸无甚关注，几个小丫头走过，见了她的脸，投来错愕恐惧的视线，吓得逃开了。

玉凝拉下帽子，将脸盖住，泪顺颊流下。

在草堆前，一等便是两个时辰，太阳已落山，还不见凌懿轩回来。玉凝担心极了，若他为了寻七色狐出了什么事，可怎么好，她宁可丑活一世，也不要他有危险！

远处有人喊：“七爷，你回来啦！”

“啊，七爷手里那花哨的小玩意就是七色狐！”又有人说。

“将军，等我杀了这小畜生，取了它的心头血，这小东西便给你拿去烤熟下酒喝。”凌懿轩笑道。

玉凝闻声一震，从稻草堆探身看去，凌懿轩身着一身玄色长衫，俊逸出尘，雪发松散地束在脑后，眉眼含笑，红唇上扬，面貌竟美好得不似凡尘之人。

玉凝摸摸凹凸不平的脸颊，懿轩对自己之情，已将生死置之度外，定是不会嫌自己丑的，自己……怎么倒嫌弃起自己来了。

玉凝又突然想道：“凌四爷见惯了美貌女子，若见了我这番模样，定会立刻将我休掉吧。”

突见周雨晴从一侧跑到凌懿轩身边，挽着他胳膊，关切地问道：“七爷，怎么这么晚才回来，我好担心。”

凌懿轩逮到七色狐心情大好，扶住周雨晴的肩膀，举起那小畜生晃了晃，说道：“为了捉这小东西，差点送了命。”

周雨晴拿手帕帮他拭去额头的汗询问道：“怎么？”她动作自然而然，过去一个多月，凌懿轩双腕不便，都是她伺候左右。

凌懿轩也没觉得异样，继续说道；“这家伙小是小，可它将我引到狐狸洞口去了，那一公一母七色狐竟……”比比自己肩膀高度，又拍拍周雨晴肩膀，“到我肩膀，比你个子都要高。我被它们扑在地上狠狠地咬了几口。小家伙见我被咬，上去给我舔伤，那两个大兽才以为我无恶意，放了我。”

周雨晴看向他胳膊，果见布满抓痕和齿印，极是心疼，撕了裙摆，给他裹住伤口，责怪道：“七爷，你……太不小心了。不知道有人记挂着你吗！”

凌懿轩一怔，对，他若死了，便再也见不到玉凝啦。不禁看着周雨晴的脸发呆，周雨晴脸一热，埋怨道：“大兽放了你，你却将这小兽偷回来放血，你啊你。”

玉凝缩身躲回稻草堆后，心想：“我早便看出雨晴爱懿轩。懿轩看着也开怀欢乐，他两人自是郎才女貌，天作之合，此番正是甜蜜柔情，我还是不出去打扰他两人吧。”转身朝营帐走去。

凌懿轩余光瞥见一抹娇小的白影，心口一动，眉眼顿时浸满温热喜爱，他情不自禁地喊道：“玉凝。”随即，疾奔过去拉住玉凝的手。

手上一暖，被一只温热粗粝的掌包裹，玉凝顿足回身，看着那人，眼中闪着泪花道：“懿轩，好久不见。”那日一别，此番再见，恍若隔世。

凌懿轩却道：“不，你终日在我心里，我可天天都能看见你。”

她一时不知从何开口，焦急地询问：“你怎么会将我救起？”

凌懿轩便将那天的事情皆说了，那天他饮马之后，策马疾出十几里，发现她的画像不见了，急忙回去找，见溪边满是血迹，岸上稀泥又有许多脚印引到溪水中去，他当时以为有人遇害，被抛水里了，潜水去救，救上来的竟是玉凝。

玉凝低头不语。原来他不是有意扔弃画像。

他以为她伤心，丢开她的手，左掌扬起，将她帽子摘下，露出伤痕累累的脸，他专心地看，似在欣赏最美的画。突然扬起右手，摇摇那七色狐，略带悲壮地道："去掉你脸上的伤疤，全靠它舍命牺牲了。"说罢，攥住她的腕，"跟我来。"径直地往他的营帐走去。

玉凝任他拉着走，回头向后望去，周雨晴正巧抬袖抹去眼角的泪。

凌懿轩的帐子没甚特别，宽榻矮桌，小木椅。帐子四壁挂得满满当当的，全是玉凝的画像。

她环视良久，心中滋味颇多，细细品味，最多的一味，叫做感动。

"你先坐一会。"凌懿轩将玉凝安置于榻上，提着七色狐奔了出去，取了一个大碗回来。

碗搁在桌子上，将七色狐搁在碗里，掏出匕首朝小狐狸心口剜去。

狐狸骇得吱吱大叫。

玉凝大惊失色，若感同身受，心口紧收，疼了起来，奔去抓了他胳膊，阻止道："懿轩，这小东西能不能别杀？我……喜欢它，想将它养下。"

凌懿轩深深地望着她，哄劝道："你若想养，我明天再去给你逮一只，这一只一定得杀，眼下治好你的脸最要紧。"说罢，挺直匕首直刺。

玉凝脸色大变，抱住他胳膊，制止道："别……"脸上的伤扭曲，看上去可怜极了。

凌懿轩眉心紧拢，丢下匕首，搀她回榻坐下，抬手擦拭她眼角，心疼道："怎么好端端地却哭了……伤口疼了是不是？"

玉凝抬手摸去才知，原来自己满脸是泪，急忙假装道："不，不疼。"

她把他手里的七色狐抱过，摸摸它光滑的皮毛，小狐狸在她怀中分外乖巧，伸舌舔着她的指，玉凝咯咯一笑道："小家伙，姐姐知道被刀割皮肉是什么感觉，就不叫你受那罪了，没人会伤害你，把心放进小狐狸肚子里吧。"

凌懿轩闻言，伸臂将她紧紧抱住，心痛地呼唤道："玉凝……玉凝……"千言万语也倒不出他此刻的苦楚。一想到她所受的罪，他恨不能代替她痛。

她趴在他胸口，听着他的心跳。小狐狸蹲在她膝盖上，看着她和他。

玉凝突说脸颊传来一滴一滴凉意，看了才知，是他落下的泪，她替他拭去泪水，安慰道："别难过。"站起来转了两圈，"你瞧，我好着呢，能跳能跑，我……没事。"

凌懿轩眼圈血红，伸臂又将她搀着坐下，动容道："不准胡来，从现在起你动一动，跳一跳，都要经过我的同意。若是不小心摔着了，我……"

"你怎么样？"

凌懿轩俊脸一红，攥住她的双手道："玉凝，我照顾你一生一世，好不好？"

玉凝慌乱，再没比这更好的了，可不能，这对他不公平。她目光闪烁，"我……"

七色狐似知道玉凝为难，露出吃奶獠牙，咬住凌懿轩手背。

凌懿轩手背上不疼不痒，低眼看看玉凝膝盖上的小狐狸，发现那家伙正龇着牙凶狠地瞪着他。

他暗道：原来这小畜生是公的。顿时气得大眼圆睁，朝小畜生瞪过去。

玉凝心地善良，看不得杀生，我就把这小东西拿到外面去杀了，端了心头血过来给她敷在脸上。

"玉凝，我带这小东西出去遛遛……"

玉凝知道他的想法，双臂抱紧那狐狸道："不给，等你遛完，它就凉透了。"

小狐狸舌头直伸，两眼泛白，兴许是快被玉凝给勒死了。

"你不要意气用事，我知道你们女孩子家最爱美，你伤成这番样子，不可能不伤心。"

"我……我……"玉凝支吾半天，大眼一转，有了主意，拉着他的手道，"懿轩，我这个样子，你不爱看吧？若你不爱看，那便去将这东西杀了吧。"将小狐狸塞他怀里。

小狐狸且才喘过一口气，眼见又要落在男人手里，顿时四蹄疾蹬，龇着牙吱吱乱叫。

凌懿轩看着玉凝，深情地说："你又何必如此问我？我自是一辈子都看你不够，不管你是伤是残，是瞎是哑，也不管你是丑是俊，只要你是玉凝，我就爱看，永远看不厌。"

"既然你看不厌，我自己也不嫌弃，那这世上便再没人会顾及我的模样了，反正我是要孤单一世，是什么样子又有什么关系呢。"玉凝抿唇道，"不要杀这小畜生了吧。"

小狐狸吱的一声蹲坐起身，急转数周，似满意小畜生这一称号。玉凝暗道：这狐狸成精了吗？

凌懿轩动容道："谁说你要孤单一世，永远有我伴着你。你若愿意，我……们立刻便成亲。"

帐子外面突然传来阵阵笑声，宋哲道："表妹，答应他吧。除了凌懿轩，这世上可再没好男人啦。"

帘子掀开，众人进来。除宋哲之外，凌苍、耶律姊妹、凌武、凌思远、周雨晴也一并都在，帐子里一下子热闹起来。

耶律婉感慨道："若是……西岩皇帝能够这般待我，我死也甘愿啦。你脸蛋儿残了，可却得到了一个好男人。一生还求什么？答应他吧。"

玉凝容貌尽毁，耶律姊妹竟没认出她便是那日的小男娈，将她当作凌懿轩的恋人。

玉凝倒是认得她们。方才她们说，三天后，凌烨宸会来……

凌苍走去他亲弟弟跟前，苦口婆心道："小弟，这女人的过去太复杂，不干净，你别招惹她。娶了她，平添麻烦。”

玉凝心口一窒，顿感语塞，“夜大哥你……”

众人不解她这句“夜大哥”是在唤谁，纷纷你看我，我看你。

凌苍也一脸疑惑地瞅着她。

玉凝苦涩一笑，原来夜大哥没有毁容，鼻子、嘴唇都还在，地宫里是骗我的。唉……戴上面具便对我那般温柔备至，现下摘了面具却不认我了。说来也怪，他摘下面具，我也不喜欢他。那便谁都不理谁吧。

凌武剜了一眼玉凝，埋怨道：“七哥，你因她受了多重的伤，不知道吗，还要继续受她拖累？让那男人知道了，定是想尽阴险的招数对付你。这女人心里没你，你为她受苦，不值得。”

“七哥，我本来呢，是不厌烦这丫头的，还挺喜欢。可，你瞧瞧她现在这张脸，”凌思远打个寒战，“你吃得消吗，一过可就一辈子，天天对着这么一张鬼脸，受得了啊？”

玉凝的泪在眼眶滚过来又滚过去，盯着小狐狸，握着它尾巴，在心里说道：“小畜生，这里的人不欢迎我，咱们走吧，到营帐外面去。”

“玉凝，你别走。”凌懿轩攥住玉凝的手腕，冷目扫过方才说话的几个人，众人一凛，噤若寒蝉。

“浑蛋！”宋哲盛怒咆哮，连挥两拳，将凌思远、凌武打得猝不及防，趔趄倒地，“别忘了，你们姓凌的还要找我帮忙去斗凌四，再乱嚼我表妹舌根，老子就不干了，我反正什么都不在乎，亲爹也被我杀了，妻子也跑了，我硬命一条，大不了我倒伐，帮老四跟你们斗。帮谁不是帮，杀谁不是杀，血都是红的。”

凌武、凌思远气得拳头攥得咯咯直响，却敢怒不敢言，看在宋哲那三十几万兵力的份上，打掉牙也得和血吞。

凌苍一怔，宋哲的女人落在西岩，他正想找西岩麻烦，此番玉凝遭难，他更是要打西岩，方才所说不过气话罢了，“宋兄，别伤了大家的和气啊。”

“凌三，和气就是用来伤的。”宋哲左拳挥在凌苍挺括的鼻子上，打得他鼻血横流，“少来说好话，方才辱我表妹，你也有一份。我这辈子就听我表妹的，谁叫她受委屈，我跟谁打。国破家亡也得打。”

耶律双道：“我得快些找到我弟，让他也这么对我。哈哈。”

凌苍抬袖擦去鼻血说道：“宋兄，有话好好说。咱们都没有歹意，都非坏人，如今咱们该同仇敌忾，对付我四弟才对啊。”

凌思远肿着俏脸，附和道：“是啊，宋兄，小弟认错了，方才是跟玉凝开玩笑的。她这样子，那……还是一朵……一朵娇艳欲滴的……花啊。”底气越发不足。

宋哲听罢，气不打一处来，骂道：“凌十二，你作死吗，你用反讽手法侮辱我表妹，我……”说罢，挥拳就打。

“表哥！住手吧。”玉凝抱住他手臂，“你打得手不疼吗？你能打得别人不去说我，还能管得住人家怎么想？随他们去吧，我不在乎，也听惯了。”

宋哲把玉凝护在臂弯道：“不行，他们想也不能想，只能说你好，不能说你坏。”

“没完啦！”玉凝反掌拍在他脑后。

宋哲啊呀一声，撤回身站在玉凝身后，听话地说道：“依你就是啦。”

屋子里众人脸上大变。宋哲这人油盐不进，糖醋不沾，竟对玉凝这小女孩唯命是从。什么道理？

“八弟，玉凝是累赘也好，是负担也罢，麻烦也无所谓，娶她我一百个愿意，我唯恐她不愿意。十二弟，我知你爱美人，等你遇到你心所爱，你便知道，爱到深处便再看不到那人模样。因为她已刻在心里。”凌懿轩脸容一冷，接着对凌苍道，“哥，我想，你没资格说我。”

凌苍脸上一热，长长叹了口气，造化弄人，我弟兄两个竟都爱上凌烨宸的女人。

宋哲看向凌懿轩道：“你说话，我爱听。”

“漂亮话谁都会说，宋兄，还请看我的行动。”

宋哲拍他的肩说道：“你还叫我宋兄吗？改口叫表哥。”

凌懿轩心喜，将玉凝拥过，兴致勃勃地说道：“玉凝，我再不会给你拒绝我的机会。明天我们便拜天地。”

玉凝的脸瞬时惨白，心乱成一锅粥。

凌懿轩见她面露难色，便在她耳畔小声道：“我知道你一时接受不来，可……我执意要将你娶到身边，亲手呵护。不过，你放心，夫妻之事，我绝不强求你，我可以等，直到你敞开心扉接受我的那一天为止。”

“表妹，我这里便替你答应。你此生都别想回到凌烨宸身边了，我不准。”宋哲道。

玉凝的手下意识地捂着小腹。

凌懿轩道：“我知你顾及腹中胎儿。但凡是你的东西我都爱，你腹中胎儿是你的骨血，我自当用生命去爱。”

玉凝心头一动，她这辈子何其好运，能得懿轩怜爱。可，她却不能耽误他。

周雨晴见众人都围在凌懿轩和玉凝身边，不禁黯然伤怀，怀里抱着三岁大的孩子，悄悄地退到帐子外面去了。

玉凝自是将她落寞的背影看在眼中，也看到了凌烨宸的儿子，凌甄。

“懿轩，我答应和你拜堂。”

凌懿轩心中喜不胜收，“真的吗？”

“不过，你要答应我一个条件。”

玉凝环视众人一眼说道：“表哥，各位王爷，耶律公主，可否容我两人单独一谈。”

众人纷纷离帐。

凌懿轩将心心念念的女孩拥在臂中，宠溺道：“玉凝，你有什么话要跟我说，就尽情地跟我说吧，这是我的帐子，外人不敢轻易进来。”

玉凝脸上一热，从他怀里挣脱开，将帐子四壁上挂着的她的画像都取下，点火烧掉。

凌懿轩深拢眉头，不解地问道：“你将画像烧掉做什么？”

“我大活人在这，你还要天天看着画像想我念我吗？”玉凝拧眉，“还是，画上的我好看，你想多看几眼？”

凌懿轩拉着她的手，只觉得手心里面绵绵温软，心头为之一荡，幸福溢得满腔皆是，过往几年，一千多个日夜，他都思她念她，何曾想过有朝一日可以随时都能拉着她的手。能够如此，他还有什么奢求，他这么想着，便开口道：“你说得不错。可也不至于将画像烧掉。万一你出去一时半会儿，我想你了，便还有画像可以聊表相思啊。”

玉凝的心里，这会儿却想到的是，凌烨宸和映雪两人在做些什么。他是不是，甚至还不曾注意到，她已不在那间客房了。想着想着，心口一阵剧痛，拨开凌懿轩的手，说道：“你将这画像挂得哪里都是，可伤透了一个人的心，你知道吗？”

“谁？四哥吗？你……怕他吃醋？”

玉凝不答反问：“你方才可应允了我一个条件，我只说一次，你若跟我讨价还价，我们就永不拜堂。”

凌懿轩心里紧张，忙答道：“你一万个放心吧，哪怕你是说让我立刻死了，我也允你。”

“你等着我。”玉凝奔出帐外，将周雨晴一并拉来。

凌懿轩脸色大变，手臂轻震。

周雨晴面色窘迫，拉扯衣裙，害羞地小声叫道：“七爷。”

玉凝将周雨晴的小手放进凌懿轩的手掌，严肃地说道：“懿轩，你答应我，这一生要真心诚意的对待周雨晴，明媒正娶将她娶回，一生一世不能负她伤她。”

凌懿轩吃了不小的惊，倏地将手掌抽开。

周雨晴两滴泪夺眶而出，委屈地说道：“娘娘，不要为难七爷。我……先出去了。”

玉凝不加阻拦，只直直地看着凌懿轩。

凌懿轩紧攥拳头，紧闭双目，长叹了口气，无奈地说道：“周雨晴，你等等。”

凌懿轩上前隔衣握着周雨晴的腕，随即看着玉凝，说道：“玉凝，我答应你好好待她。但你，也不要忘记答应我的事情。明天你便跟我兑现你的承诺，可以吗？”

玉凝叹气，点点头。

凌懿轩笑了下。拉着周雨晴出了帐子。

玉凝抱起小畜生跟出去，见凌懿轩拉着周雨晴一路疾奔朝湖边去了。只要他能跟周雨晴有了夫妻之实，慢慢便会有感情。她明日跟他拜了堂，依旧跟他清清白白，不跟他亲近，借机撮合他们两人，时日久了，他自会爱上雨晴。她意欲孤单一世，何不成全一桩好事。

玉凝回到自己的营帐，一会儿摸摸自己小腹，一会跟小狐狸说说话，“小畜生，小畜生，你说凌烨宸会不会四处寻我。你点头就说明他会。唉……不过即便他寻我，我也不跟他回去了。他……是我的哥哥。”

凌懿轩拉着周雨晴到了湖边开旷处。

周雨晴手腕给他死死攥住，她疼得直落泪，却咬着下唇，一声不吭。

凌懿轩顿下脚步，将她丢开。

周雨晴身子一踉，侧趴地上，两手被枯枝刮烂，流出鲜血。垂下衣袖，掩住伤口，“七爷，方才的话我不会当真。你不用勉强自己来娶我。我有自知之明。绝不会妄想高攀。”福了福身，转身便走。

“周雨晴，你站住。”凌懿轩轻声道，“我没有勉强自己，我是真的要娶你。”

周雨晴心间震撼不已。

“若我不跟你成亲，玉凝便不会跟我拜堂。”凌懿轩皱眉瞥她一眼，“若你能帮我这一次，我自当将你恩情永生铭记。”

周雨晴苦涩一笑，默不作声。

凌懿轩以为她不应允，又道：“你放心，你我成亲只是一个形式，成亲之后，我绝不阻拦你和心上人来往。你何时想离开也随你愿意。玉凝仅说，我不能辜负你，可没说你不能休了我。你何时想走，随时给我一纸休书便罢。”

周雨晴心里疼得如刀翻搅，却故作镇静地说道：“七爷说的哪里的话。这点小事，我怎么会不帮。那不知七爷什么时候方便成亲。我好准备喜服酒水，将戏演得真一点，娘娘也信服。”

凌懿轩摇头摆手道：“不用了，这根本无关紧要。有个形式便成。”

周雨晴侧过脸去，泪顺眼角流下，却强颜欢笑地说道：“对，对，无关紧要的事情，不必劳师动众。”

凌懿轩心思全不在她身上，对她脸颊的泪，见也未见。他自顾看看四遭，高山石秀，湖泊草丛，夜空繁星点缀，更有一轮圆月高挂当空。景色怡然。

“择日不如撞日，我们现在便成亲吧。以免夜长梦多，玉凝反悔。”

周雨晴一愣，没有媒人，没有聘礼，连个见证的人都没有，这婚礼，着实简陋，“好。现在就成亲吧。”

凌懿轩隔衣拉着她的臂，一齐跪在地上。

两人跪了半晌，直直地看着前方波光粼粼的湖面。

“我们是不是该说点什么？”

周雨晴摇摇头说道：“我……我也是第一次成亲，不知该说什么。”

“罢了，那我们便按自己想的说吧。”凌懿轩左掌扬起，竖在脸侧，起誓道：“我凌懿轩，以天为聘，以地为媒，迎娶周氏雨晴，为我结发妻子，这一生一世不管生老病死，绝不辜负于她。如若食言，天不容我。”

周雨晴听罢他方才的誓言，心里莫名感动，眼泪扑簌流下，肩头不禁抖动。

“你怎么哭了？我说的哪里不对吗？”凌懿轩皱眉道，“我只发誓我不辜负你，可并没说要限制你，你自由自在，无须担惊受怕。”

“我不是怕你不放我自由。”

“那你为什么哭？”

“你不要问我了，该我立誓了。”周雨晴扬起左手，竖在脸侧，发誓道，“我周雨晴，对天地起誓，此生追随凌懿轩别无二志，一生一世衷心于他，陪伴左右，如违此誓，天地不容。”

凌懿轩皱眉道：“周雨晴，一个形式，你不必起重誓。”

周雨晴笑了笑，说道：“起誓又不当真的。没什么打紧。”

凌懿轩拉住她的手说道：“磕头拜天地吧。”

周雨晴手猛地一抖，这是第一次给他握住手掌，他的掌温温热热，却永不属于她。

两人对天地三拜，又转身面对彼此，互拜三次。

“礼成了。今晚，你便搬到我营帐去吧。我先走一步。”凌懿轩说罢便疾奔玉凝营帐去。

周雨晴望着他的背影，随即痴痴地看着被他握过的手掌。

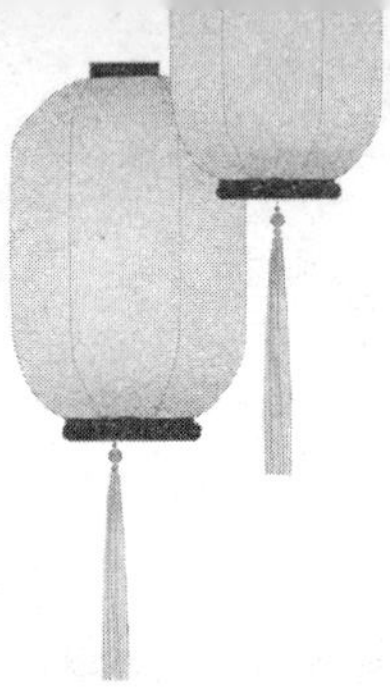

第二十四章　霸道抢婚

清晨五更，凌懿轩将玉凝鼓捣醒，兴奋地问道：“玉凝，你喜欢什么样的新房，我给你造。”

玉凝慵懒地说道：“一切从简。”

凌懿轩命一万精兵，搜遍整个西岩帝都，买来十万块金砖，两个时辰内盖起三间黄金屋。

将玉凝连被子和小狐狸一并抱出，让她查验，玉凝被黄金闪得双眼几近瞎掉，“这……为什么？……”

“我……只是想盖个金屋将你藏起。”

“为什么是三间？”

凌懿轩想了想说道：“一间你、我居住，一间给你腹中宝贝居住，第三间，给小畜生住。”

玉凝笑，落了两行泪。

凌懿轩将她抱回帐内，置于榻上问道：“玉凝，婚礼时候可要宾客排场？”

玉凝连连摇头道：“绝对不需要。我不在乎那些浮夸的东西。”

凌懿轩独自奔出，煞费苦心地安排婚礼的细节，“宋哲大哥，此次我大婚，你便是家长；三哥，八弟，十二弟，你几人便是家属；耶律公主，你两人便当成我和玉凝的媒人。”顿了顿，又道，“另外，宋兄，请将你三十五万兵马借给我，耶律两位公主七十万兵马也请暂借我一天。”

随即命一百五十万兵马，每一士兵胸配红绸、头戴红色羽毛，每一良驹背上驮玉马鞍，蹄下踏银制的马蹄铁，当作迎娶玉凝的仪仗队。

凌懿轩攥着玉凝的手奔出帐外，问她喜不喜欢，玉凝惊得差点掐死小狐狸，不知道说什么好，“这……这……”

凌懿轩深情道：“这是最小的排场了。若你觉得寒酸，我便去集西岩、碧月、云天百姓一同见证你我的婚礼。”

“不，不，如此甚好。”玉凝叹了口气。

凌懿轩追玉凝进帐，继续问道：“玉凝，金屋前面种什么花？茉莉，牡丹，玫瑰，还是蔷薇？”

玉凝一怔道：“种铃兰吧。”

曾几何时有人曾说：凝儿，朕与你一同将铃兰种下，来年它定能开出最美的花。

凌懿轩领命出帐，命千名士兵进山寻铃兰。士兵说：“二月的铃兰已开败，七月的铃兰开花还早，寻不到。”

凌懿轩来回踱步，突地找出万张粉色宣纸，分给万名士兵，折成万朵铃兰，在金屋前铺成花路。周雨晴前来帮忙，一着急不慎，毁了一朵铃兰，凌懿轩冷冷地说道：“周雨晴，你走开吧。别来添乱。”

周雨晴转身走开，拉过一匹小马，狂奔而去，一路连连从马上跌下，摔了数十跤，不知她要去哪里。

待到时近正午，喜宴酒水，一切就绪。只欠新人拜堂。

凌懿轩与玉凝站在花路上，接受众人视线洗礼。

百万士兵声震山川河流，高声齐呼：“恭祝七爷新婚大喜！恭祝七王妃新婚大喜。”

宋哲大喜督促道：“吉时已到，快拜堂吧。”

凌懿轩却愣愣地看着一袭白衣的玉凝，再看看她满是刀伤的小脸，又看看她怀里的小畜生，一巴掌将小畜生拍飞，伸手把玉凝转了两圈仔细查看，若有所思地说道：“不对，不对，还缺点什么？”

众人不解，面面相觑。

耶律双道：“七哥哥，笨，新嫁衣。”

凌懿轩悔道：“我只忙着金屋、排场和铃兰，却忘记了最最重要的新人嫁衣、红盖头。玉凝，你等我一盏茶的时间，我这便去买来。”

马蹄声起，周雨晴翻身下马，扑通跌在地上，未及喊痛，忙爬起身走到凌懿轩身边，“七爷，我……这给你。”说罢，递过一个包袱。

凌懿轩打开来，包袱里面裹着的，正是崭新的新郎、新娘服。

凌懿轩在那衣裳上面捏捏搓搓，一皱眉头，将衣裳丢在地上，说道：“这衣裳料子不好，我亲自去置办吧。”说罢，大踏步而走。

周雨晴窘迫地站着。

“你且等等。”玉凝拉住凌懿轩的臂，随即捡起地上新娘服套在身上，开口说道：“我便最爱雨晴置办的这件新服。你若不喜欢，那就不拜堂。”

凌懿轩心里慌张，赶忙捡起地上的新郎服，往身上套，谁料衣服扣子繁琐，他笨手笨脚怎么也系不好，他为难地看着玉凝低声祈求道：“玉凝……”

“还未拜堂，便要我给你做这做那，我才不干。”玉凝拉过周雨晴，推到凌懿轩身边，“你的正妻不是在这，让她帮你。”

凌懿轩宠溺地点点玉凝小巧的鼻子宠溺道：“好好好，什么都不让玉凝做。”

周雨晴颤颤地低声叫着，“七爷……”

凌懿轩冷冷地道：“我自己来吧。”跟扣子拼了两盏茶的时间，才将扣子系好。

他身材高瘦结实，此刻穿上喜服，雪发红衣，越发显得俊朗无俦。

周雨晴看了许久，叹了口气，随即给玉凝盖上红盖头说道：“拜天地吧。”

新郎带着憨憨甜甜的笑，盖头下新娘子，却低垂着眸。

“一拜天。”

几个将军咋咋呼呼上来捣乱，将新娘推进新郎怀里。新郎扶着护着新娘，躬身一拜。

“二拜地。”

凌武、凌思远上来按着他们七哥的脑袋，按了个头点地，他们调侃道：“七哥，这么拜，才有诚意。”

众人哄笑。

“三拜高堂。”

宋哲咳嗽两下，整整衣裳，站在两位新人前，一本正经地说道：“高堂，便是指我啦。凌七，表妹，请拜吧。”

“慢着。”凌苍走过去跟宋哲并肩而立，“你当七弟妹那边的家长，我便是七弟的家长。你假装娘亲，我假装爹爹。”

宋哲猛捶凌苍胸口道：“为什么我装娘亲，你装爹爹？你小子哪里比我男人？”

凌苍疼得闭起一只眼，调侃道：“宋兄，你是爹爹，我是娘亲，我……我是你媳妇，可以了吧。”

宋哲一听媳妇两字，忽地想起了林可儿，心里一阵烦乱，戏谑道：“凌苍，那可说好了……”

众男子哈哈大笑。

玉凝轻咳。

宋哲一凛，严肃地说道：“表妹久等了，三拜高堂。请拜，请拜。”

新人弯腰行礼。

“请新郎掀开新娘的红盖头，喝交杯酒，喝了交杯酒，你们可就是夫妻了。”

凌懿轩接过耶律婉手中的喜杖，轻轻挑开红盖头，看到玉凝脸容的那一刻，心中大动，兴奋地说道：“最美不过玉凝，我的妻。”

玉凝抬起双眸将他打量，看着看着，眼前便模糊了，凌懿轩黑眸慢慢变成了琥珀色，雪发转成了墨发，红唇则成了粉蜜色薄唇，玉凝心口一阵乱跳，猛地闭起眼，再睁开的时候又见凌懿轩站在眼前，才知是自己看错了。

耶律双递来两杯酒水。

一对璧人对面而立，皆右手执杯，两臂交缠，将酒递到唇边。

凌懿轩深情道：“喝了这杯酒，你就是我的了。再不会变。”

玉凝微笑道：“是，喝酒吧。”

两颗石子划空猛地飞来，将两人手中的酒水打落在地上，摔个稀烂。

凌懿轩手掌猛地震颤，虎口被震得鲜血直冒。拥住玉凝，疾声道：“你的手也流血了吗？”

“没有……”玉凝抬起右手，她手掌甚至没有感觉丝毫疼痛，关切道：“懿轩，你的手……”

“别担心，我没事。”凌懿轩心中一凛，眼中闪过慌张，四下查看。

一个清浅冷厉的笑声从远处幽幽传来，带着讥讽戏虐的口吻说道：“七弟大喜，四哥不来道贺，枉为人兄。”

声音又冰又冷，由远及近，每说一字便已近了数十丈远。

众人大惊，朝声音出处看去。

只见一抹儿红色身影，掠树梢，点湖面，跃重岩，轻飘飘地背身落在众人眼前。

虽士兵近一百五十万，见了这人，哪怕只是背影，竟不由自主地向后退出一步。

玉凝怔怔地望着那道身影，怎会不知道是谁，那人一举手一投足皆烙在心中。那孤傲的背影，除了西岩皇帝，便再没旁人。

心中一时百感交集，种种纠葛缠在心间，泪珠在眼中滚来滚去，稍一抽泣，便若断线的珠子颗颗掉落。

凌懿轩见玉凝眼中又是恨又是爱，更多的还是辗转思念。他心中嫉妒疼痛。抬手拉下红盖头，将她脸容盖住，遮挡她的视线并温情地说道：“玉凝，莫要忘了，你是我的妻。心中再想他人，你怎对得起我？我……是你的丈夫。”

玉凝一怔，慌忙歉疚地说道：“对……对不起。”

耶律婉不由得上前走了三步，望着那抹儿挺拔英俊的身影，一颗心突突猛跳，这便是她的心上人，几年不见，他还记得她吗？

铮铮几声，凌氏兄弟纷纷请剑出鞘，主动迎战道：“七哥，七嫂，那来闹场的人，便交给我们来收拾吧。”

宋哲、凌苍对看一眼，“我们这‘爹爹、娘亲’，不能白当，保你们一时三刻之后，能去洞房花烛！”说罢，持剑踱步到凌思远、凌武左右两侧，四柄寒剑指着半丈之外的红色背影。

“西岩皇帝，好魄力，只身前来会我等一百五十万大军，看在你这份胆量上，也让你多活一时半刻。留下遗言吧。”宋哲道。

凌烨宸突地转身，面向众人。他眉眼若冰，琥珀双瞳似血，薄唇泛白，越发薄幸，“碧月皇帝，我瞧不起你，堂堂男子，一国皇帝，竟然充当淫媒，迫有夫之妇嫁作别家。你非君子。”

宋哲一凛道：“什么淫媒！你小子将话说说清楚。只有人称我丧心病狂，还从没人叫我淫媒，你说不清，我就不承认！”

凌烨宸剑眉轻拢，厉声质问道：“你保媒拉纤，又哄又骗，迫我的女人改嫁七弟，这算不算是淫媒？”眯眸向身着嫁衣的女子看去。

玉凝听到“我的女人”四个字，身子猛地一震，心中一时激起千层骇浪，他要拿她性命去和映雪性命交换，又不要她腹中孩儿，几时当她是他的女人了？

耶律婉听到这句话，瘫在双儿怀里，问道：“双儿，玉凝是凌四爷的女人吗？”

“阿姐，我不知道啊。”双儿惊道，“阿姐，你觉不觉得，玉凝和那个人有点相像？”

耶律婉叹道：“是了，是了，就是她！眼睛一模一样。”

“西岩皇帝，你说得有理，我的确是淫媒。”宋哲斜斜地望向凌烨宸，“是便是了，我还就喜欢当淫媒。我表妹嫁谁都是嫁，想嫁谁就嫁谁，偏偏不再回到你身边去受那窝囊气。”

凌烨宸扬起俊脸看看碧蓝的天，将眼中的一丝酸涩狠狠地抑制下去，情绪失控地骂道：“表哥是淫媒，表妹是荡妇，无师自通便会偷汉通奸。所嫁之人，又能善良到哪里去？让我想想该如何形容荡妇所嫁之人……”

“淫娃。怎样？”凌烨宸冷眸眯起，看向凌懿轩、玉凝两人，“给你们的称呼，可得当？”

“四哥！骂我随你，骂她，我忍无可忍。怪你欺人太甚！”凌懿轩挺身欲揍凌烨宸。

玉凝却抱住他腰身，阻止道：“懿轩，随他去说。你我清清白白，在乎什么？”

凌懿轩回臂拥她双肩，手背上点点水珠，是她的泪，他温柔地带着歉意说道：“玉凝，你跟着我，受委屈了。我会加倍爱你，补偿你。”

宋哲倒竖双眉，提议道：“凌家兄弟，凌烨宸刚才羞辱今天的一对璧人，你们都听到了。你三人跟我联手，教训他吧！”

“乐意之至。等这一刻，等了太久！”

“四哥，你亮兵器吧！”

凌烨宸对这几人的话，闻所未闻，眼中便只剩下凌懿轩、玉凝交叠的身影，只见他两人相拥低语，亲昵极了。一时之间妒意陡然升起。

不久前，她还乖巧地伏在他的膝间。不过几日，便又急不可待地投怀另一个男人。呵，这就是她所谓的爱他。他竟蠢笨地信以为真。

凌烨宸笑看凌懿轩，阴鸷道："手下败将，凝儿身体滋味怎么样？四哥，现在还记得那销魂蚀骨的滋味。"她从他身边逃开已两夜一天，这两夜她是不是都承欢七弟身下，做着那些最私密的事。

玉凝痛哭失声，委屈道："再没这样的浑人，再没这样的浑人。"哭着伏在凌懿轩的胸口。

凌懿轩将她拥得更紧，眉眼一沉，他便要气气四哥，随即说道："四哥，玉凝已是我的人，你再要妄想弟妹的滋味，违背纲常伦理。"

她果然已臣服他身下。凌烨宸捧腹，笑得泪珠挂在长睫，戏虐道："伦理，纲常。巧啊，你四哥不是人，我最不在乎的便是这些。若在乎，我不会落到此番境地。我便最喜争抢兄弟妻子，你和凌苍，不都是这般？"

宋哲眼中突地升起几分敬佩，想我在碧月，也是名声极臭，可哪里能做到这人这般坦然？我不如他，宋哲毅然说道："凌四兄弟，咱们君子斗，你出兵器吧。我们不欺负你。"

凌烨宸用琥珀的眼，深深地看着新娘的红盖头。

他嘲讽道："挑起红盖头，喝了交杯酒，便要去洞房了吧。"他喉咙紧涩，血水涌进口中，心口似被毒虫狠狠地撕咬着一般，他却再也感觉不到痛，因为，她的背叛，最痛。

"凭你们，还欺负不了我，只要我不想出招，没有你们打赢我的道理。"

凌烨宸穿着黑色云头靴，走起路来沉稳有力，一步一步慢慢地朝新娘子走去。全然没见身前的宋哲几人手里执着寒光闪闪的长剑。

宋哲又有感叹：好自负的男人。此等男人，该是在一起豪爽痛饮的，却……唉！"那就休怪我们手下不留情了。"

凌懿轩吩咐道："不要让他靠近铃兰花半步。我嫌他脏。玷污了我和玉凝的婚礼。"

"你止步吧。"宋哲挺剑指向凌烨宸的面门。

刷刷刷，三声，刃带凉风，凌武、凌思远、凌苍分别抬剑，指向他颈项、腰侧、胸膛。

凌烨宸鄙夷地笑道："即便我赤手空拳，你们也奈何不了我。"

凌懿轩怒道："四哥，你罢手吧！今日我和我妻子新婚大喜，我无心惹那血光之灾。十日之期，约在明日，明天咱们再一并算账。"

"你和你妻子？"凌烨宸苦涩一笑，冷冷地道，"你知我深浅，我知你分量，还等什么明天，今天便算算总账。"

"四弟，莫要妄动。"凌苍挺剑数寸，嗤的一声，白刃入肉，刺进其胸腔。

顿时，鲜血从凌烨宸的胸口泊泊涌出，凌烨宸道：“你莫急，现在，我无暇与你纠缠，会轮到你。”

说罢，他抬靴迈步，迎着四把长剑继续疾走。

嗤嗤几声。

宋哲指在他面门的剑从其额头划过，凌思远的剑从他颈侧划过，凌武的剑刺进他心口四寸。每一道伤口都皮肉外翻，鲜血直冒。

玉凝双手紧捂着耳朵，生怕再听到那剑划皮肉的声音，每一声都让她心若刀绞，“凌烨宸，世上怎么会有你这样的人！”

耶律婉心中不忍地怜惜道：“四爷，你当心啊。玉凝对你无心，你何必强求于她！便没人爱你了吗，我对你有情有义，你却正眼都不看我一眼，难道，你我注定要绝杀战场吗？”

凌烨宸身上的红衣，被鲜血染得暗红。薛玉凝，我此番不出手，是为看你反应，你若心疼我一丝半毫，我就立刻原谅你的背叛，封你为后，千万般爱你。而你却丝毫不为所动。我，绝不能和你善罢甘休，这一辈子，你我都别好过。

凌烨宸脚步牢稳，直到和凌武、凌思远身子相贴，方冷声道：“两位小弟，让路不让？”

凌武、凌思远一凛道：“让路就不是男人！”挺剑长刺。

“人”字还未说得完全，凌烨宸便已振臂出拳，将他两人的长剑，当的一声折断，双掌推在他两人肩头，内劲极猛，将凌武、凌思远震出丈外，口喷鲜血，粗喘着气，趴在地上撑了几撑也没爬起身。

耶律婉大惊：他既有此般能耐，方才为何不出手？难道他故意受伤，试探玉凝？他……竟这般在乎玉凝的想法？若他能把我也这般爱在心头，我……死也甘愿。

“凌家兄弟。”宋哲将他两人扶起，关切地问道：“你们怎么样？”

那两人口喷鲜血，手抚胸口，无力地说道：“那禽兽内力大长，不知哪里来的神力！咱们四个联手，未必打得过他。”

宋哲侧眼将凌烨宸打量，这男人拼了性命要走到表妹跟前，难道只为了羞辱她？……若是林可儿跟了别的男人，自己又能比他好上几分？

“你我几人见机行事吧，看西岩皇帝要跟我表妹说什么，要是他说得不对，我有千万种法子让那小子毙命。”

凌苍、凌武、凌思远虽不情愿，却怕宋哲发威翻脸不认人，不情愿地说道：“就依宋兄所言。”四人走回凌懿轩身侧，八只眼睛死死瞪着凌烨宸。

短短半丈距离，凌烨宸每一步都迈得艰难，距离玉凝三步之远的地方，凌懿轩横臂将他挡住道：“你站住吧。”

凌烨宸丝毫没将凌懿轩看在眼里，也没把宋哲、凌苍看在眼里，更是没把一百五十万大军看在眼里。

他眼里便只有穿着嫁衣，要改嫁的那个女子，他用期待的目光看着玉凝，问道："凝儿，你自己跟我回去，还是我强行将你带回去？"

"我……"玉凝道，"公子，我非你找的人，你我素不相识，你请回吧。"

凌懿轩心中一动，脱口叫道："我的好玉凝。"

凌烨宸额头青筋暴起，倏地执起她左腕，腕上金铃叮当作响，急急地问道："你非她，那为什么这金铃手镯会在你的腕上？"说罢，他从衣襟里掏出在溪边捡到的那颗金铃，强硬地扣在镯子的空钩上。

又在众目睽睽之下，掀开她衣领，露出雪白的肌肤，一块齿状疤痕红红艳艳，竟煞是可爱，他像是拿出证据一样，质问道："这是我留在凝儿身上的记号，为什么你也有。你……还假装不认我吗？"

玉凝脖颈一凉，惊呼一声，凌懿轩气急败坏地挥开凌烨宸的手臂，将玉凝拥紧。

"凌三、凌八、凌十二，快闭起你们的狗眼！"宋哲转身大喝，"众兵将听令，你们若敢偷窥我表妹肌肤，挖了你们眼珠子当柴烧。"

玉凝冷冷地道："我……和你再无瓜葛，你有你的妻、你的儿，我也有我的夫。你我便各安天命，互不相扰。你快走吧。况且，这里有一百五十万兵马，谅你三头六臂，也斗不过，你快走吧。"

"你！竟将他当作你的夫！那我……是什么！仅是你玩弄过的一个男人吗！"凌烨宸急火攻心，噗的一声，喷出一口鲜血，溅洒在新人的嫁衣上。

凌懿轩及时抬袖遮住玉凝，将血水拦下，厉声道："四哥，你还不滚吗？七尺大男人，还有没有羞耻心？今天你就是吐血身亡，玉凝也不跟你走。快别再装可怜。"

凌烨宸抬袖抹去嘴边血迹，望了他七弟一眼，说道："七弟，为兄我，对凝儿的身体熟悉极了，要不要哥哥教你，怎样宠她，她才开心，嗯？"

凌懿轩顿时气恼道："是你逼我出手的！"说罢，挥拳砸在凌烨宸左颊上。

凌烨宸身形一踉，倒退一步，冷笑道："凝儿胸脯上有块朱砂记。"说罢，心中大恸，热血翻滚，又呕出一口鲜血，冷冷地望着凌懿轩。

凌懿轩怒火烧得心口闷疼。丢开玉凝的手，柔柔道："在此等我片刻。"

颀长的身子侧迈一步，迅猛抬臂，提起凌烨宸衣襟，连挥三拳，通通打在他左颊，直挥得他自己拳头发麻、凌烨宸脸颊出血，才一掌将凌烨宸推开。

凌烨宸长臂一挥，捞过凌懿轩，跟他四目相对，眸光厮杀，砰砰砰三拳，全砸在凌懿轩英挺的鼻子上，鲜血从其鼻间、唇间喷出。凌烨宸修长而劲瘦的腿屈起，狠狠踹在凌懿轩的胯间。

凌懿轩躬身捂着腿间，疼得泪花直冒。

玉凝听到凌懿轩闷哼，跑去将他扶起，关切地问道："你怎么样？"

凌懿轩咬牙道："我没事。你丈夫，我当定了。"说罢，用眼斜斜地看着凌烨宸。

"混账的东西，凌烨宸这小子靠近我表妹，目的就是为了单纯地来羞辱她的，我方才当真是看错了他。"说罢，宋哲忍无可忍，大喝一声，"来人，备弩箭，将西岩皇帝击毙。"

玉凝一听"击毙"两个字，脱口道："表哥，你别！"

凌烨宸则回视凌懿轩愤恨的目光道："怎样，不服？再来打过。"

凌懿轩心思单纯，当真被激得不行，自己要是被四哥打败了，一辈子在玉凝面前抬不起头。当即瞪着血红的双眼，抹掉脸上的血跟凌烨宸扭打在一起。

两个男人，便这样赤手空拳，你挥我一记，我打你两拳；你抓我一把，我挠你三下，竟都不使内力，泼了命地硬拼。不一会，便双双挂彩，两张俊俏的脸，鼻青目肿。

耶律婉看得心里感触颇大，攥着双儿的手道："妹，要是有两个这样身份地位的男人，肯为我这么拼打，我……立刻就嫁。"

"阿姐，你一女怎能嫁两夫？只能选一个。"

"这可怎么是好，我是选谁呢？我……还是比较爱四爷。"

双儿小声道："阿姐，你不用选，他两人不是在争你。"

耶律婉瞪了一眼耶律双，生气地说道："你是谁妹！"

玉凝站在原地，急得直跳脚，她高声喝道："凌烨宸，你住手，莫要再打懿轩。凌懿轩，你也住手，别跟那疯子一般见识。"

凌烨宸的身手她清楚，狠辣的程度绝对在凌懿轩之上，她不想让凌懿轩再受到伤害。

这话语听在凌懿轩耳中，顺耳至极，玉凝是向着他，爱怜他的。当即大受鼓舞，一脚蹬回凌烨宸胯间，恨恨地道："踢到你断后！"

而凌烨宸听了玉凝的话，又是妒怒，又是痛恨，她竟只帮着七弟，他身上受的，她全然没见。他愤怒之下，沉声道："我永不会断后，凝儿肚子里已有了我的孩子。"说罢，将凌懿轩按在身下，屈膝抵在他腹间，将他压得结结实实，开口道："七弟，路上走好。"说罢，运集十分内力于掌心，要将凌懿轩一掌拍死。

众人惊呼："七哥！""凌七兄弟。""七爷！"

玉凝头蒙盖头，不知道发生什么，但听到"路上走好"几个字，脚底一凉，阻止道："凌烨宸，你住手，不然，我恨你生生世世。"

凌烨宸扬起的掌，生生顿下，回眸看着她。

耶律婉皱着眉头，暗道："两个男人皆是为了你，你开心还来不及，竟还虚心假意地大喊。凭什么我的四爷要被你恨上生生世世。"想罢，手持石子，击向玉凝左膝。

玉凝膝盖猛地一软，啊呀一声向后仰去，盖头随风飘去。不能让凌烨宸瞧见她的脸，不然，定遭他羞辱。然后，双手紧紧护住盖头。

“凝儿！”凌烨宸倏地跃起，朝玉凝疾奔过去。

“玉凝。”凌懿轩从地上弹起，伸臂挥开急急奔向玉凝的凌烨宸，心想，“四哥，这次，我绝不让你，玉凝，我扶定了！”随即，踮脚跃起奔向玉凝。

凌烨宸掌推地面，高大身躯旋空而起站定。正欲迈步紧追，却听嗖的一声，一只弩箭迅猛飞来，射在他脚前三寸的土地之上。

“西岩皇帝，若你小子再迈一步，我命人放箭，让你万箭穿心，便成西岩刺猬。”宋哲提醒道。

玉凝倒地之前，凌懿轩及时赶到，轻轻托起玉凝的腰肢，将她带进怀里。挑衅地看向凌烨宸。

凌烨宸绷着一张俊脸，面无表情，拳头却握得咯咯直响，臂上血管胀得要爆裂开来。

玉凝看不见那两个男人拼得是怎样的你死我活，拍拍酸痛的膝盖说道：“我没事。”双手下意识地抚上小腹，暗暗吐了口气。

凌烨宸瞥见她手抚小腹，紧张极了，那女人腹中是我的儿子！竟敢带着我儿子改嫁，不将她掳回来，我叫七弟一声爹爹。想到此处抬靴就走。

宋哲见凌烨宸每一步都走得嚣张，便命令道：“谁能拦住凌烨宸，我封谁做镇国将军。”

只听见嚓嚓嚓数声，千名弩箭手，手持弓弩，朝凌烨宸围拢过来，箭头瞄准凌烨宸的头颅，若射将出去，他脑袋定成蜂窝。

耶律婉见状大惊，急忙说道：“四爷，四爷。你小心！我担心你。”

凌烨宸眯眼朝她冷冷地睥了一眼，薄唇勾了勾。

耶律婉脸上一热，不知趣地说道：“妹，妹，你瞧见了吧，四爷看我！他心里有我，方才那般无视我，是怕我担心他。”

“姐，你好没羞。”

凌烨宸淡淡地道：“耶律婉，给爷数着步子吧。”

耶律婉一怔，随即明了，这是在挑衅宋哲呢，宋哲说让他一步不准迈，他便偏不听。耶律婉受宠若惊地答应着：“好，爷走吧，我给你数。”

琥珀的眸，看向宋哲。云头靴子上前迈了一步。

耶律婉伸出食指数着：“一步。四爷好棒！”

弩箭手仅觉得这西岩皇帝，浑身气质冷绝，让人害怕，不禁打个寒战。

有喊道：“你，你，你，你。”

“你滚一边去，我来说。”令一人喊道，“你，你，你，再往前走一步，我，我，我们就，就，要射箭了。”

凌懿轩道：“一群废物，怕成这般。”

凌烨宸举步连迈。

耶律婉欢喜地数着手指，“十，十一……二十！四爷好厉害！”

弩箭手箭箭虚发，都射在凌烨宸脚前几寸，怎也不敢往他身上射去。“你再走，我们就要射箭了。”

琥珀的眸浸满不屑，冷笑着。

“都不是当将军的料。”宋哲夺过一架弩弓，对凌烨宸喊道：“你当我跟你开玩笑的吗？你若再走一步，我亲手用弩弓毙了你。”遂将箭装弩上，对准凌烨宸。

玉凝心知表哥也是个没轻重的人，可别一箭穿过凌烨宸脑袋，便大声劝道：“凌烨宸，你站住吧。”

“不达目的，不将你带回，我绝不止步。”凌烨宸推掌震死身前十几个弩手，大迈一步，走到玉凝身前。

“找死。先卸掉你一条胳膊。”宋哲手扣动装置，疾射出箭，嗤的一声，从凌烨宸左臂划过，撕掉一块血肉。

凌烨宸疼得低咒一声，对伤口不作理睬。伸手抚住玉凝的小腹，问道：“你怀了我的孩子，是不是？”

玉凝一怔，她若说是，他会不会一掌拍掉？“不，不……没有。你放开吧。”

凌烨宸单手攥住她双腕，紧逼不舍地问道：“我不放开。你告诉我，是不是怀了我的孩子？说！”

宋哲见凌烨宸手放在玉凝的小腹上，纠缠不止，大声警告道：“凌烨宸，你放开我表妹。”

嗖嗖，连射两箭，打在他左肩，入骨几寸，鲜血直流。

凌烨宸身子向前一踉，呕出一口鲜血。

玉凝心中猛地一疼，怜惜、不忍涌上心头，她将凌烨宸拉到身后，伸臂挡住他，透着满是哭腔的声音祈求道：“表哥，你让他走吧！”

凌烨宸痛得闷哼，从她身后环住她的腰身说道：“看我受伤，心疼、不忍了？”又睥了眼他凌懿轩，“她是什么样的女人，你明白了？她能背叛我跟你走，也能背叛你再跟我回去。你娶她娶得安心吗？你四哥我本就声名狼藉，不介意多个荡妇做妻子。你呢，清白一世，别让她把你毁了。”

凌懿轩身子猛震，攥着玉凝的腕，生气地说道：“四哥伤你至此，你还不忍他死，为了他流泪、护着他吗？”

玉凝从没见过凌懿轩发脾气，此刻一见，骇得眼泪直流，辩解道：“懿轩，我没有护着他，我只是不想让他的血，弄脏了这地方，搅浑了我们大喜的日子。”

凌懿轩听她这么说，才放宽心，对凌烨宸说道：“四哥，我乐意娶她，除了她我再不会娶任何人，这世上我就只认这一个妻子！玉凝绝非三心二意的女子。她离开你，是你们一步步将她逼迫至此。”

凌烨宸何等敏锐精明，当即听出凌懿轩话里有话，便疑惑地问道：“我们？除了我，还有谁害凝儿，你给我说出来。”

玉凝拉住凌懿轩的手劝阻道：“懿轩，我们不必跟他解释什么。吴欣毕竟是凌烨宸的生母，即便跟他说了吴欣所为之事，难道还祈求他嗜杀生母为我雪恨吗？我还没那么毒。”

凌懿轩轻叹道：“好，都听你的。”

凌烨宸见到眼前那双握在一起的手，心口一阵翻涌，血水从喉咙涌出，他轻唤道：“凝儿。”这一声轻唤，直唤得柔情悲苦，可怜哀婉。

玉凝的心突突乱跳，“你不要这般唤我。”

“让我，看你一眼，好不好。”凌烨宸伸出手要绕到盖头下，碰触她的面颊。

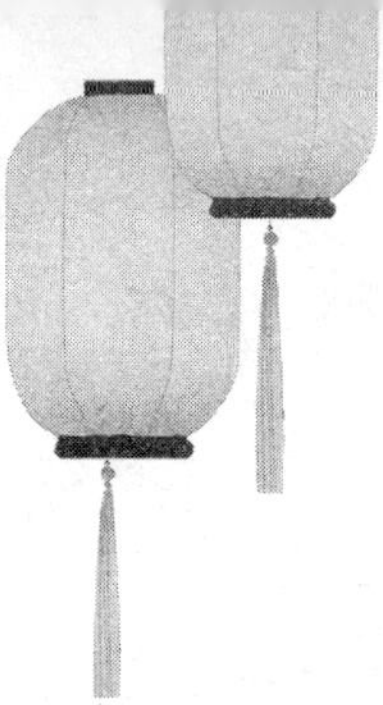

第二十五章　命在旦夕

玉凝紧紧捂住盖头。

宋哲以为凌烨宸要出手伤玉凝，大声喝道：“不信你不怕疼。”，说罢，突的一声，箭迅猛离弩，穿透凌烨宸抬起的手臂，血水顺着他蜜色修长的指流下，滴在脚下一朵朵的铃兰花上，凄美娇艳。

盖头下，玉凝看见那一只满是鲜血的手，泪水模糊了双眼，痛苦地祈求道：“凌烨宸，你走吧，我这一生都不会跟你好了，咱们永诀吧！”

凌烨宸此刻根本不知疼痛，抬起满是鲜血的手，隔着盖头摸着她左颊，血染在红绸之上，她的泪也浸透红绸溢出。

“凝儿，你欠我一个解释。”凌烨宸的笑意凄苦悲惋，隔着红绸细细抚摸她的唇，“那天，我寻遍碧翠山方圆百里大小药铺，才找来一名大夫。两个时辰，我守约回到客栈。可，等待我的是什么？你……私通七弟，将我蒙在鼓里，玩弄于股掌之上。”

“我……”若他这番认为，那便如此吧，我纵使千百般地爱他，仅他是我哥哥这一点，我就不能跟他回去。他是一国之君，不能因此名誉扫地，“没错，在你身边，我早已厌烦。我们恩断义绝。”

玉凝抽出凌懿轩的剑，斩断一缕发扔在地上，决绝地说道：“我跟你，从此一刀两断。请你不要打扰我和七爷的新婚大喜。你若是立刻离开这里，我让表哥饶你生路。”

玉凝随即看向表哥说道：“表哥，你将弩收起来，好吗，凌烨宸这就离开。看在今日是我大喜的份上，不要伤人性命。”

凌烨宸却冷冷地道：“宋哲，我还不需要一个女人替我求情。你若听她的话，我更看不起你。”

“那就让你看得起！看箭。”弓弩吐出两箭，迅疾飞去。

玉凝闻声，未及思考，脱口哭喊道：“凌烨宸，你不要再用皮肉苦来激将我。我不在乎，你快……快躲开啊！”

琥珀双瞳，眼见两支箭近在半丈之处，凌烨宸笑道："凝儿，这两支箭，一支朝着我小腿射来，一支射向我膝盖。我会站在此处不动。除非，你拉我一把，不然，我宁可废掉这双腿，也不会避开。"说罢，将手掌平伸到玉凝眼前。

玉凝脸前红绸摆动，她知是凌烨宸掌风送到。不远处，就是箭擦冷风驰来的刺耳声响。

凌懿轩紧张地安慰道："不要理会他。他自己能躲开。他才不会等着残废，他最爱的就是他自己。有意激你罢了。"

玉凝泪水滑落，心想：懿轩你错了，他的脾性我最了解，他说出的话，便一定会做到，不管是好事还是恶事。他……绝不会食言。

凌烨宸敛眉看着玉凝，云淡风轻道："凝儿，我数到三，这一辈子，就是残废一个。"

玉凝却没有凌四爷那份洒脱，她早已几百辈子没了主意，只想着肚子里孩子的爹要死了，骂道："凌烨宸！你浑蛋！"随即抬手攥住他的臂，往自己身边带了一步。

凌烨宸吐了口气，斜斜瞧见两支箭已射到，他向前猛地欠身躲开。

却终是迟了眨眼的工夫，两支箭从他小腿边缘擦过，未射中膝盖，却亦从左边小腿肌里穿透，当当两声射在金屋墙缝，鲜血顺着块块金砖滑下。

小腿钻心得痛，他却眯眸看着被她紧攥手中的腕，问道："你又为什么救我呢？不是跟我恩断义绝了吗？"

玉凝早已哭成了泪人，见他说得这般没心没肺，仿佛对自身性命毫不怜惜，一时之间连惊带吓，痛哭出声，"凌烨宸，我恨你！最恨你！"甩开他的手臂，提起裙摆欲走。

"凝儿！"凌烨宸眼疾手快，立即翻腕攥住她的腕，将她身子拉向自己。她重重地跌在他怀里，他小腿伤重，膝盖一软，向后仰去。

两人直直倒在铃兰花海，她趴在他身上，他紧紧箍着她的腰。姿势着实暧昧。

"放开我。"

"你休想。"凌烨宸把她紧紧压在身下。

玉凝身上尽是他的重量，鼻间是他身上淡淡的香气，亦夹杂着血腥，都是极为熟悉的。一时间，千万般的委屈涌进心口，她喊道："你走，你走！你来做什么。这里多少兵马，你知道吗？我要你立刻就走。不然你会死，会死。你走。求你！"

凌懿轩听到这话，心中痛得无以复加，她每一个字分明都是对凌烨宸的关切。她心中还是放不下四哥。一时怔忪，竟忘了要将玉凝从四哥身上拉开。

"凝儿。"凌烨宸心中大动，抬手要掀开她的盖头。

"不，不要掀开我的盖头。"玉凝不愿他看到她此刻的容颜。因为她害怕他厌恶的目光。

可这话听在凌烨宸耳中，变了味，这盖头只有她丈夫凌懿轩能掀起，凌烨宸这过气夫君却不能。

“那就让我将你红盖头沾上我的印记。”凌烨宸隔着红绸捧住她的脸颊，薄唇覆下，狠狠吻住她的唇，直到尝到她的鲜血，直到她痛哭祈求，他也不将她放过。

玉凝捶打他的后背，推搡他的胸口，却将他推不开来，只觉心口一阵阵涌动。

凌烨宸双眸深邃，没了深浅，成了两汪深潭。

他紧紧箍住她腰肢，似要将她嵌入骨血，他苦苦哀求道：“凝儿，回到我身边。不然，今天，凌懿轩、宋哲、凌苍、凌武、凌思远，耶律姊妹，一兵一卒，我会一一杀死。你知道我会说到做到的。”

玉凝又羞又恼，拒绝的话却听起来像是缠绵邀请，“凌烨宸，……我……不能。我们不能……”

凌烨宸的吻落在她脖间细腻的肌肤上，脸侧碰到了红盖头……

玉凝身子猛地震颤，竟全然忘记反抗。

凌烨宸一怔，睁开满是情欲的眼，诧异地望着她，但见她脸上满是横竖刀伤，狰狞可怖又可怜。他细细地抚摸每一道伤，疤痕在她的脸上，却似烙在他的心里，他惊讶地张大嘴巴，“你的脸……”

“不准你看我的脸。谁都能看，你不能！”玉凝惊慌道，“懿轩，快来救我。”

凌烨宸双眸危险地眯起，她在他身下，却喊另一个男人的名字。凭什么七弟能看她，他就不能看？他便连看她一眼的资格都没有吗？

“禽兽！”凌懿轩左拳勾起打在凌烨宸的下颌，将他打得鲜血顺嘴角流下，单膝跪地，随即他将玉凝护在臂弯，睥向凌烨宸，愤怒地说道：“四哥，凌懿轩再不会任你宰割。你少耀武扬威。我要你付出血的代价。”微微一顿，令道，“来人。”

数百精兵持剑上前，朝皆穿红衣的一女两男围拢过来。

凌懿轩墨眸环扫百兵，下令道，“杀了凌烨宸，谁率先砍下他的头颅，重赏万金！”

士兵持剑而动。

“慢着！”玉凝急声道：“懿轩，我和你拜堂，我一辈子陪在你左右，寸步不离。你让他走，好不好？”

“玉凝，你说什么我都答应你，只是放了他，绝不可能。”凌懿轩望着她被凌烨宸亲吻的满是鲜血的唇，心痛道：“莫要忘了，我们已拜过堂，你已是我的妻子。这一辈子原本就应该对我寸步不离。”长臂一挥，“众兵，动手吧。”

铮铮数百声，银刃出鞘，泛着寒芒。

凌烨宸冷冷地扫过身边几百士兵，丝毫不惧，迅猛出右拳勾在凌懿轩耳侧，打得他耳蜗涌血，侧倒在地，玉凝顺势一齐向下倒去。

凌烨宸旋身将玉凝揽在胸膛，蔑视道：“七弟，一次是手下败将，便一辈子都是我的手下败将。”

凌懿轩起身冷笑，莫名地望了凌烨宸背后不远处的宋哲一眼。

凌苍对宋哲道：“宋兄，你从后攻去，点住凌烨宸穴道。教他没有还手能力。”

“这，未免太小人。”

“那就看你表妹死在凌烨宸手中。”

宋哲叹口气。飞身从后攻来，点住凌烨宸穴道。

凌烨宸顿时动弹不能。

凌烨宸慌张，并非因为被点穴道无还手能力，而是因为凌懿轩将要把玉凝抢回。

凌懿轩将凌烨宸手臂拨开，将玉凝从他怀里拥过，带着胜利者的口吻说道：“四哥，休要忘了，寡不敌众，是不变的真理。”

玉凝看着凌烨宸孤单无助的身影，不由得怜悯疼惜，猛然甩开凌懿轩，说道：“懿轩，点他穴道，赢了也不值得炫耀。”

“我要的是赢了他，何必在乎用什么方法？而且，我本就没想炫耀，赢了他没什么值得炫耀。”凌懿轩环视众弩箭手，下令道，“立刻将凌烨宸击毙。”

弩箭手弓弩就位，数十支箭破空射向凌烨宸周身。

玉凝欲扑身相救，却被凌懿轩紧攥手腕，阻止道：“你跟我在此看着他毙命吧。”

千钧一发之际，从东南树林方向，只听月下大声叫道：“兵马逾百万，大将过数十，碧月当朝皇帝，众位王爷，竟然联手欺负一个风流倜傥、英俊不凡、赤手空拳的人，你们算什么君子好汉。”

同一时刻，嗖的一声，有小石子比箭快一步，从树林飞出，打在凌烨宸背后，将他穴道冲开。

凌烨宸穴道方解，曲臂出剑，和赶来的邢掣、月下立在一起，守住三方，三柄长剑，竟护得疏而不漏，挥剑拦开层层不断的箭雨。

凌懿轩下令道：“再上万弩。”

万弩到，放万支箭。

凌烨宸主仆三人，接招应付，有漏洞，纷纷伤及腰腹。

玉凝捂着胸口，担忧道：“好险。”

凌懿轩轻笑随即又下令道：“再上霸王弩。”

霸王弩，弩如其名，体积比一般弩箭高大百倍，所射之箭也比一般弩射出的箭粗锐百倍。

霸王弩到。

凌懿轩移步，亲手掌弩，命左右，“上箭。”

两兵合抱一箭，放入弩槽。

凌懿轩伸臂，操动弩，瞄准凌烨宸脑后。扣扳手，放箭，“四哥，永别。”

箭出。带着冷血的风。

凌烨宸全然不知，命危在旦夕。

宋哲连连叹气道：“胜之不武，胜之不武。”

忽然一道红衣掠过，朝凌烨宸奔去。

“玉凝！你做什么，危险！快退开！”凌懿轩却脸容突地惨白，那道瘦小的身影不是别人，正是他刚刚拜堂的妻子，向不住放箭的弓弩手喝道：“停，不要再放箭！”

玉凝在那一人高的“恶霸弩”送出的时候，便已朝凌烨宸方向奔去，“凌烨宸，危险，快躲开！”

凌烨宸闻声朝后看去，只见小小红影，在箭雨中左躲右藏，狼狈极了，满是疤痕的小脸慌张不已，声声喊着：“快躲开。”

她眼见凌烨宸躲避不及，身子一横挡在箭前。

凌烨宸见状失神，肩上腿上吃了两箭，又惊见那支巨大的飞箭便在玉凝身后不足十尺。

凌懿轩、宋哲大惊，飞身前去相救。

“凝儿。”凌烨宸先了一步，飞身到玉凝身边，将她紧紧抱在怀中，旋身，用自己的背去接巨大的箭。

玉凝拼了力气，拉着他旋身，自己后心接箭。

“既你执意如此，那便随你吧。”凌烨宸冷眼直直地看着她背后三尺之外的箭。

凌懿轩暴怒道：“四哥，你不是人。”

宋哲亦道：“西岩皇帝，你真卑劣！竟拿我表妹当肉盾！”

月下挡箭之余，为爷抱不平，“你们两个，又不是人、又卑劣。”

凌烨宸不动声色，待到似臂膀粗的箭已到玉凝背后半尺的时候，他倏地旋身，以背将箭阻下，箭中右肩，从前胸穿透而出，血溅洒在玉凝的脸颊。

“为什么？”玉凝心底大恸。

“如此，省了不少麻烦，免得你跟我争着拦箭。你得活着，我还没跟你算账。”凌烨宸身子伏在她双膝上，口中鲜血泊泊涌出。

此刻，余箭皆止。

“皇上！”月下封住皇帝几处要害大穴，止血。

玉凝捂着他碗口大的伤口，失声痛哭，“凌烨宸，你不能死，我不要你死。你不是恨我吗，你还没有找我报仇，你不能死。”

凌烨宸轻轻抚摸她颊上道道疤痕，虚弱却狠戾地说道：“告诉我，一个名字，我将划伤……你脸那人，碎尸万段。”

玉凝哭着摇摇头。

凌烨宸心中剧痛，“是……是了，七弟已杀了毁你容貌的人了，是吗？”

玉凝一怔，急忙回答：“是，是那个人已经死了，以后你也不必再找她……我不需要你给我出头。”

凌烨宸水雾弥漫双眸，琥珀眼眸尽是伤心凄婉的光。

玉凝在人群中搜索，她喊道：“雨晴，你快来，帮他治伤好吗？”

“娘娘，我这便来。”周雨晴从众人身后跑出。

凌懿轩手臂一横，“周雨晴，你想清楚了，要去吗？”

周雨晴一慌，攥拳道：“娘娘，对不起，我不能救皇上，他曾伤过七爷。”

凌懿轩将玉凝拥到怀里，高高在上道：“四哥，你输了，彻底。”

凌烨宸呕出几口鲜血，踉跄起身，手扶右肩，深深地望着玉凝，“凝儿，最后一次，我问你，愿不愿意，主动跟我回去？”

凌烨宸此刻看起来实在可怜又孤助无援，玉凝柔肠翻搅，恨不能立时随他一起离开。可一想到他和她世俗不容，便摇摇头道：“我不跟你回去。你快些离开，去疗伤吧，好不好？”

“如此，我便只能强硬将你带回了。”凌烨宸伤口崩裂，血如注喷出，自负道：“七弟，我一炷香的时间，让你们一败涂地。你信不信哥哥？”

众人闻言一凛。大是震惊。

凌懿轩不屑道：“一炷香时间有限，四哥，你好好把握。”

凌烨宸抬起染血的手掌，轻击两次。

由远及近，一辆马车，缓缓行来。

驾马车的女子腰肢纤细，妩媚无双，宽沿帽子上的白纱垂下遮住脸颊，正是恨生不假，她大喊道：“爷。人都到了。”

马车帘子被由里掀起，接连走下三人，秀丽绝美的映雪，俏丽的小丫头冬儿，娇美妇人吴欣。吴欣想到将与薛玉凝见面不由得心底揪起，她若是向宸儿坦白那日是被她所害，宸儿定要与自己算账。

映雪见凌烨宸浑身是血，心疼无比，急忙上前道：“四爷，我给你裹伤。”

凌烨宸冷声道：“不必。”

凌懿轩突然大笑，笑声中气充沛，直听得军心大振，讥讽道：“四哥，你就是带着邢掣、月下两个随从，映雪、恨生两个妃子，一个中年妇人，一个小丫鬟，让我们一败涂地吗？”

凌烨宸颔首：“正是。”

凌苍冷笑抬左手，问大军："谁信，一炷香之内，凭三个男人、四个妇人能让咱们逾百万大军一败涂地？"

百万人讽笑，锣鼓造势，众将大喝："灭了西岩！夷平碧翠山！"

映雪朝不远处的兵将看去，直直地瞅着凌苍，用眼神询问：我儿子呢？在哪？

凌苍和映雪对望一眼，心中怦然一动，眼中满是喜欢爱恋，转眼看看不远处的帐子，示意她放心。

凌烨宸突地拥过映雪，"看来，甄儿便在那帐子内了，是吗？"

"是。"映雪吓得心突突乱跳，原以为偷偷与凌苍交流不会惹人注意，却谁料，掩饰得再好，亦逃不过皇上的眼，她攥住凌烨宸的手臂，祈求道："爷，你会救回我们的孩子的，是吗？"

"当然。"凌烨宸冰冷的吻印在映雪唇瓣，眼尾却睥向玉凝。

玉凝见那四片相贴的唇，心中又酸又涩，落泪，别开脸颊。

凌烨宸满意地轻笑。

映雪身子猛地一抖，这几日他动也不动她，却在此刻当着众多人的面吻她，足以证明他爱她。她一时忘情，拥住凌烨宸的腰身，热情回应，欲加深这个吻。

凌烨宸不耐地拢眉，对她的唾液反感起来，冷漠地将她推开。

映雪倒退数步，扑通一下仰摔在地上。

凌苍心疼，牙齿咬得咯咯直响，恨恨地说道："四弟，有什么花招，尽管使出来。"

凌烨宸见玉凝猫一样伏在凌懿轩怀里，当即气得伤口崩裂，妒火攻心，口喷鲜血。

映雪跪在凌烨宸身边痛哭。

恨生对映雪斥道："没死也被你哭死了。"

凌苍笑道："四弟你都已这样了，还口出狂言？拿个席子裹住，回家办丧事去吧。"

"凌苍，今日第一件……"凌烨宸冷望凌苍，突地顿下话语，他身上伤重，出血太多，稍微用劲，便粗喘不已，"第一件事，便是结束你我之间的恩怨。"

然后，他不由自主地看向玉凝。

玉凝早在他倒下的那一瞬，已紧紧盯着他，此刻两人一对视，眼中竟都是款款情意，脉脉柔丝。

玉凝对腹中孩子他爹的关切之念占了上风，对凌懿轩道："时近晌午，我饿了。吃了饭再说其他的。"

凌懿轩一怔，随即道："四哥，我妻子腹饿，我爱她、怜她，要陪我妻子去用膳了，你我饭后再斗如何？"

"甚好。"凌烨宸缓缓道，那丫头到底舍不得他死，给他挣足了时间休养疗伤，还说不爱他吗？哼，爱他又怎样？还不是甘心被七弟搂在怀里吗？

凌懿轩、宋哲、凌苍率军马列桌坐席，同食同饮。

邢掣、月下等人席地而坐，为凌烨宸疗伤。

恨生从衣襟里掏出针线包，穿针引线，将凌烨宸身上的伤口逐个缝合，又与邢掣、月下两人合力输真气给他护体。

凌烨宸静坐运功。

酒饭后。

两方重整威风，又斗。

凌烨宸负手而立，冷声道："凌苍，你放箭投在我金銮殿那信笺，让我带玉凝的人头，来换我妻儿。我妻子映雪已逃回，我便给你玉凝的人头，来换我儿子的性命吧。"

玉凝小脸一沉，他果然没安好心！不跟他回去是对的。

凌苍从缓步走来的孙婆婆手中接过甄儿，抱在怀里，厉声道："四弟，你喝高了吗？此刻玉凝是我弟妹。我怎么也不会取她的性命。规矩变了，拿你的人头来换吧。"

映雪紧张地看看凌苍，又看看长着一双黑眸的甄儿。

凌烨宸拍拍恨生的肩，说道："你去吧。我前些日子托你扮作她去救映雪母子，如今事情有变。却还是要劳你帮忙。"

"什么时候变得这般啰唆？"恨生依言走到凌苍身前，摘下帽子，撂在地上。露出脸面。

众人惊艳道："她怎么长得和七王妃一模一样？啊……原来七王妃没有毁容前是这般美貌！"

玉凝当即明白了什么，直直地看着凌烨宸。

"凌苍，我家爷要我来换回甄儿小爷。"恨生道。

凌苍鄙夷，"凌烨宸，你当我是傻子，还是瞎子？弟妹大活人在此，你拿个假的来糊弄我，能糊弄住吗？"

"我本来就不是为了糊弄你。也不是做给你看。"凌烨宸深深地望着玉凝。两人一时四目相对，视线相交，竟如胶似漆，难舍难分。思念、懊恼、伤痛、责怪、仇恨溢得满腔皆是。

凌懿轩一震，看着玉凝，也明白了些什么。

恨生抬手撕掉脸上的人皮面具，对玉凝道："你明白了？他最初就没有要以你的性命去换谁。我之所以一直带着面纱，就是因为我跟你脸面一模一样，怕惹人生疑。现在我当众揭下人皮面具，是他的吩咐，他要给你一个解释，让你不再误会他。可你却背叛了他，你……愧对他。"

玉凝又是欢喜又是诧异，那日是她误会他了。她应当这就跟他回去。当即又退缩，不能，不能跟他回去，吴欣不会容她，世人不会容下她和他。

凌苍抓住甄儿的脖子，让甄儿的头对准地上一块尖角巨岩，厉声道："四弟，你要你儿子活命，就将江山让给我。交出玉玺和兵符。不然我立刻摔死他。"

邢掣、月下互咬耳朵，小声嘀咕道："咱们爷果然料事如神，这才是凌苍本意。"

"谁说不是呢。他要的是西岩的天下。"

映雪骇得大叫："凌苍！不要。"

玉凝发现凌烨宸只是袖手旁观。难道他不担心甄儿吗？

甄儿哇哇大哭，奶声奶气地喊："爹爹……抱抱……"

凌烨宸眯眸冷观，丝毫没有上前之意。

"凌烨宸，你不管你儿子吗？"凌苍大喝。

映雪攥住凌烨宸的衣袖，哀求道："四爷，四爷，救救甄儿。"

凌烨宸缓缓地道："我能找人假冒凝儿，你也能找婴孩冒充甄儿，我凭什么信你，这一定是甄儿？

"你连你儿子都不认得？"凌苍将甄儿面对凌烨宸，"你仔细看看，这是不是甄儿。"

凌烨宸从袖间滑下匕首，冷声道："是我多疑了，果然是甄儿不错。"抬匕首割向甄儿胳膊，血水顿时四溅，疼得孩子放声大哭。

凌苍大惊，急忙攥住甄儿胳膊上的伤口。

"来啦！"月下端一碗清水奔来，凌空一跃，滴答一声，接下甄儿一滴鲜血。

映雪瘫软在地上，抱住凌烨宸的腿，惊恐地问道："爷，你要做什么？"

凌烨宸划破自己的指，滴一滴血在碗里的清水中，但见，两滴鲜血在水中慢慢游移涌动。

玉凝一凛，他，要滴血认亲？难道……他怀疑甄儿不是他的儿子吗？

众人皆对西岩皇帝的乖戾行为诧异不已，数百道视线死死盯着月下手中的那碗清水。

映雪心中慌张不已，从凌苍怀里抱过甄儿，紧紧地拥在怀里。

往事忽地窜进脑海。三年多前，她曾暗示凌烨宸封她为后，凌烨宸一口将她回绝，说皇后之位早已许给一个人，一个永远不能属于他的人。

她心里酸涩妒怒，深知凌苍爱她，于是约凌苍来双雪殿，两人解衣同榻，云雨相欢。

随后，她命人请来凌烨宸，诬陷衣衫不整的凌苍意图不轨，凌烨宸大怒，将凌苍逼入死地。

那夜，她将凌烨宸灌醉，褪尽他的衣物，享一夜鱼水之欢。可翌日一大早，凌烨宸给她送来了避孕汤药。所以，按照常理来说……甄儿定然是凌苍的儿子。

"不，不。"映雪攥住凌烨宸的衣袖，"皇上，你不信雪儿吗？雪儿怎么会背叛你？雪儿心里只有你一个人，如违此言，天打雷劈。"

凌烨宸拂袖将她挥开。

凌苍托住映雪腰肢，满眼柔情地看着她，厉声道：“雪儿，到了这个时候，便没必要再跟他演戏了。甄儿是我儿，你是我的女人，将来这天下也是我的。怕他做什么？”

映雪怒视凌苍，“凌苍，你住口！你少血口喷人！我跟你什么都没有发生。甄儿是我和皇上的孩子。你三年前意图侮辱我，现在又想挑拨我和皇上的关系。你不得好死！”

凌苍两眉倒竖，一阵阵晕眩，“雪儿，我们不是已……”

突然，众人唏嘘一声。

只见，那两滴鲜红的血，慢慢交缠，最后融为一滴血。

玉凝苦涩一笑，凌烨宸可以放心了，映雪对他忠贞不二，该更加爱映雪了吧。

映雪见状又惊又喜，心想：怎么回事？我明明喝下了避孕汤药！

映雪那天跟两个男人都亲热过，两个男人的种子同一天洒进她的体内，凌苍的种子没让她受孕，凌烨宸的种子却让她受孕，虽翌日喝了避孕药剂，却已迟了，已怀上了甄儿，喝多少避孕汤药也于事无补。

凌烨宸脸容冷静，不知喜乐。

映雪绝美的脸一下一下摩挲着凌烨宸的大腿，柔声道：“皇上，雪儿对你忠心耿耿，你却疑心我跟凌苍这种丧家犬有染，你让我情何以堪，雪儿就沦落到要和那种男人在一起了吗？若皇上不再爱雪儿，干脆赐我们母子一死吧。我映雪宁可死，也不会像玉凝那样，背叛夫君，另嫁他夫！”

玉凝心中揪痛，心想：你清高你的，凌烨宸疼你爱你。我低贱我的，无人怜爱。我们各不相干，你说我做什么呢？

凌烨宸双眼无波，自己为何没了喜怒？知道甄儿是自己亲生的，该欢喜非常的，不是吗？

凌懿轩拉住玉凝的手，关切道：“累了吗？靠在我身上，歇一会。我哥和四哥、映雪的事让他们自己去解决，你不必理会别人说什么。即使世上的人都谴责你、遗弃你，我也爱你。”

“我是修了什么福气，能有你为伴。”玉凝心中一暖，乖巧地靠在他的胸膛。

第二十六章　夺妻计策

凌烨宸见状，双目涩得生疼。凝儿不让他舒坦，他也不能让她自在。他拉起映雪，柔声道："雪儿，这几日你受苦了。是为夫的错。"

凌苍在方才听到映雪用"丧家犬"一词形容自己的时候，一时记起自己当年是多么受先皇宠爱，曾经这天下仅差一步就是他的，却因他爱上了映雪，却落得有家不能进，有国不能回，空有治国平天下的报负却不能施展。

而他深爱的女人、他甘愿为她倾尽所有的女人，竟说他是丧家犬，竟觉得和他在一起是种耻辱。

"雪儿，当年你约我相见，说仰慕我的才华，喜欢我的样貌，要跟我留下片刻美好回忆。我们在一起多么欢乐，你都不记得了吗？这近十天来，你我恩爱有加，你夜夜在我怀里撒娇，也忘了吗？"

映雪倚在凌烨宸怀里，委屈道："皇上，凌苍得不到臣妾，就得了妄想之病，前些天将臣妾掳来，多次想侮辱臣妾，臣妾誓死抵抗，才逃过他的毒手。他还臆想甄儿是他的孩子。他知道皇上爱我，故意让臣妾将你引来，为的就是得到西岩的天下。皇上一定要杀了他。"

凌烨宸认真地听着映雪的每一个字句，突然淡淡地道："雪儿，你紧张什么？解释了这么许多，朕说过信他不信你吗？"

映雪被他冷冽的口气骇得身子直抖，强掩饰道："臣妾没有紧张……"

凌烨宸眼眸中闪过狠辣阴鸷，映雪，还有她存在的价值，凝儿以为我爱映雪，不是吗？

他暧昧地吻着映雪的耳际，意味深长道："因为，朕对自己深爱的人，自然是信任的。对于不爱的人，一个字都不信。"

玉凝心中猛地一疼。不爱的人是指她薛玉凝吧。她本就没有要对他解释什么，随他信不信。

然而，真是如此吗？往往越是在乎一个人，便对那人说的话一再推敲思量，不肯相信。而对不在乎的人，说了什么，做了什么，不值得费心思去思考。

一切不过四个字，当局者迷。

“雪儿，你……你真的好毒辣。我真心真意地爱你。你却将我贬低得一文不值。”凌苍趁人不备抓住甄儿后背的衣衫，要将他小小的身子往尖角岩石上摔去。

映雪尖叫，“甄儿！”

凌烨宸倏地出掌推在凌苍心口，震碎他心脉，凌苍口喷一口鲜血，将孩子向空中抛出。

凌烨宸旋身去接孩子。

玉凝却抱着甄儿递回他的怀里，淡淡道：“真巧，甄儿落在我怀里了。”

凌烨宸冷冷地道：“多谢。摔着他，他爹爹可要心疼死。”

玉凝笑道：“四哥客气，这是七弟妹该做的，你看好我小侄子吧。”

凌烨宸血色退尽，气得俊脸惨白。

玉凝优雅地转身，带着凌烨宸未出生的孩子，转身走回凌懿轩身侧。

凌苍恨恨地看着映雪，“雪儿，你忘了我们一起该有多开心了吗？”

凌烨宸踩在凌苍的侧脸，将他的骨头踩得咯咯直响，冷冷地说道：“凌苍，到头来，你的人生还是一场空。”

凌烨宸冷冷地朝映雪睥来一眼。

映雪手臂一震，扑通跪在他脚边，轻声叫道：“皇上。”

凌烨宸冷笑道：“三哥，看到了？你爱的女人，到头来，还是臣服于我的脚下。不管你怎么绞尽脑汁地想得到她的心，都是白费力气。我不费吹灰之力，便让你败得彻底。”

凌烨宸将孩子放回映雪怀里，吩咐道：“去跟恨生待在一起。这里危险。”

映雪心想：皇上是爱她的，不然不会考虑她的安危，一时间莫名地感动，赶忙抱起甄儿奔回到马车旁。

凌懿轩见三哥、四哥已经决出胜负，前去把凌苍扶起，吩咐左右道：“来人，把三爷服下去治伤。”

凌苍身心受挫，脑中郁结，喃喃道：“映雪是我的，甄儿是我的儿子。凌烨宸，杀了凌烨宸。”倏地出掌拍向凌烨宸面门。

凌苍一口一个映雪，凌烨宸谈不上气怒，也没甚感觉。凌苍曾杀他的亲信无踪，他立誓要为他报仇。于是暗暗运气于掌，往凌苍面门拍下。

“不要杀他。”玉凝扑身挡在凌苍身前。

凌烨宸及时收回手掌，掌风将她的发丝吹得四下散开，摔倒在了一边，他不解地问道：“你为什么护着他？”

"凌烨宸，不要杀他。我知道他口中喊着映雪的名字，你吃味难过。可……这个人，你不能杀。"

玉凝将凌苍当作她的夜大哥，夜大哥曾对她有几番救命之恩。她不能不管。

凌烨宸冷冷地道："你不单单背叛了我，还同时侍候凌苍、凌懿轩弟兄两个人吗？"

玉凝知道他又误会了，两人如背道而行，又离彼此远了一大截，不屑道："随你去想吧，我不需要对你解释什么。"

凌烨宸胸口剧痛，说道："你解释了，我也不会相信。"

"啊呀！"凌苍突然嘶吼一声，两手在脸上胡乱抓挠，大喊："天下是我的，雪儿是我的，甄儿，甄儿也是我的！都是我的。"随即仰天狂笑着朝山中疾奔。直到身影不见，还能听到他如雷一样的声音，"雪儿，雪儿。"

映雪暗道："最好死在山上！莫要再出来耽误我和皇上的生活，白白让你占尽我的便宜。"

凌懿轩见他亲哥发疯一般地跑了，急追数步，喊道："哥！回来。"

冬儿将摔倒在地上的玉凝扶起，"主子，皇上这些天思念你，我都看在眼里，你回到皇上身边吧，冬儿好想你。"

玉凝叹气道："冬儿，你莫要再劝我。"

凌懿轩拉着玉凝的手，失意落泪道："玉凝，我跟我哥相聚才不过几日，他就又得了疯癫的病，不知跑去了哪里。下次再与他相见，不知是何时了。"

玉凝抬袖擦去他眼角的泪，哄慰道："懿轩乖啦，怎么还跟小孩子一般，动不动就落眼泪。夜大……三哥吉人天相，不会有事的。"

这两人一举一动，都亲热有加，又都一身喜服，当真是一对天作璧人。

宋哲斜斜地看着香炉里的香，说道："西岩皇帝，一炷香的时间，已经过去了三分之一。你跟凌苍斗，算你赢了。凌苍败得惨。不过，你目前可就仅击败一个人而已。我们都还等着一败涂地呢。"

月下反腕挽了个剑花道："你莫急。现在我家爷就一一干掉你们！"

宋哲大笑道："对，你们那边除了四个妇人，三个男人，又多了个奶娃娃甄儿，可算是如虎添翼，厉害，厉害！"嘲笑之意昭然。

凌烨宸一双冷眸，扫过逾百万大军，随手握过一名士兵手中的长矛，推掌直直击出，那长矛若闪电一般朝大军飞出，连连穿透数十兵士的胸腔。

锣鼓声骤然而止。

左右两列兵马，见中间那列士兵死了数十，一时惊慌，朝两边躲开，牵一发而动全身，逾百万军马，顷刻分成了两块方阵。每边足有七十五万人。

宋哲一时没了主意，"我说你们人少无援，你也不必如此没有度量，杀我的兵马撒气啊。”

凌烨宸慵懒地道：“非也。宋兄，我杀的人，实乃是我的兵马。人少无援的，是你们。”

宋哲的手猛然一颤，手中的茶水溅出一滴。

凌懿轩一怔道：“四哥的笑话，都好笑。”

玉凝蹙眉，凌烨宸又有什么计策？

凌烨宸望了眼邢掣，吩咐道：“数一数他们一共几个人？”

众人不解，做什么，要数？一个一个数过逾百万的兵马，不累死也要渴死。

邢掣拉着冬儿的手，“你数数吧。他们人少得我没心情数。”

冬儿脸一红道：“好。”上前点数，“姓宋的皇帝，还有七爷……”微微一顿，“没有了。”

凌懿轩不屑道：“四哥，你一定要这么不干脆，吊着人的胃口吗？”

宋哲凝神，西岩皇帝面容冷静，他似乎胸有成竹。若是情况不利，自己可得早些撤退才好。真的落在他的手中，就糟了。

玉凝疑道：“冬儿，什么叫作没有了？你才点数两人而已。”

冬儿摇头道：“主子，主子……我……我不懂，是邢爷教我这么说的。”

邢掣道：“之所以说你们只有宋哲、凌懿轩两个人，因为，一兵一卒，都已是西岩天子翼下之人。”

“还有就是，薛主子迟早要回到我们爷身边，自然也不能算是你们的人。八爷、十二爷追着三爷而去，他们三人自然是顾不到此处，也不能算在内。所以，你们是两个人，孤军奋战。”月下长叹一声，“可怜，可怜啊。”

玉凝握住凌懿轩的手道：“懿轩，你别和他斗了。我只求你能平平安安的，我一辈子敬你守你。”

“玉凝，我们不会输。四哥是虚张声势。你不必忌惮。”凌懿轩见玉凝诚挚真切，心中一动，又道，“我也敬你守你，爱你怜你一生一世。”

“七弟，宋哲，这一局，你们从投下第一颗棋子的时候，就败了。”凌烨宸眸光却越发的锋锐，“是自己切腹认输，还是知道自己怎么败的之后，再切腹认输？”

凌懿轩曾受过他四哥的侮辱，所以听到这嚣张、不可一世的话也已习以为常。

而宋哲听到这话，怒火当即绕着身躯狂飙了一千八百多回，指头一捏将茶碗捏个粉碎，愤愤地道：“凌烨宸！你少嚣张，你这股子傲气到底哪来的？我一定要挫一挫你的威风！”

凌烨宸静静地立在湖边，瞥不都瞥他一眼。

宋哲脖子里青筋暴起道：“我自然要知道怎么败给你的，再切腹。”

孙婆婆提醒，“皇上，你怎么被西岩皇帝的话给绕进去了？真的要切腹啊？可怜我林姑娘要守活寡了。”

宋哲一怔道：“全天下人都切腹，老子也不切腹。凌烨宸，你少言语吓人，这炷香已燃了一半，香一烧完，就不再听你啰唆了。”

凌烨宸琥珀眼瞳轻佻地眯起，冷傲地望向玉凝。

玉凝被他拔骨抽筋的目光看得心惊胆战。

“七弟妹，今晚，你给四哥暖床暖定了。看着你四哥，是怎么将你夫君玩在手掌心的。”凌烨宸执起一块岩石，轻轻一捏，石头便成了碎末。

玉凝将那块石头想象成了凌懿轩，担忧道：“懿轩，咱们快逃吧！”

“玉凝，你什么时候能对我有点信心？”凌懿轩哭笑不得，随即瞪视凌烨宸，“四哥，你少对玉凝说些下流的话。你……”

凌烨宸敛眉，厉声道：“七弟，你们一共有多少兵马？”

凌懿轩不知他作何明知故问，便道：“我三十五万，宋兄四十万，耶律姊妹七十五万，林林总总，共一百五十万又三千。”

凌烨宸缓缓地道：“我现在，要让你们兵马立刻减半。”

凌懿轩不信道：“凭什么？”

玉凝蹙眉，凌烨宸疯了吗？他一个人怎么灭掉七十五万兵马？即便他是神仙，那也得一个一个打啊，真给他打死了七十五万人，一炷香的时间早已过去几百天。

“就凭你四哥我女人缘好，怎么样？我只需对一个人，说一句话，便让你们损失一半的兵。”凌烨宸笑意盈然，看向耶律婉。

耶律婉的心突突狂跳，低声道：“四爷。”

凌烨宸柔声道：“婉儿，我登基三年来，皇后之位一直空闲，因为在我心里，已有了最佳的皇后人选，皇后之位，只为她而留。我这么说，你明白吗？”

耶律婉的手微微颤抖，她跟四爷一别就是三年，他三年来都没有立皇后，一定是因为心中记挂着她，那个人一定是她，她怯怯地问道：“四爷，那个最佳人选，是我……是吗？”

凌烨宸轻问：“你觉得呢？”

耶律婉心中大乐，他这么反问，就是承认了！她扑在凌烨宸的怀里，娇嗔道：“四爷，四爷。”

玉凝摇头轻笑，不能怪耶律姐姐太容易被俘虏，而是凌烨宸那张脸，实在让女人没有办法招架，她薛玉凝自己若非受尽了苦难，不也是服服帖帖地待在他身边吗？加之皇后之位，对一个女人的吸引力，真的很大。

耶律婉眼角含泪对宋哲、凌懿轩道：“两位，抱歉，向来女子从夫，我爱四爷，我带来那七十五万兵马，自然也是他的。”说罢，掏出兵符，倚在凌烨宸的怀里，“四爷，我如此对你，你会一生一世爱我吗？”

凌烨宸淡淡地道：“你说呢？”

耶律婉羞赧一笑道：“会。”当即命双儿，领着七十五万人，列阵在凌烨宸身后。

凌懿轩不屑道：“我当是什么招数，原来是躲在一个女人的裙子下边，让一个女人为你遮风避雨。如此让我们损失七十五万兵马，四哥，你日后说出去了，也臊得慌。”

“七弟所言极是，为兄也觉得此法不够体面。”凌烨宸冷冷地将耶律婉推开数步，“耶律婉，我永不爱你，皇后之位，亦不是留给你的。而是另有其人。”随即，眸眼淡淡睥向玉凝。

玉凝心里莫名一慌，她才不稀罕当他的皇后，突然一怔，又想道：“凌烨宸是有意让耶律婉恨她，为的便是不让耶律婉主动帮他，他要凭自己的手腕将凌懿轩兵马夺走。”

耶律婉大羞道：“你羞辱我，我……跟你没完。定要打到你求着娶我。”说罢，带兵马列队而回。

凌懿轩道：“四哥，现下我们兵马一个不少，而你却再没机会取得耶律姑娘的信任了。”

凌烨宸不屑地勾唇道：“我随时勾勾手指，她自会再来。我不愿意罢了。自有别的办法，让你们心服口服地交出一半兵马。”

邢掣拱手道：“爷。”

凌烨宸颔首道：“方才，我拖延了不少时间，可到时候了吗？”

众人闻言大惊。原来方才，凌烨宸从与凌苍对弈，再到和耶律婉暧昧，竟都是在拖延时间。这个男人究竟在算计什么？算计到什么程度？

还是说，连今天，凌懿轩、玉凝成亲也在他的算计之内，难道他正是挑这个时候，来抢亲，让新郎不得善终？那么，他那一身红衣，也是有意穿来的吗？

莫非，今晚，凌四爷要一身红衣，和七王妃洞房花烛？

数百道视线射向凌烨宸——这个阴冷又邪魅的男人。

邢掣一凛道：“是的，是时候了，该到了。”

西边山后响起嗒嗒马蹄声，声音间隔极短，可见来人之急迫。

凌懿轩脸色有异，莫非骑马疾奔而来的人是皇上的救兵吗？

马蹄声瞬间近在十丈之外，众人望去，有单人单骑，扬鞭策马而来。

耶律双咦的一声道：“阿姐，那马身披红花马鞍，头戴黑铁眼罩，是咱们云天国的战马啊。”

“双儿，你说得不错。”耶律婉眯眼远眺马背上的人，“是父皇身边的郝公公，他不留在云天，万里迢迢来这里做什么？”

月下接着说道："刚才七爷、碧月王都说我家玉树临风的四爷仰仗女人取胜，不够光彩，现在就让你们瞧瞧什么叫作知人善用，天意造化。注定该我家爷做这天下的主宰。"说罢，垂臂下推，将双儿摔在地上。

从云天国到达西岩碧翠山一万多里，长途跋涉，骏马力竭，浑身纵流汗血，卧地而死。

"累死杂家了。"郝公公纵身跳到众人身前，捏起兰花指，环视众人，定睛看着邢掣，顿时鼻头一酸，"像，像，真像啊。"

凌烨宸点头施以一礼道："想必阁下便是郝仁了。"

玉凝乍听"郝仁"两字，扑哧一声笑了出来，"哪有人名叫'好人'的。奇怪。"

郝仁躬身一揖到底，恭恭敬敬地道："参见西岩陛下。我家皇上托我给您问个好。"

凌烨宸颔首道："好。"

郝仁老脸一沉。

耶律姊妹规矩地站在他面前，齐声道："郝爷爷有话请讲。"

郝仁字正腔圆道："云天两位公主、七十五万军马，跪接圣旨。"

耶律姊妹一凛，屈膝跪下。兵马一排排接连而跪，顷刻，绵延数里。

宋哲走到凌懿轩身侧，不解道："凌七兄弟，这是……"

"我亦不知。"

玉凝道："我曾听到凌烨宸主仆谈话，云天王耶律蒙有个儿子流落民间，方才郝仁看着邢掣说好像，会不会邢掣就是……"

凌懿轩啧啧几声道："若是的话，咱们这一局，惨败。"

凌烨宸挑眉道："承让。"

郝仁从袖间小心抽出圣旨展开，宣旨道："吾女婉儿、双儿，西岩皇帝已替为父寻回你们的胞弟耶律掣。你二人身在西岩贵土，该当代为父叩谢西岩王大恩，切莫与他难为。另命大女耶律婉立即将兵符交给云天新帝耶律掣。钦此。"

数十万兵将唏嘘一声，纷纷抬眼四下找寻，最后渐渐将视线投到邢掣身上。

耶律姊妹接过圣旨，齐声道："谨遵父皇旨令。"两人极为孝顺，父言从不违逆，上前跪谢凌烨宸，"谢陛下寻到我们胞弟，大恩没齿不忘。受我姊妹三拜。"说罢，连磕三头。

"请起吧。"凌烨宸轻笑，扶起姐妹两人，"方才的事，大姐莫怪。"

婉儿脸上一红道："我不怪你，我再想别的法子让你娶我。譬如毒死你宫里所有女人。"

"大公主，不得无礼。"郝仁道，"西岩陛下，请让我国太子出来接玉玺和兵符，接了这两样东西，他就是我云天新帝了。"说罢，直直瞅着邢掣。

双儿跳起道："四哥哥，我弟弟呢？你快让他出来接旨吧。"

"小妹莫慌，令弟远在天边，近在眼前。"凌烨宸挥袖示意邢掣，"你去吧。"

邢掣一凛道："是，爷。"

"邢爷是云天皇子，是云天新帝。而我却是一个丫鬟婢子。"冬儿陡然升起一股自卑，偷偷抽泣起来。

邢掣从衣襟里掏出那方绣着"耶律掣"三个字的绢帕，交到郝仁手中，说道："云天王飞鸽传书来，说我拿这帕子可以换到玉玺和兵符？"

郝仁乍瞅见那帕子，鼻尖酸涩，抱着邢掣肩膀号啕，"大皇子！不，是皇上，皇上。奴才是郝爷爷，大夫人生下你后，我还抱过你呢，你，你当时可尿得奴才身上都是啊。一别十八年，你长得一表人才，奴才却容颜不再。怪时光蹉跎啊，蹉跎。"说罢，拿起邢掣那帕子擦起鼻涕眼泪。

郝仁连忙从怀里掏出玉玺，从耶律婉手里抠出兵符，一并塞在邢掣手里，摸摸邢掣的脸颊，说道："乖，拿着，是你的了。"

邢掣来到凌烨宸身边，双手奉上玉玺与兵符，"爷，给你吧。"

凌烨宸负手而立，看也不看邢掣手中之物，而是直直地望着玉凝脸上的疤痕，以及她手中抱着的那七色狐，他突然伏在月下耳边说了句什么。

月下看看七色狐，小声回了句什么。

凌懿轩注意力在玉玺和兵符上，提醒道："邢掣，你给四哥奉上的是你的国家、民族。"

邢掣淡淡地说道："我的国家是西岩，我的主子是西岩圣上，一天如此，一辈子皆是如此。我的国家、民族自然也听命于他。"说罢，冷冷地睥向郝仁，"你说呢。"

"这……你父皇说，他有愧于你，日后云天命运怎样，交在你手里啦。哪怕给西岩永生永世当属国，也随你。"郝仁为难地低吟，握住邢掣的手，"孩子，你爹爹也可怜，你看在他这般真心，早些回去看看他。再晚两年，就见不到了。你母亲也日日想你、念你，多年痴缠病榻，你不该回去看看吗？"

凌烨宸道："邢掣，兵符、玉玺是你的，好好收着便是。有你助我，我不必多此一举攥住这两样东西。"

"谢爷信任。"

月下笑道："你小子想得多，爷还会怕你握兵反叛不成吗？"

邢掣持兵符走到大军面前，朗声道："众兵听令，从今日起，敬西岩陛下，高于敬我。"

众兵一凛，云天老皇帝是个温文的人，说话也都平和，这新帝说话却冷硬、不近人情，骇人极了。他们自是不知，邢掣性子养成，全是在凌烨宸身边耳濡目染使然。众兵齐声山呼："恭祝云天新帝继位，敬云天帝，更敬西岩皇帝。"声音响彻山谷，回音不绝。

凌烨宸孤傲地说道："宋兄，七弟，用此种法子，取你们半数兵力，叫作天助我也，也叫作知人善用。你们服也不服？"

宋哲连连拍掌道："我表妹离开你不过三日。你三天内便能说服云天帝另立新王，又能让云天新帝丝毫没有反叛之心，死心塌地跟着你，这说明你待下属够真心、有手腕。凌烨宸，我服你。"

然而，凌烨宸其实也没什么手腕，凭的就是，为了属下能够生死相待罢了。

凌懿轩亦爽朗地说道："四哥，这一局你赢得精彩。不过，现下，你与我们兵力相当，即便拼死一战，想赢也并不容易。"

凌烨宸摇头道："拼死一战？那算下等办法。我，不伤一兵一卒，立刻再除去宋兄那四十万兵马。"

宋哲一凛道："凌四兄弟。我爹可已死了，我也没有兄弟流落在外。唯一让我担心的表妹也在我身边。你怎么让我甘心情愿地交出兵马？"说罢便啊的一声，莫非……

凌烨宸挑眉说道："看来宋兄已猜到了。"

玉凝直觉地望向远处那辆马车，但见马车微微晃动，帘子也飘来荡去，难道里面还有其他的人？

月下奔回马车，背回来一个大麻袋，见邢掣还在东张西望，便道："云天新帝，不要找了，冬儿躲在马车后面哭呢，小丫头见你身份地位大不一样，怕你瞧她不上了喽。"

邢掣急忙奔去马车后，将玉玺、兵符塞在满脸泪水的冬儿手里，说道："交给你，永远帮我保管。"不待冬儿回应，便回到凌烨宸身边。

月下将肩上那大麻袋扔在地上。

麻袋里传出来哎呀一声，紧接着就听见里面传来咒骂声，"谁摔的我，你们绑架了我，小心姓宋的砍了你全家。"

宋哲噌地从檀木椅上弹跳起来，果然是可儿。

原来麻袋里装着的正是失踪多日的林可儿，她身无分文出逃而走，又饥又饿，日前在林间生火烤食，被月下撞见了，月下听她口里一句句尽是骂碧月皇帝的话，心想此女必然有用，于是便掳回营中给四爷留作后用。

林可儿在麻袋里踢腾起来，"婆婆，你不要祈求宋哲那浑蛋。我宁可死了，也不要他救我。"

多日不见，宋哲对林可儿十分想念，谁知那厢刚重逢便将他骂个狗血喷头，他当即怒火攻心道："老子才不救你，你……你和你肚子里的怪物死了才好。"

"我肚子里的是怪物，怪物他爹就是禽兽！宋哲，你是禽兽。"

宋哲一怔，莫非她肚子里真的是他的？待到她生下那孩子，他也学凌烨宸那般，滴血验亲，他厉声道：“凌四兄弟，你休想拿林可儿威胁我，我不吃那一套。你知我恨她。”

“我自然知道你恨她。所以替你将她掳来了。”凌烨宸淡淡地道：“来人，请出林可儿。”

“是。”士兵从麻袋里拎出林可儿。

这姑娘黛眉清秀，双唇润满，脸颊娇嫩，比那玉凝还好看几分。

玉凝赞叹林可儿道：“我表哥真是有眼无珠，得如此美人何其幸运，他竟不知珍惜。”

凌懿轩凝视着玉凝满是刀伤的面颊说道：“你赞叹她美，可我仅觉得你是最美的。”

玉凝脸上一红，淡淡地道：“懿轩，谁瞧不见我满脸刀伤。也只有你觉得我美。”

玉凝和凌懿轩卿卿我我，凌烨宸看在眼里，实在气恼，他借机泄愤道：“听闻此女背叛宋兄，我深知被女人背叛是什么滋味。自愿为宋兄出了这口恶气。”

宋哲背脊一凉，凌烨宸心狠手辣，定要借伤害林可儿迫使他交兵，他定要冷静自持，不能让他看出破绽，宋哲故作镇静地说道：“如此多谢凌四兄弟。林可儿随你打杀。”

表哥要是认为这样就能骗过凌烨宸，就大错特错了。因为姓凌的宁可错杀，也不会手软，玉凝急声道：“表哥，你别再顾怜我，带上嫂子和兵马，快些走吧。”

“你别管。”宋哲将玉凝揽到腰后，随即睥向林可儿，“凌四爷，请吧。”

林可儿眼中立时涌上泪意。

“宋兄客气。”凌烨宸淡淡地道，“割她手臂。”

闻令，一兵手持刀刃，削下林可儿左臂大块血肉。

孙婆婆大喊一声：“林主子。”就昏死过去。

“表嫂！”玉凝急得扑身上去要抱住林可儿。

凌懿轩将她拉住，劝慰道：“玉凝，宋兄自有分寸。你焉能知道，此番不是让他认清自己对林可儿心意的契机呢？”

第二十七章　恢复容貌

林可儿疼得直冒冷汗，脸色惨白，却紧咬牙关一声不吭。

宋哲紧握双拳，额头渗汗，咬牙切齿道：“凌兄弟，你只有这点本事了吗？”

凌烨宸冷冷一笑，下令道：“剜她双眼。”

士兵手执匕首而上。匕首尖端眼见便要抵在林可儿漂亮的双眼。

宋哲自嘲一笑道：“慢着。”

凌烨宸挑眉：“怎么？”

宋哲手心的汗一滴一滴落在地下，恨恨地说道：“凌兄弟只会这些小儿科吗？”

“非也。”凌烨宸抿唇又狠狠地下令道，“长矛挑掉她腹中的胎儿。”

玉凝一震，愤然道：“凌烨宸，你不要太过分！她腹中胎儿已五六个月，你忍心吗？若你那般对她，我立刻喝药毒死肚子里的孽障。”

凌烨宸忽地欣喜道：“你肯承认了？”

玉凝一怔，祈求道：“不要伤害她。”

“抱歉，已晚了。走到这一步，我不会停下。”凌烨宸扬手示意。

士兵手持长矛径直刺向林可儿小腹，矛尖入肉一分，鲜血直淌。

林可儿慌了神，喊道：“宋哥哥，救我。救救孩子，宋哥哥。”说罢，泪水长流，凄婉地瞅着宋哲。

宋哲心中猛然一动，自己当时爱林可儿，不就是因为她对自己坚贞不移吗？怎么此刻却这般不信任她？自己真不是人，“住手吧！”

宋哲紧张的神经终于崩溃，他疾步奔去，出掌推死那手持长矛的士兵，将林可儿抱进怀里。

林可儿又怒又气，咬住宋哲肩膀，将他咬得鲜血直流，他拼命地捶打他，喊道：“我恨你，恨你！你该死。”

宋哲将她抱紧，自责道：“可儿，为夫的一直以来错怪了你。”

凌烨宸露出淡淡的冷笑。

“算我输，到底不如你狠，兵符你拿去。四十万兵马是你的了。”宋哲掏出兵符投在空中。

凌烨宸反掌握在手里，顺势又投掷回宋哲的手中。

宋哲奇道：“凌四兄弟，你这是？”

“宋兄，我要的是削减七弟兵力，并非让你国败家亡。你或是离开，或是留下，都依你。”

宋哲一凛，他虽手段狠辣，却处事有礼有依。所做之事也都是为了表妹。可见他对表妹是真心不假，他佩服道：“多谢。”

凌烨宸踱步于凌懿轩身前，慢条斯理地说道：“七弟，现在，我要领走凝儿。”说罢，朝玉凝伸出手。

凌懿轩拥紧玉凝，厉声说道：“你休想，我们死也死在一起。”

玉凝望着凌烨宸的左掌，却见他掌心里静静地躺着一颗红色的珠子，当即骇得身子猛震，苦涩一笑道：“懿轩，他说得对，我得和他走了。”

凌懿轩心慌道：“虽我仅剩下三十五万兵马，但亦能跟他拼上一阵，我未必会输，你不信我吗？”

玉凝落下泪来，答道：“我相信你，也愿意和你死在一起。可他有十分把握，我一定会回去。”

“是什么，你究竟惧怕他什么？”

“我不是怕他，我怕的是失去亲人。”玉凝抬起泪眸，“你瞧见他手中的宝珠没有？”

凌懿轩望了一眼那红珠子，也吃了一惊。

玉凝黯然垂泪道：“是了，自古帝王皇冠上镶有黄玉，众王爷冠上配白玉，都是象征高贵身份。而当朝丞相官帽之上，象征一品官衔的，正是他手中红玉宝珠。”

凌烨宸将红宝珠握回，敞开怀抱，“凝儿，过来，到我怀里。”

玉凝轻叹一声，看向周雨晴，嘱咐道：“好好照顾懿轩，只有你能让他快乐。”

周雨晴心疼地一涩，不舍地说道：“娘娘，保重。”

玉凝望向凌烨宸，“我跟你回去，你休要纠缠七爷他们。”

“如你所愿。”凌烨宸许诺。

玉凝深深一叹，朝他怀中走去。

凌懿轩倏地拉住她的腕，低声道：“我知你是担心薛府上下性命才跟他回去。并非因为你爱他。我想办法救出薛府几百口性命，你为了我，跟他保持距离，不要让他碰你，可以吗？我过几日便将你接回。我有法子取胜。”

“我答应你。”玉凝轻轻地推开他，“带兵立刻走，我看着你走。”

凌懿轩颔首，便领兵退去。

玉凝待到凌懿轩去得远了，才步履艰难地来到凌烨宸身侧，淡淡地说道：“走吧。”

月下道：“打道回宫。碧月皇帝，带你林氏娇妻去宫里小住吧，过几天我家爷生辰，你去喝杯酒啊。”

宋哲对可儿道：“你需要养伤，咱们去吧，你伤好了，我带你回国。”

邢掣道：“耶律婉、耶律双、郝仁，你们也一起回去坐坐。”

“如此甚好。”三人同声道。

冬儿前来搀住玉凝，“主子，我扶你上马车。”

玉凝正欲回马车，便觉身上一紧，被人箍住胸腹打横抱起。

男性热血气息夹杂着淡淡香气将她包裹。

“凌烨宸，你要做什么？”

“好好教训你。”凌烨宸冷冷一笑，对下属道，“邢掣、月下，你等领着宋哲、耶律公主先行一步。我随后跟上你们。”

凌烨宸圈转马头，跟玉凝同乘一骑，朝西疾奔。

直到天近傍晚，骏马在一处破旧的老宅子停下来。

宅子门牌写着“吴府”两个字。铁字已生锈脱落。

看到这两个字，玉凝从心底陡然升起一股战栗。

凌烨宸将玉凝抱下马背，动作极轻，刻意呵护着她的小腹，生恐有何闪失。

“是四爷回来了。”从宅子里走出一名四十岁左右满脸络腮的邋遢男人。

玉凝只觉得这人长得好凶，下意识地往凌烨宸背后缩了缩。

“张叔，这几日我在宅子里过夜，你去将卧房收拾干净。薰些香料。”凌烨宸交代。

见满院子皆挂着血淋淋的骨头架子，玉凝背脊一阵发凉，倏地伏在凌烨宸怀中，玉凝惊恐地问道：“那些是什么东西，张叔吃人吗？”

张叔冲到墙角，拎出一头公羊，将羊头砍掉，神秘兮兮地道：“老张不吃人，老张吃羊。”虽然是大笑，可他脸上却丝毫不动。

玉凝颤声道：“凌烨宸……我们为什么要来这里？”

凌烨宸拧眉道：“这宅子最近。此地方圆十里没有客栈，莫非你要露宿野地吗？”

玉凝被他堵得一句话也说不出来。小狐狸以为玉凝受委屈，吱吱叫着，从玉凝袖口钻出来，龇牙瞪视着眼前俊俏的男人。

张叔道：“四爷，小人这就宰牛杀羊，给你和女客备晚膳。”

凌烨宸微微蹙了蹙英眉，在院子里看了一圈，除了几头牛、几只羊、一口大锅、一个地灶，再没有其他。

“不用了，她不吃牛、羊肉，一口都不能沾。你且先烧些热水，给她洗洗脸，去去沙尘吧。”

玉凝好奇他怎么会知道她不食牛羊肉，犹记得她仅在地宫的时候，跟夜大哥说过这事。难道，凌烨宸真的无所不知？

“你先在此处休息。我出去片刻，稍后就回。”凌烨宸温热的气息喷薄在她脸侧，“你若是害怕，就不要跟张叔多说话。他人老糊涂，条理不清。不过并非恶人。你跟他在此，很安全。”说罢转身朝外走去，并对张叔交代，“张叔，看好她，别让她逃了。”

张叔手中一刀一斧铮的一声撞在一起，答道：“是！”

玉凝睥向张叔，害怕极了，急忙道：“凌烨宸，你等等，我跟你一起去。”

张叔粗壮的手臂挡在她身前，阻止道：“小姑娘，听四爷的话，你跟我留下吧。”

玉凝一愣，下意识道：“好，好。”

“你叫什么名字？”

“薛玉凝。”

张叔身子突然发颤，急急地问道：“薛，你姓薛，你姓薛吗？”

玉凝骇得倒退几步，恐惧地答道：“是啊。张叔……你怎么这般生气？我好怕你。”

张叔突地跳到她身边，更加紧张地问道：“我问你，你是不是姓草字头的薛？”

“张叔，除了草字头的薛，还有其他的薛吗？”玉凝绕身跑开，“就是草字头的薛。”

“告诉我，你爹爹叫什么？”

“你好吓人，我不跟你说话。四爷不让我跟你说话。”

“你爹爹叫薛晟，是当朝丞相。你爹爹有三位夫人，二夫人叫吴欣，是不是？”

玉凝蹙眉，好奇地问道：“你怎么知道。我爹爹正是当朝宰相薛晟。吴欣，正是我二娘。”

“我怎么知道？”张叔将左腿抬起，砰的一声放在木桌上，他左边小腿竟是一根木头，原来腿被拦着膝盖砍掉，只剩下半条。

玉凝啊的一声，喊道：“你的腿……”

张叔对这宅子环指一周，问道：“你可知这是哪里吗？”

玉凝心里却已隐隐察觉到了什么，毕竟这里是“吴府”。

“哼，这里是吴欣小姐的娘家，我是吴欣小姐身边的小厮。二十年前，吴欣小姐跳江自尽，不知死活，薛晟带兵来到这座宅子，将府中上下二百多口赶尽杀绝，为的就是杀人灭口，掩盖他的罪行。我……当时被砍掉了左腿，若不是我装死，被他连刺几剑都不出声，我早已死了。”张叔恨恨地道。

玉凝脑中轰的一声，张叔说的是宠她爱她的爹爹吗？怎么可能那么残忍？加之前些时候吴欣所说斩断脐带一事。爹爹……真的是这样冷血的男人？

“张叔，我代我爹爹给你赔礼道歉。”玉凝深深俯下身，鞠躬行礼。

张叔脸上皮肉左右乱动，说道：“走，我带你去今晚你和四爷休息的屋子瞧瞧。”他微微瘸着脚向前踱去。

玉凝稍一迟疑，跟将上去。

张叔推开厢房门，两人一前一后迈进屋内。

玉凝忽觉脚底凉风飕飕刮过，冷得环住肩膀，恐惧地说道：“张叔，这里这么黑，我什么都看不到？你点上烛火吧。”没有听到张叔的声音，黑漆漆的屋子似乎仅有她一人。

又摸黑趟走几步，膝盖砰的一声撞在一个似桌非桌的东西上，玉凝痛呼一声，伸手朝身前摸去，只觉此物长七八尺，宽两三尺，高又三四尺，边角圆润，不像桌子，倒像是个木盒子。

噗噗两声，张叔点上了蜡烛，玉凝便看清楚了房内布置，墙边一张宽榻，两张木椅。

低眼看向自己手按着的那大木盒子，顿时惊出一身冷汗，眼前之物竟是一口黑棺材，白色底上写着一个黑色的“奠”字。她吓得连退三步，后背却又撞到了硬物，一回头，是另一口稍小一点的黑色棺材。

“张叔，卧室里怎么有两口棺材？”

张叔不知什么时候手上又攥住了那把血糊糊的菜刀，说道：“你不要怕，这棺材里没有死人。棺材是给别人准备的。”

“给谁准备的？”不会是给她和凌烨宸吧？

“给一对狗男女准备的。杀狗男女的时候到了。”

玉凝紧紧抱着小狐狸，完了，看来这老头真要杀她跟凌烨宸。

张叔指着一口大一点的棺材，说道：“这是给薛晟的。”指着小一点的棺材，“这是给陈凤仪的。”他越说越恨，越说越雀跃，手中的菜刀挥得忽忽作响，“给狗男女的。”

玉凝双脚发软，踉跄着逃出去，身后传来张叔嘶吼的声音，“薛家要亡，薛家要亡。”

玉凝疾奔一阵，来到街口石墩上坐下，向四下张望，等待那人的归来。

她从未像现在这般期盼凌烨宸的归来。

等了一顿饭的时间，一抹儿高大挺拔的身影缓缓走来。

玉凝鼻尖一酸，惊喜地喊道：“凌烨宸！”小跑着朝他奔将过去。

凌烨宸望着朝他疾驰而来的小小身影，忽然心中暖意融融，感动极了。

他远远地就看到她坐在石墩上发呆，每经过一个路人，她就慌张地看看那人是谁，脸上表情也跟着变化。

她身后不远处便是宅子的院门，这种感觉就如同妻子等着迟归的丈夫。

他竟忍不住驻足躲在暗处看着她许久，想多看一看她一次次期待地抬起头，又一次次失落地低下脑袋的模样。

直到夜色落下，凉风袭肤，她环着肩膀瑟瑟发抖，他才缓步朝她走来。

十几丈的距离不算远，玉凝跑得快且急，到他身边的时候已累得气喘吁吁，她埋怨道："你怎么现在才回来，去了哪里？"

"去了附近农家，讨了些菜食。"凌烨宸抬起手中拎着的大竹篮，里面是些蔬菜、水果，还有两包药材。

玉凝拿起一颗苹果，在他身上擦干净便啃了一口，不解地问道："那几包药材是做什么用的？"

凌烨宸忽然想起方才在街尾药铺的事。

"小兄弟，你手上的紫苏、黄芩两味药材，是最名贵的安胎药了。村野乡下，鲜少有人买，你待你妻子真是舍得啊。两包药就五十两银子呢。"

"她不是我妻子。"

"那你怎么给她买安胎药？"

"她不是别人的妻子，是我妻子。"

"……"

玉凝见凌烨宸发呆，便在他眼前挥挥手，说道："喂。回神啦。回去吧，熬药需要好久。你的伤重，早些吃药为好。"她以为这些药材是他用来治疗他身上的伤的。

"好。"他拉着她的手，缓缓地朝院门走去。小狐狸从她肩头窜到他肩头，静静地坐着。两人一兽的影子被月光斜斜拽下，温馨极了。

"凝儿……"

"四爷……"

"你先说……"

"没……没什么……"她别开脸颊。

似都有话要说，却又不知从何说起。

进了宅子。

张叔用凌烨宸寻来的蔬菜蛋禽烹了晚饭，三人环桌而坐，无言地用饭。

玉凝低着头，不敢看张叔一眼。

凌烨宸吃得极少，仅夹了两口青菜，便再没动筷子。

她知道他心中烦闷，却无从劝说，一下一下地往他碗里夹着鱼、菜，直到他的小碗被垒成了高高的小山。

他看着那座“食山”叹了一口气，伸手跟她面前的空碗对调，她暗叫自己是自作孽，无奈一口一口地扒着饭。

凌烨宸静静地看着她小口小口吃得香喷喷，时不时递去一勺汤水，喂她喝下。忽然他问道：“张叔，宅子里没酒吧？”

“可以没命，不能无酒。”张叔当的一声将残废左腿放到桌上，两手将那下半截木头拧了下来，倏地递给凌烨宸，说道：“四爷，凑合着喝吧。”

玉凝吓得心肝乱绞，大眼朝那木腿看去，原来是个细长的椭圆状的容器，截面上有个铁嘴，她好奇地问道：“你的假腿是个酒壶？”

“是啊。”张叔笑道，“小姑娘不是怕我吗？怎么肯跟我说话了？”

玉凝见他说话又恢复了平静，不似方才在屋内那般狂躁，对他的怯意少了许多。便抱着凌烨宸的胳膊，壮着胆子道：“你是好人，我为什么要怕你？”

“好人，好人，老张是好人。”张叔心情大好。

凌烨宸拿起那半截假腿，薄唇抿着壶嘴，一口一口地喝着酒。玉凝看着假腿下边脚的位置，还穿着一只破旧的布鞋，不禁掩嘴偷笑。

凌烨宸不声不响地喝了许多。

玉凝抓住他的手臂，关切地说道：“你少喝点酒……吃两口东西吧。”喝酒伤身，更何况，他又是空腹饮酒。

凌烨宸眯着一双漂亮的眸，含笑地望着她。

玉凝慌乱不已，连忙解释道：“我是说，这么多菜，我跟张叔两个人吃不了，倒掉了好可惜。”

“谁说要倒掉？今天你吃不了这一桌的菜，别想离开饭桌。”凌烨宸捏捏她的鼻尖，随即对张叔道：“看着她，剩下一根菜叶，杀无赦。”然后，他拿着那两包药材走到地灶边，亲手添了水，熬药去了。

“他对自己真好，生怕身上的伤口不能愈合。”玉凝虽嘴上这么说，心中却也暗暗担心他的伤。

凌烨宸熬药，她无事可做，犯了困。

凌烨宸见她倚在他腿边打盹，命张叔给她烧热水送去了卧房，嘱咐道：“去洗漱，先休息吧。”

“那屋子里有棺材，我不去。”

凌烨宸蹙眉问道：“什么棺材，我怎不知？”

“是小姑娘看错了，卧房里怎么可能有棺材呢。”张叔将玉凝引到卧房去，点上了烛火，房间里方才放棺材的地方，竟成了一张大方桌。

玉凝嘀咕道：“真的是我看错了吗？”

张叔备好洗浴热水，说道：“姑娘，请。”转身离开，顺手带上房门。

玉凝伸个懒腰，褪去衣裳，跳进浴桶。

不知过了多久，她昏昏沉沉地靠着桶沿睡着了。

门板被人轻轻叩响，玉凝突地惊醒，白皙手臂抬起把着桶沿，玲珑的腰身在水中隐隐若现。

“是谁？”

凌烨宸慵懒微醺的嗓音传来，“凝儿，来开门。”

“你等等……”玉凝慌忙地从浴桶往外爬。

凌烨宸拧眉道：“快两个时辰还没有沐浴好吗？”他端着花一个多时辰熬成的安胎药，手掌往门上一推，迈步进屋。

玉凝还未从浴桶中出来，便听到门被人推开，她心口突突猛跳，又惊又慌，趴在浴桶边沿，伸长手臂去够搭在三尺外木椅上的衣裳，距离那衣服却总差三四寸，就是够不到。

“小畜生，帮姐姐去拿衣服啊。”玉凝说着，扭脸看着在浴桶里徜徉的小狐狸。

手上一暖，被一只温热的、粗粝而干燥的手掌握住。

玉凝顺着那只有力的手臂向上看去，目光触到了凌烨宸深邃压抑的琥珀眼瞳。

他的视线落在她裸露的颈项、纤弱的背上。

她面红似血，淡淡地说道：“我……不是让你在外面等一等吗，你怎么擅自进来了？”

她的手被他紧紧地攥在掌中，慢慢地抚触着她光滑的手臂。

“你说了让我等，可我却没有答应你啊。”他稍一用力，便把她从水中脱出，抱到了他的怀里，被他用羞人的姿势抱着，他自负地说道，“宅子是我的，屋子也是我的，你也是我的，我没有进来的权利吗？”

她惊慌地抱住他的颈项，他的唇无意间划过她胸前的朱砂。

凉薄冷冽、又带有戏谑微讽的笑声自他喉间溢出，和着缭绕的雾气，招摇得满室皆是。

玉凝心中又恼又羞，趴在他的肩头狠狠咬下，娇嗔道：“不准你笑我。”鼻间窜进一缕血腥，搂在他背上的手心里也黏腻湿滑，她一惊，仔细查看下，才知道她方才压到了他背后的伤口。

在看到他背上暗红一片的时候，对他的责怪，变成了心疼和怜惜。

他何必冒着生命危险将她抢回，囚禁在身边呢？

目光触上他永远都那么冷情的眸，她央求道：“放我下来吧，你身上的伤口不能沾水，我……先将身上擦干。”

凌烨宸闻言，高大的身躯猛地一僵，说道：“好。先将水迹擦拭干。”

玉凝羞得低叫一声，方才她说那话，竟让他理解成了将身上水珠擦拭干净再让他抱。

凌烨宸拿起宽大厚实的浴巾将她包裹住，擦拭着她濡湿滴水的发。

他的动作温柔又小心，她却总觉得这份平静温柔之后，有什么惊天骇浪等着她。似乎，他今天带她来这里，也是在逃避什么，似乎他也惧怕回到皇宫面对即将发生的事。

“谢……谢谢。我自己来吧。”接过他手中的浴巾，裹住自己，看看他身后木椅上她的衣裳，傻傻地问道，“陛下……我能穿上衣服吗？”

亏她竟问出如此憨厚的问题，只是此刻，她被他抱在怀里。她心知，无论怎么挣扎都挣扎不过，还会更加引起他的征服欲。

若他想放过她，自然会放开，若他不想，她便是脱了一层皮也逃脱不开他。

凌烨宸耳边又响起药铺里那位大夫恼人的话，“年轻人，千万记住，你妻子怀孕前三个月，胎儿脆弱，莫要跟她同房啊。”

他自嘲不已，将她抢回，不就是要将她推入地狱吗，竟该死的在乎她腹中的胎儿。想到此处，他拿过她的衣裳，“穿上吧，别着凉了。”将她放在床榻，搬来暖炉放在她身边，供她烘烤头发。

玉凝呼出一口气，当时懿轩让她答应不让凌烨宸碰她，她一口就答应下。其实，即便懿轩不说，她也不会让凌烨宸再碰她。她怎能明知有违伦理，而任他妄为呢。

玉凝快速地穿上衣裳，见他坐在床榻边不远的方桌旁。湿漉漉的七色狐静静地卧在他的手心，俊俏的男人若有所思地望着那小狐狸。

玉凝淡淡一笑，小狐狸见了凌懿轩便龇牙咧嘴，怎么在凌烨宸面前就服服帖帖？

听到床榻边窸窸窣窣的响动，凌烨宸回过神，回头看见玉凝光着两只脚丫，悬在榻边踢来踢去，一双机灵的大眼正看着他，却犹豫着不开口说话。

他剑眉微蹙，双眼直直地看着她小巧可爱的脚趾，宠溺道：“过来我这里。”

她羞赧一笑，小嘴朝浴桶旁边努了努，柔柔地道：“我倒想过去你那里，可却不能。……劳驾你，可以吗？”

凌烨宸朝浴桶边一看，原来她的绣鞋整齐地摆在那里。他拎起小狐狸，放在桌上，走到浴桶旁拿了绣鞋，几步走到她身边坐下。

“谢谢。”玉凝伸手去接提在他指上的鞋，他却手臂向后一撤，避开了她的手。

她一怔，警觉地看着眼前这随时都散发着危险气息的男人。

“我来吧。”手掌裹住她小巧的脚，粗粝的指在她细腻的肌肤上轻轻地勾画摩挲。

肌肤相亲的一瞬，玉凝的心里怦然一动，瞥见自己的脚裹在他温热的手掌中，不禁双颊飞红，娇羞道：“你……”

“我乐意。”凌烨宸敛眉帮她将鞋袜一一穿上，拉着她走到木桌旁，说道，“拿着，药里加了甘草，不会苦。”端起药碗塞到她手中。

她微微一愣，看看他身上的伤，叹道：“我只喂你这一次，下不为例。俯下身吧。”将药递到他嘴边。

凌烨宸看着那碗棕红的安胎药，如画的眉眼惊骇不已，俊俏的脸倏地变色，不解地问道：“薛小九，你要做什么？”

“你看不出我在喂你吃药吗？”玉凝正儿八经，“来，喝了这药，伤就好了。”

凌烨宸突地笑了，这丫头认定他不会为她做点好事？既是如此，便让她好好地担惊受怕一回。他将玉凝抱坐在他膝上，端过药碗，递到她唇边问道：“你自己自觉喝下，还是我噙在口中喂你喝下？”

“我自己喝。”他说这暧昧的话竟然一点都不脸红心跳？玉凝接过药一口气喝下。汤药，味甘微苦，喝入腹中十分受用，“这是什么药？”

凌烨宸眉心拢起，淡淡地道：“打胎药。”

啪的一声，玉凝手中的药碗摔在地上，跌个粉碎。她双手扶住小腹，脸色煞白，泪水不断地从眼眶滚下，却一字不说，僵直地坐在他怀里，恨恨地望着他。

他见她伤心、难过又委屈的模样，心里竟透出几分喜，七弟捧在手心、生怕伤到的女人，他却独独喜欢看她哭的样子，哭了，证明她痛。她痛，他才能确定，他在她心里有些许地位。

玉凝身体无力地倒向一旁，凌烨宸却恰巧侧脸与她唇瓣相贴，两人吻个正着。

玉凝想起方才傻乎乎地喝下了他赐的“打胎药”，一时悲戚哀婉不知出自何处，抬手捶打他背上的伤口，要将他推开。他疼得额头上渗出颗颗汗珠，却依旧不肯将她松开。

她又羞又恼，苦于唇瓣被他堵住，发不出任何声音，泪水若泉，不断涌出，她用尽浑身力气，别开脸颊，喊道：“哥，可以放开小妹了吗？”

凌烨宸身子猛地一震，急促地喘着，“你都知道了？”

玉凝抬袖擦去泪水，痛苦地说道：“是。不知你是爹爹的第几个儿子？我排行第九，你排第几？”

“知道了也无妨。”凌烨宸薄唇轻佻地在她唇瓣一下下摩挲，抱起她瘦小的身子，望着她尚且平坦的小腹，“今天我停下，绝不是因为你喊了我一声哥。你逃得了这一次，下一次绝没有这样的好运。”

两人解衣同睡，他迫她枕在他的手臂上，逼她拥着他的腰身，又将她紧紧箍在怀里。

玉凝要迎接的流产腹痛迟迟不来，反倒小腹一阵阵暖意，舒服极了，直到哭得累了，那“打胎药”也没有发挥作用，不知不觉间，她呼吸着他身上男性热血混合着的淡淡清香的气息，沉沉地睡去。

凌烨宸听闻她呼吸调匀，睡得安好，缓缓睁开双眼，满是怜惜地看着她的睡颜，一夜无眠。

翌日晨。

玉凝醒来，见凌烨宸已坐在桌边，褪去了上衣，紧实的臂膀、宽阔的背上，伤口触目惊心，他在给伤口换药，可背上的伤口不高不低正巧在后背中部，换药没有办法独自完成。

“我来吧。”在他还未意识到的时候，玉凝已披衣起床，帮他换药裹伤，她不解地问道：“怎么不让张叔进来帮你换药？”

凌烨宸自然而然道：“你在睡觉，他进来不方便。”他不愿意让任何男人看到她的睡颜。

玉凝心中陡然升起甜蜜的幸福之感。突地低落长叹，“多谢哥哥为小妹着想。”

“小妹客气，为兄应该的。”凌烨宸眼中似有一抹儿深意，“去洗漱梳妆吧。”

玉凝就着他备好的热水洗漱后，在桌上望见了一面梳妆镜。

她双手猛地颤抖，毛巾啪地掉在地下。

自从容貌毁了之后，她再没勇气照镜子，跟凌懿轩一起的时候，他也贴心地将镜子都销毁了。

而且昨日，桌子上明明没有这面梳妆镜。

定是凌烨宸有意羞辱她，让她看看自己究竟有多丑陋不堪。

既然他想看她难过，想看她出丑，那就让他看个够。

玉凝抓起铜镜，深吸一口气，直直望向镜中自己的脸。

惊叫一声，将铜镜扔在地上。

“凌烨宸，浑蛋，我的小狐狸呢！”玉凝娥眉紧蹙，厉声道。

玉凝周身烧着熊熊怒火，凌烨宸却恍若未见，眉眼依旧舒冷，薄唇更显薄幸，修长的指在桌面上从容地轻轻敲击。

这些无疑加重了玉凝的怒气。他越是不理睬，她就越是不依不挠，想要立刻看到小狐狸。他给她镜子，不是出于羞辱她，可事态的严重性却甚于羞辱她千倍万倍。

小狐狸很可能已被挖了心……

早早候在门外的张叔，进来布置早膳，看到玉凝脸庞的一瞬，手中的饭食差点摔在地上，口中连连发出赞叹的啧啧声。

凌烨宸轻咳一声，张叔骇得身子一震，放下膳食，慌忙退下。

“过来吃饭。”凌烨宸见玉凝正愣愣地望着水盆中她洗漱所用的热水，不禁出声唤道。

“你还有心思吃饭，”玉凝夺下他手中的筷子，抽泣道：“你昨天把小狐狸放在手心，跟它眉目传情、勾搭引诱的时候，就没安好心，你一早就起心杀它了，我当时怎么就没看出来。”

凌烨宸望了一眼被她夺进手中的筷子，“正好，你就用这一双吧。”随手拿起另一双，正欲夹菜，筷子又被玉凝夺去。

“谁说让你管我的脸是丑是俊？你又是怎么知道小狐狸心头血能治我脸上伤疤的？你该问问我要不要你给治啊？”

原来，方才玉凝拿起镜子一照，模样没有看清楚，但脸上刀伤却一道也没有了，就是一条小小的痕迹都不曾落下。

“我做事从不受别人左右。问你做什么，即便你说不让，也阻止不了我。”

昨日战场上时，凌烨宸见到玉凝怀中一直紧抱着七色小狐狸，问月下那狐狸有什么说法。月下说，不是公就是母。凌烨宸冷眸睥去，月下颤声说，不论公母，心头血都可以治疤痕。

凌烨宸斜斜地睥向玉凝两手各攥着一双筷子，微微一笑，伸手拿起一只汤匙，盛了一勺香气扑鼻的白粥递到她嘴边。

玉凝瞪了他一眼，气呼呼地将那白粥吃到嘴中，又噗的一声吐出，喷得他俊脸皆是米粒。

凌烨宸俊俏的脸一下子阴气沉沉，他万没有想到她能做出三岁孩子的举动。遂从她衣襟拽掉手帕将脸上擦拭干净，讥讽道：“佩服啊，甄儿也比你懂事。”

玉凝一听甄儿，醋劲夹着怒火一起涌到头顶，小手一伸，啪的夺过他手中汤匙，生气地说道：“你又不是我爹，做什么要我懂事。你昨天给我喝的汤药一定是迷药，把我迷昏了，然后下黑手杀死我的小狐狸，将它的心头血抹在我的脸上，我刚才从脸上洗下来的血还留在水盆里。”

凌烨宸看着她手中的两双筷子，一只汤匙，不禁觉得好笑，于是将桌上另一只汤匙也递到她手里去，调侃道：“让汤匙也凑个双，吉利。”

他顿了顿，满脸兴味地看着她粉扑扑的小脸道：“够不够，不够再让张叔拿进来几双筷子、几个汤匙，让你拿着玩啊。”然后爱抚地轻抚她的额头。

见他对捅死小狐狸一事只字不提，并且一副无所谓的样子，玉凝气得腮帮鼓鼓，泪水长流，生气地骂道：“你坏蛋”。

四根筷子、两个汤匙都丢到他身上去，拽着他的胳膊，哇的一声哭了起来，“我的小狐狸，赔我小狐狸。”哭声直震得凌烨宸耳膜发聩，头疼欲裂。

凌烨宸将她泪水擦去道：“凝儿，一只小狐狸而已，你哭得惊天动地。”

凌烨宸对她越发没辙，他的衣袖中一阵翻滚飘荡，有吱吱的叫声。

“小狐狸。”玉凝惊喜地伸手在他衣袖里掏摸了半晌，终于在他腋下的地方捉到了小狐狸后腿，将它扯了出来。

七色狐心口处包着一块白布，白布上渗出一片血迹，惨烈极了，“这是？……”

凌烨宸修长的手指摸摸狐狸肚子，“我昨夜用匕首在它心口开了个小缝，让血一滴滴流下，自然不至于要它的命了。”

张叔在门外道：“小姑娘，四爷花了不少心思，一千一万个小心啊，生怕狐狸死了你伤心呢。”

玉凝心里一动，问道：“为什么……”

凌烨宸口是心非道：“不喜欢看你那丑样呗。”

玉凝心里倏地转凉，冷笑几声，就知道他自己看着她的脸不顺心才要给她治，才不是为了她着想。

她捡起地上的铜镜，只见镜中人，肤色光可鉴人、细腻柔滑，却是比伤前更美几分。她突地抓住小狐狸，“喂，小畜生，既然取你心头血你没有大事，凌烨宸身上的那几十处伤口落下的疤，你也给治治吧？”

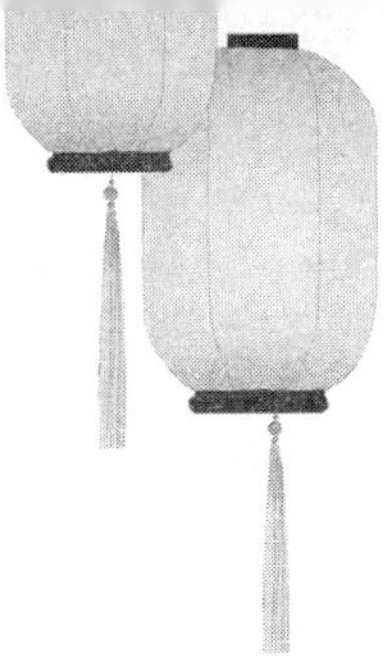

第二十八章　厮守三日

玉凝和凌烨宸在吴府耽搁三日。

他不提要回宫，她也不问。两人稀里糊涂，不说感情，不谈矛盾，也不提恩怨，每天嘻嘻哈哈的也算惬意。

吴府第一天，凌烨宸赶着牛车驮着玉凝登上碧翠山之巅，看日出重山，日落碧海，沿路采了千朵野花，堆在牛车上，有一朵野花，一不小心插在了牛粪上。两人对着牛粪和野花捧腹大笑半晌。

吴府第二天，玉凝拉着凌烨宸信步奔到数里之外的集市，胭脂水粉、糖人甜品买了半牛车。在一个面具摊，玉凝抓起一块面具盖在凌烨宸的脸上，两人默契极好，都愣了半晌。店家说，要买就买，不买别摸。凌烨宸淡淡一笑，将那摊主一并买下，送给张叔当下人。

吴府第三天，凌烨宸带着玉凝下水摸鱼，玉凝用木棍在溪水里插来打去，一只鱼也没捞着，气得直跺脚。

凌烨宸见状，卷起衣袖，双掌齐发，掌风震得水面浪花跃起两三丈，一条条重达四五斤的大鱼啪嗒啪嗒落在玉凝脚边。

玉凝拍手惊呼，“哥，好厉害！”

后来，两人起火烤鱼，一直到了日落，繁星布满天空，二人都不曾离去。

这夜的星星很美，璀璨又耀眼。可哪里知道，这夜之后，便再没了抬头看星的雅兴，有的只有无尽的心伤和悲苦。

翌日一早。

玉凝先醒来，痴痴地望着枕边这个将她紧拥在怀里的俊美男人，忍不住轻轻触摸他熟睡时亦都冰冷薄幸的唇。

院外，男子焦急的声音透过薄薄的窗纸传进屋内，男子问道：“张叔，四爷可曾带着薛主子来过这里吗？”

玉凝惊慌地收回放在凌烨宸薄唇的手，见他依旧熟睡，才稍稍吐了口气。若被他逮到她对他眷恋不已，怕是又会遭到羞辱。

“月下，你何必问，院外那匹棕色宝驹不就是爷的吗。”

脚步声伴着马蹄声，几人进了院内。说话这两名男子正是月下和邢掣。

张叔指了指卧房道：“四爷和薛主子还没起床。你们坐下等等吧。”

“弟，不准你凶月哥哥。”双儿的声音脆若银铃，她拍了一下邢掣的肩头，随即抬手就要推门，“四哥哥，玉凝姑娘，你们醒了没有。”

“姑娘，你不能进去打扰四爷的美梦，小心四爷生气杀了你。”张叔急忙阻止。

“我和我弟、还有月哥哥有要紧的事情要跟四哥哥说。大叔莫要阻拦。”双儿一溜烟跑进屋里，在床榻边站定，水汪汪的眼睛直直地看着被凌烨宸拥在怀里的玉凝。

玉凝笑也不是，不笑也不是，凌烨宸偏巧此刻呼吸调匀，睡得又沉又香，抿抿小嘴道：“双儿姐姐，你……早啊，还没吃早饭呢吧？”

双儿把凌烨宸的小腿往里挪了挪，坐在床榻边答道：“还没呢。今天早上月哥哥、我弟他们五更就起来，要来找你们。我脸都没来得及洗，跳上月哥哥的马背就跟来了。根本来不及吃早饭。”

玉凝望了眼身边还躺着的那危险的男人，一本正经道：“你们这么早来，有急事吧？”

“昨天晚上我们进不去城门，大家在树林里搭了营帐歇了一宿。昨夜又下了雨，好冷呢。真羡慕你有四哥哥抱着睡。可儿姑娘有宋哥哥陪着。”双儿小脸一红，“玉凝，四哥哥搂着你睡，暖和不？”

玉凝似乎听到了凌烨宸呼吸骤然加重的声音。她心中却是紧张极了，偏耶律双是个天地不怕的主，愣是在凌烨宸这头熟睡的豹子身边跟她聊起了天。

“我……我……他……他身上像个大暖炉，昨晚上我确实没觉得冷。”

话刚说完，忽觉腰上一紧，显然是凌烨宸骤然收紧了手臂，玉凝颤巍巍地看向他的睡颜，只见他双眉轻拢，霸气强势不减丝毫，嘴角却别着一抹满意的笑。玉凝一怔，莫非是因她说昨夜在他怀里没觉得冷？

他为什么笑她不知道，不过他不满地拢起眉头，定然是因为耶律双在旁搅扰好梦。这三天来两人每日同眠，她每次要起早，都被他拖拽着在榻上懒床到晌午。此刻才六更天，他必然正是美梦正酣。

玉凝忙道：“双儿，不然你去让张叔给你做点吃的，我跟你四哥哥收拾妥当就出去找你们，好吗？”

双儿看着玉凝的小脸，突然说道：“玉凝，你脸上的刀伤没有了，你……真好看。怪不得七哥哥也爱你。”

玉凝腰里猛地一疼，自己的腰肢要被凌烨宸箍断了。凌烨宸你到底是醒了啊？还是未醒啊？

“双儿姐姐！你谬赞了。你姐妹两人才是美貌难得啊。”

双儿却在玉凝脸上摸了摸，然后说道：“还是玉凝好看，不然四哥哥为什么只喜欢你，不爱我姐姐，还和七哥哥抢你？”

咔嗒一声，玉凝腰里的骨头响了响，疼得她直咬牙冒汗，玉凝赶紧催促道：“双儿姐，你……不是饿了，先去……”话还未说完，便被人打断了。

“耶律双，如果你再叽叽喳喳个没完，我灭了云天。”凌烨宸带着倦意的沙哑嗓音淡淡地响起。

他早已醒来，比玉凝醒来得还要早，应该说，他一夜没睡，这几天夜夜不眠，看着她睡。清晨在她睁开眼睛的一瞬，他又立刻闭起了眼睛，任她在他脸上掐掐揉揉。

兴许是失而复得，兴许是他怕她再从他身边逃开，竟彻夜一瞬不瞬地双眼盯着她。说出来，不是让人笑话么。

双儿闻言脸色大变。

凌烨宸轻叹，拥住玉凝，说道：“什么七哥哥！都是废话。爱你恨你都是我凌烨宸一个人的事。”

玉凝直直地看着双儿，说道：“不大合适吧。快些放开我。”

凌烨宸不由得低咒道：“耶律双……你究竟识趣吗？”

双儿突然道：“弟！月哥哥！你们快进来，四哥哥醒了。”

玉凝看着凌烨宸一张铁青的脸，不禁忍笑到腹痛。双儿应该是赶紧逃出去不是吗？怎么倒像是喊人进来捉贼一般？

月下、邢掣来到榻边，见他们主子宽阔的背似乎笼罩着一层黑雾，虽不解纳闷，却疾声道：“爷，属下有事要报。”

“滚。”

冰冷的嗓音让人胆战心惊，月下、邢掣、双儿三人来到院中烤火半晌都没暖和过来，直到张叔熬了三碗姜汤给他们喝下，这三人才稍稍恢复了生气。

月下吁出一口长气，道：“爷越发可怖。‘雪魄冰吼’练得越发炉火纯青。”媚眼一飞，招手道：“张叔，再来碗姜汤，谢啦。”

“爷的眼圈怎么是红的，莫非跟薛主子两人缠绵，熬了整夜？”邢掣将空碗甩手一抛，碗飞了五六尺，稳当当地落在灶台上。

房门咿呀打开。

凌烨宸、玉凝皆一身白衣，如玉似雪，握着手缓步走到院中。

邢掣、月下一凛，说道：“薛主子。客栈一别已有多日，请恕属下那日保护不周，让你落入歹人之手，伤了脸容。”

“那不怪你们，是我自己要离开的。”

凌烨宸眸光深冷，没错，是她主动跟七弟逃的，此刻有意提醒，是怕他忘了对她的恨吗？

“不在宫中候着，找来此处，定有要紧的事。”

邢掣一五一十道：“臣手下七十五万兵马、宋哲手下四十万兵马此刻已屯兵帝都城外。虽爷信任我，宋哲也未有反叛之心，可属下还是擅自决定，不让兵马入城，以免多生变故。”

凌烨宸颔首称赞道：“你做得很对。兄弟尚且不能信任，何况上百万兵马，若帝都失守，西岩必将陷落。”

月下敛眉道：“爷，我跟邢掣昨日带宋哲夫妻、耶律主仆三人以及映雪、吴欣几位主子本欲打算先回到宫中，可却无法进城。”

“何为无法进城？”

月下有意看看玉凝，犹豫，“这……”

凌烨宸了然，淡淡地望了张叔一眼。

张叔一凛，忙道：“小姑娘的专属早饭已备好。请过来慢用吧。”

凌烨宸握了握玉凝的手：“你去吧。”

玉凝依言，同双儿一起去用饭。时不时地看向凌烨宸，主仆三人轻声细谈着什么。三人神色肃然，凌烨宸素来冷静的脸庞，出奇地多了几分忧色。

不知发生了什么事，为什么进不去城门？

须臾后，邢掣、月下、双儿先行走出院外，跨上马背。

凌烨宸挑起玉凝的下颌，抚着她秀丽的眉眼说道：“凝儿，你先留在此处，我过两天派人来接你回宫。”

“我和你一起回去。”玉凝见他眉心微微隆起，她忙反握住他的手，“你们刚才说的事情，跟我爹爹有关，是不是？不管你认不认他，他都是我爹爹，无论发生什么，我都要一起回去。”

凌烨宸微微沉吟道：“事情既然无法避免，也无需隐瞒你许多，咱们走吧。”走回屋内取出厚袍子给她披上。一行人辞别张叔，离开吴府。

百里外

溪边，恨生柔若无骨的手一下一下地撩着水，似乎万事不缠心头，可脑海里却时不时地晃过一双琥珀色的冷漠眼瞳。

她背后不远处便是映雪、吴欣等人，或坐或站，却都焦急不已。

此时，从东走来两个妇人，端着衣物，朝着恨生背后指指点点。

“你看，那个妇人不就是那天杀人抛尸在这溪水里的人吗？”

“没错。咱们那天见到的就是她。先把那姑娘给毁了容，又杀人灭口的凶手。”

恨生闻言一惊，快步走到那两个妇人跟前，“我问你们，你们方才说的杀人凶手，是谁？”指着映雪，“是她吗？”

两个妇人摇头，“这姑娘长得善良，不能是杀人凶手。”

恨生不屑地一笑，又指着耶律婉、冬儿给两个妇人看，“是这两个人吗？”

二妇人道：“也不是这两位姑娘。”

恨生心中突的一跳，直直地望着吴欣。

一名妇人指着吴欣道：“对啦，是那个妇人。当真好生残忍。”

两名妇人当日正巧来溪边洗衣服，在暗处将吴欣害玉凝的经过都看在眼中，现下恨生问起，她们将自己看到的事情一五一十地都给恨生讲了。

恨生听后心中满是异样的感觉，原来并非姓薛的丫头背叛了凌烨宸，她没有跟着七爷私奔。而是欣姨痛下狠手，诬陷了玉凝。

“我问你们，被丢下水里的女子，长得什么模样？”

两妇人形容了半天，又是美得像天上的嫦娥，又是像宫阙里的仙女，总也说不清楚。一名妇人突然指着远处几匹马问道：“那被害的姑娘，长得跟那位姑娘一样。”

恨生循着妇人指的方向看去，原来正是凌烨宸、邢掣、月下几人驾马赶到。

那妇人指着的，正是凌烨宸马背上的玉凝。

恨生赶忙从袖中掏出碎金子塞给两位妇人，叮嘱道：“方才的话你们不可跟旁人再提起，杀人抛尸那位妇人身份地位绝非你两人所能想象。再要多言，性命难保。拿着钱，快走。”

两位妇人闻言变色，连忙呼是，抱住衣盆，转身跑去。

玉凝坐在凌烨宸身前，马背上的颠簸使得她的脸色越发苍白，远远地看到前面十丈外的小溪，唇边最后一缕血丝也散尽。

前不久，正是在那溪边，她经历了一次生死劫难。竟如此巧合，宋哲、吴欣等人落脚地竟是在这溪边。

“凝儿，冷吗？怎么抖成这样？”凌烨宸一手拉着缰绳驾马，另一手环在玉凝腰间，从前一刻开始，怀中女子便不住地颤抖。

玉凝抖着一双手攥住腰间他的手掌，紧紧地攥着，却一句话也不说。

凌烨宸很吃惊，她手心满是冷汗，小小肩头同样剧烈战栗，从她侧脸看去，只见她大眼中满是惊惧地望着几丈之外的吴欣、映雪等人。他环住她瘦小的身子，将她裹在他宽大的衣袍里，担忧地说道："凝儿，你只是看到映雪便怕成这般，接下来你要面对的，你又如何承受得了？"

双儿道："玉凝，你怎么一瞧见吴欣阿姨就怕，她欺负你了吗？说出来，让四哥哥帮你杀了她。"

当时溺水溪底的窒息又袭上心头，玉凝身子下意识地向后缩去，挤进了凌烨宸臂弯，"我们回到吴府吧，只有你、我还有张叔，我们三个生活，好不好？"

凌烨宸拍着玉凝的背，迎上双儿的双眸问道："你说，她怕吴欣？"

双儿被他阴鸷冷冽的眼神震慑，害怕地说道："我……我不知道。我只是瞧见玉凝在看吴欣阿姨。"

月下狠狠地瞪了耶律双一眼，低声警告，"你不要乱说。让吴欣主子听到，会先摘了你的脑袋。"

双儿眼眶一红，扑通跳下马背，奔到十丈外耶律婉怀里去了。

双儿这一过去，众人皆知道凌烨宸回来了。纷纷朝棕色骏马上那夺目慑人而又俊美邪肆的男人迎去。

凌烨宸低头凝视着瑟缩在自己怀里的女子，心中陡然升起心疼、怜惜，说道："我不知你究竟在怕什么，但吴欣是我的生身母亲，你无须怕她。她是个明理的人，她仇恨薛晟，却不会牵连于你。你与其怕她，不如怕我吧。现在与你有仇有恨的，是我。"说罢，跃下马背对玉凝伸出手臂道，"下来吧。"

玉凝看看疾步走来的映雪、吴欣两人，从马背滑到他怀里，下意识地藏在他身后。

"皇上。"映雪抱着甄儿来到凌烨宸身边，柔情万种道："雪儿好想你。"

凌烨宸看了一眼玉凝，薄唇残忍地扬起勾起一抹儿冷血的弧度，倏地将玉凝推开两步之外，伸出长臂将映雪母子拥进怀里，说道："朕又何曾不想念你母子？"他爱怜地捏着甄儿的小脸逗弄着，说道："乖乖，叫爹爹。"

"爹爹。"甄儿声音可人。

玉凝气得一阵头晕目眩，通身寒凉。

映雪倚在凌烨宸宽阔的臂膀，柔嫩的手在他背脊暧昧地游移，她知道玉凝就在凌烨宸背后，这一幕一定看得清清楚楚，她就是要气到玉凝。

"皇上，她背叛你，跟着旁人私奔，这种二嫁他人的贱人，为什么还要带她回来？这三天你们去了哪里？"

凌烨宸听到映雪的话，心中不觉间竟满是抵触，她在他身上一下一下地抚摸也让他反感，可他却没有将她推开，反而将她拥得更紧。

同样的道理，那丫头在他身后，她能看到。

而他，要做的就是要惩罚她、伤害她，让她尝一尝他得知她出逃之后的疼痛和心伤，让她知道看着她跟另一个男人卿卿我我，搂肩拉手是什么感觉。

骨节分明的指覆上映雪的唇，轻轻抚触，一如当初的温柔，“雪儿，带她回来，是为了让她看你我恩爱有加。你，不喜欢吗？”

映雪受宠若惊，似乎从那次宫宴，薛玉凝九死一生之后，他便对她再没了往日的温柔。她以为，他不再爱她，她以为他爱薛玉凝。

可，不是的，他爱的还是她映雪，不然，怎么会当着玉凝的面和她如此亲密！

“喜欢，雪儿好喜欢。雪儿喜欢皇上对雪儿做任何事情。”手在他背脊上一下一下地勾画着，挑逗他男人的欲火。

玉凝心口一阵剧痛，紧紧咬着下唇，委屈地说道：“凌烨宸，你能松开我的手吗？”玉凝扬起被他紧紧攥着的小手，“我想我还是不在这儿耽搁你两人亲热了。”

凌烨宸一怔，原来从方才将她抱下马背，便没有松开她的手。被她这么一提醒，他也落得没趣，丢开了她的手。

“薛玉凝，你好没意思，不知羞耻地抓住皇上的手。”

“你知羞耻，手却放在他屁股上。当这里是你家炕头，好猴急吗？”玉凝紧紧地咬着舌头，咬死自己算了，做什么说的一副醋坛子的模样。

尤其看到凌烨宸那得逞的眼眸，玉凝更是气馁地绞着裙摆。

“主子，方才邢掣跟我说你脸上的伤好了，我还说他骗我，这下看来，是真的好了。”冬儿不禁落下泪水说道：“主子脸上的刀伤一好，就更美了，伤疤是怎么治好的？”

玉凝擦去冬儿的泪，笑着从衣襟揪出吱吱乱叫的小狐狸，说道：“是它。懿轩千辛万苦逮到了这小东西，是它的心头血帮我恢复了容貌。”

凌烨宸听后，心中一阵堵闷，倏地丢开映雪母子，转而拉住玉凝的手臂，拎起小狐狸抛到几丈之外，恨恨地说道：“是不是你一定要记得七弟为你做了什么？他不过为你捉了一只破烂七色狐，你就心心念念地记在心上，还说他千辛万苦？我三天前为了将你抢回来，差点被箭穿成刺猬，你却连眼都不眨一下。我所做的一切就不是千辛万苦吗？我为了你，一条小命差点死了几回，你以为我为了什么？”

凌烨宸一向话很少，这一回却为了她的一句话就被轻易挑起怒气。他不知他在争什么，或许就是想要让她觉得，他也为她做了许多？

玉凝手臂被他用力攥着，她疼得拧紧眉毛，淡淡地说道：“你为了什么，还要我告诉你吗？方才你不是跟映雪说过了，让我回来看着你和她恩爱有加。我看到了，你开心了？”

凌烨宸心口一阵紧致，气怒涌上心口，双目也似要喷出火焰，“玉凝，你……”

“宸儿，好了。”吴欣将凌烨宸推到几步之外，“谁一辈子还没个错呢，凝儿既然回来了，就说明她知道了偷人是不对的，说明她有意改过。回来了，就是我的好儿媳。你啊，就不要再责备她了。”

凌烨宸对母亲满是感激，吴欣那日虽迫他从玉凝与她之间二择其一，却到底是气话，现在对玉凝还是接受认可的。

吴欣拉着玉凝的手说道：“好孩子，回来就好。过去的事情，都不提了，以后切莫再做错事了。”一下一下拍着玉凝的手背，鲜红的长指甲划过玉凝的肌肤。

玉凝双手若遭电击，心有余悸地说道：“你……不要碰我。我怕痛。”轻轻甩开吴欣的手。

吴欣趔趄后退，眼看就要倒地，凌烨宸及时将她搀住。琥珀的眼满是气怒和责备，“凝儿，你究竟要怎样？”

映雪上前扶住吴欣，关切地问道：“欣姨，你怎么样？”回身指着玉凝责备道：“薛玉凝，你眼里还有没有长辈！欣姨好心好意地劝皇上接纳你，你倒好，倒打一耙，险些推倒了欣姨。你不知道欣姨的身份吗？你是不认婆婆了？还是说，七王爷的母妃才是你玉凝心里的婆婆？”

凌烨宸闻言，心中又是一股妒火，厉声说道：“够了。”

映雪骇得身子发颤，不服气道：“皇上。臣妾又没有说错。”

凌烨宸薄唇覆到映雪耳边小声说道：“你没资格说她，你做的事情，我都知道。我还让你活着的理由，是因为我要你活着。”

映雪害怕极了，慌忙闭口不语，将玉凝恨得牙根直痒痒。

凌烨宸低头看着吴欣，劝慰道：“凝儿年岁小，性格让我惯得刁钻，我代她给您道个歉。您不要跟她计较。”

“哪里的话。宸儿莫要见外，我哪里能跟凝儿一样不懂事。”吴欣指了指凌烨宸背后，“宋哲夫妇两人散步回来了，莫要让碧月的皇帝觉得是我欺负了他家表妹。”

宋哲远远地望见玉凝，白净的脸颊染上笑意，招呼道：“表妹。”

玉凝闻声，一扫不快，高兴地叫道：“表哥，表嫂。”然后，举步便要奔到宋哲跟前。

宋哲轻咳一声，说道：“可儿，你和表妹去旁边玩吧，她也正有身孕，你两人应该有许多话说。”

凌烨宸在玉凝腰里重重一握，说道：“去吧。”

邢掣招手唤来郝仁、月下。

郝仁愤愤地说道：“掣儿，好孩子，何必在西岩这地方当个御前侍卫，连个城门都进不去。干脆辞了官，咱们立刻带兵回云天去。让他们西岩自己折腾去。”

宋哲挑眉道：“凌烨宸，你真也没多大能耐，竟让人堵住城门，进也进不去。要是我有你的国家这么大的地界、兵力，我早带兵打到南蛮、北荒了。”

凌烨宸拱手道：“宋兄，你所言极是。堵住城门那人最是可恶。照你所说，那堵住城门不放行的人，该不该死？”

宋哲张口便要说“该死”。可脑子一转，当即想到凌烨宸实在阴险，每说一句话必是经过深思熟虑，如此发问，必然有原因。“你的国家，你的臣子堵着城门，要杀不杀，你自己掂量。自己的家务事，问我作甚？”

宋哲忽地想到玉凝表妹被吴欣伤害得极惨，不悦道：“况且，问我也没甚意思。”

凌烨宸见不远处跟林可儿你指指我小腹，我摸摸你肚子的玉凝，琥珀的瞳深邃中闪出几丝柔情，问道：“宋兄此话怎讲？”

宋哲笑道：“我行事与你不同。我为了个女人能杀了亲爹，凌四兄弟孝顺得很，绝不会为了个女人杀了亲爹、亲妈吧？”

“自然不能。母亲恩情大于天，岂有忤逆之理。”

宋哲一怔，凌烨宸的意思是，父亲便可以忤逆？

凌烨宸眉眼一厉道：“让你们在此等候多时，我这便带你们进城。”

邢掣、月下一凛道：“我就知道爷来了定有主意，两个老杂毛不肯开城门，见了爷，他们准怕。”

“情况没有那么简单，若仅仅是不开城门也还好，偏偏城门外面还有大麻烦！”邢掣说着便走到众女眷面前，吩咐道：“各位主子都上马车吧，咱们这便启程。”

玉凝、恨生、映雪三人却站在凌烨宸的身前。

一个男人一匹马，却有三个女人等着和他共乘一骑。

三个女子互感没趣。

“一匹马，累死了也驮不了一男三女，我还是识相点，驾马车好了，地方宽敞，还没人跟我挤，逍遥自在。”恨生走去坐在车板上，将烂摊子撂给凌烨宸去收拾。

映雪靠在凌烨宸怀里，紧紧地搂着他紧实的腰身，娇嗔道：“爷，雪儿好想你，要和你骑一匹马。”

凌烨宸抚着映雪的背，睥向几步外的玉凝，淡淡地回应道：“嗯。”

映雪大悦，挑衅地看着玉凝。

玉凝心里一个激灵，打了个冷战，只剩下自己跟吴欣站在马车前面！

吴欣对玉凝微微一笑道：“凝儿，咱们娘俩做个伴吧。”

玉凝心颤，这意思是不是要跟吴欣单独在车厢相处？

玉凝越想越怕，当即钻到凌烨宸怀里，甜甜地说道：“四哥哥，人家可不可以…….”

“不可以。”凌烨宸断然打断，嘴角勾起淡淡的嘲讽。

玉凝垮下小脸，又不知她要问什么，就说不可以！她只是想说，她可否自己骑马而已。

凌烨宸见她一脸委屈，收起了嘴边微讽的笑，怜惜地望着她。

他当然知道她说的是想要自己骑马，他说的“不可以”也正是不赞同她一人一骑。她不会骑马，摔着了，他会心疼。若是她软声软语求的是要和他一骑，他还会说不可以吗？

映雪厌烦地看着倚在凌烨宸胸口的玉凝，暗暗握紧拳头，皇上都说了不可以和他一骑，薛玉凝怎么还不滚开？

吴欣慈祥地说道：“凝儿，咱们娘俩好容易有个单独相处的机会，好好说说知心话啊。你不想和欣姨说话吗？”

“知心话，还是欣姨您说，我听吧。”玉凝，随即便欲离开。

“你去坐马车。我骑马载你多有不便。”凌烨宸冰冷刻薄的声音在背后响起。

玉凝心里一疼，心道：“我知你多有不便，载着映雪还怎能方便？我都已识相地离开了，你还要补说这么一句吗？”

玉凝不经意和恨生对视，恨生眼中为何有羡慕之色？

“你还不回来？”

凌烨宸声音里似乎多了几分薄怒和抓狂？

玉凝摸不着头脑。他让谁回去呢？抬脚便往马车上爬，姿势不雅又难看，“谁把马车造得这么高？”

“薛玉凝？”

凌烨宸环胸而立，最后一丝耐心也用完了，连名带姓地喊着拼命往马车上爬的女人，她就不能回头看一眼？

玉凝听到自己被点名，吃了一惊，又慌又乱，脚踩了个空，突然向后仰去。身子却在落地之前，稳稳当当落进了一个温暖又宽阔的怀抱，带着清香和浓烈男子气息，这怀抱她再熟悉不过。

玉凝疑惑地眨眨大眼，愣愣地看着他俊逸隽永的脸颊。

“祸害，唤你几声，听不到吗？一定要和我对着来？”凌烨宸怒不可遏地作势要狠狠地将她扔上马背，手掌却轻柔地托住她的腰肢，生怕伤到她腹中胎儿。

玉凝坐在马背上，看着不远处被吴欣拉上马车的映雪差点摔在地上，没有缘由的呵呵傻笑，她自己听到自己的笑声都觉得可恶极了，她为自己辩解道：“我不是幸灾乐祸哦，我……只是，那马车真是好高，不让人扶真的上不去，映雪一个大美人爬马车的姿势也好丑。”

耳边传来了宠溺一般的轻浅笑声。她倏地抬起头捕捉凌烨宸唇边的笑意，额头一下和他线条冷硬的下巴撞在一起，她疼得皱紧一张小脸。

“笨蛋。”凌烨宸手掌按在她额头轻轻揉抚。

玉凝到现在才恍然大悟，原来凌烨宸那句“骑马载你多有不便”是说给映雪听的，他是让映雪去乘马车。

玉凝心中一阵欢喜一阵忧愁，莫名其妙地捧起凌烨宸的脸颊说道：“你别忘了，你是我亲哥哥，我不能爱你。”

凌烨宸轻佻地一笑，说道：“这话，你拿去说服你自己就好。不需说给我听。从头到尾只有你自己在意那个问题。”凌烨宸圈转马头，跟宋哲夫妇并驾前行。

恨生驾马车缓缓跟上。

一纵人来到城门外街道，却见长长的街道，被难民堵得水泄不通，这些难民不知来自何处，竟不下几万人，各个衣衫褴褛，面容肮脏。

“快开城门！让我们进城。我们所食水源被人投毒，城外无法生活，快放我们进城。”

“皇帝老儿，你藏在皇宫府邸吃香喝辣，咱们百姓要喝的有毒溪水去送死吗？”

“开城门！让我们进去避难！”

百姓怒声如潮，将天地震得轰轰直响。

被痛骂吃香喝辣的那位皇帝老儿，俊逸的眉皱了一皱，问道：“这些百姓何以在此？”

邢掣回道：“这数万百姓原居碧翠山下，食用水源的溪水前些时日突然被投毒，这些百姓无法生计，于是涌来城内避难。”

如此看来，投毒之人必有图谋。凌烨宸淡淡地道：“城门上守着的官员是谁？”

邢掣一凛，“是薛晟。”

玉凝心惊，问道：“我爹为什么不开城门让百姓进去避难？”

月下应道：“薛丞相认为突然几万难民涌进城内，必然有蹊跷，怕难民中有叛党，进城之后和外援内外接应，攻破西岩都城。”

凌烨宸冷冷地笑道：“若薛晟仅仅是为此不开城门，那他也算是功臣良将。”

玉凝不解，难道爹爹还有其他意图？

宋哲思忖，凌烨宸方才问他拒开城门的人当不当杀，果然不是随便一问，拒开城门的是表妹的亲爹，是他宋哲的亲舅。

凌烨宸环紧玉凝，说道：“咱们弃马，穿过难民，到城门下，看一看我这一国之主，能不能回得去家门。”

玉凝陡然想起，凌烨宸越是气怒，面上往往越是冷静，方才那句话虽然说得沉着戏谑，但每一个字都含着令人惧怕的暴怒。

而一向狠辣冷血如他，对惹他动怒的人从不手软留情，生死皆在他弹指间。

然而，这时惹他动怒的，是薛晟，她的父亲，她怎能置身事外？

"凌烨宸，我爹一定有原因才会不开城门，我相信他没有忤逆你的意思。你……不要因他过去对吴欣的所作所为，而先入为主地认为他对你不忠心，好吗？"

凌烨宸冷笑，似她说了世上最莫名其妙的话，他厉声道："凝儿，那不是你关心的问题，你想再多也没有用。我做事，不会因旁人一句话两句话而改变主意。况且，只薛晟对我母亲所做的那一件事，我就有足够的理由将他碎尸万段，不是吗？"

玉凝倏地出了一身冷汗，她惊恐地望着笑得温柔肆意的他，她知道在外人看来，他们两人此刻是亲密和谐的，可谁会知道他们两个在讨论一个人的生死呢。

凌烨宸跃下马背，扶她下马。

玉凝用力地将他的手掌拍开，毅然地说道；"我恰巧跟你一样，自己的事情不需要他人来帮忙。自己下马，我还办得到。"说罢，纵身往地上跳去。

凌烨宸俊脸一沉，看着自己被打得鲜红的手背，嘴角自嘲地上扬，眼见玉凝要摔在地上，长臂伸出拎起她后背的衣裳，将她稳稳地放在地上，厉声说道："你跟我不一样，我不容身边存有异己，你越是跟我犟，我就偏要让你按着我的方式去做事。方才你下马就是个例子，你依仗着我才安稳着地。没有我，你会摔得很惨。"

玉凝虽气恼他的自负和执拗，却也未有多言，只是愣愣地瞅着他。

只见他负手而立，望着衣衫褴褛的百姓。眼中又是担忧又是伤怀。她心头一软，想必他的子民身在水深火热之中，他心中也难过伤感。

忽然又见他眯起双眼，像是看到了什么有趣的事情，在人群中搜寻，似在找寻着谁。玉凝随着他的视线看去，除了脸孔脏污的百姓，便再没旁人。

"前面难民人多，宋兄、邢掣、月下、郝仁、耶律公主、恨生你们都会武功，一会护着吴欣、映雪、甄儿、林可儿、冬儿等人走过这条街道吧。"

凌烨宸言辞行为之间，不觉中便有天成的王者气魄。

虽宋哲、郝仁两人是碧月、云天两国的首要人物，却对凌烨宸的命令没有丝毫抵触，竟有了几分听命于他的甘愿。

宋哲暗想：他小子也算有情义，方才说话没有提到我表妹和他自己，想必是他要亲自保护我表妹走到城门下，他开口道："凌四兄弟，既是这样，我带可儿走在最先吧。"说罢，抱起林可儿，没入难民之列。

邢掣望着凌烨宸道："爷，我就在你前面不远。也好贴身保护。"随同月下等也进了民众里面。

恨生望着映雪、玉凝两人，又看看吴欣说道："四爷，我保护欣姨。剩下那两位姑奶奶，你自己看着办。"

凌烨宸心知恨生口中那两位姑奶奶指的是玉凝和映雪。

他心中却早有定夺，眼角余光见身侧一抹白影，伸手拉着她的腕，护在自己腰后，说道："站在我背后，莫要乱走。"冷冷地丢下一句，"恨生，剩下两位你小心保护。出了事，小心你的小命。"

恨生望着凌烨宸拉着映雪没入人群的身影，眉梢眼角都是讶异，不知不觉发呆了良久，她错愕极了，她以为凌烨宸会选择护着玉凝，怎也没想到凌烨宸拉着映雪走了。

"薛玉凝，我不懂他。"恨生看着一袭白裙的玉凝，冷冰冰地说道。

玉凝低头不语，手垂在腿侧，紧攥着裙摆。

恨生见状，竟出乎意料地升起几分怜惜，猛然一怔，心疼她做什么。她被凌烨宸丢下，活该，想到这，她说道："如此，你便跟着我走吧，跟紧点。若走丢了，活活被这些个难民踩死了，可别来怪我。"

对这姓薛的，她从来就没喜欢过。上次舍弃唯一一颗追魂丹救她性命，已让她怄得要死，这会儿竟还要保护她？！她是大善人吗？

"欣姨，我搀着你，咱们走吧。"恨生扶着吴欣的手臂缓步跟在凌烨宸身后不远。

玉凝苦涩地笑。方才她跟映雪并肩而站，凌烨宸却毫不犹豫地拉了映雪的手腕。头也不回地走了，似乎选择映雪是天经地义的事情，根本无需考虑一般。

玉凝叹了口气，不是自己早就决定了不爱他，那又何必在乎他爱谁？

难民声浪越发高涨，人潮涌动，将玉凝挤进了人浪深处，几近站不住脚。透过人与人的缝隙，瞧见凌烨宸将映雪护在身后，有力的手臂拨开身前的人，生怕谁挤到了映雪。玉凝心里忽然难过了起来。

"薛玉凝！让你好好跟着我，你怎么不听话？在哪呢？回答我。"恨生虽然会武，身遭挤着数千人，她也无力施展，一手拉着吴欣，一边大声喊着玉凝。

一波人潮涌来，一个不慎，吴欣脱手而出，不知被挤推去了哪里。

恨生大惊："欣姨！"拨开人群，慌乱地寻找。弄丢一个玉凝已糟糕，再把吴欣弄丢了，更没她活路。

"玉凝！欣姨！你们在哪？啊呀，都躲开，别挡着我的路啊！"

然而，吴欣并非被人群挤散，而是她自己有意挣脱了恨生的手，因为她瞧见了玉凝便在她不远处，人群中无助地一步步困难地走着。

吴欣一步步走近，从袖间掏出匕首，喊道："玉凝。"

声音就在耳边阴森森响起，玉凝一惊，喊道："二娘。"

吴欣："你乖。"手攥匕首朝玉凝刺去。

凌烨宸将女子稳稳地护在身后，用自己宽阔的身躯，给她开辟一条路，是以，映雪在他背后并未觉得有多么拥挤。反而是舒服地将脸靠在他的背上。

“紧紧贴在我背后，别被人挤散了，挤散了我再要寻你，可就难了。”

“是，爷。”映雪绝美的脸庞上洋溢着幸福之色，“我会紧紧跟在你背后，乖乖跟着你。绝不会被人群挤散的。爷不要慌张。”

凌烨宸听了背后那娇软咕哝的声音，倏地转回身，吃了一惊，眼前站着的不是旁人，正是一袭白衣怀抱甄儿的映雪。他倏地丢开映雪的手，“怎么是你？”

他的语气似怒似嫌，又错愕极了。

映雪一怔，问道：“我不明白爷的话是什么意思？是你主动拉着我走了，难道不知是我吗？”

凌烨宸不耐道：“你不是喜爱鲜艳的衣服，谁让你今日也穿白衣？”

方才她下了马车，将原本站在凌烨宸手边的玉凝挤到一侧。自己站在离凌烨宸最近的位置。映雪肩膀猛地颤抖，这才想起来，薛玉凝也是穿了一身白裙子，莫非，方才皇上要拉的人，是薛玉凝？想到此处，双眼满是恨意和不甘。

凌烨宸猛然拂袖，立刻旋身朝街口走去。

“四爷，你要去找薛玉凝，是吗？”映雪拉住凌烨宸的衣袖。

第二十九章　宫门涉险

凌烨宸头也不回，答道："是的，她身怀有孕，我万不能让她出了意外。"

映雪委屈落泪，单手抱住他的腰，怨恨道："她身怀有孕，可……我却为你生了甄儿，甄儿已三岁，难道你就不管我们母子二人了吗？"

"我曾将你和甄儿看得比自己性命还要重要。可你却让我失望透了。甄儿是我的种，没错，可一想到这孩子是怎么来的，那夜你先跟别的男人，再是跟我都做了什么，我心寒。"凌烨宸冷冷地拨开她纤细的手，淡漠冷血，"我嫌你脏，甄儿……也脏。"

映雪心中大恸，辩解道："爷，你还是不信我的清白？我跟凌苍什么事情都没有发生，你不信我为你守身如玉，是不是？玉凝背叛你跟七爷一起睡了几夜，难道你就不嫌她脏？"

"你如果再出言羞辱她，我不会再将你留在身边。你的孩子我也会立刻摔死。"凌烨宸捏住映雪的下巴，继续说道，"实不相瞒，我确实怀疑过凝儿对我不贞，怀疑她跟七弟不轨。我也怀疑她那两夜跟七弟做过什么，他离开我身边那两夜，确实是我心中一块伤。"

"那为什么你还在意她……我三年多来对你寸步不离，你却不再爱我！"

凌烨宸双眼透出冷冽冰寒，说道："你不是问我这三天我带她去了哪里？我带她去了吴府，我母亲的娘家，那三夜，我跟她夜夜同榻，想过要杀她、辱她，可你知怎样？"

映雪禁不住向后缩了缩，抱紧怀中的甄儿。

凌烨宸眼中泛起雾气，说道："那一夜，我拿起匕首要结果她的小命，可我舍不得。那丫头口中梦话喊得是我的名字。她说她对不起七弟，她爱的是我。我……怎么舍得杀了她？"

映雪眼泪扑簌落下，"她那都是骗你的鬼话。难道你信梦话吗？"

"我信。只要是她说的话，我就相信。"哪怕玉凝说的是假话，他也会信，"所以，那三夜，我眼都不合，彻夜不眠，为的就是能多听到她几句梦话。"

"那你为什么要跟我逢场作戏？为什么要拿我当作伤她的工具，你这样做对我公平吗？"

“跟你逢场作戏，为的是让她坦诚地对待我的爱。我没有杀你，对你已是最大的公平。”凌烨宸睥向不远处的月下，吩咐道：“来保护她母子到城门下等我。”

吴欣手持匕首朝玉凝心脏处猛地刺去。

玉凝惊愕不已，忽然人流一涌，她身子趔趄，手臂上猛地一疼，竟被割了一道四寸长的血口子。血水喷涌而出，将白色的袖子染成鲜红。

玉凝捂住伤口，眼见吴欣正手持血淋淋的匕首站在她面前，凄然道：“转了一圈，我还是要死在你手里。我知道自己躲不过，你动手吧。”

吴欣冷哼道：“没错，这些天是你向阎王借了几天的命。留你活着，我儿子总有一天会知道我对你做的事，必要记恨我。无论如何，你都必须死。”遂持匕首朝玉凝小腹刺去。

当的一声，一颗石子打在匕首的银刃上，将吴欣虎口震得鲜血直冒，她手一软，匕首在地上被人群踢得不见了影踪。

“欣姨，原来你在这里。”恨生从人群中走来，“欣姨，你的手怎么受伤了？”

“没什么，方才被一个小地痞给伤了手，咱们走吧。”转身没入人群。

恨生望向玉凝臂上的伤口，白色的袖子已被血染红。便伸手点住玉凝手臂上的穴道，给她止血，撕了自己红纱裙给她裹住伤口，说道：“不要哭了，死不了。”

“恨生，谢谢你方才出手相救。”玉凝拉住她的手臂，真诚地说道。

那石子定是恨生掷的。

恨生皱起秀眉，问道：“你手臂上的伤又是欣姨划的，是不是？”

恨生说“又是”，她都知道了什么？玉凝颔首道，“谢谢你。若非你丢出那颗石子，我和我腹中胎儿，都已死了。”

恨生叹气道：“我方才看到欣姨背影便找了来，但我不知她欲行凶杀你。那石子也不是我丢出的。”

玉凝身子一顿。不是恨生救她，那是谁？

慌忙四下看去，但见人群中，有一道身影比众人高出许多，也是衣衫褴褛，头戴破旧的宽沿帽子，帽檐低低地拉下盖住了眉眼。

那人似乎发现她看了过去，便将帽檐向上轻轻拨起，一簇雪发便从耳际滑下，露出了那一双深情的眼眸以及唇边一抹儿煦暖的微笑。

玉凝呼吸一紧，是懿轩！是懿轩救的她。

不过，他怎会混在难民当中？莫非……

腰身一紧，被人紧紧拥在怀里。

这熟悉的怀抱，除了凌烨宸，便再没旁人。

凌烨宸看见玉凝臂上的伤口，当即蹙眉头冷冷地睥向恨生，“谁伤的她？她跟你和欣姨在一起，别说你不知情。”

恨生一凛，“是我。”

“很好。”凌烨宸抬手打在恨生左颊，一缕鲜血顺着她嘴角流下。

玉凝大惊，拉住凌烨宸的手臂，说道：“凌烨宸你发什么疯！不是恨生伤的我。”

恨生冷冷一笑，用衣袖拭去嘴角血迹，说道：“不是我，是谁？还能是欣姨吗？只能是和你争宠的我。”眼神示意玉凝，不要说出吴欣。恨生到底是吴欣从小养到大，对吴欣的感情胜过母亲。

玉凝原本也没有要说出吴欣的意思，可难道便要让恨生担这个罪名？

“方才有人从暗中要杀我，恨生极力救我，可人多拥挤，还是不小心伤了我手臂。你知道我一向不喜欢恨生，不会帮她说谎。”

凌烨宸觉得这两个女人有意在隐瞒什么，随即冷冷地望着恨生道：“即便不是你直接伤她，你也脱不了干系。她刚才与你一起，你知她对我意味着什么，却没有保护好她，你当死。”

“变化真快。曾人见人欺的玉凝，如今成了宝贝。曾得你恩赐可以任意斩杀妃子的恨生，却再没立足之地了。”恨生双眼掠过受伤的神色，心中也苦涩不堪，“我没有任何缘由保护她，她的死活跟我没有半点关系。”

凌烨宸薄唇紧抿，怒火上升，突然振臂反腕，运气于掌心，扼住恨生的脖子，怒声道：“既然如此，你就为今日的疏忽付出代价吧。”说罢，猛然收紧手掌，恨生细弱的颈发出一声脆响，口中涌出鲜血。

她武功内力不在凌烨宸之下，可现在却毫不反抗，因为要取她性命的人，是她爱的男人。曾跟她亲密无间、床笫之欢的男人；她交付了身心，却说从没碰触过她的男人。

玉凝心急如焚，她和恨生虽无交情，可恨生方才见她手臂出血，点穴给她止血裹伤。还曾扮作她，去换映雪的性命，她不能见死不救。

“凌烨宸，”玉凝突然脚下故意一滑，捂着伤臂，仰着要倒地，“我头好昏，小腹、手臂、全身上下都好痛。”

“小心。”凌烨宸将恨生松开，伸臂托住玉凝的腰肢，将她横抱在怀。

恨生跌坐在地上，被难民左右推挤，她抬头朝凌烨宸、玉凝看去。

只见凌烨宸小心地拥着玉凝，在她额头轻轻吻着，在她耳边轻声说着什么，似她是他最珍视的宝贝。恨生落下几滴泪，踉跄着起身，捂着胸口摇摇晃晃地朝城门口挤去。

玉凝望着恨生的背影，心中一阵难过，在这场爱情的戏里，注定有人受伤。

恨生不是收获爱情的人，玉凝自认也不是。

兴许只有凌烨宸是大赢家，只要他愿意，与哪一个女人都是一段旷世爱情，恨生也罢，耶律婉也好。

可惜，只有和她，他同父异母的妹妹，不行。他们的结合只会让世人唾弃。

“以后不准站在我背后，必须站在我能见得到的地方。”凌烨宸带着怒气的话语在耳边响起，语气怎么听都透着关切。

她突然恼了，生气地说道：“你不是拉着映雪走了吗，又回来找我做什么？”

“你以为我想回来吗？”若不是他单凭衣服颜色，拽错了人，何必在人群里穿来穿去，累得满身汗。

玉凝心想：不想回来算了，才不稀罕。总有一天死在吴欣手里了，你看见我尸首就开心了。

忽地想到方才为她拦下匕首的凌懿轩，心中顿时暖了起来。慌忙在人群中寻找，虽然放眼之处人头攒动，却没有凌懿轩的身影，想来是隐在人群中了。

城门前

“要把老子挤死了！”宋哲看着怀里的林可儿，揉着她圆滚滚的肚皮，“可儿，我女儿没给挤掉吧？”

“我女儿怎么会有你这么没深度的爹？”林可儿睥向小心护着玉凝的俊美男人，有感而发，“还是西岩国的男人有担当，够沉稳，表妹好福气。”

可儿前几日见凌烨宸为了夺回她表妹费尽心思，险些丧命，对西岩的男人是赞不绝口，喜欢得不得了。

宋哲心里虽酸溜溜，却也小心地将拥堵的难民从她身前隔开。

孙婆婆却道：“主子，老婆子我看西岩皇帝好不到哪里去，你看他身边女人多少个？哪里有咱家皇上对你专一？你失踪那些日子，皇上可天天茶不思饭不想地找你呢。”

林可儿脸一红。

凌烨宸拥着玉凝挤过人群走了过来，眯眸望着玉凝的小腹，不无担心地问道：“凝儿，人群拥挤，我儿子还在吗？”

玉凝的脸一阵红一阵白，答道：“哪里能给挤掉？”

映雪悄悄地走到玉凝身侧，得便宜卖乖地说道：“皇上真是的，把妹妹一个人扔在街口，执意护送我来城门下，非得抱着我、缠着我、陪着我，怎么都不肯回去接妹妹呢。”

玉凝比映雪小了几岁，经不住挑唆，当即小脸垮下，不悦地问道：“你想说什么？”

映雪掩嘴轻笑，继续故意挑拨道：“亏了我方才求着皇上回去接你，皇上心疼我，才勉为其难地去了。你却不知道感激我呢。”

玉凝心里又酸又恼，朝凌烨宸狠狠地剜了几眼，原来他那句“你以为我想回来吗”是这么回事，玉凝有些沉不住气了，生气地说道：“映雪，你走开，我不理你。”说罢，委屈开了，眼圈也红了起来。

林可儿、冬儿、孙婆婆上来围着玉凝，六道目光直直地射向映雪。

邢掣睥向城门上的侍卫长，大喝道：“睁开你的大眼看看清楚下面站着的是谁，还不开城门吗？！”

侍卫长闻言向下一看，只见一袭白衫、琥珀眼瞳的高大男人正是皇帝陛下。当下大惊失色，快速跑回屋子里去禀报。

“丞相大人，皇上在城门外，请立刻下令开城门。”

薛丞相听到“皇上在城门外”几个字，手中的茶水猛地一震，惊呼道：“快随我出去看看。”说罢，大步出屋。

屋内，帷幔后慢步走出一名中年妇人，看着薛晟的背影，双眼倏地眯起，闪过几丝精光。

薛晟来到城楼上，中气充沛道：“老臣薛晟，参见皇上。”

百姓一听到有官员出来露面，立刻沸腾。

“狗官，为什么不开城门？难道眼睁睁地看着百姓饿死吗？”人群中一高大男子喊道，他衣衫褴褛，脸上满是油污，虽是难民模样，一双眼睛精明有力，却是不凡。

他身后一男子轻拽他的胳膊，提醒道：“凌武，不要急于求成，暴露了踪迹。”原来这人正是八王爷凌武。

“是，七哥。”凌武身后这人将帽檐压得极低，遮住了脸庞、头发，这人正是凌懿轩。

“七哥、八哥，薛晟老奸巨猾，不肯开门，定是知道其中有诈。”说话者美貌尤甚，正是凌思远。

那日凌烨宸将玉凝带走之后，凌懿轩并未走远，而是着手联合碧翠山下的百姓，商讨如何混进城门一事，百姓喜爱七爷温润的脾性，自主献计，将碧翠山饮用水源投入剧毒，几万大众逃难到帝都，声讨入城，凌懿轩及手下多员大将，就藏身在难民之列。

凌烨宸听到薛晟的话，眼中满是痛恨和责怪，淡淡地说道：“薛丞相，你多礼了。”伸手将身侧的玉凝揽进怀里。

玉凝如小老虎一般猛地推他数次。

凌烨宸不解地问道：“凝儿，你又怎么了？”

玉凝正为方才映雪给她说的那番话气恼，没好气儿地答道：“关你什么事。”

凌烨宸蹙眉，不解地问道：“不关我事，做什么对我又打又踢？”

玉凝倏地掐住凌烨宸的胳膊里侧，恨恨地说道：“你走开，我不理你。”

薛晟见皇帝怀里那不老实的女子正是他女儿，惊得大喊一声：“凝儿。你……你……莫要伤了龙体！皇上可是你的天。”

玉凝从进宫为妃那日起再没见过父亲，不禁鼻尖一酸，落了泪，叫道：“爹爹。”

凌烨宸瞥见她眼角泪水的时候，心底一揪，说道：“你爹让你莫要伤了我的龙体，我是你的天。”

“我的天！我拜托你，你松开我，可以吗？”玉凝趁他不备，逃脱出他的怀里，仰头望着城楼，“爹爹，为何不开城门让百姓进去？”

“女儿，你有所不知，为父并非没有怜悯之心，也不是不心疼百姓受苦，而是，为父已开仓放粮给这些难民，也分发了饮用之水，他们却不知足，执意入城，这其中必然有诈。”

薛晟虽是回答玉凝，但两眼却直直地瞅着凌烨宸，分明是说与他听。

玉凝颔首。

百姓喊道：“不是我们不知足，而是你所发的粮食不够我们食用一顿，这一餐饱腹，下一餐怎么办？”

凌烨宸嘴角自始至终都挂着莫名的笑。

玉凝一怔，心想，他对此刻的局势已了然于心了吗？

凌烨宸忽然温柔地看着玉凝。

玉凝微微战栗，他一向冷漠疏离，此刻突然的温柔让她觉得危险，她怯生生地问道：“凌烨宸，你做什么这样看着我？”

“凝儿，依你之见，朕该不该放这些乱民入城。还是说，该将他们尽数杀死，一个不留？”

玉凝斩钉截铁道：“不准你杀人。”即便凌懿轩混在民众之列，也不能杀人。

“你的意思是放他们入城？”凌烨宸微微冷笑，抬头看着丞相命令道，“开城门，放百姓入城。”

薛晟为难道：“皇上，不能啊。万一进来了乱臣贼子，里应外合谋西岩天下，我们再要防范可就晚了。”

“不妨事。”凌烨宸无谓道。

“臣遵旨，”薛晟一凛，示意城下侍卫，“快快打开城门。”

“慢着！”宋哲突然出声阻止，对薛晟道：“舅舅，外甥有礼了。”

薛晟仔细看看宋哲，欢喜非常，“哲儿，你母亲可好？”

“好。我母亲让我问您好。”

凌烨宸蹙眉道：“宋兄，方才你喊‘慢着’，所为何事？”

“凌四兄弟，乱民人数众多，你我身边都带着女眷，城门一开乱民一拥而进，万一有个好歹，哪个女眷再落在歹人手里，岂不麻烦吗？”

凌烨宸垂眸，赞叹道：“宋兄所言极是。是我考虑不周了。该让女眷先行脱身才对。”

月下察言观色，对城门上的薛晟喊道：“相爷放下绳梯，将众位女主子先拉上去。”

玉凝轻唤，“爹爹。”

“女儿，爹爹这就迎你回城。”薛晟心里猛地一软，令左右道，“快放绳梯，将女眷都拉上来。”

侍卫依言，拿出两盘长达二十几丈长的绳梯垂下。

百姓见有绳梯垂下，争抢而上。

邢掣令城下千名士兵将百姓拦阻在外圈，“百姓莫急，皇上已下令让你等进城，稍稍等待，皇上必不会食言。”

百姓民众纷纷看向凌烨宸，但见他年轻俊俏，眉宇之间尽是帝王之相，实在看不出有什么险恶的迹象。莫非，八爷、十二爷的说法都是错的？皇帝并没有杀害亲兄、更没有鱼肉百姓。当下都暗暗觉得，皇帝一定是好人，不然怎么会不问根据就轻易放难民进入城内呢？

“可儿，两个绳梯紧紧挨着呢，一会你和表妹一起上去吧，城墙太高，你两人到了半中腰，都别往下看，免得害怕。”宋哲觉得不放心，又道，“干脆我陪你一起上去吧。”

城墙上小士兵喊道：“宋……宋大爷，不行啊，你身高体长，少说也有一百六七十斤，我可拉不动你跟你夫人两人。”

“表哥，你别瞎担心了，我跟表嫂都不害怕，一人站在一个绳梯上，一盏茶不到就上了城楼。”玉凝扶着林可儿朝墙边走去。

凌烨宸握住玉凝的手腕，将她拽回身边，睥向耶律婉，说道：“大公主，你和林可儿一起。”

“四爷，我什么都听你的。”耶律婉上前扶住林可儿，“姑娘，四爷有心，你和玉凝都不会轻功，找个会武功又轻巧的人护着你们，才万无一失呢，你放心，你要是摔下来了，我立刻抱着你，保证稳稳当当落地。”

宋哲听到“你要是摔下来了”七个字，骇得嘴角抽搐，“邢掣他大姐，你靠谱点，行不行？咱能不说摔下来这样的话吗？”

“恨生。”凌烨宸眼角余光看到恨生不声不响地偎在墙角，将玉凝推到恨生怀里，“方才在街口打你耳光是我鲁莽。你知我脾性易怒，莫要跟我计较。我还将她交给你，你保护好她。”

恨生眼眶一热，凌烨宸道歉的时候并不多，虽是为了玉凝才说了软话，可听到耳中却是分外受用，再有他将最爱的女人交给她保护，这份信任，她也喜欢极了。恨生拉着玉凝的腕，冷声道：“不怕我中途把你推下去，就跟我走吧。”

映雪眼睛一转，恨生定要中途使坏，玉凝的死期到了。皇上将我和吴欣留下，这说明皇上将我看得和他母亲一样重要，让我和他母亲一道上城楼，皇上最爱的还是我！

恨生拉着玉凝上了绳梯。

玉凝双手抓着眼前横杠，恨生则轻松地一手捏着绳索，一手小心扶着玉凝的腰肢。

“起！”城楼上小兵向上拉动绳索。

绳梯越来越高，不一会儿就升至十几丈。

地上的人变得越发的小了起来，玉凝向下一看，脚底一软，死死搂住恨生的肩膀。

民众中凌懿轩紧紧地盯着玉凝的身影，生怕出了什么意外。

凌烨宸也极是紧张，死死地攥着拳头。

恨生见状，少有地轻轻笑了起来。

玉凝朝恨生的脸颊看去，眉眼婉转流波，姿色当世无双。

“玉凝，被人深深爱着，是什么感觉？甜蜜，还是……幸福？”恨生淡淡的语气里竟满是失落和忧伤。

“恨生我……”

“你知道吗，我有好多次做梦，梦到我小时候没有被娘亲抛弃，我还是西岩国的小公主，每天穿着最华贵、最漂亮的衣服，什么事情都不用懂、不用顾虑，长到十七八岁的时候嫁个爱我的皇宫贵族，无忧无虑地过一生……”

恨生没有将玉凝推开，而是单臂环住她的肩，脸颊轻靠在玉凝脖间，轻轻地说着，仿佛两人是最好的姐妹那般。

玉凝忽然觉得脖间微微湿凉，她抬手轻轻抚向恨生双眼，竟都是泪水，她不解地问道：“恨生，你怎么哭了？”

恨生委屈地抽抽鼻子，说道：“薛玉凝，我比你更爱他。如果，他爱的是我，我绝不会让他受一点苦，将我最好的东西都给他。我……比你更懂得爱他。”

玉凝在她背上一下下地拍着，宽慰道：“不要哭了，好吗？实际上他也不爱我。”

恨生未及答话，两人已到了城楼上，稳站地上。

玉凝跑去靠在薛晟胳膊上，亲昵地喊道：“爹爹。”

恨生站在城楼上向下看去，眼中只有凌烨宸一人。

映雪失望透了，恨生方才怎么不将玉凝推下来？她什么时候变成了好人？伪装什么！

凌烨宸见玉凝安全地上了城楼，吁出一口气，吩咐道：“大公主、林可儿，你们去吧。”

耶律婉和林可儿一起踏上了绳梯。

城楼上突然铮铮数声，银刃出鞘，划破天际。数十侍卫上前将长剑架在玉凝、恨生两人的脖子上。

城下众人大惊失色。

月下惊道：“皇上，两位娘娘被擒！”

宋哲大喊：“舅舅，你为什么捉住表妹？”

薛晟一脸讶异，弄不清楚状况，结巴道：“我……我……”半天也没说出一句话，忽朝城楼里侧看去，惊得倒抽一口气。

“薛晟看到了谁，这么吃惊？”宋哲不解。

邢掣走到凌烨宸身侧，“爷，我立刻去城外调来救兵。”

凌烨宸扬手阻止道：“来回需要半天，救兵赶到，一切皆晚。先看看状况。”

宋哲当即凌空飞出，要上城楼去救玉凝，可他最高才跃出五六丈，怎也不可能跳到二十丈高的地方。

月下摇头，“这墙面光滑无比，为的就是防人攀爬。”

玉凝看着脖间的刀刃，大惊失色不解地问道：“爹爹，这是怎么回事？”

恨生冷静地观察形势，薛晟一脸诧异，显然不知情，生擒她两人必不是他所为。

此时，从屋内走出一名雍容富贵的妇人，目光带着怨恨在恨生、玉凝脸上扫过。

薛晟忙躬身道：“太后娘娘，你为什么命人用刀架在凝儿和恨生娘娘的脖子上啊？伤了小女事情倒还好说，伤了恨生娘娘，皇上那里怎么也没法交代啊。”

这妇人正是当朝太后，陈凤仪，她狠厉地说道：“不把刀架在她两人脖子上，到时死的就是你我。”她指着恨生，“你知道这美貌的小贱人是谁吗？”

薛晟看着恨生，看看陈凤仪，她两人竟有五分相似，薛晟脑子快速转了转，“莫非是……小公主吗？”

“没错。正是哀家当年生的孽障。”鲜红的长指甲捏着恨生的脸颊，狠厉地说道：“你怪我，恨我，是吗？你以为你们盗去我的兵符，让我空有太后名分，我就奈何不了你们，是吗？”

恨生猛地别开脸颊，将陈凤仪的手甩开，恨恨地说道：“陈凤仪，不，我该叫你一声娘，我问你，你死的时候，是要我割了你的喉咙，还是长剑穿透你的心脏？”

“哀家真后悔没有在生你的时候，将你摔死。那样就不会有现在这么多麻烦。”陈凤仪甩手打在恨生的脸上，血丝顺着恨生的嘴角流下。

玉凝见恨生受苦，心中一酸，骂道：“陈凤仪，你不是人，她是你亲生女儿，你竟狠心打她！”

薛晟捂住玉凝的嘴巴，制止道：“凝儿，闭嘴，不得对太后娘娘出言不敬。”

玉凝的泪水顺颊流下，哭诉道：“爹，我是你女儿，你不跟我亲，却袒护着陈凤仪吗？”

“住口！不得直呼太后名讳。”薛晟暴怒。

陈凤仪眼梢上翘，狠厉地吩咐道：“将两位娘娘推到城墙边。”

“是。”侍卫将恨生、玉凝两人推到城墙边。

城墙下一阵骚动。

凌懿轩道：“八弟，十二弟，如有需要，立刻攻破城门。”

凌烨宸拳头紧攥。不动声色地朝陈凤仪拱手，“儿臣参见母后。母后怎么不在宫中歇着，倒亲自来到此处接儿臣？”

宋哲懊丧不已，自责道："都怪我要什么绳梯！方才应该听凌四兄弟的，开了城门咱们进去，人多拥挤怕什么呢，也不会让表妹和恨生置身危险中。"

"碧月王，现在不是说这些的时候。"郝公公睥向绳梯，"不过，现在被绳梯拉到城墙中腰的是你媳妇吧。"

宋哲闻言大惊，直直地看向城墙上被拉至十丈高的林可儿和耶律婉两人，"凌四兄弟！你……快想个主意啊！我怕城楼上那两个小兵会松手扔下绳梯！"

凌烨宸沉声道："宋兄，你冷静点。薛晟、陈凤仪两人暂时未注意那边绳梯上的人。两士兵没有得到命令不会贸然松手。你若再围着我大呼小叫，让陈凤仪瞧见了绳梯上的人，林可儿准没活路。"

宋哲一听"准没活路"几个字，猛地攥住凌烨宸的衣领，"你的心是什么做的？我表妹让人用刀架在脖子上，恨生被陈凤仪打得口吐鲜血，你难道一点都不心急？是什么让你这么冷静！咱们几人武功哪个不精湛？想办法跃上去跟陈凤仪还有我舅那老糊涂拼了，还救不出几个女人吗！"

凌烨宸脸上依旧不见半丝忧色，将衣襟上宋哲的大手拨开，"宋兄，你最心急，可有用吗？即便你的轻功能纵跃二十丈。而剑刃离你表妹的脖子只有一毫。两个小兵随时松开手里绳梯只需要一眨眼的工夫。一眨眼，你能救下几个？救谁，舍谁？你告诉我？"

宋哲愣在当下。

凌烨宸道："更何况，咱们不可能翻越这道宫墙。"

宋哲叹气连连，静静地看着林可儿和玉凝。

凌烨宸冷冷地对城门前的侍卫道："打开城门，朕去给母后问安。"

"是，"侍卫在城门上连敲三下，"里面的侍卫听着，快打开城门。"

忽然城楼上太后尖锐地叫道："不准开门！违令者，死！"

侍卫立刻将巨大的门闩上死，再不敢轻举妄动。

凌烨宸嘴角含笑，"母后，儿臣进不去家门，还怎么孝敬母后？"

"皇儿不乖，你偷了母后的兵符，母后要好好地教训你。不然你不会知道怎样孝敬母后。"

恨生心知陈凤仪要以她和玉凝的性命威胁凌烨宸，便道："陈凤仪，要杀要剐随你，不要为难他。"

陈凤仪夺过士兵的剑，刺进恨生的左臂，血水顺着手臂流下，厉声道："这里没有你说话的份。"

玉凝见恨生手臂受了重伤，大喊："陈凤仪，不要伤害她。虎毒尚且不食子，她是你身上掉下的一块肉，怀胎十月的母女情分，你都忘了吗！"用力地挣脱身后士兵的束缚，脖子上被剑刃划得一道道血痕。

凌烨宸眼瞳被玉凝脖间的血迹刺得生疼，使力将拳头攥得咯咯直响。

凌懿轩、凌武、凌思远几人暗中穿过人群朝城门处移动。

“我怀胎十月生下了她，可她带给我的只有羞辱。”陈凤仪长指甲掐住玉凝细腻的颈项，“你又有什么资格给她求情？你曾骂哀家是疯狗，哀家还没跟你算账，待哀家杀了恨生再来跟你算算旧账。”

“母后，你手下留情。莫要动凝儿，还有恨生。有什么不满，冲着儿子发泄便罢。”凌烨宸盛怒。

映雪环住凌烨宸的腰身，不怀好意地劝道：“皇上，命不由人，你还请看开些。”

凌烨宸冷冷一笑，骂道：“滚开。”

映雪吓得身子猛然战栗。

吴欣道：“你莫急，回宫后，玉凝的命我帮你解决。”

陈凤仪打在玉凝脸上的那一巴掌，也被薛晟看在了眼中，他却别开脸，当作没有看见。

玉凝心里闷疼开来，瞪视薛晟，“爹爹，你看着女儿受辱，无动于衷吗！这个女人对你来说，比女儿还重要吗？”

薛晟笑呵呵地来到陈凤仪身边，求情道：“太后，恨生杀了就杀了，玉凝是无辜的，你放了她吧。”

陈凤仪轻轻握住薛晟的腕，薛晟手腕被那细腻柔滑一碰触，浑身一震。想当年他和陈凤仪青梅竹马，却遗憾之极从无有过肌肤之亲。他娶得三房妻子都是按着陈凤仪模样找的，对陈凤仪是早已思念入骨，此刻被她这么一抚触，立刻便激起了尘封二十几年的热火。

“玉凝是我后半辈子的保障，我不会杀她的。有她在手，我还怕皇儿不服我吗？”

薛晟顺势拍拍陈凤仪的手背，溜须道：“是啊。皇上年纪轻不懂事，当年你、我所做的事，不都是为了他好吗？他竟不知好歹，要来反你。”

玉凝气恼地看着臣服在陈凤仪身边的父亲，不屑道：“爹爹，你原来是个怕女人的主儿。在家里的时候对你三位夫人怎么没有这种温柔！”

薛晟脸色一黑，责怪道：“凝儿，为父一向最疼你。这是你跟父亲说话的态度吗？是老夫把你惯得没了尊卑之分吗？”

恨生笑得肩头微微抖动，望着玉凝，微微讽刺道：“你爹真威严，好本事。”

玉凝见恨生笑，哭得越发委屈，娇嗔道：“爹爹。”

薛晟闻也未闻，拉着陈凤仪的手不愿丢开。

陈凤仪挑挑眼角，看着玉凝，“怎么样，不服气？”

凌烨宸双眼喷出怒火，沉声道：“母后，有话好说。你莫要动气。兵符，待我回宫之后，一定双手奉上。儿臣到时亲自给您赔罪。”暗中跟绳梯上的耶律婉对视。

耶律婉一凛，即刻会意，“可儿，一会儿上到城楼之后，你立刻跑到暗处躲起来。”

“大公主，那你呢？”

“我趁人不备，偷袭薛晟、陈凤仪，给四爷争取时间上来营救。”

恨生内力深厚、武功精湛，耳聪目明如她，已听到城墙上耶律婉的声响，当下挣扎着要将身后困住她双手的两名大汉拖到一旁，将陈凤仪、薛晟两人暴露出来，方便耶律婉上来偷袭。

两名壮兵皆身材高大，体重敌得过恨生两倍之多。此刻却让恨生内力震得连连侧移数步，一人不悦大喝道：“你哪来这么大的力气，老实点。”剑用力抵在她的颈项，血珠从脖子溢出，随风吹散。

温热的血滴落在林可儿白皙的脸上，可儿抬手一抹，竟满手鲜红。

她心知表妹和恨生落在西岩太后手里，本就焦虑，这会儿一见血水，连惊带吓，动了胎气，牵连小腹剧痛起来，可儿攥着耶律婉的手臂，无助地说道：“大公主，我小腹好痛，撑不住许久。我摔下去也无妨。你不要管我，上去救我表妹和恨生娘娘吧……”话还未完，忽的眼前一黑，昏了过去，身子无力地向下仰去。

“林主子！”孙婆婆扯住宋哲的手臂，“皇上快救救主子。”

宋哲恨不能生出两翼变作鸟人飞上去。

耶律婉眼疾手快，左臂拽住绳索，右手托住林可儿的腰身，将她抱在怀里。

林可儿身怀有孕，体重竟近百斤，耶律婉到底是女孩子家，抱个百十斤没有意识的人，十分的费力，“我怎么能不管你，玉凝、恨生是人命，你也是啊。你们谁跟我都无冤无仇，我不能厚此薄彼。”

陈凤仪惊觉小兵还在向上提拉绳索，连忙吩咐道：“你们两个，还不快将绳索丢到城楼下去！要将人拉上来杀了哀家吗！”

玉凝拼命挣扎，对身后两名壮兵嘶喊：“你们放开我！”怒目瞪着薛晟，喊道，“爹，表嫂和云天公主还在绳索上。你难道要见死不救？快阻止陈凤仪！”

薛晟当即变色，劝阻道：“太后，你听我说。林可儿、耶律大公主是碧月、云天两国的人，你得罪了这两个国家，西岩的江山可坐不牢稳。”

陈凤仪一介妇道人家，仅想着要攥紧兵符，就是坐稳了江山，哪顾忌绳梯上的人是谁，突地拉住薛晟的手，阻拦道：“薛晟，你要违背我的意思吗？现在他们在城外，咱们在城内，一会乱箭将下面的人都射死，这江山社稷就是你我两人的！你不想当皇帝吗？”

薛晟绝无当皇帝的心思，此时虽色迷心窍，可男人到底比女人顾虑多，“这……即便皇上死了，可还有七王爷几位王子，这江山怎么也轮不到我头上……”

陈凤仪见说不动薛晟，便指着城下一名娇美妇人说道：“薛晟，你还记得那妇人吗？”

薛晟放眼看去，只见那妇人双瞳琥珀色，四十几岁的年纪，却犹似二十年前那般美貌，骇得，倒退数步，吃惊道：“是吴欣！我的夫人吗？那贱人不是死了吗，怎么会活生生地在此。”

“正是。宸儿现在已知道了他的身世。咱们当年所为之事他都知道了。你当年对吴欣那般狠毒无情，她回来了，会善待你吗？让他们进了城，你我必死无疑，吴欣不得将我们碎尸万段啊！薛晟，大义灭亲，人不为己天诛地灭！这浅显道理你不懂吗？”

薛晟心里乱糟糟的，突地双眉倒竖，对那手攥绳梯的两名士兵冷声道：“你们，立刻将绳索丢下去吧，将上面两人摔死。”

玉凝哭喊：“爹！薛丞相！你当真这般无情？那是你外甥媳妇，你怎么跟我姑姑交代？”

耶律婉身子一震，暗骂：来什么西岩，当什么皇后，命都要没了！“可儿，我不保证一会儿抱着你跃下去会安然无恙啊！希望你肚子里的孩子，保佑咱们。”

士兵得令，双手松了开来。绳梯脱手向下急速滑去。

宋哲膝盖一软，几近崩溃地喊着：“糟了，完了，完了，糟了。”翻来覆去就这几个字。

恨生趁众人注意皆在那滑落的绳索之际，内力涌遍全身，抬起食中两指，迅速点住身后两名汉子的穴道，红衣飞旋，扑身在城墙上，两手死死地攥住绳梯，“赶上了，大公主，你们怎么样？”

耶律婉一手拽着绳梯，一手抱着可儿，吓得又哭又笑，“好得不得了！还活着！恨生，你……这么瘦，还受了重伤，撑得住我们三人吗？”

恨生手臂上的血顺着绳梯一滴一滴落在耶律婉的脸颊上，她似乎一点都不疼，“怎么是三个人？”

“可儿肚子里还有个小娃娃。”耶律婉见她手臂深可见骨的伤口，心中猛地升起怜惜不忍，关切地说道：“恨生，你手臂上伤口，是你母亲刺的，一定……很痛吧？”

“伤口不痛。”恨生泪水滴下，吸吸鼻子，“耶律婉，我心痛。”

耶律婉无措道：“恨生，你别哭啊。我……不该那么问你的。”

陈凤仪连声大喝：“快，快，将恨生那小贱人的手臂砍断！别让她坏了哀家的好事！”

恨生听到母亲的话，心中如刀在绞。她在城下寻找凌烨宸的身影，不知为什么，特别想看到他，或许是她做了好事，想……让他夸奖一句，哪怕只是他轻轻地一笑。

士兵都是二十几岁的小伙子，对恨生以及绳梯上的耶律婉和林可儿三名年轻美貌的女子实在无法下狠手。

更何况，若是皇上此番劫难死不了，待日后追究起来，伤害娘娘的罪名，谁都担待不起。

“太……太后三思！”

“没用的东西。”陈凤仪上前夺过那士兵手中长剑，双手握紧，走到恨生身边，“贱人，放手！”

恨生紧紧攥着绳梯，没有丝毫松手之意，“我自小长在暗阁，什么苦没吃过，什么伤没受过，你威胁两句就想吓倒我吗？”

恨生说着轻轻笑了起来，笑声四下幽幽荡开，眼里的泪珠却滚来滚去，倔强地不肯滴落。她不是没有想过让陈凤仪温柔地将她拥在怀里，说着母女悄悄话，不过是想一想、梦一梦罢了。

“我并非威胁你，我是真的要杀你。”陈凤仪持剑朝恨生小臂砍下。

剑刃入肉，搓到了骨头，因陈凤仪手劲小，到底没能将恨生手臂砍断。却因刀刃锋利，割得伤口又深又重，血水如泉喷出，飘下溅洒在城下众人衣角。

凌烨宸将所有都看在眼中，他知道，假如他让恨生丢掉手中绳梯，她定会听话。可他……不能。丢掉绳梯，林可儿、耶律婉之中有一人死了，他无法向两国交代。

琥珀的眼中满是雾气，抬起白色的衣袖，斑斑红点，是恨生的鲜血。自己竟对恨生这般冷漠无情！

“陈凤仪，你别伤害恨生，你不要伤她！我求求你。求你了。”玉凝双膝软下跪在地上，哭求道，“爹爹，你快阻止陈凤仪，女儿给你磕头了！”

薛晟见着陈凤仪残忍的举动也惊得愣住了，可形势所逼，他已没有退路，劝道：“女儿，你还是求自身平安吧。”

恨生手臂已颤抖，额上汗水颗颗滚落，却依旧死死攥着绳梯，笑看着母亲，“陈凤仪，能见到你这副丑态，我做鬼也值得。”

陈凤仪气恼，挥剑朝恨生手臂连砍数剑，一张脸面比恶鬼还要丑陋，两眼竟流下泪来，“为什么我要生你，没有你，我怎么会落得这般境地？先皇对我宠爱有加，我本该享尽荣华富贵，都是因为你，是你害的我。”陈凤仪又刺数剑，直刺得恨生双臂血肉模糊，不见一处完好肌肤。

凌烨宸直直地看向恨生，恨生也朝他看来。视线交汇，竟怎也无法移开，他的目光中，满是怜惜、不忍和心疼，她的目光中也只有无尽的眷恋和不悔。

恨生红唇微微开合道：“四爷，我从不知道，自己是个善良的人。可谁知道，我的手自己有了意识，却怎么都不愿意松开呢。”

凌烨宸双臂猛地一颤，心口剧痛开来，他知是因爱念牵动了心血，心脉中情毒发作了。他紧紧捂住胸口，粗重地喘着气，鲜红的血从唇间溢出。

他现在、此刻能做许多事情，也都还来得及。譬如，舍弃林可儿、耶律婉、舍弃国家利益，甚至舍弃玉凝，救下恨生。

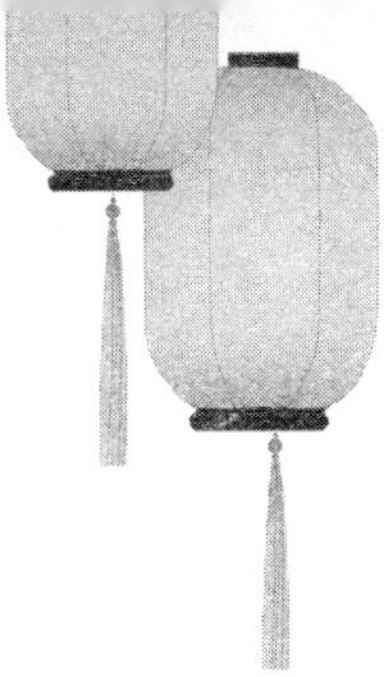

第三十章　铃兰花葬

可他却什么都没有做。他仅摇着头唇语道："对不起……"

因为，这世上，舍弃谁，都不能舍弃薛玉凝，因为，薛玉凝还没有坦诚她爱他，他……想听玉凝亲口说一句爱他。

吴欣见恨生身处危难，喝道："宸儿，快救救恨生！"朝恨生大喊，"生儿，丢开绳梯，不要管别人，欣姨只要你活着！"

宋哲急忙叫道："不要！不要松开！恨生姑娘，我求你，不要松手。我妻儿性命都在你一念之间。"人在危难下，能想到的只有自己至亲至爱的人。宋哲对恨生便更没情感了，心中打定主意，恨生若能救下妻儿，他自当感激她一生一世。

可那可怜的恨生，又有几人在乎她的生死？

陈凤仪不知自己在恨生手臂砍了几剑，直到她累了，才停了下来，看见恨生的手臂剧烈地颤抖着，却倔强地不松开双手，陈凤仪提起一口气，粗喘着，抬起双手，剑尖直直地朝恨生后心刺下。

"生儿！"吴欣两腿一软，蹲坐在地上。

映雪跑去抱住吴欣，眼角含着惬意的笑，看着恨生。斗了不知多久，胜负终于分出。恨生还不认输？皇上终归是她映雪的。

眼见剑尖就要刺进恨生后心，凌烨宸心口疼得越发厉害。他理不清为什么会情毒发作。这毒只对挚爱之人才会发作，不是吗？

城楼上忽的一道白影闪过，跑到陈凤仪身边，在长剑刺下之前，伸出双手猛地抓住了剑刃。此人正是玉凝。她嘴角都是血迹，厉声斥责，眉目间竟威严毕露，"陈凤仪，你住手吧。"

陈凤仪吓了一跳，朝身后看去。

两个士兵肩膀各掉了一大块肉，"太后，玉凝疯了，居然将我们肉都给咬掉，不然她也逃不脱我们手中。"

恨生回头，瞅见玉凝一双白皙小手使劲地攥着锋利的剑刃，“玉凝，你疯了，不要手了吗？谁让你用手抓剑刃的，快丢开！”

玉凝坚决地摇头，“你娘亲不爱你，将你砍了那么多剑，她不心疼，可我好心疼。”

陈凤仪嘿嘿一笑，猛然将剑从玉凝手中拔出。一脚踢在玉凝胸口，将她踢倒在地。

凌烨宸见玉凝受苦，再也无法冷静，立刻道：“恨生，将绳梯扔出，誓死护着凝儿，不要让她受半分损伤。”不等宋哲出声，接着又说，“宋兄、郝仁使轻功上去接大公主和林可儿。她们两人若是不慎死了，我的首级摘给你们赎罪。”

众人一凛。凌烨宸的语气不容置喙，竟无人提出一个字的异议，宋哲、郝仁齐声答道：“是。”

恨生脸容猛地一僵，嘴角苦涩地笑，施展最后内力将绳梯向外用劲抛出。

随着绳梯甩出的弧度，耶律婉顺势飞落数丈。眼看要摔在石板路上，她猛地蹬在城墙上借力，双掌轻飘飘托在林可儿身上，将她推送到迎面飞来的宋哲怀里。

宋哲抱住林可儿，稳稳地落在地上。运功给可儿输了真气。

耶律婉身子重重砸下，好在未伤及性命。

城墙上玉凝双手满是鲜血，跌坐在地上。

陈凤仪怒不可遏，剑指着玉凝面门，“是你逼我。不要怪我手下无情。”直直地向玉凝肩头刺去。

恨生手上没了负累，伸手出掌，打在陈凤仪腕上，震得她手上长剑落地。

陈凤仪大喝：“来人，杀了这个贱人。”

玉凝挡在恨生前面，看着薛晟，“爹，救救我们。”

薛晟为难道：“女儿，爹救了你，皇上和你二娘就要杀我。你还有八个哥哥，你难道不为他们着想吗？你一条性命换咱们全家平安，你死的也值了。”说罢，挥手招来百兵，“杀了恨生。活捉玉凝，若她不配合，杀。”

玉凝心中大恸，亲生父亲竟对自己狠下杀令。

百兵请出寒光长剑，劈头砍来。

恨生捞起玉凝，护在身后，似真似假道：“玉凝，你欠我一条命，要还的。”赤手跟白剑斗在一起。

她双臂已被陈凤仪砍得伤痕累累，此时双臂出掌对付陈凤仪那种软棉花还好说，对付百名训练有素的士兵根本难以匹敌。更何况还要保护身后的玉凝，不多时便已处在下风。

腹部、胸口、腿上受了多处剑伤。

“恨生，你不要管我，你走吧。我一个人死就好了，我不要你死，你走吧，好吗？”玉凝不会武功，又不会使兵器，只会拿身体帮恨生挡剑，可，每每挺身挡在恨生身前，都被恨生一个巧劲拽到了身后，那剑反而砍落在了恨生背后。

玉凝骇得不敢妄动，生怕再给恨生平添伤痕，玉凝无助地喊道：“凌烨宸，你快来，救救我们啊！”

凌烨宸双眼早已泛红。望着近二十丈高的光滑墙面，猛地将拳头砸在墙壁上，原本用来防御敌人的城墙，是那样的坚不可摧、攻不可破，现在竟将他阻隔在外。

“城墙高二十几丈，他非神仙，怎么也上不来，莫要给他多添烦恼。藏在我身后吧。”恨生反腕夺过士兵手中的长剑，接连刺死十几人，自己身上又连受数处剑伤。

恨生持剑要杀薛晟。

玉凝大呼：“不要杀我爹。”

恨生闻声及时收剑，士兵见她疏忽，纷纷出剑刺到她胸口。她旋身将身前数柄长剑从中间截断，挥剑刺向陈凤仪。

陈凤仪连连惊呼，“女儿，你真要杀了母亲？”

恨生一怔，手顿在空中。她到底是我母亲……我真要杀她吗？……不，此刻不杀她，是因她手中攥着凌烨宸心口毒蛊的解药。不是我不舍得杀她。

士兵有缝隙可循，持剑从四面刺来，恨生闪避不及。

玉凝扑身挡在恨生身前。

恨生惊喊：“玉凝！你小心。”将玉凝抱住，按在城墙，自己用身体将她挡住。百剑刺来，扎得恨生后背满是窟窿，血肉横飞。

血从恨生口中喷薄而出，她急促地喘着。眼睛眯起，在城下寻找着那道白色的身影，他的话，她没有当作耳旁风，她将玉凝护得没有一丝闪失。

玉凝的眼泪扑簌落下，喊道：“恨生，傻恨生，为什么……为什么要舍命救我？”

恨生喉间被血水堵着，呜咽不清，气息奄奄，“我……我并非舍命救你，而……而是他的话，我不能不从，你知道……知道吗？方才，他命我抛开手中的绳梯……是因为，你……当时双手受伤，被陈凤仪拿剑指着……唯有我放弃林可儿、耶律婉，才能腾出手来保护你。他宁可舍弃林可儿、耶律婉，宁可得罪两个国家的人……也要救你。我……不能让他的希望落空……”

玉凝身上的白裙子被恨生的血染成鲜红色，她害怕极了。想碰碰恨生，可她身上处处皆是伤，竟不知该碰哪里，最后轻轻摇着恨生的肩膀。

“恨生，你怎么样……你流了好多血，我好怕，你不要死，好不好？我们回到宫里，你还是他最最宠爱的妃子，我还是那个人见人厌的玉凝，我任你欺负，好不好。”玉凝说着话已泣不成声。

恨生轻轻笑道：“玉凝……我最后悔的事情，就是来到皇宫，遇到了一个不爱我的男人……可命运不是我能选择的……”说着猛地咳出一口鲜血，身子无力地向前趴下，如一片树叶，轻飘飘地顺着城墙飘落而下。

玉凝大惊，偎在城墙上大喊：“恨生！”

红衣飞舞如谪仙，嘴角挂着一抹绝美的笑，是恨生嘴角凄绝的笑。

玉凝声线嘶哑，哽咽难以成声，“凌烨宸，快救活恨生！我不要她死，她不能死！”

凌烨宸早已候在城下，待到恨生落到离地面三丈远的时候，他凌空跃起，将恨生稳稳抱在怀中，落在平地之上。

此时的凌烨宸，并没有查看恨生的伤势，而是立刻仰头看着城楼之上，只见陈凤仪已命人将玉凝擒住，玉凝随时都有生命危险，他厉声道：“陈凤仪，你看清楚我手中的兵符。兵随符动，即便你杀了我们所有人，你得不到兵符，士兵也不听你的！想得到兵符，便不要动凝儿一根汗毛。”

陈凤仪一怔，眯眼看着凌烨宸手中的令符，“薛丞相，将你女儿绑起来。咱们先诱出兵符再说。”

薛晟亲手拿绳子束住玉凝手脚。

凌烨宸松了一口气，这才低眼看着恨生，只见她眼睫扇动，气若游丝，脸如白纸，竟依旧美得摄人心魄。这是他第一次认认真真地看着恨生的脸颊，不可否认的，她的脸容足以让任何男人动心，他也是男人，也不例外。

只可惜，恨生使他动心，玉凝却让他心痛、不甘心，让他不能不去占有，以至于毁灭所有，亦要与玉凝为伴。他轻轻地抚摸恨生的脸颊，百感交集道：“谢谢你，舍命护她。我对你，唯有感激不尽。”

恨生心中苦涩，泪水若珍珠一般颗颗滚落，她摇了摇头，气息游离，“四……四爷，我死后，你……会记住我吗？”

凌烨宸心口热血猛地翻涌，剧痛不止，“会。”

恨生满是鲜血的手扬起，小心翼翼地拂过他英挺的鼻，浓密的眼睫，以及他薄幸的唇，嫣然笑道：“嗯，我也会记住你……四爷和我约好……来生……爱我……好吗？”

凌烨宸手一顿，眼眶酸涩，说道：“先将这一辈子过完，再说来世。”他急忙在她胸口衣襟翻找，“追魂丹呢？你说过，你有许多颗。”

恨生心口猛地一窒，鲜血从唇间、鼻间冒出，痛苦地哽咽道：“四爷……我好冷……抱着我……让我……死在你的怀里……”

凌烨宸泪眸抬起，看着吴欣，焦急地问道：“追魂丹呢？快拿追魂丹给她续命！”

吴欣叹了口气，两行泪水落下，无奈地说道：“追魂丹只有一颗。她瞒着我偷偷给你，让你救了薛玉凝。”

凌烨宸脑中轰的一声，一瞬间竟什么都无法思考。紧紧将恨生拥在怀里，在她耳边一遍遍喊道：“恨生，你这般待我，让我如何是好……”

恨生双手虚弱地抬起，拥在他的腰身，淡淡地说道：“这是你对我说过的……最真心的一句话了，我不怪你，爱你……我从不后悔……”嘴角的笑僵在当下，手掌骤然收紧，紧攥凌烨宸的衣裳，喉间似要用力发出声响，却力不从心。

凌烨宸心中大恸，附耳到她唇边道：“你想说什么？小声说给我听。”

“四爷……回宫后，不要让欣姨……接近薛……玉……”话还未完，恨生突地口涌鲜血，手臂松开，无力地落在地上，合上了眼睛。

凌烨宸道：“接近什么？恨生……”

邢掣、月下两人对望一眼，心中隐隐觉得恨生所说的那两个含糊不清的字是“薛……玉……”。

吴欣心中难过，抱住恨生嘶声哭了起来。

林可儿、耶律婉亦都伤心落泪。恨生这等重情重义的女子，竟为何不得善终，上天不公！

冬儿跪在恨生身前，一遍遍磕头，说道：“恨生娘娘，我代我家主子给你叩头了。”

凌烨宸缓缓褪了外衣扑在地上，将恨生搁在衣服上，将她身子裹起。随即起身看向难民中间几名身材高大的男人，径直说道：“七弟，咱们现在有共同的敌人。联手入城，你意下如何？”

几名高大男人一怔。

凌懿轩倏地脱下帽子，露出了三千雪发，自己乔装打扮已掩人耳目，没想到四哥一开始就瞧见了他，四哥果然洞察力凌厉，他恳切地说道：“四哥，害玉凝的人，就是我的敌人！我愿跟你联手。你可有办法吗？”

凌烨宸环视乱民装扮的数万人，问道：“这些百姓中，你的精兵有多少人？”

凌懿轩一怔，果然什么都瞒不住四哥，答道：“六万人中，半数皆是。”

凌烨宸颔首道：“我先将凝儿救下，随后薛相和陈凤仪必对咱们痛下杀手，若我没有猜错，陈凤仪要乱箭将咱们射死。到时就劳你的精兵一齐挡箭吧。你跟四哥的恩怨，暂缓一缓。”

凌懿轩眼中满是怀疑的神色，说道：“四哥，你若能将玉凝救下，以你自负的性子，早就出手了，还用等到现在吗？这里除了三岁的甄儿不懂之外，我们哪个人不明白，玉凝握在他们手中，我们就绝对没有胜算。”

“四哥到底比你多活一个年头。我自有我的办法。”凌烨宸抿嘴轻笑，掏出兵符，“母后，丞相，要兵符吗？”

城楼上一对男女身子一震，眼中满是希冀的光。

“皇儿，你要呈给母后吗？”

凌烨宸将兵符在手中抛了几抛，说道：“没错。不过，让我看到凝儿。”

陈凤仪稍一审度，说道：“薛晟，将你女儿拉过来，推到墙边给宸儿看。他交给我兵符，我就还给他玉凝。”然后她还补充道，还给他死掉的玉凝。

薛晟依言将被捆绑了手脚的玉凝推到墙边，将玉凝头按下，喊道：“皇上，你看到了，凝儿安然无恙。”

玉凝胸腹撞在石头墙上，小腹牵得一阵阵疼痛。直直地看着城下地上安静地躺着的恨生，一时难过不已，又落下泪来。

凌烨宸看见玉凝，心里突地一动，怜惜心疼道：“凝儿，还记得前些日子宫宴前，你差点掉进水池，我救你脱难，你却错喊七弟名字，将我惹怒，我把你带到皇宫最高的钟楼吗？”

玉凝泪眼婆娑，说道：“记得，你把我带到钟楼，拿匕首划我胸口。你说我只能喊你一人的名字，否则就要让我好看。”心中本来已悲戚难过，想起那日凌烨宸待自己如何狠辣，委屈便涌上心间。

凌懿轩气得身子发颤，瞪着凌烨宸，说道：“我说你那天将玉凝带去了哪里，原来是将她逼在墙角威逼利诱去了，真卑鄙。”

凌烨宸哭笑不得，看来凝儿在他身边着实受了委屈，她仅记得他怎么愧对于她，他问道：“凝儿，除了拿匕首划你胸口，还发生了什么？记得吗？”

“凌烨宸，你疯了？有什么话直接说，不行呀？恨生死了，我的手刚才也快被割掉，现在你还有心情让我回忆你怎么恶劣地待我吗？”

凌烨宸急得来回打转，望着月下，问道：“你知我要说什么吗？”

月下重重地点头，一脸“爷，我懂你”的表情，热切地说道：“我知道，可没有用，玉凝主子想不起来。”

凌懿轩垂眸一想，莫非四哥的话不能让薛晟和陈凤仪听到，想来让玉凝回想那事，正是救玉凝的办法。

玉凝见凌烨宸着急拢眉，忽地脑中一转，那日四爷将她从钟楼推下，后来又随她一起坠下，抱她在怀。莫非他要让她从此处跳下去，接她在怀里？

玉凝顿时吓得一身汗湿，这里可是钟楼两倍的高度，若摔在地上，不死才怪。不过，跳下还有一线生机，即便死了，也比落在陈凤仪手中好过。摔死了，兴许还能赶上和恨生一起去投胎。

“凌烨宸，四哥哥，你的意思，难道是那样吗？！”

玉凝眨着大眼，挑着弯弯的眉毛，古怪精灵极了。她这副可爱的样子看在陈凤仪眼中，惹得陈凤仪连连咬牙不耐，恨不得将她立时砍死。

凌烨宸大喜，轻轻击掌，“就是那样。”

玉凝哭丧着小脸道：“可，可如果那样了，我……我会怎样？”她脑中想到自己被摔得脑浆迸裂的惨状。

凌烨宸柔声诱哄，“即便你那样，也不会怎样。没有把握的事情，我不会做。”

“那……那好吧，既然那样了也不会怎样，那我就那样做了哦。”玉凝说得可怜兮兮。

凌烨宸颔首答道：“好。”

数万人的脑袋一仰一低，看着西岩皇帝和他宠妃两人有一搭没一搭地闲聊，仿若此处只他两人一般。

映雪恨得牙痒痒，皇上和玉凝竟有私密的事情瞒着她。甄儿突地哭了，映雪喝道：“哭什么哭，母妃要给你哭死了。”甄儿哭声猛地止住，看着母妃一脸凶相。

“玉凝，就按四哥说的办吧，即便你那样做了，真的怎么样了，我也不会让你怎么样。放心啊。”凌懿轩虽不知“那样”指的是什么，可他口中“怎么样”三个字等于“死了”两个字。

宋哲眉峰打了个死结，老子从来说话办事简单明了，这一群人说的什么乱七八糟的，他喃喃道：“打什么哑谜？”

陈凤仪不耐地踢在玉凝的小腿上，“薛玉凝，别捣鬼。宸儿没长翅膀，飞不上来救你。什么这样、那样、怎样的？听得哀家一个脑袋涨成十个大了。”

薛晟到底是父女情摆在心间，说道：“女儿，你老实点吧。免得再多受皮肉苦，爹爹看到了会心疼。”

玉凝听到“爹会心疼”四个字，觉得耳朵被刺得生疼，讽刺道：“薛丞相，我身上的绳子就是你亲手绑的，刚才下杀令刺死恨生、刺死我未遂的也是你。这就是你说的心疼？爹爹，你的心疼，让女儿受了好多的苦，让恨生丢了性命。你……狠心到底，女儿还觉得你有担当一些。”

薛晟老脸臊得通红，长叹一声道：“爹爹也是逼不得已。太后说得对，大义灭亲，大义灭亲啊。”

玉凝恨恨地想：你所谓的“义”，不过是巴结、阿谀陈凤仪罢了，爹啊爹，到时凌烨宸要斩你，吴欣要杀你，女儿求情也求得没有底气。你让女儿好绝望。

苦于脸颊被侍卫紧紧按在石壁上，玉凝大眼一转，说道：“爹，你要是真的心疼女儿，就让侍卫放开女儿吧，女儿被困住了手脚，你还怕女儿逃了吗？”

薛晟见玉凝说话乖巧温柔，又见她手掌满是鲜血，可怜极了，心中不禁泛起怜惜，父爱泛滥开来，随即推开按在玉凝身上的侍卫，厉声道：“没看看这是谁的女儿，下手如此之重！活腻了吗！”

陈凤仪对此没甚在意，量玉凝一个十几岁的娃娃也兴不起什么风浪，“皇儿，母后续根绳子下去，你把兵符系上来吧。随后，母后把凝儿完好无损地还给你。”

“好。”凌烨宸顺势走到玉凝正下边的位置，将兵符高举过头顶，喊道：“母后，你续绳子下来吧。”

凌懿轩忙道：“四哥，别信陈凤仪，兵符到她手上，玉凝就没命了。”

凌烨宸却朗声道：“我相信母后一言九鼎，不会为难凝儿的。”

陈凤仪听到“一言九鼎”这几个字顿时飘飘然入了九霄，心中无比的受用，她高兴道：“好皇儿。”说罢，她令人续下绳索。

凌烨宸扯过绳头，作势要系上兵符。

玉凝瞅见凌烨宸便在自己正下边，心中突然安稳了起来。倏地转身，直直地看着薛晟，说道：“爹爹，你若及时悬崖勒马，还来得及，否则终酿成祸，女儿免不了黑发人送白发人的悲哀。”

“女儿，你在咒为父死吗？一会儿兵符上来了，天下就是我和太后的。你看不明白吗？”薛晟盛怒地伸出粗厚的手掌朝玉凝领口抓去。

玉凝却在被父亲捉到之前，突地向后仰去，身子翻过宫墙，急速坠下。

众人大惊。

凌懿轩惊得双手汗湿，埋怨道：“四哥，这就是你的馊主意！”

宋哲大喊：“表妹，你以为这是客栈三楼吗？那次表哥接住你，已废了老力，你跳楼上瘾啦？”

凌懿轩、宋哲凌空跃出，踏在众人肩头、脑顶，朝玉凝飞去。

邢掣、月下大叫一声，同时跃出。

邢掣扯住凌懿轩的脚，“七爷，你保存体力，一会攻城使吧。”

月下抱住宋哲的肩膀，阻止道：“宋大爷，救美一事，还是交给我四爷去办，你好生歇着。”

宋哲大骂道：“你说我不是英雄吗？”

月下脸一黑，将宋哲打横抱起，送到林可儿身边，说道：“林姑娘，管好你的英雄。”

凌烨宸不慌不乱，丢开绳头，将兵符慢条斯理地装进胸襟，扬起头，眯着漂亮的眼眸，看着天上一抹儿白影飘飘落下，伸出双臂静静等待。

凌懿轩被邢掣拖着脚，伏在地上，动弹不得，急得捶地大叫：“四哥，你要是只顾着自己姿势样子好看，接偏了，让玉凝摔在地上，你看我能不能将你剁了喂狗！”

话音未落。

玉凝嘤的一声，落进了凌烨宸的手臂上。

凌烨宸稳稳地将她抱住，关切地问道：“凝儿，你还好吗？”说罢，他拔出剑划开她身上的绳子。

玉凝身子发颤，钻到他怀里痛哭了起来，又怕又难过，泪水将凌烨宸的衣襟都打湿了，良久，玉凝道："恨生死得不值。你要替她报仇。"

"一定不会让她白白死去。"凌烨宸深深睥向不远处的恨生，"你去跟恨生道别吧。"

玉凝跪坐在恨生身边，拉着她的手，默默地哭了起来，跟恨生的种种过往在脑中回放，虽有过节，却对她无法有丝毫恨意，有的仅剩下感激和心疼。

陈凤仪、薛晟万没想到玉凝有胆量从城墙跳下，他们手中没了把柄，当即慌乱。

陈凤仪大喊："快来人啊，快放箭，将城下所有人射死。"

凌烨宸不屑一笑。

邢掣道："果然是咱们爷使剩下的破烂法子。"

只见城墙出来黑压压的士兵，手持弓箭，拉弓射出，箭雨朝众人飞驰而至。

玉凝生怕箭羽射到恨生的身体，猛地趴在恨生身上，替她遮挡，她呢喃道："方才你保护我，现在……该我保护你了，我不会让任何人再伤你一个指头，再动你一分一毫。"

"百姓快退。三万精兵布阵挡箭。"凌懿轩命三万百姓立时避退，精兵层层布阵，自护门户，应对挡箭。

凌懿轩前去和凌烨宸并肩而站，叫道："四哥。"

凌烨宸反腕出剑，眉眼舒冷，"七弟，你日后有什么打算？"这口气倒似再说，七弟你快从我眼前消失得无影无踪才好。

"没有什么特别的。想办法，将你打倒，跟玉凝快快活活地过一辈子吧。你呢，四哥，以后有什么打算。"

凌烨宸冷冷一笑。

邢掣、宋哲、月下、郝仁、凌思远、凌武、耶律婉等人亦都拔剑自护门户，兼顾女眷，将林可儿、冬儿、映雪、吴欣、孙婆婆等人护在身后，竟都护得疏而不漏。

箭雨层出不绝，众兵纷纷被箭射倒。

凌七爷见属下有难，大叫："四哥，这般下去，咱们迟早被陈凤仪给弄死。"

凌烨宸张张嘴，不悦道："那，为兄派你用头将城门撞开。"

宋哲哈哈大笑，"你们兄弟两个感情似乎挺好的。"

懿轩摇头也笑，"没想到四哥还懂得诙谐、幽默。小弟以前没有发现呢。"

凌烨宸挑眉道："现在发现，还不晚。如果你不跟为兄抢凝儿，为兄能对你更诙谐、更幽默。天天将你逗得开怀大笑都行。"说罢，他将手中长剑挽成箭花，把层层飞至的箭雨打得四下飞散。

箭雨来势凶猛，层层射到。

月下怪叫："这么打下去，什么时候是个头！天啊，给咱们赐个救星，行吗？"

"救星来啦！"远处传来娇声娇气的一句，马蹄声骤然响起。震得地面直颤，朝着城门飞驰而来。

凌懿轩三万精兵朝路两侧靠立，给来人让出一条路。

一绿衫女子骑着花驴，率领一千重甲铁骑呼啸而来。

月下大叫："双儿！"突然觉得自己态度太过惊喜热忱，冷冷道："邢掣，来的人是谁，看着好面生啊。"

邢掣调侃道："双儿你妹啊！"

婉儿大叫："妹！你来啦！"

原来花驴上的娇美女孩，不是别人，正是耶律双。只见她跃下驴背，奔到月下身边，抱住他的腰身，竟对身后乱窜横飞的箭丝毫不放在眼里，忙叫道："月哥哥。"

月下可没她那般舒坦，又要挡箭，又要护她，忙得不可开交，"要救星，怎么送来个麻烦精？没见咱们生死一线吗，没空应付你。找你姐姐玩去。"

"月哥哥，你说怎么才能救你们，我就能救你们。"

月下瞅着这个只到自己胸口的小女孩，觉得她口出狂言，于是故意难为她道："要救我们的话，其一呢，要有一张长、宽各二十丈的细密大网，能够将陈凤仪的箭雨兜住拦下。"

双儿对铁骑士兵命令道："把我准备逮月哥哥的那张大网拿来吧。"

士兵牵马而来，从马背上拿下一捆大网递过来。

"这网又细又密，长宽足有四十丈。够用了吧？"

月下心中为之一振，接过大网道："爷，接住。"将大网抛去凌烨宸手里。

凌烨宸扯住大网一角，将其余三角，抛给凌懿轩、邢掣、宋哲三人，四人齐飞而起，将四角用剑固定在四周城墙，箭雨射下，纷纷软绵绵地落在网上，网下众人皆毫发无伤。

双儿攀住月下的脖子，嘴唇离月下的唇只有一毫米远，问道："你还要什么？"

月下生怕一说话就亲到了她的唇，答道："再要长足二十余丈的绳索，能够套在城墙上，让精兵上去，生擒陈凤仪、薛晟。"

邢掣叹气，月下若非太监，跟我二姐倒也般配。

双儿点头道："将我准备捆绑月哥哥用的绳索拿来。"

士兵将数十绳索送到。

凌烨宸轻笑道："双儿，为了逮住月下，你费尽了心思。"数十绳索分发给数名精兵，士兵将绳索倏地抛出套在城墙凸处，攀爬而上。

原来双儿心中对这月下喜欢非常，于是未和众人一起进入人群，反而去觅来百种兵器、各路暗器前来要将月下擒住束在身边，"四哥哥，你见笑了。待我回云天的时候，把月下给我吧，好吗？我回去一定要好好喂养他。"她只觉得月下好吃好喝，一定会乖乖待在她身边。

众男子皆笑。

宋哲坏笑道："双儿，你怎么喂他啊？你知你月哥哥爱吃什么？"

双儿好奇地问道："宋哥哥，你快说啊，月哥哥爱吃什么？"

……

月下立刻将双儿拉在身后护住，警告地睥向宋哲道："宋大爷，可儿姑娘嘴上的胭脂，可都入了你肚里了。"

林可儿羞得捂住小脸，一脚踹在宋哲的腿上，不好意思地说道："让别人把你奚落了。"

双儿凝着月下……

月下忽然不悦了起来，沉声道："以后不准你对哪个男人都哥哥长哥哥短。否则，我永生永世都不见你。"

双儿听到他霸道的话，欢喜又惊异，不由得红了脸。

凌懿轩见玉凝正蹲跪在恨生身边落着泪，他心疼极了，便宽慰道："人死不能复生，玉凝，看开一些。"

玉凝一个字没来得及说出口，突地给人拽进了怀里，玉凝抬起头，撞进了一双琥珀色的深邃眼眸，却是被妒意笼罩的凌烨宸，她无力地说道："你们两个莫要再斗。让恨生安静地歇着，好吗？"

攀爬到城墙的重甲士兵，身上盔甲刀枪不入，不消片刻便制伏反兵，擒获薛晟、陈凤仪。

城门大开。

陈凤仪、薛晟被拖出，跪地。

吴欣立在两人身前，厉声道："陈凤仪，说出宸儿心口毒蛊的解药在何处，否则，立时就要你死。"吴欣的巴掌火辣辣地落在陈凤仪的脸上，打得自己手掌隐隐作痛，心中却无比痛快。

陈凤仪阴狠地说道："你以为我信你吗，那是我活着的最后砝码，我说出了解药的下落，我必死无疑。"

吴欣怒喝："你，贱人。"

薛晟见吴欣肌肤细腻，竟没有一丝皱纹，竟比二十年前还要美貌，"欣儿，这二十年来，你……好吗？"

吴欣斜斜地睨了眼薛晟，忽地想起两人当年怎么洞房花烛，怎么花前月下，虽薛晟对她没真情实爱，她却是真的爱他。两人也曾欢喜过，心中猛地一软，"我……"

却听薛晟又道："念在我们夫妻一场，你放过我和凤仪吧，好吗？我和她远走高飞，再也不出现在你们眼前了。"

吴欣心中怒火中烧，又想到了薛晟当年为了陈凤仪，如何薄情寡义，如何分散她和凌烨宸母子两人，如何挥剑斩断了母子脐带，她愤怒地说道：“你休想让我放过你。等着受死吧。”

玉凝轻轻拽着凌烨宸的衣摆，“四爷，陈凤仪、丞相两人害死了恨生，我知道他们罪无可恕。陈凤仪死一万次我没甚知觉，薛晟是我爹爹。我……便是再恨他，也不能见他死，用我的命，换他的，好吗？你放了我爹爹吧。”

凌烨宸微微一叹，若是舍得她死，何须救她，这丫头当恨生的死是为了谁？“此事，你莫要多言。”挥袖令左右，“将薛晟、陈凤仪押进大牢。”

士兵得令方动。

忽地狂风乍起，卷起黄沙，枯叶翻飞，迷得众人睁不开眼。

城下万人衣衫被风呼呼吹起，个个士兵都是七尺的汉子竟被这阵狂风吹得险些趔趄倒地。

凌烨宸将玉凝紧紧地护在怀里，琥珀色的眼眸眯起看着这股怪风。

只见这风似长了眼睛一般，将在场的每个人都吹得狼狈不已，独独温柔无比地绕过了躺在地下的恨生。

玉凝从凌烨宸肩头看出去，只见片片洁白花瓣出自无处，飘忽而至，落在恨生脸颊、身侧，似男子柔情的指，轻轻拂过恨生的肌肤。

风骤然停止，就像风起的时候一般突然。

“什么人？！”月下突然惊喝出声。

众人纷纷朝月下望着的方向看去，只见一道黑影轻飘飘从空中落下，垂手立在城墙之上。

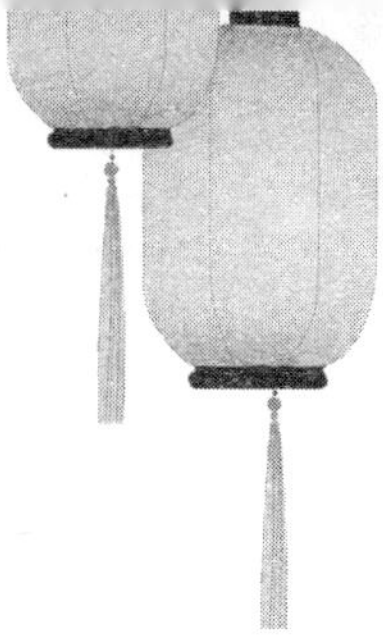

第三十一章　休书难拟

那城墙高二十余丈，将凌懿轩、宋哲、邢掣、月下等人困在外围，甚至凌烨宸都无计可施，这也才使得恨生丧命。

而这男子竟赤手，轻飘飘地便落在了城墙之上。他武功内力已然深不可估。

见他从光滑墙面一步步迈下。墙面跟地面垂直，他走在其上，如履平地，喘息之间已来到众人面前。

林可儿将宋哲的手死死攥住，“好冷的人。宋哥哥，我怕。”

这名男子一身黑衣，唇无血色，一张脸面竟不见丝毫笑意，更甚者，这人不会笑。

宋哲抱起林可儿向后跃出五丈，说道：“这男人不简单，来者非善，八成又要出人命。我只要你平平安安地就好了。其他的事，咱们少参与吧。”

表妹有凌四、凌七争抢护着，他也不需担心什么。

映雪直直地看着黑衣男子的脸容，仅道皇上已是俊美无双的人，竟不想，这位公子竟比皇上还要俊美三分。倒不知他为谁而来，他从方才就一直看着恨生，难道就是为了一具腐臭的死尸而来？那他可就是有眼无珠，竟不知这里映雪是最美。

黑衣男子眼中除了恨生，再无旁人。径自向众人走来。

郝仁唯恐他伤到邢掣姐弟三人，大喝一声：“公子，你止步吧。”推掌朝他胸膛打出。

黑衣男子仅微震双肩，竟在周身隆起一圈真气，郝仁拍掌打在真气圈上，竟被反力震得倒退飞出，连连撞上几根木桩，才停下身来，连连叫道：“好厉害！”

黑衣男子举步走到恨生身边，摊开手掌，手中白色花瓣飘下，落在恨生眼睫，又被风吹走，吹到玉凝手边。玉凝抬手将那花瓣接住，看后心中吃了一惊，“是铃兰花瓣。”

玉凝跟凌烨宸互看一眼，只见他眼中没有丝毫讶异，竟似认得这黑衫青年一般，吴欣也同样对这青年表现出几分关切亲近，“这是怎么一回事，他是旧识吗？”

凌烨宸叹道：“是啊，是旧识。”

“他爱铃兰，所以你也爱。若你知道，他并非爱铃兰，而是中意喜爱铃兰的人。你死了，也不瞑目。我活着，也不快活。你爱铃兰，我爱你，我也爱铃兰。你去了，我还剩下什么。”

黑衣青年说得悲伤低沉。众人心中亦都下沉了几分。

凌懿轩看着那青年手中不断翻落的花瓣，前几日和玉凝成亲的时候，用铃兰铺成花路。此刻这人口中又提到恨生爱铃兰，究竟是怎么一回事？

凌懿轩那时正值宫宴被凌烨宸逐出宫去，自然不知道凌烨宸为了取悦玉凝，跟她共同种下铃兰，后来恨生瞧见凌烨宸摆弄铃兰种子，觉得凌烨宸浇花的样子清秀俊逸，喜欢极了，也喜欢上了那盆铃兰。

黑衣男子俯身伸出手掌朝恨生脸颊探去。

玉凝生怕这男子伤害恨生，立刻挡在恨生前面，望着黑衣男子的脸，“她已死了，不要再伤害她。”

男子冷恻恻地看着玉凝道：“让开。”声音里没有半点怜惜，猛然出掌，朝玉凝胸口拍去。

凌烨宸钳住玉凝腰肢，将她带开数尺，“雨寒，这丫头是恨生舍命救下的，你杀了她，岂不是让恨生，死得没有价值。”

黑衣男子正是夜雨寒，暗阁前任阁主夜不悔的义子。

无人知晓他的出身，也无人知道他姓甚名谁。

夜不悔十几年前在一个雨夜，于荒郊捡到这个孩子，因得他一双眼睛冷冷冰冰，取了个名字叫雨寒。

他来暗阁的那夜，似乎饿坏了，那时恨生正在用饭，见他快饿死了，于是把吃不完的剩饭递给了他。那是夜雨寒最暖的一餐。

从那以后，他不知是饿还是怪癖，他最喜欢吃恨生吃剩下的吃食。恨生剩下了一口粥，他就着她噙过的地方给吞掉。她吃剩下半口馒头，他拿着一口就塞入嘴里。

恨生最厌他，处处提防他。将剩下一口的东西偷偷扔掉，也不留给他。

恨生八九岁的时候，花了很大力气烤了一个玉米，才吃了一口，突然腹痛，把玉米搁在桌上，去了茅房。待到回来之时，那烤玉米就只剩下一个玉米棒棒，紧紧握在雨寒手中。

恨生气得大哭，从那以后，开始恼起夜雨寒。说道：“你怎么不去偷吃你义父剩下的鸡鸭鱼肉，偏偏眼巴巴瞅着我碗里那一口两口饭菜？"

雨寒说：“我只觉你碗中食物要比我的香。"

他当时也八九岁，说话天真烂漫。其实两人碗中都是一样的东西，他是瞧着恨生小口小口慢慢嚼，香极了，他自己呢，狼吞虎咽，饭菜一点儿味道都没有。总想着为什么她能吃得那么香，趁她不在，偷她剩下的东西，吞下腹后，果真比他的香。

就此养成了习惯，到了二十岁，还改不掉。有次他说：恨生，你吃一口我的饭菜，将我的也染得香喷喷吧。

他此刻才知，原来是喜爱那人，便觉得那人什么都是香的。

后来，有恨生的地方，雨寒不得入内，否则，乱棍打昏。

于是，雨寒不知昏了几次。时不时就在暗阁的一个角落里，发现他鼻青目肿地挺在地上。而恨生手持木棒站在他身侧。

恨生进宫后，夜雨寒这孩子也从暗阁消失得无影无踪。

有一天，夜不悔在暗阁饮酒，义子被雨淋了个透，跃进屋来。喊道："义父，今日雨寒做了错事。"

雨寒年纪已二十，生得高大俊挺，漂亮极了。只话说得一如孩提之时慌张无措。身为杀手并未抹杀他那份纯真。

夜不悔大笑，"孩子，自打你杀第一个人起，你这一生就没做过对的事。"

雨寒伸出手掌，手中攥着一个人皮面具，正是凌烨宸的模样。说道："今天皇帝在映雪房里寻欢，恨生在未央宫独自落泪，儿子窗外看得不忍，便扮成皇帝去陪她饮酒，酒后失德，将她身子占了，她干干净净，是我的女人。"

义子不加修饰的话，使得夜不悔掉了手中的酒杯，惊诧道："皇帝知道了，定赐死恨生。"

"我找皇帝说清楚去。"雨寒说罢，跃出屋去，奔向皇宫。

夜不悔酒醉不已，只当雨寒说的是义气之言，连连道："傻小子，怎么说清楚？你去了，不是你杀了皇帝，就是皇帝杀了你。"

又过数日，雨寒竟然安然回到暗阁，说道："义父，这几天我接连做了错事。"

夜不悔惊得浑身变色，问道："所以呢？"

雨寒说："想一错再错，错上加错。"

夜不悔靠在墙上才能稳住庞大身躯，骂道："什么错不错，恨生知道那人是你吗？"

雨寒垂眸，摇摇头，突然道："义父，我要离开暗阁了。"

"去哪里？"夜不悔惊问。

夜雨寒找出山河图铺在桌上，指着说道："这里是西岩，这里是碧月，这里是云天。义父，你知道三国之外这片白茫茫的大地是哪里吗？"

夜不悔丢掉手中的酒瓶，瞪大眼睛看去，"重山叠嶂，荒蛮野地？"

雨寒道："不是。重山叠嶂是外围，你焉能知道山峦中，是何处？"

夜不悔惊觉，捡到雨寒那夜，正是在西岩、云天、碧月三国之外的荒蛮之地。且这孩子通体冰凉，跟西岩人体质大不相同，似是异域之人。

陈凤仪若是没有下药毒死先帝，也没有抛弃恨生，此刻怎么会落得母女、夫妻都成了鬼灵。

凌懿轩看着夜雨寒说道："你这杀手，手法真利落。好歹让我找一找她胸襟有没有解药，你再砍啊，慌什么。万一没有，你教我问谁去？"

夜雨寒："那不能。她只剩下疼痛，没有心思说谎。"

凌懿轩动作麻利地将陈凤仪衣襟划开，找到解药，将药瓶抛到凌烨宸手中。

玉凝褪了外衣，把陈凤仪的尸首盖住，因为害怕，或者也是有些感伤，毕竟方才还是一条鲜活的命，随即催促凌烨宸说道："你快将解药吃下吧。"

"稍后再说吧。"凌烨宸若有所思地将药装进衣袖，随即对夜雨寒道："你今晚莫要走了，跟我回宫，我安排你歇下。明日，将恨生葬在皇陵，以公主的葬仪待她。"

夜雨寒湿了眼眶，看了恨生良久才说："你知道，西岩、碧月、云天三国之外，还有辽阔雪域？"

凌烨宸坦诚，"我自小生在西岩，去过最远仅达云天、碧月。再未出过这片大陆。也从未听说这片大陆之外还有辽阔雪域。问这做什么？"

宋哲挟着可儿从屋顶跃下，走来说道："我也没听说过。"

"恨生我要带走。有个地方能让她身躯不朽，我可时时看到她。她从小爱美，若是葬在皇陵，她身躯腐败，做鬼，也不会舒坦。"夜雨寒想了想，"你快休了恨生吧。"

凌烨宸一怔，"没有纸笔……"话还没说完，右手食中两指被夜雨寒拿剑割了两道长长的大口子，鲜血直冒。

雨寒道："这下有笔了。"拽过月下，将他米色衣摆撕下一大截，递给凌烨宸，"写吧。"

凌烨宸想了想，终于用鲜血写下几字：摒弃夫妻名分，留下患难真交，生儿，别后安好。

玉凝看到"别后安好"四个字，不禁伤感起来，眼眶一涩，落下泪来。

夜雨寒将休书攥起，黑色衣袖扬起，直掠起一阵疾风。

忽地从远处传来呼呼声响，重物挟着风疾驰过来，众人抬头看去。原来是自天空飞来一顶大轿。那轿子上空四五尺的地方，四名黑衣红发男人缓步走着，在空中亦都如履平地，竟都是世外高人。

轿子被这四人用四段红绸拉住，缓缓落地。四人齐声唤了声："王。"

众人一震，纷纷看向夜雨寒。纳闷不已，云天王邢掣、碧月王宋哲、西岩王凌烨宸皆在此处。

夜雨寒是哪国的王？

只见他把恨生抱起轻轻置在轿子中，垂下红纱。"咱们就此别过。此生永不再见。各人皆自保重。”跨进轿中，将恨生抱在怀里。

四名黑衣男子，拿起各人手中红绸，飘忽飞起，离去。

玉凝叹气道：“恨生就这么走了。我甚至未来得及帮她换上一件干净的衣裙。不知道夜雨寒带她去了哪里。”

凌烨宸望着那顶大轿离去的方向，“那地界定然隐秘极了，不为外人所知。不过，你也可以稍稍放心。恨生，永生永世都不会老去。雨寒会护好她的身躯。”

至于夜雨寒将恨生带去了何方，凌烨宸、玉凝二十三年内都不会知晓。

待到一切归于平静，两人都已人过中年。忽的再起变故，他夫妇两人竟在中年之时，被映雪之子凌甄锁困地宫。凌烨宸和玉凝之子凌傲天，被凌甄逼迫到绝地，西岩、云天、碧月皆无处藏身的时候，一路北行，误闯那一片白色大地，遇到了一袭红衫的女孩，夜雨寒之女，夜念晨。

到得彼时，凌傲天百计诱爱，娶得雪域公主，后得到雪域王夜雨寒、女王恨生的庇护，铁骑南下，救父母脱难。

这时凌烨宸、玉凝、跟夜雨寒、恨生二十几年之后再见，竟都已是人父人母，沧海桑田。

几人笑看，凌傲天一统雪域、三国，把国家疆界扩展到史无前例的辽阔，为那夜念晨打造不尽的繁华盛世。

不过，凌傲天和夜念晨之间的感情纠葛，恨生是怎么死而复生的，皆是后话，暂不表。

彼处，凌烨宸令人将薛晟押进大牢。玉凝黯然流泪。

众人进了城门，入宫门。就听到俏生生的女子声音唤：“皇上。”

看去，那姹紫嫣红，罗裳华服的美人竟不下数百，齐齐朝凌烨宸千般婀娜地奔跑而来。

凌烨宸还没来得及反应就给拉手搂腰，整个人被脂粉人儿团团缠住，难以脱身。

凌懿轩拉着玉凝的手，说道：“让四哥忙他的，咱们走吧。”

玉凝也不知道凌懿轩说的是要带她远走高飞，只道他说的是暂行避开，便答应道：“好。”

凌烨宸立时发威，旋身将数百女人震得七零八落，下令道：“统统，统统拉下去砍了。”

凌烨宸将玉凝拥在怀中，不满道：“四哥还没死呢，你就抢你嫂子。”

凌懿轩不甘示弱，“玉凝是我的妻子，我们拜堂成亲，这里的人都知道。宋兄是媒人，八弟、十二弟是见证人。当时你也看到了。眼下，是你纠缠你弟妹。”

宋哲一想：当媒人一事，承认的话，得罪凌四，不承认得罪凌七。忙拉住可儿，“你跟为夫快走。免得老七、老四两人一块儿揍我。到时你哭我不及。”

凌烨宸、凌懿轩四目相对，斗得你死我活。

玉凝将他两人手臂甩开吼道：“都别吵了。我谁的都不是，我是我自己的。”

后宫佳丽知道皇帝要斩人，哭天抢地地求饶。

第一美人尤怜之说道：“玉凝姐姐，咱们好久不见。念在以前我跟你情如姐妹，你救救我吧。”

玉凝知道尤怜之头脑简单，徒有美貌，绝对不至死罪。睥向众女人，又望着众女人的男人，“别杀她们性命，错在你。你如果不招惹，她们不会在你身边。”

“此言甚是。”凌烨宸招来月下，“去敬事房，取来记录册，凡侍寝过的女子，皆剃度出家。没有侍寝过的女子，身子干净的遣散回家，婚嫁随她，身子不干净的，抄家，斩。”

月下翻着记录册，一个个地归类。女子多半是干净之身，侍寝过的却也不在少数。

玉凝暗地里数了数，九十七个。她可算知道了他是什么样的男人，一天跟一女亲热，三个多月才能见他一面。当即气得手脚发凉，骂道：“凌烨宸，你浑蛋。”

凌烨宸隐隐头痛。

尤怜之哭得柔弱无比，“皇上，我是西岩第一美人，难道你舍得让臣妾去当尼姑吗？”

凌武轻轻嗤笑，“什么西岩第一美人，长得比耶律婉还难看。”

耶律婉心中一乐，心想：我看那姑娘长得极俊，第一美人当之无愧，凌武说她不如我，那不是说我比第一美人还好看，“凌武，你是个实在人，净说大实话。”

凌武爽朗地笑，说她难看，她还开心。

众佳丽皆退，各自奔赴命运。

宋哲：“凌四，我才刚说你得做好准备清空后宫，没想到这么快就应验，你果真为我表妹清空后宫。”

凌烨宸拥着玉凝的肩膀，涩然道：“我这么做，你怕是丝毫都不领情吧。若是换作别人，早已感动落泪。”

“我自没求你赶这些人走。”

“你嘴上没求，可你心中不如意。我看了出来，就不能让你再有不快。以后，我也仅你一人。”

玉凝看看旁边的映雪，说道：“只怕你说得出，做不到。”

邢掣突然道：“爷，映雪主子，还在。”

月下没轻没重地说：“映雪主子属于侍寝过的，按说，该在剃度一列。”

映雪跪在凌烨宸腿边，将他结实的腿抱住，悲苦地说道：“皇上，难道过往几年，我们之间情分当真说没有就没有了吗？从相识到相知，难道说皇上一点都不留恋，真的要让雪儿跟那些女人一样的下场吗？若是那样，雪儿宁可一死。”

映雪暗暗地在甄儿屁股上使劲掐下，甄儿痛得哇哇大哭，

“爹爹，疼，爹爹，疼。”

凌烨宸听在耳中，这三岁小娃娃的话，本来就是一个字一个字地说，当即给理解成了甄儿要爹爹疼他。一时之间，心肠软了下来，当年映雪在溪边怎么舍命相救，后来三年战场杀敌，映雪又是怎么日日陪伴身边，一幕一幕都浮现在脑海。

甄儿到底是他的儿子，难道真要让甄儿长在没有母亲的环境里吗。凝儿心地善良，映雪一事，交给凝儿去处理，凌烨宸为难道：“凝儿，你说这……”

“你都已决定，还来问我做什么。我什么时候逼着要你赶走她了吗？”玉凝自是想让映雪死一千一万次。可到底都是女人，为了爱不免会犯糊涂。她对映雪道：“甄儿的屁股要给你掐掉了，你是她母妃，不心疼他吗？”遂扶起映雪，“你起来吧。”

玉凝心中其实是有一番计较，自己是不能常常伴在凌烨宸身边的，“兄妹”那道坎，她总也跨越不出来。既然映雪爱他，他也不能说对映雪无情，就让他两人长相厮守吧。

映雪温柔地笑着，早晚让这丫头死得好看，她说道：“谢谢妹妹，以往是姐姐待你不好，姐姐给你赔不是了。以后，咱们姐妹两人一起服侍皇上。”

吴欣一手拉着玉凝、一手拉着映雪，说道：“好，我的两个好儿媳。看到你两人能够和睦相处，我心中大快。”

映雪甜甜道：“母后。”将吴欣当作了太后那般对待。

吴欣更是心喜不已，“映雪好孩子。”

玉凝一声不吭，谁要跟映雪两女共用一夫，好有趣吗？

凌懿轩道：“好没趣。”

玉凝吓了一跳，懿轩怎么说到她心里去了。

“玉凝，你还要留在这里吗？”凌懿轩看着凌烨宸，“四哥，咱们让玉凝选择，你敢不敢不加条件、不做威胁地凭她去选。她要跟谁，咱们就尊重她的意见。输掉的人自行退出。”

“好。”凌烨宸看着玉凝，轻轻地说道，“你选吧。”选了七弟，咱们再算账。

玉凝一怔，这是什么跟什么，凌懿轩那边有个温柔善良的娇妻周雨晴，凌烨宸这边有妻子儿子，她到哪边都是多余的。”

玉凝思索再三，何必在一起又相伤，遂拉着凌懿轩的手，“咱们出宫去吧。”

凌烨宸气怒交加，手立时握住腰间佩剑，要刺死七弟。忽见到玉凝停了下来。他的手又顿在腰间，按兵不动。

原来玉凝突然想到了爹爹还在大牢里关着，“不行，我不能跟你走。懿轩，我不能。”

凌烨宸松开了剑柄，把玉凝拉回拥在怀里，“七弟，你瞧见了？我也没提什么威胁，也没逼迫。方才四哥坦坦荡荡，已任你们离开。可，凝儿最终选择的还是我。”

凌懿轩深深地望着玉凝，无奈苦涩地说道：“玉凝，你保重。我走了。”

玉凝担心不已，“你去哪里？他也没给你封藩地，也没赐你府邸，这个皇宫就是你的家，七王殿还是你的落脚处。”

“我已立了誓。你不要我，我就从你面前消失得无影无踪，让你不要为我烦恼。我说出的话，就会算数。”凌懿轩转身离去。

“七哥，你莫走。”凌武、凌思远喊道：“当时，四哥砍你手筋。前几天，你将四哥射得浑身窟窿，这也算打成了平手。你们两人互不相欠。既然凌苍没有死。一切皆是误会。不如，咱们兄弟，此刻言和吧，好吗？”

凌懿轩看看四哥，只见凌烨宸冷着一张俊俏的脸孔，看也不看他，他总不能热脸贴个冷屁股，淡淡地摇头道：“不了。再会吧。”

玉凝心中难过，恨生死了，爹爹被关进大牢，懿轩也要离开我了。亲近的人，难道一个一个都要离她远去。

凌烨宸见玉凝泪光莹莹，心中猛地一动。又见凌懿轩走得极慢，背影落寞，形单影只，可怜极了。忽地记起小时候险些被兄弟几个挤在墙角打死，还是七弟出口帮衬了一句，又想到方才城门外面七弟为他找回情毒解药，当即不忍了几分。

认认真真地看着凌懿轩的背影。七弟为爱凝儿，头发都愁白了，他这辈子是没指望得到凝儿了。自己难道连留他歇歇脚都不能吗？

“七弟，你留步。”

凌懿轩心中一紧，回身问道：“哥，你喊我干什么？”

第三十二章　情毒情解

凌烨宸道：“别走了。今晚大家一起用膳，你离开了，没甚意思。待到来日，为兄给你封王远藩，再走不迟。”

玉凝两眼放着温柔的光，直直地瞅着凌烨宸。

凌烨宸大感意外道：“凝儿，以后，你天天都这么看着我。”

“想得美。”玉凝拉着凌懿轩的手，“留下吧。待你有了归属，我自不拦你离去。此刻你孤单一人，没有去处，我放心不下。”

凌懿轩反握住玉凝的手，说道：“好吧。我听你的。能时时和你在一起，我也愿意。”

凌烨宸一个手刀劈在七弟胳膊上，将凌懿轩打得疼得怪叫，“你又干什么？”

“我仅说让你留下吃个饭，住几天，没说让你拉她的手。”凌烨宸拥着玉凝的肩膀先于众人，走在前头去了。

养心殿。

众人歇息片刻。

“天已近黄昏，月下，快快命人去备膳，款待各位。”凌烨宸顿了顿，又道，“先问过各位是否忌口什么食物。”

“是。”

凌烨宸突然想起什么，说道：“凝儿爱吃海里游的，多备些海鲜来。”

甄儿突然又哭又喊道：“爹爹，疼；爹爹，疼。”

映雪满眼泛着泪光，低头不语。

“雪儿，你……”凌烨宸想了许久才意识到，和映雪一起几年，竟连她饮食偏好都不知道，“你喜食什么，去报给月下就是。”

映雪心中大喜，皇上待她已没有之前那般抵触，之前只是一时生她的气罢了，迟早还是会惦念她的好，回到她身边，皇上最爱的，还是她！

“雪儿不挑剔，什么锦衣玉食，什么绫罗绸缎，雪儿都不要。雪儿只要能陪在皇上左右，就心满意足了。”

凌烨宸见她说话温柔有加，知书达理，便欣慰一笑，“嗯。”

玉凝冷冰冰地说道：“月下，给凌烨宸准备一斤砒霜过来吧。”

月下愣了半晌，“……那个，双儿，吃什么？”自动将玉凝的话忽略。

双儿举爽快地说道：“月哥哥吃什么，我吃什么，我跟月哥哥一个碗。一会吃饭的时候要跟你坐在一起。哈哈。”

月下脸一红，拿起小本子问过每个人忌口的食物，便去了厨房传膳，待他回来，却见席间少了几人。

“怎么不见三位王爷，也不见宋哲夫妇？”

邢掣道：“七爷说累，回了七王殿，八爷、十二爷一道去了，耶律婉跟着八爷去七王殿蹭饭去了。林可儿吃不惯辛辣，回房开小灶了。”

凌懿轩方才见到凌烨宸和玉凝亲近非常，他心中不快，告辞众人，离去。不过并非去了七王殿，他自有打算。

“陈凤仪死，薛晟那奸人入了大牢，哀家心中积怨二十几年的恨才稍稍缓解。”吴欣望着爱子，“儿啊，薛府还有八个儿子，都是薛晟所出，留着都是祸害，抄家斩了，以绝后患。”

玉凝惊得茶碗脱手。

凌烨宸将茶碗接住，递到玉凝手中。在她手背轻拍道：“母后，今儿个咱们不说扫兴的事。儿子与您终于得以团圆，先享天伦之乐才好。”

映雪帮吴欣轻轻捶着背，乖巧地笑道：“是呀，母后。皇上最孝顺，与薛晟有关的一切人、事，皇上自是都不会放过的。您啊，什么都不用操心，就安心享福吧，无聊的时候，甄儿送去给您解闷。”

玉凝看着映雪那般矫揉造作的样子，心里讨厌极了。

“好，好啊。”吴欣把甄儿搂进怀里，“二十年来，哀家没一天快乐过。现如今，儿子孝顺、儿媳懂事，小孙子也可爱喜人，哀家高兴啊。”

凌烨宸知道母亲受尽苦难，听到母亲说话语气悲苦难过，不觉间眼眶酸涩起来，“母后，你受苦了。”见吴欣喜欢甄儿，当下什么都没想，便拨着甄儿的小手，逗着，“甄儿，叫奶奶，叫奶奶……”

甄儿手心被爹爹挠得痒了，咯咯直笑，“爹爹，抱……”

吴欣开怀大笑，“小坏蛋，眼中就只有你父皇，可有你奶奶我啊，该打。”捏着甄儿的脸蛋，喜欢非常。

凌烨宸见母亲笑得舒心，他心中也畅快，薄唇微微上扬，勾起笑意。

“母后说得对，甄儿眼中可只有他爹爹，连我这当母亲的，他都看不到呢。”映雪将甄儿塞到凌烨宸怀里，娇嗔薄怒，“母后，以后啊，咱们两个过，让皇上和甄儿两人去过吧。咱们不理他们父子两个。”

玉凝傻愣愣坐在凌烨宸身边，完全成了多余的人，走也不是，留也不是，尴尬极了。

“好。让他们爷俩去过。”吴欣一手拉着凌烨宸，一手拉着映雪，将儿子、儿媳的手交叠放在一起，“咱们一家，这辈子可再不会分开了。”掉了两行泪，又道，“儿啊，你说母后说得是吗？”

映雪紧握住凌烨宸的手，温柔唤道：“皇上。”

凌烨宸此刻心中没甚想法，仅想让母亲开怀，答应着：“是，此生此世再没人会将咱们分开。”

玉凝见他们四人三世同堂、其乐融融，心中总也不是滋味，苦涩在心中翻来滚去。下意识摸在小腹上，他们爷俩过，她们娘俩过。自己肚子里的，只能自己养了。

忽然听到门外有阵阵哭声，伤心又委屈。玉凝的泪珠滚出眼眶。

凌烨宸眼角余光瞥见了玉凝脸颊的泪，心中一紧，刚想转身给她擦眼泪，孰料手被吴欣紧紧捞住，他也不好挣脱。

吴欣自然知道儿子什么心思，定不会放开他的手，此时，她厌恶玉凝更甚厌恶薛晟。

晚膳。众人入席，环桌而坐。

凌烨宸的左边是映雪，映雪的左边是吴欣，吴欣的左边是玉凝，玉凝的左边是双儿。

接下来，依次是冬儿、邢掣。

邢掣位居御前侍卫，本不够格与凌烨宸同桌而食，却因他的另重身份是云天新帝，尊贵无比，这才和凌烨宸平起平坐。

冬儿得邢掣垂爱，也十二万分不安地坐在邢掣身边了。她祖上皆为奴，做梦亦没想过今生有皇后命。

凌烨宸执起杯中酒，嗓音冷冽却温纯，“邢掣，朕敬你一杯。”

邢掣一凛，突地站起身，“爷，臣不敢。臣敬爷一杯。”将杯中酒一饮而尽，“先干为敬。”

“今天不论尊卑，这里都没有外人，你莫要拘泥。”凌烨宸薄唇轻轻一抿，也将杯里的酒饮尽，睥向冬儿，“我的属下，以后交给了你，能照顾得好吗？”

冬儿骇得身子一颤，屈膝要跪。天啊，皇帝老子给我问话！

玉凝见了冬儿被吓破胆的样子，扑哧一笑，“冬儿，你若跪下，可就到了桌子下边去了，还怎么回答邢掣他主子的话？”

冬儿看着高高在上、遥不可及的皇帝，此刻竟然平声静气的和她说话，“回万岁爷的话，奴婢一定像照顾我家主子一样照顾邢爷！他渴了我倒茶，饿了我熬粥，无趣了我陪他聊天解闷。”

凌烨宸淡淡地道：“那样，怕是邢掣不愿意吧。”

邢掣脸上一红道：“爷说什么，就是什么。”自然是不愿意的，谁娶个妻子，要让她倒茶熬粥、谈天解闷？

凌烨宸抬起酒杯，“月下。”

月下立在皇帝身后，忙俯身答应：“奴才在。”

双儿一听“奴才”两个字，心中又绞得生疼，今日下午无意间得知月哥哥竟是阉人奴才，不由得连连叹气。

月下被她叹得心中直发堵，张口就想说“你叹什么？”但他最终忍下了，双儿现在有致命武器，一声“太监”就能让他难过半天。

凌烨宸道：“给朕再斟一杯酒，朕跟冬儿饮一杯。”

“奴才遵旨。”月下说罢，提起酒壶斟了酒。

双儿食指在桌子上画着小圈圈，嘀咕道：“奴才奴才，点头哈腰，一点尊严都没有。窝囊废。”

话一字不落听在月下耳中，他两只拳头攥得咯咯直响。他一向都是这般窝囊，这就是他的分内事，怎么此刻做起来，如芒在背，好不自在，心中难过极了。

凌烨宸举杯道：“冬儿，请。”看看玉凝，又对冬儿，“你主子不会饮酒，你是否也不会？不能饮便让邢掣代你饮了吧。”

玉凝方才因为被排挤在外，心中阴霾极了，此刻见到凌烨宸对自己的婢女这般以礼相待，不禁开怀了几分。脸上也露出笑意。

邢掣看看冬儿，“爷敬你酒，是心意。喝了吧。”

冬儿道：“是，邢爷。”仰头将酒喝下，呛得眼泪直流。

凌烨宸见玉凝嘴角含笑，对他敬她奴仆一事满意极了，他当即舒心一笑，将酒饮尽。

方才他将甄儿抱在怀里，又和映雪手握手，她抹眼泪，他看在了眼中，知道她难过吃味。可母后的心情，他不能不顾忌。

“布膳。”月下传道。

婢女列队进来。鱼肉山珍，野味美食，摆满桌上。最后，一名婢女端着火炉呈上来滚烫的热汤。

映雪看了那婢女一眼。

婢女手猛地一颤，回以一笑，脚下一踉，将热汤朝凌烨宸倾倒过去。

众人大惊“皇上，小心。”

一霎间。

映雪抱住凌烨宸的肩膀，将那热汤挡下，一条白嫩的手臂被热汤烫得鲜红。不一会，便出了无数水泡。

凌烨宸身上没有被溅上一滴汤水。

凌烨宸愣愣地看着映雪的脸颊，她疼得额上满是汗水，紧紧咬着下唇，泪水在眼中打转，总也不落下。

“雪儿……”

“皇上，你有没有伤着？”

凌烨宸的话没有说出。映雪便急急地开口，关切极了。手暗暗地将烫伤手臂上的水泡挠破，血水淌得一条手臂皆是，好可怜。

凌烨宸抓住映雪受伤的手臂，伤口触目惊心。他立时怒了。拂袖指向跪地的婢女，“将这小婢拉下去砍了。”

玉凝的心，忽然下沉了许多。是心酸，是苦涩，也是嫉妒。不过，再一想，映雪替凌烨宸挡下了危险，凌烨宸心怀感激也属于正常。虽然他表现得有点过于紧张。

婢女跪在地上连连求饶。

映雪抓着凌烨宸的手，楚楚可怜道：“皇上，伤口不痛，只要皇上没有受伤，臣妾无论受了多重的伤也无妨。饶了那婢女吧，好吗？臣妾不忍心看她丧命。”

凌烨宸叹气，“就依你吧。我取来冷水给你敷伤口。”凌烨宸亲自帮映雪冷敷，用湿毛巾小心地将她伤口的血水沾下，动作十分小心。

映雪猛地缩了一下手臂。

凌烨宸蹙眉，“痛吗？”

映雪咬着唇，点点头。

吴欣道：“宸儿，你小心点。哀家看着雪儿伤口，心疼得紧。”

凌烨宸轻轻地往映雪的伤口上吹着气，温柔地帮映雪擦拭着手臂。

映雪嘴角上扬，挑眉望着玉凝。

玉凝心口酸涩得难以呼吸。

“好在有惊无险，多亏了映雪这孩子。”吴欣拉着映雪的手说道，“唉，有你在宸儿身边打理，哀家就放心了。”

玉凝抄起一条鱼，带着鱼刺啃了起来，刺破了嘴唇也不在意。

凌烨宸望了玉凝一眼。想说句什么，却不知从何说起。隔着映雪、吴欣，夺过玉凝手中还剩下一半的鱼，将刺一根根剔掉，又塞回她手中，才道：“都用膳吧。”

玉凝抓着那条鱼，好奇，鱼头呢？

双儿说：“玉凝，你方才将鱼头一口吞了，鱼骨都没吐。好厉害。”

“我吃了鱼骨吗？！怪不得心里像针扎似的疼痛，原来是刺。”

双儿猛地一叹。

玉凝："你叹什么？"

双儿直直地看着忙前忙后帮凌烨宸夹菜布酒的月下，"玉凝，你觉不觉得月下这样子很低三下四？"

玉凝小声道："嗯……你的意思是让凌烨宸给月下夹菜布酒吗？我觉得可能性不大。"

映雪夹起菜肴递到凌烨宸的嘴边，故意将手上的伤口露在凌烨宸眼前，"皇上，近来我们两人聚少离多，没有雪儿在身边照顾，你瘦了许多。张开口，雪儿喂你。"

凌烨宸望见她臂上那一个个破掉的水泡，脱口就要说出的"不必"生生咽回，张口将嘴边吃食含在口中，咀嚼几下就咽。咽下一瞬，突然看见，玉凝的眼珠子快要从眼眶脱出，他这口食物卡在喉间，上不去、下不来。

映雪见状，忙喂到他口中一杯酒。他快被噎死，哪里还顾得上酒是谁喂的，一口饮下。

玉凝看着他又是吃映雪喂的菜，又是喝映雪喂的酒，并且方才喝酒的时候竟还用唇含到了映雪的手指。玉凝生气，但心里劝自己道：玉凝，那是你亲哥，莫生气。

吴欣调笑道："母后还在呢，你夫妇两人便如此恩爱。羞不羞啊。"

映雪羞涩地笑道："媳妇也帮您夹菜。"说罢，夹了糕点递到吴欣碗中。

冬儿道："邢爷，爷不理我家主子了。"

邢掣颔首，"爷也没有办法。映雪主子为了护着爷才受的伤，总不能没所表示。"

映雪拿着筷子又喂起凌烨宸。

玉凝拿着筷子在眼前空碗里捣啊捣，碗底恨不得给捣掉，一双水灵灵的大眼，死死盯着凌烨宸，只见他一口一口地吃着映雪送去的吃食，享受极了。

映雪突然娇声地叫了一声，受伤的手一松，筷子上夹的那块满是油腻酱汁的卤肉，掉在了凌烨宸身上。

玉凝看不见那菜肴掉在了哪里，心中暗想：掉得好！活该。

映雪脸上羞红，"皇上，臣妾不是有意的。"慌忙攥起手帕，在凌烨宸胯间轻轻地擦拭，力道不大不小，刚刚能让他隐约地感觉到。

凌烨宸身子猛地一震，脸上变色，眉心蹙起，错愕地望着映雪的脸颊，手掌倏地扼住她的腕。

双儿嘴巴咬着筷子，盯着月下看了两刻钟的时间，打了个哈欠，筷子便从嘴里滑下，掉在地上。

月下见她滑稽逗人的模样，刚想笑，突然想到正和她冷战，立刻别过脸去。

双儿叹了一声，蹲到桌下去捡筷子。还没摸到筷子，就看见对面，凌烨宸一只手掌紧紧攥住映雪手腕，映雪的手紧紧贴在他的腿上。

双儿脸上猛地一热，拉拉身旁玉凝的裙边，小声道："玉凝，你快来瞧。"

玉凝不解地爬到桌下去看，也将那一幕看在眼中，那姿势看起来，倒像是凌烨宸做得主动。

玉凝当即气得就要站起，脑袋哐当一声撞在桌板上，疼得直叫。

凌烨宸一惊，将映雪的手忙推开，说道："朕自己来。"拿过她手中的手帕，把衣服上的油渍擦干净。

玉凝钻出桌后，有礼道："各位慢用，很感谢今天这丰盛无比的一餐，玉凝身体不适，先行告退。"

吴欣一把将她拉住，说道："凝儿，怎么倒要离席？不愿意跟母后坐在一起吗？"

玉凝一怔，答道："那不能。"气馁地坐下，拿起筷子，耷拉下脑袋，泪一颗一颗地掉在碗中。

凌烨宸开好了两只螃蟹，递到玉凝面前，"给你。"

玉凝连着盘子给他推回，"我不要。"

双儿又道："啊呀，我的筷子还没捡起来呢。可，我的筷子滚啊滚，滚到了四哥哥脚边去了，我可怎么捡呢？"

凌烨宸微微一笑，眯眸看着气得鼓着腮帮的玉凝，"双儿，四哥哥跟你换个位子，你过来我这里坐，捡你的筷子，我去你那边坐，行吗？"

双儿一看月下就在凌烨宸背后，她换过去，正好可以和月下挨得紧紧的，"好。"起身便要走。

玉凝抓住双儿的腕，说道："双儿不要和他换位子。你月哥哥可跟着四爷走的，你过去了那边，他又跟着四爷来了这边。"心里却想着，我才不要和凌烨宸坐在一起。

"对啊。"双儿看着凌烨宸，"我不跟你换了。我要和玉凝挨着。"

凌烨宸点头轻笑道："月下，帮双儿将筷子捡起来。"

月下一愣，老大不愿意，狠狠地在头上挠了半晌，躬下身捡起筷子，走去递给双儿。

双儿接过，随手又丢在地下，说道："狗奴才，再帮我捡起来。你捡得好，本公主重重赏你。"

邢掣给冬儿添了碗汤，冷声道："耶律双，你不要欺人太甚。"

双儿撅起小嘴，喊道："四哥哥。"

凌烨宸耸耸肩，很无奈地说道："月下，此事，朕爱莫能助。双儿说了算。"

月下深深看了双儿一眼，躬下身，去捡筷子。

手还没碰到，双儿一只小巧的脚就将那筷子踩个结实，说道："你捡吧。"

月下握住她的脚，要将筷子抽出，双儿另一只脚也踩在筷子上，有意刁难。

月下心中一窒，过往十八年，哪有人这般侮辱过他，他在宫中算起来一人之下万人之上。便是薛晟那老贼，见了他都要礼让三分，现在倒让一个小女孩踩在脚下，他恳求道：

"双儿，你让我给你捡筷子，我就给你捡，你扔几次，我都给你捡。你别辱我，行吗？我也有自尊，我也要脸。"

他的口气平平淡淡，可再没了往日的嬉笑调皮，竟满是伤感。

双儿的心中大感自责，眼眶猛地一涩道："月哥哥，我……"

月下用一只大手握住她的两只脚，将那筷子捡起，递到她手中，对凌烨宸低声道："爷，奴才去御膳房催促他们快些上菜。"

月下头也不回地走了。刚出了养心殿，便抽出腰间的长剑，在墙上猛地挥砍起来，将砖瓦挥得片片掉在地下。

双儿攥着那双筷子，已满是灰土，根本就没有办法用了。她这是怎么了，明明是想和他亲近，却一见到他屈居人下的奴才相，就想羞辱他。

玉凝拍拍双儿的肩膀道："别看了，月下走远了，你把墙看个洞，也望他不到了。"刚一转头，自己眼前的碗中有一块拳头一般大小的牛肉，胃中一阵难过，好不恶心。

吴欣道："凝儿，你瘦得皮包骨头，怀了身孕，可怎么把胎儿养得活，多吃点才是。"皇儿说她爱吃水里游的，此刻偏偏给她夹地上爬的，她若不吃，再和她算账。

玉凝连连摇头道："我……吃饱了。"天啊，要了我的命！

"母后，凝儿不喜吃牛肉，莫要强求。您用膳就好。"凌烨宸大觉母亲关爱玉凝。

"这样啊。"吴欣和蔼地撤去牛肉，夹了羊肉、兔肉给玉凝送到碗中。

玉凝愣愣地看着那油腻的肉食，反胃极了，吴欣怎么知道她最讨厌这三样东西？

"我……真的饱了。"

吴欣一听便来了气，她生气道："你不食牛肉，我给你夹羊肉，你不食羊肉，我给你夹兔肉，你还是不食。你是不是有意让母后下不来台？"

凌烨宸一惊，忙帮玉凝解释道："母后，凝儿并非有意……她……"

吴欣啪的一声手拍在桌上，震得桌面直颤，她吼道："你母后教训你媳妇两句，你插什么嘴？还有点出息没有，让你这么宠惯下去，凝儿迟早要骑到母后头上去啦。"

"母后教训的是。"凌烨宸叹了口气，"凝儿，你不能多食，便少食一口吧。母后一片心意，莫要白费。"

玉凝从小就从没碰过牛、羊、兔这三样东西，其实倒非什么忌口，只是父亲属牛、母亲属羊、她自己属兔。从心底就不要碰这三样东西。

十七年没有动过的东西，现在突然让她吃下腹去，当真为难极了。挣扎了半天都没有动一筷子。

映雪拉着吴欣的手，煽风点火道："母后，您别气，玉凝妹妹自小娇生惯养，是薛晟、薛丞相的掌上明珠，哪像雪儿这般不讲究呢，什么都不挑剔。您不知道，以往玉凝妹妹吃饭都是皇上一口一口喂着吃的，妹妹那一双手，娇弱得连筷子都拿不动。母后，不要为难妹妹了，好吗？”

吴欣一听到薛晟的名字已恼火，再听到玉凝吃饭是凌烨宸一口一口地喂，别提多气，哀家的儿子，自己都舍不得使唤，倒被这薛玉凝当佣人使。

“宸儿，当真是这样吗？”

凌烨宸一怔。突地想起每次玉凝用饭的时候，都是他自己强逼着要去喂玉凝，倒是那丫头死活不让喂，他辩解道：“母后，那都是小事，不值一提。夫妻之间计较那些作甚。”凌烨宸觉得若说自己强逼着去喂旁人，脸上也没光，不如含糊其辞。

吴欣却当她儿子默认，立刻骂道：“你还是不是男子汉？被一个女人掌控手间。母后今天要帮你管教媳妇，你准是不准？”

双儿道：“吴欣阿姨，你为什么总要逼玉凝做她不喜欢做的事情？好没趣。就好比，你不爱食米，我迫你食米，你愿意吗？要是我小弟长在你家，他只吃豆腐，一定被你骂死了。”

玉凝按住双儿的手，阻拦道：“我知你关心我，可吴欣你惹不了，莫要再说。”

邢掣也道：“二姐，你出去玩吧。”

双儿垮下小脸，装了一包糕点，出屋去了。

凌烨宸见母亲怒不可遏，“凝儿，给母后磕头认个错，你也退下。”

玉凝点头，跪在地上，“母后，凝儿知错了。以后母后给我夹菜，我一定会吃。凝儿以后再也不让皇上喂我吃饭。请母后原谅。”

凌烨宸听出她口中有对他埋怨之意，他道：“母后，玉凝已认错，便不要再生她的气。”

吴欣想要发火，可儿子已做了让步，她倒不好明着发火。

映雪眼睛一转，赶紧扶起玉凝，虚情假意道：“妹妹，快起来吧，母后已原谅你了。”端起碗中牛羊兔肉，“你啊，快快吃上一口，表示你的诚意，母后笑一笑，咱们就合家欢乐。”

映雪所为，让谁看都是好意。

凌烨宸看来，也无伤大雅，心想玉凝若是肯退让一步，吃下那碗中餐，母后定会喜爱她，那就皆大欢喜。

玉凝心中一千一百的不愿意，还是忍着反感，拿起筷子要吃上一口，谁知腰后面猛的一疼，被人用力掐住。

正是映雪。

玉凝微微转了一下身子，擦到了映雪的胳膊，映雪惨叫一声，碗中的餐食掉在地上，摔个粉碎。

“贱人，这是你认错的态度！反了你。我儿依你，我可不依。”吴欣大怒，拍桌而起，“来人，杖刑一百，让她知道什么是尊敬长辈。”

侍卫立时手持棍棒破门而入，将玉凝死死按在地上，持棒要打。

玉凝骇得紧闭双眼，此次一定必死无疑。

“放肆！谁打她一下试试。”凌烨宸英眉紧蹙，冷声喝止。

侍卫大惊。停棒静候。

“宸儿，母后打你媳妇几下，你还要拦着？你眼中还有没有母后，嗯？”吴欣两眼满是威怒的光。

凌烨宸走去将玉凝扶起，说道：“母后哪里的话，打凝儿事小，气坏了您的身子，岂不是让儿子担心。”

映雪揉着吴欣的背，说道：“是啊，母后，您莫要动气，妹妹已怀了皇上的骨肉，可经不住一百大板的杖责。您即便真是生气，也只能轻罚。”

吴欣叹了口气，雪儿说得对，重罚不成，那就轻罚，拉着凌烨宸的手道：“儿子，你是一家之主，不能让女人欺到你的头上。你给母亲做点表示吧。”

凌烨宸攥攥拳头，直直地看着玉凝。母后这次不会罢休，凝儿落在母后手中定要遭到毒打，倒不如让他去下手，打她一巴掌了事。

玉凝两眼含泪，也深深地看着他。若是他真的爱她，即便跟他母亲翻脸也是应该，若他真的动手打她，她就记他一辈子，永生永世不再理他。

两人对望许久，竟都一字不说。

凌烨宸叹了口气，猛地抬手狠狠地打在玉凝左颊道：“快退下。”

玉凝连退几步，身子碰在门板才停下。福了福身，转身出屋。

出屋一瞬，听到吴欣说：“这才像话，是母后的好儿子。”

映雪道：“也怪妹妹，太不给母后留情面。”

玉凝忽然打了一个冷战。

天上飘着小雨，冷极了。

玉凝擦干了嘴角的血迹，脸颊火辣辣的痛。一时不知道要去哪里。

想到了表嫂就在养心殿的客房，不知不觉便来到了林可儿房外。

屋里亮着灯火。表哥、表嫂在屋内，此去怕是多有不便，还是不要进去吧。

忽然听孙婆婆道：“玉凝姑娘，怎么不进去？”

玉凝摸摸垂在肩边的发丝，说道：“不了，不打扰表哥、表嫂休息了。”

“皇上不在，只林姑娘一人。”拉着玉凝进了屋里。

林可儿刚沐浴罢，在梳妆台边摆弄头发，见了玉凝，笑着迎了上来道：“是玉凝，快进来。”

“表哥呢？怎么只你一人？”

林可儿脸上一红，不好意思地说道：“进宫之前，我在城外百里的地方看到了一家糕点铺子，方才突然嘴馋想吃那家的糕点，让你表哥给我买去了。”

玉凝心中又是羡慕又是温暖，表哥待表嫂真好，而凌烨宸方才却狠狠地打了她一个巴掌。

一时委屈，落下泪来。

林可儿见玉凝左颊红肿，有五个指头印，问道：“玉凝，谁打你了吗？”

林可儿有孕，玉凝生怕她知道事情原委一时气怒动了胎气。而且表哥的脾气，若是知道她受了委屈，定要跟凌烨宸拼命，于是，她说道：“没有，不小心跌倒了。”

林可儿当下猜到了几分，见玉凝不愿多讲，也不做强求。又见玉凝满脸不悦，泫然欲泣的模样实在可怜，便拉着玉凝的手道：“玉凝，有什么心事，跟表嫂说说，好吗？”

玉凝一怔，叹了口气，随即将薛府上下都被关在大牢，她担心亲人会有性命之忧一事都给林可儿说了。

可儿想了想道：“玉凝，要救薛府上下性命也不难。凌烨宸爱你，不会让你伤心，你晚上在他耳边吹吹枕边风，他准依你，放了你父母性命。”

门突然被打开，宋哲提着点心回来了。进屋一瞬，见到玉凝脸上红肿，立时怒了，问道：“是凌烨宸打的你，是吗？”他拉着表妹向外走去，“表哥为你讨回公道，带兵将皇宫给他夷为平地。”

“表哥，你别。我挨了一个巴掌，已羞人，你还要让多少人知道表妹挨了打？我不去丢人现眼。”

林可儿忙抱住丈夫，说道：“宋哥哥，你回来，听我说。”

宋哲因顾忌可儿腹中胎儿，停下脚来，说道：“你说吧。”

“宋哥哥，咱们到底是要回碧月国的。你能逞威风帮得了玉凝一时，却不能永生永世护着玉凝。眼下舅舅一家身在大牢，玉凝日子已是难过，你再去找凌烨宸母子闹上一闹，待到咱们离开了，表妹的日子，可还能过？”

宋哲听着妻子所言句句在理，长叹一声道：“怪只怪，舅舅所做之事实为弑君谋反，我根本无从帮他。若他有一点对的地方，我就是舍了这条命也救他，可……”

“表哥，这不怪你，你莫急，这都是我爹爹的错。”

宋哲拉着妻子、表妹在窗边小桌坐下，打开买回的糕点，沏了一壶好茶，让两名女子饮食，然后，宋哲说道：“表妹，救薛家，还得求凌四。倒也别无他法。劫狱也不现实。你在凌四手中，凌七和我都不敢妄自去劫狱。”

“我知道表哥已尽力，”玉凝递去茶水道，“表哥，你来回奔了两百里地，一定累了，吃茶吧。”

三人坐在窗边桌前，嚼着糕点，谈天说笑。一个时辰很快过去。

玉凝见天色已晚，却迟迟不想离去。大感出了这屋子没地方可去。

林可儿连连打了几个哈欠，却依旧陪着玉凝闲聊。

又过半个时辰，宋哲也哈欠连连。

玉凝知道不便多做打扰，便说道："你们早些休息，我走了。"

宋哲早已看出表妹不想离开。拉住表妹的手腕道："你今晚跟可儿一房歇息，表哥去别处歇下。"

玉凝推开宋哲的手道："不，你伴着表嫂吧。我突然想起回宫之后还没有喂过我的小狐狸，它快要饿死了，我得回去。"

辞别了表哥表嫂，出屋走到院中，养心殿宴席正巧散了。

忽然听到背后传来凌烨宸的声音，"雪儿，你快快随我回房去吧。"

"皇上，莫急，雪儿这便来。"

玉凝心中大恸，躲在树后一看，正巧看见凌烨宸和映雪并肩进了卧房。眼泪顿时便涌出了眼眶。哭着跑回了储秀宫。

洗漱沐浴后，躺在榻上，翻来覆去睡不着。一会儿想凌烨宸和映雪进去卧房做了什么，一会儿想到凌烨宸打在自己脸上那一巴掌。

玉凝起身坐在窗边，点着烛火，心道："我即便在此处等到了天亮，他也不会来。"

她就这样又苦等了一个时辰。

门板被人轻轻叩响。

玉凝一惊，忙问道："是谁？"

"主子，我是冬儿，你且早些休息吧。皇上说你不必等他，他有事，暂时过不来。"

玉凝身子猛地一僵，心里如刀在绞，说道："我知道了。冬儿，你也早些去休息。"

随即出屋，坐到门槛，依着墙壁，呆呆地坐着。

瞧着柳絮飞来打在秀帘，一时之间悲戚委屈出自无处，玉凝抱膝抽泣起来。

哭到累了，便沉沉睡去。

待到子夜时分。

月下挑着宫灯，走在前。凌烨宸手中拎着一个小盒子，走在后。两人出了养心殿，快步朝储秀宫走去。

进了储秀宫，见到卧房宫灯亮着。凌烨宸微微蹙起英气的眉，唤过回廊中守夜的小婢，生气地问道："朕差人来给你主子说我晚些过来，让她早些休息，为何此时还亮着灯？你们可有将话带到？"

"回皇上。奴婢已给主子说过皇上有事在身，无法脱身，让主子莫要等，可主子却总也不睡，在窗边坐了一个时辰，随后便坐在门口，盯着院门发起呆来。"

凌烨宸心中猛地被揪了起来，命令道："下去吧。"

月下挑灯朝卧房门口望去，只见那门边有抹儿瘦小白影蜷在秀帘下边，月下道：

“爷，你看，是薛主子。她穿得单薄，别着了凉。”

凌烨宸眯眼看去，只见玉凝环着膝盖，脸埋在腿间，可怜极了。几步走了过去，将她抱在怀中，掀帘进屋去了。

坐在榻上，褪了玉凝的鞋袜，方要给她盖上被子。忽地发现玉凝正两眼泪光莹莹地望着他，一双水样明眸闪着委屈的光，他关切地说道：“怎么醒了？”

玉凝落下泪来，问道：“你的事情忙完了？”此话指的正是他带着映雪回去卧房之内的事。

凌烨宸一怔：“嗯，忙完了。”

玉凝心中猛地一窒，一时之间呼吸不能，心想：忙完了应该搂着映雪睡去，还来我这里做什么。

凌烨宸托住她的腰身，将她拥在怀里，瞧见她脸颊仍高高肿起，心疼道：“方才是我出手重了，还疼吗？”

玉凝听到他的语气透着关切，没有一丝虚情假意，心中猛地一暖，随即想到自己立誓永生永世不再理他，又想到他方才与映雪在房内所为之事，没好气地答道：“让我在你脸上打上一巴掌，你来告诉我，疼不疼。”

凌烨宸轻轻笑出声响，从衣襟取出一包药，轻轻给她涂在颊上，小声道：“小脸才刚刚复原，不要再留下疤痕，快给你上点药。”

“我不稀罕。你打的我，又来给我上药，你没安好心。”

凌烨宸静静地看了她一会儿，玉凝被他看得心中没了主意。只见他突然扼住她的腕，往他脸上挥去。

“你做什么，又要发疯！”玉凝惊得当即抽回自己的手。

月下在一旁看得直乐，“薛主子不是怪皇上动手打了你吗，皇上这就给你打回来。你倒又舍不得打下。”

玉凝脸上一红，道：“谁说我舍不得打。”抬手便要打在凌烨宸左颊。只见他抿着唇，噙着一抹笑，因为饮了酒，眼中带着几分醉意，竟越发的俊俏好看，巴掌怎么也落不下去。

在他胸口猛地捶了一下，道：“你来做什么？你不是……不是……谁要你来的。”

凌烨宸拉住她的手腕，将她细嫩的手拉至唇边，轻轻吻着，问道：“不想让我来？”

玉凝心中怦怦乱跳，生硬地答道：“不想。”

“那方才又是在窗边枯坐，又是在门边张望，是为的什么？”

玉凝被拆穿心事，双颊生晕，“我”了几声，也没有说得出来自己是为了什么等到半夜还不休息。

凌烨宸见她脸红的样子羞涩又俏丽，不禁在她脸颊啄了一口。

月下忙别开脸去，说道：“爷，你怎么也没个预兆，说亲就亲。”话说得倒像是凌烨宸亲在了他的脸上。

凌烨宸这才发现，原来屋里还有个人，挥袖冷声道：“这里不需你伺候了。下去吧。”

凌烨宸将手中的盒子放在桌上，打开来，里面是几盘清淡的粥食小菜，宠溺道：“凝儿，方才你也没吃什么东西，我恐你腹饿难忍，给你带了吃食过来，用些吧。”说罢，持汤匙要喂。

玉凝推开他的手道：“给我一百个胆子我也万不敢再让你喂我吃饭，我怕你母亲剥了我的皮。”

凌烨宸的手一顿，说道：“母后人不坏，只是长辈皆是如此，严肃认理。她说她的，我喂我的，也不会改变什么。”说着，送粥到她口中。

“我方才在我表嫂那里食了许多糕点，那糕点，是我表哥连夜奔出百里特意为我表嫂买来的。”玉凝不知为什么，非要提起“连夜奔出百里”六个字。

凌烨宸了然轻笑：“你若喜欢，明日，我也奔出百里给你买来，奔出几百里也行。”

玉凝听后，虽不愿承认，可心中甜蜜了几分。忽地记起了表嫂说的要吹枕边风，于是愣愣地看着凌烨宸，突然唤道：“皇上。”

凌烨宸一怔，问道：“怎么了。”

“没……没怎么。”玉凝一怔，突然想起他还没有服下情毒解药，于是撩开他的衣裳，小手探进，翻找半晌，找出解药，递到他手中，说道，“你快些服下解药吧。”

凌烨宸说了句“好”，将瓶中仅有的一颗解药倒在手心，握住，看着玉凝。

“你怎么不服解药？看着我做什么？”玉凝好奇地问道。

凌烨宸猛地运气掌心，将那药丸震成碎末，两手一拍，落在地下。

玉凝大惊道：“你毁了解药，可就再也无人去讨。你的毒，这辈子，可还怎么解？”

凌烨宸认真道：“你若是此生此世皆都陪伴我左右，我还恐毒发吗？如今毁了解药，你便再莫要起心要逃。你若逃了，我立时心痛致死。”

第三十三章　设计陷害

玉凝猛地一惊，嗔怪道：“你……真笨！”

凌烨宸捏着玉凝红扑扑的脸蛋，若有所思地说道：“有件事情，我需跟你说一说。恨生死时，我心痛非常，呕了血。倒似情毒发作。”

玉凝一想起恨生，伤怀起来，说道：“她为完成你的命令，命都舍弃，你为她情毒发作，说明你心里有她，也算是你还有一点良心。不然，她死得可就真的不值。”

“我亦怜她、敬她。”凌烨宸垂下罗帐，揽住她的腰肢，一齐躺下，“天色不早，早些歇息吧。”

两个人同枕在一个枕头之上，她的嘴巴正巧搁在他的耳边，他身上淡淡地酒气和着清香将她包围。

玉凝一个激灵，这不就是给她机会让她吹枕边风吗？

凌烨宸耳边阵阵温热，是玉凝的气息。他忽然心血直涌，身子燥热起来，“凝儿，我在养心殿，已沐浴。”

玉凝听罢，愣住了，这是什么没头没脑的话。只见他发丝尚湿。睫毛一闪一闪的，好不漂亮。玉凝装作不解地问道：“沐浴不是稀松平常的事吗？我方才也在储秀宫沐浴了。”

凌烨宸用修长的指拂过她的脸颊、颈项，引得她身上阵阵战栗，“你身怀有孕，大夫嘱我不能妄动于你。如此，我就会毒发。此刻，解药已让我毁掉，若不能消解欲念，就要死在榻上。”

“那怎么办？”玉凝一听，骇得身子直颤，“待我去将地上解药粉末收集起来，给你沏水喝下。”她是真的如此打算，起身便要行动。

凌烨宸一个翻身，将她结实地桎梏在身下，“谁要你去收什么药末，笨蛋。”

玉凝直直地看着他道：“那是要怎样？”

凌烨宸俊美如天神般的结实身躯侧卧在玉凝身侧，矫情道：“若要我不毒发，就要看你的本事。”

“我……能把你怎么样？”玉凝突然想到薛家人的性命，立刻道：“凌烨宸，我若是依你的话，你能不能饶了我父母家人的性命？”

凌烨宸俊逸的脸容顷刻冷了下来。忽地想到方才晚宴，甄儿闹着瞌睡，映雪将甄儿送去他的卧房，宴后他让映雪抱走甄儿，进门一瞬便看到玉凝落跑的身影。

遣走映雪，本欲追着玉凝而出。却被宋哲堵住门，要为他表妹出气，两人持剑在雨中拼斗许久。斗到累时，在屋内摆桌饮酒，谈起天来。谈着谈着，凌烨宸便邀宋哲去寒潭沐浴，两人唤来小婢，摆了酒水，接着谈天，竟耽搁了两个时辰。

宋哲一时意气便杀了生父，后想起来，时常惋惜。大劝凌烨宸莫要冲动，杀了薛晟，可再没了父亲。

凌烨宸心想：若斩杀薛府一家，凝儿必会恨他。若是放了薛家性命，母后必然不依。他当真为难。可，薛晟毕竟是我生父，难道真要亲手结果生父性命，自己当真那般无情？

……

翌日晨。五更时候。

凌烨宸早早便起身。帮玉凝掖好被子，出屋去了。

早朝之前。

凌烨宸先赶到慈宁宫，求见吴欣。

“我儿孝顺，一早就来给母后请安。”

凌烨宸亲手扶住吴欣，乖顺地道：“母后，儿子有一事要和您老商量，薛……”

昨夜，玉凝待他温柔有加，此番想起玉凝柔软的唇，心中依旧满是柔情。虽知挽救薛家性命一事可能性微乎甚微，可答应了玉凝的事，他也要试一试才好。

孰知，才说了一个薛字，吴欣便连连叹气，“母后当年在薛府受尽了苦难，儿啊，你知薛晟是怎样将你和母后分散的吗？生生斩断了咱们母子的脐带，母亲受的苦，都记在心间。恨生也让薛晟那奸人给害死了，他不偿命，天都不容他。薛府的人若是不死得干净，母后便立刻死了。儿子，母后说得明白吗？”

凌烨宸见母亲说得悲愤又强硬，丝毫没有松口的意思，竟还以性命赌誓。他要说的话，便再也吐不出口。

凌烨宸摇头轻笑道：“没什么。母后的仇，儿子会报。天色还早，母后再休息一会儿。儿子，上朝去了。”辞别母亲，举步前往金銮殿。

凌烨宸、月下主仆两人刚走。慈宁宫屋角走出一道身影。

“冬儿，亏了你前来告诉我昨晚玉凝那贱人给我儿子吹枕边风，要让我儿前来求我放过薛晟一家性命。若非哀家及时出口阻止，我儿定要心软。待到那时，天下可都是薛家的了。”

原来吴欣身前这人，正是邢掣的心上人、玉凝的丫鬟——冬儿。

“太后娘娘，我答应了把我家主子和皇上的房中私话都跟你说，邢爷的玉玺和兵符，你是不是可以还给我了？”

原来，凌懿轩与玉凝成亲那日，得知邢掣是云天新帝，冬儿自卑身份低下，躲在马车后面哭泣，邢掣为表真心将玉玺、兵符塞给了冬儿。

这一幕让吴欣看在了眼中。回到宫后，她便避过耳目，绑了冬儿，夺过玉玺兵符，威胁她，敢要说出此事，便毁掉玉玺和兵符，更要杀死玉凝。

作为条件，冬儿要当作吴欣的眼线，把玉凝的一举一动都告诉吴欣，敢有隐瞒，也要杀死玉凝。

冬儿丢了玉玺、兵符，心中愧对邢掣，又恐吴欣当真要杀玉凝，心想只是将主子和皇上说的话跟吴欣说，也不会出什么大事。且吴欣答应，待到邢掣回云天的时候，便将玉玺、兵符归还。

吴欣拉着冬儿的手，假装安慰道：“你莫急。等到该还给你的时候，哀家自会给你。在那之前，你老老实实，按照哀家说的去办，否则，玉凝的小命，邢掣的命，哀家都不会放过。”

金銮大殿，乱作一团。皇帝微服出巡多日，弃下朝堂，倒也无妨。

可昨日一回到宫中，竟将众妃皆休下堂。

众臣之女被迫出家、二嫁倒不算最坏。大臣被抄家，在城门口斩首的才是最惨，几百颗人头挂在城墙之上，受日头暴晒、劲风吹刮，当真骇人心胆、惨态非常。

众妃被休回家，不免抱怨，祸事皆是起于薛晟的独女玉凝。

众臣被皇帝休了女儿，脸上无光，私下一聚，当即决定，联名上书，迫圣上处斩玉凝。理由便是，玉凝乃是逆臣之女，情理、天地皆都不容。

金龙宝座上，凌烨宸手中拿着沉甸甸的奏折，每翻一页都是一个臣子的血手印，每一页皆写着“薛玉凝，霍乱君主，妖媚后宫，当斩。”

凌烨宸的手剧烈地颤抖，手中的奏折险些落地。

月下手中拂尘一挑，将奏折托回凌烨宸手中道：“皇上身体微恙，今日暂不议事，你等且退。”

百官皆跪齐声上奏，“皇上，如若不斩玉凝，便将臣等斩杀。臣等愿以性命唤醒皇上，莫要沉迷妖妃美色。”

凌烨宸脑中阵阵眩晕，奏折之上所陈之事，是让他将千辛万苦夺在身侧的女子斩杀吗？

望着殿下百名官员，却一时不知从何说起，他可以斩一名官员，亦可以斩两名，甚至十名，可这文武百官，当真都能斩杀？若斩百官，天下必然揭竿而起，亡暴君，颠覆天下。

“众爱卿，平身。你等所愿，朕记下，放在心中，此事改日再议。”声音透着张扬霸气。

百官齐声低呼，“皇上，血写奏折便在你的手中，那皆是臣等赤胆忠心，若皇上心系百姓、念顾臣等，请皇上立即下旨刺死玉凝。如若不然，请皇上下杀令，斩了臣等。”众臣将手中的朝板怒投地上，啪啪作响。

凌烨宸怒在心头，猛地合起手中血红的奏折。

众臣一凛，手心出了汗。

皇帝起身，负手而立，迈靴缓步下了大殿，将百官一一扶起，安抚道：“朕知道众位爱卿家中爱女有多少委屈。你们仅怪朕心狠手辣，将重臣抄家皆斩。你们可知这其中原因？”

臣子能得到皇帝亲自扶起，受宠若惊、不可置信，传闻之中皇帝孤傲自负、不可一世，怎么也没料此时到会这般温文尔雅。

众臣纷纷对皇帝佩服几分，能在重压之下，还如此镇定自若，这位年轻的君王，绝不简单。然而，他也绝非面上看起来这般温润，不妨说，他这般温润不过是个幌子罢了。

“臣斗胆地问一句，难道不是储秀宫娘娘唆使皇上休妃、抄家臣子？”

凌烨宸微微一笑，望着金銮殿外，柳树成行，柳絮飘飞。若是玉凝强迫，他兴许会更加快乐。可惜不是。

“并非如此。朕此时不怕诸位爱卿笑话，朕斩杀的妃子，皆是背着朕跟人暗通款曲之人。”

众臣惊，纷纷看向皇帝，大觉意外。皇帝为保住玉凝性命，竟肯说出这等丑事。此事，便是寻常百姓家的汉子，也都不耻讲出，皇帝在众臣面前说出，无疑是昭告了天下。

凌烨宸微微苦笑道：“妃子不洁，已是死罪。西岩律法有记，妃子暗通当诛九族。朕将臣子抄家，众爱卿说，朕错了吗？”

众臣骇得身形不稳，纷纷摇头道：“并未有错。”

月下喝道：“既然没有错，你等今日却为了被斩臣子前来联名上奏，足以说明你等目中根本没有西岩律法？还是说，你等与那被斩罪臣，同入一流，也都当斩？”

众臣大惊，扑通扑通再次跪倒，齐声求饶，“臣等不敢。皇上明察，臣等不知实情。”皇帝果然不是简单之人，怎可认为他温文，不过是以礼相待，请君入瓮罢了。

凌烨宸微微一笑，说道：“爱卿，请起。”再次俯身，将众臣一一扶起。

众臣心中更是对皇帝敬畏起来，却也心中害怕不已，因皇帝双眼冷情非常，生怕一着不慎，便被拖出斩首。

虽说百官皆在，可，谁能保证此刻眼前的不是暴君？更何况，眼前此人毫无深浅可言，老臣子年逾六旬，竟丝毫看不出皇帝的心思想法。

“再说一说，出家为尼的女子。你们觉得朕不该迫她们剃度，朕倒觉得这是她们最好的归宿。朕只问众爱卿一句，朕碰过的女人，再要嫁给谁去？众位爱卿，若能说出一个名字，朕便立刻下令，让为尼的妃子，还俗婚嫁。”

众臣三次跪倒，齐声道："臣等知错，请皇上降罪。"

凌烨宸此次未将众官扶起，负手走回龙椅坐下，将血红奏折打开，倏地掷到众臣眼前，质问道："倘若，玉凝并非玉凝，而是众爱卿的女儿，诸位可还要朕下这斩令吗？恐怕只会感激皇恩浩荡吧！"

殿下无一人作答，众臣不寒而栗。皇帝两扶一不扶，两次温声劝慰，一次冷声反讥，将众臣驳斥得哑口无言，无任何还嘴余地。

殿旁，记录的小侍，将此次朝堂之事记为：皇帝怒驳百臣血字联名奏折，力保宫妃薛氏玉凝。

金銮大殿外，柳树下，忽然出现了一道白色的身影，怯怯地望着殿堂方向。

凌烨宸身子猛地一震，起身快步穿过跪地百官，朝那白影踱去。

"众位大人，请起身，自行退朝吧。"月下道。

有个臣子慌忙问道："月公公，不知那柳树下的女子是谁？"

"你们方才让皇上斩谁？外面那位女子便是谁。"月下疾步跟随皇帝出殿去了。

众臣远远朝那女子看去，但见她娇小玲珑，仅达皇帝胸口，一身白裙，不染纤尘，怎么看去都不似魅惑君主的妖精，不禁多朝她看去几眼。又见皇帝轻轻抚顺她耳边发丝，温柔备至。却怎么都不像方才的冷魅帝王。

殿外柳絮翻飞，时至四月，天已渐暖，阳光大好。

凌烨宸握住玉凝的手道："今晨我起得早，未将你唤醒。差人给你送去的药膳，可喝下了？"

玉凝飞快地点头道："冬儿服侍着喝下了。"忽然间想到昨夜在他身上亲了那些下，脸颊不由得烫了起来，心中又惊又乱，低头看着他的脚尖。却不知，他可有意放过她父母吗？昨夜自己可已没了羞耻心了。

凌烨宸见着玉凝羞怯的娇态，心中喜欢，他问道："你来此张望，有事找我？"指尖捏了捏她的脸颊。

玉凝这才想起正事，"我表哥表嫂要动身回到碧月国。"

"嗯。他也离国数日，国不可一日无君，也是时候回去了。"

玉凝见他语气冷冽，不甚在意，失落道："我想着你是不是……"

凌烨宸见她吞吞吐吐。不禁皱起眉来，却也不将她打断，静静不语，耐心等她把话说完。

玉凝却心想：他是她丈夫，她表哥要离开，他若在乎她，按理该去送送表哥才对。她都已说了表哥要走，他却没有自觉要陪她去，说明他不想。她便独去送表哥吧。

"没什么，皇上国事缠身，日理万机，快快忙去。我走了。"

凌烨宸抢上一步，扼住她的腕，玩味地勾起薄唇道："怎么说着说着，倒又成了没什么。你可从不会主动前来找我。说半句留半句，好有趣吗？"

玉凝怔怔地望着他。脸上一阵红一阵白。便乖乖地说道："我想请你陪我去送送表哥表嫂，你若不想去，也无碍。"

凌烨宸轻笑了下，原来是这样的小事，却将她难为成这样，他往日待她到底有多么卑劣，遂对月下道："去备百箱珠宝，百匹绸缎。"

月下领命去了，一盏茶不到，领两列侍卫，抬来珠宝绸缎。

玉凝吃了一惊，环指耀眼珠宝，刺目绸缎，不解道："这些是……"

"宋兄离去，我当略表心意。他自是不缺珠宝绸缎，不会放在眼中，便都给孙婆婆吧。昨日我与宋兄饮酒的时候，得他告知，孙婆婆以往待你友善。你是我的女人，那么她也算是于我有恩。"凌烨宸认真道。

玉凝心中猛地一暖，他也有细心的时候，如此说来，他心中也有她吧。

羊肠小道上几经徘徊，踏着落花，一行人走向宫门。

月下又是拧眉又是叹气，连连拽下几根柳条，问道："薛主子，邢掣回云天国吗？今早不见他人影。"

邢掣的一举一动，冬儿定是会跟薛主子说的。

玉凝想了想，说道："暂时不回。"心知月下要问的绝非邢掣的去留。

月下心中大乐，"那就好。"

玉凝睥向月下，提醒道："两位公主还有郝仁要回去了。"

凌烨宸道："云天距西岩，逾万里，来去一次着实不易。"

月下心中猛地一揪，说道："那姐妹两人最是讨人厌，早就该走。"声音却满是失落，双儿也要走了！

宫门前，车马成列，侍卫成行。

双儿眼尖，一下子就看到了皇帝等人，在众人当中也找到了月下。西岩国大业大，他在此位高权重，月哥哥定然一百个不愿意伺候一个小小的属国公主，罢了，还是打消了强硬地将他带在身边的念头吧。

宋哲久久地望着玉凝，眼中满是不舍，落下两行泪，叮嘱道："表妹，哥哥走了，你多保重。上次相见是多年前，此次一别，倒不知何时才能再见。"

玉凝心中一酸，说道："表哥，你也保重。你要好好待我表嫂，莫要让她再离家出走了，上次落在我家皇上手中，下一次便没有那般的运气，万一落在了土匪强盗手中，可怎么办？"

凌烨宸一听到"我家皇上"四个字，心中大喜。

宋哲连连说是，越哭越痛，可儿给他递去手绢，他又唤了一声："表妹。"大步向前要将玉凝抱在怀里。

结果软香温热的身子没抱到，却将一个比自己还高还硬实却香气喷喷的男人给搂在怀中，撞得胳膊生疼。

原来正是凌烨宸见宋哲夹风带电地奔向玉凝，当即身子一侧，挡在玉凝跟前，声音冷硬又不悦道：“宋兄，你丢开我吧。”

宋哲身躯一震，立即松开手臂，惊得退开几步，只见玉凝正在凌烨宸背后，探出脑袋，两眼泪光莹莹地望着表哥。

宋哲平视凌烨宸，说道：“我表妹交给你了，你好好爱她。昨夜咱们边沐浴边谈天，也算是坦诚相待，我一旦发现你待我表妹不好，便立刻杀回来，跟你闹得天翻地覆。”

凌烨宸听到“坦诚相待”几个字，不由得一阵寒战，说道：“你且放心。绝不给你杀回来的机会。”

宋哲对玉凝认真地说道：“表妹，要是你有什么不如意，给表哥飞鸽传书，表哥前来救你。”

玉凝重重地点头道：“好。”心里却想着，鸽子飞出万里，可要累死啦。

吴欣拉住玉凝的手，“凝儿这丫头乖巧懂事，从哀家这里也不能让她吃了苦去。”

映雪落泪，握住玉凝另一只手，“我和玉凝情如姐妹，自然不能让皇上欺负了妹妹。”

玉凝看看身侧两人，仅觉得自己脚底凉飕飕，大难要临头。

宋哲猛地皱起眉头，映雪是什么样的人他不甚清楚，可吴欣曾毁了表妹的容貌，又将表妹投到溪水之中，那可是一个大恶人。还好表妹此刻容貌恢复，他心中才得以宽慰些许。当即道：“凌四，你若敢让你母亲再害我表妹，我跟你势不两立。”

凌烨宸当宋哲所提是昨日晚膳时候玉凝受委屈之事，“那种事情，不会再发生。”

“对，不能再发生。”吴欣生怕宋哲说出玉凝毁容一事。

宋哲听得凌烨宸笃定的语气，又得吴欣保证，当即放心。哪知道他和凌烨宸两个人说的根本不是一件事情。宋哲当凌烨宸已知道吴欣所做之事，而凌烨宸却是一无所知。

林可儿拨开吴欣、映雪，拉住玉凝的手。

映雪娇弱，一下子倚在了凌烨宸的怀中。

凌烨宸道：“还好吗？”

映雪摇头，“臣妾没事，多亏了皇上抱住了臣妾，否则……否则……”

玉凝不屑，“否则，你倒要摔倒在地了吗？我表嫂只是轻轻地碰了你一下……”

映雪被玉凝凶巴巴一斥，委屈极了，“皇上，臣妾不是有意惹妹妹动怒的。”

凌烨宸点点头，“没事就好。”

可儿何许人也，当年在碧月可斗遍众妃，练就豁达秉性，对映雪所为丝毫不放在心上，对玉凝兴冲冲地道：“玉凝，表嫂一走不知什么时候才能见到你。我有个提议，不知你意下如何？”

“什么提议，说来听听。”

“我和宋哥哥只盼着生个女儿，从四兄弟话里，是盼望你为他生下一个儿子。咱们此刻指腹为婚怎么样？将来，我的女儿嫁给你的儿子，给你当儿媳，到时咱们可就是亲上加亲啦。”

玉凝看了凌烨宸一眼，凌烨宸点点头。两人对视间满是浓浓情意，竟心有灵犀，夫唱妇随。

玉凝道：“我看如此甚好。到时，我儿子非表嫂的女儿不娶。”

凌烨宸和宋哲对望一眼，亦都任着玉凝、林可儿两人去决定。

可儿开怀道：“我已给女儿取名宋玉。你可有想好儿子的名字吗？”

玉凝摇摇头。

宋哲哈哈大笑，“依照凌四兄弟那骇人的性格，他的儿子还不得叫霸天、霸地、霸道之类吗？”

凌烨宸拥着玉凝的肩，玩笑道：“霸天、霸地、霸道，那不够响亮，我儿怎么也要傲天、傲地、傲娇才好。”

映雪心中难过极了，甄儿未出世之前，也没有见到皇上如此开心，若是长此下去，日后这皇位万不可能是甄儿的了！

林可儿道：“傲天好。玉凝，我们可说定了，你的傲天，将来可只能娶我的宋玉。如若另觅红颜，咱们不容他。”心中满是女儿日后能够幸福美满的期望。

“嗯，说定了。”玉凝抬头看看天色，“快些上路吧，莫要多做耽搁。”

凌烨宸命人将珠宝、绸缎装上马车，又令百兵驾马先去清路。

宋哲扶着可儿上了马车，凌烨宸又喊道：“宋兄，你且慢。”上前拉住宋哲，避开众人说了句什么，宋哲看看玉凝，笑了笑，小声回答了一句。

宋哲走回上了马车，兵马拥护，浩荡南行。

马车内，可儿倚在丈夫怀里，“宋哥哥，方才凌四找你说了什么？”

宋哲在她唇上轻啄，“他问我昨夜去百里之外什么地方给你买的糕点。想来是要给我表妹去买。”

原来凌烨宸昨夜见到玉凝对林可儿满是羡慕，一时之间，便起心也出去一趟，逗她一笑。

可儿叹道：“你以后不用再担忧玉凝了。凌四也是个有心的男人。”

玉凝望着人马渐渐远去，不久便了无踪影，心中一时伤痛，落下泪来。

凌烨宸拥住她的肩膀，安慰道：“宴席终须散，何必伤怀，又非不能再聚。你若思念他们，我随时便能带你去。”

郝仁突然说道：“擘儿，你此番也别过西岩君主，早些回云天，好让你父皇安享晚年。”

“郝爷爷，你与家姐先回去，我要多耽搁些时日，再回去。”

“弟，我和阿姐要走了。你要留我多陪你一些日子吗？”双儿偷偷看着凌烨宸背后的月下，只见他别开脸颊，似根本没有看到她。她哪里知道，月下心中亦有不舍。

邢掣是木头，不知双儿的心思，径直道：“过去十八年都是我孤单一人，此时当然不需你陪伴。更何况，我已有了伴我之人。”所指冬儿。

双儿又道：“玉凝，我要走了。”

玉凝知道双儿是让她挽留，可自己出言挽留，到底无济于事，月下到底不能给双儿夫妻之实，只好说道：“双儿慢走，我会想念双儿的。”

双儿泪珠顷刻从眼眶滚出。玉凝聪明伶俐，却不肯留她，看来她此番是走定了，她不得不和四哥道别，“四哥哥，你保重啊。”

凌烨宸嘴角噙着笑道，“保重，回去莫要调皮。”

双儿大感绝望，四哥哥说话最最有力，竟也不留她，她是走定了。

双儿猛地拉着月下的手，说道：“月哥哥，你若是不想让我走，我就不走，在这里跟你玩。我也不当公主了，此生此世也不要什么驸马，我当你的丫鬟，好吗？”

月下拨开双儿的手，淡淡地说道：“你是去是留，与我没有什么相干。我也不需要丫鬟。走好，不送。”

双儿身子向后退了几步，良久才说道：“月哥哥保重。”说罢，跃上马背。

月下望着双儿离去的方向，只见双儿人在马背，却时时回眸朝他望来，满是不舍情丝。月下心中怅然若失，眼眶一涩，落了泪。从未得到过什么，怎么此刻倒似失去了所有。

邢掣道：“月下，你不去追我姐吗？”

“不去。”

冬儿突然拉着邢掣的手腕，劝道：“邢爷，你也回云天吧，好吗？”心想若是邢掣离开的话，吴欣便将兵符、玉玺归还，万不能再害主子。

邢掣讶异，冬儿一向唯唯诺诺，今日怎么突然催他回云天，他困惑地问道：“冬儿，发生什么事了吗？”

冬儿从不说谎，当即便想说出事实，可突然看到吴欣手比作刀，从脖间划过。冬儿大骇，结巴道：“没，没什么。”

玉凝取笑道：“冬儿，莫不是想要嫁人了吧？”

冬儿脸上一红，不好意思地说道：“主子，你又来笑我。”

正在这时，一名侍卫疾奔而来，在凌烨宸耳边说了句什么。

凌烨宸面上先是一惊，随即轻轻笑开，淡定地说道：“母后、凝儿、雪儿，朕有事在身，你等退下，各回己处吧。”

映雪扶着吴欣先走一步，问道：“母后，玉凝肚子里怀那个什么傲天，当真要让他出生吗？怕是小傲天出生了，可再没有甄儿的好日子过。”

吴欣抿唇，想着宸儿和玉凝有血缘，生出的孩子也是怪胎异类，定让宸儿给人笑话，“让她将孩子带到阴曹地府去，生下婴孩去做个鬼雄。”暗比一尸两命。

玉凝让冬儿搀着在后面跟随，怎也不愿与吴欣、映雪两人同行。心想：方才凌烨宸面容又是担忧又是欣喜，不知方才那侍卫跟他说了什么？

玉凝冷不防腕上一紧，被人攥住，随即撞进了一个结实的胸膛，只见凌烨宸嘴角勾着一抹轻佻的笑，责备道：“爱妃，怎么不行礼，就要退下，你眼中还有朕吗？”

“可，母后、映雪都没有行礼，你怎么不去追究？”玉凝随即想：罢了，他有意要为难她，她不出丑，他不开怀。玉凝福了福身，“皇上千好万好，臣妾告退。”

凌烨宸两只手臂钳住她的腰身，深深地嗅着她身上的暖软馨香，缠绵道：“跟你分开不足两个时辰，我已想你入骨。待我将下午之事忙完，你必将对我千恩万谢。以后可要都像昨夜那般待我才好。”

玉凝不知他话中意思，什么“下午之事”，什么“千恩万谢”？只知道自己的一颗心突突地乱跳，“你放开吧，你的属下都在，你不羞吗？”说罢，从他怀里逃脱掉，拉着冬儿跑开了。

凌烨宸冷冷地望了邢掣、月下一眼。

两人一凛，赶紧说道：“方才我们可什么都没有看到。”

凌烨宸道：“方才探子来报，这两日帝都有人高价变卖宅子、商号，兑换成了银票。你两人看，此事有没有意思？”

邢掣挑眉问道：“爷，这两日，狱中也有动静。这两件事情，会不会有什么关联？”

凌烨宸问月下，“你怎么看？”

月下望着凌烨宸、邢掣，半晌后，叹气道：“双儿，你问我什么？”原来他方才心中只想着双儿此刻已到了哪里，根本没有听到凌烨宸、邢掣两人的话，将“皇上”唤成了“双儿”。

邢掣道：“月下，谁是你的双儿。”跟着凌烨宸朝养心殿走去，月下随后。三人退了宫装，着便服，出宫去了。

帝都大牢，污浊阴潮，虫鼠乱窜。

“薛丞相，你快快醒来。”

薛晟被用了私刑，满身是血挺在地上。听到有人唤他，跪地连连喊：“莫要再打，莫要再打！我有小女在朝为妃，我有爱子是朝中皇帝，我有欣儿在朝为太后。莫要打我。我妻子儿女不会杀我。”

想来是吃了不少苦头，吓得疯疯癫癫。他正后面是一名娇美妇人，和玉凝有几分相似，正是玉凝的母亲，薛晟的三夫人。西边角里趴伏着三个男人，角落漆黑，看不清楚脸面。

“薛丞相，休要再喊，我是凌懿轩。当年我曾多次拜访你门下，你可还记得我吗？”

凌懿轩当时和玉凝一再错过，寻玉凝之时，多次到薛晟府上，与他下棋煮茶，两人有些交情。

薛晟睁开昏花的眼，哀求道：“七爷，念在你我往日情分，你救救老夫！救救老夫。”

“薛丞相，我已买通狱卒牢头，重金买下你和三夫人的性命。你且快快换了衣裳，随我出去。”

凌懿轩在帝都有多处商号，酒楼茶馆。回宫那日，凌烨宸将薛府抄家，他知薛府必亡。见到玉凝满腹愁容，当即起心，不能救得薛府全部，也要救下玉凝的生身父母，那夜晚膳借故离开，操办此事，费尽周折，总算天遂人愿，进得大狱。

“八弟，十二弟，快将你两人背上伏着的那两名死囚送入牢中，跟薛丞相、三夫人对换。”

凌武、凌思远依言将身上的死囚扔进牢房。

凌懿轩给薛晟、三夫人递去干净的衣裳，说道：“你们快些穿上，一会随我一起扮作探监的人一道离开。我立即送你们出西岩，到时，行刑那日，四哥发现你和三夫人不见了，五湖四海、天涯海角再要去寻，也难。”

薛晟和三夫人将干净衣裳穿上，指着那两名死囚道：“这两人是要替我夫妇死吗？”

“他二人原本就犯了命案，罪有应得。能救下玉凝的父母，也算是功德一件。”凌懿轩拉着薛晟、三夫人疾步而走。

薛晟指着西边角落趴在地下的三个男子，说到：“这是我的三个儿子，可能救吗？我的另外五个儿子、大夫人、家眷老小都在别的牢房里，能救吗？”

凌懿轩犯难，说道：“当务之急，我将你两人先行救出。剩下之人，倾尽我所有钱财、动用我所有人脉，尽我所能地去救。”

薛晟跪地，老泪纵流，说道：“七爷，大恩不言谢，大恩不言谢啊！”三夫人亦随丈夫跪下道谢。

凌懿轩将二老扶起，说道：“不必谢我。为玉凝做任何事情，我都心甘情愿。莫要多耽搁，快走。”

凌氏三位王爷，挟着薛晟夫妇迅速离开大牢。

狱卒从门外回来，将牢门关住。似什么都没有发生那般。

牢房里西边角落，薛晟的三个儿子，醒来起身，长腿缓迈，信步踱出牢门。

为首之人，一双琥珀色的眼睛，冷若寒冰。

第二人脸容白净，身材高挑儿。

后来那位，冷冷硬硬，笑也不笑。

众名狱卒纷纷跪倒，齐声道："参见皇上。"连忙用袖子擦凳子、桌子，让为首的男子坐下。

原来正是凌烨宸、月下、邢掣主仆三人。方才出宫之后，径直赶到狱中，洒下迷香，挪走薛晟三位儿子，伏在昏暗一角。

邢掣道："爷，为什么要让七爷将人救走？来此难道不是为了将七爷抓个现形？"

这几日凌懿轩动用人脉与典狱长碰面几次，若典狱长肯开牢门一盏茶的工夫，便给他黄金百万，典狱长大为心动，正自动摇，却又心知薛晟非普通人犯，未敢轻易接纳钱财。

孰料，今日皇帝亲自进了大狱，要典狱长接下钱财，将门开得一隙。

凌烨宸垂眸，"朕也是受人之托。"那人指的正是玉凝。既自己无法违背母后之意，那便借七弟之手，网开一面吧。兴许，在得到凝儿的一瞬，他早已罢手，将对薛晟的恨放下了。

"月下，你去帮七弟将劫狱一事做得完美一点。"凌烨宸指向劳房内凌懿轩带来的两名昏睡的囚犯，笑意微讽，"七弟真的以为朕发现薛晟无故消失，便无法追究吗？他又真的认为，若我不松手，他能安然救下薛晟。"

月下拿出化妆易容所有家什，将那两名死囚装扮做薛晟、三夫人的模样，竟看不出一丝破绽。

妥当之后，三人才出大狱。

邢掣、月下问道："皇上，可要回宫？"

凌烨宸看看天色，跃上马背，拉着缰绳，说道："朕需去往百里以外走一趟。"说罢，遂圈转马头，疾驰去了。

月下跳上马背，说道："邢掣，我需去往千里之外一趟。"

邢掣一怔，说道："这……爷去给薛主子买糕点，你是去哪里？"

月下喝了一声"驾"，朝南狂驰而去，马蹄直翻得灰土四散，马鞭直挥得马臀道道血痕，可见心中急切不已。

月下一路疾奔，追出百余里，终不见双儿的身影。望着日头已近西下，村落炊烟已起，黯然神伤，他此生再也见她不得，望她有位好驸马，此生此世爱她守她。他便一生为奴为婢，伴在皇上身畔。从此与她各不相干。

玉凝于储秀宫榻上正歇息。忽听得院外传来欢快的男子声音，"玉凝。"

"是懿轩。"玉凝披衣起身，迎出门外，"懿轩，你这两天去了哪里？怎么都不见你的身影？"

凌懿轩听到玉凝语带关切，心中大感宽慰，玉凝心中到底是记挂着他，他为她死也甘愿，凌懿轩说道："此事，说来话长，外面天凉，咱们进屋去说吧。"并肩步入屋内。

坐在桌边，凌懿轩将玉凝的两手紧紧握住，心中满足又甜蜜，“玉凝，两天不见，可有想我吗？我时时都牵挂着你。此刻见你，比前天还要美好几分。”

玉凝叹气道：“我怎么能不想着你，仅有你是真心待我。”想起狱中父母，忽然难过起来，落了几滴泪，“我父母待我也是极好的。爹爹那日若非鬼迷了心窍，怎么会身陷大狱，我只恨自己一介女流，不能左右什么。”

凌懿轩忙帮她拭去颊边眼泪，安慰道：“你莫哭，我今天来便是要告诉你……”

他话还未完，玉凝却道：“看看我，你来了我屋里，我却连杯茶水都没有给你倒上。”说罢，拎起茶壶，里面却无茶，“冬儿，快快看茶。”

冬儿持茶进来，为凌懿轩、玉凝两人各倒一杯茶水。

凌懿轩似乎渴了，将碗中茶水一饮而尽，又自己倒上一杯，喝过还觉不够，便又吃一杯，竟连饮三杯。

玉凝见状笑出声响，“不知道的还以为是什么琼浆玉露，瞧你喝得多乐。”

凌懿轩擦擦嘴角，“你给我的茶，可比琼浆玉露还要甘甜，不信你自己也吃上一口。”将茶杯拿起递到她手上。

“我却不信，当真那样甜？我天天都饮这茶，却没觉得甜呢。”玉凝轻轻啖了一小口。

“主子，你别……”

玉凝见冬儿欲语还休，不解道：“冬儿，别什么？”

第三十四章　捉奸成双

冬儿忙摆摆手道："没，没什么。"

玉凝微微一笑，将碗中茶水小口饮尽，用手帕擦拭嘴角。

凌懿轩见她白皙手指拿着罗帕擦拭嘴角的姿态，娇美羞怯，心中喜欢极了，痴痴看着她，喜欢道："玉凝，我看你一生一世都看不够。"见玉凝脸上一红，他柔柔地一笑，又道："怎么样，那茶，可甜吗？"

"被你那么一说，倒真的比琼浆玉露还甜。"玉凝想了想，"懿轩，你方才想说什么？"

"我……"他已将薛晟、三夫人送去安全之地的话还未出口，凌懿轩忽就觉得下腹阵阵燥热，身上滚烫起来，呼吸亦都粗重许多。额头、脖间渗着颗颗汗水，双颊泛着红晕。

"懿轩，你怎么了，哪里不舒服吗？"玉凝将手探向凌懿轩额头，惊道："你的额头好烫。"

凌懿轩被玉凝一碰，额上一凉，心中大感舒坦受用，抓住玉凝的腕，猛然拥住她腰身，将她抱在怀里，说道："玉凝，我……我好难过。"

玉凝一怔，正待要将他推开。忽然身体便软绵绵再无所依，体内阵阵热浪涌开，凌懿轩冰凉的衣料，也使得她心中快意不少，一时不愿松开，攥住了他背后的衣裳，伏在凌懿轩肩头，他无力道："那茶水……"

凌懿轩鼻间是玉凝身上的暖软馨香，耳边又是她无力的低喃，当即心中大乱，"茶水让人下了药。玉凝，我此刻没了自制，你且对我多加防备吧。"

万般不舍地松开玉凝的身子，立时运功，以内力克制毒性遍沿身体，谁知才稍一用力，便身子疲软，丝毫使不上力气，莫非那茶水当中不仅有催情药，还有别的什么毒药？疑虑重重，望向冬儿，责道："竟是你出卖你主子吗？下了这种脏药，坏她名声、毁她清誉，于你有什么好处？"

冬儿脸上变色，立时跪地，忽地想起今晨从慈宁宫回储秀宫时候，吴欣塞过一包药，命她瞅准时机，在玉凝与男人独处的时候，将药下在茶内，否则，便又是以玉凝、邢掣的命做要挟。

吴欣所言的男人，并不一定是凌懿轩，任何男子都可以，要的仅是玉凝偷欢的事实而已。

冬儿扑通跪地，求饶道：“主子，七爷，奴婢有罪，奴婢该死。”

玉凝头昏脑沉，香汗湿襟，喘息无序，却心智明晰，她此刻伏在懿轩肩头，胸口压在他胸膛，姿势着实暧昧极了，想必懿轩也与她一样，受药茶折磨，她该离他远去，免得更使他难过。可，他衣服上丝丝凉意，让她实难割舍……

玉凝咬破下唇，血水吞进口中，疼痛使得她心神凝聚在一起，嘤咛一声，轻推凌懿轩胸膛，脱出他的怀抱，斜倚在桌上。

“冬儿，你跟我自小一起长大，对我绝对没有二心，我知你必有苦衷。然此事非同小可。多亏七爷谦谦君子，否则，可要引来了杀身大祸。你快将事情原委给主子说出，我与七爷共商对策，为你解难。”

冬儿见玉凝话语真挚，满是关切，心中满是感动，当即泪涌如泉，心想：管他什么吴欣，她什么都给主子说了。

“主子，我……”才说三字，便又想到邢爷的玉玺、兵符皆在吴欣手中，若是吴欣恼怒毁掉了一玉一符，那她可死也对不住邢爷，“主子，我不能说。”

玉凝正待发问，砰的一声，门被人用力推开。推在门上的力道夹怒带恨，再凶狠不能。

吴欣、映雪被仆从簇拥而入。侍卫、嬷嬷、婢女竟不下数十人，有的笑着，有的面露同情，有的则麻木，似乎见惯了这种捉奸在床的戏码。

吴欣拉住冬儿的手，说道：“冬儿，你捉奸当场，遣人报给哀家，此乃大功一件。哀家要好好赏你。”

“奴婢从没遣人去禀报太后娘娘。”冬儿忽地心内敞亮了起来，原来竟将一切皆推给了她，“主子，我……我不是有意要害你……”

玉凝对冬儿深信不疑，推敲冬儿是有什么把柄落在吴欣手中。

映雪眸色之中满是鄙夷，似玉凝是这世上最肮脏的人。

玉凝心中一紧，被她的视线灼伤，心中痛了起来。

“吴欣！”凌懿轩见到玉凝面色凄然，心中不忍，拔出长剑，剑尖指着吴欣的面门，“既然你绞尽脑汁要取玉凝的性命，今日不惜使出这等下三烂的法子，设计陷害，逼她就范。我不杀你，无以解心头之恨。你快受死。”

映雪花容失色，大喊道：“七爷要杀太后，众侍卫快快相护。”双手挥起，命侍卫快上。

铮铮数声，长剑纷纷迅猛拔出，朝凌懿轩疾刺过去。

“懿轩，你当心！”玉凝双眸被寒剑的白光闪得无法睁开眼。表哥今晨才离开，自己便身遭陷害，天都不帮她。

眼看众侍卫手中的剑，就要刺到凌懿轩身上要害之处。吴欣抬手挥袖喊道：“都退下，尽管让轩儿来刺哀家。”

众侍卫得令，收剑立到两侧。

凌懿轩持剑方迈一步，便浑身绵软，手掌松开，一丝力气都没了，竟连剑都握不住，闷吟一声，单膝跪在地上，捂着胸口粗喘，汗珠从俊朗的脸庞滑落，他恨恨地骂道：“吴欣！你当真卑鄙。那茶水当中还下了什么药？竟让我没了气力。”

吴欣微微冷笑，“我知道轩儿剑法凌厉无双，除了我儿能与你一搏，其他人便再不是你的对手，我又怎么会粗心大意到仅让你们喝下催情药？自然还得叫你们喝下软骨散，那才好。”

吴欣一早便想好，宫中男子多习武即便服了催情药，亦身手还在，若捉奸的时候打斗起来，未免麻烦。

“你……”凌懿轩只说一个“你”字，便气得身子剧烈发颤。

玉凝欲将凌懿轩扶起，孰料才迈了一步，便身子一软朝地上趴去。

凌懿轩双臂快速探出托住玉凝的腰肢，将她稳稳抱住，关切地问道：“可有摔到？”

玉凝摇头，一时没了主意，泪水颗颗滚落，滴在凌懿轩的手背，无助地哭道：“这可怎么是好？我可又害了你一回啦。”

凌懿轩用衣袖拭去她眼角的泪，安慰道：“那又有什么。我们两人清清白白，便什么都不害怕。四哥若是听信谗言，怪你不贞，那他就是世上第一的糊涂蛋！”自己爱玉凝爱得苦，却越苦越爱她深刻。

吴欣大怒，扬手指着伏在地上的两人道：“你竟敢骂我皇儿！”

映雪拍着吴欣的背，添枝加叶道：“母后，您莫气，明面上，这一双狗男狗女便已不将皇上放在眼中，又搂又抱，还骂皇上昏庸，那私下里，不定怎么诋毁皇上，弄不好啊，还意图谋反呢！”

吴欣怒意陡然升起。

“映雪，你好没羞。我真后悔那日没有让凌烨宸将你休下堂！”本该有力刻薄的话，却因得玉凝此刻娇喘连连，媚眼如丝，听上去竟有几分勾人魂魄。

“你当自己是谁？你说让皇上休我，皇上就会休我吗？你也不想想，以皇上的性子，可听得了人劝吗？不休我，不是因你相劝，而是皇上心中深深爱着我，舍不得休我。”

“雪儿，莫要跟这贱人多言。”吴欣挥手招呼左右嬷嬷，“来人，替凝儿、轩儿宽衣解带，将他两人抬到榻上，叠在一起。”

四五个嬷嬷快步朝凌懿轩、玉凝两人走去，这两人此时却是一点招架之力都没有，任由嬷嬷们拖着走了两步。

凌懿轩连连叹气，堂堂七尺男儿，竟任几个老婆子摆布，对玉凝安慰道："玉凝，你放心，便是真给她们褪了衣裳，我亦不会侵犯你。"

"我当然信得过你。"玉凝突然拼尽力气挣脱嬷嬷的手，"你们都且慢一步。"

吴欣不解，"贱人，你还有话说吗？"

"母后，床第之事到底私密，数十人在旁观看，凝儿当真害羞。"玉凝随之不期然地枕在他小腹上。

懿轩惊得身子猛地一颤，他本已浑身滚烫，此时因玉凝的脸颊便倚在他小腹上，更是难以抑制，"玉凝，你要将我逼到绝路了。"

玉凝不知他话中之意，仅对吴欣道："不如你们在门外等候，留我和七爷在房内单独相处吧。"

吴欣轻蔑道："你真的如此自甘堕落？我知道你机灵得很，不会要什么鬼把戏吧？"

玉凝摇头道："我和七爷此次是难免一死，死前若能逍遥快活，那也值得。待到皇上回来了，哪怕捉奸在床，那时再死，做鬼也无怨了。"

凌懿轩心中大为所动，从不知玉凝对他竟是这般深爱。可他却不能让她清誉不保，她这份心意，他自当永世珍惜。"吴欣，要杀要剐便都朝着我一个人来，放过……"

忽然大腿被玉凝狠狠掐了一下，凌懿轩疑惑道："玉凝，你……"

玉凝拉住凌懿轩的手，"你快快说吧，是不是死前要和我单独相处，若是不想，咱们便在众人面前欢好了去，难道这最后一次的云雨，也要给旁人看了去？"说着便滴下泪来，擦眼泪时候，猛地朝凌懿轩眨着眼睛，样子透着十二分聪明伶俐。

凌懿轩心想：什么最后一次的云雨，他可一次也没有和她云雨过啊？玉凝脑袋被药烧糊涂了？

"我自然依你，依你啊，咱们两个独处，死也甘愿。"

映雪心中满是鄙夷，玉凝死到临头，竟然不知悔改。

"罢了，留他两人在房内吧。你等出外守好门窗，量他们插翅难逃！过个一时半刻，我儿回来了，立时砍了他们脑袋。"吴欣听得他两人一唱一搭，竟都急不可耐，她可不想看那下流污秽的场面，"都跟我走。"

众人皆退，关门锁窗，严防把守。

玉凝猛地吁出一口气，说道："懿轩，快！"

不待凌懿轩回话，便立刻费力坐起身，将外衫褪掉，仅剩下里衣，薄薄纱料，早已被汗珠浸湿，贴在细嫩的肌肤上，诱人极了。

凌懿轩热血沸腾，连连粗喘，心跳若雷，紧闭起墨色眼瞳道："玉凝，你别。我是想要你，时时刻刻都想，可，不是在这种情况下，我，我是希望你心甘情愿地跟我。”

玉凝也不答话，伏在地上，朝凌懿轩掉在地上的长剑挪过去。

凌懿轩见玉凝没有声响，他又是为难，又是向往，他说道：“玉凝，你伤心了，是不是？若是……你当真想和……和我……那我也依你。”

玉凝拿到长剑，攥在手中，在左腕割了一个血口子，鲜血汩汩直冒。

“你干什么？”凌懿轩心疼得要给她捂住伤口。

“你不要动。”玉凝避开凌懿轩伸来的大手，拿起方才褪下的外衫，捂在左腕伤口上，把衣裳染透。又取来牛皮袋子，将血衣装进去，递到凌懿轩手中。

“这是？”凌懿轩撕衣包住玉凝手腕。

玉凝的唇因失血没了血色，“我恐隔墙有耳，此话便只小声跟你说一遍，你要听好。”

凌懿轩重重地点头道：“你说吧。”

“床榻下面有个洞口，通向宫外。”玉凝指向床榻方向。

凌懿轩大惊。

“我曾误撞机关，落入地宫。地宫之中满是石室，石室内机关陷阱密布、危险丛生。一会你便从地宫逃生出去。头一个石室布满乱剑，你需伏地穿过。第二个石室有大石压顶，机关便在巨石正中央。第三个石室，摆满刀网，不见血，网不收。”玉凝指着牛皮袋子内的血衣，“一会儿，你将这衣裳披上，便不会受伤。”

原来玉凝方才拿剑割伤手腕乃是为他的安危着想，凌懿轩动容道：“玉凝，我仅知道我为了你不怕伤痛，现在才知，你为我也是将伤痛置之度外。”

玉凝捂住他的嘴，眼色示意他切莫大声，“你再过几个石室，其中的陷阱以你的才智，绝对可过。再到最后，是一个深谷，乍看无路可出，你只要按动石门一侧的灰色宝珠，便有玉石路横穿深谷。过了深壑，就出得宫去了。你也就安全了。”

玉凝忽然想到那日和夜大哥在地宫患难的场景，又想到了那日出了地宫，夜大哥对她强吻，心中便慌乱起来，夜大哥此时可还好？

门外传来月下的声音，“太后娘娘、映雪主子怎么坐在院中？”

吴欣问：“皇上呢？”

“皇上有点小事耽搁在身，该要回来了。”

玉凝大惊，“糟了。”

凌懿轩虽不怕凌烨宸，却生怕给玉凝带来苦难。

玉凝眉眼一厉道：“懿轩，我刚才所说的话，你都听明白了吗？”

“可我走了，你一个人，定要受苦。索性和我一起走吧。”凌懿轩拉着她的腕。

“我不能走。爹娘皆在牢狱，冬儿也在吴欣手中。我走了，这些人再没活路。”

凌懿轩听到“爹娘”两字，立时便想到了今日来此是要告诉玉凝，薛晟、三夫人得救的喜讯，“玉凝，薛丞相和你母亲……”

玉凝当他要劝慰她，“此时不是说那些的时候，你快快随我上榻！”那机关在床榻里侧，她拉住凌懿轩往床榻走去。

谁知两个人都身子无力，才迈到床榻上，一个瘫软，凌懿轩便将玉凝给全全压在身下。

两人一时之间四目相对，鼻尖相贴。竟怔愣地望着彼此，发起呆来。

“玉凝，我做梦都想将你搂在怀中。方才几次都想借着药力……可我终是不愿意勉强于你。”

玉凝想到凌懿轩为她白了发，大感愧对于他，“懿轩……”

刹那间，忽地看到窗子开了一条小缝，似有人向里窥看，“懿轩，将罗帐放下吧，外面有人在瞧。一会我扳动机关，万不能让他们瞧出端倪。”

窗外的人正是月下和邢掣。两人将凌懿轩和玉凝的身影相叠的姿态都看在眼中。

正是吴欣说的事情原委，月下、邢掣不信，吴欣便叫他们亲自去看。一看之下，果真是薛主子和七爷在房内苟且。

凌懿轩长手一挥放下帐子。顷刻，狭小的空间便只剩下他和玉凝两人，气氛三分暧昧七分亲密。

玉凝伸手要去扳动机关，凌懿轩将她的手攥住，“玉凝，先不急。让我再看看你，我怕是这一走，再要见你，不知是多久以后。”

玉凝望着他的脸，见他满是祈求和真诚，没有忍心将他拒绝，任他去看。

储秀宫院门外，地上红叶被风吹起，卷起不小的旋涡。

骏马长嘶，凌烨宸跃下马来。

月下急忙阻住凌烨宸的去路，“皇上，尚书大人在书房求见，要共商南方洪水之事。”

“让他稍事等候，朕随后就去。”凌烨宸手中攥着从百里城外买回的糕点，疾步便要进院门。

邢掣、月下立时跪地，阻拦道：“皇上，你莫去。”

两人方才将房中之事看在眼中，心知皇帝在乎玉凝重于性命，倒不是怕皇上斩了屋内男女，而是听闻皇上并未服下情毒解药，此时进去，定要情念大动，情毒发作。

凌烨宸看向卧房，只见房门紧闭、窗户紧锁，又看到映雪、吴欣两人一脸忧虑地站在院中，立刻觉察到异样，“你们让开。”

邢掣、月下长叹一声，起身退开。

映雪望到了凌烨宸手臂上有一道伤口，长足四五寸，关切地问道："皇上，怎么受的伤？"

凌烨宸在去买糕点的途中，竟遇到了疯癫的凌苍，伤口便是被凌苍所砍，凌苍亦受伤不轻，又不知疯跑去了哪里，他答道："你的旧识。"

映雪一怔，她仅当皇上已将她与凌苍所为忘记，却不曾想，皇上还都记在心中，还好皇上没有铁证。

吴欣见儿子死死地盯着卧房，一张俊秀的脸容阴霾极了，她说道："儿子，母后前来有意要让凝儿做你的皇后，谁知，来的时候便是这大门紧锁的样子，我推开门一看，里面竟不堪入目……唉……"

映雪道："皇上，妹妹也是一时糊涂，你……莫怪她。"

"是谁？"凌烨宸嗓音冰冷。

众人一凛。知道他问房内的男子是谁。

"是七爷。已在房里半个时辰了。"映雪道。

凌烨宸心突地上提了几分。自嘲地想，怎会不知里面的人是谁，他只希望不是。

冬儿想说句什么，却被吴欣一个眼神骇得不敢多言。

凌烨宸伸手便要将房门推开，修长的手指碰在门板的一瞬，生生顿下，此番进去，该是看到怎样一副光景。若看到了，便当立时将他两人杀死。

房内榻上，帐内。

凌懿轩看了玉凝好久，见她一双眼睛澄澈水灵，心中喜欢不已，他控制不住地说道："玉凝，我可以亲一下你的眼睛吗？"说罢觉得唐突，"我……我就仅亲你的眼睛，其他地方绝对不动。"

玉凝怔愣许久，懿轩几次为她出生入死，险些丧命。别说是亲一下眼睛，便是要她为他送命，她也应该。可，她到底不能。

凌懿轩见她许久不答，以为她害羞。他的唇缓缓落下，眼看便要碰在玉凝的长睫。

门被轻轻推开。力道很轻，似乎推门那人经过了深思熟虑、一番挣扎。

墨色云头靴迈了进来，一身黑色锦袍，长身玉立，正是凌烨宸。见到白色纱帐垂着，他眼中温度一丝一丝转为冰寒。

风从敞开的门灌进屋内，将纱帐高高吹起。

榻上两人交叠的身影，落在了琥珀色的瞳中。

玉凝仅剩薄纱遮体，白皙的颈项赤露在七弟眼前。

玉凝惊慌地朝凌烨宸望去，被他眼中的痛深深灼伤。

"朕来得不是时候。"凌烨宸嘲讽戏谑。

几声巨响，门窗叫人打开，晚霞烧得天空火红，卧房里也亮堂起来。

众人纷纷涌进，几个婢子鄙夷嫌恶地撩开罗纱帐，似乎生怕被那帐子弄脏了手指。

玉凝知道她看起来狼狈且不知羞耻，方才跌倒的时候，绣鞋踢掉了一只，凌烨宸该当她有多急切。

凌烨宸表情比方才那几个婢女更加鄙夷、嫌恶，好似她是最肮脏、卑劣的女人。

玉凝眼角却落了泪，伸出手臂勾下凌懿轩的脖子，“机关便在东边床角上边，我一会抱住凌烨宸，你速速离身逃吧，此生咱们永不再见，于你于我都是最好。”

玉凝言毕，便翻下床榻，谁知竟狠狠地跌在地上。

凌烨宸见状，竟险些踱步将玉凝扶起，可却自嘲一笑，还在乎她的死活做什么。

映雪一怔，皇上难道是想搀起那贱人？看到了方才那样的场面，不是该立刻拿剑抹了玉凝的脖子才对，怎么倒看起来不忍心了？

玉凝伸臂抱住凌烨宸的小腿，回身对凌懿轩，“快走吧！”

凌懿轩看看地宫入口那机关，“玉凝，我走不掉了。你跟四哥比起来，还是太单纯。”

玉凝心中一凛。正自疑惑凌懿轩话中之意，便见四五名侍卫已将长剑架在他的脖颈上，将他押解跪在凌烨宸脚边。

月下道：“薛主子，方才皇上进屋之前，已派出精兵，将地宫各个出口皆都堵住，便是一只苍蝇也妄想飞出。”

玉凝惊愕，望着凌烨宸俊逸却阴沉的脸颊，“你放了懿轩吧，好吗？让这里的人都出去，我慢慢将事情原委说给你听。”

凌烨宸心中若钢刀剜绞，喉间满是腥咸，修长的指猛然钳住她的下颌，“事情原委我已知道，你以身体报答他大恩。”意指凌懿轩已将薛晟夫妇救出大狱一事。

玉凝自是不知那事，可凌懿轩对她有恩也是不假，“懿轩对我有恩，我是无以为报，可今日之事，并不是你所看到那样，你快快放了他去。”

凌烨宸险些将玉凝的下颌给捏碎，“你每出声给他求情一句，朕便让他死得更惨上几分。从方才到现在，你已说了两次放了他，朕该要在他身上刺上两剑。”挥令左右，“莫要留情，径直刺了去。”

两名侍卫将长剑惯透了凌懿轩身体，一剑从左肩穿出，一剑从腰侧刺过。

凌懿轩只痛得咬牙攥拳。

玉凝惊道：“不要伤他！”

凌烨宸冷声道：“再刺一剑。”

侍卫持剑在凌懿轩胸口割破一道七八寸的口子，衣裳破烂、血肉外翻。

玉凝惊呼道：“凌烨宸，你卑鄙！不问是非黑白，就要伤他害他！我恨你！”

嗤的一声，凌懿轩的胳膊又挨一剑。

“玉凝，莫要求他。”凌懿轩看向凌烨宸，“四哥，你不觉得奇怪，我怎么就轻而易举地让你四五个侍卫给按在地上？连连被砍四剑，我又怎么不还手？”

凌烨宸心下一沉，低头看向玉凝，只见她双颊潮红，眸光迷离，喘息不止，却似服了助兴的药，“七弟，你想说什么？”

凌懿轩吐出一口鲜血，说道：“那自然是我让人下了脏药、又服下了软骨散，这时候，才落在你手上，不然，多少侍卫也为难我不得。”

凌烨宸倏地将微凉手掌覆在玉凝的脸颊，只听得她口中嘤的一声，小脸在他的手掌中轻轻摩擦，他忽地喉咙干涩几分，褪了外袍给她披在身上，将她诱人的身段盖住。

“皇儿啊，此事可要慢慢审来才好，莫教表面给蒙了双眼。”吴欣坐在椅上道。

凌烨宸撩起衣摆坐了下来，玉凝本是抱住他的小腿，他这一坐下，她便软绵绵地伏在他膝盖上了。

映雪见玉凝那懒洋洋的娇态，当即心中妒怒，“妹妹方才也是这样伏在七爷小腹下面的，当真好看。”

凌烨宸将拳头握得咯咯直响，“七弟，是谁下的毒？若说得出来，立时将那人刺死，还了你们清白。为兄仁慈，绝不慢慢折磨你，一剑结果你的命，让你走得爽快。”

“我死不死已不放在心上，说出下毒那人，你要放过玉凝，不要难为她。”

“你快快说来。为不为难她，朕说了才算。”

凌懿轩斜斜看了一眼冬儿。

“懿轩，你不要说！”冬儿自小便跟在玉凝身边，玉凝可当真舍不得冬儿死。

映雪突然羞得用罗帕遮住脸颊，装作清纯道：“只听说过有种药，是床第之欢时助兴使的，莫非是妹妹下在茶水中引诱七爷喝下了吗？不然……不然玉凝妹妹在紧张什么呢？”

凌烨宸安静得骇人。

“不是那样的！”冬儿跪在凌烨宸脚边，想将事情皆揽在自己身上，“皇上，主子和七爷清清白白，这一切都是……”

“冬儿，你若敢说，主子立时死在你的面前。”玉凝唯恐冬儿出事。

冬儿骇得一字不敢再说。

凌烨宸见玉凝急于掩盖事实，更觉映雪所言有理，“唤来宫中所有御医，问一问便知。”

众御医片刻皆到，跪了里外几层。

凌烨宸问道：“今日可有谁开出了禁忌之药？”

其中一位半百老医者，暗暗看了一眼吴欣，吴欣点点头。这老者上前，指着玉凝，“今日薛主子向臣讨了这药，说是，要更快活。”

“更快活”三个字让凌烨宸脑中顿时一片空白，良久才缓得过来一口气，拳头砸在桌面，直震得桌上茶盏东倒西歪。

玉凝吓得忙要向后缩去，却被凌烨宸的手臂按住后背，只得趴在他的膝上。

“御医血口喷人，他是……是被人指使！”冬儿差点便将吴欣说出。

玉凝倏地叹气，“冬儿，快住口。”

“你住口！”凌烨宸冷声喝道。

玉凝心中猛跳，只听铮的一声，凌烨宸拨出了腰侧佩剑。

映雪心中大快，不由得推波助澜道：“皇上，妹妹也是一时耐不住寂寞，你别动怒。不要杀妹妹，饶了妹妹吧……”

凌烨宸手臂劲出，指着那御医，“凝儿不知道那是宫中禁药，难道你也不知？今日让朕蒙羞一事，大半过失在你。”剑尖撞进御医心窝，将他刺死。

众御医大骇，连呼饶命。

映雪大感失望，竟是要杀御医。皇上难道还要留下玉凝性命？快快将她砍了吧。

凌烨宸扫视众侍卫，下令道：“杀了凌懿轩。”

侍卫执起长剑，五剑齐砍下去。

“手下留情。”玉凝扑身便要挡在凌懿轩身前，却反而被凌烨宸给抱坐在膝上。

凌懿轩紧闭着双眼，疼痛却迟迟不来。原来是侍卫听到玉凝“手下留情”几个字，正自拿不定主意，到底是砍还是不砍，皇上也没催促，于是停下剑来，生怕一不小心把堂堂王爷砍了，万万担待不起。

玉凝拳头如棉花，捶打凌烨宸胸口，恨恨地说道：“你放开我！为什么不选择信任我？！”

“你让我怎么信任你？”世上便再没有他如此大度的男人。她与七弟私奔逃走，有媒有聘改嫁七弟。他为她背着母亲放过薛晟；为她休掉宫妃无数；为保她性命，他低声下气驳回众臣奏章。因得她一句“表哥奔出百里给表嫂买来糕点”，他便发疯一般出城去找那糕点铺子，差点死在凌苍手里。回来后却看到她被七弟压在身下，竟还怪他不信任她，“母后、雪儿，将你们看到、听到的，全都说了吧。”

吴欣不悦，“此事我不齿说出口，雪儿，你便代哀家说一说吧。”

映雪故作为难道：“方才我和母后来妹妹房里，恰巧撞到了妹妹和七爷拥抱在一起。虽我两人千般百般劝阻，谁知，妹妹却将我们赶出门外，说她要和七爷单独相处。”

凌懿轩道：“映雪，你血口喷人。”

映雪冷笑道：“难道你们两人没有说过要最后再云雨一次，死也无憾这种话吗？”

凌烨宸挑起玉凝的下巴，问道：“映雪说的是真是假？”

玉凝丝毫没有还嘴余地，那话确实是出自她的口中。当时仅是想将映雪、吴欣两人哄骗出去，怎会料到竟给自己和凌懿轩带来大难，玉凝答道：“凌烨宸，若你爱我，就不会听旁人怎么说我，你便该全心全意相信我。”

“我知道你的意思是说母后、雪儿与你素来不合，有意诋毁。若仅仅是母后和雪儿的话，朕兴许还会有所怀疑，可朕相信邢掣、月下两人的话。”凌烨宸冷冷地望向属下，“将你二人在窗外看到的，一五一十都说了吧。”

邢掣方要说话，便被冬儿瞪了一眼，随即闭口。

月下千百个为难，不得不说道：“薛主子说‘快快随我上榻’，拉着七爷上榻去了。七爷压在了薛主子身上我就看到这些。”一口气说完，别开脸去。

玉凝有苦难言，说道：“是了，看起来果是那样的。”

凌烨宸心中剧痛。淡淡地笑出声响，笑声让众人直发怵。

“四哥，你快别再笑。此事都怨我，杀了我便是了。”凌懿轩话还未完，便被凌烨宸的掌风打在胸口，连呕出两口鲜血。

玉凝刚想求情，立刻住口，只怕再让凌懿轩身上多挨几剑。

凌烨宸看着玉凝娇美的脸庞，抬起左手递出从百里之外买回的糕点，说道：“你不是羡慕林可儿？朕给你买了来，现在便尝一尝味道怎样吧。”

玉凝落了泪，几把剑就架在凌懿轩身上，凌烨宸让她此刻尝味道，那便是有意刁难，“我不要！”

凌烨宸双眸危险地眯起，令左右道：“砍下七弟左足。”

侍卫捞起凌懿轩左腿，持剑就砍。

“快快住手！”玉凝攥住凌烨宸衣裳，“我吃，我吃。你拿来吧。”接过凌烨宸手中糕点，和着眼泪嚼在口中，只觉得又苦又涩。

凌烨宸一想到她的眼泪全都是为了凌懿轩而流，立时恼怒，将那糕点一把夺过，投在地上，摔个粉碎，“凝儿，笑给朕看。”

第三十五章　迫不及待

玉凝此时心中满是对凌懿轩的担忧，哭还不及，怎么笑得出，却又生怕凌烨宸下令伤了凌懿轩的性命。于是，扯出笑意，泪水却扑扑簌簌落了下来。

映雪、吴欣甚是得意。

冬儿便要破口而出吴欣所为之事。

凌懿轩看不得玉凝被凌烨宸玩弄于掌中，说道：“四哥，你要杀就杀，不要想尽办法刁难她。”

“不，不，别杀他。只要你能放过他，我都按你说的办。我笑给你看还不行吗？”玉凝嘴角越是上扬，泪水却落得越凶。

“好一个郎有情妾有意，朕几乎被你二人感动。”凌烨宸怒火大盛，对那几名侍卫道，“朕方才已下了杀令，谁教你们停下！反了！”

侍卫方才听到玉凝惊喊“快快住手”，一时之间竟暂行停剑，此刻听到皇上的话，不解地问道，“皇上，是杀了七爷，还是砍了他的左脚？”

凌烨宸怒不可遏，气得大笑出声。

侍卫惊愣，自然是怎么狠毒怎么来，提剑便去杀凌懿轩。

玉凝骇得心口直痛。

“是太后娘娘安排的这一切！”冬儿突然叫道。

众人大惊。

凌烨宸猛然一震，问道：“你方才说什么？”

“冬儿，你不要胡言乱语，污蔑太后是死罪。”邢掣拉住冬儿的手腕。

冬儿道：“邢爷，我对不起你。事到如今，我不能再瞒了。我是一介婢女，主子疼我，邢爷爱我，我已得到的够多，死也值得了。”

玉凝斥责道：“冬儿，你……傻瓜！”

冬儿给凌烨宸磕头道：“皇上，事情是这样的……”当即把吴欣怎么绑了她，怎么威胁她，怎么让她在茶中下的药都说了。

凌烨宸俊脸顿时变色，问玉凝道："是这样吗？"

"药虽是冬儿下的，可她却有苦衷，你不要杀她，好不好？"玉凝紧紧地攥住凌烨宸的手。

凌烨宸反手握住玉凝的手，看向吴欣，问道："母后，此事当真？"

吴欣沉着淡定，"儿子，母后对莫须有的事情，可不会承认。什么兵符、玉玺我可见都没见过。什么威胁冬儿，母后需要去威胁一个小婢女吗？话说回来，母后跟凝儿无仇无怨，疼她还来不及，算计她做什么？"

"竟敢污蔑太后，来人，将这贱婢拉下去杖毙！"映雪抬手要打冬儿的脸颊。

邢掣眼疾手快，将映雪的手腕挡开。

冬儿指着吴欣道："太后娘娘，你怎么做了坏事却不承认？"

"哀家做了什么坏事？明明是你诬陷哀家。我猜想，是不是凝儿调皮，让你把玉玺兵符藏起来了？"

"太后娘娘，你怎么可以不认账？"冬儿话还没完，从袖子里突突滑下两件东西，重重地委地，正是玉玺和兵符。"怎么会！明明在太后娘娘手中。"

玉凝身子猛地一软，完了，冬儿这丫头被人设计了！刚才在院中让人把兵符、玉玺给塞回了袖中。她此次是百口莫辩，冤死啦，"邢掣，你还傻站着干什么！"

月下也道："再不行动，你媳妇就死定了。皇上不会给你留太多时间。"

邢掣立时将冬儿护在身后，"皇上，我将冬儿送去安全之地，立刻回来向你请罪，到时候是杀是罚，我都甘愿。"遂抱住冬儿的腰，跃出屋去。

"你的国家不要啦？"月下捡起邢掣的一玉一符，装在袖中。

凌懿轩摇头道："四哥，你真是蠢得要死，给两个女人蒙住了眼睛。我死了也看不起你。"

"谁要让你看得起？你死了倒干净。"凌烨宸命人快快刺死他凌懿轩。

此时忽地从屋外吹来滚滚浓烟，众人皆呛得咳嗽不止，眼泪直流，宫人喊："着火啦！快救火。"

三道身影闪进屋内，正是凌武、凌思远还有疯癫的凌苍。那浓烟便是几人点着了储秀宫帷幔秀帘所致。

凌烨宸紧紧搂住玉凝的身子，一时忘了对她正恨在心头，衣袖遮住她口鼻，"莫要让烟呛到了。"接着令众兵，"不要让凌懿轩跑了！"

众侍卫连连说是，忽然被人重重击在脑后，倒地昏厥，正是凌苍三人所为。

凌懿轩忽然感到脚脖子被人使劲一拽，便被人扛在肩上，往外奔去。

窗子猛地一响，月下向窗边望去，"七爷被凌苍给救走了，朝宫门方向奔去了。"

凌烨宸紧攥着拳头，下令道：“派人去追，不要留下活口。三哥、七弟、八弟、十二弟通通都得死。之后，将他们四人头颅呈上来。”

月下领万名精兵向凌苍等人追去。

凌烨宸也欲一同追去。忽然感到腰身给人抱住，回身一看，正是玉凝。

“你别去。”玉凝心想，若是仅仅月下带兵去追拿，那不一定能够捉到懿轩，可凌烨宸若是去了，可就一定能够捉到。

“放手。”凌烨宸口气不悦。

玉凝紧紧环住他的腰，说道：“我……我身子难过，要你给我解毒。”

凌烨宸心口猛地一震翻涌，身子燥热起来，情毒立时发作，猛地喷出一口鲜血，“你……”

映雪低声道：“不要脸。”

凌烨宸反掌扇在映雪的左颊，将她打得眼冒金星，“谁让你骂她，给朕滚。”

映雪大惊，皇上不是厌烦玉凝吗？委屈求助道：“母后。”

吴欣将映雪护在身后，问道：“儿子，你真要给这贱人解毒？她喝下那脏药，能将男子精血盗尽，小心伤了身子。”

凌烨宸蹙起眉头，说道：“母后，儿子已长大成人，诸多私事，你且少管一些吧。”

吴欣忽地脚底发凉，自己将事情做得天衣无缝，皇儿难道猜到了什么？不会，他若是猜到了什么，又怎么会下令杀死老七，又刺死那御医，“那便随你吧。”

而吴欣哪里知道，不管凌懿轩是否被下药，也不管那药是谁下的，仅仅看到了凌懿轩伏在玉凝身上，凌烨宸便恨不能将凌懿轩斩杀千回。

玉凝搂住凌烨宸的腰身，本是阻止他去捉拿凌懿轩，谁知才挨到他的凉凉的衣料，便将脸颊贴了上去，不愿离开。此刻被他抱在怀里，紧紧拥着，便更是不愿和他分开，往他怀中拱去。

凌烨宸猛地吸了一口气，拥起玉凝，从众人面前走过，朝养心殿走去。

路上奴婢、内侍纷纷让出路来。

储秀宫卧房内之事已在宫中传了开来，众人见皇帝将储秀宫娘娘抱在怀中都讶异不已，不敢抬头窥视皇帝的脸容。

只等到皇帝走后，宫女三五聚作一群窃窃私语，连玉凝那样不堪的女子都能让皇上宠爱至深，谁还不能？

凌烨宸一路默不作声，眸色越发的深沉，阴恻恻地让人害怕不已。

养心殿外两名小侍远远见了皇帝，慌忙开了朱红色大门，俯身候着。

凌烨宸抬靴迈进，宽大衣摆，带起冷风，两名小侍禁不住身子直打战。

玉凝的脸颊贴在他的胸膛，他的心跳若雷，一下一下撞在她的耳边，她的心中也跟着紧张起来。自从她有孕起，他从没有强求她行夫妻之为，今日……

“现在知道怕了？方才何必逞能要我为你解毒。”

玉凝默默不语，眼见卧房就在一尺之为，他长脚一踢，便将门猛然打开，直震得门板呼呼作响。她大骇，从他肩头探出手臂，攥住了门板，从他怀中滑下，望了眼房内木雕龙榻，“我不要进去。”

凌烨宸嘴角眼梢皆是嘲讽道：“自甘下作撩拨了我，我如你愿带你来我屋内，你又不愿进去。如果是欲拒还迎的话，很好，已有了效果，我恨不能立刻将你……”

玉凝捂住他的唇，红着脸道：“不要说了。我……随你进去就是。”别开脸颊，冷冷地道，“有什么比解我身上脏毒来得重要？就让胎儿，死在腹中吧。”

凌烨宸扼住她的腕，“你！拿小孩威胁我吗？”

“你在乎吗？”

凌烨宸眯起眼眸，良久才道：“我不在乎。”

玉凝心中猛地揪痛，说道：“那就不是威胁。爹爹不在乎的孩子，出生了也好可怜，早些死在腹中，是解脱。”玉凝拨开他的手掌，缓步迈向龙榻。

“薛玉凝！你站住。”猛地钳住玉凝两只细瘦的手臂，将她推按在门上，“你到底要什么？水中月，镜中花，你说得出，即便是没有可能，我也都满足你。你……心中能不能，只有我一个。能不能不要再折磨我？我的心好痛，你可知道吗？你能不能乖乖地待在我的房内，安心做我的女人！”

玉凝怔怔地看了他许久，她的心里何曾不痛。她爱他，他却从不知道。

“我要的最简单，我要每个人都各得其所，各自安好。我要你放过凌懿轩，饶过凌武、凌苍、凌思远。我要你放了冬儿……”

还要你，只爱我一个。这话，仅在心中说一说便是了。

凌烨宸拳头捶在门板，冷声喝止道：“够了。”拉住她的手，出了卧房，绕过亭台楼阁，到了养心殿寒潭。

天已是暖春，寒潭却依旧刺骨冰冷，冒着寒气。

“你在此处冷静冷静吧。在这潭内浸泡一时三刻，毒就解了。我……不碰你，你脏。在此，将七弟染在你身上的味道洗洗干净。”说罢，将她抛到潭水内。

玉凝身子接触潭水，冻得寒战不止，体内燥热慢慢减去。

凌烨宸唤来百名女兵，命令道：“守着她，渴了上茶，饿了送来膳食。朕回来前，决不能让她踏出寒潭半步。”

玉凝手臂破水而出，捞住凌烨宸脚腕，向后用力扯去，喊道：“喂，不准你走。”

潭边湿滑，凌烨宸脚下一踉，高大的身躯仰躺进了寒潭，激起高高的浪花，待他钻出水面时候，衣服紧紧贴在紧实的身躯上，发丝滴着水珠，红霞照映下，泛着淡淡光晕，更显得俊美非凡。

“薛玉凝！放肆。”

玉凝见他一脸错愕，使劲拂着颊上水迹，忍不住咯咯笑出声响，拨着水面来到他跟前，抱住他的腰身，娇嗔道：“别让我一个人受冻，你就在此陪着我吧。”

她体覆薄纱，被水浸透，腰身曲线更是玲珑有致，凌烨宸早已沦陷。

玉凝粉红的唇被他轻轻吮吻，手掌亦在她身上肆虐，他旁若无人一般，狠狠惩罚着她。

凌烨宸望着身下女子迷离的眼、红肿的唇，问道：“还记得日前回宫时候，进城门有多么困难吗？”

玉凝心突地下沉。

“七弟他们皆都不似夜雨寒，能够墙面行走，所以，都不可能出得去城门。你此刻使出浑身解数阻住我，根本没有用。”凌烨宸捏着她的下巴，轻佻道：“还是说，你真的迫不及待想要让我给你解毒。”

凌烨宸出了寒潭，对女兵下令道：“她出了闪失，你们谁也别想活，小心看守。”

众女兵连声呼“是”。

凌烨宸牵过汗血宝马，追电逐雷一般疾驰到宫门，跃下马背，上得城楼，“人呢？擒住了吗？”

“凌苍驮着七爷，凌武、凌思远在后保护，一路打杀酣斗，上了城楼，被逼到了死角，没了去路。”月下犹豫道，“可谁知，他们四人纵身跳下了城墙。”

“这城墙如此之高，即便是身手极好的人，跌下去也必定骨折身亡。”凌烨宸向城下看去，果然见到几具死尸。仔细一看，并非凌懿轩几人，反而是几名士兵模样的人。凌烨宸心中了然，“先将士兵抛下，在士兵没有落地之前，纵身跃下，踏在士兵身上借力，便可安然落地。士兵可就遭了殃，摔得脑浆迸裂。这主意，一定是七弟想到的吧。”

“回皇上，是这样，也不是这样。七爷不忍心杀害人命，让用战马当作踏脚石。可其他三位王爷未作多想，唯恐被捉，捞了士兵便当作了踏板。”

凌烨宸朝城下四处望去，皆不见凌懿轩几人的身影。他一时恼怒，猛地推掌打在城墙之上，将那砖石震得粉碎。

邢掣拱手道：“爷，属下已派人搜城，相信不久便能将几位王爷擒拿。”

凌烨宸淡淡地说道：“西岩要乱，战事在即。七弟与我不能两立，必有一死，方休。”

邢掣诚挚地说道：“我的兵马都给爷，我们一百七十几万兵马，一天便亡掉七爷三十万兵马。”

月下一怔，“邢掣，给你的兵符、玉玺。方才你落在了薛主子房里了。”月下在两只衣袖中翻找，却怎么都找不到，当即叫道，“糟糕！丢了吗？莫不是让七爷等人趁乱盗了去？”

邢掣变色，自责不已，“也怪我，应当小心为上。不然，也不会丢。”随即又道，“云天带兵的将军是耿鹏，年轻有为，对我父皇忠心耿耿，不会和七爷合并来打西岩，更何况，我这云天新主还在西岩呢，耿鹏更是不敢造次。”

凌烨宸低笑道，“只怕事情不会这么简单。”

众人皆都惊住，问道：“爷，此话怎讲？”

凌烨宸衣摆被风扬起，嗓音越发的冷冽，“七弟若是以兵符调云天兵马，那耿鹏自然不从。可如果七弟不是要令耿鹏为他卖命，而是要将整个云天送给耿鹏。你们说，是忠心耿耿效忠皇帝好，还是独自为王好？若是我，便选后者。耿鹏是男人，必有称王之心。”

邢掣不解，问道：“可那样，七爷能得到什么好处？即便西岩灭亡，他也得不到天下。”

凌烨宸苦涩一笑，说道：“他要的本就不是天下。而是……”

月下听皇上语气低沉，伤怀不已，刚想说句宽慰的话。

凌烨宸便挥手示意道：“都退下吧。”

邢掣、月下听令只得离去。

一时之间，便只剩下凌烨宸一人，负手站在城墙边上。

天色已近黄昏，凌烨宸孤身站在城楼顶上，望着城中百姓穿梭，庭院林立，炊烟袅袅。心中陡然升起几分孤单落寞。

凌烨宸忽然看见一对夫妇，他们拉着一个孩童走在街上，那情景温馨极了，自己便连这样简单的生活也不能有吗？

肩上忽然一暖，有人给他披了外袍。

女子脸容娇艳，双眸流转如波，正是映雪，她关切地说道：“皇上，城楼风大，小心着凉啊。”

凌烨宸心中一动，轻轻地将她拥在怀中，说道：“你来得正是时候，朕正孤单。你陪朕在此处站一会儿吧。”

“臣妾生生世世都陪在皇上身边。”

两人看着晚霞，久久不语。凌烨宸心中细细数着时刻，玉凝在寒潭已浸泡一个时辰，他却有意不回去，让她多受些折磨才好。

又有几人走来，正是吴欣被奴仆簇拥着上来了，关切地问道：“儿子，明日便是你的生辰，怎么此刻还闷闷不乐？”

凌烨宸搀住吴欣的手臂，说道：“母后，你今日所说立凝儿为后，可还算数吗？”

吴欣不悦道："她干了那么不知廉耻的事，你还要封她为后吗？雪儿这么好的女子，你却不知珍惜。倒让凝儿给迷了心窍。"

"人站得越高，跌得就越痛。朕要将凝儿抬到最高的位置，再将她生生推下，朕要让她痛。"凌烨宸似乎想起了什么，对映雪道，"雪儿，今晚，来养心殿侍寝。"

映雪喜极而泣，皇上有多久没有动过她了，皇上终于又肯要她了。

凌烨宸回到寒潭之时，玉凝伏在潭边沉沉昏睡着，他遣散百兵，蹲在玉凝身前，摸着她的脸颊，冰冷的触感在指尖传开。

玉凝睫毛轻颤，忽地醒了。看清楚身前的人，立时大惊道："懿轩他……怎么样了？"

凌烨宸突地眯起眼眸，眼中怒意更甚几分，问道；"逃了。你雀跃吗？"说罢便将她捞出冷潭，横抱在怀，迈步进屋，将她身上湿衣褪去，换上干衣。令人在房内多置一榻，"凝儿，从今，你便在此歇息。"

玉凝坐在榻上，暗暗吐了一口气，"好。"心想：还好不是每天与他同榻共眠。

凌烨宸令人送来枷锁铁链，将玉凝手脚扣锁，长长的铁链环在房内石柱之上。活动范围便只有周身四五尺。

玉凝错愕气怒道："你这是做什么？"

"再明显不过，我要将你锁在身边。"

玉凝气得直跺脚，那铁链便发出哗啦哗啦的声响。

入了夜，门板被人轻轻叩响。

凌烨宸放下茶碗道："进来。"

映雪推门进来。看到玉凝后，吃了一惊，"皇上，这是……妹妹怎么也在？"

"要的便是她在，她不在，还有什么意思。"凌烨宸轻声道，"过来朕怀里。"

玉凝意识到了凌烨宸的意图是要她看着他和映雪恩爱。她当即气恼不已，起身便走，苦于被锁链捆在石柱上，又不得脱身。

凌烨宸吻了吻映雪的唇，眼中却无一丝感情，"想朕吗？"

"每日每夜都在想。"映雪热情地圈住凌烨宸的脖子，唇在他颈间一下下吻着。

凌烨宸心中生厌，将她推到一尺之外，"皇上，你……不喜欢吗？"

凌烨宸睥向玉凝，在她眼中看到了泪花，他嘴角绽出笑意，便对映雪道："你说呢？为什么问朕呢？"

映雪大喜，皇上在玉凝面前跟她恩爱有加，说明皇上爱她胜过爱玉凝，她开心地倚在凌烨宸怀里。

凌烨宸又将她推开道："雪儿，将你衣裳褪了。"

"这……"从凌烨宸眼中看到狠辣之色，骇得身子猛地颤抖，于是解了衣衫，仅穿着遮羞小衣。

凌烨宸抚在映雪光滑的背上。

玉凝心中大恸，哀求道："凌烨宸，让我出去，可以吗？"

"怎么，看不下去了？这跟你和七弟所为，可差得远了。"凌烨宸抱起映雪入榻垂了罗帐。

玉凝心中剧痛难当，攥紧拳头，指甲将手心划破，血水直流。

映雪忽然间痛呼低吟出声。

玉凝泪水颗颗滚落，紧紧捂着耳朵，不敢朝罗帐看去。

帐子内，却是另一番光景。

凌烨宸、映雪各居床榻一角。凌烨宸手持匕首，匕首上面滴着血。

映雪胳膊被割了一道口子，玉凝听到的痛苦低吟的喘息，便是伤口疼痛所致。

凌烨宸闭起双眸，长睫下有泪迹，倚在墙壁坐着，听着帐外玉凝的抽泣声，心痛得如同千刀翻搅、无可抑制，手掌倏地握住了匕首的锋刃，血水滴溅四处。

映雪见状大惊道："啊！皇上，不要。"

玉凝将这句话听在耳中，顿时脑中一片空白，狠狠地咬住手臂，拼命阻止自己哭出声响，她在心里骂了千遍："凌烨宸，我恨你！我恨你！"

漫漫长夜，凉如水。泪不尽，伤无休。

院内，邢掣眉宇之间尽是忧虑。

月下道："邢掣，叹什么？"

邢掣一掌拍在花树之上，震得花叶飘落，不无担忧地说道："当时回城，我将兵马屯在城外。方才探子来报，城外耿鹏军帐外，篝火漫天，歌舞酒肉，似有贵客。其中一人雪发蓝颜，极似七爷。想必……当真让皇上给料中了。耿鹏要我云天江山。"

月下重重地拍在邢掣的肩头，说道："世事难料。"

"我虽恨父亲，可他一片爱子之心，将国家交给了我，如今几番折转，却落入他人之手，我不找回一玉一符，无颜回去见父母。"

月下连连叹息道："此事怪我。我拼了小命，也为你找回你的东西。不然，你的国家不保，我也给皇上带来了大麻烦。"

清晨的阳光，洒进室内。

玉凝不知昨夜几时入睡的，夜深之时，她仍靠在墙边，蜷着身子，捂着双耳，想来是哭到累了，昏昏睡了去。醒来的时候，却是躺在榻上，身上盖着被子，被子边沿被掖在身下。

龙榻上已没了人。

凌烨宸和映雪什么时候走的，还好她不知道。不然，见了面，多么尴尬。

屋内，几个丫鬟在打扫收拾。

玉凝发现身上的锁链还在。心里胡乱地想：凌烨宸帮我盖的被子吗？绝不会。想来是这几个丫头清早见我坐在地上，将我抱到了榻上去了。

“参见皇上。”

宫女毕恭毕敬的声音刚刚传进玉凝的耳中，便见凌烨宸一袭龙袍，举步走来。

“爱妃醒了。昨夜休息得可好？”声音满是鄙夷和嘲讽。琥珀色眼瞳直直地望着她，今晨他离去时，见她蜷在地上，他……

玉凝心中苦涩，昨夜休息得自然不好。

她垂眸不语，下了榻径自洗漱梳妆，有意的不看他一眼。

凌烨宸拂袖坐在椅上，支着下巴，冷眸紧凝着她的脸颊，她的眼睛红肿，眼中满是红丝。

玉凝发觉凌烨宸的目光，将身子别过，发誓今生若再和他说一句话，立时让她死无葬身之地！挽起青丝，略施薄粉。放下了木梳，发出一声脆响。

凌烨宸被这一声拉回了神智，这才知道，望着她，看得痴了，忙令道：“给薛爱妃布置早膳。”

婢女成列，粥食小菜呈来。

玉凝不肯用早膳，心想：从今日起，若再食你凌家一口粮食，让我薛玉凝不得好死。

凌烨宸冷冷一笑，命人持剑连斩两名婢女，血水将地面打湿，血腥气满屋子皆是。

玉凝早被吓得脸色惨白，稍一眨眼，泪珠便滚下脸颊。

“宫中婢女数不胜数。”凌烨宸用汤匙盛了粥食，递到她的唇边。

玉凝心中大恸。凌烨宸变了，越发的残暴、危险。她竟连不说话的权利都没。

她对他，更是恨了几分。

早膳，味同嚼蜡。却总算没有斩掉更多人命。

玉凝心中却越发恨意浓重，直恨得心中翻搅，猛地扬手，狠狠地打在他俊俏的脸颊。

她用尽了力气，他俊俏的脸容红肿一片。

丫鬟婢女接连跪了里外皆是，无不脸露骇色。那一巴掌，打在了皇上的脸上。

“凌烨宸，我祝你生辰快乐。”玉凝揉着发麻的手掌，冷笑。

皇帝的生辰，普天同庆，宫中张灯结彩，管弦丝竹，乐声不断。正是这喜庆的鼓乐声，将玉凝吵醒。

凌烨宸揩去嘴角的血丝，淡淡地说道：“今天也是你的大喜。朕已昭告天下，册封玉凝为后。这一直以来都是你要的，不是吗？朕今天给你皇后之位，兑现小时候给你的承诺。”

玉凝直笑到腹痛，毅然地说道："曾经也许是。直到昨日你与我一同送我表哥走的时候，我还心存希望，永远陪在你身边。哪怕……你我是兄妹，我也要陪在你身边。可现在，不了。"

凌烨宸心中猛地揪痛，眼神由狠辣转为戏谑，最后变成决绝，他面无表情地说道："由不得你说不。圣旨已下，你已是我的后。从今日起，后宫之事，都要你来过问。"

"什么后宫之事？……"

凌烨宸勾起她的下巴，暧昧地说道："譬如说……妃子夜半来侍寝你丈夫，需你亲口应允。"

玉凝虽气怒不堪，可也觉无力，他后宫之中，仅有她和映雪，还要什么应允不应允。昨晚她没有应允，可也没有改变什么。

然而，等到两个时辰后，他的生辰宴上，她才知道，原来并非这么简单。

凌烨宸为她开了手脚上的铁锁，淡淡地道："正午，金銮殿宴。"出屋去了。

正午时分。金銮殿前，落花纷飞，飘絮若舞。

玉凝只身一人，远远地站在殿外，望着殿内。

只见百官列席，舞女成群，好热闹。

龙椅上，一袭华袍，正是凌烨宸。他左边的妇人是吴欣，右边的美貌女子，正是映雪。

座无虚席。

既然已没了空位，她还进去做什么，哪里能容得下她呢？

第三十六章　满门抄斩

玉凝低头看看身上明艳的凤袍。刚才十几名婢女说皇帝让她们来伺候皇后穿上凤袍。她纳闷伺候皇后穿凤袍，来储秀宫做什么？思忖半晌，原来皇后指的就是自己。

这凤袍，湛蓝色的绸缎面上，刺绣着八只彩凤，戏于朵朵盛开的牡丹之间，雍容华贵。

她心中却一点都不欢乐。

凌烨宸斜靠于龙椅上，女侍喂酒，他懒懒地饮尽，百无聊赖以指轻敲龙椅扶手。

不知谁道："皇后娘娘在外面！"

闻声，凌烨宸的手轻颤，碰翻了桌上的酒杯。抬眼看向殿外身影，痴痴地望着，下旨道："传薛爱妃。"

映雪心中愤恨不已。

内侍引路道："皇后娘娘，您请进殿。"

玉凝正欲逃，却已来不及，只得随内侍进了金銮殿。只见殿中跪有不下百名女子，各有容貌，端庄秀丽。这些女子看模样都是大家闺秀，又都穿着红衣裳，不知为何跪在此处？

"凝儿来了。一国之后，国宴竟还迟到，成何体统。"

玉凝福了福身，恭敬地说道："母后说的是。凝儿知错。"

"妹妹来迟了，当罚。"映雪倚在凌烨宸臂弯，问道，"是吗，皇上？"

凌烨宸拉起玉凝的手，她的手很凉，他不悦蹙眉，责问道："你当罚不当罚？"

玉凝一怔，他的话还有别的意思？怎么听起来，有几分关心的意味，"我说了不算。看你要不要罚我。"将他的手拨开，随即以手帕擦拭他握过的地方。

凌烨宸见状，立时盛怒，"雪儿，依你之见，怎么罚她？"

映雪不怀好意道："妹妹舞姿甚美，且献舞一曲吧。"

凌烨宸目光扫过玉凝的小腹，心想：腹中胎儿还不跳掉了吗！

倒不知哪位皇亲国戚道："皇后娘娘怀有身孕，不能蹿上蹿下。不然皇上会心疼的。"

"那又有何心疼的。朕已有一个儿子了。对小孩不觉得稀奇。"凌烨宸环望众臣，"若是诸位爱卿想看皇后献舞，朕便让她快快舞来助兴。"

百官上次于金銮殿外已窥得玉凝美貌，今日一见，更觉出尘不凡，若能看她舞上一曲，那可定似九重天上仙娥献舞了。当即一个"好"字便要冲口而出。

凌烨宸双目一厉，隐有威怒之色，薄唇抿成一条线。

百官骇得汗透厚衣，"这……臣等没有主意，都听皇上定夺。"

玉凝叹气，皇上等着盼着看她出丑，交给他定夺，可还有她的好吗？"凌烨宸，你……"

话未完，便听百官呜呼倒抽寒气，随即便交头接耳地低喃。

吴欣大怒道："放肆。没看看这是什么地方，以为这里只有你和皇帝两个人吗？还要直呼皇上名字。哪怕只你们两个人，也不能直呼姓名。"

玉凝心头委屈，泪水在眼中打滚。

凌烨宸淡淡地说道："母后莫气。她天天便这么喊我，一时改不了口也是有的。儿臣罚她便是。"

吴欣坐了下来，说道："今日君臣共乐，皇后献舞也是应该。凝儿，你去吧。"

"是。"

乐声起。玉凝提衣欲起，忽然被凌烨宸攥住了手腕。

月下忽觉脸颊一怔阴恻恻，扭头一看，吓了一跳：乖乖，原来是万岁爷看了我一眼。想来如不把薛主子阻拦下，要那帮老臣子看尽了薛主子柔美身段，我月下命就玩完了，随即他叫道："邢掣，你干瞪眼干什么！干点正经的！"

邢掣一怔，当即会意，便道："我要舞，我要舞，我要舞给你们看啊！谁都没有我舞得好看！"

凌烨宸状似为难道："母后，云天新帝乃是朕的贵客，不好背了他的意去……"

吴欣竟忍不住扑哧一声笑了，"也罢。"

于是，邢掣僵硬无比地献得一舞。直看得月下瞠目结舌，百官下巴也掉在地上。

邢掣心道，好在冬儿未见他这糗样，不然可当真没有了雄风！

吴欣扬手，"来呀，给凝儿添张椅子。"

凌烨宸阻拦道："不必。她不够格和母后、雪儿平起平坐。"

玉凝眼角落了泪花。

映雪心中大快！

众臣大惑不解，皇上那日不是力保玉凝，怎么今日处处刁难？

“月下，薛爱妃该坐哪里？”凌烨宸淡淡地问道。

月下拿出三尺见方的白色蒲团摆在了凌烨宸靴边，恭敬道：“薛主子，您请坐吧。”

玉凝一怔，伏在凌烨宸腿边，忽然瞅见他腰间剔透龙纹佩玉，便想起了初进宫封妃那日，恨生便是伏在他膝上，手握龙纹玉佩把玩，短短几月，却发生了诸多变故。玉凝握住那玉佩，心中一时难过，流下泪来。恨生当日虽离他最近，心中可也如我一样痛？

凌烨宸感到腿上微凉，看了才知，她的泪浸湿了他的衣裳，伸手朝她眼睫抹去，也皆是湿意。

他微微一叹，冷冷地望向月下。

月下一凛，环视殿中跪着的那百名红衫女子，“各位新进宫秀女，你们久等，皇后已到，你们能否入宫为妃便都在她一句话间。”

玉凝记起今晨凌烨宸那句“后宫之事，都要你来过问”。原来，不单单只有映雪。他……要纳妃，“凌……皇上，你这是何意？”

凌烨宸慵懒地说道：“月下，将你方才说的话，再给你薛主子说一遍。”

“薛主子，唯有你喜欢的，皇上才会封为妃。你不喜欢的……就……”话留了一半。

玉凝心中难过，凌烨宸到底还有多少法子折磨她？她哪里会喜欢他身边有其他女人。

凌烨宸俯身在她耳边低喃，“昨夜朕与映雪在你面前做了什么，那么以后便会在你面前和下面众秀女做什么。选了你看着顺眼的吧。”

“下流。”

凌烨宸轻笑。

玉凝心想：他根本不爱这些女子，这些女人进来宫中也是受苦。好，我就说我没有一个喜欢的。让这些女子都出宫去，“我通通都不喜欢。她们一个都不能进宫为妃。”

吴欣纵声长喝：“好个妒妇！皇上成了你一个人的了！”

百名秀女见皇帝生得俊逸倜傥，举手投足皆是风流邪肆，心中都喜欢不已，大感前来选妃是上上之策，孰料遇到了皇上腿边那皇后。秀女皆听说，皇后乃是逆臣之女，却凭妖术魅惑了君主，如此看来，果然不假。

“母后，她是妒妇也无妨。”凌烨宸看向玉凝，“这些女子容貌上佳，你却都不满意。朕不信，除非说出你不满意之处。”

玉凝直直看向众名女子，众女子怒目朝她看来。玉凝一怔，阻拦她们入宫，自己的确招人讨厌，若此刻跪在殿下的是自己，自己定然比她们还要恨。

手背一暖，被凌烨宸按住，说道：“凝儿，朕忘了提醒你一句。”

玉凝忽觉背脊发凉，迎向他眼中的嘲弄和残忍，问道：“提醒我什么？”

凌烨宸点点玉凝小巧的鼻尖，说道：“朕并未说过，你不喜欢的秀女，就要放出宫去。”睨向月下，“你薛主子不喜这些女子什么，都记下了？”

“我……方才到底做了什么？”玉凝突然想起，月下方才话并未说完这才知道凌烨宸有意让她犯错。

……

忽然脸颊被人轻抚，抬头迎上凌烨宸的眼眸，他的唇一下下开合，她却听不到他的声音。她喃喃地说道：“我通通都喜欢。你将她们都纳为妃子吧。我都喜欢。”泪一滴滴落下。

于是，皇帝连纳九十名妃子，充盈后宫。

内侍提水将地面血迹清洗干净，方才惨剧似没有发生。

众妃随内侍皆退。

百官惊骇不已，却依旧陪酒说笑，那酒是什么滋味，一点都没有尝得出来。听说昨日，皇后与七爷私通。莫非皇帝今日残暴之举，与此事有关？

映雪柔声道：“皇上，你的诞辰，是母后受难的日子。你该对母后表示孝心才是。”

凌烨宸身子猛地一震，说道：“儿臣，为母后准备了一份薄礼。望母后笑纳。”

吴欣脸上满是安慰欣喜，连声道：“好，好。”

凌烨宸拂袖示意。

邢掣对偏殿道：“将礼物呈上来。”

脚步声乍起，数百壮兵各个手持钢刀，押解数百身着囚衣的男女，涌进大殿。

玉凝因方才受到惊吓，双耳一时失聪，什么也听不见，此刻看到众人押着她亲人走来，立时惊道：“凌烨宸，你要干什么？”

那些手握刀的刽子手，玉凝心里惊疑着，莫非凌烨宸要斩爹爹和娘亲？凌烨宸明明答应了要放她家人性命。他反悔了吗？若他动她家人一根汗毛，她此生与他势不两立。

起身便要朝薛晟等人奔去。可膝盖一软，便重重地坐在蒲团之上，原来她被凌烨宸掷出的酒杯点了膝盖上的穴，小腿动也不能动。

玉凝见到父亲、娘亲面容呆滞，似不认得她一般，她心中慌乱，以为爹娘被用刑，折磨得痴傻了。

凌烨宸、吴欣、映雪在说着什么，吴欣脸上满是喜色。

玉凝却听不到，使力拍着双耳，头重重地磕在地下，大声说道：“放了我父母，别伤害我亲人。我求求你们。”头重重地磕在地下。

玉凝哪里知道吴欣欢喜，是因为凌烨宸献给她的薄礼，便是薛家三百多口的性命。

凌烨宸扬起明黄衣袖，将刻有“斩”字的木牌抛在五尺开外。

冰冷坚硬的玉石地面，啪嗒一声脆响。

石阶之下，身着白色染血囚衣的丞相府一家三百七十余口，心脏跟着那清脆一声，陷入绝望死地。

凌烨宸慵懒地托腮，斜勾薄唇，笑得冰冷邪佞，淡淡地吐出一个使人顿时阴阳两隔的字眼。

“斩。”

一个字，冷冽寒彻，掷地有声。

“不要！”玉凝扑跪在他脚边，双手紧紧地攥着他衣摆，泪水滴滴扑簌落下，“不要杀我爹爹。不要杀我家人。你恨的是我，不要迁怒于他们。好不好？惩罚我一个人吧。求你……我亲人当中，还有几岁的孩童，你当真下得去手吗！”

玉凝声音撕扯沙哑，颤不成声，不知求了多少次。一次次重重地磕头，额上被碰撞成伤，血水顺着精致脸颊滑下，滴在地上，染成妖娆的花。

凌烨宸见她脸容惊慌无措，心中突然怜惜不忍。俯身捧住她憔悴的颊，轻柔地拭去她眼角的泪，柔声道：“凝儿，令牌已落，你知，君无戏言。”

他托住她纤细的腰肢，将她抱坐在膝间，冷冷地说道：“这是你背叛朕的下场。朕今日就用你至亲至爱的鲜血当作对你的小小惩戒。”

玉凝顷刻退去了血色，喊道：“不，不。”看他的表情，便已知道，他无意饶过薛家。

凌烨宸如画的眉眼，越发冰寒锐利，冷冽地下令道：“动手。”

“不……”玉凝嘶声叫喊，眼睁睁望着亲人死在自己眼前，呼吸骤然紧窒，喉间腥涩，呕出鲜血，眼前一黑，昏了过去。

吴欣的笑声，伴着泪水，和着浓重的血腥，回荡在金銮殿内。

“皇后心伤、惊吓过度，才使得双耳暂时失聪，静养时日，便该无事了。”

“朕知道了。最名贵的药材统统备来。她和腹中胎儿皆不能出任何变故。”

玉凝头昏目眩，天摇地动，那些人说了什么，她听不分明。

用力睁了几次眼睛，眼前朦胧模糊，似是烛光摇曳，已是夜晚了。

她不知自己身置何处，只觉眼前人影来去，人的面容却看不清楚。

额上湿湿热热，是热毛巾帮她擦拭汗水。手掌也被人紧紧攥住，似那人紧张极了。

现如今父母双亡，亲人皆都已阴阳两隔，谁还会这般紧张她呢。

从今后这世上，真心待她的人，还有谁？想到此处，泪水肆意淌下。

“爹爹，娘亲。”脑海中闪过凌懿轩那双煦暖的眸，便低喃出声，“懿轩，世上唯有你是真心待我。唯有你。”便又昏沉沉睡了过去。

至于，床边那人骤变的脸色，琥珀色的双眼变得阴沉森冷，身躯因她的话猛烈颤抖，这些她皆不知晓。

再睁开眼睛的时候，已过去两天一夜。

玉凝环视四周，才知自己已回到养心殿，凌烨宸的卧房。此时她正在他的龙床之上。

心生厌烦，这床被凌烨宸拥着映雪睡过，“我不要在这床榻上躺着。”掀开被褥，就要下床。

忽然一只温热的手掌握住她的手，将她压制躺下，口气冰冷，带着怒气，“才刚醒来，不要乱动。安心静养。”

玉凝浑身寒战，眼前的人正是凌烨宸。

一时之间，亲人被斩的血腥场面浮现在眼前，玉凝直恨得心痛难当，双目血红，嘶声喝道：“你滚！”用力打在凌烨宸手臂，“不要你碰我，杀人凶手！走开！”

可她昏睡几日，身子软弱无力，打在凌烨宸身上，力道如蚊子叮咬一般。她恨自己力气太小，双臂依旧被他紧紧缚在掌中，于是歪在枕上，失声痛哭起来，泪水流淌，湿了枕巾。

凌烨宸见她哭得伤心可怜，心中突生怜悯，可面上依旧冰冷淡漠，他说道：“人死都已死了，尸首也被朕下令抛去了荒野。你哭也没有用。不如省点力气，养好你的身子，攒足精神对付你的杀父仇人。”

玉凝得知亲人死后竟也没有栖身之所，当即头脑阵阵昏眩。双眼一黑，又昏睡过去。

一睡又是两个时辰，天已正午。

睁开眼睛的时候，只见凌烨宸双眸满是柔情地望着她，在她望进他眼中的时候，他眼中的柔情便化作了寒冰。

玉凝想起昏睡前他的话，当即双目怒睁，恨恨地骂道：“你丧心病狂。薛晟是我亲人，也是你生父。你竟说得云淡风轻，冷血不堪。凌烨宸，你要遭到报应。老天要让你死无葬身之地，永生永世不得超生。”她气得浑身打战。

凌烨宸望着窗外繁花，冷冷地说道：“别说我不信什么来生来世，就是有来生，还是要斩你父母，还要让你痛。”谁让你在梦中都喊着凌懿轩的名字。

玉凝心口闷疼，连声抽泣，眼角瞥见他腰间佩剑，立马扑向凌烨宸，骂道：“现在就要为我父母报仇，杀了你这狗皇帝！”双手握上他的剑柄，猛地将长剑拔出。

白光忽闪。

月下惊声大喝道：“皇上当心！”抢步上前相救，却被凌烨宸掌风推出五步开外。

玉凝一心只想为父报仇，一心只想抹去凌烨宸嘴边的那抹冷笑，“我定要杀了你！”挺剑直刺向凌烨宸心口。

凌烨宸面对玉凝坐在床沿，纹丝不动，眼见那剑尖就要穿进他的皮肉，他陡然振臂扬起手掌，只听当的一声，食指弹在剑身之上。

长剑铮铮颤动，玉凝手掌被震得发麻疼痛，大叫一声，松了手掌，剑便掉在了地上，发出刺耳的声响，似在嘲笑她的窘迫。

凌烨宸邪肆轻笑，“还要再杀朕？”

“不杀你，誓不为人！”

凌烨宸眯起眼眸，指着横躺地上的长剑道：“那就去捡起来，再来杀过。”

月下轻叹，“皇上，刀剑无眼，划在谁身上奴才都心疼，皇后手无缚鸡之力，怎么都杀不了你。皇上又何必执意为难……”

凌烨宸不耐，“不准再劝。”

玉凝喘着粗气，两手抓起长剑，喊道：“跟你拼了。”砍向凌烨宸左肩。

凌烨宸欠身躲过。

玉凝心知伤不着他，可不愿放弃，又接连挥出数剑。

凌烨宸神色慵懒，姿态潇洒，皆轻松闪过。

玉凝沮丧气馁，哭喊着：“爹爹，女儿不孝。无能为你们报仇雪恨。”痛哭流泪。

凌烨宸坐下饮茶，淡淡地说道：“现在你知道了，你除了将这恨忆忘记，别无他法。除了留在朕的身边做朕的女人，你别无选择。”

“我宁可死，也不要陪在你的身边，去做你的白日梦。”玉凝横过长剑，抹向自己的脖颈。

凌烨宸脸色顿变，“放肆！谁准你自尽。从你进宫门那一刻起，你的命就不再是你的！”抢步跃到玉凝身侧。

眼看剑就要划到她肌肤，他左掌挡在剑刃之前，顿时被割了一道口子，鲜血直冒。右掌握住她的手，夺下了长剑，送回自己腰间剑鞘。

“即便你死，也要先问过我。没我的允许，阎王老子也不能要了你的命去。”

玉凝垂泪，哭诉道：“你拦得了我一时，拦不了我一世。我杀不了你，就要自杀。我不能为爹爹和娘亲报仇，我没脸活着。”

月下欲言又止，“薛主子，皇上其实……”就要将七爷劫狱之事说出。

凌烨宸阻止，“月下，莫要多言。”见玉凝满脸憔悴，形容消瘦，心想：凝儿说得对，我阻止得了一时，阻止不了一世，她得个机会就会自刎，得让她活得有个念想。

“凝儿，都说父仇不共戴天。你心里一定恨极了朕。是真的想要杀朕。”

“那还能有假吗？在我心里已把你杀了千次万次。我恨你武功高强，我根本奈何不了你。所以，唯有自刎，追去黄泉，跟我亲人团圆。”

凌烨宸钳住她的腰肢，慢声说道：“那也未必。我如果有意让着你，你就能刺死了我，为你亲人报仇。”

“怎么让我？你会让着我吗？你如果肯给我杀，方才就不会躲开了。”

凌烨宸沉声道：“首先第一点，敌未死，身先死，是大忌。你若想杀我，那便不能自刎，若你自刎了，可万没有命再为你父母报仇。”

“你的话不错。”活着就还有希望要他偿命，可若死了，那可就让他逍遥舒坦一世，她亲人含恨九泉、沉冤地下。

凌烨宸见她渐渐打消了自刎的念头，暗暗吐出一口气，“你安心调养身体。待你身子好了，朕跟你比试一场，你若赢了，朕任你砍杀，绝不还手。”

玉凝听后心中绝望，嘴角眼梢皆是悲悯苦涩，问道：“怎么比试？我不可能胜过你。”又生寻死之心，直直地望着他腰间的剑。

凌烨宸见她脸色突变，又要轻生，说道：“方才你接连挥出几剑，朕双手皆放在背后，未曾出手。百招之内，若你能够逼朕出一只手臂跟你对抗，那便算你赢。朕到时认输，任你杀了性命，为你亲人报仇。”

“皇上，此事非同小可，不能当作儿戏。”月下大惊，皇上一根手指便能置薛主子于死地，薛主子再过十年也不可能逼迫皇上出手相抗，可若是她想到了什么取巧的法子，真的逼皇上出手，那时皇上的性命可就…….

“朕一言九鼎，绝非儿戏。”凌烨宸似是给她保证一般。

玉凝百般思量，答道：“好吧。你说话算话。到时我若是赢了你，你决不能躲开我的剑。”

“你知朕一向说得出做得到。”

玉凝安了心。几天未食，忽觉腹饿，看到桌上摆着一盘糕点，走去抓起一块，就着茶水吃下。待养好了身体，定要为父母报仇。

正在此时，嗖嗖几声，数只箭羽穿窗射进。

几名宫女、内侍被箭射毙。

一支箭朝玉凝面门射去。

“凝儿。”凌烨宸抱住玉凝跃到宫柱之后。

月下挽剑打在飞箭之上，飞箭穿进了墙壁之内。

邢掣快步闪进屋内，禀告道：“皇上，七爷与耿鹏已带兵列阵城下，方才连射千余支箭，迫皇上前去会面。”

凌烨宸沉声道：“他即便不放箭，朕也会迎战。”

玉凝听到是凌懿轩，这才知他平平安安，心中暖意融融，“太好了。”

凌烨宸见她听到七弟的名字，嘴角立刻笑意嫣然，他心中阵阵酸涩翻涌，“什么太好了？”

玉凝见他脸庞阴霾，心想他越是生气不快，她便越开怀，她继续说道：“让懿轩打得你家破人亡，成了丧家犬，做个亡国君主。难道不是太好了吗？”

凌烨宸闻言妒怒不已，气愤地指着玉凝说道：“你！”忽觉心口剧痛，喉间血腥气极重，不一会便汗湿衣襟，“他将我打到家破人亡，成了丧家犬，你……到时要怎样？”

玉凝见他额头满是冷汗，手掌紧紧抓在胸口，看他的样子，好似情毒发作了。好，她故意气他，气到他毒发，让他心痛死了，那便是为她父母报了仇，“那自然是和我的丈夫一起，远走高飞。快快乐乐过一辈子。到时要让我丈夫把你碎尸万段，丢去喂狗。”

凌烨宸见她说道“丈夫”一词的时候，眉眼之间尽是甜蜜柔情，他一时之间心口疼得似要碎裂开来，哇的一声，喷出一口鲜血，“你要和谁远走高飞，你丈夫是谁，凌懿轩，是不是！”

玉凝瞥见他唇边满是血水，心中痛快极了，继续言语相激，“没错，就是凌懿轩。他此生此世都是我的丈夫。我们两个一辈子都不要分开。我心中除他之外再没旁人。”

凌烨宸心口毒虫噬咬心脉，汗珠顺颊流下，痛苦极了，连着呕出数口鲜血。

月下连忙搀扶，“爷。”

凌烨宸眸色骤然锐利，睥向玉凝，“凝儿，你惹出的祸，要有能耐承担。”

玉凝背脊阵阵发凉，哪怕被他一掌给拍死了，也要将他气到毒发身亡。

凌烨宸难过地攥着胸前衣襟，唇边嘴角都是鲜红，要靠扶着桌子才能站稳当。

看样子，他就快要疼死啦！这正合她意，要让他快些去死！

“凌懿轩是我丈夫，我爱他，敬他，一生一世守着他，永不分离。到时要和他一起远走高飞，要让你亡国亡家，要和他一起从你尸首上踩过。”

凌烨宸眼角濡湿，微微冷笑。

忽然间安静得可怕。奴仆数十人，竟连大气都不敢喘一声。

凌烨宸扫向邢掣、月下，“你们下去。”

邢掣欲言又止，“城外……七爷他们……”

凌烨宸听到“七爷”两个字，立刻震怒道：“都滚下去。”

邢掣月下退下，心想皇上不会把薛皇后杀了吧？

玉凝警觉地望着凌烨宸，他浑身冷恻恻，让人害怕极了。

“说啊，说说你是要怎样和七弟远走高飞的？不是打定主意要将朕气死吗？”凌烨宸修长的指穿过她的发丝，“怎么不说了？”

玉凝的脸颊被他的手掌烫到，立刻弹开数步，“你不要过来。”

凌烨宸掌风向后收过，关起了窗户，猛地抱起玉凝放在他的床榻让，高大身躯欺下，粗暴吻住她的唇，伴着血腥与她唇齿纠缠。

玉凝痛得眼泪直流，一双手在他颊上挥打。

凌烨宸冷笑，俯睨着惊慌无措的她，径自动手褪尽身上龙袍。

玉凝见状，惊恐地问道：“凌烨宸，你要做什么。”

凌烨宸握住她的脚腕将她扯过，说道：“你将我气到毒发，捅了篓子，就该知道我要做什么。”

“我怀有身孕，你不能碰我！快快滚开！”

凌烨宸将她双臂扬起压在榻上，恨恨地说道：“我以往多么顾虑你腹中的孩子，你却都不领情。今天，是你逼我的。”

……

“凝儿，你是谁的女人，告诉朕。”

玉凝心中满是羞辱，小腹被他粗蛮的动作，牵得阵阵剧痛，“我恨你！我是谁的女人，都不会是你的！永远不会。”

“很好。”

终于，心口痛意渐消，他伏在她的胸口，汗珠滴在她的肌肤之上，“凝儿……”

玉凝的脸颊满是泪痕，昏睡着。她腿间满是血水。

凌烨宸大惊失色，传来太医，喝道：“孩子没了，你们统统提头来见。”

御医隔帐连诊一个时辰，终将胎儿保下，不过总有流产的可能。

凌烨宸让御医熬了药呈来，口含着安胎药喂玉凝喝下。

“我哪里不如七弟？哪里不如他？”凌烨宸望着她毫无血色的脸颊，心口便似被铁锤砸中，疼极了。

命人呈来锁具，链子环在柱上，末端扣锁在玉凝的手腕。

“既然你的心不在我这里，那便锁住你的人吧。”

凌烨宸踱去院中。

月下正在给汗血宝马刷毛，忙迎上前去，“爷。”

凌烨宸道：“派兵守在此处，朕不在的时候，任何人不得进入养心殿半步。包括太后和映雪。”

“遵命。”

“七弟等得够久了，朕去会会他。”凌烨宸驾马驰去。

城楼之上，劲风呼啸，众兵层层把守。

凌烨宸负手立在城楼之上，衣袂随风翻飘，形态不羁，容貌风流。

城下数万大军，铁骑重甲。

为首两人，身着赤红铠甲，左边那人头盔下，一簇雪发跳跃而出，双眼如墨，唇如樱色，正是凌懿轩；右侧那人，皮肤黝黑，壮壮实实，脸容严肃，正是耿鹏。

见了城楼之上的人，凌武率先叫道：“四哥，你畏首畏尾，足足耽搁了三个时辰才出来相见，让我们在此从早上等到中午，从中午等到午后。你又扎到哪个温柔乡出不来了吧？”

数万兵将听到凌八爷调笑西岩皇帝，顿时士气大振。

“八弟，你所言不假。”凌烨宸挑衅地望向凌懿轩，有意暧昧地说道：“贱内玉凝缠朕枕欢，这才来迟了。几位兄弟见谅。”

凌武冷哼："前几日咱们兄弟才刚刚言和，你却受女人挑唆，又伤害七哥。你迟早葬命在脂粉堆里。"

"凌武，你退下。"凌懿轩俊朗脸容沉下，"四哥，今日前来邀战，你我兵马都是百万。公平一战。输掉那人，血祭天地，如何？"

凌烨宸显得煞是无辜，"朕与七弟手足情深，你怎么张口闭口都是打杀，朕心慈仁厚，听了七弟的话，好生难过。"

凌苍嗤笑，"四弟，不要再装模作样，你是什么样的冷血角色，我们都心知肚明。给句爽快的话，你应不应战？"

"怪朕来得晚了，怠慢了众兄弟。敬各位一杯酒水，当作赔礼道歉。"凌烨宸振臂令道："左右，上酒。"

小兵提壶斟足五杯酒水。

"七弟，接住。"凌烨宸端起一杯，反腕将酒杯推出。

嗖的一声，酒杯从二十丈高空擦着冷风，朝凌懿轩面门飞去。

这酒杯来势看似平稳无波，且酒水未溅出一滴，可若是给它迎面碰上，免不了头破血流。

众人大惊，"凌七爷，你当心。"

凌懿轩突然出剑，剑尖当的一声，托在杯底，身手灵动、飘逸，让人瞠目。那剑面之上，杯中酒水竟没有溅出一滴。被伤过的手在精心的治疗和调养之后，竟然没有丝毫的不适，依旧稳健如初。

"四哥，请。"凌懿轩捏起剑尖上的酒水一饮而尽。持剑右手垂下，忽然间猛烈震颤，原来方才酒杯来势甚猛，他出全力接招，手掌被震得疼痛不已。稍一放松，便不住地颤抖。

四哥有意不说打仗一事，想必是要跟他斗一斗内力。他还在为那天他和玉凝同处一室的事生气。

"四哥，来而不往非礼也，小弟也敬你一杯酒水。"凌懿轩招手唤来酒水，猛地推出。

凌烨宸信手捏过飞至的酒杯，抬手微微向凌懿轩一举。

凌懿轩眼底竟掠过一丝激赏，自己可是使出全力，四哥竟全无异状，"四哥，好身手。你请吃酒吧。"

凌烨宸冷冷一笑，将酒杯摔落地下砸个粉碎，"你的酒水，酸臭腐浊，难以下喉。"

凌懿轩是谦谦君子，方才接下酒水，径自饮尽。谁料凌烨宸此番接了酒水竟泼在地下，侮辱之意昭然，当即大感蒙羞，他厉声道："三天后，两军交战。不分胜负，绝不罢战。四哥，好自为之。"

凌烨宸拉弓射箭，将凌懿轩身旁大旗射倒在地，灰土顿时四起，他叫道："七弟，你等等。”

凌懿轩朝那断旗看去，旗杆如此之细，相隔二十几丈，四哥竟还能射得如此精准，射术远在他之上，“什么事？”

凌烨宸满眼戏谑，似那城下皆是供他玩耍的木偶，他问道：“刚才你们迫我前来会面，曾连射千箭。不知下令的人是谁？射箭的人又是谁？”

凌懿轩不知他为何有此一问，坦诚地答道：“下令的是耿鹏身边一名军官，射箭之人是千名射术精良的射手。怎么？”

凌烨宸赞叹道：“他们果然好射术。……为兄能见这些人一眼吗？”

凌懿轩总觉得凌烨宸话中有话，不甚单纯，看向耿鹏，“这……可以吗？”

“那有什么不可以。让西岩皇帝长长见识，也顺便长咱们军士雄风。”耿鹏环顾左右，“李将军，你带那千名射手出列给西岩皇帝看上一眼吧。”

李将军带千兵出列，“正是李某人属下这些优兵良将，射出的那千箭，吓得你躲在皇宫三个时辰不敢出外……”

他话还未完，砰的一声，箭已飞来，穿透了他的脑袋，双眼可怖地大睁，倒地毙命。

耿鹏向上一看，凌烨宸拉弓姿势还在，怒喝：“你无缘无故，干什么杀我大将？”

“因为我想杀。”凌烨宸淡淡地抬袖轻指城下那千名射手，“现在，再要杀那千名射手。”

千兵纷纷手伸到背后掏弓箭。手才碰到箭筒，忽然从城墙之上，射下万箭，将这千人穿心射死，纷纷倒地。

耿鹏怒喝：“你不给个说法，要让你偿命！”

四哥做任何一件事，必有原因，他不会做无谓之举，凌懿轩道：“耿兄，你且慢。”

耿鹏一凛，命兵将退居一旁待命。

“四哥，怎么没有根由，便动怒杀人？杀人成性了？”

凌烨宸淡淡地道：“刚才那千箭之中，飞出几箭，射到养心殿内，差点射到一个人身上。七弟，你知那人是谁吗？”

凌懿轩身子猛地一颤，“玉凝怎么样，受伤了吗？”

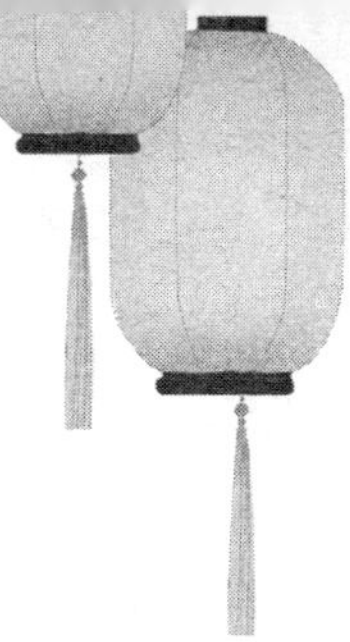

第三十七章　互相折磨

“没有受伤，却受了惊吓。”凌烨宸见凌懿轩紧张的样子，便心生酸意，“不过，朕方才对她疼爱有加，她此刻，正在朕的房内，香甜睡着。”

凌懿轩则被凌烨宸“疼爱有加”几个字气得头昏目眩，“四哥，三天时间，你备战吧。碧翠山下，万里原野，是你我的战场，非你即我，总有一人要在那里葬身。”

耿鹏喃喃道：“我属下千余条性命，就这么算了？”

凌懿轩眼中闪过不属于他的狠辣神色，“耿兄，那千人该死，我之前已几番阻拦。告诉了你，我四哥一定会来会面，你却不听。不过，你那千人，就算四哥不杀，我也不会轻饶他们。”

耿鹏心生疑窦，“险些被箭射到的，是名女子？”

“正是。是我与四哥以性命相争的女子。”凌懿轩沉声道。

邢掣道：“皇上有令，不需三日之后，今天便燃起烽火，全面迎战。”遂命人拉响号角。

这声号响，开始了为期一年的战役。

号角声嘹亮呜咽，嗡的一声，划破天际。

养心殿内。

玉凝被这号角声惊醒，披衣下榻，拖着身上重重的锁链，开窗外望，“发生了什么事？”

回廊的婢女福身，“奴婢不知，不过，听宫中老人说过，这号角声一起，便是有战事要起。”

玉凝听后便了然，希望懿轩平安无事，凌烨宸战死沙场。

身子疲累极了，却死活不愿睡在龙床上，铁链长度又够不到为她加置的那一榻，于是坐在椅上，不多时便趴在桌上睡去了。

忽听到院外一阵鼓乐声，便又给惊得醒了过来，身上不知谁给披了一件厚衣。

将窗户开条小缝向院中望去，透过花株空隙，见凌烨宸坐在雕木大椅上，被几名美貌女子簇拥着，女子争相劝喂酒水，他都一一饮下。

院中一名白衣女子，正和着鼓点翩然起舞。凌烨宸双眼深深锁在那女子身上，眼中泛着柔情。

玉凝心中酸涩，眼看杀父仇人寻欢作乐，却无能为力，自己还有什么好活。

当即想要咬舌自刎。

忽然想起凌烨宸说过要比试一场，一百招之内在他身上胡乱砍去，保不准便砍到了他，他一疼，还不出手相抗吗？到时他就任她处置了。

于是，牙齿松开了舌头，暂行打消了自刎的念头。

忽觉腹中饥饿难耐，桌上有饭食，竟还冒着白气，显然是热的。

心中一暖，不知是谁，还记得为她送来饭食。哼，他在院外歌舞升平，她何必苦了自己。

端起小碗狠狠扒饭。吃着吃着，突然又想起了惨然死去的亲人。心中大恸，哇的一声哭了起来。

便是这样，哭一阵，再吃两口饭菜。终于填饱了肚子。

凌烨宸似是感觉到了什么，从众妃之中起身，来到卧房窗边，将窗推开一寸，向里看去，便见到玉凝抹着眼泪，嘴中却不断咀嚼。

他心中猛地一紧，心中五味杂陈。看了她一会儿，又朝院中走去。

深夜时候。

玉凝已趴在桌上睡着。

砰的一声，门被人用力打开。

她一个激灵醒了过来。

凌烨宸脚步踉跄，浑身酒气，被一个白衣女子搀着走了进来。

这女子正是方才在院中献舞的女子。她看看玉凝，再看看玉凝身上的锁链，微微冷笑，伸手将凌烨宸腰身环紧，“皇上，臣妾扶你去榻上坐。”

凌烨宸双眸满是醉意，却站在原地，动也不动，对那白衣女子道：“莲儿。问过皇后，她同意了，朕才疼你。不然……朕不要你。”

莲儿看着他俊逸的侧脸，不禁痴了，心中满是受宠之后百种、千种的向往。

玉凝立刻便要发作，一句“我死也不同意”就要破口而出。可又恐她稍有不慎，便害得这个名叫莲儿的女子丧命。

“凌烨宸，我同意。你请吧。春宵良夜不可多得，别跟我多说话，耽搁你的大好光阴。”似乎他和另一个女人在一起，她根本不关心那般。

他是她的仇人，不能为他跟别的女人争风吃醋，不然就是不孝父母。

凌烨宸猛地钳住她的下巴，“你不在乎我跟谁在一起，是不是？……好，就如你所愿。”抱起莲儿上了龙床，欺身压下，垂下了青纱帐。

一盏茶不到的工夫。

莲儿便连连惊呼，“痛。痛。”接着便是嘤嘤的哭声。

玉凝心中猛地揪起，他可又多了一个女人，心中又酸又涩，哭了一夜。在窗边望着夜色，坐到天明。

凌烨宸则是和衣在帐内，依着墙壁坐了一夜。

从这日起，凌烨宸白日皆不在养心殿内。

玉凝多日白天都不见他，好奇起来，隔着窗户问院中奴婢，“我问你，琥珀眼睛，穿着黄衣裳那名杀千刀的公子每天不在宫内，他死去了哪里？”

宫婢径直道：皇上早朝之后，去了战场，听说昨天被七爷连连打退百里，损失数千精兵。皇上气不过，于是每日早起加紧练兵。

玉凝冷笑，我问的是扫地的王公公，谁问皇上了？

小宫女道：“王公公被拉去充兵了。再说，王公公也不是琥珀眼睛、也不穿黄衣裳，也不是真正意义上的公子啊，皇后。"

然而，每天夜晚，凌烨宸必然准时回到宫内，又是摆酒设宴，又是歌舞小曲，妃子裙摆下边钻个没完没了。

玉凝每每气得胃岔气。此生不杀了他，对不住世上万物。

深夜凌烨宸必带女子回房过夜。皆是不同女子，皆都要问过玉凝，“凝儿，你丈夫今晚宠她，你准不准？"

玉凝道：“　宠得你个血脉爆裂，毙在榻上。”

凌烨宸见她气得面红耳赤，当即冷笑道：“你瞧，你还是有感觉。”

于是，玉凝开始过着这种三人同房，凌烨宸和妃子在榻上挥汗如雨，玉凝在榻下以泪洗面的日子。

每个女子入了罗帐之后，皆都喊痛。

玉凝听一个人喊痛，便觉心痛难忍。两个人、三个人喊痛，她也气怒不堪，结果一连四个月，一百二十几名女子夜晚皆都喊痛。

玉凝练就出了对策，拿棉花塞住耳朵，望着窗外孤月，默默流泪。心中便没了什么感觉。反正伤口捅一刀是痛，两刀也是痛，同一处捅上数十刀，还是痛，麻木了。

一晃，过了四个月有余，天已是盛夏。玉凝腹中胎儿也已五个多月。

凌懿轩带兵与凌烨宸的仗也打了四个月。号角声每日不断，两方实力相当，总有输赢，却谁都没有将谁败下阵去。

这夜凌烨宸和一名妃子在罗帐内干好事。他静静无声，妃子喊痛啊痛，此女想必痛点极低，叫唤起来没个头尾。

玉凝少说也听了一百多人的娇声细语，此刻听起这女人狂野不已的喊叫，当即怒火又被挑起，“凌烨宸，我现在就要和你比试。你快快滚下床榻，受死来吧。”

凌烨宸暧昧不明，“我好忙。”

玉凝脑袋轰的一声，没了理智，要立时将狗男女劈死。拖着锁链，走到床边，抓起他悬挂床侧的长剑，一把掀开罗帐。

见了榻上景致，不禁吃了一惊。

只见那名妃子肩头、臂膀被割开数道口子，淌着血。

凌烨宸则静静坐在数尺之外的床尾，双眸含笑望着玉凝。

四个月来，玉凝对他视而不见、听而不闻，一句话也没和他说过。他大感没趣，忍到今日，已是极限。

平日都是在侍寝妃子身上划一刀，见玉凝已没什么反应，今天便将侍寝妃子身上划了个四五刀，也不顾及这位妃子的爹妈见了女儿，会不会心疼，仅想激将玉凝前来与他言语。

玉凝一时不知眼前是什么状况，想到过去这四个月，一百二十多个日夜，他罗帐之内的事，皆是子虚乌有，心中又是喜又是怒又是恨。见那妃子哭得可怜极了，立刻撕衣给她裹住伤口。随即对凌烨宸道：“你下来！我要杀你。”

那妃子以为皇后要杀她，骇得缩在墙角。

凌烨宸冷冷地睨着妃嫔，“你出去。”

妃嫔磕头：“谢皇后、皇上不杀之恩。”下榻夺门逃出。

凌烨宸跃到地下，望着玉凝隆起的小腹，心中滑过异样的温柔，“百招之内，我若不出手。今晚便到此结束，改日再比。”

“好。”玉凝两手持剑朝他劈将过去。

长剑划风，发出刷刷刷的声音。

屋内，百招过去，无果。直累得玉凝气喘吁吁，香汗湿衣，她不服气道：“改日再来比过。你方才已被我逼得出了脚，证明我有了进展，下次就要让你出手。”

“好。”方才玉凝大腹便便，行动不便，那剑又重，她拿着很是费劲，几个趔趄都要摔倒，凌烨宸几次伸出长腿，以脚勾住她的腰身，她才免于跌倒。

玉凝走回椅子坐下，小口喝了两碗茶水，趴在桌上，“早些就寝吧。”忽觉夏风微微吹来，舒适极了，闭起眼睛便要睡觉。

这四个月，她晚上便都是趴在这桌上入睡。蹊跷的是，每日清晨都是躺在龙床之上，她将那归结为婢女打扫嫌皇后碍事，故将她抬到了龙床之上。

事实则不然。

凌烨宸见她趴在桌上就睡，已轻车熟路，成了习惯，心中忽觉有趣，淡淡地笑出声响。

玉凝听到他的笑声，心中厌烦极了，歪了脑袋，小脸别向另一边，“笑死了你。”

凌烨宸对她的恶言恶语，不以为意，“你赶走了我的侍寝妃子，今夜床榻无人伴我入睡，便拿你充数。”

玉凝忽然想到四个月前被他按在榻上给折磨得昏了过去，身子剧烈颤抖，“再敢碰我，立刻让你死得好看。”说出的话，却让自己都觉无力。

凌烨宸命人将龙床被褥铺盖重新更换过，随即抱起玉凝放入浴桶，迫她与他一同沐浴，后又抱她回榻，一同躺下，“你说的不假，便是我死了，也是好看的。”这便是对自己容貌的自负。

“呸。”玉凝推搡要走，苦于肚皮太鼓，坐不起来，又不能趴下，于是侧着身子，强要起身。

凌烨宸见她行为举止又笨又逗趣，满眼兴味地望着她，“要我帮忙吗？”

玉凝吭哧半晌，累出一头汗水，也没爬起来，终于恼羞成怒，哇的一声哭了起来。

凌烨宸一把将她抱住，她小脸深深地埋进他的胸膛，鼻腔皆是他身上的酒气和着清香，“凝儿，朕想你了，让朕抱抱你，好不好？”

“皇上，你我四个月都没有说上一字半语，见你夜夜都和其他女子亲热，我心中多么疼痛你知道吗？”他暖热的薄唇碰触她的耳蜗，若有若无的触觉，引得她身子微微战栗。她眼中突然闪过诡谲的光，“我又何尝不想你呢。”伸手环住他结实的腰身，小脸埋在他臂弯当中。

凌烨宸没有料到她会如此回答，更没料到她会抱住他的身子，他似被受惊一般，倏地将她推开数寸开外，双眼满是猜疑和不解，在她脸庞深深打量，“此话当真？”

玉凝心中突突乱跳。她自是说了谎的，“当然是真的。”

离他越近，就越有下手杀他的时机，被他紧紧拥在怀里，夜半趁他睡得熟了，她便可将他的性命结果了，岂不是最好？

“凝儿……你……”凌烨宸嘴角绽出一抹轻嘲的笑意，“……曾有记恨朕的人，给朕送来暖床的女人，那女人聪明机智，骗术极高，朕在睡梦之中，差点便送命于她的剑下。朕那日便如现在看着凝儿这般，看着她，终在她眼中看到了一丝杀意，那晚便留了些许精神，才没死在她的手中。”

玉凝听着他略有深意的话，慌忙别开眼睛，问道：“你跟我说这些不相干的事情做什么？我才不想知道谁给你献了什么暖床的女人。”

凌烨宸温暖的手掌拢上她高高凸起的小腹，轻柔抚摸。眼中流过淡淡地伤痛，“朕自小受人排挤，看过不少人的脸色，厌恶鄙夷的眼光见过不少，趋于逢迎的目光也有无数。朕一直以来都相信，人的眼睛不会骗人。……你猜，朕在你的眼中看到了什么？”

“你看到了什么？”玉凝轻轻笑道：“白的是眼白，黑的是眼瞳，还有其他的吗。”

凌烨宸却只看着她，不再言语。玉凝心中七上八下。

“你睡里面还是外面？”他忽然问。

玉凝向自己周围一看，她正躺在床沿上，在床沿行动方便，一会儿用剑刺到他心脏之后，他若还手杀她，她也好立刻跳下榻去。

“睡在床沿就好。我带着手上铁链去了里侧，于你来说多有不便。还是说……你要将我手上的锁链去掉？”

“那你便睡在外面吧。”

玉凝将手重重地放下，显示自己的不满。

凌烨宸掌风扬起扑灭了烛火。借着斜斜洒下的月光，他一双浅淡的眸，波光流转。

“你怎么不闭起眼睛来睡？”玉凝疑惑。

“你不看我，怎么知道我没有闭起眼睛来？”

玉凝脸上一热，哼了一声。

凌烨宸低笑着将她揽入臂弯，突然不满低啐，“好碍事。”指的正是玉凝圆鼓鼓、正抵在他腰部的小腹。

玉凝低头看看自己的肚皮，“嫌碍事，就松开了我。顺便将我翻个身，让我面朝外去。你知我行动不便。”

凌烨宸却也没有将她松开，反而将她又环紧了几分，“凝儿，你有没有觉得此事神奇无比？”

“什么事？”

“我儿子，在你肚子里。”

玉凝安静了超过一盏茶的工夫，“你的儿子，不光会在我肚子里。……皇上，寝不语。”不觉间，语气已酸溜溜，她自己都没有意识到。

凌烨宸俊俏的脸颊埋在她的发间，“这是四个月来，第一次躺下，才知躺着睡不知坐着睡的悲。”

玉凝不知他言中之意说的正是这几个月来，他皆是坐在榻上，倚墙睡，每天醒来，骨头都要散架。

她心里藏着事，怎么都不能安睡，每隔一盏茶的工夫，便会睁开大眼朝他看去，都会见他依旧睁着双眼，深深凝着她。

终于在不知睁眼、闭眼多少次之后，终于自己首先熬不住困意，睡了过去。

翌日便不停地懊恼，心中痛骂自己竟然在他怀中睡了过去。

再入夜的时候，便重拾信心，枕在他的臂弯，再寻觅机会，杀他。

可接连一个月，她发现，他都是瞪着两颗眼珠，死死盯着她，她每每都被他给瞪得先睡了过去。

于是这日，玉凝早膳罢，立刻解衣睡觉。从早睡到晚上，连睡六个时辰。

深夜，又是就寝之时，玉凝可谓养足了精神，丝毫睡意都没有，跟凌烨宸飙上了劲。

闭眼静静躺着，连熬两个时辰。终于皇天不负有心人，忽然听到身边的男人，呼吸调匀，睡得沉了。

她心中大乐，悄悄掀被，蹑手蹑脚下床，十二万分小心地拔出他的剑，来到床沿，对准他的喉咙便刺了下去。

眼看剑尖就要刺到他的皮肉。

“嗯？别闹？”凌烨宸忽然朝里侧翻了身，那剑尖便刺到了枕头上。

玉凝骇得身子发颤，他醒了吗？

手持剑，抵在枕头之上一动不敢动。过了一盏茶的工夫，凌烨宸静静侧躺着，呼吸均匀。

玉凝长长地吁出一口气。原来他梦里也想着龌龊的事，什么别闹？当真不知羞！

“让你死在美梦里。”挺剑朝凌烨宸后心直直刺去。

“爱妃，来朕怀里。”凌烨宸忽地打了一个哈欠，倏地躺平了身子。玉凝手中长剑，便扑了空，刺到了空气之中。

玉凝手中长剑极重，她拿将不动，剑尖突地一下，挨住了凌烨宸的脸颊。想必是剑面极凉，凌烨宸便不满的将眉头皱起，“小妖精，看朕怎么罚你。”

玉凝见到他这副醉生梦死的样子，险些骂出声响，那剑尖碰在他的脸上，他以为是女人亲他脸颊吗！

等到又听到他调匀的呼吸声，玉凝便又横剑朝他脖间抹去。

凌烨宸便突然梦游一般，倏地直直坐起了身，压抑着嗓子喊：“茶，朕要茶。”眼睛都未睁开，只是眼尾泛着细微的笑意。

玉凝生怕他突然睁开眼睛见她拿剑指着他，于是挺着大肚子，忙奔去给他递上茶水。捏着鼻子，细声细气，“四爷，您喝茶……”

凌烨宸勾起嘴角，朦胧，“四爷要你喂……”

玉凝拼了命才忍住，没有将茶泼在他的脸上，把茶碗递到他嘴边，风情万种道：“小心呛到。”

凌烨宸将她手臂向旁边一推，“不要这样喂……要你含在口中……你若不从，那么爷就再不来你屋里。”

玉凝气恼，抄起茶杯便朝他脸颊泼去。忽觉有风猛地击在她膝盖，身子一软，向前趴去，正印在了凌烨宸的唇上。茶水洒到了床铺上，一滴也没有溅在他身上。玉凝大惊，怎么好好的膝盖会软？

凌烨宸在她唇上啄了几下，“好茶。”

玉凝抚着微肿的唇，他的脑袋里面，除了女人的罗裙肚兜，便再没有别的了，她简直要被气死。

他今天睡得这么沉，这样的机会真的好难得。今晚不杀了他，再要这样的机会，可就难了。

当即轻手轻脚地上榻，朝着他心口直刺下去。

院中忽然传来月下的长喝，“啊，今晚的月亮好圆啊！”

半夜三更，乍听到这么一嗓子，玉凝惊得叫了一声，便朝地上蹦去，孰料忘记了身在两尺高的榻上，一个趔趄，直挺挺地朝地面趴去。心想：肚子要被摔得从背后鼓出了。

后背衣裳忽然一紧，她被人给提了起来，随后稳稳当当地落进了一个香喷喷、硬邦邦的怀抱当中。

看到那双闪着揶揄光芒的眼眸，玉凝又惊又愣，手中长剑当的一声便掉在了地上。

凌烨宸低头打量怀中僵硬无比的女子，只见她两眼满是惊骇的光，他久久地笑了起来。

玉凝汗毛直竖，毛骨悚然。

“凌烨宸，你什么时候醒来的？”

凌烨宸凝着她，“怎么？”

“你……你……根本没有睡着吗？”

“七弟昨日断了帝都军马的大批粮草，烧了上万的军械，朕心中烦乱，总是睡睡醒醒的。”凌烨宸挑眉，眼中满是诡谲的光，“凝儿，朕总觉得有人意图杀朕，你可见到那人是谁了吗？”

除了她，还能有谁？玉凝颤声道：“想来，是你没休息好，做了噩梦，你武功高强，谁能近得了你的身。”

“朕觉得也是。”凌烨宸为两人盖上锦被，“早些时候婢女给朕说，你白天睡了一天，朕想你夜晚定然没有睡意，得让你活动活动方能睡着。现在，你折腾也该折腾够了，身子也累了，安心休息吧，好吗？”

玉凝咋舌，总觉得他话里有话，好似方才有意让她折腾那么许久似的，“好……”

如此，刺杀凌烨宸一事总是无疾而终。

一耽搁，便又是两个月。

玉凝腹中胎儿，已近九个月。眼看就要临盆的她手脚更是不便，别说刺杀凌烨宸，就连弯个腰都难。报仇一事，只能放在产下孩儿以后。

这日清晨，伴随着城外远处操练兵马的声响，两人起得身来。

凌烨宸着衣之后，正要出屋，说道：“前几日七弟被朕攻退数里，今日他重振兵马，想必要和朕再厮杀过。”

玉凝自榻上坐起，叫了一声捂住小腹，额边渗出了颗颗汗珠。

凌烨宸紧张道：“怎么，我儿子又踢你了吗？”

他慌里慌张地将她的衣衫撩起，露出她白嫩的肌肤，两只手掌拢上她的小腹。

玉凝肚腹上面是他手掌微微粗粝的触感，不禁脸上一红，说道：“不要你摸我肚子。”

从三个月前开始，便总能感觉腹中小生命时不时踢腾几下。最初发现的人，是孩子的爹，那晚他枕在她肚上睡，忽然便感到脸下一震。

他问：“谁踢的我？"

玉凝对这事一窍不通，只白他一眼，“我才懒得踢你。"

当时两人正是冷战巅峰时期，因得肚中那孩子踢那一脚，他们两人竟一时间亲密了不少。只是，近日来，腹中胎动的感觉便越发的强烈。

“你的手沾满了人的鲜血，我儿子被你一碰就被带坏了。”

凌烨宸闻言脸色微变，猛然弹开双手，“你的话不错。”俯下身，俊俏的脸颊轻轻摩擦她圆鼓鼓的肚皮，“朕用脸颊蹭，总可以了？将来我儿子，一定如我这般好看。”

玉凝被他天生的自负，给堵得哑口无言。

凌烨宸忽觉脸上一动，“凝儿！”

玉凝横去一眼，这几个月，他便总会贴在她肚皮上，听来听去，胎儿一动，震到他的脸颊，他便惊喜地喊“凝儿。”

此时又听得他大惊小怪地喊了出来，玉凝立时恼了，将他推到一旁，“同样的话，你到底是要说上多少次？”语气不知不觉间已温柔备至，险些将杀父之仇抛在脑后。

忽然记起了那日薛府丧命的场景，便猛地将他推开，“你走开。以后我的孩子出世了，也不会喊你爹爹。”

凌烨宸挑眉，“喊父皇便罢。”

玉凝从榻上起身，起势极猛，牵动了小腹，冷汗沁满额头，攥住他手，“凌烨宸，我腹中好痛。”

凌烨宸见状乱了阵脚，“那怎么办？……你躺下休息一会吧。”

“奴才去传御医。”月下疾奔了出去。

御医来后，诊了脉，开了补药，“并没有大碍，这四五日内，就要临盆，皇后娘娘好好休养才是。像方才那么大的动作，不能再有了。”

凌烨宸喂玉凝喝下药，“这几日我哪里都不去，专心在此陪你。”

玉凝心中一暖，她此时心中确实不安、害怕，有他陪着自是好的。听西南方向传来轰隆隆震天声响，似有重物从高处滚下的声音。

邢掣匆忙奔进屋内，拱手禀道："皇上，七爷带兵占了碧翠山巅，埋了火药炸毁山峦，巨石滚下，将我军十万兵马困在深谷，折伤兵马无数。此次若是失守，帝都堪忧。"

凌烨宸脸色顿变。见玉凝眼中满是希冀，直直地望着他，他稍事思忖，看向邢掣，"你先命被困军马安然撤退，再带兵马从后包抄敌人兵马，先想办法掣肘七弟几日。……朕此时脱不开身……"

"你快快去吧。我听着外面巨石滚落的声音，怕人极了。"玉凝虽恨凌烨宸，可那十万兵马到底是无辜的，万一葬身乱石下，她可就罪大恶极了，"你速去速回便是，我……等你回来。"

凌烨宸拧眉，"那好吧。待你生产那日，朕便寸步不离地候在你身旁。你好好休养。"踱出屋，对众兵令道："护好门院，任何人不得擅闯。"

第三十八章　临盆在即

玉凝叹了一声。战事已打了快一年，伤亡不知多少无辜性命，难道皇位真的这般重要吗？

她哪里知道，这战事皆是因她而起。

忽然远处又传来响彻天地的一声巨响。玉凝的心猛地一惊，腿间忽觉一股暖流淌出，低头看去，裙摆也都濡湿，随即小腹也剧痛了起来，“来人，快来人。”

婢女连忙将她扶起，看着她濡湿的裙子，“娘娘，你怎么啦？”

玉凝自然也不知道什么是羊水破了，更不知自己要生产，“萍儿，我不知这是怎么了……，腹中好痛。你……快快去一趟御医阁，请了御医来吧。”

“奴婢这就去。”萍儿奔出养心殿，去御医阁拉着一名男御医，“老御医，你快跟我走，皇后娘娘小腹好痛。”

御医哪敢耽搁，背起药箱，便跟着萍儿往养心殿疾奔。

御花园内，夏花绚烂。吴欣、映雪和众妃正在和着细风闲谈。

映雪忽然看见两抹身影朝御花园疾步跑来，“母后，你瞧，准是玉凝妹妹身子不适了，那不是她的丫鬟萍儿吗？御医每日净是往妹妹屋子里去了，连母后头疼脑热，都顾不上给治了呢。”

“是啊，母后，以往我们去侍寝的时候，皇后……都在我们身上捅上一刀，逼得我们连皇上的面都见不到。皇上每日忙于战事，每夜又要伺候玉凝，操劳辛苦，咱们看着干着急，却无计可施。”

“玉凝大着个肚子，又不能侍寝，皇上可有七八个月都没有碰过女人了！”女子愤愤地说道。

吴欣冷笑道：“来人，把看不见主子的那两人给押来。”

侍卫将萍儿和御医带到小亭子外跪下。

“萍儿，拉着御医跑得这么着急，是要干什么去？”

萍儿战战兢兢地看了吴欣一眼。

“回太后娘娘的话，皇后娘娘腹痛难忍，要奴婢去请御医。奴婢这正是和御医赶去养心殿呢。”

吴欣眯眼，“凝儿腹痛？可有什么症状？”

萍儿将吴欣的话当作关切之言。一五一十地都说了，“症状的话，皇后娘娘裙摆都被水沾湿，奴婢不知那是怎么回事，倒似……小解一般。”

吴欣、映雪都有产子经验，一听便都了解，那定是羊水破了，要分娩。

映雪纤细的手指戳在萍儿额头，“萍儿，你个蠢货，你主子那是要生了。你不找产婆，找个大男人御医去做什么，还要你主子被皇上捉奸在床？”

御医脸上臊得通红，连呼“臣万万不敢”“历来妃子生产，都是提前请来产婆，臣去确实不便。快快找了产婆为皇后娘娘接生才是。”

“这……不是说要四五日才生吗？皇上也已派人去找帝都最好的产婆，说提前预备，可产婆还未到呢……”萍儿乱了阵脚，“奴婢立刻去找产婆。”抬脚便走。

吴欣拉住了萍儿的手，“等你找回产婆，凝儿就要送了命了。”

“母后，宫中几个老嬷嬷都会接生，不如……”映雪笑。

“看来，也只有哀家去养心殿走一趟了。”

萍儿坦然道：“可，皇上有旨，任何人不得擅闯养心殿，包括……包括太后娘娘和映雪娘娘。”

吴欣想到过去这数月，宸儿将那小贱人锁在养心殿，让人日夜守着，她又进不去，才让那贱人活到现在，“混账！是皇上的命令重要，还是凝儿的命重要？”

萍儿大惊，连磕三个头，“是，是，奴婢知错。请太后娘娘一定要救我家主子。”

众人迈步，直逼养心殿。

玉凝腹中胎儿一阵踢腾，她痛得歪在床头，站立皆都不能，“小宝贝，难道说你现在就要出来，要看看你娘亲？你爹爹不在家，你等他一会儿啊。”

院外脚步声错乱而起，来人不下四五十。

玉凝喃喃自语道：“萍儿请来多少御医？可搬来了整间御医阁？”

砰的一声，门被人推开。

玉凝心中一窒，冷汗沾透衣衫。

正是吴欣、映雪主仆到了。

萍儿奔去扶住玉凝，把请御医、路遇吴欣的事情缘由都说了，“主子与我皆都不明白，竟是小皇子要出世了。还好太后娘娘身边的老嬷嬷会接生，奴婢便将她们领了来。”

玉凝嫣然一笑，“母后，姐姐，我生产不敢劳烦你们两人。分娩这事，听说是脏污不堪，映雪姐姐最爱干净，母后又是长辈，皆都不适为我接生。你们回去歇着，我自己请了产婆来就好。”

“什么脏不脏的，自己的儿媳分娩，当婆婆的哪能嫌脏？”吴欣挥手令几名老婢，“赵、唐、孙、李四位嬷嬷，你们经验丰富，听闻以往宫中多位娘娘都是由你两人接生的，快去给凝儿接生吧。”

“妹妹不要客气，你比姐姐幸运，姐姐生甄儿那时，仅有皇上在门外候着，可没有得到母后的垂爱呢。”映雪暗想：由四位老婢接生的女子，不是胎死腹中，便是母子双亡，或者母死儿活。这下，小贱人还有好吗？

四名老妇一齐福了福身，“老奴，扶娘娘轻轻地上榻。”

两人架住双臂，两人扯着两腿，将玉凝摔按在榻上。

玉凝情急之下把两腿夹紧，“我不生。你们速速离开。”

映雪斜眼看看玉凝鼓起的肚子，“妹妹，我知你怕痛，可生子一事不是你说不生就不生的。既然不想生，当时又做什么怀上了？只为了和皇上……图个舒坦吗？”

玉凝了解映雪在嘲讽她和凌烨宸同房欢爱一事，当即羞红耳根。若让四婢给她接生，孩子必不能活命。她死也不惧，可孩子最是可怜。

“主子，你别怕……萍儿陪你。”

玉凝听到萍儿的声音，突然抓住萍儿的手，“你去，命外面的侍卫去找回四爷，就说是我要分娩，要他陪伴。来晚了，他连他儿子最后一眼也看不到。”

“是。”萍儿鲜少见到主子这般惊恐慌张的模样，当下便知若非情势紧急，主子不会要请来皇上。

“是，是，奴婢这便去！”

吴欣猛地指向门边，“抓起来。”

“往哪走，站住！”两粗壮妇人上前将萍儿按倒在地，其中一人，手中藏针，往萍儿脸上甩去五六巴掌，一张小脸，便血丝横流。

“主子，萍儿没用。这些人要害你，对不对？是萍儿将他们引了进来。萍儿对不住你。”

玉凝见萍儿受苦，立刻想去相帮，无奈自身难保，“不准你们打萍儿！再打她一下，皇上回来了一个一个砍了你们，扒你们的皮，抽你们的筋，将你们统统喂狗。”

吴欣反掌打在玉凝左颊，尖头金戒带下一块血肉，“凝儿，别任性。女人生孩子要男人回来看着作甚？不怕给皇上沾上了晦气？”

玉凝吐出口中血污，怒目瞪视吴欣，“吴欣，你不得好死。”心中大怒大恸，一时心火疾烧，牵得腹中疼痛连连。

“母后，您别跟妹妹一般见识。”映雪一边拍着吴欣的背，一边环视榻边四婢，厉声冷喝：“没见到皇后要痛死了？还不速速接生？”

“是。”两人加劲按住玉凝肩膀、头首，另外两人一人拉住玉凝一条腿，扯下亵裤。

玉凝下身赤诚暴露在众人面前，又羞又恼，“滚开！我不要你们接生。快快给本宫滚开！”

玉凝羞怒难当，往那妇人脸上吐上一口，“不准你碰我。你好没脸！”玉凝没了主意，哇的一声哭了起来，连连嘶声喊：“凌烨宸，救救我，凌烨宸。”

萍儿哭喊道：“你们快些放开我主子。我给你们磕头。行大礼拜拜你们。”

院中侍卫听到皇后疾呼救命。

“可有人要害皇后娘娘？左右，随我进去相救！”

领头之人立刻便要冲进去相救，却教门口老妇拦住，垂着老脸，“干什么去？”

“皇后喊救命，你没听到吗？起开！”横剑出鞘，要挥那堵门老妇。

老妇双手掩脸，“皇后年轻不经事，生孩子哪有不痛的，喊救命那是嫌痛。几位大人家中妻子便都没有生过孩子？那时难道不呼痛？还是说……大人要进去看着娘娘生产一窥春色？”

众侍卫一凛，“不敢。”退回原处守住岗位。

冬儿此时便在东边邢掣房内，忽听得玉凝的痛哭悲鸣之声，“是主子在哭。”出屋探看。见皇帝卧房门外那老妇背对着她，于是蹑手蹑脚来到窗前，用唾沫湿了手指，捅破窗棂纸，朝里看去。

屋内。

“皇后娘娘，你倒是使劲啊，你若是配合，你便少疼一点，你要是不配合，那就教你多疼一点！”唐嬷嬷拇指、食指使劲往玉凝白皙大腿拧去。

这老婢自然是不知道，凌烨宸若是见了这一幕，该有多心疼，多气恼。她便只顾使了老劲对手边细嫩皮肉又掐又挠，留下片片乌青。

玉凝脸色苍白，三千发丝已尽濡湿，嘶声抽泣，“宁可我母子死在一起，也不给你们害我孩子。”

“皇后难产。”

“太后娘娘，难产的话，……恐怕到了傍晚也生不出来。”

吴欣脸色顿变，皇儿傍晚便要回来，到时对小贱人寸步不离。那时再要动小贱人可就晚了，“现在，挤也得把孩子挤出来。不行，就拿刀子给哀家剜了出来。”

“挤出来，挤出来。”两位老婢，一个伸出左肘、一个伸出右肘从玉凝腹上猛地压下。

玉凝凄然惨叫。

窗外。

冬儿低叫一声，两行清泪滑过脸颊。

“什么人！”那守门老妇伸手朝冬儿面上抓去。

冬儿矮身躲开抓挠，“是你祖奶奶。”随即从袖中抽出匕首，砍向老妇尚未收回的手。

这匕首乃是邢掣精心命人锻造，能够斩金断玉，送给冬儿防身所用，不曾想真的派上了用场。

老妇手掌喷血，嗷嗷惨叫。

冬儿奔向养心殿外马厩，拉出一匹棕色大马，“马儿马儿，你快跑，带我到你主子身边去吧。”此马正是邢掣的战马，前几日腹部受伤，留在马厩养伤。

马儿驮着冬儿，放开四蹄，驰出宫门。

战场万马奔腾，乱箭丛飞。

大马在箭雨之中穿梭向前，身上被乱箭窜过，它却丝毫不怠，时时为背上女子避开箭羽，自己身上吃上更多的箭。

驰到一方兵阵之前，来到为首身着黑色铠甲的邢掣身前，轰隆倒地，闭眼而死。

冬儿大叫一声，便从那马背上摔下，眼看便要着地。

“冬儿。”邢掣将冬儿紧紧抱住，“你怎么不在我房内好生等待，这地方危险极了，你来做什么？是……想我了吗？”

冬儿在他房内同住一年，这已是众人皆知的秘密，两人俨然已是一对小夫妻，同榻亲热自是不必说。

冬儿连忙摇头，“邢爷，皇上呢！”

邢掣蹙眉，“冬儿，你亲自来此，是薛主子出了什么事吗？”

冬儿点头如捣蒜，将事情一五一十全都说了，“再不回去，主子就死了。”

邢掣抱起冬儿朝西北疾奔。

西北百里平原之上，两军对弈。

黑铠甲的是凌烨宸的兵马，红铠甲的是凌懿轩的兵马。

他两人相距一丈，各居战车，各饮好酒。

迎着夏风，一个冷如寒冬，一个暖若骄阳。

两军呈平局之势。

“皇上！”

凌烨宸闻声看去，正是冬儿几人到了。

凌烨宸素来心思缜密，一看是冬儿，心中已是百般设想，“你主子现在怎样……可还活着？”

冬儿扑通跪地，落泪凄然，“皇上快回去救我主子。主子难产，太后、映雪命四婢给我主子强硬催生，说要用刀剜出孩子，映雪笑我家主子怀孕生子是为了和皇上求舒坦。四婢拧我主子的腿，太后打我主子的脸。其他老妇要杀萍儿，还有老妇守在门外，不让侍卫进门。我主子哭着要四爷，说四爷不在就死也不生……”

冬儿的话每一字都似一把钢刀剜进凌烨宸的心口，未等冬儿将话道尽，他便跃下战车，丢下战事，国灭不如妻儿重，拉过汗血宝马追电逐雷一般朝东疾驰。

敌军也好，己兵也罢，竟都被皇帝阴沉震怒的脸色骇住，纷纷朝两侧退去，让出一条半丈宽的路。

方才冬儿的话，凌懿轩及众位王爷皆都听在耳中，凌懿轩当即一剑斩断西岩王旗，狠厉道：“四哥回去不杀了他老母、贱妃，我便替他动了那手！”驱马急追四哥驰去。

耿鹏愣了愣。皇帝、七王爷，便这么跑了，为了一个婆娘？

月下看着近身一名魁梧汉子，“秦将军，仅剩下耿鹏一个人，以你才智，能够轻松拿下。咱们先走一步。”一行人离去。

耿鹏有勇无谋，平日战事皆是凌懿轩谋划，此刻七爷一走，他乱了阵脚，挥手疾叫：“撤军，今日不再战，待到七爷回来，再战。快撤。”领兵连退百里，扎营整顿。

凌烨宸来到养心殿外两丈远，忽然听到一阵婴儿的啼哭，他心中大动，脸上表情是喜是忧，倏地紧张起来，似初为人父那般，汗透衣衫，心血翻涌激荡。双掌按在马背，借劲凌空跃起，左脚点在马背，右脚点在马头，一跃便进了院内。

凌懿轩紧随其后，径直策马进了院中，听到孩子的哭声，立刻喊：“这哭声……是玉凝的孩子吗？”

屋内。

一名老妇双手攥着一个初生婴儿，这孩子便刚刚从玉凝腹中拽出，脐带让吴欣一把扯断了。

玉凝已气息奄奄，“不要伤害我的孩子。”

老嬷嬷看看婴儿下体，“太后娘娘，是名女婴。”递到吴欣怀中。

吴欣微微冷笑，“是个不值钱的货色。”低头一看，只见这孩子脸蛋粉红，透着一股机灵劲，可爱极了。猛地触动心中柔软，喜欢不已，竟哼起小曲，逗哄这婴孩，“小乖乖，你长得喜人，奶奶给你取名叫笑儿，好不好？”

话罢，久久看着孙女，一会叹气，一会皱眉，脸上表情多变，该是想到了生平经历之事。

玉凝见到吴欣和蔼的神态，吁出一口气，“母后，笑儿长大了会孝顺你的。”

吴欣亲亲孙女的脸颊，“好，好。笑儿，笑儿。”竟抱着不舍撒手，忽然便落下几滴泪。

映雪指着女婴，故意道：“呀，长得像妹妹，也有些像薛丞相，果然是副好人才。将来要找个好婆家。”

吴欣一听薛丞相三个字，心中柔情顷刻荡尽，抓起孙女扔到一名老婢手中，“摔死，摔死！这孩子身上流着薛家一半的血液，哀家不要，速速摔死。”

那老婢将两只手臂高举过头，就要将婴孩摔下，婴孩哇哇哭出了声响。

门砰的一声，被人用力踹开。

黑影掠来，玉凝还没看清来人是谁，忽然觉得腰身一紧，被人环在怀中。她一时安了心，抓住环在她腰上的大手，“懿轩，快，去把我的孩子救下。”突然感觉到环住自己这人的身躯猛地一震。

此时，一抹红影闪进屋内，挺拔颀长，正是凌懿轩，听到玉凝的话，便道：“玉凝放心，我必不会让孩子出半分危险。”

玉凝心中猛地一跳，懿轩才进来，那环住自己这人是谁？方才院中明明只有凌懿轩的声音。

“凝儿，你喊错了人。朕不是你的懿轩。”凌烨宸淡淡地说道。

玉凝对上他琥珀的眸，“我……”她又一次喊错了名字。似曾相识的错误，却恰到好处地将两人心与心的距离隔得越发遥远。

“老妇，将孩子还来。”凌懿轩劈掌便朝老妇手中夺去。

一阵疾风带过将凌懿轩身子震出两步之外。正是凌烨宸抢步侧上，将孩子托在手中，“我的儿子，为什么要你来救？”

玉凝一怔，他喜欢儿子，可她为他生了女儿。

“皇上，什么儿子，也不看看清楚，那是哀家的孙女。”

凌烨宸想到冬儿的话，又见玉凝身上满是被吴欣等人所致的伤痕，对吴欣冷冷一笑。

心中却对玉凝所生是男是女，没有觉得丝毫不满，径直低下头，看向臂弯的小女婴。这一看，惊得低呼出声，女儿好小，自己一只手掌都能托住她。

玉凝却对他这吃惊的样子不甚理解。心中七上八下没个准，一会想他不喜欢女儿，一会想他见了女儿是太过喜欢。

凌烨宸痴痴地看着孩子的脸，只见她两颗黑眼珠水水灵灵，小巧嘴唇又粉又嫩，忍不住摸向女儿的嘴唇，女儿的眼睛比凝儿的眼睛还大，将来定是大美人。

“凝儿。”凌烨宸朝榻上的玉凝望去。这两人一对视，竟是柔情绵绵，此时多了一个共同结晶，两人心中皆是思潮翻涌。她全副委屈仅想钻入他怀中倾诉，他则想立刻屏退众人，将她搂在怀中。

凌烨宸忽然感觉到食指腹一阵温热细腻，一时之间，酥麻感觉使得整条手臂都软掉了。垂眸一看，竟是女儿在吮吸他的指。

凌烨宸心中大动，她将他手指当作玉凝的胸脯啦！哼，偏不给她吃。倏地将指抽出，孩子哇哇大哭，他一惊，立刻将指送到她唇边，孩子便立刻止住哭泣，吮吸他的指。

凌烨宸笑得温柔极了，她离不开她爹爹啦。这一辈子都要依赖爹爹。

众人见他一会皱眉，一会叹气，一会发笑，一会冷哼，都大感诧异。猜不透他到底是何心思。

孩子在爹爹的手指上吮了许久，伸伸舌头，闭眼睡了。凌烨宸愣愣地看着自己濡湿的食指，发起呆来。

院外忽然传来一声呼号，“雪儿！甄儿，生了吗？”

正是凌苍、凌武、凌思远、邢掣、冬儿、月下赶到了。

孩子听到这乍起的一声，便又哇的一声哭了起来。

凌烨宸手掌张开，往女儿脸上伸去，再给她吃他的手指。

映雪笑着在玉凝耳边煽风点火，“玉凝妹妹，你瞧皇上多么厌恶女儿，伸手要把孩子闷死。你生下女儿多么不易，孩子再不招人待见，也是一条命，还不快想办法把孩子从皇上怀里要过来？”

玉凝身子猛地一震，和凌烨宸之间本就缺乏信任，经不住挑唆，即刻撑起上身怔怔地望向凌烨宸，只见他手掌已伸到了女儿的口鼻之上。他平日里“儿子、儿子”地喊个没完。方才看他表情大异，笑得可怖极了，莫非他真的是嫌弃女儿，要将她闷死吗？虽信他不会那样做，可……还是自己抱着孩子牢稳，“懿轩，你去把孩子从他手中抱来吧，我不让他抱我的孩子。”

玉凝仅觉得方才凌烨宸笑得阴沉莫测，可她哪里知道，因凌烨宸为人一向清傲冷漠，即便是最谦和卑恭的笑，也让人不敢逼视、心生畏惧。

“好。”凌懿轩踱去凌烨宸身侧，伸出两手，“四哥，把孩子给我吧。”

凌烨宸紧蹙眉头，凝儿要想抱孩子，为什么不让他送去给她，他的女儿做什么不让他抱？要给其他男人抱？“休想。”

凌懿轩劈手要夺。

凌烨宸后撤一步，生怕伤到怀中女儿，利眸看向七弟，“你敢夺？小家伙太是娇弱，我手臂稍一使劲，便把她挤死了。”此话乃是震慑凌懿轩之意，让他莫要使力争抢。

玉凝心中害怕，立刻泪水滚落，“凌烨宸，你把孩子给我。我自己抱，不让你来抱。”

凌烨宸稍一思忖，且把孩子给了凝儿，先将七弟给解决了再说。

就在此时，凌苍双耳被孩子的哭声给刺激得生疼，脑中便又成了一团糨糊，疯叫：“四弟，你抱的是甄儿吗？”想起那日凌烨宸滴血认亲，甄儿不是自己的儿，又想到映雪对自己百般玩弄，拔剑便朝凌烨宸手臂砍去。

“哥！那不是甄儿。那是玉凝的女儿，你别再疯。”凌懿轩惊叫。

凌苍之剑眼看便要砍到凌烨宸左臂之中的婴孩。

凌烨宸倏地抬起右臂将剑架下，臂上被砍一道深足三寸的口子，鲜血喷薄涌出，回臂推在凌苍胸口。

凌苍连退三步，运气调息，还要再攻。

凌懿轩拧眉，三哥、四哥都要杀孩子。当从四哥怀中抢回孩子才好，“把孩子拿来！”勾脚旋出，要将四哥绊倒。

凌烨宸上下皆受到攻击，手中护着爱女，深恐伤及她身，不敢妄加运气用功，于是陷入困窘。

“保护皇上！”月下、邢掣分别要攻凌苍、凌懿轩后心。

“相助七哥、三哥。”凌武、凌思远斜剑架开月下、邢掣的剑刃，月下、邢掣一时被限制住手脚，不能上前相帮凌烨宸。

映雪、吴欣相视一笑，那孩子才出生一盏茶不到，哪能经得起这么拖拽震荡，不死才怪。

凌烨宸脑中快速一转：凌苍要杀他女儿，凌懿轩要抱他女儿，既然此刻他两人都有意要将孩子从他怀中夺去，一人不敌他两人。不如，让七弟帮他灭掉凌苍再说，“凌苍，接住了，孩子给你，要轻轻抱住。”说罢，轻飘飘将孩子递到凌苍臂弯。

玉凝心中猛然一震，夜大哥摘下面具之后，向来疯疯癫癫，现在错将我女儿当作甄儿，两个指头便将她捏死了，“凌烨宸，你将我女儿给了谁！你就这么恨我们母女。”

凌苍脸上皮肉大动，又是恨又是狂怒，倒握长剑就朝怀中女婴肚腹扎去。

众人大惊。吴欣、映雪窃笑。

“四哥，你卑鄙，你将玉凝之女交给我哥，我必要助你跟我哥斗，你竟不顾你女儿安危？”凌懿轩放弃直攻凌烨宸，转而以剑鞘打向凌苍手腕，凌苍吃痛松了手，当的一声，手中长剑掉地。

凌烨宸见机会到了，侧出长剑，在凌苍腰侧、腿间、肩周连剜三剑。

凌苍口喷鲜血，撒手丢开小公主，双膝一软，跪在地上。

凌烨宸、凌懿轩见孩子再有三尺便要摔在地上。两人行为迥异，凌懿轩伏地前滑，要去接孩子。凌烨宸一脚踏在凌懿轩腰部，将他踹出十数尺外，在孩子还有半尺便要摔在地上的时候，猿臂一展，又将孩子环在臂间，“我的孩子，摔死了，你也别妄想动她一下。”

映雪看着凌苍，有意大喊：“凌苍，混账，那孩子不是甄儿，你怎么要去杀她？”

凌苍一听甄儿，便又心中大恸，捡起长剑又砍向凌烨宸。

凌烨宸大感厌烦，忽然看向映雪，映雪一凛，骇得身子一颤，心想：皇上怎么这般仇视地看着我，他知道了什么？

映雪抱住凌烨宸手臂上，“皇上，你们打斗，拳脚不长眼睛，将孩子给臣妾吧，臣妾抱去给玉凝妹妹。”

凌烨宸冷笑，“映雪，你若想多喘几口气，离我远远的，我让你死时，舒坦一点。”

玉凝见映雪要抱她女儿，“不，我不要她抱我的孩子。”

“妹妹，都什么时候了，你还在跟姐姐置气吗？”映雪柔情地望着凌烨宸，“皇上，难道你也觉得臣妾要害小公主吗？臣妾难道会当着你的面，害死小公主？”

吴欣也说：“宸儿，你别伤到哀家的孙女，哀家揪心得紧啊。”

凌烨宸听到母亲、映雪假仁假义的话，摇头嗤笑，“冬儿，将小公主抱去给你主子。”

玉凝松了一口气。

冬儿奔去将孩子从映雪怀中抱过，推开映雪，“假慈悲，才不要你来动小公主。”

映雪身子不稳，倒在凌苍手臂，曾经的往事皆涌进脑海，凌苍眼中立刻满是柔情蜜意，“雪儿。”

映雪双目满是仇恨、羞辱，恶念初生，“凌苍，你要做什么？不许你抓冬儿，她怀中抱的不是甄儿。你不放过甄儿便罢了，难道连皇上的其他孩子也不放过？”她对如何操控凌苍，驾轻就熟。

凌苍听到“皇上的孩子”几个字，立刻双眼血红，喊道：“对，对，我要抓住冬儿，杀了四弟的孩子。”丢开映雪，一个跨步，奔去抓住冬儿背心，将她捞过。赤拳砸向冬儿怀中小公主的天庭盖。

凌懿轩方才被凌烨宸踢中腰后要害，一时身子绵软无力，“四哥，阻止凌苍，实在不行……保住孩子，杀了凌苍！”

凌烨宸暴怒，琥珀的眼瞳喷出火焰，“凌苍！你敢动我女儿一根汗毛，我将你粉身碎骨。”

凌苍哪能听得进去，拳头下落一丝不减，银光一闪，凌烨宸长剑朝他心口刺去，凌苍大惊，将冬儿拉到身前挡剑。

邢掣眼见他媳妇危险，“皇上，你手下留情！”

凌烨宸眼见剑尖就要刺到冬儿心口，心中一凛，若在平时，定然一剑穿透两人，冬儿、凌苍便都会死在剑下。可这丫鬟对玉凝非同小可，她死了，玉凝必恨他。于是长剑一颤，向一旁空气划去。

映雪眼见一扫，惊见皇帝长剑往左划出，而玉凝之女便在冬儿左臂，心中喜道：当真是好机会，“凌苍，你干什么推冬儿左臂，看不到她左手抱着婴孩，小心那剑刺到小孩！”

凌苍一震，“推冬儿左臂，推冬儿左臂。”手掌抓住冬儿手臂迎着剑尖猛力一推。

凌烨宸脸色大异，立刻就要撤剑。孰料，凌苍劲推冬儿手臂，孩子便急追剑尖而至。

嗤的一声，孩子小小的身躯被长剑穿心刺过。

一刹，死一般的静寂。

玉凝嘶声哭吼，“我的女儿！啊……”紧紧抓住胸口，哇的一声，呕出鲜血，一头栽到地下。

映雪、吴欣相视一笑，凌懿轩将玉凝紧抱在怀中，玉凝额头撞在地面，磕得血水纵流，两眼无神，盯着挑在剑尖上的赤身女婴，忽然便仰在凌懿轩怀中凄声大哭。

“死得好，死得好。甄儿死了，死了！”凌苍狂奔出屋，不见了踪影。

冬儿惊愣，左臂缓缓松开婴孩，那剑身微微震颤，孩子的身躯也跟着轻轻震动，剑刃便朝骨肉之中割得更深。

冬儿泣不成声，“小公主，是我害了小公主……”

邢掣走来将冬儿抱住。

凌烨宸面目清冷，直直地看着穿在长剑之上的孩子……

凌烨宸心中大恸，她甚至还没有看清楚这世界，便受到如此磨难，还是她爹爹亲手所为，若她有心，定是恨死了他。

玉凝已是痛到极处，见了这番情景，顿觉天旋地转，双目阵阵发黑，悲苦道：“宝宝……好痛，娘亲好痛……”她甚至还没有抱那孩子一下，亲孩子一口。

凌懿轩将玉凝抱得紧了几分，即便是一个大人，被穿心而过都不能幸存，更何况一个刚刚出生的婴孩？只是，玉凝的心该有多痛？

凌烨宸单手托着女儿，她小嘴费力地吸着气，却不会吐气了。

凌烨宸嘴角轻颤，眼角濡湿。紧闭双眼，手掌在孩子头顶轻轻一拍，将她拍死。孩子，来世还要投在爹爹家里，爹爹来世疼你、爱你。

“你……杀了你的亲生女儿！你丧心病狂的禽兽！我恨你，恨你！”

玉凝此刻只感到自己的伤痛是世上谁人都不能及，哪里还顾得了映雪在旁使坏，是凌苍的直接帮凶，凌烨宸则是避闪不及才酿成此祸事。她便仅知心中恨极了凌烨宸，恨不得他死上千次万次。哭到泪干，双眼流下血泪，呼吸一窒，昏在凌懿轩怀中。

凌懿轩连忙对玉凝施救，输真气、掐人中却怎么也救不醒。“我带你去看御医。”抱起玉凝便走，这才发现，玉凝左腕除去一个金铃镯以外，还束着一条锁链。立时怒喝道：“四哥，快将锁打开。”

凌烨宸双耳哄哄作响，对旁人的话皆都听不到。眼中只剩下手中死婴。

月下见到主子伤心不已，心中跟着揪痛，一句“人死不能复生”也说不出口。

映雪走到凌烨宸身侧，哭得痛极了，抱住他的腰身，“皇上，臣妾方才生怕凌苍伤到小公主，几次出声阻拦，可却不曾想……”

凌烨宸怔怔地站着，没有反应。

"映雪贱人！你还有脸说？"凌懿轩怒瞪四哥，"你亲生女儿就是让映雪给使计害死，你还任她搂你、抱你、亲热不已？四哥，我替玉凝教训你！"勾拳打在凌烨宸下颌，将他打得脸颊出血。

凌烨宸趔趄向后撤了一步，孩子便从他手中滑落……

凌烨宸嘶吼出声，振臂出拳，打在凌懿轩心口，凌懿轩痛得伏在地下，半晌没有透过气来。

凌烨宸俯身要捡女儿，映雪软声，"皇上，那死孩子好脏，不如让下人拿布包住……."

"住口！你……做的孽，够多了。这一生，即便去了，也没什么遗憾。我想我前世是欠你太多，这一世，老天派你来惩戒我，让你肆意伤害我心中挚爱。"凌烨宸横臂挥在映雪的肩颈。

映雪身子向后飞出，突的一声，撞在十尺之外的柱上，滑在地下，噗的一声，鲜血从口中喷出，溅得三尺之处都是血迹斑斑，两眼一翻，昏死过去。

凌烨宸俯下高大身躯，将女儿捧起，那孩子腹内还是温温热热，凌烨宸心中大恸，"女儿，为父好痛，跟你母亲一样的痛，比你母亲还要痛……"撕下衣摆将孩子身躯裹住，喊道："月下。"

月下一怔，"爷，我一定小心抱着小公主，不让她有丝毫闪失。"

凌烨宸将孩子递到月下怀中，月下用双臂温柔地抱住小公主。

"母后。"凌烨宸睥向茶桌旁啖着茶水的女人。

吴欣忽然便流下泪水，"哀家的孙女……"

"母后，够了。你跟儿子就不需要再演戏。孩子死，你今日来这里的目的已达到。"

"儿子，母后知你丧女心痛难当，可这也不是你想的。"吴欣拉住凌烨宸沾满孩子鲜血的手，以罗帕轻轻擦拭，"好在你也不喜女儿，便将这小公主葬了吧。后宫嫔妃数百，谁都能为你生个白胖儿子。再说，那不是已有了甄儿吗？"

凌烨宸望向玉凝，眼中满是深情的伤痛，"我只要她。只要她为我生的孩子。其他女人，即便生了我的孩子，我……也不稀罕。甄儿于我，只是耻辱。"撩起衣摆，双膝屈起，跪在吴欣身前。

邢掣、冬儿、月下见皇帝下跪，都接连跪下，奴仆、丫鬟、侍卫纷纷跪倒。

"宸儿，你这是何故？怎么突然对母亲行此大礼？"

凌烨宸拔剑出鞘，将剑柄递到吴欣手边，"母亲生下儿子，给了儿子一条命，您为儿子受尽苦难，这些儿子时时铭记心中，不敢忘怀。如今，我死了女儿，虽非母亲所为，却也是让母亲称心如意。"

吴欣望着那剑柄，"你的意思是，我看着孙女死了，心中快活？"

“那只有母亲一人所知。儿子仅知母亲、妻子双全的愿望，是太幼稚了，我……只能选其一。虽说出让人耻笑，可，儿子所选那人，不是母后，而是凝儿。”

“混账！你不要为娘，要杀了为娘吗？”

凌烨宸摇头，“记得那时，客栈与凝儿失散，她之后脸容被毁，朕已心痛难当，此次，母亲却又以戒指将她脸庞刮伤……”

吴欣一惊，小贱人莫非告了状，说出了那次是我将她毁容、抛到溪底之事？“宸儿，你真信小贱人的话？你真的相信是母亲毁了凝儿的脸，将她抛到水中吗？”

凌烨宸一震，“你说什么…….”

吴欣身子剧烈一抖，宸儿还不知，凝儿没给他说？

吴欣仅想着自己当年受尽折磨，人人都对不起她，人人也都如她一般毒辣阴狠。她哪里知道，玉凝一直念顾凌烨宸对母亲的孝心，怕他心伤，所以对那件事情一字没提。

凌懿轩道：“四哥，事到如今，我将事情皆都告诉了你。那日凝儿并非与我私奔。没错，她是见到了我，却仅仅是要向我说一句‘对不起’还有一句‘你还好吗’，后来她偶遇宋哲，又一路追我，却落在吴欣手中，被毁容貌，身上被你亲娘刺了不知几刀，又被你娘亲丢进水底。我若非那天丢了玉凝的画像，找了回去，发现溪边异样，玉凝早已命丧黄泉。”

凌烨宸深深地看向妻子，只见她眉头深锁，脸容悲苦，楚楚可怜，“七弟说得是真的？”

吴欣心知已狡辩不过，“是又怎样，小贱人是薛晟的女儿，本就该死，你能杀了你亲娘？”

“她姓薛，名玉凝，母亲，若小贱人三字，再从你口中说出，儿子……就不敬了。”凌烨宸心中大恸，捏着剑尖前送，将剑柄递到母亲手中，“儿子欠你一条命。所以，现在将命还给你。你在儿子心口刺下这一剑，咱们从此，各不相干。”

吴欣握着剑柄，手剧烈地抖，“你是我身上掉下的肉，你说各不相干，就各不相干？你这一辈子都是我的儿，血缘你割不断。”

“你说得对。你请刺下一剑吧，儿子若死了，天下都是你的，儿子若活下，那便为您养老送终。”

吴欣大怒，倏地推开剑柄，“不可能，我不会伤我儿子一根汗毛。”话刚完，便听嗤的一声，回头一看，当即尖声叫道：“宸儿！傻孩子！我的傻儿子，你到底是为什么……”

原来凌烨宸倒握长剑，穿进了自己的心房，嘴角几缕鲜血垂在薄唇边上，凄然悲悯。

“我的皇上爷。”邢掣封住凌烨宸身上要害大穴，“爷，您得好好活着为太后娘娘养老送终了。这剑偏差，未刺到心房。有一有二，不能再有第三回，下一次就再难保住性命。”

月下抹去眼角泪花，“爷，您心口那毒虫也难活啊，被你一剑一剑地穿心刺过，它日子也难过。”

吴欣落下泪水，“是我将自己的儿子给逼得寻死吗，我疼爱他，有错吗？”

凌烨宸紧促地喘着，“母后……儿子方才已说过，若我有命活下，那么，和您老各不相干。却还是要尽孝道，为您养老送终。”

“宸儿……母后都是为了你好。你如果和母后老死不相往来，那让为娘的情何以堪，情何以堪，情何以堪啊！”

第三十九章　诀别之夜

凌烨宸抬起手掌阻止她继续说下去，他下令道：“月下，命人在宫外选一处僻静的地方，为母后建起行宫，另赐千名婢女、千名仆从、万名锦衣侍卫伺候前后。让母后寸步不离行宫，安享晚年。”

吴欣涌出泪水，湿了衣襟，她大笑道：“宸儿，你是将母后软禁起来，当真永生永世不再和母后相见了吗？”

“儿子会常去看您。”凌烨宸眸光一冷，挥衣袖道：“左右，送太后出宫。”

百兵涌进殿内，“太后娘娘，您请。”

吴欣冷笑，揪断手中佛珠，珠子颗颗滚落，啪啪作响，“好，哀家的好儿子。好啊！就当为娘的从没生过你。哀家也不需你来探望，就让哀家孤寡老人，死在了行宫吧！”盛怒拂袖，踱步出屋。随百兵离宫去了。

玉凝忽然嘤咛一声，“小公主……女儿……”

凌烨宸心中一窒，拨开邢掣、月下两人踉跄地来到床边，攥住玉凝的双手拉到胸前，忽然瞧见自己胸口刺着长剑，怕那剑刃割到玉凝的肌肤，于是，坐直身子，闷吟一声，将剑拔出，丢在地下，又回身紧紧攥住玉凝的手，吻着她纤细的指。

“玉凝。”凌懿轩要上前去探望。

邢掣手臂一横，“七爷，一女两男，怎么说都不合适吧？你……是出宫回你军营，还是让我将你生擒？选一个吧。选前者，保你一路无阻地离去，选后者，让你立时进大狱。”

“我选三。”凌懿轩依旧要上前去看看玉凝。

邢掣架起长剑指着凌懿轩，“再走半步，要你的命。”

凌懿轩轻轻地说道：“你非我敌手。”

铮铮两声，月下亦出剑横在凌懿轩心口，“二敌一。七爷，你走吧。今日，受伤的人已够多。再有，你知薛主子手上那锁链，便是斩金断玉的刀剑也都割之不断，你带不走她。除非你砍断薛主子的手臂。不过，我知你绝不舍得。”

凌懿轩已被凌烨宸使蛮力打成重伤，心口、内脏皆隐隐作痛。心知此时一不敌二，于是干脆收剑入鞘，“我仅看她一眼。便出宫去。”走上前去朝床榻看去。

凌烨宸衣袖一摆，遮住玉凝的脸颊，眯眼看着七弟，“想死了你，你也看不到，摸不着。”

凌懿轩双眸满是忧虑，直直地看着凌烨宸，后者被他看得毛发直竖，喝道：“七弟，你看什么看，看个没完没了？”

“我想起小时候，你在玩木马，我想玩一下，你也霸道蛮横地说‘想死了你，你看得着，玩不了。’可四哥，玉凝是人，不是玩偶，她今日丧女，身心皆都受创，我知我抢她不得，望你善待她。战场上，仗会打到底。不到身死，便都没有定数。玉凝……迟早是我的。”说罢，凌懿轩潇洒地转身，发丝微微拂动，当真俊秀挺拔。

凌烨宸听罢这一席话，俊俏的脸颊，变得阴霾扭曲，心中立刻窝火，呕出一口鲜血。

忽听玉凝喃喃地说道：“懿轩，不要走，不要走……”

凌烨宸更是妒怒火大，“凝儿……你还是昏过去吧。你醒着，只会说混账话。”说罢，凌烨宸伏在玉凝胸前，昏了过去。

待到他再醒来的时候，已是几天之后，身上伤口已处理妥当，突地从榻上弹起，焦急地问道：“这是哪里！凝儿呢？”

月下前去喂他一盏茶水，“这便是养心殿，爷您在这边榻上休养，薛主子在那龙床上……”

凌烨宸发觉月下提到玉凝的时候遮遮掩掩，神态极为隐晦，便疾步走到玉凝床边。

玉凝身着一身白裙，发上别着一簇粉嫩的樱花，看起来超凡端丽，美丽极了。

凌烨宸心中怦然一动，她嘴角的无邪笑意，让他想起十年前初见玉凝之时，伸手抚上她的颊，唤道：“凝儿……好美。”

玉凝歪着小脸在他手掌中轻轻拱了拱，说道：“女儿，待到娘身子好了，便带你到院中去看荷花，储秀宫外，荷塘里荷花最是好看……”

凌烨宸忽觉脚心阵阵凉意，“凝儿，这里是养心殿……”

月下道：“皇上，薛主子醒来以后就明白一阵、恍惚一阵。有时认得人，有时认不得人。”

凌烨宸忽然觉得手掌一空，是玉凝从他手掌中抬起了小脸。他慌忙朝她看去，只见她正盛怒地看着他。

“凌烨宸，你杀死了我的女儿，是你，是你。”玉凝指责道。

凌烨宸将她抱在怀中，苦涩地说道：“凝儿，我知你恨我、怨我，我知你怪我、恼我，……我何尝不恨自己！我恨不能替我们的女儿死去。”

玉凝的泪水扑簌地落下，“那你怎么不去死，你去啊，你死了，不知多少人都会好过。”

凌烨宸心中猛然揪痛，胸前的伤口被玉凝用拳头砸得渗出血来，“是，是，我该死，我该死。”

玉凝见到凌烨宸胸前伤口的血迹，忽然间便想到了十年前凌烨宸被兄弟挤在墙角，用石块砸得浑身是伤的情景。

一时脑中便又糊涂了起来。眼中忽现怜惜关切、温柔蜜意，倏地起身，抱住凌烨宸，小脸紧紧贴在他心口，手指摸着伤口，“疼吗？一定很疼是不是？我爹爹是朝中大官薛丞相，我叫玉凝，小哥哥，你叫什么名字？”

凌烨宸心疼不已，眼眶酸涩生疼，雾气笼罩着琥珀的眸，紧紧地拥她在怀中，粗哑地道：“我叫凌烨宸，凝儿唤我烨宸哥哥，就好。”

“烨宸哥哥？”玉凝抬起精致的脸颊，静静地看着凌烨宸俊俏的脸庞，忽然便哈哈笑了起来，“变了，什么都变了。我的烨宸哥哥，有了映雪……不要凝儿了，他不要我了，他不让凝儿做皇后了。”

玉凝缓缓地蹲下身，环住膝盖，见那地上有一摊干涸的血渍，便又想起孩子摔在地下，血肉模糊的凄惨形状，哇的一声，哭了起来。

凌烨宸连连叹气，将她拦腰抱起，走到榻边坐下，温柔地说道：“我只要我的凝儿，烨宸哥哥谁都不要，只要凝儿。”

玉凝抬起泪眸，瞅着他半晌，叹了一声，懒懒地倚在他的胸膛，捂着心口，“这里好痛。你离我越近，我这里就越痛。你放开我好不好？”

凌烨宸将她箍住，抱紧，似要将他嵌进他的骨中，“不好。我永生永世都不会放开你。”斜斜地看向邢掣，阴鸷地说道：“带来映雪、甄儿。”

邢掣拱手呼“是”，一盏茶的时间不到，几名侍卫便将映雪、甄儿带到。

一名侍卫冷冷地说道：“映雪娘娘，你跪下吧。”一把推在她背上，将她推跪在地上。

映雪大叫一声，跪了下去，怀中甄儿抱得不牢稳，摔在地下，哇哇大哭，映雪忙将孩子抱起，哄慰起来。

玉凝一听到孩子哭声，跟着嘤嘤低泣，朝甄儿看去，伸出手臂说道：“宝宝不哭，娘抱……娘抱……”

凌烨宸心中又是猛地揪痛，将她挥舞的小手握在手中，“凝儿，记得我以前为了映雪对你一再伤害，现在，我便当着你的面，将她母子杀死，以表我心。”遂将玉凝轻轻放置榻上，起身，拨出腰里的宝剑，冷眸淡扫映雪母子。

映雪连忙摇头，泪水肆落，“皇上，不要杀我，也不要杀我们的孩子。一日夫妻百日恩，难道曾经的点滴皇上都忘记了吗？”

凌烨宸眉心紧蹙，满是不耐神色，“说完了？”

映雪绝望地喊道：“不要……”

月下、邢掣均不劝慰，都觉得映雪该落得这般下场。

凌烨宸斜出长剑，朝映雪脖颈划去。

玉凝突然轻笑出声。

凌烨宸手持剑，顿在半路，回望玉凝。只见她双目澄澈，显然是头脑清醒。

“杀吧，通通都杀了。我女儿死在你的剑下，薛丞相家几百条人命被你斩杀，多少奴婢、仆从死在你手中，恨生因你见死不救而送了命，冬儿因你残暴，躲藏一年之久，懿轩因你狠心而断了双腕、白了发，凌苍被你逼得疯疯傻傻。杀了映雪、甄儿，你再在我身上划上一剑，也杀了我吧。”

玉凝泪光莹莹，满腹委屈。竟全然忘了，凌烨宸所做一切杀人害命的事情，皆都是因为她。或是爱她，或是恨她，或是恼她，或是妒她与别的男人亲热。总之，每死一条人命，皆都是因她。

凌烨宸将玉凝搂在怀中，下巴搁在她的头顶，“好，好，凝儿，我不杀，谁都不杀，从今日起，我手上不沾半滴血。”斜眸看向月下，“将映雪母子打入冷宫，不得踏出半步，直至老死。”

“是。”月下令几名侍卫将映雪母子拉将下去。

凌烨宸轻拍玉凝的背，“凝儿乖，不哭了好不好？”

“你放我离开皇宫，好不好？我不想当你的女人。我恨你也爱你，我拿你没有办法。你开心了，就待我体贴入微、嘘寒问暖，让我只觉自己最是幸福。你不开心了，就不拿我当人看待，羞辱责罚，让我感觉自个最是下贱不堪。”玉凝深深地望着他，“我好累，女儿没了，我也没了牵挂，我也没了继续在你身边的借口。父母深仇大怨、亡女之恨，无论哪一样，我都不能留下。”

凌烨宸攥住她的手臂，“我不放你走。女儿没了，我们可以再生，我们还年轻，你想要几个孩子，我们就生几个。若你喜欢，我们现在就生，我现在就给你孩子。”说罢，随即动手解身上的衣衫，露出结实的肌理。

玉凝淡淡地道：“可，我不想生你的孩子。”

凌烨宸两手顿在衣襟纽扣处，解了一半的衣袍，便斜斜地滑下肩膀，“凝儿，怎么样才肯原谅我……你告诉我，你说得出，我便做得到。”

“我永不会原谅你。”玉凝离他远远的，背对着他，“皇上，臣妾乏了，不送你了……”

凌烨宸双眸复杂深深地看着玉凝纤细的背。伸手要触摸，却又不敢贸然动她，时到今日，竟不愿意强求她，为她盖上锦被，踱步出屋，掩上房门。

门吱呀关住，玉凝坐起愣愣地望着那紧闭的门板，心中五味杂陈，泪水滚下打湿衣襟。也不知，到底是想他陪伴，还是想他远远离开。只是，为什么他听她的话，离开了，她心中又难过、空落了起来。

时间飞逝。一个月过去了。入了秋，叶子飘零，更显寂寥。

玉凝腕上的锁链早已取下，身上的伤口都已痊愈，心中的疼痛却积聚得越发浓重。

凌烨宸自那日走后，便再没出现在她面前。她仅从冬儿口中得知，他夜夜烂醉，在她熟睡之后，便坐在她门外，静静地候着。

玉凝心中打定了主意要离开，绝不与他再有交集。如果，凌烨宸执意不放行，她就这样待着，直到老了、糊涂了，将伤心事都忘了。

这天入夜。晚膳后，玉凝牵着七色狐在御花园兜转几圈，七色狐已一岁两个月，个头已达玉凝膝盖。

“狐狸，回去了。”那七色狐便朝她奔来，在她腿边蹭着毛茸茸的脑袋。玉凝牵着它脖间银锁链朝养心殿踱去。

推门进屋，便见窗边站着一名男子，身着黑袍，背身而立。

玉凝一怔，唯有夜大哥才会这般黑衣黑袍的打扮，“夜大哥来了。”

窗边男人闻声，“我们……好久不见。”

凌烨宸这一个月来，遭到玉凝冷目相对，对她思念入骨，又恐前来相见惹她生厌，于是，趁她去御花园遛狐，便打开墙中密室，取出面具，坐在椅子上静静等着。忽听到玉凝回来的脚步声，便戴上面具，扮作夜翎，站在窗边暗处去了。

“那日夜大哥推我婢女手臂，让凌烨宸刺死我女儿，不过才一个月的时间。”玉凝依旧将夜翎当作凌苍。

“你既知道是凌苍致使你爱女送命，你丈夫是……无意所为，你为什么还……冷漠对他？你该跟他和睦恩爱才对。”

玉凝倒上两杯茶水，一杯自己喝下，一杯推去桌子另一侧。“因我爱他，所以对他的一举一动都最是关注，不能容他做一点错事。做了一点错事，我就不会原谅他。更何况，他刺死了我们的女儿。”

夜翎心中猛地一动，问道：“你当真爱他？还爱着他？”面具下的一双眼眸，炽热极了。

玉凝拧眉道：“你再不放开我，我就放狐狸咬你了。从我女儿死那一瞬，我跟夜大哥的情意，早已荡然无存。”

夜翎一怔，明知道她以为他是凌苍、她的杀女仇人，还要戴个面具来见她，这是自找没趣，“你可以杀了你夜大哥，为你女儿报仇。”摘下佩剑，放在桌上。

“杀了你，我女儿也活不了。”玉凝摇头，突然蹙眉，“夜大哥，你不是疯疯傻傻，为什么现在脑袋又好使了？说话也……明白了？”

“因……因你夜大哥突然发现，心中爱的女子，是你。一想起能见到凝儿，脑子就不糊涂了，说话也明白了。”

玉凝忽然想到那日地宫外和夜翎缠绵的吻，脸颊霞红，“夜大哥，你要是真的爱我的话，就想办法……带我走吧。我在这里一点都不快乐。我想出宫去，过我自己的生活。”

“不行！”夜翎断然打断。见玉凝满脸狐疑，他端起桌上茶水一饮而尽，“我的意思是，我四弟好难对付，我……带不走你。”

“也对。想到你我最初相见，你还说你是这世上他最害怕的人，那也是你的疯话罢了。”夜翎抓住玉凝的手，“不过，我有办法对付他。他曾答应我若我能逼他出手跟我过招，那么他就任我砍杀。”

“你有什么办法逼他跟你过招？他吹口气，就将你吹倒了。”

玉凝倏地抓起桌上的宝剑，铮的一声，拔剑出鞘，握剑朝他身上砍去。刷刷刷三声，接连砍去三剑。

“凝儿，小心别摔着。”双手垂在身侧，轻松躲避过去，“你再出一百招，也逼不得我出手与你过招，更别提你的丈夫，凌烨宸。”

“是吗？”他怎么张口闭口都提到她丈夫，听他话中的意思，倒似对凌烨宸极为佩服。

玉凝握住剑柄，横架长剑，朝自己脖间抹去。

凌烨宸大骇，“你干什么？”攥住玉凝握剑的手腕。

“夜大哥，你还不明白吗？”

夜翎一怔，“没错，你如果剑剑刺在他身上，那么他定然轻松躲过，你多少招也不能逼得他出手。可你若是拿剑抹脖子要自尽，他定然一万个舍不得，仅需一招便能让他出手。”

“正是。”玉凝看着自己手腕上蜜色的手掌。

夜翎感到她的目光，忙松开了她的手，不解道：“你方才先挥出三剑，是为了让我放松警惕，第四剑才抹向自己的脖颈，你不怕我来不及救你吗？”

玉凝淡淡地道：“好可惜。你还是救下了。”

“你是有意寻死？”她虽说是要使计逼他出手让她任意斩杀，可却也心存自刎之意，“凝儿，你如果一心寻死，那么我也无需费心思带你离去。不过，我听说薛丞相或许……没有死。你若死了，可就再也见不到你的父母了。”

玉凝精神一振，“真的？你听谁说的，他怎么说？我爹爹现在身在何处？”

“这……”谁知七弟将薛晟夫妇藏去了哪里，“你只有活着，才有见到你父母的机会。”

“对付凌烨宸的法子有了，可我将他撂倒之后，我们怎么出宫呢？地宫是不能走了，因上次和懿轩被冤枉偷欢那事，地宫出口都有人把守。”

夜翎轻声道：“出宫是小事。你跟在我身边，我保证一路畅通无阻地就出宫去。”

玉凝蹙眉，“夜大哥，你又糊涂啦？”

夜翎轻咳，“你夜大哥摘了面具，是凌苍那副疯癫的样子，可戴上这面具，就是凌烨宸最惧怕的人。可谓横冲直闯，没人敢拦，你只管跟着我招摇过市、横行霸道。”

“你又疯话连篇。我不信。”

“我有办法让你信。”说罢，独自开门出屋去了。

“喂，外面月下他们都在，还有好多侍卫，抓到了你，你……可别连累了我。”玉凝藏在门后。

只见，屋外，邢掣、月下、冬儿皆在。众名侍卫也都工整地站着，见面具人开门出屋，众人投去一眼，倒是吃了一惊。怎么皇上进去半个时辰，衣裳也换了，还顶上了面具？

邢掣、月下没什么表情。冬儿从邢掣那里已知此人是皇帝，于是也不声张。

玉凝喃喃地说道：“好怪，这些人都喝了药吗？怎么见到夜大哥像没见到一样？那面具是什么做的？怎么这么大效力？”

夜翎眼角余光斜斜地看到玉凝从屋内探出小脑袋，模样娇俏可爱，不禁心中一动，“怎样？现在你信我了？”

玉凝待他回至屋内，“嗯，我信你。你什么时候带我走？”

夜翎敛眉，既然她执意要出宫，便依她，将她安排在行宫别院养起来，戴面具跟她过一辈子也行，“那要看你什么时候能撂倒你丈夫？”

玉凝脸上一红，“撂倒”两字全然暧昧，“明晚这个时间，你在养心殿外等我。”

“好。”言毕便踱步出屋。

玉凝下意识地追到门外，砰的一声，撞进一个硬邦邦的怀抱，抬头一看，巧夺天工的俊俏脸颊，正是凌烨宸。

玉凝慌乱，“你怎么在这里？”四处打量，“你……看到什么不该看到的东西没有？”

凌烨宸摇头：“没有……”

“那就好。”玉凝抬头看着他，“明晚，我跟你比试，你明晚进屋来吧。”

凌烨宸慢慢重复，“明晚……让我进屋……”

玉凝道：“下流。”啪的关住房门。

凌烨宸鼻尖被门板碰得生疼，脸上却挂着笑意。

不远处，邢掣双手负在背后，抓着一件黑袍子，月下双手在背后攥着一个黑白面具。两人至今还在感慨凌烨宸换装速度之快，方才皇上从那屋里出来一瞬，立刻褪去身上黑袍、摘下脸上面具向院中抛出，随后直挺挺地站在门边候着薛主子。

翌日夜。

凌烨宸拉整衣衫，推门进屋。玉凝正坐在桌畔，烛火映得她脸容更是娇美。不由得顿下脚步，痴痴地看了起来。

“你来了。”玉凝径自从凌烨宸腰间取下长剑，“说好了，我呢，只要逼得你出手，你就任我处置。我若赢了你，也不会杀你。但我要你待在屋内两个时辰不得出屋。你能答应吗？”

凌烨宸拿过她手中长剑扔在地下，抚上她的脸颊，“不用比试，你的任何要求我都答应你。”他不愿冒险，怕那剑无眼，割伤了她脖间的肌肤。

玉凝怔怔地望着他，他怎么开窍啦？好，就说要离开他，看他准不准，不准的话，她就拿剑抹脖子，“我一会儿呢，要从这出去，你……”

凌烨宸倏地吻住她粉红的小嘴，双臂紧紧环住她的身子，“凝儿，我知道你想离开我。我已深思熟虑过，勉强你留在我身边，你不会快乐。所以，我决定，放你离开。”

玉凝先是释然，后又失落。他如此轻易地就放她走了吗？

“好，那太好了，如此，你就在这屋内待上一夜，不准出屋。我……我走了。”用力推他胸膛，却依旧被他紧紧箍在怀中。

凌烨宸深深地望着她的脸颊，修长的指从她颊边拂过，她一惊，身上微微战栗，怯怯地望着他。

“你走可以，不过，我要你。哪怕是最后一次，我也要你。”

玉凝心中怦怦乱跳，“既然我都要离开你了，做什么还要和你有身体牵扯。”

凌烨宸猛地将她按在墙上，她的背紧紧地贴在墙上，身体和他贴合，忽然感到他身体炽热的变化，她脸颊羞得通红。

他眸色愈发深邃，“因为我想你，想要你。你到底给是不给？”

玉凝冲口一个“不给”便要说出口。

凌烨宸抢先说道：“不给就不放你离开，不给就强要了你。现在，……你再回答看看，你给吗？”

玉凝见他双眸满是乞怜，心中猛地软了下来，这一走，和他便再没有相见之日。我……虽恨他，可定然也会想他，“你要了我，可别后悔。”

“不要你，我才后悔。”将玉凝拦腰抱起，入了榻，垂下罗帐。

欢爱时，凌烨宸忽觉身上绵绵没力，扑通倒在玉凝身边。

玉凝羞得别开脸颊，“我之前向御医讨了点软骨散，抹在我嘴唇上了，虽你说会放我离开，可我真的无法信你。现在你就能好好在这屋里待着了，我们永不再见。”玉凝穿鞋下榻，奔向养心殿外。

来到殿外，月已中天，繁星璀璨，秋夜微凉。

她在那小花圃坐下，静静地等着夜大哥。

屋内，凌烨宸费力起身，竟被她摆了一道。臭丫头，我不去，你等到天亮，也等不到你夜大哥。

邢掣、月下给他披上黑衣袍，戴上面具。

月下道：“爷，我还是觉得你一人送薛主子到宫外去，不妥当。现在外面战事正酣，万一七爷几个将你擒住……”

“不碍事，朕答应了她，就一定要信守诺言，不然她会不快乐。”

“那让属下护送爷一程吧。”

“万万不可，你们是皇帝的人，怎么能护送‘凌苍’——凝儿的夜大哥？那不是让她多生疑心吗？”踉跄着踱到养心殿外。

玉凝拔下一朵喇叭花，一片一片揪着花瓣，嘴里喃喃，“他会来，他不会来…….他会来。”扔下最后一片花瓣，四下看去。

忽见一道伟岸的身影，扶着墙壁缓缓走来。

“夜大哥。”玉凝小步疾跑到他跟前，“我刚才喂凌烨宸吃了软骨散，他一步都走不动啦。咱们快逃。”

夜大哥闷哼一声，伏到她肩头了。

玉凝担忧，“你怎么了？是不是昨晚没有休息好？”

夜大哥双膝无力，“我方才咬了一只妖精，中了那妖精的毒。不过，不碍事，咱们速速离宫去吧。我已盗来你丈夫的汗血宝马，你瞧。”指向身后半丈之处。

玉凝拍手说：“好，这马儿跑得好快，谁都追不上它。”

两人同乘一骑，朝宫外疾驰而去。

从皇宫出来，疾行数里，玉凝才缓过神来，竟这般轻而易举地就逃了出来。凌烨宸此刻是否因软骨散效用，而卧在榻上捶胸顿足、喷血暴怒？

忽地想起方才出宫门前让那守门侍卫拦下，被问一句“戴面具的，你是什么人，带着当朝皇后干什么去？”，玉凝一颗心脏怦怦狂跳，忽见身后夜大哥抬臂给那侍卫看了一个牌子，侍卫望向夜大哥的脸面，似乎被他的眸光骇到，忙开了城门，放了行。

“方才你给那侍卫看的是什么牌子？”玉凝感到肩上一沉，回头看去，原来是夜大哥软绵绵地伏在她肩头，缰绳也松散地握在他手中。

夜翎闻着她身上的馨香，心中涌过温柔百种，“你不是想尽办法迷倒了你丈夫，他舒坦地卧床休养，我趁他正腰身疲软，偷了他的金龙令牌。”

“原来是这样。”想到凌烨宸气怒的脸，扑哧一声笑了起来，“我们要去哪里？”

“前行百里，我在那山腰有几间屋子，你丈夫不知那地方，你先在那里落脚。”

玉凝颔首，忽然打起哈欠。

夜翎托起她的下颌，问道：“累了？”

“有点，方才……”想起方才和凌烨宸在榻上亲热许久，脸上一红，便再也说不下去。

夜翎身子一震，“方才跟你丈夫最后缠绵告别？他……狠狠疼爱了你，是吗？”

“你胡说什么，才不是。刚才你图省力，在我肩上压了两个时辰，可累惨了我。”

夜翎心想：也不知你在唇上涂了多少软骨散，现在要酸软死了我，“战场离此处还有段距离，我们先在此歇上一晚，明天一早再启程。”

玉凝跃下马来，夜翎被她的力道一冲，立刻站不稳当，向后仰去。

两人重重地躺在地上，她趴在他的身上。

玉凝的额头撞在他的铁面上，痛呼道：“将你脸上这东西摘掉吧。我都知道你长得什么模样，还怕我看你吗。”伸手要揭下铁面。

“住手！”夜翎扼上她纤细的手腕，“我……习惯这样。你不要勉强我。”

玉凝怔愣，“对，对不起。”

“你在此休息一下，我去不远处给你找些水和吃食来。”夜翎生起篝火为她照明，将汗血宝马牵到她身侧，“这马儿极有灵性，有危险你便骑到它的背上，它会带你去我的位置。”

这马儿不是他偷凌烨宸的？即便马儿认得主人，也该是带她到凌烨宸的身边才对，玉凝心里疑惑，“好。”

夜翎转身去了。

玉凝捡起一根枯枝在地上写写画画，借着月光定睛一看，身前那一片位置写满了字，有凌字，有烨字，也有宸字。忽然鼻尖酸了起来，才从他身边离开几个时辰，便已开始思念他了。她真是没有羞耻尊严。

忽然道道白光从数丈之外闪出，接着便是乒乒乓乓剑刃相交的声响。

“是什么人在那边打斗？为防伤到我，我还是快些骑上马儿，找我夜大哥去。”

玉凝翻上马背，马儿起身便朝西奔去。

“马儿，你要去哪？那边有人打斗正酣，你带我去送死吗？”说罢心中一窒，难道正是夜大哥和人打了起来？

忽然听到说话声传来。

“四弟，你看着这地方熟悉吗？几年前，你三哥我就是在这里被你逼得跳崖自尽的。”

“凌苍，今天我有要事在身，你休要纠缠！”

“哼！看你剑招虚软，拳脚轻飘，是斗不住我，怕死在我的剑下，要逃命吗？”

竟是凌烨宸和凌苍！

玉凝借着月光看去，先是看到了黑白狰狞的铁面，忽见一柄长剑朝夜翎面颊砍来，“夜大哥，小心！凌烨宸，你不要伤害凌苍，我跟你回去就是。”

两人闻声，同时顿下招法，朝马背上的女子看去，她白色的裙衫映着月光，更显清丽脱俗。

凌苍大笑，“四弟！你看到了吗，你的女人替我求情。莫非她爱上了我？”

原来凌苍那日将小公主推到凌烨宸剑上之后，奔出数里，来到这悬崖边上，独自搭起茅屋度日。

方才凌烨宸前来这悬崖边瀑布取水、摘野果，和凌苍打了照面，凌烨宸恨凌苍杀他爱女，凌苍恨凌烨宸霸占映雪，于是拔剑斗了起来。

玉凝一时之间脑中混乱极了，怔怔地看着眼前两个高大的男人。这两人此时都面朝她，没戴面具的是凌苍，那戴着面具的是谁？

夜翎道：“凝儿，你怎么来了？不是说让你在那里等我？”

“我……我听到打斗的声音，怕遇到恶人，于是骑上马儿要找你去，就被带到这里来了。”

玉凝小跑到他身边，扬起小脸，“将你的面具取下来，我要看看你的脸。”指着凌苍，“他是凌苍，那你是谁？谁是我夜大哥？”突然摇着头，泪水扑簌落下，“你……你是凌烨宸吗？你骗了我？你根本不是真心放我离开，是不是？”

凌烨宸见事情难以隐瞒，左掌按在玉凝肩头，说道：“不是……我是真心放你自由，你听我解释……”

竟是他！入宫前救她的是他，映雪房内她心口受伤，救她的是他，地宫患难的是他，地宫外吻她的也是他。他以为做了错事，戴上面具以另一重身份接近她，我就会原谅他？

“你这样，只会让我更讨厌你，讨厌你不够坦荡，不够光明磊落。我恨你！”泪水模糊了双眸，朝前面疾跑而去。

“凝儿，站住！前面是悬崖！”凌烨宸起脚便追。

“慢着！”凌苍勾剑划向凌烨宸面门，啪的一声，面具从中间碎裂，掉落一瞬，他俊逸倜傥的脸容显露了出来，琥珀色的眼瞳月光下冷冽邪肆。

玉凝在崖边顿下脚步，石块滚落崖底，击打崖壁，发出回响。她见凌烨宸左颊有道长长的血痕，他此刻身子无力，绝非凌苍对手。

凌烨宸无心和凌苍纠缠，一心唯恐玉凝失足掉落悬崖，一面架开凌苍的剑招，一面朝玉凝身边踱去。不一会便气喘连连，汗透衣裳。

"四弟，哥哥今日就让你尝一尝跌落悬崖的苦楚。也让你尝一尝，和心爱女人生离死别的痛。你可知哥哥当时跌落悬崖，和映雪永别，心中之痛？"挺剑直削，嗤嗤数声，便在凌烨宸胸口、大腿、腰侧划上几剑。

凌烨宸痛得闷哼，凝儿让他吞下太多软骨散，他斗不过凌苍，一死而已，凝儿绝不能有事。

望着崖边孤零无依的玉凝，"看什么！不是恨我？我死在这里，你该称心如意。骑上马儿，速速离开！管你是去找你的懿轩，还是……别的谁！"

当的一声，凌苍剑刃打在他的剑刃之上，凌烨宸虎口被震得鲜血直冒，手掌一麻，松开长剑。

嗤的一声，凌苍长剑插进凌烨宸的左肩。

玉凝心想：我就要走！我要离开他！他该死，他是这世上最大的恶人。

汗血宝马便在她身边，骑上就可逃得远远的，可双脚却似钉在地上，动弹不得。

"凌苍，不要伤害我的人！你放开我夜大哥！放开烨宸哥哥，放开我丈夫！"似乎生怕凌苍听不明白，于是将各个称呼头衔都给说了出来。

凌烨宸心中大动，"你终于承认，我是你的人了！"出掌推在凌苍胸口，凌苍却纹丝不动，却将剑穿透了他肩胛，凌烨宸疼得攥紧拳头。他一世骄傲，竟要死在软骨散下！

当务之急，一定要迫凝儿离开，不然今日他和她都要死在凌苍剑下，"薛玉凝！谁是你的人？我凌烨宸可不是你的人，我的女人数都数不过来，做什么要独独当你的人。快滚得远远的！我看到你，好……好厌烦。"

玉凝此时竟和他心意相通，他眼中绵绵深情不会有假，他不过是想冷言恶语把她逼走罢了。"我不走，你别让我走。我要知道你平平安安的，我才走，不然死都不走。你生是我的人，死是我的鬼，你别赖账。"

"四弟、弟妹，你们亲热够了没有！受死吧。"凌苍抬脚踹在凌烨宸心窝，将他踹出十步开外，剑从肩胛抽出一瞬，带出一串血珠。

凌烨宸噗的一声，吐出鲜血。

玉凝心中大恸，"四爷。"不料脚下一滑，大叫一声向后仰去，身子急速往悬崖下坠去。

"凝儿！"凌烨宸跃出丈余，扑身到崖边。

玉凝正手脚无依，感到死到临头，忽觉腕上一紧，被人攥住。抬头看去，男子眉眼舒冷，却含着炽热柔情，嘴唇薄幸，却满是深情笑意，他轻轻责备道："笨蛋，为什么不走？"

玉凝泣不成声，"你以为我是什么，凭什么你让我走，我就走？不管你承不承认，你都是我玉凝的男人，我要你了，我就留下，不要你了，我就离开。由不得你说话。"

凌烨宸淡淡地笑道："如果能停留在这一刻，就好了。"

凌苍持剑立在崖边，"四弟，我要让你先失去心头所爱，再将你踢落悬崖。"低头看向凌烨宸左掌。

玉凝的右腕，便握在凌烨宸的左掌。

凌烨宸心中警钟大起，"凌苍！你敢！"

凌苍冷笑，挺剑剜向凌烨宸左掌，直刺得剑刃穿透手掌。

凌烨宸痛呼一声，左掌倏地松开，玉凝身子猛然下坠。他一惊，迅速以右掌又攥住玉凝的腕。

玉凝身子被风吹得左右飘摇，"不要这样，你放开我吧。你流了好多血。我不要看你受伤，我心好疼。我心疼，你浑蛋！"

凌苍快意地笑，"现在刺你右手，看你还怎么救她。"接连在凌烨宸右臂砍上三剑，险些将他手臂砍掉。

凌烨宸紧咬牙齿，却没将手松开。

玉凝祈求道："求你放开我！我求求你！不然，你会死。"

凌烨宸道："住口！我的女人，我爱为了她死！"

"那便成全了你。"凌苍双手握剑，要朝凌烨宸头颅砍下。

玉凝惊慌大叫，"慢着，你不是要先看他失去心爱的女人吗？你杀了他，还怎么看到他痛苦的表情？"

凌苍手持剑顿下，"你想说什么？"

玉凝冷哼，看向凌烨宸的时候，眼中已满是柔情，"四爷，我死了，你要替我报仇。"不知这信念能不能激励他活下去？

凌烨宸未及反应，已见玉凝拔下头上玉簪往自己心口刺下，玉簪扎进胸膛，血丝溢出口腔。他大惊，头脑不能思考，立刻松右掌要去夺她手中的簪子。

这一下，便松开了她的腕。她身子急速下坠，嘴角是一抹得逞的笑。她知道她刺自己会逼得他出手，他左掌被刺透，不能抓握，唯有出右手。

"凝儿！"凌烨宸望着她身影落入崖底，不见了踪影，嘶喊出声，泪水滚落，一滴一滴追至崖下。他心中大恸，扑身便要追落而下。

凌苍长脚一勾，踢在凌烨宸腰侧，将他踢出丈余之外，撞在石壁上，震得血水从口鼻涌出。

凌烨宸因失去玉凝，心成死灰，毫无斗志、一心寻死。倚在石壁之上，一动不动，"凝儿，凝儿。"

"四弟莫急，这便送你西去，让你们夫妇做一对风流鬼夫妻。"

凌苍双掌攥住剑柄，剑尖朝凌烨宸心口插去。

嗖的一声，石子划破空气，砰的一声打在剑刃之上，将长剑从凌苍手中震落。

“凌苍，你住手吧。他若不是服了毒药，你以为你动得了他一根指头？欺负一个弱女子和一个中毒的人，是你的强项？”

远处树林传来这俏生生、娇怯怯的一句，听后竟让人分外舒坦受用。却因是在夜间，又是女人的声音，凌苍大惊，“谁，是谁？出来。”

凌烨宸意识恍恍惚惚，琥珀色的眼瞳斜斜地朝那林子看去，只见一红一黑两道身影，踏着树梢轻飘而至。那红衣似是一名女子，身上纱衣掠着秋风，划过孤月，缥缈极了。黑色身影便在女子身后，紧紧相随。

“是她吗，怎么会……”凌烨宸低低地说着，双目一黑，昏了过去。

这对男女轻飘飘落在地上。女子深深地望了一眼凌烨宸俊俏却苍白的颊，眼中闪过心疼的神色，对身旁黑衣道：“雨寒，你去看看四爷伤势。凌苍交给我对付。”解下腰身软鞭，便要朝凌苍挥去。

“你去看看你四爷的伤势，凌苍交给我来杀。”黑衣一把攥住她纤细手腕，冰冷却温柔，“生儿，你醒来以后郁郁寡欢，我知你心中惦记他。但，这是你最后一次见他。随后，按照你我约定，跟我回到寒生国，安心做我的女人。懂吗？”

原来这两人正是恨生和夜雨寒。之所以出现在此，便是恨生死而复生之后，日夜思念凌烨宸，夜雨寒虽心中酸涩，却也不忍她终日难过，于是允她来见凌烨宸最后一面。

两人才行至这断崖附近，便听到凌烨宸因玉凝坠落悬崖，而发出的悲伤凄绝的嘶吼，这才赶了来相救。

恨生微微一叹道：“我这一生，都是你的女人。我就只见他最后一面。”走到凌烨宸身边，将他揽进怀中，忽然想起那日她自城墙跌下，后又“死”在他怀中，种种伤心涌上心头，嘤嘤地哭了起来。

“你瞧，我早已知道，你会因玉凝那笨蛋送命。可……这都不关我的事了。我救你这一次，跟你就恩断义绝。”从衣襟掏出一颗药丸塞到凌烨宸口中，“雨寒待我是真好。他怕我死，命族人炼制了数以千计的追魂丹。这一颗，能让你保命了。”低头吻在他的额。

夜雨寒见到恨生红唇印在男人额头，他拳头骤然收紧，恨不能立刻捅死了凌烨宸，可碍于对恨生的承诺不能不实现，遂将妒怒生生压下。

碰巧，这有现成的出气包，雨寒剑尖指着身前男人的鼻子，“你是凌苍？我要杀你。”

凌苍只需用鼻子嗅一下就知自己不是这男人的对手，冷哼一声，“我跟你无仇无怨，做什么跟你打？恕不奉陪，后会无期。”凌空跃起，发足疾奔。

夜雨寒在地上捡起两颗小石子，倏地投出，仅听到凌苍“啊、啊”两声，便再没了声响。

雨寒走到恨生身边，说道：“走了，回家。”

恨生回眸去看凌烨宸，脸颊却被雨寒的手掌扳回，“生儿，你若再看他一眼，那么我就不要你，让你留下跟他。”

恨生微微一叹，“我一辈子跟着你。”不是因为凌烨宸不爱我，我才跟着你，而是因你太爱我，我亏欠于你。”

雨寒大喜，却不形于色，两人伴着月光，踱去了。

凌烨宸的头阵阵发痛，醒来时竟已回到皇宫养心殿内，他昏昏睡睡间竟已过去半月。他抚着疼痛的额头，问道：“这是……”

月下忙道：“爷，你那日和薛主子走后，我和老邢不放心，随后跟了去，在那悬崖石壁边上发现了你。”

凌烨宸忽然脸色大变，“凝儿，去崖下找凝儿！”

月下支支吾吾。

凌烨宸眼眸眯起，虽是一副病容，却依旧使得众人心生畏惧。

“爷，奴才这就命人去找，您好好养着身子。”

凌烨宸面色阴沉狠戾，“你们已搜过崖底了。我不听废话，告诉我结果。”

众人都好似有话难以启齿一般，盯着地面不言不语。

邢掣顾左右而言他，“冬儿，快伺候皇上用药。”

冬儿知道众人极力隐瞒之事，便会意道：“皇上，药趁热用吧。若我主子在，看你憔悴的样子该要心疼的。”

凌烨宸心中对玉凝的思念潮涌翻荡、不能抑制，手臂一挥，啪的一声打掉药碗，“说啊！朕的凝儿，朕的妻子呢！”

冬儿手背一片鲜红，惊愣在床沿。

邢掣见状忙上前拉起冬儿，暗中给她揉着手背，“月下，咱们谁都别想瞒着爷，不可能瞒得住。早晚要说的。都告诉爷吧。说得越晚……伤痛越深。”

月下扑通跪在地下，“奴才该死，奴才无能，奴才和木头带着万名士兵仔细搜了崖底，找到了薛主子……的尸首。”

“尸首”两字使得凌烨宸头晕目眩，心中似被大石压住，呼吸不能，心胸翻涌，噗的一声，喷出血柱，重重地向床下栽去。

“爷！当心。”月下抱住凌烨宸的双肩将他扶住，拖到榻上。

凌烨宸发上金环脱落，青丝散下，凌乱地覆在颊上。发丝空隙之间，可见双眸中闪着点点水光。

“她在哪？朕要看看她。”

"不要看了……娘娘走得难看，她已可怜。你看罢，不过是给自己徒增悲伤，让她安心地去吧。"

凌烨宸血泪自颊上淌下，漫过薄唇，进了口中，"我要见她。不管她死相多么难看，我都要立刻看到她。"

月下感到凌烨宸身子剧烈发颤，显然已是到了悲极哀极的地步，"老邢，去将薛主子提进来吧。"

邢掣夺门出去，半盏茶工夫，提着一个大包袱进来了，沉甸甸的，红绸包着重物，那绸缎面湿淋淋，湿的地方是暗红色，像是血水浸出布料。

邢掣小心地将包袱放在地上。

凌烨宸呼吸骤紧，让月下扶着，是害怕面对，也是心伤身累，步履艰难地走到那包袱旁边。他将那包裹打开，一具身着白衫的女尸，暴露出来。

冬儿大恸，掩面低泣，"我主子……死前遇到了野兽……主子常说要将皇上给的金铃镯子去掉，这下……如愿了，可……可命却没了。"

凌烨宸直直地看着那尸首，双眸越发的深邃莫测，"这不是她。"

众人知道这事实难以接受，他会如是说，正是不能接受之言。

凌烨宸喃喃地说道："她的身子我最是熟悉，这不是她，她不该死得这样凄凉，这不是她，不该是她，她是我的人，怎么可以这样死去。"断然不能接受爱妻被猛兽叼食的事实。

忽然眸色一动，撩开尸首胸襟白衣，她锁骨下，正有一抹儿赤红朱砂。凌烨宸心口剧痛，"凝儿，是凝儿。"心如刀绞，仰天悲号，亦哭亦笑，双眼一黑，倒在那尸身胸前。

凌烨宸一病不起，病榻上连卧数月，窗外已是雪花飘飞，到了寒冬。若非月下每日强行给他灌下汤药，他早已病死榻上。

这日，月下又如往常，来到龙榻前给凌烨宸说一说战事，邢掣怎么英勇抗敌，怎么智斗耿鹏，净是捡一些开心的事说给他听。

凌烨宸满脸胡茬儿，倚在榻上，呆呆地望着窗外皑皑白雪，突然道："月下，天凉了，凝儿可有加衣？"

月下手臂猛地一震，眼眶酸涩，落下泪来。这是数月来，凌烨宸初次开口说话。月下慌忙走去为他盖好锦被，温声道："是，方才奴才给薛主子送去了狐裘，那可是上乘雪狐的皮毛，世上仅那一件，怎么能不给薛主子呢？"

凌烨宸缓缓地指向窗外，微微一叹，"那凝儿，为什么还穿得那样单薄？"原来冷风吹过，卷起大雪，他将那雪影看作了玉凝的形状，便觉玉凝站在窗外孤零零，瑟缩地朝屋内望来，模样可怜极了。

月下喉中哽咽，"爷……让薛主子安心去了，不行吗？"

正在此时，门板被人轻轻推开，邢掣黑衣上覆满雪花，疾步走来，“爷，映雪主子病死在冷宫了，是不是将她葬在皇陵？”

映雪自从被打入冷宫之后，便受尽苦难，皇帝不待见的女人，那便蝼蚁不如，每日一餐或是几日无餐，冷了无衣，病了不诊。

映雪先是因饥饿而枯瘦如柴，入冬之后，便更是饥寒交迫，感染了风寒，咳嗽一月，成了肺痨，又拖沓一月，直至方才死在了冷宫，死前口中哭喊：“皇上，我要见皇上，往日风光皆都不再。冷宫死地，竟没人怜我一丝半毫吗？”

“她不配葬在皇陵，污了祖宗牌位。”凌烨宸淡淡地冷笑，“将映雪死讯，传出宫去。凝儿落崖之前，嘱咐我，若她死了，我要为她报仇。只要我有一口气在，就要让凌苍偿命。放松了皇宫戒备，给三哥行个方便吧。”

不消多久，昔日皇帝宠妃，映雪病死冷宫的消息，传遍西岩每个角落。

这夜，月光、白雪照得皇宫亮堂。忽然便见一抹黑影越过道道宫墙，落进冷宫。这人已双目失明，在院中积雪中翻找，终于在枯井旁找到了一具冻僵的女尸，这女子形容枯槁，脸色青黑，再没了往日美貌，却正是往日心高气傲、数捻龙须的映雪娘娘。

“雪儿，雪儿。”

噗噗几声，四周火把大亮，数百兵卫围拢过来。

“是谁？”凌苍大惊，“四弟？”

“三哥，我知映雪死讯能将你引来，你果然如约而至。”正是凌烨宸的声音，他轻轻咳嗽，血水便从指间溢出。

月下忙搀住，“爷，奴才都说了，带着百人过来乱箭把三爷射死就好，你何必拖着病体前来。”

凌烨宸已是病入膏肓，只是俯着身子重重咳嗽，已无法答话。

邢掣道：“月下，薛主子的仇人要死了，皇上怎么能不在场？”

凌苍抱紧怀中尸首，“这世上，除了我七弟，我便再无牵挂，我弟爱玉凝，他知我害玉凝，与我已断绝来往。今天我既然来了，就是做好死的打算。我死后，雪儿就是我的。再没人和我争她。”他吻在她漆黑冰冷的脸上。

凌烨宸冷声道：“放箭。”

众兵持弓射箭，百发齐出，朝凌苍、映雪射去，纷乱箭雨将他两人穿透。

凌苍哈哈大笑，血从口中喷出，“四弟，我死了便可以永远和雪儿在一起，我们尸首化作泥土也合在一起。听你说话声音，也是快死的人了，你可知道，即便你死了，也不能和玉凝在一起。”

凌烨宸此时便是刺激不得，听到自己死后也不能和爱妻在一起，当即恼怒，“你说什么！为什么我不能追随凝儿而去？”抢过小兵手中的弓箭，连射五箭。

那箭雨三支射在映雪头上，两支射穿凌苍面门。凌苍猝死，抱着映雪的尸首倒在雪地，鲜血染得积雪一片猩红，刺目惊心。

凌烨宸是怒火攻心，根本不顾及箭射去了哪里。只恨凌苍说他不能和玉凝在一起。此时见到凌苍死透，才稍稍缓和情绪，重重地喘息。

忽然感到小腿一疼，低头一看，是一名近五岁的孩童，死死咬在他的皮肉上。这孩童粉雕玉琢，正是甄儿。

“父皇，你待我母妃好狠心，甄儿恨你。”甄儿年岁小，不懂事，可因这一年多来处处受人冷眼，遭人挤兑，已知道仇恨之心，嘴中咬着爹爹皮肉，将爹爹鲜血吞进腹中。

凌烨宸望到甄儿，便厌烦不已，提弓就要射他小小的脑门，“那你便好好记着你爹爹，做鬼也别放过我。”

月下立刻想到：薛主子死了，皇上心已逝，日后定然不会再娶任何女子，凌甄是爷的唯一子嗣，决不能死，“爷，手下留情。”

凌烨宸哪肯听他的话，已是要松手放箭。

邢掣心中却和月下心意相通，突地一个手刀劈下，打在凌烨宸后颈。

凌烨宸身子一软，仰在邢掣怀中。手中箭羽斜斜地射出，穿透大树。

甄儿蹲在雪中，望着母亲尸首，哇哇大哭了起来，“母妃，母妃。”

“老邢，你将爷送回寝宫。我连夜将甄儿送去宫外别院，让太后娘娘教养他。爷的身子一日不如一日，若真是有什么不测。凌甄便是西岩的新帝。”月下抓起凌甄后背衣裳，将他挟在臂间，驾马奔到吴欣所在行宫。凌甄，从这夜起，便养在吴欣膝下。

凌烨宸朦胧醒来，便又过去数天。这日他一反常态，精神好了几分。唤来邢掣、月下，三人同桌饮酒，“你们还记得凌苍死前说的话吗？”

邢掣、月下见凌烨宸面色红润了几分，不约而同的心中悲鸣大作，难道是回光返照，皇上快……

“他诅咒皇上，死后也不能和薛主子团圆。”

“朕倒觉得他话里有话。死后的事，他怎能知道？他怎么就敢断言朕死后不能和凝儿在一起？朕那时气怒，没有细想，此时想起来，更觉得他的笃定，来之有因。”凌烨宸薄唇抿起，“除非他知道些什么，除非，凝儿没死……”

邢掣当皇帝又是心伤难以自持，说的话也是心头念想罢了，“属下这些时日从未放弃寻找薛主子，爷，你康康健健地活着，就还有见到薛主子的机会。”

凌烨宸听后心头大快，将酒一饮而尽。

月下鼻尖一酸，“爷，待到薛主子回来了，您万不能再欺侮她了。”

凌烨宸颔首，“那自然不能。朕像木头待冬儿那般待凝儿，不，不，比木头要强上千百倍。”

邢掣、月下赔笑。

凌烨宸突地起身，“走吧，去将凝儿接回。”

邢掣、月下便忽然觉得背脊阵阵发麻，要去哪里将薛主子接回？怕是薛主子早已投胎转世了，“爷，你瞧，这时候已是午夜，夜路不好走，咱们等到一个艳阳天，再去接薛主子回来。”

“现在去。”开门出屋，走入院中。

宫外百里，七王军马安营扎寨之处。

王帐内，凌懿轩刚要解衣休息，便有小兵来报，“七爷，皇上突然来到营内，他只带邢将军、月总管两位随身，是否将他三人击毙？”

凌懿轩拧眉，“让他们进来。”

“七弟。哥哥来看看你。”孤傲、微讽的语气传来，正是凌烨宸到了。

便见那帐帘被邢掣、月下由外掀起，凌烨宸一袭黑色锦袍，迈步走了进来，琥珀冷眸环视七王帐一周，却只见凌懿轩一人。

凌懿轩疑惑，“四哥找什么？”

凌烨宸淡淡地道：“天寒地冻，七弟榻上无人，睡起来可还安好吗？”

凌懿轩脸上一赧，“什么安不安好，过去二十一年都没人给我暖榻，我也睡得都好好的。不像四哥你，不抱个暖呼呼的婆娘睡不着觉。”

冷风灌进帐内，霰雪飘飞。凌烨宸吹不得冷风，这一受凉，便又咳出鲜血。

凌懿轩笑道：“小弟招呼不周，四哥病魔缠身，就快归西去了，快请坐下。”

月下叹，“七爷，行行好，积点口德。”

凌懿轩见凌烨宸面色憔悴，往日意气风发皆都不再，心中突地一软，搀住哥哥的手臂，“你坐下吧。”扶他坐在椅上，又道，“来人，看茶。”

帐帘一掀，小厮持热茶走来，仅为凌懿轩斟上一杯，便立在凌懿轩身后。

凌烨宸猛咳不止，却苦于眼前杯中无茶。

月下看着皇帝模样实在窘迫又可怜，上前帮他拍着后背，骂那小厮道：“你主子还没说什么，哪轮到你来看人行事，为什么不给皇上倒茶？”

小厮吓得手脚发颤，直直地看向凌烨宸的脸容，见他越咳越凶，手掌已是鲜红一片，“小的，小的……”

凌懿轩淡淡地扫向小厮，“去给皇上看茶。”

小厮颤巍巍地走到凌烨宸身侧，往茶盏中斟茶，却因双手颤抖不止，茶水倾倒在了桌上。

凌烨宸眉梢一动，倏地伸出双臂搂住那小厮的腰，将他拉进怀中，“你怕什么？

朕……好可怕吗？”

小厮心口狂雷，呆愣在他怀中，纹丝不敢动弹。

“四哥，你耍什么疯，一杯茶水而已，你搂着这小厮做什么？”上前便要将小厮捞出。

邢掣、月下横剑挡住凌懿轩，“七爷，随他吧。一个小厮的有什么要紧。死了又怎么样？”

凌懿轩冷哼一声，拂袖坐下，饮着茶水。

凌烨宸与那小厮四目相对，这孩子脸蛋普通，双颊布满雀斑，可双目澄澈，煞是灵巧，“回答朕，你在怕什么？”

“小的……小的听说皇上杀人成性，生怕丢了小命，所以才怕。”

“是怕丢了小命，还是怕被朕拆穿你的伪装？……凝儿。”伸手便朝那小厮脸上撕去。

可却撕扯许久，都不曾揭下人皮面具，倒把那小厮脸蛋抓得红肿不已。

“皇上，好痛。七爷，救命。”

……

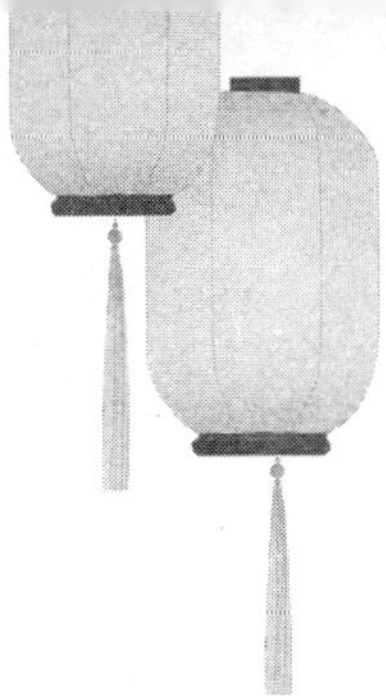

第四十章　阔别经年

凌烨宸拧眉，手猛地探进小厮的衣襟，摸到的却是平坦的胸膛，这小厮果然是名男子。他当即一怔，嫌恶地将他推出数步。利眸瞥向凌懿轩，“凝儿呢？将她还给我。”

凌懿轩脸上变色，“什么意思？”

凌烨宸见到七弟面上满是讶异，不似在说假话。“凝儿她……”本以为凌苍话中有话，似在暗示玉凝没死，凌烨宸便是靠这一信念才撑着活了下来，此刻看到七弟表情，当即认定玉凝不在他帐内。

凌懿轩攥起四哥衣襟，“她怎么了？你以为我每日跟你两军交战为的是什么？我为的就是将她赢回身边。你，你告诉我，她究竟怎么了？”

小厮上前抱住凌懿轩的手臂，“七爷，你放开皇上吧，他……他……要被你勒死了。”

“你想知她怎么了？我拿给你看。”凌烨宸令邢掣提来残缺女尸，平置在红绸内。

凌懿轩双膝一软，跪在尸首前，“不，这不是玉凝。这不是她！如果她死了，我还跟你斗什么，她死了，我做什么还要独活？”持剑便朝心口刺下。

“又一个情痴！”月下拂尘猛地一甩，缠住凌懿轩剑刃，向后一扯，将长剑从他手中拽出。

凌懿轩大恸，双目一黑，向后仰去，昏在小厮怀中。

凌烨宸裹起红绫，抱起女尸，缓步出了帐子。邢掣、月下急忙跟出。三人乘龙辇，出了大营，回到皇宫。

小厮望着凌烨宸几人远去的背影，落下滴滴泪水，打在凌懿轩脸颊上。

凌懿轩拭去小厮颊上的泪水，“玉凝，你怎么又哭了起来？不是说好忘记他，重新生活？薛丞相、薛夫人都在碧月王宋哲兄弟那里，等着你去团圆。你难道还要回到四哥身边……受苦？”

小厮正是玉凝。前些时日，凌苍前来与凌懿轩会面，凌懿轩因凌苍先是加害玉凝之女，又害玉凝本人，他对他三哥记恨在心，与三哥断绝了兄弟关系。

那凌苍知道弟弟爱玉凝，又料定凌烨宸不会轻易相信玉凝死讯，于是用银针刺入玉凝耳后风池穴，遮了玉凝娇美容貌。想当年，凌苍易容成凌烨宸心腹无踪，在凌烨宸身边没有引起丝毫疑心，故而，方才凌烨宸虽觉小厮双目熟悉，也没认出这小厮正是玉凝。

再加之，凌懿轩知道四哥狡诈多疑，于是多长了一个心眼，早早命人以兽皮制成一件贴身肉衣，凌烨宸方才大手探进玉凝胸襟，摸到的平坦胸膛便是那一层兽皮。

其实，凌烨宸也是因为悲伤，机敏便不如从前，若是照他平常的阴鸷习性，定要将这小厮衣裳褪去，看看她到底是什么模样才要罢休。

“懿轩，他……会不会死。我好想和他回去。我担心他会死。”

凌懿轩将玉凝拥进怀中，“他不会有事。过几月，他依旧左拥右抱。他最不缺的就是女人。你何必委屈自己在他身边受罪。”

凌懿轩一向不说假话，可这次却出于私心，出于想拥有玉凝的私心，他说了谎。他知道四哥爱玉凝，甚至比他还要爱玉凝。玉凝一去，四哥绝不能活。

玉凝对凌懿轩的话自然是深信不疑，一想到凌烨宸过几月便又会左拥右抱，当即失声哭泣，“可，我还是爱他。我想回到他身边，受苦一辈子我也愿意，当他小妾我也甘心。”

凌懿轩紧紧地钳住玉凝的腰肢，“你跟他是亲兄妹，薛丞相都已跟我说过。玉凝，你已跟他不伦产下一女，难道还要……继续错下去？”

玉凝心口一窒，脸上又热又红，当即没了主意，眼下凌懿轩便是她的主心骨，“我听你的就是。我不能再跟他，那样对他不好……”

可，她哪知道，凌烨宸为她可舍性命、舍江山，又哪里会在意什么世人目光。再加上，凌烨宸为人不羁，原本就不在乎世俗之说。而且，他心中除了玉凝，万万容不下其余任何女人。

凌懿轩纠正，“不是对他不好，是对你不好。”

玉凝叹道：“那，我们什么时候离开？”

“现在。”

凌懿轩将事情做得又狠又绝，当晚将消息散播出去，先是七王爷因心伤病在榻上，过了十天半月，便又传出消息，七王爷暴毙王帐。

那日，凌武抱着一个骨灰盒，凌思远拿着凌懿轩的剑，跪在城墙下，两人皆“哭”得双眼血红。说是七哥已死，要四哥原谅他两人错跟七哥，能让他两人弃暗投明。

凌武更是将那骨灰盒砸得粉碎，里面灰末飘得到处皆是。凌思远将凌懿轩宝剑从中间折断，也是表了衷心。

可两人在城墙下跪了两天两夜，却未等来凌烨宸，只等来月下。月下宣读了圣旨，大抵意思便是，皇帝曾答应玉凝，手上不再沾染一滴鲜血，命凌八、凌十二快快离开帝都。

凌武、凌思远至此，各带兵马，各回藩地。

三位王爷一离开，那云天大将耿鹏，一时之间孤助无援，手下七十万兵马怎么都不敌凌烨宸百万大军，拖沓数月，便连连败北。

西岩归于平静。

这日阳光大好，邢掣带兵挟妻，辞别凌烨宸、月下要回云天国而去。

送别宴上，月下喝得酩酊大醉。宴后连睡三天三夜，待到醒来，邢掣一行已走远。他来到城墙眺望，却怎也望不到邢掣等人的身影。

眼角瞥见一抹明黄，正是凌烨宸站在远处城墙边。月下忙上前搀住。

凌烨宸道："月下，你也离去，自寻幸福吧。"

月下摇头，"能走的都走了。奴才却不走。没有皇上，奴才早已丧命。奴才这一生都守着皇上。"

凌烨宸微微一笑，"忽然觉得，原来这皇宫大院，是这般空空荡荡。"

"爷，天凉，回去吧。"

余暇洒下，两人与影为伴，下了城楼，朝宫内走去。

时光飞逝。五年匆匆。

这日，云天国王，耶律掣的爱子耶律枫满月大喜。宾客满室，热闹非凡。

云天皇后，薛冬儿房内，也如同大堂内一般热闹。

"天儿，不许欺负你玉儿姐姐。"云鬓粉腮，娇美少妇指着不远处一名近五岁的男孩，嗔怒道。

这男孩一双黑眸乌溜溜、水汪汪，煞是俊美可爱，可做的事情却一点儿也不可爱，他脚踩在一名六岁大的女娃娃屁股上，"让你叫我哥哥，你偏不叫，不叫就打到你叫。"

"傲天弟弟，你比我小一岁，做什么要我叫你哥哥，我才不叫，打死也不叫。凝姨，救我。"原来这女孩正是宋哲和林可儿之女宋玉，而踩在她臀上的傲天弟弟，正是玉凝的儿子，凌傲天。

被唤凝姨的娇媚女子，正是玉凝，"凌傲天，再耍赖，让你爹爹揍你。"

冬儿抱着怀中刚满月的儿子，"呀，我主子生气了，傲天小爷，你还不逃命去吗？"

凌傲天抿着嘴唇，嘴边是不合年龄的轻佻，"凝儿，你乖，或是逗着耶律枫玩，或是跟我可儿阿姨谈天，别来管我，不然的话今晚别想搂着你儿子睡觉。"

玉凝叫了一声站起身来，上前就要扯住凌傲天的耳朵，却被林可儿攥住手臂，"玉凝，你别动我女婿，我看他踩在我女儿屁股上，那感觉顶好，他们自小就培养感情，长大了，定是一对好好夫妻。"

玉凝嫣然一笑，"表嫂，那小霸王被懿轩惯坏了，我根本管不住他。不知他跟谁学的，每天不喊我妈妈，硬是唤我凝儿。知道的，便都道我是他母亲，不知道的还以为我是他的童养媳。”

“什么童养媳？谁敢要我妻子给他当童养媳？嗯？”门外和着脚步声，响起温温润润的嗓音，接着便有两名高大男子走了进来，一人三千雪发、明眸皓齿，一人脸若桃花、双眸多情，正是凌懿轩和宋哲。方才说话那人正是凌懿轩。

凌傲天一见来人，大喊一声：“爹爹。”奔去凌懿轩的腿边，扬起小脸，“你怎么进来啦？想凝儿，还是想我？”

玉凝脸上一红，“凌傲天，快快闭上你的嘴。”

傲天吐吐舌头，“我爹爹想我，不想你。”

凌懿轩朗声轻笑，将凌傲天托起骑在他双肩，“谁想你这小浑球。”深情款款地看向玉凝。

玉凝脸颊生晕，回以一笑。

宋玉疾跑到宋哲身边，“爹爹，抱抱你可爱的女儿吧！”

“好嘞。”宋哲抱起爱女，在空中抛了几抛，惹得宋玉咯咯直笑。

宋玉笑嘻嘻地说道：“傲天弟弟，你爹爹驮着你，我爹爹抱着我，好好玩。”

凌傲天挑眉，“哪里好玩？我怎不知。再要叫我弟弟，将你头上小花小辫都剪掉。”

宋玉哇哇大哭。

冬儿此时贵为一国之后，举手投足都有几分富贵雍容，“可儿，主子，咱们跟七爷、宋爷出去吧，宾客们自是也想看看小皇子呢。”低首温柔地看着怀中的婴孩。

宋哲道：“是，快些出去，邢掣被人灌了不少酒，已醉了七八成了。”

邢掣自回到云天之后，便更姓为耶律，这些熟人却未有改口，还是称他邢掣。

众人来到大厅，只见一袭龙袍的邢掣，早已退去当年青嫩稚气的模样，竟已出落成沉稳内敛的男人，他虽荣登大宝，却独爱专宠冬儿一人，从未纳妾娶妃，更是冒天下之大不韪，封一介小小婢女为后，这在云天国掀起一股“生女胜过生男”的热潮。

邢掣酒桌前，敬宾客一杯酒水，眼尾忽见众人进了厅堂，只见其中一女子，身量娇小、面色粉润，正是冬儿。忙迎过去，“怎么不戴了帽子、穿上厚衣，受了风，落下头痛病，怎么是好？”

“瞧你紧张的，枫儿已满月，我也已大好，哪有那么娇弱？”

邢掣将她拥进怀中，“没有那么娇弱，也得学会那么娇弱，我不能容你身子有一丝差错，给我好好养着。”

冬儿眼眶一涩，喃喃地说道：“邢爷……”

玉凝见到邢掣，便想起了月下，想起月下就想到西岩国，想到西岩国，便记起了那一双琥珀色的冰冷眼瞳。

听说他一切都好。五年间，选了几次秀女，封了许多妃子。她也好，有了儿子和丈夫。什么深情、什么痴恋，都是一时意气罢了。

众人围着主桌坐下。

邢掣望着玉凝，不禁心中长叹，若是爷知道薛主子还活着，他……会怎样？

冬儿自从嫁来云天之后，便时常想念玉凝，邢掣一是心疼爱妻，一是为了凌烨宸，于是暗中也寻找玉凝，那日探子来报，说碧月国有个小霸王，名叫凌傲天，不可一世、嚣张跋扈得没边没际。

邢掣一听“凌傲天”三个字，立刻亲自带着冬儿找到碧月国去，这一去，便和玉凝、凌懿轩见了面。那时邢掣立刻便想和凌烨宸通去消息。可当时玉凝和凌懿轩是以夫妇相称，加之冬儿一再阻拦，邢掣便将这消息压下。

邢掣多次和月下通了信，得知，凌烨宸曾大病一场，死过一次，醒来之后，竟将伤心事情皆忘了，此刻生活如常，就似薛主子从未出现过那样。

邢掣酒过三巡，抚着额头，闷声哭起来，“几年前我与冬儿成亲，爷和月下没来参加我的喜宴，五年后，我儿满月，那请帖早早便已遣人送去，他们还不来吗？他们心中还有我这兄弟、心腹吗？”

玉凝眼中立刻覆上一层雾水。听说凌烨宸已忘却旧事，也忘了她。那样……再好不过。

傲天见母亲哭了，拍着她的背，“凝儿乖，不哭。傲天抱抱你。”

玉凝看着他俊秀的小脸，说话语气便是和那人一模一样，心中大恸，“天儿。”亲在儿子脸颊。

忽然侍卫来报，“皇上，有客到。”

众人纷纷朝厅门望去。

只见一名身着锦袍的白脸小生迈进屋内，“老邢，你月爷爷来了，你还不来迎接？”

厅中宾客皆讶异不止，这小哥是什么身份，怎么对云天皇帝这般没有尊卑？他们哪知这人正是月下，和他们的皇上可是生死之交。

邢掣大喜，迎上去紧紧抱住月下，“你小子还知道来？怎么不等我死了，再来给我送终？”

玉凝心中怦怦乱跳，月下是一个人来的吗，那人来了吗？想着想着身子便冷冷发颤，双拳紧紧攥着，手心满是汗水。

“玉凝。”凌懿轩紧紧攥住玉凝的手。

邢掣、月下两人抱了足有两盏茶的时间，才松开彼此。

邢掣道：“爷呢？我想他了，他呢，来了吗？”朝院中找去。

月下道：“没。”斜斜看了一眼不远处的玉凝。

玉凝得知凌烨宸没来，长长地松了一口气。

邢掣失落，“我就知……爷不会来。”

“你成亲，我就没来，现在你儿子满月，若是再不来，便说不过去了。”门外传来这冷冷静静的一句，虽是极为亲昵的话，从这人口中说出，却是疏离淡漠，若非与他熟知，当真分不出话中真假。

一袭黑袍，眉眼似画，神色慵懒，俊俏世无双，正是凌烨宸到了。

玉凝只看到凌烨宸衣裳一角，便骇得立刻别过脸去。

邢掣怔愣愣站在门处，傻傻地望着凌烨宸。五年不见，这男人王者气魄竟不减分毫，“皇上爷……好久不见。”

凌烨宸挥手令随从将贺礼抬进厅内，“不请我坐下喝一杯？”

“爷，快快请坐。”邢掣令左右，“来呀，加置酒盏碗筷。今日，朕与西岩王无醉不归！”

凌烨宸环视桌上众人，“宋兄、宋家娘子，冬儿。”

凌懿轩倒满两杯酒水，递给四哥一杯，将身边玉凝扶起，“四哥，我和内人，敬你一杯酒水。”

凌烨宸冷眸倏地眯起，轻轻打量玉凝的脸颊，玉凝低着头，不敢迎上他的视线。

凌烨宸将酒饮尽，“七弟妹，好品貌。”

玉凝听到他有如品评陌生人的语气，心中万分的苦涩，“四哥谬赞。”

凌懿轩指着离玉凝最远的一个空座位，说道：“四哥，你一路颠簸，快请坐，歇歇脚。”

凌傲天突然从玉凝旁边座位蹦到地下，拉住凌烨宸的手，“你是西岩王？”

凌烨宸的左掌被一只温温热热的小手握住，他忽觉一阵暖流自指尖传到心间，不禁屈指握住小傲天的手，“嗯。”

凌懿轩面露紧张神色。

玉凝心中猛地一跳，“凌傲天，放开四叔，回到你爹爹身边去。”伸手抓在傲天胳膊上，要将傲天拉走。

傲天道：“凝儿，你莫闹，我仅听我宋爹爹说过，西岩王本事好大。天儿就喜欢本事大的人，我有七爹爹，有宋爹爹，若这人真是西岩王，我就也认他当我爹爹。”

“凌傲天，听母亲的话，松开四叔的手，不然我要揍你脑袋。”玉凝抬手便要拧傲天的耳朵。手还没落下，便被人扼住手腕。

“凝儿。”

玉凝心中猛地一跳，扭头看向唤她“凝儿”那人，他一双琥珀眼瞳带着笑意，但目光却是在打量陌生人。她鼻尖一酸，他唤她凝儿做什么，既然已忘了她，还做什么这般亲昵地唤她。

“原来，七弟妹的名字是凝儿。”凌烨宸低头看着傲天，“弟妹不需动气，我也喜爱傲天这孩子，认作干儿子，也没什么不可。”

凌懿轩双拳紧握，“天儿不敢高攀四哥。”

“什么是高攀？我不明白。我喜欢他，就要他当我干爹。”傲天和凌烨宸击掌为誓，“就这样说定了，以后要把你的本事都交给了我。这世上，便没人是我的敌手。西岩王、碧月王、云天王都是我干爹。”

宋哲、邢掣相视一笑。

凌懿轩不悦，“四哥，你弟妹的手腕要被你握断了。”

凌烨宸垂首一看，他竟依旧紧紧箍住玉凝的腕，她白嫩的腕被他攥得鲜红一片，“抱歉。为兄的失礼了。”

“四哥，你好客气。”玉凝随凌懿轩走回桌前坐下。她心中却慌乱无依，方才被凌烨宸一握住，她便再不能当作没见到他，他好端端地就在面前，搅得她心中乱糟糟的没了一丝主意。

玉凝提壶斟了酒，端杯一饮而尽，泪水抑制不住，扑扑簌簌落下，也不管不顾有无旁人在看，一杯接着一杯喝下。

凌懿轩沉声道："玉凝，你这样，我的心好痛。你看到他，可不可以镇定一点。我与你生活五年，朝夕相处，难道还不如你看他这一眼吗？"

玉凝心中酸涩不已，“我……我……没有不镇定。我很好。”

手背又是一暖，连着酒壶一起被人握住，玉凝大惊，她使左手提的酒壶，凌懿轩在她右边，那握住她手的是谁？缓缓回头朝那人看去，又是望进了一双冷冽带着笑意的眸。

凌烨宸将她手中酒壶拿下，骨节分明的手，有意无意地划过她细嫩的肌肤，“弟妹，你拿错了酒壶。”

玉凝方才泪眼模糊，竟提起了隔壁座位的酒壶。可……他怎会坐在她身畔？他不是该坐去离她最远的座位才是？

凌傲天道："凝儿，我来和宋玉坐在一起了，让我四爹爹跟你坐在一起吧。"

方才凌烨宸正要坐去较远的位置，凌傲天抢先一步去占了那座位，于是凌烨宸便只好坐在玉凝身边的座位了。

这一餐宴，突然之间静悄悄，谁都不愿开口，说得最多的便是“喝酒”“再喝一杯”、“再喝”，因凌烨宸、玉凝、凌懿轩三人的微妙关系，众人谈天说话皆都避讳极了。一个说不对，便惹得三人都不快乐。

玉凝不胜酒力，脸上霞红，看起来诱人极了，一醉酒对凌烨宸的思念也就难以掩饰，时不时便朝他看去一眼，只见他仅静静地饮酒，却不朝她投来一眼，“四哥，是不是在弟妹身旁坐着，你心中好委屈？”

凌烨宸依旧不朝她看去，“弟妹哪里的话。在哪里坐下都是一样呢。”

玉凝心中难过，一把夺过他手中的酒杯，“你的酒杯到了我手中了，你还不看来吗？”

凌烨宸恍若未闻，对她完全忽视，看向邢掣道：“这次来，向你讨个亲，月下小时身世凄苦，送进宫净身，我当时怜他孤苦无依，便设法保他男儿身，扮作小太监跟在我身边。可他到底是男子汉，得娶妻生子。我知他喜你二姐，你便下旨将双儿赐给月下吧。”

邢掣一凛，“我是一万个愿意。只要月下能将我二姐绑走，我这里圣旨随时可以拟。还要奉上金银嫁妆给我二姐。”

凌烨宸颔首，“如此甚好。”

玉凝泪水滑下脸颊，“四哥！弟妹跟你说话，你听不到吗？”

凌懿轩连连叹气，玉凝爱的依旧是四哥，尤其是知道了她与四哥并无血缘关系之后，她哪里还能不爱四哥。

前不久，薛晟病逝后，三夫人拉来玉凝谈天，慢悠悠地告诉玉凝的身世，那时玉凝母亲已是有夫之妇，薛晟因三夫人长得像陈凤仪，于是将她强娶过门，当时她腹中已有孕两个月，那孩子就是玉凝。

“凌烨宸，你当真忘了我吗？”玉凝身子发颤，凌烨宸越是不理睬她，她心中越是疼痛。倏地拉住凌烨宸的手，“他们说你生了一场大病，将我忘了，我只问你是不是真的，若是真的，我……我就永不再和你说一句话。”

凌烨宸蹙眉，“七弟，你的妻子，该管好吧？哥哥家中已是一团乱，可不想再招惹了弟媳。”

凌懿轩心中大恸，对玉凝是又爱又恨，也是赌了一口气，任玉凝去选择，她若要跟四哥走，那他就远远离开。因为，无论玉凝和他在一起多久，她的心都依旧在四哥身上。五年，已是不短，她每日对他都是那么不温不热，恭恭敬敬，哪似对四哥这样胡搅蛮缠，若她也如同对四哥这样对他，那么他拼了命，也留她在身边，“唉……”

玉凝一听到凌烨宸说家中已是一团乱，心中立刻乱了阵脚，“什么一团乱，你说说清楚。是桌椅乱，还是花圃乱，还是衣柜、鞋橱乱？"

“女人多，乱。”凌烨宸微微眯起眼眸，这才看了玉凝一眼，“你……可以放开了？”

玉凝脑中立刻想到凌烨宸与不同女人亲热的种种旖旎画面，心中似千刀剜绞，手臂剧烈地颤抖，“我若是不放呢？”

“不放开的话……你试试就知后果。”

“那我就要试试。”玉凝死死攥住他的手。

邢掣、冬儿、宋哲、林可儿面面相觑，宋哲幽幽地道：“我怎么感觉，现在是我表妹死活要贴着凌四？”

林可儿颔首，“同感。凌四架子好大。”

邢掣推推冬儿，“让你主子回房休息去。我家爷好容易来一趟，我还没和他叙旧，便被你主子给搅和得好生没趣。”

冬儿出嫁随夫，只得叹道：“主子……你……”

玉凝知道冬儿为难，便道：“对不起各位了，我多饮了几杯，说了许多胡话，我就不打扰你们团聚。玉凝回房去了。”放开凌烨宸的手，“我……走了。”

凌烨宸冷声道：“不送。”

玉凝眼眶酸涩，提起裙边，抹着眼泪，跑了出去。

凌懿轩倏地站起，“玉凝！我跟你一起走。”

凌烨宸横臂阻住七弟去路，“七弟，方才……你看得清楚？”

凌懿轩一震，“你说什么？”

凌烨宸冷冷睨着七弟，“方才那女人哭求我，你看得出来她多想我吧？你四哥若是将她搂进怀中，她定要猫一样服服帖帖。我给了你五年，甚至将我儿子也一并都放你身边，可你却没本事得到她的心，事到如今，你……还要强留她？”

众人大惊。

邢掣惊道：“爷，月下信中说你生了大病，忘了薛主子。”突然明白：定是爷有意让那么说的。不然，今日爷来了，薛主子定然不肯轻易相见。莫非，这一切都在皇上爷的掌控之中？

凌烨宸笑道：“邢掣，你以为仅你一人在查她的消息？七弟当年放出消息，说他暴毙军营，八弟、十二弟突然休战回藩地，这种种，都太可疑。”

凌烨宸那时下令赐婚，将耶律婉赐给凌八为妻，他私下给耶律婉去了书信，嘱咐她办一件事，那便是无论使出什么法子，务必从凌八口中探出凌七死讯的虚实。

耶律婉因曾爱过凌烨宸，对他的要求没有丝毫招架能力，在耶律婉心中，凌烨宸排第一，她丈夫凌武排在第二。于是，给凌武吹枕边风、灌酒水，使出浑身解数问出了凌懿轩的去向。

凌烨宸那日手攥玉凝朱钗昏死在月下怀中，眼看就要咽气，忽然便收到了耶律婉的飞鸽传书，上书几字：玉凝一切安好，与七爷藏身碧月皇宫。

凌烨宸这才捡回一条命，当时即刻便拖着病躯暗中前往碧月，却见到的是凌懿轩和玉凝并肩进了一间卧房。他当时心死，凝儿明明活着，却选择和七弟私奔，若这是凝儿要的，若是她跟着七弟快乐，那他就成全了她。

凌烨宸所谓的成全，实在算不得君子，派了不下千名暗卫，化身作凌懿轩宫内的婢女，在玉凝屋子四周转来转去，更是令这些人将玉凝的一举一动随时禀告。并且，不能让凌懿轩接近玉凝卧房一步。若进了房，便想办法将他弄昏。于是，凌懿轩不知几次昏昏沉沉便睡了过去。

再说那凌傲天的不可一世、嚣张跋扈，确实是事出有因，但凡有人欺侮凌傲天，便莫名从天而降匕首、石子将不轨之人打得七零八落。

凌傲天回去仅喃喃道："凝儿，我今日才一动小拇指，我身前几十个坏蛋便都死透了。"

玉凝骂他，"晴天做梦。"她哪知，正是凌烨宸派去侍卫无数，暗中护着凌傲天。

凌懿轩拧眉，"四哥，既然你记得她，方才为什么不认她？折磨她，你好开心吗？"

凌烨宸微微笑道："我自有我的乐趣，看着她想我念我，又得不到我的急切模样，我舒坦。"

凌懿轩冷喝道："卑鄙。"

宋玉这时候拉着凌傲天，"傲天弟弟。"

凌傲天看也不看她，冷声道："放，开，我，的，手。"

邢掣、宋哲愣住，"这孩子学得太快了！长大定然比他亲爹还不是个东西。"

凌傲天："我去看看凝儿。"小小身子蹦下木椅，夺门便走。

玉凝醉意朦胧，歪歪斜斜地便回到了房内。砰的一声关住房门，从内上住门闩。

叩叩叩几声，门板被人敲响。玉凝一惊，"是谁？"

凌傲天稚气的嗓音传来，"凝儿，开门，是我，你的宝贝儿子。"

玉凝喃喃地道："天儿。"转身拉开门闩。

正要开门，却还没来得及碰到门板，门倏地让人从外推开。

玉凝吃了一惊，"天儿，你做什么……唔……"

还没看清来人，便已被狠狠堵住嘴唇，腰身也被人紧紧钳住，男子热血气息夹杂着淡淡的清香溢入鼻息。她身子一软，双手紧紧攀住他的肩颈，伏在他怀中去了。

只见他长脚一勾，将房门关住，把一脸无辜的凌傲天关在门外，"四爹爹，你干什么咬凝儿的嘴巴！我要找人揍你啦！"

玉凝脑中轰的一声，没了思考，一双小手紧紧搂住他的背，心口不一道："不准你亲我。"

凌烨宸强势地说道："你说不准就不准？方才厅内，你不是问我你若不放手会怎样？我现在回答你……"拦腰将她抱起，欺身将她压在榻上。

玉凝心中怦怦乱跳，他身体的变化再明显不过，"你不是不要招惹你弟妹？你不是忘了我吗？"

凌烨宸含住她小巧的耳珠，"想我吗？"

玉凝身子战栗不止，"不想。四哥放请开弟妹。"

“好。”凌烨宸起身便走。

玉凝大惊，从后面抱住他的腰身，“你浑蛋。我不准你走。”

凌烨宸目光炙热，口气却冰冷，“想我，还是不想我？”

玉凝苦涩一笑，“可你宫中的女人……多，乱。”

“没有任何女人。”凌烨宸钳住她的腰身，“凝儿，我一刻也不能再等。”抱起玉凝，入了罗帐。

凌傲天带着几位干爹一同来到门外，“四爹爹，你狠狠给凝儿什么！凝儿，我来救你！”他带头便要破门而入，却被邢掣一把抱住，“小祖宗，你别进去。不然你立刻便要学会你爹的本事。”

“什么本事？”凌傲天突然发现凌懿轩不见了身影，“我懿轩爹爹呢？”

宋哲叹道：“方才凌四兄弟追着我表妹来后，凌七兄弟默默离开，不知去了哪里。”

厢房内。

凌烨宸纤长手指在玉凝细嫩的背上轻轻勾画。

玉凝缓缓睁开双眼，“什么时辰了？”

“还早。”凌烨宸邪肆轻笑，“我知你累坏了，多睡会。”

玉凝看看天色，竟已是晌午十分，此时她酒劲已过，意识清醒，“糟了，懿轩！”

凌烨宸见她醒来第一个名字竟是喊的凌懿轩，又妒又怒，披衣下榻，坐在桌边独自饮茶，“难道你以为昨晚和你一起的，是他？”

玉凝捧住他的颊，“你来告诉我那人是谁。”

凌烨宸不悦：“我不知。”

玉凝嫣然笑道：“好。我以为那人是你，看来不是。既是这样，我……先走了。”

“站住。”凌烨宸搂住她的腰身，将她搂进怀中，“明明白白告诉我，昨夜究竟是谁？”

玉凝脸上一红，认真道：“是我夫君，是凌烨宸，是西岩的皇帝。”

玉凝捶他一记，叹气，“可是……”

“什么可是？”凌烨宸最厌她的犹豫不决。

“那懿轩怎么办，我好心疼他。难道他要孤独一生一世？那我怎能安心和你在一起？”

凌烨宸不耐道：“你既选择跟我在一起，那么就不需管他死活，他要爱你，便随他去。并且，我也不会给你机会让你和他在一起。”

玉凝道：“天儿最爱他爹爹，我若和你回西岩，天儿和懿轩怎么相见？”

凌烨宸冷冷一笑，“什么他爹爹，天儿是谁的孩子，但凡长眼睛的人，一看便知。”

玉凝脸红似血道：“你这浑人。”

原来，凌傲天一双眼瞳，正是微深琥珀色，是融合黑色与琥珀的色彩。众人一看就知道，这孩子是谁的儿子。

“可……我还是放心不下懿轩。他待我真的太好。”

凌烨宸恨不能立刻将凌懿轩刺死，“那怎么办？这世上只有一个你，你能舍下我吗？”

玉凝倚在他胸膛，温柔地说道：“我爱你。决不能离开你一步。我……只有负了他。可这一辈子都是亏欠他的。只望他安安好好地活着。”

凌烨宸这才满意地点点头。两人梳洗更衣，前去厅中与众人同用早膳。

这才知道，凌懿轩自昨日起便已不知去向。

凌烨宸一行在云天国耽上数日。便辞别众人启程回到了西岩国。

因耶律双身份尊贵，而月下身份却是一介小小内侍总管，虽他两人真心相爱不在意爵位，可凌烨宸心觉不妥。于是，认月下为义弟，划藩地，封月下为镇南王。

后来玉凝诞下一女，取名碧菡。凌烨宸看着很是喜欢，可却忽然想起他头一个女儿的死状，于是便叹气连连，懊悔不已。

玉凝宽慰他不要过于自责，映雪、凌苍皆都死去，便让那恨也随着死者去吧。

凌烨宸每每生辰的时候，也会愁眉不展。

这年他生辰，举国同庆，他与玉凝两人站于城楼之上，望着城下绵延千里的万家烛火，天空更是烟花绚烂、五彩灯笼缓缓飘飞入空。他将玉凝拥在怀中，低头亲吻她的额，“每年生辰有你为伴，我别无所求。”

玉凝与他心灵相通，怎会听不出他话中失意，如今傲天已十岁，碧菡也已四岁。四爷的母亲已在宫外孤苦过了十余年，身为人子，他怎会不心伤。玉凝温柔一笑，环紧他腰身，脸颊贴在他心口，听着他沉稳的心跳。

“四爷，将母后接回宫中来吧，她对你有生育之恩，只是爱你不择方式罢了。当时小公主出生时，她也好喜欢，还为那丫头取名笑儿，母后当时是被恨冲昏了头脑，才……唉……此事已过去这么多年。我……都淡忘了。”

“凝儿……得你为妻，我何其所幸。”凌烨宸眼眶一涩，深深地望着玉凝，“可丧女之痛，你我怎会淡忘，我知你忧我心伤，宽慰我罢了。我唯有加倍爱你，疼你，不让你再受到丝毫委屈。可如今，母后已年逾半百，我怎忍她一人凄苦生活。理应将她接回才是，可若是将她接回的话……”

玉凝心中一窒，听说映雪的儿子和吴欣生活在一起，接回吴欣，定然也要接回映雪之子，如今释然一笑，自己既要跟凌烨宸，凌甄是他儿子，那她该将甄儿视为己出。“将甄儿也接回来吧。让他和天儿一起教养，兄弟两个做个伴，天儿也不寂寞。”

凌烨宸紧紧拥住爱妻，动容道：“你这般善良，我该怎样爱你。我觉怎样爱你都不够。”

“我哪里善良？一人独占皇帝爷，我当真是最最不为世人所容的女子。”

“世人皆不容你，我容你就是。”凌烨宸手指一挑，从玉凝衣襟拉下手帕，将她双眸遮起。

“做什么遮住我双眼？”忽觉手上一暖，这触感再熟悉不过，是凌烨宸紧紧握住了她的手。

“我自然有我的打算。”拉着玉凝缓缓下了城楼，每走一个台阶，他都关怀备至、温情万种地说上一句，“凝儿当心，莫要摔着。”

那阶梯足有百十阶，玉凝听了五十几句一模一样的话，恼道：“喂，换句话说不行吗？”

凌烨宸好容易唠叨一次，还吃了闭门羹，于是也恼了，“那，我不说了。”

玉凝一听他口气似赌气的孩子，便宠溺一笑，“好四爷，你继续说吧，那不是还剩下五十个台阶，你就慢慢‘凝儿当心，莫要摔着’地说啊说，我保证憋气死了也不吭一声。”

凌烨宸邪肆道：“我偏偏不说。你能把我怎么地？”

“我是拿你没办法。不过呢，方才天儿、碧菡都吵着今晚和娘亲睡。可有人早早地已跟我哭求，让我今晚陪他，所以我回绝了两个孩子。”玉凝食指点着下巴，俏皮道：“现在再去跟他们说母亲要陪他们，似乎还不晚。”

凌烨宸脸上变色，大吃飞醋，“凌傲天多大了还要母亲抱吗？朕那么大的时候都已自强自立了。”将她拦腰抱起，玉凝惊呼一声，随即咯咯笑着攀住他的脖子。只听他专横道：“今晚他休想找到你。我可排在碧菡后面，等了几个晚上才等到跟你独处的机会。”

“嗯，今晚我哪里都不去，只陪我的四爷。”玉凝嗅着他身上她熟悉的味道，满足地轻叹。只觉得他抱起她缓缓走着。她不知他要带她去哪里，可她却甘愿由他带着走，哪怕前迈一步是地狱，跌下后会粉身碎骨，她也情愿。

他有力的心跳声敲在耳边，她懒懒地有了睡意。不知过了多久，耳边传来他的低喃，“凝儿，醒醒。”

玉凝嘤咛一声，醒了过来。他轻轻将她置于地上，“送你三样东西。”倏地解开她眼上的罗帕。

两人此时身在一处山巅，这地方分外开阔，绵延百里、千里竟种满了铃兰花，纯白的花瓣在月光下更是娇羞美艳。

“是我最爱的铃兰花。”玉凝提裙摆，小步跑到花海之中，她一身白裙，衣摆被风掠起，拂过花枝，月光斜斜地洒下，她窈窕纤细的身段笼罩上一层薄薄的光晕，美好得不似凡尘之人。

“凝儿。”凌烨宸轻唤。

玉凝顿下脚步，回身朝他看去。她颊边笑意嫣然，比铃兰更显娇羞。

玉凝身体微微战栗，“我猜想你要送我的第一样东西，便是这漫山遍野、亿亿万万朵铃兰花。”抬手捧起他俊俏的脸颊，踮脚覆上他的唇，深深地吻下，“你送的铃兰花，打动了我。你可知道，不需这么许多，只需花上一瓣，已足以打动我。”

凌烨宸捏着她的鼻尖调侃，“这样就被打动了？那看到第二样该当怎样？”

玉凝道：“第二样礼物是什么？”

凌烨宸拉起她的手缓步走到崖边，“凝儿，你看。”左臂挥出，宽大衣袖带起一道弧线。

玉凝随着他手臂摆动的方向俯瞰，只见绵延万里河川山峦烛火千万，便被她踩在脚下，她心中猛地一惊。

凌烨宸道：“你触目所及，一山一水，一草一木，一房一屋，一沙一尘。人道是山河天下，我道它不敌凝儿颊边一丝笑意，不胜凝儿眼尾一缕愁绪。现将这家河天下，送与凝儿，仅为多得你唇角弧度，眉梢笑意。”

玉凝心中万感交集，“凝儿……凝儿笑不出来，凝儿可以哭给你看，你坏蛋，做这些就是故意讨我的眼泪。”小脸埋进他的胸膛，泪水漫下，湿了他的衣襟。

凌烨宸俯身吻去她颊上泪珠，“傻瓜。”

“你的‘亿万铃兰花’打动了我，你的‘家河天下’惹得我流泪不止，那不知第三样，你又要送我什么？是想让我笑，还是哭？”

凌烨宸倏地环住她的身子，将她轻轻转过，让她的背脊紧紧靠在他的胸膛。他的气息轻轻洒在她的耳际。

“自古就有镜花水月之说，那天上的星、云间的月是世人不可得之物。今日，我要让我的凝儿素手摘星，信手捧月。”

玉凝嫣然一笑，双眸满是浓浓情意，“这样说来，你是要送我天上繁星、云中皓月了？”

“正是。”凌烨宸以左手握住她的左手，右手握住她的右手，缓缓抬高一尺有余。

这山高千丈有余，直耸云霄，圆月便低低挂在崖边，繁星亦在云雾之中闪烁，那淡淡月光透过两人的指缝洒下，倒似真的碰到了月亮，那月亮就如同被她捧在手间。

玉凝手指轻轻拂过一颗颗星辰，“它们就像真的在我手中一样。”她反掌握住凌烨宸的手，“四爷，你的‘铃兰’使我感动，你的‘天下’使我落泪，你的‘素手摘心、信手捧月’使得我忘了自己是谁，唯记得我是凌四爷的女人，哪怕这时死了，我也无憾……”

“你只需记住你是我的女人，已足够。只需知道你是我心尖上的女人，就足以。”凌烨宸紧紧环住她的腰肢。

玉凝声音迷乱，“四爷……”

“……我还要再送你第四样礼物……”凌烨宸温热的挠着玉凝的腰身。